Anne de Witt

Im Land der Mond-Orchidee

Roman

Piper München Zürich

Mehr über unsere Autoren und Bücher:
www.piper.de

MIX
Papier aus verantwortungsvollen Quellen
FSC
www.fsc.org
FSC® C083411

Originalausgabe
Februar 2012

Umschlagkonzept: semper smile, München
Umschlaggestaltung: Cornelia Niere, München
Umschlagmotive: Artwork Cornelia Niere; Roland Werner (Blumen, Berge), joSon / Getty Images (Tempel)
Satz: Kösel, Krugzell
Gesetzt aus der Quadraat
Papier: Pamo Super von Arctic Paper Mochenwangen GmbH, Deutschland
Druck und Bindung: CPI – Clausen & Bosse, Leck
Printed in Germany ISBN 978-3-492-27372-5

Erster Teil

Die Auswanderer

Abschied von Norderbrake

1

»Du fährst mir dort nicht hin, Neele.« Die Rechte des Mannes packte Neeles Handgelenk und zwang sie, stehen zu bleiben und ihn anzusehen. »Nicht, wenn ich es verhindern kann.«

»Du kannst es nicht verhindern, Jürgen. Wo die Nadel hingeht, da geht der Faden auch hin, das war zu allen Zeiten so. Wenn Frieder nach Java will, muss ich mit ihm.« Die junge Frau wand sich gewaltsam los. Ihre langen Kleider flatterten im Wind, der über das Flachmoor pfiff und ein Gewitter ankündigte. Ihre Zopfkrone löste sich aus den Spangen. Sie wich vor ihm zurück, und doch hätte sie sich am liebsten an ihn geklammert, einfach, weil er ein Stück Heimatland war, weil er sie hier festhalten wollte. Hin und her gerissen zwischen der Unmöglichkeit, seinem Drängen zu folgen, und der Furcht vor dem fremden Land, in das ihr Ehemann sie zwang ihm zu folgen, stand sie da, Tränen in den hellgrauen Augen.

»Du weinst!« Jürgen geriet so außer sich, dass er sie auf offener Dorfstraße in die Arme ziehen wollte. Sie konnte ihn gerade noch rechtzeitig abwehren. Nicht auszudenken, wenn jemand sie sah! Frieder war so eifersüchtig. Und wie Männer nun einmal sind, sah er die Schuld bei seiner Frau, nicht bei dem liebestollen Burschen, der ihr auf Schritt und Tritt nachlief. Wahrscheinlich war ihr Gatte nur deshalb so bereitwillig auf den Vorschlag der Doktorsleute eingegangen, weil er sie in Java weit weg von Jürgen wähnte. Er war nämlich im Allgemeinen kein Mensch, der Freude an Abenteuern an fernen Küsten hatte.

Mit beiden Armen stieß Neele Frieder von sich. »Lass mich! Es ist nun einmal abgemacht; ob ich will oder nicht.« Aber sie konnte nicht verbergen, dass ihr die Tränen über die Wangen liefen bei dem Gedanken, das geliebte Moor zu verlassen, in dem sie aufgewachsen war. Als wollte es ihr den Abschied schwer machen, bot es sich in seiner ganzen abendlichen Schönheit den Blicken dar. Violette und blaue Schatten in den Mulden und Senken wechselten mit dem rotgoldenen Glanz der Bäume und Büsche, auf denen das schwindende Sonnenlicht spielte. Die Tümpel glänzten wie Spiegelscheiben. Da und dort begann bereits ein erster unternehmungslustiger Frosch zu quaken – die Ouvertüre für das nächtliche Konzert.

»Aber warum denn, warum?«, schrie er sie an. Seine Augen blitzten vor Zorn und Verzweiflung. »Was gibt es dort, was dir in deinem deutschen Vaterland fehlt? Java muss die Hölle selbst sein mit seiner schwefligen Luft, der Asche überall, den Feuerbergen!«

Frieders Worte steigerten Neeles Verzweiflung, und um sich selbst zu trösten, widersprach sie ihm mit schriller Stimme. »Unsinn! Pastor Clemens schreibt, es sei sehr schön dort. Und es geht nicht darum, was es dort gibt, sondern was es hier nicht mehr gibt, nämlich die Hälfte der Wurt, auf der unser Hof steht! Jürgen Simms, bist du so vernagelt? Du hast doch mit eigenen Augen gesehen, was der Sturm angerichtet hat. Noch ein solches Unwetter, und wir alle versinken mitsamt den Trümmern unseres Hauses im Moor.«

»Dann baut ein neues! Es wäre ohnehin besser, diese Mäuseburg würde versinken mitsamt alle euren schmutzigen Geheimnissen, euren …« Er unterbrach sich erschrocken. Die Augen weit geöffnet, starrte er sie an. »War nicht so gemeint«, stammelte er schwerfällig. Plötzlich hätte er es eilig gehabt, sich von ihr zu verabschieden. Aber sie versperrte ihm den Weg, fasste ihn mit einer Hand an den Schößen des langen Gehrocks. »Nein, ich will wissen, was du gesagt hast!«

Trotzig zuckte er die Achseln. »Weißt schon. Die Schmuggler. Da waren eure Leute alle dabei.«

»Das weiß ich längst. Sag mir die Wahrheit. Und erzähl mir nicht irgendwelche Geistergeschichten über das grüne Zimmer.«

Er zuckte mürrisch die Achseln mit einer Bewegung, die ihr verriet, dass er über genau das hatte reden wollen, und stelzte davon. Erst als er schon fast außer Hörweite war, rief er drohend zurück: »Es wird dir noch leidtun, dass du Deutschland verlassen hast – und noch mehr, dass du mich verlassen hast!«

Neele Selmaker stampfte vor Zorn auf den Boden. Wenn es ihm jetzt leidtat, dass er sie nicht geheiratet hatte, warum hatte er dann nicht um ihre Hand angehalten, als sie noch zu haben gewesen war? Damals war er auf See gewesen, und nachdem er zurückgekommen war, hatte er sich nicht zu fassen gewusst vor Zorn, dass Frieder ihm zuvorgekommen war. Nun, was sie selber anging, war es vermutlich gleich. Sie wäre mit Jürgen auch nicht glücklicher geworden als mit Frieder. Was er für Liebe hielt, war Leidenschaft und Verlangen. Er hätte sie genauso wenig gefragt, ob sie ans andere Ende der Welt auswandern wollte, wie ihr jetziger Gatte.

Sie löste die Zügel, mit denen sie ihr Pferd am Pfosten vor dem Gemischtwarenladen angebunden hatte, stieg auf das Fuhrwerk und fuhr los. An diesem Tag schien sich alles gegen sie verschworen zu haben: Erst hatte es im Laden an einem Teil der Dinge gefehlt, die sie kaufen wollte, dann war sie Jürgen Simms begegnet, und jetzt zeigte sich das sonst so fügsame Pferd verdrossen, schlug mit dem Schweif und schnaubte alle naslang. Es spürte das Unwetter, das sich am Horizont sammelte und seine tintenblauen Wolken langsam gegen Norderbrake vorschob. Wie würde in Zukunft ein schlechter Tag aussehen? Moskitos in aller Morgenfrühe, angebrannter Reis und aufsässige Einheimische? Mit dem Kaffee jedenfalls sollte es keine Probleme geben, hatte ihr Paula, die Schwester des Doktors, versichert. Auf Java baute und braute man den köstlichsten Kaffee der Welt.

Vor Jahren hatte Pastor Clemens Ormus, der Geistliche des Dorfes, einer Vision folgend den Entschluss gefasst, nach Holländisch-Ostindien auszuwandern und in der Nähe von Batavia, der Hauptstadt der Insel Java, ein evangelisches Internat einzurichten. Der Plan gedieh; von Zeit zu Zeit kamen Briefe, die von Schulklassen getaufter Einheimischer berichteten, und gelegentlich lagen Fotos und Zeichnungen dunkelhäutiger Kinder mit breiten, flachen Gesichtern bei. Das Internat befand sich in einem schmucken kleinen Herrenhaus inmitten eines parkähnlichen Gartens, dessen Bäume gespenstisch aussahen – ihre Zweige oder Ranken hingen wie die langen Locken ungekämmter alter Frauen herab. Als der Dorfarzt und seine Schwester, Lennert und Paula Anderlies, den Gedanken fassten auszuwandern, lag es nahe, dass sie in ein Land reisen würden, wo Menschen aus ihrer nächsten Umgebung bereits Fuß gefasst hatten, und Frieder, der selten einen eigenständigen Entschluss fasste, hatte ihnen zugestimmt. Neele war nicht gefragt worden. Es galt als selbstverständlich, dass eine Ehefrau den Entscheidungen ihres Gatten gehorchte.

Übermorgen um diese Zeit würde sie schon an Bord des Ozeanliners *Het Meisje Mariaan* nach Holländisch-Ostindien unterwegs sein. Sie konnte sich nicht vorstellen, wie es sein würde, in einem vollkommen fremden Land unter fremdartigen Menschen ihr Leben zu verbringen, nachdem sie bislang von der Welt nichts weiter als Norderbrake und ein paar Stippvisiten in Bremerhaven gesehen hatte. Vor allem vor den Menschen hatte sie Angst. Neele hatte ein einziges Mal – in *Meyers Konversations-Lexikon* – das Bild eines Wilden gesehen, eines schlanken, dunkelhäutigen Mannes, der bunte Papageienfedern um Kopf und Hüften trug. Sie hatte sich gefragt, was er wohl anzog, wenn es kühler wurde. Einen Mantel aus Vogelfedern vielleicht?

Neele ließ dem Pferd seinen Willen, in Gedanken bei dem Land auf der anderen Seite der Erde, in das sie schon in wenigen Tagen reisen sollte – für eine lange Zeit, wahrscheinlich für immer. Sie hatte im Lexikon nachgelesen, und dort stand auch eine ganze Menge darüber, aber das alles wollte sich in ihrem Kopf zu nichts Richtigem fügen. Es war alles so fremd und absonderlich. Clemens Ormus schrieb selten an die Leute des Dorfes, dessen Pastor er einst gewesen war, und dann erzählte er nur von seiner evangelischen Schule. Das Land rundum interessierte ihn wenig. Ihr einziger Trost war, dass es dort viele Deutsche gab, sogar Menschen aus ihrer Gegend, denn seit rund hundert Jahren trieben Hunger und Elend Auswanderer in Scharen aus dem norddeutschen Land, sei es nach Amerika, Australien, Indochina oder eben auch Holländisch-Ostindien. Ganze Landstriche waren verarmt, seit die Maschinen Einzug gehalten und das Handwerk ruiniert hatten. In Thüringen und Sachsen, im Erzgebirge, im Vogtland, im Harz und auch hier im Elbe-Weser-Dreieck hatten die Menschen ein kümmerliches Leben geführt, oft von der Hand in den Mund. Und als sei das nicht genug Elend, waren Plagen über das Land gekommen: Trockenheit, Überschwemmungen und Hagelwetter, schließlich eine Invasion von Mäusen, die das letzte Körnchen vom Speicher fraßen.

Dass die Lebensmittelpreise immer weiter in die Höhe schnellten, hatte der Doktor ihr nicht zu erzählen brauchen, das konnten Tante Käthe und sie bei jedem Einkauf feststellen. Auf dem Land kam man mit dem Selbstangebauten ja noch einigermaßen durch, aber in den Städten hungerten viele Menschen. Auch wer arbeitete, hatte keine Hoffnung, menschenwürdig zu überleben. In Norderbrake war es nicht der Hunger, sondern das allmähliche Versinken des Dorfes im Moor, das die Bewohner in die Ferne trieb. Viele Männer waren nach Bremerhaven in die Schiffswerften gegangen, aber Dr. Anderlies und seine Schwester hatten abenteuerliche Pläne gehabt. Erst hatte er daran gedacht, als Schiffsarzt anzuheuern, aber was sollte dann aus Paula werden? Und so hatten sie an Pastor Ormus geschrieben, ob er noch weitere Mitarbeiter brauche, und eine enthusiastische Antwort bekommen: Im Weinberg des Herrn würden immer Arbeiter gebraucht.

Neele seufzte. Sie lenkte ihr Gespann entlang der

schlängelnden Straße, die erst durch den Fenn führte, dann weiter im Schatten eines dunklen Hügels, auf dessen Kuppe die Reste eines prähistorischen Opferaltars standen. Das Gewitter zog schnell auf, bedeckte jetzt schon ein Drittel des Abendhimmels. Die alte Stute begann, nervös auf der Stelle zu treten, warf den Kopf hin und her, dann legte sie unbekümmert um den straffen Zug des Geschirrs ein hektisches Tempo vor. Sie hasste diesen Ort, genau wie alle anderen Pferde der Umgebung. Dr. Anderlies sagte, das sei so, weil die Pferde dort zu oft durch Blitz und Donner erschreckt worden seien. In die gewaltigen Steine des heidnischen Altars war nämlich Eisen eingelassen, das den Blitz anzog, und wenn es gewitterte, schlug der Blitz gut ein Dutzend Mal in die Hügelkuppe ein, oft mit einer Wucht, dass einem noch im Dorf unten die Ohren zufielen. Aber die Dorfbewohner hatten andere Erklärungen, und auch Neele hatte als Kind – wie alle Kinder von Norderbrake mit ihr – schreckliche Angst vor diesem abweisenden Ort gehabt. In Java lebten viele Heiden, das wusste sie aus Pastor Clemens' Briefen. Ob sie auch solche unheimlichen Altäre bauten? Opferten sie darauf? Menschen konnten sie ja heutzutage dank der christlichen Kolonialregierung nicht mehr opfern. Hühner und Ziegen vielleicht, hatte Lennert gesagt. Lennert. Dr. Lennert Anderlies. Sie musste sich straff am Zügel nehmen, ihn nicht unversehens beim Vornamen zu nennen. Du liebe Güte, hätte Tante Käthe sich aufgeregt, wenn sie als verheiratete Frau einen anderen Mann beim Vornamen nannte, noch dazu einen Junggesellen!

Ihre Gedanken kehrten zu Jürgen zurück. Der hatte als Junge immer sein Schlimmstes getan, ihr Furcht vor dem Opferstein einzujagen, genau wie vor der Gruft ihrer

Eltern – was ihm recht gut gelungen war, da er Sohn des Küsters und damit Herr über den Schlüsselbund zur Familiengruft der Laudruns gewesen war. Neele war noch sehr lebhaft gegenwärtig, welche eindrucksvolle Tracht Prügel Onkel Merten ihr verpasst hatte, als er von ihrem heimlichen Besuch dort unten erfuhr. Dabei hatte es überhaupt nichts zu sehen gegeben als ein tiefes, nasses Gewölbe, in dem wie Weinflaschen in Lochziegeln übereinander gestapelt die Särge der verstorbenen Laudruns standen. Nun, sich in eine Gruft zu schleichen war, auch ein dummer und geschmackloser Einfall gewesen, und im Nachhinein hatte sie Onkel Merten gegenüber für die Tracht Prügel Verständnis gezeigt.

Es tat ihr weh, dass sie niemand von all denen, die sie in Norderbrake kannte, jemals wiedersehen würde.

Wenig später erreichte sie ihr Zuhause. Etwa zwei Kilometer von dem Dorf entfernt lag auf einer Wurt inmitten eines verwilderten Parks ein altertümliches Herrenhaus, das aus Steinquadern und vom Alter geschwärzten Holzbalken erbaut war. Man sah deutlich, wo die Wurt eingesunken war und wie schief die Mauern des Ostflügels sich an das übrige Haus lehnten. Ganz Norderbrake stand auf unsicherem Grund. Es kam in der Umgebung nicht selten vor, dass ein Haus buchstäblich in der Mitte zerriss, weil ein Teil davon immer tiefer in den weichen Boden sank, während der andere stehen blieb. Überall im Moor standen verlassene Torfstecherkaten, die langsam von dem saugenden, zähen Morast verschlungen wurden, und nun hatte es auch das ohnehin schon altersschwache Laudrun-Haus erwischt. Es würde nicht mehr lange dauern, bis es vollkommen unbewohnbar wurde.

Eine Mäuseburg hatte Jürgen es genannt, und damit

hatte er recht gehabt. Sie verstand Frieder ja, dass sie hier nicht mehr bleiben konnten. Aber musste er deshalb gleich in ein vollkommen fremdes Land reisen, mit dessen Menschen und Lebensweise sie nicht das Geringste verband? Jetzt bekam sie die Quittung dafür, dass sie einfältig genug gewesen war, Frieder Selmaker das Jawort zu geben.

Wie hatte Tante Käthe damals gesagt? »Bekommst doch sowieso keinen anderen, worauf willst du da warten? Deine Mutter war eine Schlampe, die der Wind ins Dorf geblasen hat. Wer möchte ihr Kind heiraten?«

Sie wusste, dass die alte Dame es gut mit ihr meinte, auch wenn ihre Worte so bitter klangen. Käthe, die Frau des ältesten Laudrun-Bruders Merten, hatte sich von Anfang an große Sorgen gemacht, was aus dem Kind einmal werden sollte. Sie war überzeugt, dass es von der Mutter her gefährliche Anlagen hatte – was sie Neele auch ungeschminkt wissen ließ –, und bemühte sich nach Kräften, diese durch eine streng protestantische Erziehung zu bekämpfen. Obwohl sich Neele als ein ruhiges, zurückhaltendes und mit seinem stillen Leben zufriedenes Mädchen erwies, hatte Käthe vorsichtshalber noch eine Heirat mit Frieder Selmaker arrangiert. Der schweigsame, schwerfällige Frieder war ihr als Garantie erschienen, dass Neeles Leben von keinem Hauch des Abenteuers berührt werden würde. Und dann hatte ausgerechnet Frieder den Plan gefasst auszuwandern!

Jetzt lief die Hausfrau Neele entgegen, als kehrte diese von Fahrten auf stürmischen Meeren zurück anstatt aus dem keine Viertelstunde entfernten Dorf.

»Meine Liebe, endlich bist du da! Ich habe dich schon in einem Sumpfloch ertrunken gesehen! Und wie du aussiehst – entsetzlich –, bitte bring das sofort in Ordnung, man muss sich ja schämen, wenn dich die Dienstboten sehen!« Käthe redete immer noch von »den Dienstboten«, obwohl deren Anzahl längst auf die Wirtschafterin und einen Knecht für die schweren Arbeiten zusammengeschrumpft war.

Neele beeilte sich zu gehorchen. Sie wollte die ohnehin aufgeregte alte Dame nicht noch mehr aus dem Gleichgewicht bringen. Sie eilte durch die Diele in den hinteren Teil des Hauses, wo die Türen niedrig und tief in die Mauer eingelassen waren. Unwillkürlich presste sie die Lippen zusammen, als sie an der fest verschlossenen Tür des grünen Zimmers vorbeikamen, über das Jürgen ihr Geistergeschichten hatte erzählen wollen. Es war das Jagdzimmer, das mit dem doppelten Unheil in Zusammenhang stand. Es war nie wieder benutzt worden, und im Dorfkrug erzählte man sich zu vorgerückter Stunde Geschichten, dass zuweilen leuchtende Kreuze auf den Fensterläden erschienen und Schläge in den Mauern ertönten. Neele hielt nichts von dem Geschwätz, aber sie hatte das Zimmer, das nach der notdürftigen Säuberung unverändert so verblieben war, wie es fünfzehn Jahre zuvor ausgesehen hatte, niemals betreten wollen. Nun, ein paar Tage noch, und es würde so weit aus ihrem Leben entschwunden sein wie alles andere in Norderbrake auch …

Eilig klomm sie die steile Treppe hinauf. Ihr Arbeitszimmer, in dem sie schneiderte und webte, blickte über den Garten hinaus. Es war ein Raum mit einem dreiteiligen Fenster und einem mächtigen hölzernen Tisch. In einem Glaskasten lagen aufgereiht Fundstücke aus dem Moor. Das Moor war voll von seltsamen Dingen, und man musste nur ein wenig Obacht geben, um Steinkeile und

Äxte zu finden, Gefäßscherben, gelochte Schmucksteine und Ähnliches. Tante Käthe konnte diese Sammlung nicht ausstehen. Als stramme Calvinistin war sie überzeugt, dass von dem heidnischen Zeug ein unheilvoller Einfluss auf das ganze Hauswesen ausging, und hatte Frieder gedrängt, seiner Frau zu verbieten, dass sie solche Schätze aufklaubte. Aber er hatte nur mürrisch die Achseln gezuckt und gebrummt, solange sie ihre Arbeit mache, könne sie auch den alten Kram aufheben. Sicher würde Käthe es wegwerfen, sobald Neele verschwunden war. Die junge Frau bedauerte das, aber die Sammlung mitzunehmen war unmöglich, war doch schon das normale Gepäck auf zwei Koffer pro Person begrenzt.

Neele liebte das Moor und seine Geheimnisse. Sie freute sich daran, dort zu wohnen, wenn es draußen dunkel und gruselig war und drinnen warm und behaglich, wenn draußen Nebelschwaden, düsteres Buschwerk, schwarze Wasserlöcher, fliehende Wolken das Bild prägten und drinnen ein Feuer im Kamin des Salons brannte und der Tee serviert wurde. Es hatte ihr immer gefallen, zwischen Haufen bunt bestickter Kissen im bequemsten Winkel des Sofas zu sitzen und zuzuhören, wie ihre Tante Klavier spielte oder ihre Onkel Claus und Merten einander Jagdabenteuer zum Besten gaben … eine Freude, auf die sie in Zukunft auch würde verzichten müssen. Aber noch lieber war es ihr gewesen, als Kind in der Küche im Souterrain des Hauses zu sitzen und zu lauschen, wie die Dienstboten einander Gespenstergeschichten erzählten, eine schauerlicher als die andere.

Gespenstergeschichten gab es in Java auch, das wusste sie aus einem von Pastor Clemens' Briefen, in dem er geschrieben hatte, die Einheimischen seien sehr abergläubisch und fürchteten sich vor Blutsaugern und Totengeistern, vor allem aber vor Werwölfen – die bei ihnen, wo es keine Wölfe gab, Werjaguare und Wertiger waren. Und sie fürchteten sich, unter den grauen, zottigen Banyanbäumen zu sitzen oder auch nur darunter entlangzugehen, weil sie überzeugt waren, dass böse Geister darin hausten. Er hatte Bilder solcher Bäume mitgeschickt, und Neele musste zugeben, dass sie ihr auch nicht ganz geheuer waren. Sie sahen aus, als wollten sie einen mit langen kralligen Händen am Haar fassen, wenn man ihnen zu nahe kam.

Sie trat an den Spiegel, um ihre Frisur zu richten. Draußen wetterleuchtete es jetzt, und eine Sekunde lang erhellte ein Flächenblitz den Raum hinter ihr, als sie in den Spiegel blickte. Ihr Gesicht erschien vollkommen weiß, umrahmt von dem aufgelösten, wie Werg verwirrten, fahlblonden Haar, und ihre Augen funkelten geisterhaft. Sie erschrak vor dem eigenen, so unheimlich fremden Anblick. In dieser einen Sekunde schien das Gesicht im Spiegel ihr wie ein Zwilling, aufs Engste mit ihr verwandt und doch nicht sie selbst. Dann erlosch der Blitz, und in scharfem Kontrast zu der blendenden Helligkeit wurde es dunkel im Zimmer.

Neele entfernte sich vom Spiegel. Als geschehe es ohne besondere Absicht, nahm sie Kamm und Bürste an sich und setzte sich damit aufs Bett. Das Gesicht im Spiegel sollte nicht merken, dass sie sich davor fürchtete. Es sollte keine Gelegenheit haben, sie noch mehr zu erschrecken – vielleicht mit dem unweigerlich kommenden nächsten Blitz noch einmal aufzutauchen. Sie fragte sich, ob sie in diesem Augenblick das Zweite Gesicht gehabt hatte, das viele Leute in ihrem Teil Norddeutschlands zu haben behaupteten. Menschen sahen in Visionen Dinge voraus, die sich erst viel später ereignen würden. Würde eine Zeit kommen, in der sie selbst sich fremd und unheimlich erschien?

An einem Ort wie Norderbrake konnte man leicht abergläubisch werden, wenn nachts die Lampen gelöscht wurden und eine endlose, nebelfeuchte Dunkelheit sich über den Fenn breitete. Und das Unheimliche war nicht nur draußen in den schwarzen Sumpflöchern und knorrigen Weiden, sondern auch inmitten des Hauses, in dem stets verschlossenen Zimmer, in dem die Standuhr zu der Stunde und der Minute stehen geblieben war, als die schöne Elsie Laudrun sich an der Totenbahre ihres Mannes eine Kugel in den Kopf schoss.

Neele spürte, wie ein kalter Schauder ihr über den Rücken lief, und versuchte, das Gefühl der Bedrückung mit einer heftigen Bewegung abzuschütteln. Energisch wandte sie ihre Gedanken dem jungen Arzt zu.

Er war mitsamt seiner Schwester erst vor vier Jahren ins Dorf gekommen, als der hochbetagte und bereits in greisenhafte Verwirrung versunkene Dr. Steiner sich endlich aufs Altenteil zurückgezogen hatte, ehe er für seine Patienten gefährlicher wurde als alle Krankheiten und Unfälle zusammen. Mit fünfzehn hatte sie wenig Interesse an ihm gezeigt, da hatte sie, wie alle anderen Mädchen auch, vom Theater geschwärmt. Im vergangenen Sommer jedoch waren ihr ganz plötzlich die Augen aufgegangen, als sie bei ihrer Heimkehr aus dem Internat am Hoftor dem schlaksigen jungen Mann mit der drahtgerahmten Brille begegnet war. Als hätte sie ihn nie zuvor gesehen, war sie dagestanden und hatte ihn angestarrt, während Käthe, verärgert über ihre Tölpelhaftigkeit, an ihr zog und zupfte.

Nachher hatte es ein Donnerwetter gegeben – so weit Tante Käthes nervös tremolierende Stimme zu einem solchen fähig war: »Du hast dich abscheulich benommen, Neele – stehst da, breitbeinig wie ein Bauerntrampel, und gaffst ihm verzückt ins Gesicht! Was muss er jetzt von dir denken!«

Was immer Lennert Anderlies gedacht hatte, er ließ sich nichts davon anmerken. Sein Verhalten ihr gegenüber blieb dasselbe wie vor dem Zusammentreffen am Hoftor. Eine Spur weniger burschikos vielleicht, aber das mochte damit zu tun haben, dass sie jetzt, nach der Konfirmation, ganz offiziell eine junge Dame war, der man nicht mehr so einfach einen frisch gepflückten Apfel zuwerfen oder auf die Schulter klopfen durfte. Und ein Jahr später hatte sie ja überhaupt geheiratet.

Draußen wurden Schritte und Stimmen hörbar. Neele beugte sich weit aus dem Fenster. Da – ein Stück unterhalb der Gartenpforte erschien eine Tweedmütze, und einen Augenblick später der Kopf des Doktors. Er sah die junge Frau am Fenster stehen und winkte ihr zu, und sie winkte fröhlich zurück, ehe sie sich umdrehte und die Treppe hinablief.

»Die Doktors sind schon da, Tante Käthe!«, rief sie ins Esszimmer, wo ihre Tante den Tisch für das feierliche Abschiedsessen deckte.

Draußen in der Diele polterten Schritte. Dr. Anderlies erschien, gefolgt von seiner Zwillingsschwester Paula. Ebenso groß und dünn wie er, trug sie ihr Haar in einem Knoten und dieselbe Art drahtgerahmter Brille wie ihr Bruder. Auch kleidete sie sich gleich ihm vorzugsweise in Tweed, nur dass sie einen langen Rock anstelle von Hosen – die doch sehr unschicklich gewesen wären – trug.

Sie eilte auf Neele zu und ergriff ihr Hände. »Neeleken, meine Liebe! Ich habe dir etwas mitgebracht. Ein Stückchen für deine Sammlung. Es kam in unserem Hintergarten nach oben, nachdem es letzte Woche so stark geregnet hatte, du weißt ja, wie das ist, das Moor spuckt die Dinger dann förmlich aus!«

Sie reichte Neele einen Bronzestier, so klein, dass er in ihre Handfläche passte. Die Figurine hatte etwas so Lebendiges an sich, dass Neele fast meinte, sie atmen zu fühlen, wenn sie die Hand darum schloss. Oh, hätte sie das Tante Käthe gesagt! Die wäre sofort überzeugt gewesen, dass in dem Stier der Teufel selber steckte!

»Paula, das ist wunderhübsch! Zu denken, dass du so kurz vor unserem Abschied so etwas findest!« Sie öffnete die Hand und betrachtete den winzigen Stier voll Bewunderung. »Was meinst du, was er ist – ein Götze?« Käthe sah in jeder Figurine einen Götzen, und Neele musste sie verstecken, sonst hätte die Tante sie fortgeworfen.

Paula zwinkerte amüsiert. »Ein ganz, ganz kleines Goldenes Kalb? Nein – ein Bronzenes Kalb? Ehrlich gesagt, ich weiß es nicht. Ich weiß nur, dass er sehr hübsch ist und klein genug, um ihn einzustecken. Außerdem, was soll's? Selbst wenn er ein Götze ist, du betest ihn ja nicht an.«

Sie plapperte eilig und eifrig weiter. Mittlerweile polterten auch die beiden würdigen Herren, der Schulmeister und der Pfarrer, in die Diele und wurden ins Esszimmer geleitet. Man setzte sich zu Tisch, Kerzen wurden angezündet und unterstützten die beiden Stehlampen darin, dem Raum mehr Wärme zu geben. Die Wirtschafterin – das letzte Überbleibsel eines einst großen Personalstabs – stellte die gewaltige Suppenterrine auf den Tisch und füllte die Teller. Die Gäste schwatzten mit dem Hausherrn, Merten Laudrun, bis Frieder erschien und das Abendessen mit einem kurzen Gebet offiziell eröffnet wurde.

Wie immer, wenn Neeles Mann den Raum betrat, stockten die Gespräche. Man grüßte ihn höflich, aber ohne Herzlichkeit, und er erwiderte den Gruß ebenso. Dr. Anderlies pflegte zu sagen, er habe nie einen so schwerblütigen Menschen erlebt. Mittelgroß, aber stämmig, muskulös, mit einem wuchtigen Kopf voll kurz geschnittener blonder Haare, verkörperte er den typischen Norddeutschen. Er war kein bösartiger, nicht einmal ein unfreundlicher Mensch. Er tat niemand etwas zuleide, und wenn man etwas von ihm brauchte, dann half er gerne. Aber er war so wortkarg, so in sich verkrochen, dass Neele sich manchmal fragte, ob er sie als seine Ehefrau wirklich wahrnahm. In dem halben Jahr, in dem sie jetzt miteinander verheiratet waren, hatte er ihr kaum mehr Zuwendung erwiesen als einer Fremden. Niemand konnte behaupten, dass er sie misshandelte, aber wann hätte er ihr je ein Lächeln geschenkt oder sie mit Wärme und Zärtlichkeit in seine Arme gezogen? Paula Anderlies mit ihrer spitzen Zunge hatte einmal gesagt, es sei, als sitze ein versteinerter Troll mit am Tisch.

Er beteiligte sich nicht am Gespräch, obwohl jetzt, so kurz vor der Abfahrt, die Diskussion lebhaft genug war.

Tante Käthe, die von Anfang an gegen den Plan gewesen war, postulierte, dass sie allesamt schon sehen würden, welche Schrecken sie in Java erwarteten, worauf Paula zum wiederholten Mal zum Widerspruch ansetzte. »Pastor Clemens schreibt …«

»Ach was, der Pastor!«, rief Tante Käthe respektlos.

»Soll er sich lieber um die Heidenkinder kümmern, anstatt unser junges Volk zu beschwatzen, dass sie in sein Teufelsland ziehen!«

Die »Doktors« protestierten. Java sei kein Teufelsland, und sie würden auch nirgends hinziehen, wo kochende Lava aus der Erde spritzt, sondern nach Batavia, in die Hauptstadt, die hauptsächlich von Engländern, Holländern und Deutschen bewohnt war. Dort ging es nicht weniger anständig zu als in Bremen. Schließlich war die Stadt die Hauptstadt der gesamten niederländischen Besitzungen in Ostindien, der Sitz des Generalgouverneurs und das Hauptemporium des niederländisch-asiatischen Handels – da konnte es sich ja wohl kaum um ein Kaff irgendwo in der Wildnis handeln. Hatte Pastor Clemens das nicht geschrieben? Und hatten sie nicht in *Meyers Konversations-Lexikon* den ganzen Artikel über Java gelesen, in dem geschrieben stand, dass die Menschen dort sanft und fügsam seien und das Land geradezu von Milch und Honig überfloss – von dort kamen Kaffee, Tee, Gewürze, Kakao, Edelhölzer ... Und die Vulkane, die waren sicher weit entfernt von dem Ort, an dem sie leben würden.

»Aber die Heiden!«, protestierte Tante Käthe angstvoll. »Was ist mit denen?«

»Ach was«, erklärte der Doktor, wobei er seiner Schwester und Neele zuzwinkerte, »die leben weit weg im Landesinneren. In Pastor Clemens' Internat kommen nur solche, die schon getauft sind.«

»Nun ja, dann ist es wohl nicht so schlimm.« Tante Käthes Stimme klang erleichtert. Zweifellos dachte sie daran, was ein durchreisender Professor ihnen über den Opferstein auf dem Hügel erzählt hatte: dass man dort

Menschen mit Bronzemessern das Herz aus dem Leibe geschnitten und ihre Glieder in Stücke gerissen hatte. Aber das war sechstausend Jahre vor Christus gewesen, nicht im Jahre des Heils 1880. Oder änderten Heiden sich nie?

Für gewöhnlich blieben die Gäste bis spät in den Abend hinein, aber diesmal kam keine Stimmung auf. Neele war bald zumute, als sitze sie bei einem Leichenschmaus zwischen dem düster vor sich hinstarrenden Frieder und der nervös schwatzenden Tante Käthe. Sie war froh, als der Pfarrer sie aufforderte, mit ihm nach draußen zu kommen. Er wolle noch einige Worte mit ihr unter vier Augen sprechen.

Neele erwartete die üblichen Ermahnungen eines Geistlichen, aber sein Gesicht war angespannt und seine Stimme heiser, als sei er mit sich selbst nicht im Reinen hinsichtlich dessen, was er ihr sagen sollte. Schließlich rang er sich zu den Worten durch: »Du kannst dich wohl kaum mehr an deine Eltern erinnern, Neele, nicht wahr?«

Sie schüttelte den Kopf. Sie war vier Jahre alt gewesen, als der schreckliche Unfall ihres Vaters passierte und ihre Mutter sich das Leben nahm. Ein Selbstmord galt als Sünde und Schande, deshalb war nach Elsie Laudruns Tod nie wieder über sie gesprochen worden, und Tante Käthe hatte alle Fotos weggeräumt. Nur das unheimliche grüne Zimmer hielt die Erinnerung an sie wach. Unter den Dorfkindern ging das gleiche Spukgerede um wie unter den Erwachsenen, aber Neele war bald vernünftig genug gewesen, nicht daran zu glauben. Ihre Beziehung zu ihren Eltern verblasste; an deren Stelle traten Onkel Merten und Tante Käthe. Sie war überrascht, dass der Pfarrer jetzt die Erinnerung an die Verstorbenen in ihr aufweckte.

»Nein«, antwortete sie. »Manchmal denke ich, ich

könnte mich an etwas erinnern, aber das bilde ich mir vielleicht nur ein, oder man hat es mir später erzählt – dass meine Mutter sehr schön war, beispielsweise. Und mein Vater sie leidenschaftlich liebte.«

Ihr Vater war Seemann gewesen, und von einer langen, langen Reise auf Walfängern in der Arktis war er eines Tages zurückgekehrt mit einer blonden jungen Frau und einem kleinen Mädchen, die er als seine Familie vorstellte. Die Ehe ihrer Mutter war sehr glücklich gewesen, obwohl die Leute sich nicht genug das Maul wetzen konnten über die »Auswärtige« und das Kind, das sie mitgebracht hatte. Trotz Heiners und ihrer Beteuerungen wurde das Kind allgemein als Frucht eines früheren Verhältnisses angesehen. Man suchte aufmerksam nach fremden Zügen in Neeles Gesicht, was aber ein nutzloses Unterfangen war, denn ihr Vater – ob es nun Heiner war oder ein anderer – hatte so gut wie keine Spur in ihrem Aussehen hinterlassen. Sie war das Spiegelbild ihrer Mutter, von den weizenblonden Haaren über die klaren Züge, die graublauen Augen und den langen Körper durch und durch ein schönes deutsches Mädchen.

»Ja, beides stimmt.« Er räusperte sich. »Als man dir vom Tod deiner Mutter erzählte, da sagte man dir, sie sei in einem Spital in Bremen gestorben, nicht wahr?«

Neele nickte. Der ferne Schmerz fühlte sich an wie ein Nadelstich.

»Nun«, sagte der Pfarrer, »ich finde, jetzt, wo du uns verlässt und ein völlig neuer Lebensabschnitt für dich beginnt, solltest du etwas wissen … Sie ist nicht gestorben. Jedenfalls damals nicht. Ob sie heute noch lebt, weiß ich nicht.«

Und dann stieß er hervor, mit gedämpfter Stimme und

raschen Worten, als hätte er Angst zu ersticken, ehe er alles herausgewürgt hatte: »Dir hat man damals und auch später nichts von alledem erzählt. Alle Eingeweihten fanden, es sei weniger schmerzlich für dich, wenn du dächtest, deine Mutter sei tot.« Er begann zu erzählen, wie man den Schuss gehört und die blutüberströmte Frau auf dem Boden liegend gefunden hatte, den Revolver ihres Mannes neben sich. Man hatte Dr. Steiner geholt und von ihm erfahren, dass die Kugel irgendwo im Schädel stecken geblieben war, da man wohl einen Einschuss, aber keine Austrittswunde sah. Auf seinen ärztlichen Rat hin hatte man Elsie ins Bett gelegt, damit sie in aller Ruhe sterben könne. Der Pastor, dem sie leidtat, hatte ihr das Altarsakrament gebracht, obwohl sie nach einem Selbstmordversuch eigentlich kein Anrecht darauf hatte.

Aber Elsie war nicht gestorben. Zwei Tage lang lag sie, mit leeren Puppenaugen vor sich hin starrend, reglos hinter den Bettvorhängen, bis Tante Käthe es nicht länger aushielt vor Angst und Unruhe. Sie verlangte kategorisch, die halb Tote, halb Lebendige aus dem Haus zu schaffen. Das war dann auch geschehen. Man hatte die Unglückliche mit dem Pferdefuhrwerk in ein Krankenhaus in Bremerhaven gebracht, zu dem der Pastor gute Beziehungen hatte. Von dort kam dann die Nachricht, dass die Kugel unmöglich aus dem Schädel zu entfernen sei, ohne das gesamte Gehirn zu zerstören. Elsie, die beharrlich weiterlebte, wurde vom Spital in eine »Barmherzige Irren- und Idiotenanstalt« in der Nähe von Flensburg verlegt, und das war das Letzte, was man in Norderbrake von ihr hörte.

Neele fühlte, wie es ihr das Herz zusammenkrampfte. Was für ein schreckliches Schicksal! Aber es war das Schicksal einer Frau, die in den letzten fünfzehn Jahren keine Rolle mehr in ihrem Leben gespielt hatte, die zu einem Gespenst geworden war, das im grünen Zimmer spukte.

»Ich meine nur«, sagte der Pfarrer, »du solltest es wissen.«

Sie nickte. »Ja, das sollte ich. Danke, Hochwürden.« Unsicher setzte sie hinzu: »In der Zwischenzeit ist sie wohl gestorben, nicht wahr? Niemand könnte so lange mit einer Kugel im Kopf überleben.«

»Nun, ich habe von Soldaten gehört ...« Der Geistliche unterbrach sich gerade noch rechtzeitig. Hastig und schuldbewusst fügte er hinzu: »Deine Mutter ist gewiss schon längst tot. Gott sei ihrer Seele gnädig! Und nun komm, wir gehen zurück.«

Als die Gäste gegangen waren, suchten Frieder und seine Frau ihr Schlafzimmer auf. Frieder sank augenblicklich in tiefen Schlaf, sobald das junge Ehepaar sich in sein Alkovenbett zurückgezogen hatte, aber Neele konnte nicht einschlafen. Mit offenen Augen lag sie in der Dunkelheit hinter den schweren Vorhängen und ließ Erinnerungen an sich vorüberziehen. Da waren Weihnachtsfeste und Geburtstage. Da waren Bilder aus ihren Kindheit, als sie die kleinen, holzigen Äpfel im Garten hinter dem Haus geerntet hatten, um grünes Gelee daraus zu machen. Da waren Erinnerungen daran, wie sie Scharlach gehabt hatte und Dr. Steiner in seinem Einspänner vorgefahren war, um der weinenden Tante Käthe zu versichern, dass sie nicht sterben würde. So viele Erinnerungen, schöne und hässliche, fröhliche und traurige. Nichts davon würde sich je wiederholen.

Sie stand vor einem entscheidenden Einschnitt in ihrem Leben, und es war ein Einschnitt, den sie nicht geplant hatte, bei dem man sie nicht um ihre Meinung gefragt hatte. Jäher Zorn wallte in ihr auf. Sie verstand ja, dass ein Ehepaar eines Sinnes sein musste, wie ein Gespann in eine Richtung ziehen musste, wenn der Wagen nicht umstürzen sollte, aber Frieder hatte sich rein gar nicht darum gekümmert, was sie zu seiner Entscheidung zu sagen hatte. Er hatte einfach nur zugehört, wie die Doktorsleute, die begeistert von ihrem Plan waren, davon redeten und redeten und ihre Zukunft in dem fernen Land in immer glühenderen Farben ausmalten, und dann hatte er eines Tages in seiner schwerfälligen Art gesagt: »Hier ist ja doch nichts mehr zu machen. Wenn ihr dorthin geht, gehe ich auch.«

Neele hatte mit ihm zu rechten versucht, aber er war nicht der Mann, der sich auf Widerworte einließ. Einen Nachmittag lang hatte er ihr zugehört, dann hatte er ihr erklärt, dass er seine Entschlüsse nicht zu ändern pflege, wenn er sie einmal gefasst hätte, und schon gar nicht pflege er sie mit seiner Frau zu diskutieren. Das Gleiche hatte er zu Tante Käthes Vorwürfen gesagt, die zwar sehr strenge Ansichten über den Gehorsam einer Ehefrau hatte, aber noch strengere über die Ausreise in ein heidnisches Land. In ihren Augen gab es überhaupt nur einen einzigen vernünftigen Grund, dorthin zu fahren: wenn einen der Herr zum Missionar berufen hatte – und war das etwa bei ihm der Fall?

Nein, hatte Frieder erwidert, aber er konnte ja in Pastor Ormus' Institut arbeiten. Dort brauchte man nicht nur Hände, die beteten, sondern auch solche, die kräftig zupackten.

Reglos, um Frieder nicht aus dem Schlaf zu wecken, lag sie zwischen den aufgeplusterten Decken und würgte ihren Zorn hinunter. Wie konnte das sein, dass man eine Frau so gar nicht nach ihren Wünschen fragte, selbst wenn es um so wichtige Dinge wie um die Übersiedlung in ein fremdes Land ging? Der Mann entschied, und die Frau musste hinter ihm hertrotten wie ein Kalb, das an einem Strick zum Markt geführt wird – und Tante Käthe fand das auch noch recht und richtig! Nun, jedenfalls hatte sie niemals Einspruch dagegen erhoben. Sie fand es richtig, weil Kirche und Staat einander die Hand reichten und einander mit der Rede unterstützten, eine Ehe könne nur gelingen, wenn eine Frau wie eine Kuh gehorchte. Und deshalb lag Neele jetzt im Dunkeln im Bett und meinte, ihr würde jeden Augenblick das Herz brechen.

Dann wanderten ihre Gedanken zurück zu dem Gespräch mit dem Pfarrer und seiner merkwürdigen halben Äußerung, er hätte von Soldaten gehört, die mit einer Kugel im Kopf überlebt hatten. Wenn ihre Mutter nun tatsächlich noch lebte? Und wie mochte es ihr ergehen, nachdem sie so schwer verwundet worden war? Neele spürte, wie eine plötzliche tiefe Sehnsucht nach der unbekannten Frau sie überkam. Hätte man ihr nicht früher sagen müssen, dass Elsie noch am Leben war? Vielleicht war es ja barmherzig gewesen, ein kleines Kind anzulügen, aber sobald sie einmal fünfzehn oder sechzehn geworden war, hätte man es ihr sagen müssen. Von allen Seiten behandelte man sie wie ein ewiges Kind. Und jetzt war es zu spät, noch herauszufinden, was aus Elsie geworden war. Sie mochte Onkel Merten und Tante Käthe fragen, aber die würden sie vermutlich anlügen.

Sie lag stumm im Bett, in ihrer hilflosen Wut gefangen wie in einem tiefen, kalten Grab.

2

Als der Samstagmorgen anbrach und Neele sich anzog, um mit ihren Gefährten nach Bremerhaven zu fahren, war ihr so elend zumute, dass sie am liebsten im Bett geblieben wäre. Sie musste sich zwingen, ihren Malzkaffee zu trinken und ein paar von den gebutterten Haferkeksen zu essen, um wenigstens etwas im Magen zu haben, und dann wurde ihr so übel, dass sie alles wieder erbrach. Das war in der letzten Woche schon zwei Mal der Fall gewesen, und ihr hatten die Knie zu zittern begonnen, als ihr klar wurde, dass sie schwanger war. Onkel Merten hatte wohl schon Verdacht geschöpft, denn er betrachtete sie mit einem scharfen Blick aus seinen eingesunkenen, dunkel umschatteten Augen, aber er sagte nichts. Sie fragte sich, ob er ahnte, was vorging, und war froh, dass es nicht in seiner Art lag, eine Bemerkung darüber zu machen. Auf keinen Fall durfte Tante Käthe merken, welche Ängste sie quälten, sonst würde die alte Dame sich noch im letzten Augenblick neue Sorgen aufbürden. Und Frieder wollte sie es auch nicht sagen. Er sollte es erst erfahren, wenn sie ihrer Sache ganz sicher war. Sie wusste nicht, wie er darauf reagieren würde, wenn sie im neuen Land gleich auch noch für einen Säugling Sorge tragen mussten. Wahrscheinlich würde er ihr stumm, aber deutlich zu verstehen geben, dass er die ungelegen kommende Schwangerschaft als ihre alleinige Schuld ansah. Als hätte er jemals gefragt, ob es ihr recht war, wenn er zu ihr kam!

Die Doktorsleute waren inzwischen mit ihrem Einspänner angekommen. Frieder stand mit zwei dick gepackten und sorgfältig zugeschnallten Koffern im Hof. Sie warf einen letzten Blick auf ihr Arbeitszimmer und auf die Sammlung, die im Mülleimer verschwinden würde, sobald das Fuhrwerk um die Ecke verschwunden war. Tante Käthe würde sich um vieles wohler fühlen, wenn das Heidenzeug aus dem Hause verschwunden war. Als einziges Erinnerungsstück nahm sie den kleinen Stier mit, den sie heimlich in ihre Tasche steckte. Er war aus dem Moor gekommen, er sollte sie immer an das Moor erinnern.

Dann stieg sie die Treppe hinunter in die Diele, wo Onkel Merten stand und seine Pfeife rauchte. In dem Augenblick, in dem sie ihn allein antraf, sah sie die Gelegenheit, und ohne einen Augenblick zu überlegen, fragte sie: »Onkel, was ist aus meiner Mutter geworden? Der Pfarrer sagte mir gestern, sie sei vielleicht noch am Leben.«

Die Frage traf ihn so unvorbereitet, dass er zu husten begann. Er nahm seine Pfeife aus dem Mund, stocherte darin herum, um Zeit zu gewinnen, und brummte schließlich: »Unsinn.«

»Aber ihr müsst es doch wissen. Ihr habt sie in diese Irrenanstalt bringen lassen. Wenn sie noch lebt, schickt man euch eine Rechnung, nicht wahr?«

Er hatte sich wieder gefangen. »Sieh her, Neeleken«, sagte er in dem Ton, in dem er ihr erklärt hatte, dass sie nun doch ein großes, vernünftiges Mädchen sei und sich nicht mehr vor Moorgeistern fürchten müsse. »Mag sein, dass sie noch am Leben ist, wenn man den Zustand Leben nennen kann. Als man sie von hier wegbrachte, konnte sie weder hören noch sehen noch reden, und ich wüsste nicht, was sich daran geändert haben sollte.«

»Hast du sie irgendwann einmal besucht? Oder Tante Käthe?«

Der Abscheu in seinem Gesicht, obwohl er ihn zu unterdrücken suchte, war deutlich. Nein, Onkel Merten war kein Mann, der am Bett eines lebenden Leichnams saß, und wegen Tante Käthe brauchte sie gar nicht erst zu fragen, deren Nerven hätten ein solches Erlebnis niemals ertragen. »Wozu?«, knurrte er, wütend darüber, dass sie ihn mit ihren Fragen belästigte. »Ich hab's dir doch schon gesagt! War blind und taub und stumm. Wozu hätten wir sie da wohl besuchen sollen? Und was hätte es dir gebracht, außer dir die Freude am Leben zu verderben?«

Resignation überkam Neele. Es hatte keinen Sinn, mit ihren Verwandten jetzt noch darüber zu reden. Die Zeit drängte.

»Wollen wir?«, fragte sie betont forsch. Merten nickte und schritt zur Tür.

Draußen brach die Sonne durch Schleierwolken. Ein frischer Wind wehte den charakteristischen, faulig-bitteren Geruch des Moors in den Hof. Die beiden Fuhrwerke standen bereit, in dem einen saßen die Doktorsleute, den zweiten bestiegen Merten, Frieder und Neele. Sie zog den dicken Wollumhang eng um sich zusammen. Das Wetter war typisch für den Altweibersommer – glühend heiß am Mittag, aber frisch am Morgen und Abend und bereits empfindlich kalt in der Nacht. Sie versuchte sich zu erinnern, was Lennert ihr über das Wetter in Java erzählt hatte. Erstickend heiß im Sommer. Feucht in der Regenzeit, wie man den Winter dort nannte. Frühling und Herbst gab es keinen. Entweder man verdorrte, oder die Wäsche schimmelte im Schrank, weil es Tag und Nacht regnete.

Merten lenkte sein Gespann durch die rostfarben, grün und golden gescheckte Landschaft. Neele fühlte, wie ihr das Heimweh das Herz abdrückte, noch bevor sie das Dorf erreicht hatten. Am liebsten wäre sie aus dem Wagen gesprungen und zurückgelaufen, und wäre sie ihre eigene Herrin gewesen, so hätte sie vielleicht auch genau das getan. Aber als Ehefrau unterstand sie nach geistlichem und weltlichem Recht der Autorität ihres Gatten, und der wollte nach Java.

Neele schloss halb die Augen und bemühte sich, die Tränen zurückzuhalten, die ihr beim Anblick des vertrauten Moors unter den Lidern hervorquollen. Sie wollte nicht, dass Frieder sie weinen sah, weil er sie wieder nur angeschnauzt hätte. Er gehörte zu den Menschen, die jede Gefühlsäußerung empfinden wie das Kratzen der Kreide auf einer Schultafel.

Auf dem kurzen Weg durch das Dorf wurden sie immer wieder angehalten, oder man winkte ihnen zu, aber die großen Abschiedsbesuche waren schon in den vergangenen Tagen gemacht worden, sodass es jetzt eilig zuging. Es waren auch nicht mehr so viele Leute da, die ein inniges Lebewohl zu sagen gehabt hätten. Neele dachte daran, dass sie als Kind ein gutes Dutzend Freundinnen gehabt hatte, aber sie waren eine nach der anderen alle weggezogen. Einige hatten in andere Dörfer geheiratet, die auf weniger unsicherem Grund standen, und drei waren überhaupt nach Bremerhaven gezogen und dort »Fräuleins« geworden, wie Tante Käthe unverheiratete arbeitende Frauen nannte.

Der Weg bis zum nächsten Bahnhof erschien ihr erstaunlich kurz. Schon standen sie da und warteten auf den Zug, während Merten die nötigen Worte für einen Abschied zusammensuchte. Viele fand er nicht, also drückte er Neele an sich und küsste sie, klopfte Frieder und Lennert die Schultern und winkte Paula zu. Der Zug kam, das Gepäck wurde eingeladen, der Pfiff des Bahnhofsvorstehers ertönte, und Neele warf einen letzten Blick zurück.

Es begann erst zu nieseln und dann bald heftiger zu regnen. Nebelbänke zogen von der Elbemündung herein. Neele starrte durchs Zugfenster in den vorüberfliegenden Ruß und dachte, dass die Zukunft genauso gestaltlos vor ihr lag wie diese schmutzigen Nebelschwaden. Da konnte der Doktor ihr noch so oft sagen, dass Batavia eine durch und durch europäische Stadt sei – nun, eine weitgehend europäische Stadt – und sie alles ganz vertraut finden würde. Sie zweifelte an seinen Worten. Er und Paula lechzten ja förmlich danach, ihr neues Leben zu beginnen, sie würden aufgeregt jeden Tag abhaken, den sie auf See hinter sich gebracht hatten, und sich dann kopfüber in das neue, bunte Leben stürzen. Aber Neele war keine Abenteurernatur. In dieser Hinsicht war sie mit Frieder eines Sinnes. Sie würden in Pastor Clemens' Schule wohnen, dort mit anpacken und den gefährlichen Verlockungen des gottlosen Landes so weit wie möglich aus dem Wege gehen. Bei dem Gedanken daran fühlte sie sich ihrem Mann plötzlich so nahe, dass sie die Hand unter seinen Arm schob und ihn kräftig drückte. Er reagierte mit einem unbestimmten Gebrummel.

Der Zug war gedrängt voll mit anderen Reisenden, die auch an Bord der *Meisje Mariaan* gehen wollten. Sooft einer der großen Auswandererdampfer in See stach, organisierten die Eisenbahnen und Dampfschifffahrtsgesellschaften gemeinschaftlich die Reise, die dann in den Zeitungen annonciert wurde. Bis ins letzte Dorf ging die Nachricht, dass am soundsovielten ein Hochseedampfer im Hafen lag. Dann musste man sich eilen, eine Karte zu ergattern, oder sich auf die Warteliste setzen lassen, denn die Nachfrage war groß.

Alle Welt schien in die Ferne zu strömen, alle in der Hoffnung, dort ein besseres Leben zu ergattern. So waren es teilweise ganze Familien, die sich auf den engen Holzbänken der Abteile drängten, ihre Koffer und Reisetaschen zwischen den Knien, die kleinen Kinder auf dem Schoß. Die wenigsten sahen froh und unternehmungslustig aus. Ihre Gesichter waren angespannt und von der bangen Frage gezeichnet, ob sie mit ihrer Entscheidung nicht vom Regen in die Traufe gerieten. Nur einige wenige – und das waren junge Burschen – zeigten sich fröhlich, lachten und schwatzten und schwadronierten davon, wie rasant schnell sie es in der Ferne zu Reichtum bringen würden. In dem Abteil, in dem die Selmakers und Anderlies' saßen, waren es Burschen, die nach Namibia aufbrachen, um dort auf den deutschen Diamantfeldern in der Lüderitzbucht zu arbeiten.

»Die Dummköpfe«, flüsterte Lennert seinen Begleitern zu. »Die glauben wohl, sie werden dafür bezahlt, dass sie die Diamanten aufklauben und in die Tasche stecken! Die werden sich noch wundern, wie hart die Arbeit auf den Feldern dort ist.«

Neele nickte, gab aber keine Antwort. Die Burschen waren selbst schuld, wenn sie enttäuscht wurden; immerhin waren sie freiwillig aufgebrochen.

Die junge Frau, die noch nie eine große Reise gemacht hatte, fühlte sich jetzt schon hilflos, obwohl eigentlich gar nichts schiefgehen konnte. Früher war es ein wüstes Abenteuer gewesen, das stimmte. Viele, die sich frohen Herzens auf den Weg gemacht hatten, waren gescheitert, ehe sie die ferne Küste überhaupt erreicht hatten. Manche hatten es nicht einmal bis an Bord des Schiffes geschafft, sondern waren schon im Hafen Opfer der Betrüger oder Räuber geworden, die in den naiven Landleuten ihre besten Opfer fanden. Und wer es an Bord schaffte, war auch nicht zu beneiden.

In den frühen Jahren des 19. Jahrhunderts war man darauf gekommen, dass man die Freiräume zwischen der Ladung mit Menschen beladen konnte. Der schmale Platz in den winzigen Fünfhundert-Tonnen-Dampfern wurde mit Billigreisenden gefüllt, die keinerlei Komfort zu erwarten hatten. Sogar ihr Essen mussten sie selbst mitbringen, und dauerte die Reise länger als geplant, so konnte es ihnen durchaus passieren, dass sie verhungerten. Später, als es sich bei den Auswanderern nicht mehr um eine Handvoll Abenteurer handelte, sondern Scharen von Menschen ihre Heimat verließen, wurden sie in den Zwischendecks in riesigen Schlafsälen zusammengedrängt, gepeinigt von Enge, Infektionskrankheiten, üblen Gerüchen und mörderischer Hitze, sobald sie die tropischen Gebiete erreicht hatten. Schließlich übernahmen die großen Reiseagenturen wie der Norddeutsche Lloyd die Organisation der Reise, in erster Linie, um den Reedereien lästige Arbeit zu sparen. Aber auch die Auswanderer profitierten davon. Die Reisen wurden mit allem Drum und Dran pauschal gebucht, die Reisenden mussten nicht mehr fürchten, Betrügern in die Hände zu fallen, sie mussten auch nicht mehr wochenlang im Hafen warten – wo manch einer seinen letzten Pfennig ausgab –, sondern die Fahrzeiten von Zug und Schiff wurden aufeinander abgestimmt, alles war bis aufs Kleinste geregelt.

Wenn sie an der Kaje in Bremerhaven ankamen, würde der holländische Hochseedampfer *Het Meisje Mariaan* bereits im Hafen liegen; sie würden ohne Zwischenstopp von ihrer Haustür in Norderbrake zu der von Pastor Clemens' evangelischem Internat in Batavia geschafft werden, als wollten sie nur gerade im nächsten Dorf etwas einkaufen. Dr. Anderlies hatte sich nicht genug begeistern können für diese moderne Art, die Welt kennenzulernen, aber Neele war ganz und gar nicht seiner Meinung. Sie hatte Angst, kalte, schreckliche Angst. Sie warf Frieder einen Seitenblick zu und stellte fest, dass er auch nicht eben begeistert aussah. Natürlich würde er nie zugeben, dass ihn jetzt angesichts der nahen Abreise der Mut zu verlassen drohte; das hätte bedeutet, eine Schwäche einzugestehen, aber seine Stirn war finster gerunzelt und seine Augen ausdruckslos wie blaue Kieselsteine. Aber wie glücklich hätte er sie, Neele, gemacht, hätte er einfach nur ihre Hand ergriffen und gesagt: »Komm, Mädchen, das ist denn doch nicht das Richtige für uns – lass uns zurückfahren nach Norderbrake!«

Als die Reisenden endlich Bremerhaven erreichten, fiel der Regen in schweren Strähnen und verschleierte die Sicht. Sie konnte gerade nur einen Blick auf das berühmte Auswandererhaus werfen, das Lennert ihr im Vorbeifahren zeigte, einen mächtigen vieltürmigen Bau, der wie ein mittelalterliches Schloss am alten Hafen aufragte. Der Kaufmann Johann Georg Claussen hatte es errichtet, um den Reisenden zu helfen, die bis dahin oft wie Schweine in den unwürdigsten Unterkünften zusammengepfercht worden waren – und das womöglich monatelang, wenn widrige Winde ihre Schiffe im Hafen festhielten. Denn die Kapitäne waren nicht verpflichtet, sich um ihr menschliches Kargo zu kümmern.

»Da ist viel geschehen«, erklärte Lennert, als das prächtige Denkmal der Menschlichkeit hinter ihnen in den Regenschleiern versank. »Es ist ja auch inzwischen nicht mehr erlaubt, Männer und Weiber, Kinder und Erwachsene in Boxen zusammenzuzwängen, vier bis sechs Personen auf einmal, sodass sie sich kaum darin umdrehen konnten. Nein, diese Zeiten sind Gott sei Dank vorbei. Aber auf eine gewisse Ungemütlichkeit werden wir uns schon einstellen müssen – und eine lausige Speisekarte. Auf Schiffen gibt's immer schlechtes Essen. Erinnert ihr euch, was Jürgen von seinem Schiff erzählte? Da kamen immer nur Speck, Kartoffel, Kohl und gelbe Erbsen auf den Tisch.«

»Ja, aber warte, bis wir erst in Java sind!«, widersprach die unverdrossene Paula. »Dort serviert man zu jeder Mahlzeit gebratenes Huhn mit Reis und frisches Gemüse und Früchte, vom Baum gepflückt und in Teig gebacken wie Apfelkuchen, das wird uns entschädigen für den vielen geräucherten Speck.« Sie lachte so begeistert, dass sogar Frieder sich ein schwaches Grinsen entlocken ließ.

So ging das Gespräch hin und her, bis sie in den Hauptbahnhof von Bremerhaven einfuhren. Von dort schleppten sie ihre Koffer in den Schiffswartesaal dritter Klasse, einen tristen Saal aus grau getünchten Ziegeln, in dem sich rasch viele Menschen ansammelten. Früher, so erzählte ihr Lennert, ehe die Stadt Bremen ihnen diesen Wartesaal baute, hatten die Reisenden hier bei Wind und Wetter im Freien darauf warten müssen, dass sie an Bord gehen konnten. Neele hörte ihm nur mit halbem Ohr zu. Sie saß trostlos auf einer der schwarzen Holzbänke, ihren Koffer zwischen den Knien, und lauschte dem anschwellenden Durcheinander von Stimmen. Ihre Hände und Füße waren eiskalt, und in ihrem Magen schien ein Übelkeit erregender Klumpen zu stecken, aber sie wagte nicht nach einem Abtritt zu suchen. Wenn sie in der Menge verloren ging? Wenn sie zurückkam, und Frieder, Paula und Lennert waren nicht mehr da? Steif wie eine Holzpuppe saß sie da und umklammerte Paulas Arm. Wie konnte die Frau nur so fröhlich sein? Nun, Paula hatte das Moor nie viel bedeutet, sie und ihr Bruder waren in Bremerhaven aufgewachsen, Lennert hatte in Berlin studiert und dann seinen ersten Posten als Dorfarzt in Norderbrake angetreten – und auf der Stelle herausgefunden, dass es ihn niemals in einem Heidedorf halten würde. Es war ja verständlich, dass sie in Norderbrake keine Wurzeln hatten. Aber warum hatten sie Frieder anstiften müssen, dass er mit ihnen gehen wollte?

Plötzlich ertönte ein gewaltiger Lärm. Eine Glocke wurde angeschlagen, Männerstimmen brüllten, und Paula sprang auf. »Komm, komm!«, rief sie. »Es geht los!«

Angetrieben von den scharfen Befehlen zweier Offiziere, die sich links und rechts des Ausgangs postiert hatten, stolperten die schwer beladenen Auswanderer durch die Tür am anderen Ende des Wartesaals. Bald gab es ein heilloses Gewühl, denn manche verloren in dem Durcheinander ihre Gepäckstücke, bückten sich, um sie wiederzufinden, wurden von den Nächstkommenden angerempelt, und nur das Dazwischentreten der Matrosen verhinderte eine Schlägerei. Die Leute kletterten förmlich übereinander, so eilig hatten sie es, den Wartesaal zu verlassen. Neele wurde von einem Matrosen an den Schultern gefasst und vorwärtsgeschoben, während ein anderer Befehle brüllte, und dann stand sie im Nieselregen mit ihrem Koffer auf der Kaje, eingezwängt in der unruhig wartenden Menge, über die das Riesenschiff seinen Schatten warf. Frieder, Paula und Lennert hatten alle Mühe, nicht von ihr getrennt zu werden, so gewaltig wogte das Gewühl hin und her.

Neele fühlte sich wie in einem Traum. Vor ihr verschwammen die Segel und Schornsteine der zahllosen Schiffe hinter einer Wand aus Regen, Schmauch und Dampf. So hoch, dass er die Kaje an dieser Stelle in ein unbestimmtes, unheimliches Zwielicht tauchte, ragte der fünfstöckige Rumpf der *Meisje Mariaan* auf, eine solide Wand aus genieteten Eisenplatten. Darüber türmten sich noch einmal die weißen Deckaufbauten zwischen den langen Reihen der Davits für die Rettungsboote und zwei mächtigen schwarz-weiß geringelten Schornsteinen, die das oberste Deck überragten. Jetzt wurde das Fallreep heruntergelassen, ungeduldige Rufe hallten von allen Seiten, und die wartende Menge wurde vorwärtsgedrängt.

Neele fiel beinahe über ihren Koffer, während sie ihr Billett vorwies, denn schon drängte ein anderer hinter ihr, und noch einer schob seinen Packen mit den Knien vorwärts, um die Hände frei zu haben. Der Lärm war unbeschreiblich. Kinder plärrten, Mütter, die in dem Gedränge ihre Kleinen zu verlieren fürchteten, schrien nach ihnen, Männer und Frauen stritten in wütenden Tönen, Matrosen brüllten, und Offiziere bliesen in ihre Trillerpfeifen. Neele wurde vorwärtsgeschoben, das Fallreep hinauf, wurde nach Vorzeigen ihres Billetts an Bord gelassen und fand Zuflucht in einer Nische der Deckaufbauten, wo es nicht gar so wüst zuging. Am liebsten hätte sie sich einfach auf ihren Koffer gesetzt, geweint und sich nicht mehr gerührt, aber da hätte Frieder, der es nicht leiden konnte, wenn Frauen »sich anstellten«, ihr schön etwas anschauen lassen!

Wenigstens ließ nach einer Weile, als der größte Teil der Zwischendeckpassagiere im Bauch des Schiffes verschwunden war, der ärgste Trubel nach, sodass sie nicht mehr von allen Seiten blaue Flecken bekam. Es waren nicht allzu viele, die sich hier in Bremerhaven von ihren Angehörigen und Freunden verabschiedeten. Die meisten hatten schon eine längere Reise aus einer Stadt oder auch einem kleinen Dorf im Binnenland hinter sich und waren jetzt nur mehr daran interessiert, sich so rasch wie möglich in ihren Kabinen einzurichten und fürs Erste einmal Ruhe zu haben.

Immer dichtere Rauchwolken pufften aus den beiden Schornsteinen und breiteten sich wie schwarze Regenschirme über dem Deck aus. Plötzlich ertönte das langgezogene Tuten der Dampfpfeife und warnte die Passagiere zum ersten Mal, dass es nicht mehr lange dauern würde, bis die Matrosen das Fallreep einholten und die Leinen losmachten. Auf diese Warnung hin verdoppelte sich die Hektik, das Geschrei war ohrenzerreißend. Beinahe zu spät gekommene Droschken bahnten sich in wilder Hast ihren Weg durch die Menge und entließen ihre Fahrgäste. Schwere, hoch beladene Rollwagen rumpelten über das Kopfsteinpflaster auf die Laderampe zu, wo ihre Waren an Bord des Schiffes gehievt wurden. Eine letzte Ladung Koffer und Seekisten wurde von schwitzenden Trägern die Landungsbrücke hinaufgeschleppt. Das Stimmengewirr der erregten Menge aus Schaulustigen, Passagieren und deren Begleitern übertönte den Lärm der schreienden Arbeiter und der kreischenden Möwen am Himmel. Obwohl zwei Barkassen den Hochseedampfer aus dem Hafen schleppen würden, quoll bereits Rauch aus den Schornsteinen, und man hörte das grollende und rumpelnde Arbeiten der Kolben im Innern des Schiffsbauches.

»Neele, komm! Lass dir das nicht entgehen!« Paula hakte sie unter und drängte sie auf die Reling zu. »So etwas erlebst du nicht alle Tage. Siehst du die beiden kleinen Schiffe da? Das sind die Schlepper, die die *Meisje Mariaan* aufs offene Meer ziehen.«

Neele ließ sich widerwillig an die Reling zerren. Es war ihr gleich, wie das Riesenschiff den Hafen verließ. Der Kapitän würde schon wissen, was er zu tun hatte. Außerdem nieselte es, und die kalten Tropfen fielen ihr in den Nacken. Sie sah sich nach Frieder um, konnte ihn aber nirgends entdecken. Wahrscheinlich hatte er ihrer beider Koffer in den Schiffsbauch hinuntergetragen. Nun gut, er würde sich schon melden, wenn er sie brauchte, und bis dahin konnte sie Paula den Gefallen tun und sich die Ausfahrt aus dem Hafen ansehen, um nicht wieder hören zu müssen, dass sie sich für nichts interessierte. Paula war eines von diesen unendlich wissbegierigen Mädchen, die ständig ihre Nase in *Meyers Konversations-Lexikon* steckten und über das tollste Zeug Bescheid wussten – und sie ließ es Neele fühlen, dass die nicht so belesen war!

Ein leichter Ärger stieg in der jungen Frau auf, während sie fröstelnd an der Reling stand und dem Gewirr im Hafen zusah. Man musste ja deshalb nicht blöde sein, wenn man nicht gleich über alles Bescheid wusste, was am anderen Ende der Welt vor sich ging. Sie hatte eben ihre eigenen Interessen, und die hatten sich bislang vor allem auf Norderbrake konzentriert, nicht auf Wilde in irgendwelchen fernen Ländern der Erde.

Dann brüllte die Sirene zum zweiten und dritten Mal

in einem Ton auf, der Neele in den Ohren schmerzte. Erschrocken klammerte sie sich an die Reling und riss den Mund auf, um zu verhindern, dass ihr die Trommelfelle platzten. Eine gute Minute lang sandte das Ungetüm seinen Abschiedsgruß über den Hafen, dann verstummte der infernalische Lärm, und Neele wagte es wieder, den Mund zu schließen. In ihren Ohren stach es wie von Hutnadeln. Feuchte Strähnen hingen ihr ins Gesicht. Von den unteren Decks und von der Pier erklangen vielstimmige Abschiedsrufe, als die dicken Stahltrossen gelöst wurden, mit denen die *Meisje Mariaan* an Land verankert war.

»Wir fahren!«, rief Paula überglücklich. »Ist das nicht wundervoll?«

»Ja«, stimmte Lennert ihr zu. »Aber wo ist eigentlich Frieder?«

3

Jürgen hatte in der Nacht vor Neeles Abreise nicht schlafen können. Sooft er nahe daran war, in Schlaf zu sinken, schreckte er wieder hoch und drehte sich auf seiner Matratze einmal dahin, einmal dorthin. Er machte sich Vorwürfe, dass er nicht darauf bestanden hatte, mit ihr zu reden. Wer weiß, vielleicht wäre sie geblieben, wenn sie erfahren hätte, was er wusste. Aber sie war so reizbar gewesen, so kurz angebunden, dass er gefürchtet hatte, sie würde ihm gar nicht zuhören, und geärgert hatte er sich auch …

Wieder kreisten seine Gedanken, bis es schließlich Morgen wurde. Eigentlich hatte er vorgehabt, seinen

Kummer hinunterzuschlucken und Neele nicht wiederzusehen, nachdem sie vor dem Dorfladen gestritten hatten. Aber als dann der Tag der Abreise kam, brachte er es nicht fertig. Im letzten Augenblick, als der Zug schon losfahren wollte, stieg er in einem anderen Waggon zu. Er wusste selbst nicht recht, was er eigentlich wollte. Mit Neele reden, obwohl er wahrscheinlich kaum eine Chance hatte, ihren Entschluss – oder besser gesagt, Frieders Entschluss – noch einmal zu ändern? Sie einfach nur noch einmal sehen? Auf keinen Fall wollte er ihr begegnen, solange die anderen dabei waren. Für die Doktorsleute wäre es nur peinlich gewesen, und Frieder hätte sofort einen heftigen Streit mit ihm angefangen. Also hielt er sich in einem Waggon am anderen Ende des Zuges auf, näher der Lokomotive, sodass er früher ankommen musste und zusehen konnte, wie die Reisenden aus den anderen Wagen stiegen.

Er führte seinen Entschluss aus. Pünktlich zur Abfahrt der *Meisje Mariaan* stand er auf dem Bahnsteig vor der Wartehalle und spähte nach Neele und den drei anderen aus. Freilich hatte er nicht geahnt, was für ein Gewühl auf dem schmalen Raum herrschen würde. Die Leute bewegten sich nicht diszipliniert in den Wartesaal, sondern traten und stießen einander, hoben ihr Gepäck auf die Schultern, um es vor dem Zugriff der anderen zu schützen, und pressten ihre schreienden Kinder an sich. Einen Augenblick lang war Jürgen überzeugt, dass er Neele gesehen hatte, aber als er sich zu ihr durchdrängen wollte, war sie schon wieder in der Menge verschwunden. Da war auch der Doktor, dessen lange, hagere Gestalt über die Köpfe der meisten anderen Leute hinausragte. Jürgen versuchte, durch den Eingang zu gelangen, wurde aber von einem bulligen Burschen in Uniform aufgehalten. »Ihr Billett?«

»Ich will nur hinein, um mit jemand zu sprechen.«

»Nichts da. Ohne Billett kommt hier keiner hinein.« Er schob Jürgen auf eine Weise beiseite, die dem klar machte, dass er ernsthaft eins auf die Nase bekommen würde, wenn er nicht eiligst gehorchte. Also zog er sich durch die schmale Tür zurück, zornig, dass sein Vorhaben gescheitert war und er Neele nun weder aufklären noch ihr wenigstens Lebewohl sagen konnte. Ihm blieb nichts anderes übrig, als die Eisenbahngleise zu überqueren und auf der anderen Seite der Station in den Zug einzusteigen, der ihn wieder nach Norderbrake zurückbringen würde. Das wollte er gerade tun, als er verblüfft stehen blieb.

Der Mann, der da etwas abseits der Menge mit einem anderen sprach und in aller Eile mit ihm Geld gegen ein Billett zu tauschen schien, war das nicht Frieder Selmaker? Ohne zu denken, stürzte Jürgen auf ihn zu und ergriff ihn am Ärmel. »Frieder! Was ist los? Warum bist du denn nicht drinnen? Und was machst du …«

Der Unbekannte, der offenbar Frieders Billett erworben hatte, rannte davon und verschwand im Eingang zur Wartehalle. Bei jeder Abfahrt eines Ozeandampfers warteten ein Dutzend solcher Leute auf jemand, der seine Karte aufgab, sei es, dass er im letzten Moment kalte Füße bekommen hatte oder der Kapitän ihn nicht an Bord ließ – wie es Passagieren widerfuhr, die sichtbar krank waren oder aus einem anderen Grund das Missfallen des Schiffsherrn erregten. Eine Sekunde lang durchfuhr Jürgen ein heißer Strahl der Hoffnung, die beiden Selmakers könnten gemeinsam zurückgeblieben sein. Aber wo war Neele? Und die Wut in Frieders Gesicht, als dieser sich ihm zuwandte, verriet, dass er ihn nicht erwartet hatte.

»Du hast sie allein an Bord gehen lassen?«, schrie er. »Wie kannst du ...«

Im nächsten Augenblick schoss Frieders harte Faust vor, und ein Schlag traf Jürgen am Kinn, sodass sein Kopf zurückflog und ihm die Welt vor den Augen verschwand. Er spürte noch, wie er sich drehte und auf das harte Pflaster aufprallte, dann wurde alles schwarz um ihn her.

Als er wieder zu sich kam, fand er sich in einem Kreis von Gaffern, die ihn neugierig betrachteten, und zwei Wachleuten mit Säbeln, die von ihm wissen wollten, was passiert sei. Er rappelte sich mithilfe einiger Umstehender mühsam hoch. Nichts sei passiert, stieß er mühsam hervor, wobei er fühlte, wie dick und blutig seine Unterlippe war. Er hätte einer guten Freundin ein Lebewohlküsschen gegeben, das dürfte man doch wohl, wenn man jemanden zum letzten Mal sieht, und da habe ihr Gatte die Nerven verloren ...

Die Wachleute jagten die Neugierigen weg und rieten Jürgen, sich zu trollen, dann müssten sie ihn nicht mitnehmen. Er gehorchte. Mit steifen Gliedern und brummendem Schädel querte er auf dem hölzernen Schutzweg die Eisenbahngleise und setzte sich drüben in die Hütte, um zu warten, bis der Bummelzug Richtung Norderbrake kam. Er blickte geradewegs aufs Meer hinaus, aber obwohl es übersät mit Schiffen war, großen und kleinen, konnte er nirgends einen Ozeanliner mit der Aufschrift *Het Meisje Mariaan* sehen. Sie musste bereits außer Sicht sein, unterwegs in das breite Becken der Nordsee.

4

Als Käthe und Merten Laudrun sich an diesem Abend zum Essen niedersetzten, war es ein trauriges Mahl. Es war aber nicht nur die Abreise der jungen Leute, die sie so niedergeschlagen stimmte. Vor allem Käthe machte sich Gedanken über Kümmernisse, die weit zurück in der Vergangenheit lagen.

Als das Essen abserviert war und die beiden, wie es ihre Gewohnheit war, noch einen Schluck Obstschnaps tranken, sagte Käthe: »Ich bin überzeugt, der Pfarrer hat ihr etwas davon erzählt, als er so mit ihr herumtuschelte. Aber was soll das für einen Sinn haben? Elsie ist tot oder so gut wie tot, und Neele zieht in dieses Land am Ende der Welt. Warum konnte er die Dinge nicht ruhen lassen?«

Merten zuckte schwerfällig die Achseln. »Vielleicht hatte er ein schlechtes Gewissen. Aber ich finde auch, wenn er ihr etwas sagen wollte, dann hätte er es ihr zu einer Zeit sagen sollen, als sie noch hier wohnte und Gelegenheit gehabt hätte, selber nachzuforschen.«

»Was gibt's da nachzuforschen? Wir wissen alle, was geschehen ist.«

»Manche Menschen wollen ganz genau wissen, was aus ihren Anverwandten geworden ist, auch wenn sie nichts als Ärger und Kummer von dem haben, was sie dann erfahren. Wie auch immer, jetzt ist es so, wie es ist, und niemand kann etwas dran ändern.« Damit stand er auf und ging aus dem Esszimmer.

Käthe rief die Wirtschafterin, um mit ihr gemeinsam das Geschirr abzuräumen, dann blieb sie noch eine Weile im Salon am Feuer sitzen. Sie war eben dabei, einzunicken, als ein heftiges Gepolter in der Diele laut wurde, und dann erschien zu ihrer Verblüffung Jürgen mit einer aufgeplatzten Lippe. Erschrocken rappelte sie sich hoch. »Was ist los?«, rief sie. »Was ist geschehen? Bist du gestürzt, oder hat dich jemand überfallen?«

Er bedeutete ihr mit einer wilden Geste zu schweigen, dann stieß er hervor: »Ich war in Bremerhaven. Ich habe gesehen, wie die *Meisje Mariaan* abfuhr. Und es war nur Neele an Bord!«

Käthe starrte ihn an wie einen Verrückten. »Was soll das heißen, nur Neele war an Bord? Was war mit Frieder? Und mit den Doktorsleuten?«

Jürgen bediente sich, ohne zu fragen, an der Flasche mit dem Obstschnaps, die in der Vitrine stand, dann – nachdem auch Merten dazugekommen war – erzählte er den beiden alten Leuten, wie er Neele gefolgt war und gesehen hatte, wie Frieder sein Billett an einen der im Hafen Wartenden verkauft hatte, der dann statt seiner an Bord ging. Als er ihn zur Rede stellte, hatte Frieder ihn niedergeschlagen, und als er sich von dem Schlag wieder erholt hatte, war von der *Meisje Mariaan* nichts mehr zu sehen gewesen und von Frieder auch nicht.

»Der Schuft hat die Gelegenheit genutzt, Neele loszuwerden«, knirschte er zwischen den Zähnen hervor.

»Aber dann kann sie doch zu uns zurückkommen!« Käthe schien nicht unbedingt begeistert von der Aussicht, eine verlassene Ehefrau bei sich aufzunehmen, so etwas war immer eine Schande, auch wenn die Ehefrau nichts dafür konnte, aber sie hielt zu ihrer Familie.

Jürgen und Merten schüttelten gleichzeitig den Kopf. Ein solches Schiff, das von Kontinent zu Kontintent fuhr, war doch kein Bummelzug, der an jeder Ecke anhält. Anlegen würde es zum ersten Mal in Amsterdam, das war ein sehr weiter Weg von Norderbrake. Wie sollte eine alleinstehende Frau, die fast kein Geld bei sich hat, zurückkehren?

Es war spät in der Nacht, als Jürgen den Moorhof verließ und den vom Mond beschienenen Pfad zurück ins Dorf nahm. Während des Gesprächs mit den Laudruns hatte sich ein Plan in seinem Kopf zu formen begonnen, der kühn, aber gewiss nicht unmöglich war. Frieder hatte Neele sitzen lassen – hieß das nicht, dass sie jetzt frei für den Mann war, der sie mit aller Leidenschaft liebte? Dass sie ihn ebenfalls liebte, auch wenn sie es abstritt, würde sie schon noch begreifen, wenn sie ihm erst Gelegenheit gab, ihr seine Liebe zu beweisen. Und außerdem konnte sie froh und dankbar sein, wenn sich jemand in diesem wilden Land am Ende der Welt um sie kümmerte. Was hielt ihn noch in Deutschland? Nichts. Solange Frieder im Spiel war, hatte er nicht daran denken können, sich den Auswanderern anzuschließen, aber jetzt lag die Sache anders.

Er schritt an dem winzigen Friedhof entlang, vorbei an der Kirche und zu dem kleinen Haus, in dem er allein mit seinem Vater wohnte. Der alte Simms schlief fest, nichts rührte sich, als Jürgen die Tür aufschloss, die schmale Diele durchquerte und hinaufstieg zu der Kammer, in der er wohnte. Dort saß er eine ganze Weile lang im Licht einer Kerze und half seinen Gedanken weiter, indem er hin und wieder einen kräftigen Schluck aus einer Flasche mit Obstschnaps nahm. Zuletzt zog er eine Kiste unter dem Bett hervor, öffnete sie und entnahm ihr einen dicken Packen auf braunem Papier geschriebener Briefe.

Jürgen grinste in sich hinein. Das dicke Kuvert, das die Briefe enthielt, war an Frau Käthe Laudrun auf dem Moorhof, Norderbrake, adressiert – schließlich hatten die Laudruns damals die Überführung in die Anstalt arrangiert, als das Spital in Bremerhaven Elsie nicht länger behalten wollte. Es ging ihn also eigentlich gar nichts an. Es war purer Zufall gewesen oder auch eine freundliche Fügung des Schicksals, dass er dem Ponygespann des Postboten begegnet war und dieser ihm die Post für Norderbrake mitgegeben hatte, um sich den Weg zu ersparen. Normalerweise hätte er Briefe an den Moorhof pünktlich abgeliefert, aber das seltsame Kuvert mit dem Anstaltsstempel hatte seine Neugier erregt. Er wusste ein wenig mehr als alle anderen in Norderbrake, aber zuletzt hatte er auch nur gehört, dass man Elsie Laudrun vor fünfzehn Jahren in einem hoffnungslosen Zustand in das Asyl gebracht hatte. Warum schrieben die Ärzte jetzt? Eine Todesnachricht hätte nicht einen solchen dicken Packen Papier gebraucht.

In Deutschland hielt ihn sowieso nichts, warum sollte er sich nicht in anderen Ecken der Welt umschauen? Als er schließlich, schon im Morgengrauen, mächtig angeheitert zu Bett ging, war sein Entschluss gefasst. Er würde seinen Vater – der ihn ohnehin gern aus dem Haus gehabt hätte – dazu bringen, ihm das Geld für die Überfahrt nach Java zu geben, und dort würde er Neele ausfindig machen und ihr die Briefe zeigen, wie er es schon am Abend ihrer Abreise vorgehabt hatte. Und dann würde er ihr klarmachen, dass sie an Frieder nichts verloren hatte und nur ein einziger Mann für sie infrage kam, nämlich er, Jürgen Simms.

Auf hoher See

1

Neele stand an der Reling und starrte in den Streifen grauen, strudelnden Wassers zwischen Schiffsrumpf und Kaje hinunter, der immer breiter wurde. In ihren Ohren trommelte das Blut, ihr Herz schlug so heftig, dass sie ängstlich die Hand daraufpresste, überzeugt, es würde jeden Augenblick aussetzen. Sie hörte weder die Rufe der Passagiere, die sich an der Reling drängten und ihren Verwandten und Freunden ein letztes Lebewohl zuwinkten, noch die scharfen Befehle der Offiziere. Sie kümmerte sich weder um den beißenden Qualm, der jetzt, wo das Schiff zusehends Fahrt aufnahm, übers Deck geweht wurde, noch um das deutlich fühlbare Stampfen der Maschine unter ihren Füßen. Nichts war ihr bewusst als die Tatsache, dass ihr Ehemann, der ihr Treue bis in den Tod versprochen hatte, sie abgelegt hatte wie einen abgetragenen Mantel.

Eiskalte Schauder durchliefen sie. Immer wieder blickte sie verständnislos den Brief an, den der Zahlmeister ihr ausgehändigt hatte, als sie voll Sorge nach dem verschwundenen Ehemann fragte.

Frieder war kein Mann der großen Worte, also war auch sein Abschiedsbrief kurz gehalten:

Neele, es war ein Fehler, Dich zu heiraten, und mit einem Kind, das Du bekommst, wie Tante Käthe sagt, das würde ich nicht schaffen. Musst eben schauen, wie Du zurechtkommst, und ich muss das auch. Frieder Selmaker.

Neele klammerte sich an die Reling, nahe daran, ohnmächtig auf den Boden zu sinken. Die Schrift verschwamm ihr vor Augen, aber das Gelesene hallte in ihrem Kopf wider. Was hatte er sich dabei gedacht? Wie konnte er so etwas tun, sie einfach stehen lassen und verschwinden, einen Atemzug bevor das Schiff ablegte? Hätte er auf dem Weg nach Bremerhaven gesagt, dass er nicht fahren wollte, dann wäre sie bereitwillig umgekehrt ... aber nein, das war es ja! Er wollte nicht mit ihr zurückfahren! Er wollte frei sein, wollte irgendwo ein neues Leben anfangen, ganz gewiss nicht in Java und ganz gewiss nicht mit ihr. Wie konnte ein Mann das tun, nachdem er mit steifer Miene und ernster Stimme vor dem Pastor geschworen hatte, dass er immer und allezeit sein Leben mit dem ihren verbinden würde?

Lennert und Paula, die ratlos neben ihr standen, versuchten von Neuem, sie aus ihrer Erstarrung zu reißen. »Neeleken«, mahnte Paula, »komm jetzt unter Deck. Der Regen wird immer dichter, du wirst ganz nass.«

»Entschuldige«, murmelte sie. »Es ist nur ... Ich meine, ausgerechnet von Frieder hätte ich mir das nicht erwartet. Er war immer so ... so ... Was er sagte, darauf konnte man sich verlassen.«

»Komm«, drängte auch Lennert. »Du kannst hier nicht stehen bleiben. Geh hinunter, und wir setzen uns zusammen und reden. Du hast ja noch uns.«

Sie wischte die Tränen ab. Ja, die Doktorsleute hatte sie

noch. Nicht auszudenken, wenn sie ganz allein gewesen wäre auf dieser albtraumhaften Reise. »Danke«, flüsterte sie.

Paula ergriff ihren Arm und zog sie mit sich zu der Luke, durch die eine hölzerne Hühnerleiter hinunterführte in den Bauch des Liners, wo sich die Quartiere für die Reisenden dritter Klasse befanden. Ein trübes Halbdunkel herrschte dort unten, und ein schwerer, ranziger Geruch nach Motoröl drang herauf. Das Stampfen der Maschinen war deutlich zu spüren. Durch das Schlingern des Schiffes kamen die drei Reisenden nur langsam voran. Vorsichtig an den Handlauf geklammert, tappten sie hinunter in die mit Kisten und Kasten an Ladung vollgestaute Höhle des Zwischendecks. Neele sah undeutlich riesige Ballen, in Jute gepackt und mit Tauen umschnürt, hölzerne Kisten und in käfigartigen Gittern übereinandergeschichtete Säcke. Lampen baumelten da und dort zwischen der Ladung und warfen verwirrende Schatten. Unmittelbar unterhalb dieses Zwischendecks, das so genannt wurde, weil es bei Bedarf entfernt werden konnte, befanden sich ihre Kabinen. Die *Meisje Mariaan* war eines jener fortschrittlichen Schiffe, die ihren Zwischendeckpassagieren statt der früher üblichen riesigen Schlafsäle bereits Wohnkabinen anboten. Auch in der dritten Klasse mit Stockbetten für zwei oder vier Personen reisten Männer und Frauen streng getrennt, wie es die calvinistische Ethik der Reeder verlangte, daher teilten Paula und Neele sich eine Kabine an einem Ende des Zwischendecks, während Lennert und Frieder eine am anderen Ende, auf der Männerseite, gemeinsam gehabt hätten. Jetzt würde Lennert allein reisen, oder man würde ihm einen weiteren Passagier als Begleiter zuweisen, je nachdem, wie es dem Quartiermeister gefiel.

Paula schob Neele zu einer der Kabinen, die an einem engen Gang lagen. Licht erhielt er von Bullaugen, die da und dort in tiefen Nischen zwischen den Kabinen in die Schiffswand eingelassen waren, und von Petroleumlampen, die an den Balken hingen. Die Hitze des darunter liegenden Maschinenraumes erwärmte ihn, was ihr im Augenblick noch ganz angenehm war, da der Schock einen heftigen Schüttelfrost in ihr ausgelöst hatte. Neele sah sich, als sie die Tür öffnete, in einem engen, fensterlosen und nach Fisch, Motoröl und Gewürzen riechenden Raum mit zwei Kojenbetten, einem Klapptisch und einem Gepäckträger unter der Decke sowie einem Netz an der Hinterseite des Bettes, in dem man Kleinigkeiten verstauen konnte. Ihre beiden Koffer, noch unausgepackt, nahmen fast den gesamten freien Platz zwischen den Betten ein. Ihr schauderte bei dem Gedanken, eine mehrwöchige Reise in diesem Holzgehäuse zu verbringen, aber alle ihre Gedanken und Gefühle wurden verdunkelt von der Vorstellung, dass Frieder sie verlassen hatte. Nichts anderes konnte wirklich in ihren Kopf dringen. Sie war verwirrt, verletzt, gekränkt – und ungemein wütend. Der machte es sich leicht! Als kräftiger junger Mann ohne Anhang konnte er jederzeit Arbeit finden, konnte sich durchbringen, wie und wo es ihm gefiel, während sie dastand mit einem Kind im Bauch und in völliger Ahnungslosigkeit, was sie in Java erwartete. Und so gesehen, war das ganz typisch für Frieder. Er hasste Auseinandersetzungen. Nie hätte er vor seiner Verwandtschaft zugegeben, dass er mit der Ehe einen Fehler gemacht hatte, aber die Kröte schlucken und das Beste daraus machen wollte er auch nicht, schon gar nicht, nachdem er darauf gekommen war, dass seine Frau ein Kind erwartete. Von seinem Standpunkt aus konnte es nichts Besseres geben, als dem Plan der Doktorsleute zum Schein zuzustimmen und im richtigen Augenblick abzuspringen. Einfach zu verschwinden – nur wohin? Jedenfalls an einen Ort, an den er seine ungeliebte Frau nicht mitschleppen musste. Beim Militär oder auf See würden sie nicht lange nachfragen, wenn er einfach angab, Junggeselle zu sein.

Das Niederträchtigste freilich war, dass er sie zwang, die Reise zu vollenden, denn wenn sie das Schiff verlassen wollte, das im Übrigen erst wieder in Amsterdam anlegte – wie hätte sie nach Hause gelangen sollen? Die großen Schifffahrtslinien boten den Reisenden günstige pauschale Arrangements, die die Fahrkarten, Kost und Logis einschlossen, und für ein solches Arrangement hatte Neele, ebenso wie Lennert und Paula, ihre Ersparnisse fast bis zum letzten Pfennig ausgegeben. Außerhalb des Schiffes war sie bettelarm. Mit jeder Seemeile, die die *Meisje Mariaan* zurücklegte, wurde es unmöglicher für sie, nach Deutschland zurückzukehren. Auf diese Weise konnte Frieder sicher sein, dass sie nicht in einer Woche wieder vor der Haustür des Laudrun-Hauses stand und sich bitter über ihn beklagte. Ihr würde nichts übrig bleiben, als erst einmal bis nach Batavia zu fahren und von dort aus zu versuchen, wieder nach Deutschland zurückzugelangen, was ein teures und aufwendiges Unternehmen sein würde.

Dieser erbärmliche Schuft!

Gleichzeitig war sie jedoch auf einer anderen, weniger vordergründigen Ebene froh, dass Frieder diesen Schritt getan und sie damit von allen inneren Zweifeln befreit hatte. Er war gegangen. Die Frage, ob sie nicht selbst auch gerne gegangen wäre, stand nicht mehr zur Debatte.

Paula zog die Luft ein. »Es riecht nach Miesmuscheln, als wäre das Schiff schon einmal versunken gewesen, nicht wahr? Aber komm, zieh dich erst einmal schnell um, armes Kind, bevor du mir krank wirst.« Sie machte sich eifrig zu schaffen, packte aus, hängte die zerknitterten Kleider an die Haken über der Tür und schwatzte über alles Mögliche, um Neele aus ihrer düsteren Stimmung zu reißen. Als jedoch Diplomatie nichts nützte, platzte sie rundweg heraus: »Nun sieh es einmal so, Neeleken – du wolltest ihn genauso wenig wie er dich, und im Grunde kann euch beiden nichts Besseres widerfahren, als einander nicht wiederzusehen. Du hattest doch auch schon mit dem Gedanken gespielt, dass ihr überhaupt nicht zusammenpasst. Du hast ihn letzten Endes nur geheiratet, weil Käthe so sehr darauf drängte.«

Neele gab zu, dass das stimmte. Sie waren beide alles andere als ineinander verliebt gewesen. Andererseits heirateten die meisten Menschen in den Heidedörfern nicht aus brennender Liebe, sondern weil die Familien übereinkamen.

»Aber dass er mich so fallen lässt!«

»Männer sind feige«, erklärte Paula achselzuckend. »Vom ersten Hafen aus schicken wir einen Brief nach Hause, was passiert ist, und dann bist du so gut wie geschieden.« Paula hatte Norderbrake schon mehr als einmal mit ihren skandalös fortschrittlichen Ansichten schockiert. Dazu gehörte eben auch die Ansicht, dass Treue wohl etwas Schönes sei, eine Frau müsse sich aber nicht ihr Leben lang einem Mann verpflichtet fühlen, der es seinerseits mit der Treue nicht genau nahm. Und erst einer, der kurzerhand in der Menge untertauchte und seine schwangere Frau alleine ans Ende der Welt reisen ließ!

»Hättest besser doch Jürgen genommen«, fuhr Paula in ihren Belehrungen fort.

»Pah! Eher noch einen toten Hering! Und wie kommst du jetzt überhaupt auf ihn?«

»Ich denke, er liebt dich wirklich, auch wenn er ein Knallkopp ist. Nun ja, liebte dich, denn da du nicht mit dem nächsten Schiff nach Norderbrake zurückfahren kannst, wirst du ihn kaum wiedersehen. Komm, ich mache dir deine Haare zurecht; wir wollen beim Essen ordentlich aussehen.«

Während das Schiff langsam an der Küste entlangdampfte, frisierten die beiden Frauen einander das vom Regen zerzauste Haar und zupften die Kleider zurecht. Neele spürte, wie ihr Entsetzen über Frieders Brief sich langsam in einen gesunden Groll wandelte. Wenn er sie wegjagte, warum sollte sie sich dann an ihn klammern? Wer seine Frau verstößt, der bricht die Ehe, hatte der Herr Jesus gesagt. Hatte sie Frieder denn einen Anlass gegeben, sie so hart zu behandeln? Sie war ihm immer treu gewesen, obwohl Jürgen wahrhaftig die albernsten Tänze um sie herum aufgeführt hatte, um ihr Herz zu gewinnen. Es hatte ihn bis zuletzt maßlos geärgert, dass er auf See gewesen war, als Frieder ihm die Beute wegschnappte.

Schließlich bimmelte die Glocke, die die Auswanderer zum Essen rief. Das wurde in einem langen Raum mit einem Tresen an der einen Seite und einem halben Dutzend Holztischen in der Mitte ausgegeben. Auf den langen Bänken links und rechts der Tische gab es nicht genug Platz für alle; wer gegessen hatte, musste also rasch aufstehen und verschwinden, um dem Nächsten Platz zu machen. In Scharen standen die Leute Schlange. Ein fürchterlicher Lärm herrschte in dem Aufenthaltsraum, in dem sich die einen beschwerten, dass sie beim Essen gedrängt würden, während die anderen murrten, sie wollten nicht ewig stehen und warten. Da und dort rempelten die Männer einander an, und es wäre zu Raufereien gekommen, wären die Matrosen nicht dazwischengegangen. Wer sich prügeln wolle, könne die Zeit während der nächsten Mahlzeit im Bunker absitzen, ohne was zu essen, drohten sie.

Paula stieß Neele an. »Komm, wir essen lieber im Stehen, sonst ist das Zeug kalt, bis wir einen Platz kriegen.«

Neele tauchte den Löffel in den Eintopf. Hering mit Kartoffelbrei und Bohnen. An der Wand war ein Plakat angeschlagen, mit welchem Menü die Reisenden zu rechnen hatten:

Montag: gesalzener Speck, Erbsen mit Kartoffeln. Dienstag: Salzfleisch, Reis, Pflaumen. Mittwoch: geräucherter Speck, Sauerkohl mit Kartoffeln. Donnerstag: Fleisch, Kartoffeln, Bohnensuppe. Freitag: Hering, Gerste, Pflaumen. Samstag: gesalzener Speck, Erbsensuppe, Kartoffeln. Sonntag: Salzfleisch, Mehlpudding, Pflaumen. Kaffee und Tee würden jeden Morgen und Abend ausgegeben, dazu Brot und Butter. Zwischen zwei Holzbalken eingeklemmt befand sich ein metallener Wassertank mit einem Hahn, aus dem sie Wasser zapfen konnten.

Das Essen schmeckte nicht gerade übel, aber verlockend war die Aussicht auch nicht, bis Batavia mit dergleichen Einheitsbrei gefüttert zu werden. Nun, was wollte man in der dritten Klasse!

Nachdem die Letzten aufgegessen hatten, wurde der Speisesaal wieder zum Aufenthaltsraum. Die drei jungen Leute konnten sich an einem ruhigen Ende an einen Tisch setzen und Frieders unerhörtes Verhalten besprechen.

Der Doktor meinte, er habe so seine Ahnung gehabt, dass Frieder irgendetwas ausbrütete, aber in den Kopf des Mannes zu schauen sei wahrhaftig unmöglich gewesen. Und jetzt... Nun, sie mussten irgendwie mit der Situation zurechtkommen, nicht wahr?

Neele, die plötzlich ganz mutlos in sich zusammensackte, begann zu weinen. »Es war schon schlimm genug, diese Reise mit Frieder anzutreten, aber ohne ihn? Immerhin hatte ich einen Mann an meiner Seite, jeder konnte mich als verheiratete Frau erkennen ... Was soll ich allein in einem so fremden Land machen?«

»Was du zu Hause auch gemacht hättest«, antwortete Paula mit fester Stimme. »Deinen Verstand zusammennehmen und die Ärmel hochkrempeln. Wir sind bei dir, und wir fahren zu Leuten, die wir kennen – nun ja, Leuten, die man im Dorf kannte und die uns Briefe schrieben und uns ermutigt haben. Pastor Ormus wird sich deiner annehmen, da bin ich sicher. Und denk einmal so: Was hättest du denn in Norderbrake? Ein Haus, das allmählich im Moor versinkt, und die Gespenster der Vergangenheit.«

Neele musste zugeben, dass das stimmte, aber es war kein großer Trost. Es hieß im Grunde nur, dass ihr der Rückweg verwehrt war. Sie konnte nicht einmal darauf hoffen, dass sie ein anderes Schiff nehmen und zurückkehren konnte, um weiter bei Tante Käthe und Onkel Merten zu leben, eben ohne Frieder – was die Lösung war, die sie am liebsten gehabt hatte. Paulas Lösung gefiel ihr am allerwenigsten, denn die hieß: »Sieh dich doch erst einmal um in Java, vielleicht gefällt es dir dort besser, als du denkst, und du willst gar nicht mehr weggehen.«

Neele presste die Lippen zusammen, aber sie dachte:

Niemals will ich dort bleiben, bei den Geisterbäumen und den Feuer speienden Vulkanen, den Tigern und den Opferaltären. Niemals. Niemals. Mit dem ersten Schiff, auf dem ich einen Platz bekomme, fahre ich wieder nach Hause nach Deutschland. Wenn ich nicht in Norderbrake leben kann, dann eben irgendwo anders im Heideland oder in Bremerhaven. Unwillkürlich umklammerten ihre Hände den winzigen Stier, den sie in das Täschchen vorne an ihrem Mieder gesteckt hatte. In ihm war ihre Heimat, war das Moor, war Norderbrake.

»Mich hat keiner gefragt, ob ich nach Java will«, stieß sie trotzig hervor. »Und falls mich jetzt doch einer fragt, sage ich: Nein. Hundert Mal Nein. Wenn ihr irgendwas tun und mir irgendwie helfen wollt, dann helft mir, dass ich so schnell wie möglich wieder nach Deutschland zurückkomme.«

So begann der erste von vielen Tagen im Bauch der *Meisje Mariaan*.

In der Kabine gab es kein Bullauge, sodass sie abends nur eine einzige Lichtquelle hatten, nämlich die Petroleumlampe, die an dem Balken im Korridor hing. Wenn sie die Tür offen ließen, kam gerade genug Licht herein, um sich zu frisieren und die Kleider und persönlichen Gegenstände an ihren Ort räumen zu können. Dann mussten sie abschließen, denn beiden Frauen erschien es viel zu gefährlich, inmitten so vieler Fremder – auch wenn es auf ihrer Seite des Zwischendecks lauter Frauen waren – die Tür offen zu lassen, und es wurde stockfinster. Kerzen und Lampen waren wegen der Gefahr offenen Feuers in der dritten Klasse verboten.

Paula Anderlies wünschte Neele eine gute Nacht, wobei sie sich fragte, ob die Freundin das nicht als blanken Hohn empfinden würde, dann rollte sie sich zur Seite und zog sich die Decke über die Schultern. Sie konnte noch immer kaum glauben, dass es endlich so weit war und sie sich an Bord des Liners befanden. In den letzten Wochen hatte sie das Gefühl gehabt, dass jeder Tag doppelt so lange dauerte wie üblich.

Sie war es eigentlich gewesen, die Lennert den Floh ins Ohr gesetzt hatte, nach Java zu ziehen, als sie von der evangelischen Schule dort hörte. Wenn man sie dort aufnahm, mussten sie nicht bei null anfangen, sondern konnten sich in Ruhe umsehen, was es noch für Möglichkeiten gab, und einen Arzt konnte man in einer Schule ja immer gut brauchen. Außerdem schien es ihr, dass dem alten Geistlichen, der das Institut leistete, jede Hilfe willkommen sein musste, denn sein Brief war ihr zwar sehr hoffnungsvoll im Inhalt, aber zittrig und verworren in der Form erschienen. Nun, er musste jetzt über siebzig Jahre alt sein, das war ein Alter, in dem man durchaus schon etwas gebrechlich wurde.

Ihre Gedanken wanderten zu der verzweifelten Situation, in der Neele sich befand. Sie hatte Frieder nie sehr sympathisch gefunden, aber jetzt verabscheute und verachtete sie ihn. Was für ein Feigling! Und wie heimtückisch er seine Flucht ausgeklügelt haben musste! Wie kaltblütig hatte er seine Pauschalkarte einem von den vielen, die an Bord wollten, verkauft und sich mit dem Geld davongemacht, und jetzt lachte er sich ins Fäustchen, dass er Frau und Kind losgeworden war. Oder schämte er sich für seine Feigheit? Egal, die Tat war getan, und Frieder war von jetzt ab auch nicht mehr interessant, es ging allein um die arme Neele und ihr Kind. Das war nun wirklich das Letzte, was sie noch gebraucht hatte. Andererseits würde es in dem Schulheim wohl nicht allzu schwierig sein, einen Säugling unterzubringen.

Paula merkte, dass sie nicht schlafen konnte. Die Ungeduld hielt sie wach. Obwohl sie in Norddeutschland geboren und aufgewachsen war, hatte sie nie eine große Zuneigung zu den kalten, düsteren Landschaften dort empfunden. Ihr Interesse hatte stets den Tropen gegolten. Schon als Kind hatte sie von Ländern geträumt, in denen immer die Sonne schien. Allmählich war aus dem Traum von den Sonnenländern der feste Entschluss geworden, in eines dieser Länder zu ziehen, und als sie dann von der Schule in Batavia gehört hatten, sah sie sich am Ziel ihrer Wünsche. Lennert hatte sich rasch überzeugen lassen, sich ihr anzuschließen. Ihm ging es nicht im Besonderen um Java, er wollte einfach nur in die Welt hinaus, und die Insel lag günstig, um von dort aus andere interessante Länder zu erreichen.

Jetzt waren sie unterwegs in ihr Paradies. Paula freute sich darauf, und vor allem war sie voll von einer unbändigen Neugier, wie sich das in *Meyers Konversations-Lexikon* so trocken Beschriebene im prallen Leben ausnehmen mochte – die tropischen Früchte und Blumen, die fremdartigen Menschen, die die Insel bevölkerten, ihre eigentümliche Religion, ihre Sitten und Gebräuche, die wunderlichen Tiere, von denen es nur so wimmelte …

2

Mit gleichmäßiger Geschwindigkeit schipperte der gewaltige Liner an der langen Reihe von Inseln vorbei, die sich an der Küste entlangzogen: Langeoog, Spiekeroog, Norderney, Borkum, Memmert. Für einen unerfahrenen Kapitän bedeuteten diese Inseln eine heimtückische Gefahr, ihren Strand mit der Küste Deutschlands zu verwechseln, und verbrecherische Menschen hatten sich das zunutze gemacht. Immer wieder hatten Strandräuber Körbe mit dürrem Holz angezündet und so die fremden Schiffe auf die Sandbänke gelockt, wo sie auseinanderbrachen. Dann erschlugen die Strandräuber die Seeleute und Passagiere, die sich eben mit letzter Kraft aus den Fluten gerettet hatten, und schleppten das Treibgut in ihre Verstecke.

Das Moor um Norderbrake war ebenfalls ein ständiger Schauplatz von Verbrechen gewesen, die allerdings weitaus harmloserer Natur waren und nur den kaiserlichen Geldbeutel schädigten. Auf den dünnen Wasserrinnsalen zwischen den Schilfinseln waren die flachen Boote der Schmuggler unterwegs, auf Schleichpfaden, die nur sie allein kannten, schleppten sie Säcke und Truhen mit unverzolltem Gut ins Inland. Jeder wusste es, niemand sprach darüber, und Kindern wurde nachdrücklich klargemacht, dass sie ihre Nase nicht zu weit vorstrecken durften.

Die grauen Wolken hingen so tief über der Nordsee, dass ihre Nebelschweife das Wasser zu berühren schienen. Nebel verhüllte die Spitzen der Takelage und die gähnenden Mäuler der Schornsteine, aus denen abwechselnd

Fahnen von Dampf und schwarzer Ruß quollen. Neele fühlte sich als Gefangene auf dem Schiff, das sie zum größten Teil nicht betreten durfte. Nur die finstere Höhle des Zwischendecks war ihr zugestanden und das Promenadendeck der dritten Klasse, das von der Mannschaft anscheinend als Rumpelkammer genutzt wurde, da es rundum vollgestopft war mit vertäutem Kram unter schwarzem Persenning. Bei schlechtem Wetter gab es nur zwei Möglichkeiten: Entweder man blieb auf dem offenen Deck und wurde nass, oder man blieb im Inneren des Schiffes und litt unter der öligen Luft und der dumpfen Hitze. Neele mochte sich gar nicht vorstellen, wie es erst den Männern ging, die unten im Maschinenraum an den Feuerlöchern der Kessel und in den Kohlebunkern arbeiteten, wo die Hitze um die vierzig Grad betrug, die Luft schwer von Ruß und Asche war und den Arbeitern ständig siedendes Wasser und glühende Funken entgegenspritzten, sodass ihre Arme und Gesichter übersät von kleinen Narben waren. Sie wich ihnen ängstlich aus, wenn sie ihnen begegnete, und schalt sich selber für ihre Dummheit, dass sie sich vor Männern fürchtete, die die Narben harter Arbeit am Leib trugen. War es die Schwangerschaft oder Frieders Verrat, die sie so zimperlich machten?

Am liebsten wäre sie den ganzen Tag in ihrer Koje liegen geblieben, aber das ließen Paula und Lennert nicht zu. Der junge Arzt hielt ihr eine energische Predigt, als Paula ihm berichtete, dass sie schon den dritten Tag nicht hatte aufstehen wollen. Unbekümmert um das Verbot, Personen des anderen Geschlechts in ihren Kabinen aufzusuchen, erschien er und setzte sich auf den Rand der gegenüberliegenden Koje.

»Neele«, sagte er, »so geht das nicht. Du machst dich

selber krank. Willst du jetzt etwa bis Batavia im Bett liegen bleiben? Das schadet dir und dem Kind.«

Sie weinte. »Wozu soll ich überhaupt aufstehen? Um diese Hühnertreppe hinaufzuklettern und oben über die Reling zu kotzen? Oder mir anzusehen, wie stundenlang graues Wasser und Nebel vorbeiziehen?«

»Es geht allen an Bord so, und alle müssen irgendwie damit fertigwerden.«

»Ihr seid nicht schwanger, und ihr seid nicht sitzen gelassen worden.«

Er zögerte eine ganze Weile, dann platzte er heraus: »Neeleken, sag mir ehrlich, würdest du dich sehr viel besser fühlen, wenn Frieder jetzt bei dir wäre? Würde er dich wirklich trösten, wenn du niedergeschlagen bist, und dich aufheitern, wenn du traurig bist? Nein. Er würde nur dasitzen und vor sich hinbrummeln, wenn du ihm erzählst, dass es dir schlecht geht, und irgendwann würde er aufstehen und weggehen, weil er nicht damit umgehen kann, dass jemand Sorgen oder Kummer hat. Frieder war ein feiner Mensch, wenn du ihm gesagt hast: Kannst du mir helfen und meinen alten Obstbaum umschneiden? Oder: Kannst du mir helfen, meinen Schuppen abzureißen? Da war ihm keine Mühe zu viel. Was er mit seinen beiden Händen tun konnte, das tat er. Aber wenn du etwas von ihm brauchtest, was mit dem Herzen zu tun hatte, dann konnte er das einfach nicht. Also rede dir nicht ein, dass du traurig bist, weil er nicht an deiner Seite ist. Wenn er da wäre, würde er nur sagen: Ach, hör auf, dich ständig anzustellen, ich kann das Weibergeheule nicht hören. Stimmt's?«

Sie gab seufzend zu, dass es stimmte. »Trotzdem, Lennert. Was soll ich tun? Ich habe überhaupt keine Kraft. Mir ist andauernd übel, und meine Knie zittern bei jedem Schritt.«

»Eine erste Schwangerschaft ist immer anstrengend. Geh möglichst viel an die frische Luft, und tröste dich damit, dass es ein natürlicher Zustand ist, der auch von Natur aus wieder besser wird.«

Neele blickte ihm voll Groll nach, als er sich verabschiedete. Das war ja ein prächtiger Rat! Es würde schon von selber besser werden, wenn sie nur lange genug gelitten hatte! Andererseits hatte sie in Norderbrake genug Schwangerschaften miterlebt, um zu wissen, dass zumindest die würgende Übelkeit tatsächlich mit der Zeit besser wurde und manche Frauen sich in späteren Stadien der Schwangerschaft geradezu prächtig fühlten – vielleicht würde es ihr ja auch so ergehen?

Jedenfalls wollte sie keinen Streit mit ihren beiden Begleitern, also raffte sie sich auf, am Morgen aus dem unbequemen Bett zu kriechen und einen einigermaßen sinnvollen Tagesablauf einzuhalten, obwohl es eigentlich nichts Rechtes zu tun gab. Morgens rief die Glocke zum Frühstück, das aus schwachem Kaffee und Butterbrot bestand. Danach setzten Paula und Neele sich für gewöhnlich hin und lasen ihr Kapitel aus der Bibel, wie sie es zu Hause gewohnt waren, während Lennert sich gleich nach dem Frühstück aufmachte, um sich umzusehen, wie er es nannte. Es hatte sich rasch herumgesprochen, dass der schlaksige junge Mann ein Arzt war, und die Zwischendeckpassagiere wandten sich mit allem an ihn, was sie quälte. Zwar gab es einen Bordarzt, der sich auch um die Zwischendeckpassagiere kümmerte – was früher nicht der Fall gewesen war –, aber wie Lennert ihnen erzählte, war sein Einsatz für diese Klasse an Passagieren gering. Er verschrieb gegen Durchfall Tierkohle und Fasten und gegen Seekrankheit »Auskotzen«, damit sah er seine Agenda als erfüllt an. Beides half ja letztendlich auch, wenn die Kranken keine Faser mehr im Magen und Darm hatten, aber nur die Kräftigen vertrugen diese Kur. Um einige, die schon schwach und mager gewesen waren, als sie an Bord gegangen waren, machte Lennert sich ernste Sorgen. Er konnte nur hoffen, dass ruhige Fahrt und gutes Wetter dem Übel bald ein Ende setzen würden.

Da er keine offizielle Funktion hatte, konnte er nichts anderes tun, als die Augen offen zu halten, ob er bei einem von ihnen eine ernstere Erkrankung fand als Seekrankheit oder eine Erkältung, die sich bei dem Hin und Her zwischen der dumpfen Hitze im Schiffsbauch und der scharfen Kälte beim Luftschnappen auf dem Promenadendeck häufig einstellte. Schien es ihm, dass irgendwo die Gefahr einer Infektionskrankheit im Verzug war, so machte er den Bordarzt darauf aufmerksam. Er war vor allem wegen der Kinder in Sorge, die oft in einem schlechten Zustand an Bord kamen, kränklich und unterernährt, und bei denen man zudem nie wusste, ob sie nicht eine der gefährlichen Kinderkrankheiten wie Scharlach, Masern oder Windpocken einschleppten. Zwar wurden offensichtlich Kranke abgewiesen, aber man wusste ja nicht, ob ein Kind bereits infiziert war und die Krankheit sich erst an Bord bemerkbar machte.

Allmählich wechselte die *Meisje Mariaan* den Kurs in Richtung Amsterdam, fuhr an der niederländischen Küste, dann durch den Ärmelkanal und schließlich an der französischen Küste entlang. Überall, wo sie anlegte, gingen Auswanderer an Bord. Als Lennert eines Abends mit Paula und Neele im Aufenthaltsraum beisammensaß, sagte er mit gedämpfter Stimme: »Habt ihr manche von den Familien gesehen, die da an der Kaje standen? Die Leute können sich ja kaum auf den Beinen halten, wie wollen die in den Tropen überleben? Die Regierungen ermutigen die Armen dazu, auszuwandern, um sie loszuwerden, und suchen alle außer Landes zu schaffen, für die sie sonst Kranken- oder Armenhäuser bauen müssten – oder Friedhöfe.«

Neele erinnerte sich an die bleichen Frauen, die, in ihre Umschlagtücher gewickelt, an Bord gingen, von hageren, verzweifelt aussehenden Männern und jammervollen Kindern begleitet, und bei seinen Worten begann sie zu weinen. Paula nahm sie rasch in den Arm. »Nun komm, Neeleken, hör auf damit! Du bist doch nicht gemeint. Du bist jung und kräftig und warst keinen Tag in deinem Leben krank außer Scharlach und Mumps, das bekommen alle Kinder.«

»Ich weine nicht meinetwegen. Ich finde es schrecklich, dass sie diese Menschen dazu verlocken, irgendwohin ans Ende der Welt zu reisen, nur damit man sie im Dschungel oder im Wüstensand verscharren kann.«

Ihre beiden Freunde schwiegen. Alle drei wussten, dass nicht nur die Engländer und die Holländer ihr hungerndes Volk auf diese Weise aus dem Land zu schaffen suchten. Auch die Minister des deutschen Kaisers arbeiteten an Plänen, die Ärmsten in Arbeitskolonien nach Südwestafrika abzuschieben, wo sie für Brot und Suppe das Land urbar machen sollten. Vielen schien es, als sei eine solche Zwangsarbeit noch allemal besser, als im eigenen Haus zu verhungern, aber sie wussten nicht, wie schnell die harte Arbeit und das ausdörrende Klima sie vernichten würden.

In Amsterdam und London stiegen auch viele Kolonialbeamte zu, die auf Heimaturlaub gewesen waren und jetzt an ihre Dienstorte zurückkehrten. Neele, Paula und der junge Arzt lehnten an der Reling und sahen zu, wie Männer in Uniformen die Gangway hinaufeilten, viele von ihnen mit dunkelhäutigen Dienern im Gefolge. Manche dieser Männer waren Soldaten, andere zivile Beamte. Überall auf der Welt unterhielt Europa seine Kolonien, umklammerte die reichen Länder der Dritten Welt mit seiner militärischen und bürokratischen Macht. Neele empfand eine gewisse Erleichterung beim Anblick der vielen Kolonialbeamten, die sich da auf den Weg zu ihren Dienstorten machten; ihr schien, dass alle diese Männer dazu abgeordnet waren, ihr zukünftiges Leben in der Ferne ein wenig sicherer zu machen. Es tat gut zu wissen, dass in dem fremden, feindlichen Land nicht nur heilige Männer wie Pastor Ormus wirkten, sondern auch Männer mit Säbeln und Uniformen, die schon dafür sorgen würden, dass die Einheimischen sich gebührend benahmen.

Ihr fiel auf, dass in Amsterdam und London auch viele fremdartige Menschen an Bord kamen, manche in europäischer Kleidung, manche in nie gesehener Tracht aus bunter Seide und grellfarbigem Tuch. Das waren Menschen malaysischer, arabischer, indischer, afrikanischer und chinesischer Abstammung, die meisten davon Geschäftsleute. Ihr Ziel waren die Städte, an denen die *Meisje Mariaan* außerhalb von Europa anlegen würde: Algier, Tripolis und Dschibuti an der afrikanischen Küste, Colombo auf Ceylon, der indische Hafen Bombay und Padang auf Sumatra.

Neele schwirrte der Kopf angesichts dieses Babels von

Rassen. Sie hatte immer gedacht – was auch Tante Käthes Ansicht gewesen war –, es gäbe weiße Menschen und »die Söhne Hams«, wie die Bibel sie nannte, dunkelhäutige, unheimliche Geschöpfe, denen man auch dann nicht recht trauen konnte, wenn sie getauft waren. Hier wimmelte es nur so von den Söhnen und Töchtern Hams. Sie unterhielten sich mit lauten, seltsam klingenden Stimmen und blieben in Gruppen eng beisammen, als hassten und fürchteten sie alle anderen Menschen. Aber vielleicht hatten sie auch nur Angst, bestohlen zu werden.

Der Ozeandampfer ließ die französische, spanische und schließlich die portugiesische Küste links liegen und näherte sich allmählich der Straße von Gibraltar. Nachdem sie ihr Ziel, Batavia, erreicht hatte, würde die *Meisje Mariaan* ihre Fahrt fortsetzen nach Neuguinea, Celebes und Borneo, würde das unter britischer Oberhoheit stehende Singapur anlaufen, die gefährliche Enge der Straße von Malakka durchfahren und dann wieder Kurs auf Europa nehmen. Neele schwindelte bei dem Gedanken daran, dass sie im Begriff stand, die halbe Welt zu umrunden. Sie, die in all ihren neunzehn Jahren Gut Norderbrake nur ein Dutzend Mal verlassen hatte, um zum Einkaufen nach Bremerhaven zu fahren!

Tag und Nacht stampften die Maschinen und erschütterten den Schiffskörper, stieg die dumpfe Hitze aus dem Maschinenraum auf und mischte sich der ölige Gestank mit dem ranzigen Geruch der vielen Menschen, die sich im Zwischendeck zusammendrängten. Überall klebte Schmutz, und es gab kaum Wasser zum Waschen. Jeweils ein Dutzend Personen musste sich in winzigen Waschräumen um die abgestandene Brühe in den kleinen Becken drängen, die gerade ausreichte, Gesicht und Hände zu waschen. Hatte es stark geregnet, so konnten die Passagiere sich aus den Regentonnen an Deck in Eimern mehr Wasser in die Waschräume hinabschleppen. Oft genug kam es zum Streit, bei dem die Frauen einander heftig in die Haare fuhren. Neele und Paula vermieden es, in solche Raufereien hineingezogen zu werden, aber das hieß dann eben auch, dass sie das Waschwasser erst bekamen, wenn alle anderen bereits darin herumgeplätschert hatten. Neele fragte sich, wie das Leben an Bord eines solchen Schiffes aussehen musste, wenn Tag und Nacht tropische Hitze herrschte und tage- oder wochenlang kein Regen fiel. Nicht auszudenken! Ihr graute jetzt schon vor ihr selber. Zu Hause hatte sie es immer so genau genommen mit der frisch gewaschenen Unterwäsche, der gebügelten und gestärkten Schürze, und jetzt sah sie aus, als hätte sie einen Monat lang in einem Schmutzwäschekorb gelegen!

Paula stimmte in ihre Klagen mit ein, konnte ihr aber nicht helfen. Es gab nun einmal keine Möglichkeit, die Kleider zu bügeln. Als es heftig regnete, hatten sie ihre zweite Garnitur über einen Deckstuhl ausgebreitet, bis sie ordentlich durchgewaschen war, und danach in der Kabine getrocknet, das war die einzige Möglichkeit, die ihnen geblieben war. Es war nur ein sehr schwacher Trost, dass es den anderen Frauen nicht besser ging und sie nicht weniger jammerten. Die Männer, denen war es egal, ob sie wie aus dem Schweinekoben gekrochen aussahen! Gerade nur die vornehmsten unter ihnen, wie Lennert, nutzten den Regen, um ihre Hemden und die Unterwäsche zu waschen, die anderen würden wohl in denselben Unterhosen in Batavia ankommen, in denen sie in Bremerhaven an Bord gegangen waren.

Zusätzlich zu dem Ärger über den Schmutz stellte Neele bald fest, wie tödlich langweilig eine Seereise sein kann, wenn es an Bord keinerlei Unterhaltung gibt. Zwar wimmelte es in der Auswandererklasse von Menschen, aber nur ein geringer Teil dieser Menschen war von der Art, die Neele gerne kennengelernt hätte. Viele waren vom Elend niedergedrückt und unwillig, irgendwelche Bekanntschaften zu machen; andere hatte dieses Elend moralisch zerstört, und selbst den Frauen ging man besser aus dem Wege, von den Männern gar nicht zu reden. Wieder andere waren zwar anständige Leute, aber sie reisten in großen Familiengruppen und wiesen jeden ab, der sich ihrem Clan auch nur näherte. Auf der anderen Seite wehrte Paula eifersüchtig ab, wenn Neele nur die geringste Neigung zeigte, sich mit einer der anderen Frauen zu unterhalten. So blieb dieser nichts außer Bibellesen, Spaziergänge auf einem klitschnassen Deck machen, wenn es einmal ein paar Stunden zu regnen aufhörte, und Paulas munterem Geplauder, das nur ein Thema kannte: Java. Neele merkte, wie ihr die Insel mit jedem Tag, an dem sie mehr davon hörte, verhasster wurde. Ständig erzählte Paula ihr, dass es dort Dschungel voll herrlicher Blumen wie Indigo und Mondorchideen gab und phantastisch bunte Singvögel und lustige Affen, aber was immer Neele auch hörte, ihr blieben immer nur die Krokodile in Erinnerung, die kochenden Schlammpfützen und die giftigen Schlangen. Es war, als verwandelte sich das Gehörte in ihren Ohren, sodass sie von einer ganz anderen Insel hörte, als die Freundin erzählte.

Hauptsächlich, um einmal von einem Thema zu reden, das sie selbst interessierte, vertraute Neele bei einem dieser Spaziergänge Paula an, was der Pfarrer zu ihr gesagt hatte und was sie Onkel Merten an Antworten abgerungen hatte.

Paula war nicht überrascht. »Lennert hat mir bereits davon erzählt. Er wusste es von dem alten Dr. Steiner, der ja Elsie behandelte – wenn man das behandeln nennen kann.«

Neele bemerkte zornig: »Mir scheint, ganz Norderbrake wusste Bescheid, nur ich nicht! Ich bin ja auch niemand, bloß Elsies Tochter!«

Paula legte ihr beruhigend die Hand auf den Arm. »Es kann keine Rede sein von ›ganz Norderbrake wusste Bescheid‹. Du weißt doch, wie senil Dr. Steiner schon war, und da hat er Lennert eben alle möglichen Geschichten aus seiner Praxis erzählt – und eine solche Tragödie konnte er nicht für sich behalten. Wir haben nicht mit dir darüber gesprochen, weil wir dachten, du weißt Bescheid und willst genauso wenig wie die Laudruns, dass das Thema angeschnitten wird.«

»Ich wusste gar nichts. Ich weiß auch jetzt nur, dass sie noch lebt, weil Onkel Merten weiterhin die Rechnung für den Anstaltsaufenthalt zahlt, aber er sagte mir, sie sei in einem Zustand, den man kaum noch Leben nennen könne – und das seit fünfzehn Jahren!«

»Du kannst ihr nicht helfen«, sagte Paula. »Niemand kann das, außer vielleicht die Ärzte in der Klinik. Was hätte es dir genützt, Bescheid zu wissen? Du wärst nur trübsinnig geworden bei dem Gedanken, dass deine Mutter ein so schreckliches Schicksal erlitten hat – dieses Schicksal sich selber zugefügt hat, um es ganz ehrlich zu sagen. Sie selbst war es schließlich, die sich in den Kopf geschossen hat.«

»Sie war verzweifelt über den Tod meines Vaters.«

»Das verstehe ich, aber trotzdem sind weder deine Verwandten noch du irgendwie mitschuldig daran, und ändern kannst du es auch nicht. Vielleicht hätten sie es dir sagen sollen, vielleicht auch nicht. Für deine Verwandten war das sicherlich eine schwere Entscheidung. Auf jeden Fall musst du jetzt dein eigenes Leben leben, Neele. Denk an deine Zukunft und die deines Kindes!«

Ich denke ja daran, hätte Neele am liebsten gesagt, und bei dem Gedanken möchte ich mir selber das Leben nehmen, wenn ich nicht solche Angst hätte, dann so zu enden wie meine Mutter.

Erst war ihr der reichliche Regen willkommen gewesen, weil er Sauberkeit bedeutete, aber dann wollte er nicht mehr aufhören. Es gab nichts zu sehen außer dem bleifarbenen Wasser, das an den Schiffsrumpf klatschte, und den Schleiern des immer wieder einsetzenden Regens. Wasser oben, Wasser unten. Neele hatte, schon kurz nachdem sie London passiert hatten, den Eindruck, dass inzwischen alles um sie herum feucht war und nach Salzwasser schmeckte, sogar die Speisen, die ihnen täglich vorgesetzt wurden. Und das Essen machte nicht viel Freude, wenn einem nach den meisten Mahlzeiten übel wurde.

Neele fühlte das Kleine in sich. Das Kind konnte nicht älter als ein paar Wochen sein, denn sie war selten mit Frieder vereinigt gewesen und wusste die Daten genau, aber es betrug sich, als wollte es jetzt schon geboren werden. Abgesehen von den üblichen Beschwerlichkeiten einer Schwangerschaft hatte sie das Gefühl einer ständigen Gegenwart, als könnte ein so winziges Geschöpf schon eine eigene Persönlichkeit entwickelt haben. Und seltsamerweise war es eine feindselige Nähe, die sie empfand, als wachse etwas Kaltes und Hartes in ihr heran.

Sie machte sich selber Vorwürfe, dass diese Feindseligkeit von ihr ausginge, nicht von dem unschuldigen Kind; dass der Zorn, den sie gegen den Vater empfand, sich auf das Kind übertrug, aber sie hatte ihre Zweifel daran. Das Kind mochte sie nicht. Frieder hatte etwas in ihr hinterlassen, das ihr mit Abneigung begegnete, noch ehe es richtig Gestalt angenommen hatte. Hatte er es schon in dem Bewusstsein gezeugt, dass er sie loswerden wollte? Hatte er in dieser Nacht schon den Plan gehegt, sie mit einem so gemeinen Trick aus seinem Leben zu werfen? Warum hatte er sich nicht wenigstens von ihr fernhalten und ihr diese Belastung ersparen können?

Sie wagte nicht, mit irgendjemand darüber zu sprechen. Dr. Anderlies würde sie zweifellos mit dem Hinweis zu trösten suchen, dass Schwangere von allerlei unüblichen Gelüsten und Gefühlen geplagt würden, da der ganze Körper durch die Reifung des Kindes durcheinandergebracht wurde. Und Paula war in diesen Dingen noch unerfahrener als sie selber – sie hatte bislang ja noch nicht einmal einen Mann gehabt. Und würde wohl auch keinen mehr abkriegen, setzte Neele in Gedanken hinzu. Mit vierundzwanzig Jahren war sie längst eine alte Jungfer.

Jeden Morgen aß sie ihr Frühstück und hätte genauso gut darauf verzichten können, denn nach dem letzten Bissen stürzte sie zumeist auf die Plumpstoilette und gab alles wieder von sich. Dabei hatte sie noch Glück, wenn der Abtritt nicht gerade besetzt war und sie die schwankende Hühnertreppe hinaufrennen musste, um sich oben über die Reling zu beugen. Viele Passagiere litten an Seekrankheit oder Durchfall, sodass die Nachfrage groß war, und kaum hatte sie die Tür hinter sich geschlossen, polterte schon jemand dagegen. Sie wagte sich gar nicht vorzustellen, wie das in den Zeiten gewesen sein mochte, als es gerade einmal ein Dutzend sanitärer Einrichtungen für hundert oder zweihundert Passagiere gegeben hatte. Als sie über diesen Mangel an Hygiene klagten, musste ihnen Lennert sagen, dass ihnen noch Schlimmeres bevorstand. »Wirklich gefährlich wird es erst in den heißen Gegenden«, sagte er. »Da gedeihen die Erreger, und sobald man in einem Hafen anlegt, überlaufen sie das Schiff. So viel schrubben kann man gar nicht, dass man sie fernhält. Und heutzutage setzt man wenigstens alles dran, die Schiffe sauber zu halten und auch die Zwischendeckpassagiere ordentlich zu versorgen – früher starben bei jeder Reise drei von hundert Auswanderern, so jämmerlich ging es auf den Schiffen zu.«

Den größten Teil der Zeit fühlte Neele sich so elend, dass sie zuerst kaum merkte, wie sich die Welt um sie herum veränderte – wie es zusehends sommerlicher wurde. Nachdem die *Meisje Mariaan* die Straße von Gibraltar passiert hatte und ins Mittelmeer eingefahren war wurde es wundervoll warm und sonnig. Die Zwischendeckpassagiere saßen jetzt oft den ganzen Tag an Deck, genossen die frische Luft, lachten und scherzten. Die üble Laune, die sich bislang breitgemacht hatte, war verschwunden. Man freute sich allgemein an den warmen Tagen und den milden Nächten mit den großen, glänzenden Sternen. Lennert warnte die beiden Frauen jedoch, dass es nicht so bleiben würde. Jetzt waren die Tage angenehm, nicht zu heiß und nicht zu kalt, aber wenn sie erst die Tropen erreichten, würde das vom Maschinenraum her ohnehin aufgeheizte Zwischendeck sich in eine feuchtheiße Hölle verwandeln, in der das Schlafen nachts nahezu unmöglich war. Neele wurde angst und bang bei dieser Ankündigung, denn mit jedem Tag, mit dem ihre Schwangerschaft fortschritt, würde sie auch schwerer zu ertragen sein.

In Algier sah sie zum ersten Mal einen afrikanischen Hafen. Die *Meisje Mariaan* ankerte dort einen Tag und eine Nacht lang, um Kohle für die Maschinen zu bunkern, Vorräte an Bord zu nehmen und die Ratten auszuräuchern. Die afrikanische Hafenstadt bot ein wunderbar buntes Bild mit ihrer Unzahl von Farben und Würzgerüchen und dem teils melodischen, teils ohrenzerreißenden Lärm, der aus den engen Hafengassen heraufhallte. Händler rannten hin und her und boten lockend ihre wundervollen Stoffe und Schmuckstücke an, wobei einer den anderen mit den Preisen unterbot. Die meisten Passagiere lechzten nach der endlosen feuchten Tristesse auf See danach, an Land zu gehen, aber der Kapitän untersagte es ihnen strikt. Die Landebrücke wurde streng bewacht, denn die Gefahr, bei einem Kurzbesuch in der afrikanischen Hafenstadt spurlos zu verschwinden, sei zu groß. Reisende müssten schon sehr gewieft sein, um nicht sofort in einen Hinterhalt gelockt, ausgeraubt und als Sklaven verkauft zu werden, und vor allem die Nachfrage nach blonden Frauen sei stark. Mit Entsetzen vernahmen die Auswandererfrauen, dass man es besonders auf sie abgesehen hatte, denen weitaus weniger Schutz zuteil würde als einer Dame der ersten oder zweiten Klasse.

Paula lachte, als sie sah, wie viele ihrer Reisegefährtinnen sich erschreckten Mäusen gleich im Inneren des Schiffes versteckten, aber von Bord gegangen wäre sie auch nicht, selbst wenn der Kapitän es erlaubt hätte. Sie und Neele standen an der Reling und starrten hinunter in das bunte Gewühl, aus dem Wellen von würzigen Düften, aber auch von scharfem Gestank aufstiegen. Zu Dutzenden wimmelten die kleinen Boote der Händler um den Koloss herum, und immer wieder mussten die Matrosen grob mit Tauenden oder Bootshaken zuschlagen, um die Leute daran zu hindern, dass sie einfach an Bord kletterten. Zahllose farbige Kinder trieben sich schreiend und bettelnd um die Landungsbrücke herum und rauften sich um die Pennys, die die reichen Passagiere ihnen vom Promenadendeck der ersten Klasse aus zuwarfen.

Schließlich machten die Schlepper wieder an der *Meisje Mariaan* fest, die Sirene brüllte ihren Abschiedsgruß, und das riesige Schiff wurde vorsichtig aus dem Hafen in die offene See hinausgezogen. Die Reise ging weiter. Ein weiterer Halt in Tunis verlief ähnlich, dann nahm der Liner Kurs auf Kairo, um von dort aus in den Sueskanal einzufahren.

Neele saß auf einer Taurolle, den Rücken an die Reling gelehnt, und blickte zu den in weiter Ferne sichtbaren blauen Felsstreifen hinüber. »Was ist das dort drüben?«, fragte sie.

»Ich weiß auch nicht, vielleicht eine von den griechischen Inseln«, antwortete Paula gereizt. »Komm, hör auf, immerzu zu fragen: Was ist das dort drüben? Du kannst ja doch nicht aussteigen.« Dann, an ihren Bruder gewandt, fügte sie hinzu: »Ich wünschte, ich hätte *Meyers Konversations-Lexikon* mitnehmen können; dann könnte ich immer nachsehen, wo wir gerade sind, und müsste nicht die Matrosen fragen, die immer so kurz angebunden sind.«

Lennert lachte. Er ließ sich mit überkreuzten Beinen auf den Boden nieder und schob sich die Tweedmütze zum Schutz gegen die kräftig stechende Sonne in den Nacken. »Vielleicht hätten sie gestattet, dass du mit einem kleinen

Lastkarren an Bord gehst, auf dem du alle Bände des Lexikons mit dir bringst.«

»Ich weiß, es klingst lächerlich, aber würdest du nicht gerne mehr wissen, als uns der Matrose sagt? Als ich ihn gefragt habe, in welchem Hafen wir als Nächstes anlegen, hat er mich angebrummt, in einem Ton, als wollte er dafür bezahlt werden. Die Mannschaft behandelt uns Zwischendeckpassagiere wie den letzten Dreck.«

»Nun, jeder, der getreten wird, sucht einen, den er wieder treten kann – sieh dir doch nur einmal an, wie die Matrosen von den Offizieren behandelt werden«, erwiderte Lennert. »Aber wir sind nicht ewig hier an Bord. Es dauert nicht mehr lange, dann haben wir das Mittelmeer hinter uns und erreichen das Rote Meer. Hörst du, Neeleken? Hättest du dir jemals vorgestellt, dass du einmal in Afrika sein würdest?«

»Habe ich drum gebeten?«, fuhr sie ihn an.

»Oh, komm!«, rief Paula und schlug eine Hand in die andere. »Mach uns nicht unglücklich! Wir können doch nichts dafür, wie Frieder dich behandelt hat! Aber du lässt uns leiden mit deiner ständigen schlechten Laune. Wir trauen uns schon kaum mehr, uns auf Java zu freuen, ohne dass du uns ein böses Gesicht machst, als wären wir diejenigen, die dich verschleppt haben!«

Neele wusste, dass Paula recht hatte. Sie war aber auch nicht bereit, Begeisterung zu heucheln, also grollte sie: »Dann ignoriert mich eben.«

»Das können wir nicht«, sagte Lennert ernst. »Denn du bist unsere Freundin und wirst es immer sein. Hör zu, es war wirklich schlimm, was Frieder dir angetan hat, aber wir können nichts dafür; wir können es auch nicht ändern, wir haben selbst kaum Geld genug, um es in Batavia noch bis zu Pastor Ormus' Institut zu schaffen, und können dir mit Geld nicht helfen. Es nützt uns aber allen nichts, wenn wir hier ständig streiten und miteinander böse sind.« Er setzte sich neben sie und legte den Arm um ihre Schultern. »Hör zu, wir versprechen dir, sobald wir in Java sind, helfen wir dir mit allen Mitteln, wieder zurückzukehren, aber bis dahin wirst du uns nicht mehr anschnauzen, einverstanden?«

Neele barg das Gesicht in den Händen und begann zu weinen. Sie wusste ja, dass sie den Freunden unrecht tat; die konnten nichts dafür, dass es ihr schlecht ging. Aber sie fühlte sich nun einmal so elend, dass sie einfach nicht die Kraft hatte, etwas anderes zu tun als zu klagen.

3

Neele hatte das Gefühl, sich bereits seit Monaten an Bord des Schiffes zu befinden, als sie endlich in den Sueskanal einfuhren. Dieser kürzte die Reise, die vor seiner Fertigstellung im Jahr 1869 um den ganzen schwarzen Kontinent herumgeführt hatte, beträchtlich ab, aber das änderte auch nichts mehr daran, dass die junge Frau, in eine Mischung aus Trübsinn und Langeweile versunken, die Tage vertrauerte. Sie wünschte vergeblich, sie könnte wenigstens stricken oder Patiencen legen. Also saß sie in einem Deckstuhl, wenn sie einen ergattern konnte – es gab immer zu wenige –, oder auf einer Taurolle und starrte in Gedanken versunken vor sich hin, während Paula vergeblich versuchte, sie aufzuheitern. Wenigstens hatte die heftige Übelkeit aufgehört, die sie anfangs nach jeder

Mahlzeit geplagt hatte. Sie wusste nicht recht, ob sie sich an die Schiffsreise oder an die Schwangerschaft gewöhnte, jedenfalls blieb das Essen unten.

Afrika machte sich jetzt auch im Klima bemerkbar. Tagsüber herrschte immer eine trockene Hitze bei wolkenlosem Himmel, während es nachts so kalt wurde, dass die beiden Frauen froh über die Wärme des Maschinenraums waren. Neele wunderte sich darüber; sie hatte gedacht, in Afrika müsste es immerzu heiß sein. Verdrossen saß sie an Deck und starrte hinüber zu der Seite des Roten Meers, an der die Sinaihalbinsel vorüberglitt, und dachte daran, dass dies das Land war, von dem in der Bibel die Rede war. Es bedeutete eine einzige Enttäuschung für sie. Weit und breit gab es nichts anderes zu sehen als ein trostloses Ufer aus gelbgrauem Sand und Felsgestein, an dem hin und wieder Ortschaften mit würfelförmigen Häusern auftauchten. Manchmal führte ein Kameltreiber seinen Zug nah am Wasser entlang, oder ein paar zottige Palmen schwankten im glühenden Wind. Das Ganze hatte sehr wenig zu tun mit den prächtigen Illustrationen in ihrer Bibel, auf denen riesige Heerscharen der Kinder Israels durch die Wüste Sinai in das Gelobte Land zogen. Und außerdem war das Rote Meer nicht rot, sondern blau wie jedes andere Meer auch.

Die tödliche Langeweile brachte es mit sich, dass man bereitwilliger Bekanntschaften machte, als man es sonst getan hätte. Beinahe jeder Mensch war einem recht, der sich anbot, um einem die Zeit zu vertreiben. So kam es, dass Lennert eines Tages seiner Schwester und Neele mitteilte, er hätte die Bekanntschaft eines Herrn gemacht, den er ihnen gerne vorstellen würde. »Er ist Deutscher wie wir, stammt aus Husum und arbeitet schon sehr lange in den Diensten der holländischen Kolonialbehörde auf Java. Ich habe ihn sehr sympathisch gefunden, und es ist interessant, mit ihm zu reden. Er kennt das Land in- und auswendig. Er ist ein Kontrolleur, das ist eine Art Amtmann, und arbeitet jetzt in Batavia, nachdem er vorher schon in den verschiedensten Teilen des Landes tätig gewesen war.«

»Hast du ihn nach Pastor Ormus' Internat gefragt?«, erkundigte Neele sich angespannt.

»Ja, aber er weiß nichts davon. Er sagt, die Adresse, die ich ihm gezeigt habe, sei nicht direkt in Batavia, sondern in einer kleinen Ortschaft ein Stück außerhalb davon, über die er nicht näher Bescheid wüsste. Wenn ihr wollt, stelle ich ihn euch heute Nachmittag vor.«

Für die beiden jungen Frauen bedeutete das, sich so säuberlich herauszuputzen, wie es in ihren ungebügelten und mit Regenwasser gewaschenen Kleidern eben möglich war. Neele schämte sich für ihr Aussehen, aber was wollte sie machen? Es ging nun einmal nicht besser. Sie und Paula kämmten und bürsteten sich, bis wenigstens an ihren Frisuren nichts auszusetzen war, und dann warteten sie mit vor Anspannung geröteten Wangen auf die Bekanntschaft mit dem Amtmann.

Neele war sehr besorgt wegen der Bemerkung, die er Lennert gegenüber gemacht hatte. »Es hieß doch immer, Pastor Ormus' Institut sei in Batavia. Warum sagt dieser Mann jetzt, es sei in einer kleinen Ortschaft außerhalb der Stadt, und er kenne es gar nicht?«

»Ich glaube nicht, dass das etwas zu bedeuten hat.« Paula war beschäftigt damit, sich ein Kopftuch über das Haar zu knoten, um die Wüstensonne fernzuhalten. »Rund um eine größere Stadt gibt es immer ein paar kleine

Ortschaften, die dazugerechnet werden, obwohl sie streng genommen nicht dazugehören. Weit weg kann es jedenfalls nicht sein. Wir mieten uns einen Büffelkarren, und im Handumdrehen sind wir dort. Lass es jetzt einmal gut sein! Ich bin gespannt, was für ein Mensch das ist, dieser Herr Amtmann. Ich sterbe allmählich vor Langeweile, und du musst zugeben, dass die meisten Auswandererfrauen nicht gerade unterhaltsam sind. Bevor sie ein Wort sagen, schauen sie ihren Mann an, ob er es ihnen auch genehmigt, und wenn er es ihnen dann erlaubt hat, lohnt es das Zuhören nicht.«

Neele hatte diese Erfahrung auch schon gemacht, also teilte sie die Hoffnung ihrer Freundin, dass der Kontrolleur zumindest so viel zu einem interessanten Gespräch beitragen würde wie der Pfarrer und der Schulmeister – die beiden hauptsächlichen Quellen einer geistreichen Unterhaltung – in Norderbrake.

Lennert begleitete sie zu einem Winkel des Promenadendecks der dritten Klasse. Wie er ihr erzählte, hatte der Kapitän verboten, dass Passagiere der dritten Klasse in die zweite vordrangen, wo der Kontrolleur als Regierungsbeamter reiste, also hatte dieser durchgesetzt, dass ein Winkel des Decks mit einem Stück Persenning beschattet und mit einem Seil abgetrennt wurde. Dort hielt er an einem von vier Deckstühlen umgebenen Tischchen hof.

Neele sah sich einem imposanten Mann in weißer Uniform gegenüber, groß und massig, mit einem klassischen Kopf, dickem, an den Schläfen ergrauendem Haar und tiefen, ausdrucksvollen Augen. Hinter ihm standen zwei Javaner, dünn und braun wie Baumwurzeln, der eine fächelte ihm mit einem Rossschweif frische Luft zu, der andere mischte ein Getränk aus Wasser, Gin und einem weißen Pulver.

Der dicke Mann erhob sich und reichte den beiden Damen mit einem herzlichen Lächeln die Hand. »Ich bin Dr. Phöbus Bessemer, Beamter der Kolonialregierung«, stellte er sich vor. »Ihr Bruder hat mir schon so viel von Ihnen erzählt. Ich freue mich immer, wenn neue Landsleute kommen – bessere Leute, Sie verstehen, was ich meine. Nichts gegen einen braven Arbeiter, aber man setzt sich doch gerne mit seinesgleichen zusammen. Kommen Sie, nehmen Sie Platz! Und trinken Sie etwas.« Mit einer Geste bedeutete er den Jungen, aus einem großen Krug Eistee einzuschenken.

Neele wollte eben ihr Glas zum Mund heben, als der Jüngere der beiden Javaner sie anlächelte – und ihr dabei spitz zugefeilte, scharlachrot gefärbte Zähne zeigte!

Sie erschrak so entsetzlich, dass sie in ihrem Deckstuhl zusammensackte und nur stumm auf das unheimliche Geschöpf deutete, das ihr mit seinen grinsenden Drachenzähnen wie ein wahrhaftiger Teufel erschien.

Dr. Bessemer klopfte ihr auf die Schulter. »Ach, das hat Sie erschreckt, Frau Selmaker? Nun, da machen Sie sich nichts daraus, es hat nichts weiter zu bedeuten!« Er lachte – ein Lachen, das wie das Kollern einer Trommel klang. »Setzen Sie sich nur her, kleine Frau, und lassen Sie sich von dem Jungen nicht mehr erschrecken.« Dann erklärte er ihr: Wie man anderswo Tabak kaute, so kaute man auf Java einen Betelpriem, einen Bissen aus den roten Früchten des Betelstrauches, der zusammen mit einem kleinen Stück Kalk in ein Blatt gewickelt wurde. Die Früchte enthielten eine Substanz, die heiter und zufrieden machte, sodass das Betelkauen sehr beliebt war; es war allgemein üblich, den Kindern mit dem Eintritt ins Erwachsenenalter die Zähne abzufeilen, was als offizielle Erlaubnis zum Genuss der Droge galt.

Paula lachte, und Neele hatte das Gefühl, dass sie sich albern benommen hatte, weil sie so erschrocken war. Schließlich war es nur ein Junge, ein halbes Kind noch, und es war ja nichts Gefährliches an der Sache. Sie versuchte, ihm mit einem scheuen Lächeln zu bedeuten, dass zwischen ihnen alles wieder gut war. Er grinste freundlich. Himmel, sah das entsetzlich aus, diese Teufelszähne! Hoffentlich hatten die Einheimischen nicht noch mehr solche Bräuche, die einen zu Tode erschreckten!

Dr. Bessemer rekelte sich bequem in seinem Deckstuhl zurecht und zündete eine Zigarre an, von denen er einige in der Brusttasche trug. »Es freut mich, dass Sie in unser schönes Land kommen«, sagte er. »Sie werden dort sicher sehr glücklich werden. Ich bin jetzt schon an die zwanzig Jahre dort, und wenn nicht hin und wieder das Heimweh wäre, könnte mich nichts mehr weglocken.«

Neele seufzte. Heimweh! Sie hatte es jetzt schon und war noch nicht einmal dort. Und sie konnte sich nicht vorstellen, ein Land, das Tausende von Meilen von ihrem Vaterland entfernt lag, *unser schönes Land* zu nennen.

»Es ist aber sicher sehr viel anders als Deutschland, nicht wahr?«, fragte sie vorsichtig.

Er nickte. »Das kann man wohl sagen, vor allem für einen Deutschen, der wie ich aus Husum kommt, wo man nichts als Wasser, Deiche und platte Wiesen sieht. Allein der Dschungel! Das Grünzeug dort wächst schneller, als man es abhacken kann. Anfangs dachte ich auch, mir platzt der Schädel von dem ständigen Lärm – Tag und Nacht der Gesang der Vögel und das Geschnatter der

Affen! Und die Leute können keinen Handgriff tun, ohne dabei zu singen. Es klingt ja hübsch, aber manchmal wünschte ich, sie wären so schweigsam wie unsere Friesen. Man muss sich daran gewöhnen, wenn man, wie ich, aus einem so ganz anderen Ursprung kommt, aber dann schlägt es einen in seinen Bann, und man möchte es nicht mehr missen. Vor allem sind die Leute sehr angenehm, sie sind gutartig, sanft und freundlich; sie vermeiden jeden Streit und sind immer höflich. Dort gibt es keine Raufbolde und Sturschädel wie bei uns zu Hause, das macht mir auch meine Arbeit leichter.«

Während sie ihren Eistee tranken und er seine Zigarre rauchte, die einen eigentümlichen, herbsüßen Kräuterduft ausströmte, erzählte er ihnen von Java. Er war in verschiedenen Küstenstädten entlang der Sundastraße tätig gewesen, bevor er einen Posten im Amt des Generalgouverneurs in Batavia angenommen hatte. Sein Amt stellte hohe Anforderungen an ihn: Ein Kontrolleur musste neben einer ausgezeichneten Allgemeinbildung auch mehrere Sprachen sprechen, darunter Malayam, die Lingua franca der Insel; er musste etwas von so weit auseinanderliegenden Dingen wie Geografie, Geschichte, Trigonometrie und islamisches Recht verstehen, und vor allem musste er seinen Tätigkeitsbereich gut kennen. Dr. Bessemer kannte jedenfalls den Norden und Westen wie seine eigene Tasche. Was die Landschaft betraf, so musste Java im Ganzen merkwürdig widersprüchlich sein, denn Bessemer schwärmte einmal von smaragdgrünen Palmenstränden und blühendem Dschungel, dann wieder malte er Bilder, so finster wie die Höllenvisionen in barocken Kirchen, von Kaskaden glühender, rauchender Lava, Ascheregen und zerberstender Erde. Es sei nichts Ungewöhnliches, dass mitten während einer Mahlzeit plötzlich die Gläser vom Tisch und die Teller von den Wandborden fielen. Die Türen und Fenster ratterten ständig, weil die Erde sich ruckartig hob und senkte. Es gab Teiche, die von siedendem Schwefelwasser brodelten wie Kochtöpfe, und gelegentliche unruhige Fluten, weil die Vulkane auch unterhalb des Meeres ihre Glut emporschleuderten. Gleichzeitig jedoch sei Batavia eine äußerst moderne Stadt, edler als so manche in Europa, mit marmornen Prunkbauten, Ehrfurcht gebietenden Kirchen und Palästen, Orten der Wissenschaft und Kunst und luxuriösen Hotels.

»Man nannte sie in ihrer Hochblüte die Königin des Ostens«, sagte er. »Und da war durchaus etwas dran. Sie war und ist militärischer Stützpunkt, Verwaltungssitz und Handelsstützpunkt, Drehscheibe des Handels zwischen zwei Hemisphären. Allerdings besteht ein drastischer Unterschied zwischen der 1621 erbauten Altstadt, der *benenstad*, wie die Holländer sie nennen, und dem neuen Teil.«

Der alte Teil, berichtete er, sei eine genaue Kopie von Amsterdam mit seinen Kontorhäusern und Grachten, aber den neueren Teil hätte man auf einer sechs Kilometer entfernten höher gelegenen Ebene angelegt, weil das kaum bewegte Wasser in den Grachten und die mangelnde Durchlüftung der Ziegelhäuser zu häufigen Ausbrüchen von Fieberkrankheiten führten. In frischer Luft und neuen Häusern fühlten die Holländer sich so wohl, dass sie den neuen Stadtteil »Weltevreden« nannten: wohlzufrieden. Seitdem bauten alle, die es sich leisten konnten, ein Haus in Weltevreden, sodass weit zerstreute Siedlungen entstanden. Später wurde dann eine andere, ebenfalls höher gelegene Fläche, der Koningsplein, mit regelmäßigen Straßen angelegt. Während auf diese Weise hier eine neue Stadt entstand, war die alte mehr und mehr dem Verfall preisgegeben.

»Gegenwärtig«, sagte er, »besteht sie fast nur aus den Kontoren und Speichern der Kaufleute, den Magazinen der Handelsgesellschaft und den Wohnungen von Eingeborenen, Chinesen und den Nachkommen schwarzer Sklaven, die von den Portugiesen ins Land gebracht wurden. Der Sitz des Handels ist sie freilich geblieben, und den Tag über, wenn Beamte, Marktleute, Käufer und Verkäufer hereinkommen, geht es dort zu wie in einem Bienenstock.«

Sobald jedoch die Dämmerung hereinbrach, flüchteten die Europäer in ihre luftigen Häuser in den Vorstädten, und die hohen, schmalen Häuser mit den Kupferdächern lagen verlassen, denn mit der Nacht kam die Angst vor den Fieber erzeugenden Ausdünstungen. Nach vier Uhr nachmittags sah man keinen Europäer mehr in der Kota, wie diese Altstadt von den Javanern genannt wurde, und erst um neun Uhr morgens, wenn der Wind frisch vom Meer hereinblies, wagten sie sich wieder herbei.

Neele stockte beinahe der Atem in der Kehle, als sie von den zu Boden fallenden Gläsern und Tellern und dem Fieber hörte, und unwillkürlich presste sie beide Hände auf ihren Schoß, wie um das werdende Kind zu schützen; sie beruhigte sich erst wieder, als Bessemer ihr versicherte, dass man sich in Batavia seit Menschengedenken an kein ernsthaftes Erdbeben erinnern könne, dass auch die gefährlichen Vulkane wie der Guntur, der Merapi und der Lamongan weit entfernt von der Stadt lagen, sodass keine Gefahr von ihnen ausging. Später hatte sie das Gefühl, dass Lennert ihm ihren Zustand angedeutet hatte, denn plötzlich wurde er sehr fürsorglich und vermied es in ihrer Gegenwart, irgendetwas Gefährliches zu erwähnen. Er sprach nur noch von den traumhaft schönen Dschungelblumen der Insel, unter denen die weiße Mondorchidee sich besonders hervortat, den vielen bunt gefiederten Vögeln mit ihrem unablässigen Gesang und – ein Thema, das ihn persönlich sehr interessierte – der javanischen Küche, die selbst in ihrer einfachsten Form dem Gaumen schmeichelte.

»Die Leute verstehen es, aus einem Hühnchen und ein paar Handvoll Gemüse, Reis und Gewürzen eine Mahlzeit zu zaubern, für die sich der Chefkoch eines Pariser Restaurants nicht zu schämen bräuchte«, schwärmte er. »Anfangs schmeckt alles ein wenig wunderlich, weil sie es, anders als wir, süß und scharf zugleich machen, aber bald gewöhnt man sich daran, und dann mag man unsere dicken Klopse und das fette Schweinerne gar nicht mehr ansehen.«

Paula fragte ihn, was er in sein Eiswasser mischte, und er erklärte ihr, dass es Chinin sei, eines der vier Dinge, die die Holländer in den Tropen für unverzichtbar hielten. Die übrigen waren ihre reformierte Bibel, der Genever genannte scharfe Wacholderschnaps und Kretek, eine Tabakmischung, der Opium, Cannabis, Bilsenkraut und Schierling beigemischt wurden. Als »indische Zigaretten« oder »Nelkenzigaretten« wurde diese Mischung gegen Lungenleiden und Schlafstörungen, aber auch zur allgemeinen Entspannung verschrieben.

»Mit der Bibel bin ich nicht ganz einverstanden, ich bin ein Skeptiker«, sagte er, »aber den indischen Tabak lasse ich mir gefallen.« Dabei hob er die Zigarre an den Mund und inhalierte den Rauch tief.

»Cannabis!«, rief Lennert. »Ich wusste, der Geruch erinnert mich an etwas. Bilsenkraut und Schierling! Wenn ich nach dem Lehrbuch der Toxikologie gehe, nehmen Sie da gerade eine ziemlich schädliche Mischung zu sich.«

Der Dicke lachte abschätzig. »Ach was, lassen Sie das Lehrbuch der Toxikologie. Die Erfahrung ist alles. Und die Erfahrung sagt mir: In den Tropen verlängert alles das Leben, was entspannt und für Ruhe und Heiterkeit sorgt, sei es Betel oder Cannabis. In den Tropen sollte man keinen Alkohol trinken, er macht reizbar; und die Trinker verfallen viel schneller als in Europa dem Säuferwahnsinn. Sie werden eines lernen müssen: Schlafen Sie viel, arbeiten Sie in Ruhe, regen Sie sich über nichts auf. In den Tropen kann ein Wutanfall Ihren Tod bedeuten. Ihr Gehirn kann bersten wie eine überreife Frucht.« Er nahm einen langen Zug an seiner giftgemischten Zigarre und bedeutete dem Jungen, weiteren Tee einzuschenken.

»Warum haben Sie sich dann nicht auch gleich das Betelkauen angewöhnt?«, fragte Lennert, der sich ärgerte über die Leichtigkeit, mit der sein ärztlicher Einwand beiseitegewischt worden war.

»Oh, weil es eine hässliche Folge hat. Sehen Sie, der Kalk, mit dem die Betelfrüchte gemischt werden, verätzt die Wangenschleimhaut. Da die Betelkauer den Klumpen den ganzen Tag im Mund haben, entsteht mit der Zeit ein Geschwür und, wenn man Pech hat, sogar ein richtiges Loch in der Wange. Das möchte ich denn doch nicht riskieren.« Dr. Bessemer lachte gemütlich. »Ich sehe, Sie sind verärgert, mein junger Freund. Das ist meistens so. Ihr jungen Leute kommt, seid empört darüber, wie wir leben, macht uns Vorwürfe und wollt uns ändern, und nach einem oder zwei Monaten seid ihr völlig erschöpft, habt ständig Sonnenstich gehabt und seid drauf gekommen, dass wir mit unserer Erfahrung von zehn oder zwanzig Jahren es vielleicht gar nicht so schlecht gemacht haben.«

Für europäische Verhältnisse, erklärte er, sei man in Batavia bei der Erledigung aller Amtswege sehr langsam, aber daran stoße sich niemand. Die Einheimischen kennten sowieso keine Eile, und die im Lande lebenden Europäer hätten sich daran gewöhnt, dass es kurz nach dem Frühstück schon wieder Zeit für eine reichliche Mittagspause war, um der Mittagshitze zu entgehen, und erst am späten Nachmittag wieder gearbeitet wurde. In der trockenen Jahreszeit war es ohnehin fast unmöglich, irgendetwas zustande zu bringen, weil die alle Feuchtigkeit ausdörrenden Monsunwinde der Vegetation, Tieren und Menschen gleichermaßen zusetzten. Schon aus dem Haus zu gehen bedeutete eine Belastung, der man sich nur ungern aussetzte. In den Übergangszeiten zwischen den beiden Jahreszeiten, den sogenannten Kenteringstyden, war das Klima so ungesund, dass beinahe jeder Zweite krank im Bett lag. Dann folgte die Regenzeit, während der entnervende Dauerregen vom Himmel herabströmten. Wenigstens aber war zu dieser Zeit die Luft rein und kühl. Sie dauerte vom November bis April und verwandelte das Land in eine einzige Schlammkuhle. Was wiederum die Arbeitsprozesse verlangsamte, weil es Fahrten über Land praktisch unmöglich machte.

»Sie sehen«, sagte der Kontrolleur, »es ist immer angebracht, sich nicht zu hetzen. Glauben Sie mir, wenn einmal solche von Natur aus arbeitswütigen Leute wie die Chinesen begriffen haben, dass sie es langsam angehen müssen, dann will das wirklich etwas heißen.«

»Ich wusste nicht, dass auf Java auch Chinesen leben«, sagte Paula.

»Oh ja, ziemlich viele sogar. Aber man zählt sie nicht eigentlich zur Bevölkerung. Irgendwie gehören sie nicht dazu. Sie sind nur hier, um die Einheimischen auszubeuten, dann fahren sie mit dem Geld nach Hause; hier hält sie nichts. Bei vielen Arabern ist es das Gleiche. Die Deutschen und Engländer und natürlich die Holländer sind anders – wenn die einmal hier sind, dann bleiben sie hier, bauen sich Häuser, gründen Familien, organisieren ihre Klubs, gehen sonntags in ihre Kirche. Ihre Kinder wachsen hier auf, und sie werden ein Teil des Landes.«

Neele starrte in ihren Schoß. Sie versuchte sich vorzustellen, wie das Kind in ihrem Schoß – ob es ein Junge oder ein Mädchen wurde? – in Java aufwuchs, mittags Huhn mit Gewürzen aß und bunten Singvögeln nachlief. Vielleicht spielte es mit braunen Kindern, wenn sie getauft waren, aber sie würde sicher nicht zulassen, dass es mit Kindern spielte, die rote Drachenzähne hatten. Und gab es in Batavia Läden, in denen man kurze Hosen für Jungen und Schürzenkleider für Mädchen kaufen konnte?

»Frau Selmaker?« Dr. Bessemer stupste sie an. »Meine Liebe, Sie sind ja ganz in Gedanken versunken.«

Sie lächelte entschuldigend. »Ich höre einfach so viel Neues und Ungewohntes, das geht mir im Kopf herum. Verzeihung, wenn ich Ihnen nicht zugehört habe. Was sagten Sie? Dass die Deutschen und Holländer hier sich mit den Javanern vermischen?«

Er lachte laut. »Du meine Güte, nein, da haben Sie mir aber wirklich nicht zugehört! Ich sagte, sie bleiben im Land, sie ziehen hier ihre Kinder und Enkel auf. Aber natürlich sind es deutsche und englische und holländische

Kinder. Die meisten würden es schon sehr übel aufnehmen, wollte man ihnen die falsche europäische Nation aufdrängen – etwa einen englischen Jungen mit einem holländischen Mädchen verheiraten. Nein, man bleibt hier unter sich. Die nichteuropäischen Völker übrigens auch. Niemals würde hier ein Chinese eine Javanerin heiraten!«

Paula sagte, sie könnte die Europäer verstehen, die keine Heidin heiraten wollten, aber was hielt die Chinesen ab, die doch selbst Heiden waren?

Es wurde eine lebhafte Diskussion, an deren Ende Neele gelernt hatte, dass die Sache mit den Heiden in Java weitaus komplizierter war als in Norderbrake. Erst hatten die Bewohner der Insel die Seelen ihrer Ahnen angebetet und hatten der Vorstellung angehangen, dass alles eine göttliche Seele habe, jeder Fluss, jeder Baum, jeder Stein. Vor einigen Hundert Jahren hatte sich dann der Islam über die Insel ausgebreitet, aber die Javaner hatten sich offenbar nicht merken können, was ihnen die Apostel des Propheten beibrachten, obwohl sie die »Neun heiligen Männer« in hohen Ehren hielten. Viele Religionen kamen, der Hinduismus, der Buddhismus, das Christentum, und alle freuten sich, dass es ihnen gelungen war, die Javaner zu ihren Göttern zu bekehren. Die aber lächelten höflich, neigten den Kopf, zeigten sich in allem gefügig und freundlich und blieben bei ihrer eigenen Meinung. Sie hatten das Alte und das Neue gleichermaßen beibehalten, und so war zuletzt nur ein großes Durcheinander daraus geworden, in dem sich niemand auskannte. Pastor Ormus hatte es sicher sehr schwer damit, christliche Klarheit in die Köpfe seiner Täuflinge zu bringen.

4

Noch einmal legte die *Meisje Mariaan* an, in Dschibuti, dann ließen sie die Sinaihalbinsel zur Linken und Afrika zur Rechten hinter sich und dampften hinaus in die endlose dunkelblaue Weite des Indischen Ozeans. Neele überkam ein Gefühl der Panik, als sie hörte, dass es jenseits von Dschibuti kein Land mehr gab, bis sie Bombay erreichten – nur eine endlose Wasserfläche und eine gnadenlos gleißende Sonne, deren Strahlen das Wasser zurückwarf wie ein blauer Kristall. Dr. Bessemer warnte seine neuen Freunde davor, sich leichtfertig in der Sonne aufzuhalten, denn ehe man es sich versah, bekam man einen heftigen Sonnenstich. Über dem Promenadendeck der dritten Klasse waren große Stücke Segeltuch gespannt worden, damit die Passagiere die frische Luft genießen konnten, ohne an der Sonne Schaden zu nehmen, denn unten im Schiffsbauch war es jetzt fast unerträglich heiß. Der Liner machte Dampf, um seinen Termin einzuhalten, die Kessel glühten, und in den winzigen Holzkabinen staute sich die Luft zum Ersticken.

Dschibuti lag den dritten Tag achteraus, als Neele und Paula nach dem Frühstück an Deck gingen und wie üblich an der Reling entlangspazierten. Die Sonne war nicht so glitzernd hell wie an den beiden vergangenen Tagen, sondern versteckte sich hinter gelblichen Schleiern. Beiden jungen Frauen stand bei jeder Bewegung der Schweiß auf der Stirn, obwohl das Schiff schnelle Fahrt machte und ihnen ein tüchtiger Fahrtwind ins Gesicht blies. Ihre Füße fühlten sich an wie Blei. Neele war dankbar, dass sie nichts mehr von der morgendlichen Übelkeit spürte, dafür hatte sie Kopfschmerzen, die ihr schier die Augäpfel aus den Höhlen trieben, und als sie in Paulas bleiches Gesicht blickte, sah sie, dass es der Freundin nicht viel besser erging.

Als sie an der Reling stehen blieben, sagte Paula: »Ich dachte, es gäbe kein Land mehr, aber sieht das da drüben nicht wie eine Insel aus?«

Neele folgte ihrem Blick. Tatsächlich zeichnete sich genau unterhalb der verschwommenen Sonnenscheibe ein federiges schwarzes Gebilde ab, das eine stark zerklüftete Insel sein mochte, vielleicht aber auch eine tief hängende Wolke. Es wurde rasch größer. Wenn es eine Insel war, dann umhüllte sie ein dichter Dampf, der nach allen Seiten Ausläufer absandte, denn ihre eigentliche Form war nicht zu erkennen.

»Ich glaube, es ist doch eine Wolke«, entschied Paula.

Neele gab ihr recht und dachte dabei, was für unbedeutende Gespräche an Bord von Interesse waren. Ist das eine Insel? Ist das eine Wolke? Ich meine, es ist eine Insel. Vielleicht ist es aber doch eine Wolke. Ja, du hast recht, es ist eine Wolke.

In diesem Fall allerdings war der Umstand, dass es eine Wolke war, von ganz entscheidender Bedeutung, wie sie gleich darauf erfahren sollten.

Paula trocknete sich die Stirn mit dem Halstuch. »Ich fühle mich entsetzlich; was ist heute bloß los mit mir?«

Sie bekamen die Antwort sehr rasch, denn da kam Dr. Bessemer in Begleitung ihres Bruders über das Deck. Er rief ihnen schon von Weitem entgegen: »Heute wird's nichts mit Spaziergehen, meine Damen. Wir bekommen einen Sturm, und das heißt: Alle Passagiere unter Deck, bis der Käptn uns wieder rauslässt.«

»Einen Sturm!«, rief Paula. »Deshalb ist der Himmel so verschleiert und die Sonne so stechend!«

Bessemer nickte. »Ja, das sind die ersten Anzeichen. In einer Stunde wird es hier recht unfreundlich aussehen. Ich habe schon mit dem Kapitän gesprochen, er ist ziemlich übellaunig, und das heißt, dass er sich Sorgen macht. Die *Meisje Mariaan* ist zwar ein sehr solides Schiff, aber die Gewalt, die ein Zyklon entwickelt, die kann man sich nicht vorstellen.« Als Neele ihn fragend anblickte, erläuterte er: »Zyklon nennt man die Wirbelstürme im Indischen Ozean. So ein Zyklon ist eine riesige Wasserhose, die kleine Schiffe hochheben und davonschleudern kann. Bei einem dicken Brocken wie der *Meisje Mariaan* ist das natürlich nicht zu befürchten, aber ordentlich durchgerüttelt werden wir wohl werden. Ihr Landratten habt noch keinen Zyklon erlebt; ich sage euch, da ist der Himmel unten und das Meer oben und dazwischen der Teufel! Man sieht nichts mehr, man hört nichts mehr, rundum sind nur noch Wasser und das Gekreisch und Getöse des Windes! Der Kapitän wird in Kürze anordnen, dass alle Passagiere in ihren Quartieren bleiben, also, runter mit euch!«

Während er noch sprach, sah Neele, wie die Matrosen sich an den Segeln zu schaffen machten und eins nach dem anderen refften. Gegenstände, die ein Sturm hätte über Bord spülen können, wurden unter Deck geschleppt oder mit Tauen festgezurrt.

Dr. Bessemer empfahl ihnen: »Am besten legt ihr euch ins Bett und bleibt drin liegen, das erspart euch, von einer Wand an die andere geworfen zu werden, denn so, wie es da drüben aussieht, wird es einer von der heftigen Sorte werden. Ich werde dasselbe tun.«

Sie gehorchten niedergeschlagen. Sie kannten die heftigen Stürme an Land, die von der Nordsee hereinwehten und Springfluten über das flache Land trieben, aber weder Paula noch Neele hatten je einen Sturm auf See erlebt, und was sie gehört hatten, klang beängstigend. Wenig später gingen Matrosen durch und schlossen jede Luke unterhalb des obersten Decks wasserdicht zu. Es würde ihnen also in den nächsten Stunden – wie lange, wusste keiner von ihnen – als Beleuchtung nur das zusehends trüber werdende Tageslicht bleiben, das durch die weit auseinanderliegenden Bullaugen hereinsickerte, und das reichte jetzt schon kaum bis in die Kabine. Neele machte sich gottergeben darauf gefasst, ihr Mittagessen im Finstern zu verzehren – es würde nämlich auch kein warmes Mittagessen geben, da die Feuer der Kombüse gelöscht worden waren. Zwei Matrosen gingen mit Körben durch und verteilten Brot, Butter, Speck und getrocknete Pflaumen. Zum Trinken gab es nur das Wasser aus dem Metallfass im Aufenthaltsraum.

Paula und Neele saßen im Dämmerlicht auf der Kante ihrer Kojenbetten und aßen. Den Matrosen folgte der Quartiermeister, der den Passagieren noch einmal streng das Verbot einschärfte, das Zwischendeck zu verlassen, nicht nur, weil sie die Mannschaft bei ihrer gefährlichen Arbeit an Deck behindert hätten, sondern auch, weil die Gefahr bestand, von einer heftigen See über Bord gespült zu werden. Als er einen Augenblick lang die Luke öffnete, die an Deck führte, und sie dann gleich darauf wieder hinter sich schloss, sah Neele, wie unheimlich sich der Tag verändert hatte. Ein gelbes Zwielicht herrschte draußen, und Wolken waren aufgezogen, schwarze Gebilde, die Strähnen von Seetang ähnelten. Ein Windstoß drang durch die Luke und pfiff durch den schmalen Gang. Beide

Frauen spürten, dass die Wellen heftiger geworden waren. Die *Meisje Mariaan*, die am Morgen noch so sanft dahingeglitten war, pflügte durch die unruhige See und bockte dabei wie ein Karren, der über unebenes Pflaster holpert. Dann klappte die Luke zu. Ein knarrendes Geräusch verriet, dass von außen der schwere Riegel vorgeschoben wurde. Einen Augenblick blieb Neele das Herz stehen bei dem Gedanken, dass sie hilflos eingeschlossen waren. Wenn das Schiff nun sank, würden sie ertränkt werden wie junge Katzen in einem Sack!

»Ich wünschte, sie würden die Luke nicht zusperren«, sagte sie mit gepresster Stimme. »Wenn das Schiff sinkt, können wir nicht hinaus.«

»Wenn das Schiff sinkt«, sagte Paula, die vernünftiger war, »nützt es uns auch nichts, hinauszukönnen, oder willst du von hier bis Bombay schwimmen? Dass sie die Luke geschlossen haben, schützt uns immerhin davor, dass plötzlich ein Wasserschwall den Gang entlangkommt.«

Neele musste zugeben, dass sie recht hatte, aber sie fühlte sich trotzdem wie in einem zugenagelten Sarg, umso mehr, als der Wind mit jedem Augenblick heftiger wurde.

Sie lauschten dem Getrampel der Füße der Matrosen und dem dumpfen Lärm, der überall im Schiff laut wurde. Es hörte sich an, als würden schwere Möbel herumgeschoben, gefolgt von einem Knarren und Pfeifen, und dann spürten sie zum ersten Mal, dass der Sturm sich seinen Weg ins Innere des Schiffes bahnte. Hauchfeine, eisige Luftströme zogen durch die Kabine.

»Einem so großen Schiff kann ein Sturm doch nichts anhaben, oder?«, fragte Neele besorgt.

Paula suchte sie zu beruhigen. Hatte nicht Dr. Bessemer gesagt, dass nur kleine Schiffe gefährdet waren?

Jedenfalls schwankte die *Meisje Mariaan* zusehends heftiger. Erst war es nur ein leises Rollen gewesen, aber wie eine Schaukel, die durch ihren eigenen Schwung immer weiter ausholt, sank sie mit jedem Mal tiefer und stieg sie höher. Von draußen drang jetzt ein scheußlicher Lärm herein, ein Heulen und Pfeifen, das sich im Labyrinth des Zwischendecks verlor. Neele musste daran denken, wie sie in Norderbrake zugehört hatte, wenn es in Winterabenden im Kamin wimmerte und Tante Käthe ihr erzählt hatte, das seien die armen Seelen, die vom Friedhof hereingeflogen kamen, um sich in der kalten Nacht zu wärmen. Dann setzte allmählich ein gewaltiges Schaukeln ein, sodass sie sich, Dr. Bessemers Rat folgend, auf die Betten warfen und sich an dem Holzrahmen festhielten. Die Wellen donnerten gegen den eisengenieteten Schiffsrumpf, als stoße er mit einer Lokomotive zusammen. Immer wieder wurde das Schiff hochgehoben und niedergedrückt. Neele konnte sich vorstellen, wie furchtbar es oben auf Deck zugehen musste, wo Sturm und Wellen gegen die Aufbauten prallten und die Schornsteine aus ihren Verankerungen zu reißen drohten.

Das ständige Auf und Ab erweckte eine heftige Übelkeit in ihr, sodass sie nicht anders konnte, als sich auf den Weg zum Abtritt zu machen, aber es wurde ein schrecklicher Weg. Im Zwischendeck war es fast vollkommen finster, nur einige wenige graue Kreise zeigten an, wo sich die Bullaugen befanden. Überall standen Türen offen, um einen Faden Licht hereinzulassen, und die Passagiere jammerten, weinten, beteten und suchten einander zu trösten. Mehrere waren genauso wie sie auf der Suche nach dem Abtritt, denn das Schaukeln war jetzt so heftig geworden, dass das Schiff jedes Mal ins Bodenlose zu fallen und dann langsam wieder in die Höhe zu steigen schien.

Neele stolperte den schmalen Gang zwischen den Kabinen entlang, wobei sie sich links und rechts abstützte und verzweifelt das Gleichgewicht zu halten versuchte, sooft das Schiff in ein Wellental sank. Einmal misslang es ihr, und sie fiel der Länge nach in eine der Nischen zwischen den Kabinen, fiel schmerzhaft über allerlei Kram, der dort aufgestapelt lag, und riss sich das Knie auf. Als sie danach tastete, fühlte ihre Hand sich feucht an. Das hatte ihr noch gefehlt!

Aber das Würgen in ihrem Inneren ließ ihr keine Zeit, sich mit ihrem blutigen Knie zu beschäftigen. Sie tappte blindlings dahin, erreichte gerade noch rechtzeitig die Tür des engen Waschraums und erleichterte sich. Keinen Bissen würde sie von dem Abendessen zu sich nehmen! Der bloße Gedanke daran verkrampfte ihr schon den Magen.

»He, sieh zu, dass du rauskommst, meinst du, das Loch da gehört dir allein?« Eine Hand zerrte an ihren Kleidern, und eine Frau drängte, würgend und röchelnd, an ihr vorbei. Neele beeilte sich, ihr auszuweichen, und trat den Rückweg an.

Ihr war jetzt nicht mehr so übel, aber Kopfweh hatte sie immer noch. Sie kämpfte sich zurück zu ihrer Kabine und tastete sich auf ihr Bett. Wenigstens hatte es wie alle Kojenbetten ein hohes Brett auf der Seite, auf der man hineinstieg, sonst wäre sie ein ums andere Mal hinausgefallen, so heftig bockte es unter ihr. Das gesamte Schiff war von Geräuschen erfüllt, wie sie sie nie zuvor gehört hatte. Es schien ihr eine einzige riesige verstimmte Orgel zu sein, die die unglaublichsten Tonfolgen von sich gab, von einem gequetschten Wimmern bis zu einem Johlen, das sich über seine ganze Länge zu entfalten schien, und zwischen allen diesen Tönen wiederholten sich die entsetzlichen Rammstöße der Brecher, die die *Meisje Mariaan* breitseits trafen. Neele hielt jedes Mal den Atem an, wenn eine Wasserwand gegen den eisernen Rumpf krachte. Sie konnte sich gar nicht vorstellen, wie die hölzernen Segelschiffe früherer Zeiten jemals einen Sturm überstanden hatten, wenn ein aus Eisenplatten genieteter Dampfer in solche Bedrängnis geriet.

Sie versank in einen Dämmerzustand, in dem sie weder einschlafen noch sich wach halten konnte. Hilflos hin und her gestoßen, rollte sie in ihrem Kojenbett von einer Seite zur anderen und brachte kaum die Kraft auf, zu antworten, wenn Paula voll Sorge nach ihr rief. Sie wusste nicht einmal, wie viel Zeit vergangen war, bis das fürchterliche Stoßen und Schaukeln endlich ein Ende nahm. Sie wachte erst auf, als Männer durch den Gang trampelten, die Bullaugen geöffnet wurden und Licht und frische Luft hereinströmten.

Benommen setzte sie sich auf und schwang die Beine über die Bettkante. Das Knie, das sie sich bei dem Sturz im Finstern aufgeschlagen hatte, war zerschrammt und heftig geschwollen, und ihr ganzer Körper schmerzte. Ihr Kopf fühlte sich dumpf an, als waberten Nebelstreifen vor ihren Augen. Von den Schultern bis zu den Knöcheln war sie ständig gegen die harte Holzwand oder das Brett geworfen worden, sodass sie jetzt, als sie ihre Bluse herunterzog, überall blaue Flecke sah. Das alles erschien ihr jedoch eine geringe Beschwernis angesichts der Tatsache, dass der Sturm vorüber war und sie wieder frische Luft atmen konnte. So schnell sie es mit ihren steifen Gliedern zustande brachte, zog sie ihre Strickweste über und kletterte die Treppe zum Deck hinauf.

Oben standen bereits Dutzende der Auswanderer, die die gleichen Leiden in dem finsteren, stickigen Gefängnis mitgemacht hatten. Viele Familien hatten sich um ihre Ältesten geschart, lasen in der Bibel und beteten zum Dank, dass sie den Sturm heil überstanden hatten.

Als die beiden jungen Frauen aus der Öffnung traten, erschien es ihnen unglaublich, dass sie eben erst ein solches Unwetter mitgemacht hatten. Der Himmel war leuchtend klar, die Sonne strahlte, ohne stechend zu sein, ein paar langschweifige weiße Wolken zogen in aller Unschuld durch das Blau. Der *Meisje Mariaan* freilich sah man an, dass sie zwei schwere Tage durchgemacht hatte.

Lennert hatte sich, sofort nachdem der Kapitän die Erlaubnis gegeben hatte, sich wieder frei zu bewegen, auf die Suche nach seiner Schwester und Neele gemacht und traf die beiden nun an Deck an. Er warf Neele einen Blick zu und fragte: »Was ist denn mit dir, Neeleken? Du bist ganz rot und fleckig im Gesicht.« Er trat einen Schritt näher. »Und du hast Schweißperlen auf der Oberlippe.«

Sie zuckte die Achseln. »Kein Wunder bei den zwei entsetzlichen Tagen, die ich hinter mir habe. Ich bin furchtbar durstig, wahrscheinlich habe ich zu wenig getrunken.«

»Das wird auch so sein, aber ich glaube eher, du hast Fieber.« Dann sah er, wie Neele hinkte, und verlangte ihr Bein zu sehen. Als sie den Rock hob und den Zwirnstrumpf hinunterrollte, gab er einen besorgten Laut von sich. »Das gefällt mir nicht, Neeleken! Komm, das soll sich der Bordarzt anschauen.«

Er führte Neele quer über das Deck zu den Aufbauten und in einen kleinen weiß gestrichenen Raum. In Schränken an der Wand standen ein paar Flaschen mit Heilmitteln, die sie kannte, etwa Tierkohle gegen Magenbeschwerden, und andere mit Kapseln und Kügelchen und Tabletten darin, die ihr fremd waren. Beunruhigend war ein glasgedeckter Schrank mit ein paar Messern, Zangen und Pinzetten darin. Wenn er nun etwas an ihrem Knie schneiden musste? Sie warf einen ängstlichen Blick darauf. Das Blut klebte dick an der Wunde, sodass sie nicht sehen konnte, ob Splitter darinsteckten.

Lennert fragte, ob sie sich erinnern könne, worauf sie gefallen war, aber das wusste sie nicht mehr, es war ja alles stockdunkel gewesen, und bei dem ständigen wilden Auf und Ab des Schiffes und der Übelkeit, die sie quälte, hatte sie keine Aufmerksamkeit für irgendetwas um sich übrig gehabt. »Ich habe keine Ahnung mehr. Ich bin gestolpert, als das Schiff so heftig schaukelte, aber ich habe es nicht einmal mitbekommen, weil mir so furchtbar übel war, dass ich nur noch möglichst rasch auf den Abtritt wollte.«

Er murmelte vor sich hin, trat dann mit einer Waschschüssel voll Wasser und einem Schwamm an sie heran und begann, das Knie zu säubern. Jetzt erst sah Neele, wie aufgeschwollen es war, und einen hässlichen, feuerroten Farbton hatte es auch. Als Lennert die Krusten von getrocknetem Blut abwusch, kamen Risse zum Vorschein, die sich kreuz und quer durchs Fleisch zogen, und darin steckten kleine, scharfe Holzsplitter. Der Arzt griff nach der Pinzette. »Halt still jetzt; wir müssen zusehen, dass wir alle diese Splitter herauskriegen, wenn dein Knie wieder in Ordnung kommen soll.«

Das Herausziehen schmerzte, aber sie biss tapfer die

Zähne zusammen. Während Lennert noch beschäftigt war, erschien der Schiffsarzt, ein mürrischer alter Deutscher, der Neele nicht einmal grüßte, sondern nur ihr Knie packte und mit groben Griffen hin und her drehte. Ihr brach der Schweiß aus, so heftig fuhr es ihr durch und durch, als er Lennert die Pinzette aus der Hand nahm und mit raschen, routinierten Griffen die Splitter herauszog. Er war zweifelsohne ein geschickter Arzt, aber er hätte durchaus etwas weniger grob sein können – und freundlicher auch!

Neele, die sich miserabel fühlte, war wütend, weil er sie behandelte, als stehle ihr verletztes Knie ihm seine kostbare Zeit, aber sie schwieg. Es hatte ja doch keinen Sinn, hier einen Streit anzufangen, in dem sie auf jeden Fall unterliegen würde. Außerdem hatte sie allmählich nicht mehr die Kraft für einen Streit. Sie wollte nur noch zu Bett gehen und ihre Ruhe haben. Ständig liefen ihr heiße und kalte Schauer über den Rücken, sie schwitzte, und der kleine Raum verschwamm ihr vor Augen. Seltsamerweise stimmte auch mit ihren Ohren etwas nicht, denn die Stimmen von Lennert und dem Bordarzt entfernten sich einmal von ihr, dann kamen sie wieder ganz nahe, als schwebte sie, Neele, einmal zu den beiden Männern hin und entfernte sich dann wieder von ihnen.

»Das sieht mir nach ziemlich hohem Fieber aus«, hörte sie den Bordarzt sagen. Lennert antwortete etwas darauf, das ihr entging, und dann war da wieder der Arzt: »Von dem hier geben Sie ihr nach Gebrauchsanweisung einen Löffel voll, und zusätzlich machen Sie so oft wie möglich kalte Wadenwickel, das ist Ihnen ja alles vertraut. Ansonsten können wir nur hoffen, dass sie kräftig genug ist, sich selber zu heilen.«

Sie hörte Lennert etwas antworten, aber seine Stimme hörte sich an, als käme sie durch die Wand. Paula tauchte auf und half ihr beim Aufstehen. Jeder Schritt tat weh, als sie, von den beiden Geschwistern gestützt, die steile Treppe hinabhüpfte und -hinkte. Sie war erleichtert, dass sie unten in ihr Bett fallen und sich in die Decke rollen konnte, denn jetzt war ihr wieder kalt, nachdem ihr eben noch glühend heiß gewesen war. Paula zog ihr Schuhe und Strümpfe aus und war schon damit beschäftigt, ihr kalte Wadenwickel zu machen.

Neele schloss die Augen. Sie war noch völlig erschöpft von den zwei weitgehend schlaflosen Nächten, in denen der Zyklon das Schiff umtobt hatte, und das Fieber zehrte an ihr. Sie fiel in einen tiefen Schlaf, aber es war kein erholsamer Schlaf. Albträume quälten sie, in denen sich Vergangenheit und Gegenwart wunderlich vermischten. Einmal träumte sie, dass sie auf dem heidnischen Altar bei Norderbrake lag und in einen düsteren Gewitterhimmel starrte, dass sie verzweifelt nach Frieder schrie, er möge kommen und sie losmachen, sie sei gefesselt, und der heidnische Priester mit seinem Bronzemesser könnte jederzeit wiederkehren – aber Frieder kümmerte sich nicht um ihre Schreie, er hatte ihr den Rücken zugewandt und ging davon. Dann wieder fand sie sich im Traum vor der Tür des grünen Zimmers in Haus Norderbrake wieder und sah, wie die Tür sich langsam, langsam fingerbreit öffnete und eine schmale, dünne Frauenhand herausgriff … die Hand ihrer Mutter. Sie wehrte sich verzweifelt dagegen, dass diese Hand sie fasste und in das Zimmer hineinzog, aber es gelang ihr nicht, und erst als sie mit aller Kraft schrie, erwachte sie, und es war nur Paula, die neben dem Bett stand und den Eisbeutel wechselte.

Wenn sie aus ihren Träumen erwachte oder Paula sie weckte, um ihr einen Löffel voll Medizin zu verabreichen, schien ihr die Umgebung seltsam verändert. Die Kabine hatte dann einmal nach außen gebauchte Wände, oder die Balken waren ineinander verschlungen, oder der Boden hob sich in der Mitte zu einem runden Hügel. Alle Stimmen, die sie hörte, kamen zuweilen aus weiter Ferne, dann wieder schallten sie ihr ins Ohr. Sie bekam nur undeutlich mit, dass Paula sich ständig um sie bemühte, ihr die Medizin einlöffelte und die Umschläge wechselte, sobald sie warm wurden. Und einmal sah sie ganz deutlich Herrn Bessemers braunen Diener, wie er mit einem Eimer die Kabine betrat.

Sie hörte die Stimme des deutschen Amtmanns: »Ich weiß schon, dass Sie Arzt sind, mein Lieber, aber ich glaube, dass Frau Selmaker im Augenblick alle Hilfe braucht, die sie kriegen kann, und ich habe es nie bereut, dem Schamanen über die Schulter zu schauen.« Dabei griff er in ein Porzellangefäß und zog eine Handvoll eingeweichter roter Schoten hervor sowie einen Knoblauchknollen. »Das nehme ich immer auf Reisen mit, wenn ich mir den Magen verderben sollte, es reinigt und vertreibt die Infektion, aber es wird wohl auch äußerlich angewendet helfen.«

Neele fühlte, wie die Schoten und der Knoblauch aufgelegt wurden – was für ein Geruch die enge Kabine füllte! –, und zog die Decke um sich zusammen, so eisig kalt rannen ihr die Fieberschauer über den Körper. Sie erinnerte sich daran, wie sie ein kleines Mädchen gewesen war und Scharlach und Fieber hatte. Damals hatte Tante Käthe geweint vor Angst, sie könnte sterben. Und jetzt? Würde sie jetzt sterben? Wenn die Infektion von ihrem

Knie aus in den ganzen Körper zog, würde sie Kieferklemme bekommen und sterben.

»Sie hat so hohes Fieber«, hörte sie Paulas sorgenvolle Stimme. »Aber ich weiß nicht mehr, was ich machen soll. Stell dir vor, wir müssen den Laudruns schreiben, dass sie unterwegs gestorben ist!«

»Still!«, flüsterte Lennert warnend. »Sie darf so etwas nicht hören.«

Aber Neele hatte es gehört und weinte bitterlich.

Es war Morgen, als sie erwachte und zum ersten Mal wieder mit klaren Augen in die Welt blickte. Sie sah, dass Paula angekleidet auf ihrem Bett lag und schlief, und die Erinnerung kehrte zurück, wie die Schwester des Doktors sich um sie bemüht hatte. War sie so schwer krank gewesen? Sie konnte sich nur unbestimmt erinnern, was geschehen war, seit sie nach dem Sturm wieder an Deck gegangen war und Lennert ihr gesagt hatte, sie habe Fieber. Was war aus ihrem Bein geworden? Sie tastete unter die Decke und spürte einen dicken Verband, aber es tat nicht mehr sonderlich weh.

Vorsichtig versuchte sie sich aufzusetzen und wäre beinahe von der Bettkante gefallen, so schwach fühlte sie sich. Jetzt sah sie erst, wie besorgt Paula um sie gewesen war, denn bei der ersten Bewegung erwachte diese und blickte zu ihr hinüber.

»Es geht mir schon besser«, sagte sie rasch. »Was war denn mit mir? Ich erinnere mich, dass Lennert sagte, ich hätte Fieber …«

»Das hattest du auch, und nicht zu knapp.« Paula, die blass und übernächtigt aussah, setzte sich auf und zog ihre Kleider zurecht. »Du musst stark wie ein Ross sein, dass du das überstanden hast.«

»Ich fühle mich eher wie ein nasser Lumpen. Und …« In jähem Schrecken legte sie die Hand auf den Bauch. »Was ist mit dem Kind?«

»Ich kann dir nur sagen, dass du keine Fehlgeburt hattest, mit Sicherheit nicht. Also wird wohl alles in Ordnung sein. Willst du an Deck gehen?«

Neele nickte. Sie sehnte sich nach frischer Luft und dem Glanz der Sonne. Als sie mühsam die Treppe hinaufgeklettert war und sich oben aufs Deck setzte, das verbundene Bein von sich gestreckt, setzte Paula sich neben sie und erzählte ihr, wie hilfsbereit Dr. Bessemer gewesen war. Im Gegensatz zu dem sparsamen Bordarzt hatte er sie mit reichlich Chinin eingedeckt und seinen Diener dazu abgestellt, alle naslang um kaltes Wasser zu laufen. Ohne seine Hilfe, sagte Paula, hätten sie es nicht geschafft, Neele ständig mit kalten Wickeln zu versorgen und so ein weiteres Ansteigen des Fiebers zu verhindern.

Neele lächelte. »Ich muss mich bei ihm bedanken. Aber was ist mit meinem Knie? Es wird doch nicht steif bleiben?«

Paula beruhigte sie. Das Knie war zwar in einem hässlichen Zustand gewesen, als die Splitter herauseiterten, aber sie hatten es mit Salben und Umschlägen behandelt, die der Arzt ihnen gegeben hatte; es würde bald wieder in seinem ursprünglichen Zustand sein.

»Ich war fest überzeugt, ich würde sterben«, sagte sie. »Meinst du, es waren Dr. Bessemers Chilischoten, die mich geheilt haben?«

»Das hast du mitbekommen? Du sahst so elend aus, dass ich gar nicht dachte, du könntest ihn hören. Er erzählte mir, dass er früher viel zu Pferde auf Reisen war, und da nahm er sich immer Heilmittel mit, die ihm der einheimische Schamane empfahl. Er hat volles Vertrauen in all diese Kräuter und Gewürze. Er sagt, die Eingeborenen haben auch nichts anderes, um sich zu kurieren, und doch werden sie gesund, also muss es mindestens so nützlich sein wie unsere Arzneien.«

5

Paula Anderlies lehnte allein an der Reling und starrte auf das entnervend öde Meer hinaus. Als sie von hinten angesprochen wurde und sich umwandte, fand sie sich Dr. Bessemer gegenüber, der sie anlächelte.

»Sie scheinen sich sehr zu langweilen«, sagte er. »Vielleicht kann ich Ihnen ein wenig Unterhaltung bieten?«

Paula lächelte zurückhaltend. Es wäre ihr sehr unangenehm gewesen, wenn er gemerkt hätte, welchen Eindruck er auf sie gemacht hatte. Er war ja nicht mehr jung, und das Leben in den Tropen hatte harte Spuren in seinem Äußeren hinterlassen, aber seine Intelligenz und noch mehr seine freundliche Aufmerksamkeit hatten sie angezogen. War es denkbar, dass er, genau wie sie, in ihrer Bekanntschaft etwas Ernsthafteres gefunden hatte als ein zeitweiliges Mittel gegen die tödliche Langeweile? Auf jeden Fall erfuhr sie, dass er seit Langem verwitwet war. Seine Frau, sagte er, hatte sich bald nach ihrer Ankunft in Batavia ein böses Fieber zugezogen und war daran gestorben. Er hatte damals erwogen, wieder nach Deutschland zurückzukehren. Eine Weile sei ihm das Land vergällt gewesen, sodass er nichts als fort wollte. Da er sein ganzes Geld für die Herfahrt verbraucht hatte und Geld für die

Rückreise erst verdienen musste, hatte er nicht gezögert, als man ihm einen Posten im Dienst der Kolonialbehörde anbot, obwohl es ihm sauer aufstieß, als Deutscher für die Holländer zu arbeiten. Und während er arbeitete und sparte, hatte sich Java in sein Herz geschlichen. Als er schließlich die Möglichkeit gehabt hätte, hatte er gar nicht mehr fahren wollen.

»Jetzt werde ich wohl dort begraben werden«, sagte er. »Und es ist wirklich nicht der schlechteste Ort dafür.«

Er zeigte sich sehr interessiert an ihr, stellte viele Fragen nach ihren Neigungen und stellte schließlich in Aussicht, dass er sie bald nach ihrer Ankunft besuchen würde, um sich persönlich zu vergewissern, dass es ihr gut ging. »Ich zweifle zwar nicht daran, dass Sie sich bei uns rasch einleben werden, denn Sie sind eine kluge Frau, und ich glaube, Sie sind mit einem offenen und freudigen Herzen gekommen – aber nachsehen möchte ich doch. Sofern es Ihnen angenehm ist, meine ich. Und bis dahin möchte ich Sie warnen. Wenn man in ein fremdes Land kommt, ist man für jeden dankbar, der die eigene Sprache spricht und weiß, aus welcher Ecke der Welt man kommt. Das wird manchmal ausgenutzt. Es gibt Betrüger und Gauner, die sich geradezu auf neu Zugereiste spezialisiert haben. Damit will ich niemand beschuldigen, ich rate Ihnen nur, Ihren Verstand gut zu nutzen!«

»Wir werden uns auf jeden Fall sehr über Ihren Besuch freuen«, antwortete Paula. Sie hatte rasch von ihnen in der Mehrzahl gesprochen, denn als sein Interesse so offensichtlich ihr allein galt, war sie heftig errötet – und er hatte es bemerkt! Er war genauso verlegen geworden wie sie und fing an, sein Gesicht mit einem Taschentuch abzutrocknen.

Sobald Dr. Bessemer sich verabschiedet hatte und die Geschwister allein waren, trat Paula an ihren Bruder heran, schob die Hand unter seinen Arm und verschränkte die Finger in seinen. »Gibst du mir eine ganz ehrliche Antwort, Lennert?«

Er zögerte unsicher, dann zuckte er herausfordernd die Schultern. »Gewiss doch, warum sollte ich dich denn anlügen?«

»Dann sag mir, mit wem du den Amtmann verkuppeln willst. Mit Neele oder mit mir?«

Lennert japste förmlich nach Luft und lief vor Verlegenheit rot an. »Aber ich habe doch nicht ...«

»Komm, du hast versprochen, mich nicht zu belügen. Du hast ihn nicht nur mit uns bekannt gemacht, damit wir uns gegenseitig die Zeit vertreiben. Also? Welche ist es?«

Lennert war es noch nie gelungen, sich gegen seine Schwester durchzusetzen, und so seufzte er nur und sagte: »Er hat mich gebeten, ihn mit dir bekannt zu machen. Und damit es nicht irgendwie ungehörig aussieht, mussten wir natürlich Neele dazubitten. Wir konnten sie doch nicht auf einer Taúrolle sitzen lassen, während wir uns verwöhnen lassen.« Dann wechselte er die Tonart, legte sich etwas Herausforderndes zu. Was sei denn so schlimm daran? Der Amtmann sei zwar schon ein etwas älterer Herr, aber in hoher Position, angesehen und wohlhabend, und hätte sie das Gespräch mit ihm nicht genossen? Was sei dann falsch daran, wenn er ihre Bekanntschaft vermittelte? Sie wäre ja nicht gezwungen, ihn zu nehmen, wenn es ihr denn gar nicht passte. Aber dann müsse sie bedenken, dass es in ihrem Alter nicht mehr ganz so leicht sein würde, einen Mann zu finden, und sie besser nähme, was sich anbot.

Paula ärgerte sich, als ihr so rundheraus gesagt wurde, dass sie als spätes Mädchen nicht mehr zu vermitteln wäre, aber lügen wollte sie auch nicht, also sagte sie: »Gewiss gefällt er mir, und zwar besser als mancher junge Spund, der sich nur wichtig macht mit seinem Pferd, seinem Gewehr und all den Herzen, die er schon gebrochen hat. Aber ich bin nicht nach Java gekommen, um zu heiraten, sondern um zu arbeiten.«

»Niemand verbietet dir das. Und du könntest sehr gut beides tun. Es ist niemals von Nachteil, mit den höchsten Behörden auf gutem Fuß zu stehen.«

Sie starrte lange auf das glitzernde Meer hinaus. Dann sagte sie: »Er sagte, er habe den Tod seiner Frau letztendlich überwunden, aber er muss ein sehr einsamer Mann sein. Keiner, der Runde um Runde mit seinen ebenfalls ledigen Kollegen säuft oder sich eine Mätresse hält. Das gefällt mir an ihm. Aber, wie du sagst, ich kann mir die Sache noch oft genug durch den Kopf gehen lassen. Bring ihm diese Botschaft, wenn du zu ihm gehst, denn fragen wird er dich sicherlich.«

In Bombay gab es wieder einen kurzen Aufenthalt mit demselben Ausgehverbot wie in Dschibuti. Weiter ging es entlang der indischen Küste nach Ceylon, wo sie im Hafen von Colombo anlegten, und dann tauchte eines Morgens aus dem Dunst die äußerste Spitze der Insel Sumatra auf.

Als die Nachricht sich im Schiff verbreitete, man habe Land gesichtet, stürzte alles an Deck. Es war Vormittag, und Neele musste sich den Hut vors Gesicht halten, um nicht von der grellen Tropensonne geblendet zu werden. Vorderhand war nichts weiter zu sehen als eine ferne, unbestimmte Linie, aber da die *Meisje Mariaan* mit Volldampf unterwegs war, wandelte diese Linie sich bald zu einer wolkenartigen Wölbung und schließlich zu einer sattgrünen Landmasse. Dort sollte der Liner in Padang noch einmal anlegen, ehe er sich auf die gefährliche Fahrt durch die Sundastraße machte.

Die drei jungen Leute standen in Dr. Bessemers Gesellschaft unter einem der Sonnensegel an Deck und beobachteten die langsam deutlicher werdende Küste. Die *Meisje Mariaan* änderte ihren Kurs von Südost auf Südsüdost, denn um Padang anzulaufen, musste sie zwischen dem Festland von Sumatra und einer Inselkette hindurchfahren, die sich in lang gestreckter Reihe wie ein Schutzwall vor der Westküste der Insel entlangzog. Sie machten einen kurzen Halt in Padang, dann bogen sie nordwärts in die Sundastraße ein, die Meerenge, die den Indischen Ozean mit der Javasee und dem Südchinesischen Meer verband. An ihrer rechten Seite lag Java. Diese Durchfahrt war schmal und voll von gefährlichen Sandbänken, sodass der Kapitän sein großes Schiff nur mithilfe eines einheimischen Lotsen und behutsam mit »kleiner Fahrt« hindurchzusteuern wagte. Die meisten Zwischendeckpassagiere standen an Deck, sie konnten den Blick nicht abwenden von dem Land, das ihre zukünftige Heimat sein sollte.

Nachdem sie tagelang kaum ein anderes Schiff gesehen hatten, wimmelte es nun plötzlich nur so von ihnen, denn die Sundastraße war viel befahren. Für eine derart gefährlich schmale Wasserstraße herrschte enormer Betrieb: Fünf Mal monatlich gingen Dampfer nach Semarang und Surabaya, drei Mal nach Singapur, ein Mal nach Borneo, Makassar und Timor und ein Mal nach Brisbane im australischen Queensland. Mächtige holländische und englische Kriegsschiffe tauchten aus dem Dunst auf, der über dem Wasser lag, Frachtdampfer und Postboote und dann, als sie die Küstenstadt Anjer erreichten, ein wimmelndes Durcheinander von kleinen Schiffen.

Sie fuhren jetzt an der javanischen Küste entlang, während die Küste von Sumatra immer mehr ihren Blicken entglitt. Die Meerenge war voll mit kleinen Inseln, die sich der *Meisje Mariaan* in den Weg stellten. Eine trug sogar den entsprechenden Namen: Sie hieß »dwars in de weg«, weil sie die Fahrrinne gefährlich verengte. Dr. Bessemer nannte seinen Reisegefährtinnen ihre Namen: Sebesi, Sebuku, Panitan, Sangiang und die Krakatauinseln. Alle diese Inseln hatten die Form von Schloten, wobei diese manchmal hoch und steil in den Himmel ragten, während sie andernorts eingestürzt waren und als Trümmerhaufen den Sockel bedeckten. Es gab richtige Berge darunter, aber auch solche, die kaum mehr als raue Felsplatten waren. Manche waren dicht mit einem graugrünen Urwald bewachsen, aber andere waren kahl, verbrannt von der Glut der herabfließenden Lava, und über ihnen schwebten Ascheschleier, die einen bitteren Geruch verströmten. Wenn der Ozeanriese an einer solchen Insel vorbeifuhr, wurde die Luft neblig wie im Herbst, und die Passagiere an Deck mussten husten.

Neele starrte die Felsformationen atemlos an. »Das sind Vulkane?«

Dr. Bessemer nickte. »Teilweise nur ganz kleine, aber durchaus ernst zu nehmende Vulkane. Sehen Sie diese schwarzen Rauchfäden? Die steigen aus Rissen im Gestein auf, die man Fumarolen nennt. Wir fahren zurzeit sozusagen über einen riesigen, gut geheizten Ofen mit einer Menge Schornsteinen.«

»Aber warum«, fragte Paula, die neugierig die Zwergvulkane anstarrte, »löscht das Wasser ihn nicht aus? Manche dieser Inseln erheben sich nur knapp über den Wasserspiegel. Eine große Welle, wie von einem Kriegsschiff, müsste genügen, um die Glut auszulöschen!«

»Oh ja«, erwiderte der Kontrolleur, »das gibt schon ordentlich Dampf, wenn ein Sturm durch die Sundastraße fegt und das Wasser aufwühlt. Dann geraten viele dieser kleinen Vulkane unter Wasser und sind verschwunden. Aber am nächsten Tag tauchen sie irgendwo anders wieder auf. Das macht die Durchfahrt hier so gefährlich. Alles verschwindet und entsteht wieder neu. Sehen Sie diese großen grauen Brocken, die da herumschwimmen?« Er deutete mit seinem Stock auf etwas, das wie Eisbrocken aussah. »Das ist Bimsstein – aufgeschäumte Lava, die vom Wasser abgekühlt wurde.«

Neele hörte ihm nur mit halbem Ohr zu. Sie war in Gedanken noch immer bei etwas, das er vorher gesagt hatte. »Was meinten Sie damit, dass wir über einen riesigen, gut geheizten Ofen fahren?«

»Nun, woher kämen sonst die Vulkane? Unter der Erde ist feuerflüssiges Gestein, das nach oben gepresst wird, und wenn es irgendwo ein Loch findet – oder sich eines reißen kann –, dann strömt und spritzt es dort heraus.«

Neele schwieg. Dr. Bessemers Worte machten ihr furchtbare Angst, aber sie wollte es weder ihn noch die Doktorsleute merken lassen. Sie hätten ihr ja doch nur wieder den Kopf gewaschen: Reiß dich zusammen! Jammer nicht dauernd! Aber hatten sie ihr nicht versprochen, dass die gefährlichen Vulkane sich tief im Landesinneren befanden? War dies hier vielleicht das Landesinnere? Sie konnte ja förmlich in diese Glutlöcher hineinsehen, wenn der Liner an ihnen vorüberfuhr, sie sah den schwachen roten Schein, der unter der Aschenhaube schimmerte, und sie sah überall im Wasser den grauen Bimsstein, ein untrügliches Zeichen, wie heftig die Zwergvulkane tätig waren!

Vorsichtig fragte sie: »Und wie ist das in Batavia? Gibt es dort auch Vulkane?«

»Oh nein, ganz sicher nicht.« Dr. Bessemer ergriff ihren Arm und drückte ihn ermutigend. »Da brauchen Sie gar keine Angst zu haben. Ich sagte Ihnen ja, Batavia ist eine schöne, sichere Stadt. Es hat dort auch schon lange keine Flutwellen mehr gegeben.«

Neele atmete auf, blieb aber misstrauisch. Sie traute ihren Begleitern nicht mehr. Immer, wenn sie ihr versicherten, dass es nichts zu fürchten gäbe, kam sie hinterher darauf, dass es sehr wohl eine Menge gute Gründe gab! Aber was sollte sie machen? Sie konnte nur abwarten und hoffen, dass die *Meisje Mariaan* die Meerenge bald hinter sich gebracht hatte.

Bald bekam sie einen ersten Eindruck von der Küste Javas. Das Schiff glitt teils an langen weißen Stränden, teils an bis zum Wasser hinabreichenden grünen Terrassen entlang. Dr. Bessemer erklärte ihr, dass auf diesen unter Wasser stehenden Terrassen Reis angebaut wurde und die ganze Insel bedeckt war von Bananenhainen, Zuckerrohrfeldern, Teeplantagen und Kokoshainen. Dazwischen zogen sich steile, leuchtend grüne Wälder die Hänge herunter, zwischen deren Bäumen Wasserfälle sprangen. Neele musste zugeben, dass das alles sehr hübsch aussah, aber ihre Angst und Unruhe wollten nicht weichen.

Zweiter Teil

Im Land der Mondorchidee

Ankunft in Java

1

Neele konnte kaum glauben, dass sie es tatsächlich geschafft hatten. Die lange Reise lag hinter ihnen! Sie und Paula standen an der Reling, ihre gepackten Koffer neben sich, und starrten aufgeregt in den Dunst, aus dem sich langsam die Silhouetten der kleinen Inseln vor der Nordküste Javas erhoben. Dahinter, so erklärte ihnen Dr. Bessemer, lag eine breit geschwungene Bucht, groß genug, um an die eintausendzweihundert Schiffe zu fassen.

Das sonore Brüllen der Schiffssirene begleitete das Einlaufen des Liners. Sofort umschwärmten kleine Boote und Flöße mit Händlern und Bettlern das große Schiff wie eine Schar Piranhas ihr Opfer. Die meisten davon waren bunte Sampans, kleine Boote mit keilförmigem Rumpf, flachem Boden und von runden Dächern beschatteten Schutzräumen auf dem Deck. Offenbar spielte ein großer Teil des Lebens der Küstenbewohner sich in diesen Wohnbooten auf dem Wasser ab. Die Leute überschrien einander auf Englisch, Holländisch, Deutsch, Chinesisch und in den einheimischen Sprachen Baha Jawa, Baha Sunda und Malayam. Überall priesen sie ihre Waren an, gebratene Leckerbissen, Früchte, Korallen und Schnitzarbeiten.

Als das Schiff eine Weile lang keine Anstalten machte weiterzufahren, fragte Paula, warum sie so lange ausharrten.

»Die Bucht ist zwar breit und geräumig, aber nicht tief genug für ein großes Schiff«, erklärte ihnen Dr. Bessemer. »Der Ciliwungfluss schiebt hier ständig gewaltige Massen Schlick und Sand ins Wasser, sodass die Tiefe oft nur sechzehn Faden beträgt. Er ist nur mit Booten befahrbar, und auch das nur, indem er ständig ausgebaggert wird. Durch die Morastbänke, die sich dabei bilden, wird aber seine Mündung ständig weiter in die See hinausgeschoben, sodass sie jetzt schon vier Kilometer unterhalb der Stadt liegt. Die Bucht versandet zusehends, deswegen wurde auch mit dem Bau eines neues Hafens östlich von hier bei Tanjung Priok begonnen, aber es wird noch einige Jahre dauern, bis er fertiggestellt ist.«

Dr. Bessemer verabschiedete sich von seinen Reisegefährten und gab ihnen seine Visitenkarte mit; sie seien herzlich eingeladen, bei ihm vorzusprechen, sobald sie sich ein wenig eingerichtet hatten.

Der Liner hatte Batavia in den frühen Morgenstunden erreicht, aber es wurde Nachmittag, bis die Reisenden der dritten Klasse endlich die Erlaubnis erhielten, von Bord zu gehen. Neele zappelte förmlich vor Ungeduld, als sie so lange warten mussten. Schritt für Schritt vorwärtsrückend, stand sie mit ihrem Koffer in der langen Schlange der Passagiere, die sich die Landebrücke hinunterzog und das Deck des Tenders betrat, der sie an Land bringen sollte.

Wenig später erreichten sie die Kaianlagen. Eine erstickende Hitze herrschte dort, obwohl die Sonne den Zenit bereits weit überschritten hatte, und ein maischiger Geruch wie nach faulenden Früchten. Dr. Bessemer hatte recht gehabt: Die Altstadt von Batavia war ein zweites, altertümliches Amsterdam mit schmalen, spitzgiebeligen Häusern, die mit Kupfer gedeckt waren, kreuz und quer verlaufenden Grachten und hübschen Ziehbrücken aus Schmiedeeisen. Trotz der lebhaften Geschäftigkeit, die überall herrschte, machte die *benenstad* einen verfallenen Eindruck.

Unmengen von Menschen umschwärmten die Neuankömmlinge. Da waren Matrosen in weißen Hemden und blauen Jacken, die, von den Befehlen der Offiziere herumgescheucht, hin und her rannten. Europäische Beamte in weißen Anzügen und Tropenhelmen eilten geschäftig umher. Sie mussten sich ihren Weg über den Kai erkämpfen, auf dem sich Kisten, Fässer und Säcke mit der Ladung stapelten, die die Schiffe auf ihrer Weiterfahrt mitnehmen sollten: Tabak, Kaffee, Tee, Pfeffer, Reis, Zucker, Kopra, Edelhölzer und Kautschuk. Rundum wurden sie von allen Seiten angerempelt. Jedenfalls an Trubel konnte es Batavia mit einer europäischen Hafenstadt aufnehmen, nur dass hier alles viel bunter war und die Leute viel fröhlicher.

Die Hitze machte sich jetzt, da der Fahrtwind aufhörte, erst richtig bemerkbar, und nach der Frische des offenen Meeres schlug den Reisenden dort eine atemberaubende Wolke aus heißer Luft und Gestank entgegen. Neele verstand jetzt, warum die Gründer der Stadt es nicht lange in dieser sumpfigen Ebene ausgehalten hatten, dicht am Rande des feuchtheißen Dschungels. Die Grachten dienten offenbar zur Entsorgung aller nur denkbaren Abfälle, denn sie waren mit einer träge dahinfließenden, übel riechenden grünlichen Brühe gefüllt. Ratten huschten an den Rändern der Kanäle hin und her oder hockten unverschämt auf den großen Fruchtschalen, die darin trieben. Neele brach am ganzen Körper der Schweiß aus, er rann ihr über die Stirn. Wie sollte sie diese Hitze auf Dauer aushalten – in ihrem Kleid mit dem langen Unterrock, dem Mieder und dem eng geknöpften Jäckchen? Ganz zu schweigen von den kniehohen Knöpfelschuhen? Da hatten es die Einheimischen gut, die in losen, leichten Kleidern herumliefen, die Frauen in flatternden Sarongs, die Männer in kurzen Hosen und mit einem Turban auf dem Kopf.

Lennert folgte ihrem Blick und bemerkte sehnsüchtig: »Das wäre mir jetzt auch das Liebste.« Sein Hemd mit dem hohen Kragen und der lange schwarzwollene Gehrock waren ja auch nicht gerade die richtigen Bekleidungsstücke für diese schwelende Hitze.

Schließlich war es so weit, dass auch die Zwischendeckpassagiere an Land gehen durften. Neele ergriff ihren Koffer und schritt steifbeinig das Fallreep hinunter. Nach der langen Zeit auf See fiel es ihr zunächst schwer, wieder auf festem Boden zu gehen. Ihre Knie wackelten, und sie musste sich festhalten.

Die Reisenden wurden in einen Wartesaal geführt, wo man ihre Personalien aufnahm und sie ausfragte, was sie nach Java führte. Lennert legte den letzten Brief vor, den sie von Pastor Ormus bekommen hatten. Der Beamte überflog den Brief, studierte dann noch einmal die Adresse und fragte: »Nie davon gehört. Wo ist das?«

»An Bord sagte uns ein Mitreisender, es sei eine kleine Ortschaft unmittelbar außerhalb der Stadtgrenze von Batavia.«

»Mhm. Nun, wird wohl stimmen. Der Nächste.«

Neele spürte, wie es ihr das Herz zusammenpresste. Das war jetzt schon das zweite Mal, dass jemand mit der

Adresse nichts anzufangen wusste. Aber es würde sich alles aufklären; es würde jetzt wirklich nicht mehr lange dauern, bis sie persönlich vor Pastor Ormus standen und mit dem alten Geistlichen sprechen konnten. In der Nacht würden sie schon in den Betten in seinem Institut schlafen.

Die beiden Frauen setzten sich auf eine Holzbank im Schatten der Tamarinden und bewachten das Gepäck, während Lennert in der Ankunftshalle das wenige ihnen noch verbliebene Geld in Rupien wechselte. Sie suchten mit den Augen das unruhige Treiben nach der Kutsche ab, die ihnen Pastor Ormus geschickt hatte. Er musste doch wissen, dass die *Meisje Mariaan* an diesem Tag einlaufen sollte, und da würde er sie gewiss abholen lassen. Sooft ein Fahrzeug langsamer wurde oder sich dem Straßenrand näherte, fuhr es Neele wie ein Stich durchs Herz, sie streckte sich jedes Mal und wollte schon winken, nur um zu erkennen, dass sie nicht gemeint waren. Und dabei war es dringend nötig, dass sie bald abgeholt wurden, denn ein Gewitter hing immer bedrohlicher über der Stadt. Blitze zuckten an seinem schwarzblauen Saum, und alle naslang fuhren heftige Windböen durch die Gassen und beugten die Palmen.

Sie fühlte sich wie betäubt von der dumpfen, gewitterschwangeren Schwüle, dem Lärm und dem geradezu lebensgefährlichen Durcheinander. Dennoch sah sie sich neugierig nach allen Seiten um. Wie es schien, strömten die Karren, Kutschen und anderen Fuhrwerke alle stadtauswärts, und sie erinnerte sich daran, was Dr. Bessemer ihnen erzählt hatte, dass nämlich Europäer es tunlichst vermieden, sich nach vier Uhr nachmittags noch in der Kota aufzuhalten, weil eine einzige Nacht dort genügte, um einem bösartigen Fieber zum Opfer zu fallen. Die einzigen Menschen, die man in großen Scharen in der Altstadt verbleiben sah, waren die Chinesen, die dort ihr eigenes Viertel hatten, und Mestizen, die von Portugiesen oder Engländern abstammen mochten.

Sie warteten eine gute Stunde lang, und die Gefahr, bei einem Sturzregen im Freien zu sitzen, wurde immer größer. Schließlich sagte Lennert: »Ich kann mir nicht vorstellen, was passiert ist. Vielleicht warten sie an der falschen Stelle, oder sie sind irgendwie verhindert worden. Wie auch immer, wir müssen selber zusehen, wie wir an unser Ziel kommen.«

Neele beobachtete, wie der Arzt zu den Kutschern der Büffelkarren hinüberging, die hier das billigste öffentliche Verkehrsmittel darstellten, und ihnen den Zettel mit der Adresse zeigte. Zwei schüttelten den Kopf, der dritte nickte und bedeutete ihnen mit breitem Grinsen, sie sollten aufsteigen. Neele gehorchte. Sie und Paula saßen eng nebeneinander auf der unbequemen hölzernen Bank, Lennert gegenüber, und sahen sich nach allen Seiten um, während der Büffelkarren mit der ihm eigenen Gemächlichkeit dahinruckelte. Und dabei war Neele schon so ungeduldig, sie sehnte sich so sehr danach, endlich das Ziel der Reise zu erreichen, damit sie so rasch wie möglich Pläne schmieden konnte, wie sie wieder nach Hause kam! Außerdem machte ihr der schwere Gewitterhimmel Angst, der zunehmend bedrohlich über der Stadt hing. Wie lange sollte die Fahrt denn noch dauern? Würden sie überhaupt unter ein Dach gelangen, ehe Blitz und Donner und ein gewaltiger Platzregen losbrachen?

Der Büffelkarren verließ die Altstadt und arbeitete sich in breiten Serpentinen hangaufwärts zu einer dicht besiedelten Ebene hinauf. Sie fuhren an einem hohen Gebäude mit ockerfarbener Fassade vorbei, das sich aus einem Saum von Palmen erhob; die Schrift über dem Eingang kennzeichnete es als »Hotel des Indes«. Nach einer Weile kamen sie auf einen großen, viereckigen, von Gebäuden eingeschlossenen Platz, in dessen Mitte ein Standbild des Löwen von Waterloo prangte. An den Platz grenzten Kasernen, ein Gefängnis und eine Zitadelle sowie viele Gebäude, die offenbar die Büros von Militär- und Zivilbehörden beherbergten, denn an den Türen standen Männer in europäischen Uniformen, und durch die Türen strömten elegant gekleidete Europäer hinein und hinaus. Das musste Weltevreden sein, das erste Stadtviertel, das auf der Ebene oberhalb des Sumpfes gebaut worden war. Hier oben war die Luft frischer, trotz der immer heftiger aufziehenden Gewitterwolken.

Neele fürchtete schon, es könnte dunkel werden, ehe sie ihr Ziel erreichten, denn unter den Bäumen sammelten sich bereits die violetten Schatten der Nacht. Der Büffelkarren schlängelte sich in gemächlichem Tempo die Serpentinen einer gepflasterten Straße hinauf, die von einer grünen Terrasse zur anderen führte, und mit jeder Serpentine entfernten sie sich weiter von den Lichtern der Stadt. Die junge Frau schlang die Arme um den Oberkörper und bemühte sich, ihren Mitreisenden ihre Nervosität nicht zu zeigen, aber in Wahrheit schlug ihr das Herz bis zum Hals. Die Umgebung sah immer fremdartiger aus, und das primitive Gefährt wirkte nicht eben vertrauenerweckend. Wenn der Kutscher sie nun in einen Hinterhalt führte, um an ihr Geld zu kommen? Vielleicht dachten die Leute ja, alle Europäer seien reich, und hatten keine Skrupel, sich deren vermeintlichen Reichtum anzueignen.

Der Büffelkarren hatte die Stadt endgültig hinter sich gelassen und holperte jetzt auf halber Höhe eines Bergrückens eine gepflasterte Straße entlang, die zwischen zottigen Bäumen dahinführte. Zwischen den Bäumen öffnete sich der Blick auf europäische Villen, die inmitten breiter, gepflegter Rasenflächen lagen. Sie waren niedrig, ein-, höchstens zweistöckig, dabei sehr geräumig, um eine gute Durchlüftung zu sichern, und hatten durchwegs flache Dächer und schöne Veranden. Laternen brannten unter den Eingangstoren, und auch die Fenster waren da und dort schon erleuchtet.

Paula war die Fahrt offenbar auch nicht geheuer gewesen, denn sie seufzte tief und erleichtert auf, als sie sagte: »Nun, das sieht ganz so aus, als wären wir hier an der richtigen Stelle. Jedenfalls sind wir nicht im Urwald gelandet.«

Plötzlich zerrte der Kutscher an den Zügeln, wandte sich um und deutete mit dem Peitschenstiel auf eines dieser Häuser, wobei er ein paar Worte in einer unverständlichen Sprache sagte. Die drei Reisenden sahen sich einer dichten Hecke gegenüber, die zum größten Teil den Blick auf das dahinterliegende Haus verbarg, nur mehrfache Giebel mit runden Fenstern waren sichtbar. Zwischen den Baumkronen sahen sie ein Glockentürmchen hervorlugen. Die Messingglocke darin schwang im Wind, gab aber kein Geräusch von sich; vermutlich war der Klöppel entfernt oder umwickelt worden, um nicht bei jedem Windhauch die gesamte Nachbarschaft aufzustören.

Obwohl es jetzt bereits merklich dämmerte, war nirgends ein Licht zu sehen. Lennert stieg vom Karren und ging zum Tor, und die beiden Frauen folgten ihm.

Sie standen vor einem zweistöckigen Gebäude, das auf allen Seiten reich von rot blühenden Bougainvilleen und grünen Ranken überwuchert war, so dicht, dass gerade noch der zum Eingang führende Plattenweg benutzbar war. Die Tür stand halb offen. Die drei blieben betroffen stehen. Die verwilderte Vegetation rundum, der ungeschnittene Rasen im Vorgarten, die teilweise mit Sturmläden verschlossenen Fenster, das alles machte einen Eindruck langer Verlassenheit. Kein Zweifel, das hier war nicht das Heim einer halben Hundertschaft getaufter Waisenkinder, die sich einer christlichen Erziehung erfreuten.

Lennert versuchte ein Gespräch mit dem Kutscher anzufangen, aber der verstand weder Deutsch noch Holländisch noch Englisch. Nachdem er mehrmals energisch auf den Brief gedeutet und damit bekräftigt hatte, dass sie sich vor genau dieser Adresse befanden, forderte er seinen Lohn, kehrte mit seinem Gespann um und ruckelte los.

Drei ratlose junge Leute blieben zurück.

»Ich verstehe das nicht«, sagte Paula. »Es ist doch noch gar nicht so lange her, seit der Pastor uns geschrieben hat. Was kann da in der Zwischenzeit passiert sein?«

»Vielleicht hat es gebrannt, oder es gab sonst einen Bauschaden, sodass sie kurzfristig umziehen mussten«, mutmaßte Lennert. »Wartet hier auf mich, ich sehe einmal kurz drinnen nach. Vielleicht ist ja doch irgendjemand zu Hause.«

Neele ließ sich auf die steinerne Bank an der Innenseite der Hecke sinken. Sie fühlte sich so müde, dass sie kaum die Augen offen halten konnte. Tag für Tag hatte sie von diesem Augenblick geträumt, an dem sie freudigen Empfang in dem Institut finden würden, und jetzt saßen sie hier vor dieser finsteren Mäuseburg, deren unbeleuchtete Fenster sie angähnten. Wo war der Pastor? Wo waren seine Mitarbeiter? Und wo waren all die Kinder, deren

Fotos er beigelegt hatte? Vielleicht hatte der einheimische Kutscher sich ja doch in der Adresse geirrt und sie zu irgendeinem ganz anderen Haus gefahren? Allerdings hatte die Fassade mit den vier Giebeln und dem Glockentürmchen starke Ähnlichkeit mit dem Haus, das im Hintergrund der Fotos zu sehen gewesen war.

Der Wind wurde stärker, und die Palmen am Straßenrand beugten sich mit raschelnden Blattfächern. Neele kauerte sich zusammen und zog die wollene Jacke eng um sich. Sie fröstelte vor Erschöpfung und Verzweiflung. Was sollten sie jetzt tun? Für die Nacht waren sie jedenfalls hier gestrandet, denn es sah nicht so aus, als seien auf der Straße viele Fahrzeuge unterwegs, die sie in die Stadt zurückbringen konnten.

Lennert erschien wieder in der Tür. Die beiden Frauen sprangen auf, als er näher kam.

»Und?«, rief Paula. »Hast du jemand angetroffen?«

Er schüttelte den Kopf. »Angetroffen nicht, es wohnt aber jemand darin. Immerhin wird eines der Zimmer benutzt. Und hinter dem Haus ist ein Pferd angebunden.«

»Und die Kinder?«

»Es war einmal ein Kinderheim, das stimmt, aber in den beiden Schlafsälen oben stehen nur mehr die nackten Bettgestelle, und die Schulzimmer sind auch seit Langem nicht mehr benutzt worden. Im ersten Stock sind die Zimmer eingerichtet, aber völlig verstaubt. Ich weiß nicht, was hier passiert ist. Aber das können wir in den nächsten Tagen klären. Die nächstliegende Frage ist jetzt, wo wir übernachten sollen?«

»Jedenfalls nicht da drin!«, erklärte Paula entschlossen. »Nicht, solange ich nicht weiß, wer dort drinnen wohnt. Lieber übernachte ich im Freien.«

Neele missfielen beide Möglichkeiten gleichermaßen. Sie ließ den Blick über die Häuser und Gärten schweifen, die zusehends in der Dämmerung versanken. Das Einzige, was ihnen zu tun übrigblieb, war, in einer der Villen um ein Nachtquartier zu bitten. Vielleicht waren die Bewohner ja Deutsche, die sich ihrer Landsleute in der Not annahmen.

Sie wollten sich eben auf den Weg machen, als auf der gepflasterten Straße draußen Hufschläge laut wurden. Sie klapperten näher und näher, und dann zügelte jemand sein Pferd und rief auf Deutsch: »Was machen Sie denn da drinnen? Suchen Sie den Pastor?«

Neele fiel ein Stein vom Herzen. Es war ja doch alles in Ordnung. Die Adresse war richtig. Pastor Ormus wohnte hier. Der Reiter würde ihnen erklären, was geschehen war, sicherlich etwas ganz Harmloses, und dann konnten sie so verfahren, wie sie geplant hatten.

»Ja, wir suchen ihn, aber er ist nicht da!«, rief Lennert zurück. »Wir sind heute mit der *Meisje Mariaan* aus Bremerhaven angekommen und sollten hier Arbeit finden. Können Sie uns helfen?«

»Warten Sie einen Augenblick.« Der Reiter stieg ab und kam, sein Pferd mit sich führend, durch das Tor. Er nahm die Laterne herab, die vom Torbogen des Instituts hing, zündete sie an und hielt sie in die Höhe. Ein flackernder Schein fiel auf sein Gesicht. Neele sah sich einem sehr gut aussehenden jungen Europäer gegenüber. Gekleidet in ein helles Tweedsakko und Knickerbocker, einen Seidenschal lässig um den Hals geschlungen, wirkte er jungenhaft und sportlich. Seine wohlgeformten Züge und vor allem seine lebhaften Augen verrieten eine außergewöhnliche Intelligenz. Das Gesicht war glatt rasiert, das gewellte sandfarbene Haar aus der Stirn gekämmt. Mund

und Augen zeigten einen Ausdruck von lässigem Selbstbewusstsein und einer Spur Arroganz. Er mochte vielleicht noch ein wenig unreif sein; manches an seinem Gesicht würde sich noch festigen und deutlicher ausprägen, aber dass er keinesfalls ein Dutzendmensch war, daran bestand schon jetzt kein Zweifel. Vor ihr stand einer der Menschen, die unter einem glücklichen Stern geboren werden, denen das Schicksal alles in den Schoß wirft: Intelligenz, gutes Aussehen und bürgerlichen Wohlstand.

»Ich bin Richard Hagedorn«, sagte er. »Meinen Eltern gehört das Haus da vorne an der Biegung der Straße. Was wollen Sie denn von dem alten Mann?«

Als Lennert sich und seine Begleiterinnen vorgestellt hatte und Hagedorn die Sachlage erklärte, schnitt dieser ein Gesicht. »Ich weiß nicht, wie ich Ihnen das jetzt am besten sagen soll, aber Sie stehen in einer Sackgasse. Hier gibt es schon seit zwei Jahren kein Waisenhaus und keine evangelische Schule mehr. Ich sehe noch vor mir, wie es war, als all die Kinder hier herumliefen, sangen und im Garten spielten, aber dann brach der Typhus aus, und die meisten starben. Das hat der alte Mann nicht verkraftet. Seither geistert er hier herum und bildet sich ein, es sei alles wie früher ... Aber das können Ihnen meine Eltern erzählen. Was wollen Sie denn jetzt mit sich anfangen? Haben Sie eine Unterkunft?«

Lennert schüttelte den Kopf. Es würde ihnen auch sehr schwerfallen, eine zu finden, da sie kein Fuhrwerk hatten und den Weg zurück in die Stadt nicht kannten. Und ihr Geld war auch schon sehr knapp.

Hagedorn zeigte sich hilfsbereit. Sie sollten nur kurz warten, sagte er, er würde gleich mit der Kutsche zurückkommen und sie zu einem Losmen, einer einheimischen

Herberge, ganz in der Nähe bringen. »Wir Europäer müssen doch zusammenhalten, nicht wahr?« Dabei blickte er Neele an, und im Schein der Laterne sah sie ein Lächeln, das sie vollkommen aus dem Gleichgewicht gebracht hätte, wäre sie nicht so müde und elend gewesen.

Tatsächlich kam der junge Deutsche in kurzer Zeit mit einer offenen Kutsche zurück, die ihnen dreien und ihrem Gepäck Raum bot. Er selbst schwang sich auf den Kutschbock, nachdem er ihnen beim Einladen geholfen hatte, und als er mit der Peitsche schnickte, trabte das Pferd den Weg weiter, in die Dunkelheit hinein.

Neele saß in sich zusammengesunken auf der wackelnden Sitzbank und starrte ängstlich in die tiefschwarze, von zahllosen Geräuschen summende und surrende Nacht, die nur vom Lichtschein der Wagenlaterne unterbrochen wurde. Immer wieder rumpelte der Donner, als komme ein Eisenbahnzug im Dunkeln hinter ihnen die Straße entlang. Nachtschmetterlinge, so groß wie eine Hand, torkelten durch den gelben Schimmer. Nachtvögel sangen hell in den Bäumen. Sie musste an die Tiger denken, deren Existenz ihnen Dr. Bessemer bestätigt hatte. Vielleicht schlich eine der riesigen Raubkatzen in dem Dschungel links und rechts der Straße herum und lauerte nur darauf, sie anzugreifen? Zu der Angst kamen die ständigen Stiche blutgieriger Mücken, die sich auf jedes entblößte Fleckchen Haut stürzten und juckende Beulen hinterließen, vor allem aber die Müdigkeit. Sie war am Ende ihrer Kräfte angelangt. Was sie auch sah, verschwamm ihr vor den Augen, ihr Kopf schmerzte, und ihre Bewegungen waren tollpatschig, als sei sie betrunken.

Sie fuhren keine Viertelstunde lang, als sie am Straßenrand Lichter funkeln sahen und vor einem halben Dutzend

Bambushütten mit steilen Dächern anhielten, die auf hölzernen Pfosten mannshoch über dem Erdboden standen und mit Palmblättern gedeckt waren.

Am größten dieser Pfahlhäuser befand sich an der Seite ein zur Straße hin offener Windschirm, in dem Lagerfeuer brannten. Bunt gekleidete Familien saßen dort und kochten ihr Essen am Feuer, wie der würzige Geruch verriet, der den Reisenden entgegenwehte. Hühner liefen den Leuten vor den Füßen herum und wurden mit Schreien und Fußtritten weggejagt. Kleine Kinder plärrten ungeduldig nach ihrem Abendessen. Auch in dem Pfahlbau brannte Licht.

Hagedorn führte sie eine steile Treppe hinauf und in einen Raum, der wohl das Empfangsbüro des Hotels war. Dort verhandelte er mit einer alten Frau über ihre Zimmer, dann verabschiedete er sich, und die drei todmüden Reisenden folgten einem einheimischen Mädchen einen langen, nur von einer Petroleumlampe beleuchteten Gang entlang.

Die beiden Frauen wurden in ein schwach erhelltes Zimmer mit einem niedrigen Doppelbett darin geführt. Neele ließ sich auf den Bettrand sinken und zupfte an dem langen weißen Schleier, der von der Decke herabhing und das Bett von allen Seiten her einhüllte. »Was ist das?«, fragte sie.

»Ein Moskitonetz«, erklärte ihr Paula. »Erinnerst du dich nicht, was uns Dr. Bessemer erzählte? Man spannt es nachts um das Bett herum, sonst fressen einen die kleinen Teufel auf. Komm jetzt, willst du dich nicht waschen?« Sie deutete auf die Tür, die aus dem Schlafzimmer hinaus in einen weiteren Raum führte.

Neele gehorchte und fand sich in einem bescheidenen

Badezimmer wieder. In einer Ecke befand sich eine aus Ziegeln gemauerte Zisterne, die mit kaltem Wasser gefüllt war, zwei Eimer mit Schöpflöffeln und ein Loch im Boden, das als Toilette diente. Sie fühlte sich hin und her gerissen. Einerseits konnte sie es nicht erwarten, sich aus dem verschwitzten Reisekleid zu befreien, andererseits hatte sie Angst, sich in einer derart fremdartigen und womöglich feindseligen Umgebung auszuziehen. Schließlich entschied sie sich für einen Mittelweg. Sie wusch sich Gesicht und Hände und legte sich dann voll angekleidet auf das Bett.

Als Paula sie fragte, gab sie zu: »Ich traue mich einfach nicht, mich auszuziehen. Was ist, wenn wir schnell hier wegmüssen? Vielleicht passiert in der Nacht irgendetwas?«

»Was sollte wohl passieren?« Paula war bereits dabei, die vielen Häkchen ihrer Jacke zu öffnen. »Ich glaube nicht, dass Hagedorn uns in eine Räuberhöhle geführt hätte. Ich wette, das hier ist ein billiges, aber anständiges Gasthaus. Hast du die Familien mit ihren Kindern gesehen, die unter dem Windschirm kampierten? Die sahen mir nach Bauern aus, harmlose Leute auf dem Weg zu irgendeinem Markt oder einem anderen Geschäft. Also, komm schon.«

Neele war alles andere als beruhigt, aber sie hatte nicht mehr die Kraft für eine Diskussion, und sie fühlte sich tatsächlich sehr unwohl in dem klebrigen Kleid. Also gab sie schließlich nach und folgte Paulas Beispiel. Sie huschte hinüber in das Badezimmer, übergoss sich mit zwei Schöpfern von dem kalten Wasser und holte ein Nachthemd aus ihrem Koffer – ein frisches, soweit man die in den heftigen Regengüssen auf hoher See gewaschene Wäsche als solches bezeichnen konnte. Als sie ins Bett kroch und Paula die Petroleumlampe ausblies, spürte sie, wie ihre Glieder bleischwer wurden und ihre Augen sich nicht mehr öffnen ließen. Sie sank in tiefen Schlaf.

2

Als Neele am Morgen erwachte, wusste sie erst nicht, wo sie sich befand. Wie war sie in einen weiten, freundlichen Raum gelangt anstelle der finsteren Kiste auf der *Meisje Mariaan*? Sie setzte sich auf und sah blinzelnd um sich. Ein kräftiger und sehr reizvoller Geruch strömte von draußen herein – besser gesagt, ein Gemisch von Gerüchen, in dem sie vor allem den von starkem Kaffee erkannte. Die Vorstellung, guten Kaffee zu trinken anstelle des erbärmlichen Muckefucks an Bord der *Meisje Mariaan*, ermunterte sie so sehr, dass sie sich aufsetzte und aus dem Bett stieg.

Die Bewegung scheuchte ein Tier auf, das im Schatten zwischen Wand und Bett gesessen hatte, eine erschreckend große und fette Eidechse. Es schoss senkrecht an der Wand hoch und starrte aus seinen goldenen Glubschaugen auf Neele hinunter, die einen heftigen Schreckensschrei ausgestoßen hatte. Dann verschwand es durch das Gitter des Oberlichts.

Paula, die der Schrei aus dem Schlaf geschreckt hatte, fuhr hoch. »Um Himmels willen, was ist denn los?«

»Ein Tier war da«, klagte Neele. »Ein scheußliches Tier, wie ein kleiner Drache.«

»Wird ein Gecko gewesen sein.« Paula zeigte sich nicht

im Geringsten beeindruckt. »Die flitzen hier überall herum, sagte Dr. Bessemer. Sie sind harmlos wie Eidechsen.«

Neele beschäftigte sich schweigend mit ihren Stiefeln, wobei sie aus den Augenwinkeln den Raum absuchte, ob noch irgendwo ein Gecko unterwegs war. Ihr graute bei dem Gedanken, dass eines dieser blitzgeschwinden Tiere noch einmal dicht neben ihr an den Möbeln oder der Wand hinaufrannte oder gar über ihrem Kopf an der Decke entlanglief!

Wenig später betraten sie den Raum unter dem Windschirm, in dem das Frühstück serviert wurde. Neele fand sich umwölkt von fremdartigen Aromen, gemischt aus erhitztem Palmöl und einer Unzahl süßer und scharfer Gewürze. Mit einigem Misstrauen betrachtete sie das Büfett auf dem langen Holztisch, war dann jedoch angenehm überrascht. Sie kannte alle die Speisen, auch wenn sie auf eine ungewohnte Art angerichtet waren. Es gab Hühnerspießchen, Reis- und Nudelsuppe, kleine flache Kuchen, in Eierteig frittierte Bananenschnitze und vor allem jede Menge Reis und Gemüse in allen Variationen. Kaffee wurde aus einem mächtigen Topf ausgeschenkt. Lennert erschien, ausgeschlafen und frisch angezogen. Er gesellte sich zu den beiden Frauen, nachdem er seinen Teller beladen hatte, und dann aß er erst einmal gründlich.

Die Leute, die die Nacht unter dem Windschirm verbracht hatten, drängten herbei, holten in Bambusbechern Kaffee und Suppe, während andere – offenbar die besser zahlenden Gäste – sich an Holztische setzten und Speisen vom Büfett holten. Neele war hungrig, und so füllte sie einen Teller mit Fleischspießchen, Reis und Gemüse und den flaumigen gelben Reiskuchen. Sie fand jedoch kein

Besteck, und als sie den Blick rundum schweifen ließ, stellte sie fest, dass alle Leute mit den Händen aßen.

Da niemand Besteck benutzte, würde sie wohl auch keines bekommen, also entschloss sie sich, es den anderen Frühstücksgästen gleichzutun. In Pastor Ormus' Institut konnte sie dann ja wieder auf anständige Art und Weise essen. Es fiel ihr schwer; alles in ihr sträubte sich dagegen, mit den Fingern ins Essen zu greifen, was man ihr in Europa immer als die schlimmste aller Unsitten verwiesen hatte. Es gelang ihr auch nicht, so gesittet zu essen wie die Einheimischen rundum, die mit einer eleganten Bewegung mit Daumen und Zeigefinger ein Reisbällchen drehten, dieses ins Gemüse oder in die Suppe stippten und dann in den Mund beförderten. Stattdessen zerkrümelte ständig der gekochte Reis in ihren Fingern, oder die Soße tropfte auf ihr Kleid, und sie musste sich in einem fort die Finger ablecken. Hilflos versuchte sie, mit der Linken nachzuhelfen, als ihr plötzlich jemand sanft auf die Finger schlug.

Sie drehte sich um und sah sich einem tabakbraunen Hutzelweiblein in grellbunt gemusterten Kleidern gegenüber, das auf sie einredete. Als die Alte merkte, dass Neele sie nicht verstand, deutete sie ihr mit erhobenem Zeigefinger: Das tut man nicht!, wobei sie ihr von Neuem leicht auf die Linke schlug. Dabei zog sie ein unmissverständliches Gesicht: Das ist sehr, sehr ungehörig und unappetitlich!

Paula bemerkte: »Offenbar hast du mit der falschen Hand gegessen. Man steckt die Linke nicht ins Essen, weil sie unrein ist. Wahrscheinlich wird man den Rest der Woche hier über uns lästern.«

Sie lachte, aber Neele war verärgert und gekränkt, weil sie einen schlechten Eindruck gemacht hatte. Sie wollte nicht, dass all diese Leute hier dachten, sie hätte keine Manieren. Sie fragte: »Wo kann ich mir die Hände waschen?« Und obwohl die alte Frau wohl kaum die Worte verstand, so verstand sie doch den Sinn. Sie bedeutete der Fremden aufzustehen und führte sie hinter den Windschirm zu einem Busch mit satten, tiefgrünen Blättern, an denen sie sich die Hände abwischen konnte. Danach bedeutete sie ihr, die Hände noch einmal mit Wasser zu übergießen, das in einem offenen Becken stand.

Als sie zurückkehrte, lachte Lennert ihr ins Gesicht. »Der erste Tag in der neuen Heimat, und du bekommst eins auf die Finger, weil du nicht ordentlich essen kannst!«

»Ich könnte ordentlich essen, wenn ich Löffel und Gabel hätte!«, fuhr Neele ihn an. »So gehört es sich nämlich bei zivilisierten Leuten!« Sie war todunglücklich über die Soßenflecken auf ihrer Schürze. Es war ihr peinlich, dass Richard Hagedorn sie so sehen würde. Bei dem bloßen Gedanken an ihn schlug ihr Herz schneller. Sie sah seine Erscheinung in jeder Einzelheit vor sich: das sauber gekämmte wellige Haar, die klugen Augen, die weichen und noch nicht wirklich männlichen Züge, die sorgfältige, adrette und zugleich lässig wirkende Kleidung. Und wie freundlich er ihnen entgegengekommen war! Ohne seine Hilfe hätten sie nicht gewusst, was sie tun sollten.

Sie waren mit dem Frühstück fertig, als die Kutsche der Hagedorns auf den freien Platz vor dem Losmen rollte und Richard ausstieg. »Ich dachte, ich hole Sie ab. Es ist schließlich Ihr erster Tag in diesem Land«, sagte er. »Außerdem wollen meine Eltern Sie kennenlernen. Sie haben mehr mit dem Pastor zu tun gehabt als ich, und sie wurden natürlich sehr neugierig, als ich ihnen erzählte, dass Sie den ganzen weiten Weg von Bremerhaven hierher gemacht haben und jetzt vor dem Nichts stehen. Steigen Sie ein.«

Die drei jungen Leute gehorchten. Neele fühlte sich beträchtlich besser als am vergangenen Abend; sie war sogar so vorwitzig, dass sie Richard fragte, ob man in Java immer und überall mit den Fingern äße.

Er schüttelte den Kopf. »Mit den Fingern essen nur die Einheimischen, die Pflanzer halten sich an europäische Sitten. So weit käme es noch, dass wir die Finger ins Essen stecken wie die Wilden!«

Das Pferd fiel in Trab. In der Nacht hatte Neele fast nichts mehr von ihrer Umgebung erkennen können. Jetzt fand sie sich auf allen Seiten von einem überwältigenden üppigen Grün umgeben, das sich geradezu auf sie zu stürzen schien. Mit einem Gefühl der Beklemmung sah sie, dass die Straße durch einen Tunnel aus Palmen und grauen, zottigen Bäumen führte, von denen lange Lianen herunterhingen. Da und dort öffnete sich eine Lücke und gab den Blick frei auf Häuser inmitten üppiger, farbenfroher Gärten, dann wieder gewann der Dschungel die Oberhand und verschlang alles, was nicht mit Machetenhieben von ihm befreit wurde. Sogar an einer Bambusbrücke, die über den Bach unterhalb eines in schmalen Stufen zu Tal stürzenden Wasserfalls führte, angelten bereits die gierigen Ranken.

Hagedorn erzählte ihnen, man könne nicht schnell genug den Weg freihacken, ehe das allmächtige Grün sich wieder darüber hermachte, das hätten sie ja am Haus des Pastors gesehen. Hin und wieder, so sagte er, schickten die Nachbarn ein paar Arbeiter hinüber, die den Weg freimachten, ehe der alte Mann nicht mehr in sein eigenes Haus gelangen konnte.

Schließlich hielt die Kutsche vor einem Tor in einer getrimmten Hecke. Sie stiegen aus, und sofort erschien ein einheimischer Diener, der ihnen öffnete.

Neele sah ein einstöckiges weißes Herrenhaus vor sich, das inmitten eines sauber gepflegten Gartens lag. Es wirkte sehr europäisch, mit dem Unterschied, dass es auf massiven Steinpfeilern stand. Als Neele danach fragte, erklärte ihr Richard: »Da müssen Sie einmal ein Gewitter hier erlebt haben, dann verstehen Sie, wozu die Säulen gut sind. Das Wasser würde knietief in der Diele stehen, wenn es nicht unterhalb des Hauses abfließen könnte. Dass die einheimischen Häuser alle auf Stelzen stehen, haben Sie ja schon gesehen.«

Neele schüttelte den Kopf. »Nein, wir haben noch kaum etwas gesehen.«

»Lohnt sich auch nicht«, erwiderte der junge Deutsche. »Außerhalb von Batavia ist so gut wie gar nichts los. Aber man kann gut auf die Jagd gehen, sogar Tiger gibt es hier.« Er warf Lennert einen spöttischen Blick zu. »Wie wär's? Dürfen wir Sie einladen?«

Der Arzt merkte wohl, dass er verspottet wurde, aber er zuckte nur die Achseln und bemerkte lachend: »Da hätte der Tiger wohl einen unfairen Vorteil.«

Ein sanft ansteigender Rasen führte zum Haus und ging dahinter in einen dicht bewachsenen treppenförmigen Hang über, auf dem bunt bemalte Häuser aus dem Laubwerk blickten. Die Villa der deutschen Pflanzer war nicht sonderlich groß, aber sehr geschmackvoll gestaltet. Den Garten umschloss eine Mauer, in der sich zur Straße hin ein gusseisernes, kunstvoll verschnörkeltes Tor öffnete. Zwei steinerne Urnen, aus denen eine Flut roter Blüten quoll, standen zu beiden Seiten des Eingangs.

Richard Hagedorn ging ihnen voraus, während der Diener das Pferd fortführte. Man hatte sie von drinnen bereits gesehen, denn sie hatten das Haustor noch nicht erreicht, als schon ein farbiges Dienstmädchen mit einem weißen Häubchen öffnete und sie in die Diele bat. Die drei warteten, und dann wurden sie weitergebeten in den Salon.

Neele atmete auf. Sie fand sich, soweit sie sehen konnte, in einem durch und durch deutschen Haus. Es war zwar mit zu vielen Kinkerlitzchen vollgestopft, aber die Räume mit der Mahagonitäfelung, den roten Filzteppichen, grüngläsernen Pendellampen und dem verschnörkelten Zierrat wirkten überaus gemütlich. Nicht einmal das gerahmte Bildnis des Kaisers fehlte. Hier wohnten Leute, die auf Java nur insofern eine neue Heimat gefunden hatten, als sie Platz beanspruchten. Eine große, mütterlich aussehende Frau Hagedorn erschien, die sie mit einem Lächeln begrüßte. Hausherr und Hausfrau zogen sich mit ihren Gästen in ein geräumiges Eckzimmer im Erdgeschoss zurück. Man servierte Kaffee und Likör, und dann verlangten die Hagedorns, ihre Geschichte zu hören.

Lennert übernahm diese Aufgabe. Der backenbärtige Herr Hagedorn hörte aufmerksam zu und las den Brief, der sie so weit in die Fremde gelockt hatte. Schließlich sagte er: »Da haben Sie aber gewaltiges Pech gehabt. Mein Sohn sagte Ihnen wohl schon, dass die Typhusepidemie einen beträchtlichen Teil der Kinder dahinraffte, und danach war der alte Herr nicht mehr ganz richtig im Kopf. Er machte einfach weiter, als sei nichts geschehen; zeigte allen Leuten Fotos seiner Schützlinge und erzählte ihnen, wie es mit den Kindern ging. Wir kennen ihn alle, aber natürlich kam niemand auf die Idee, er könnte nach Deutschland schreiben und Sie alle veranlassen, hierherzukommen.«

Lennert gestand dem freundlichen Nachbarn ein, dass sie im Augenblick nicht weiterwussten. Die Überfahrt hatte ihr ganzes Geld verschlungen, sie hatten kein Dach über dem Kopf und wussten nicht, wie sie ihren Aufenthalt finanzieren sollten. Alles, was sie besaßen, befand sich in ihren drei Koffern. Sie wussten auch nicht, was sie weiter anfangen sollten; sie waren alle darauf ausgerichtet gewesen, in einem gut laufenden Institut alle möglichen Arbeiten zu übernehmen und dafür bezahlt zu werden.

Hagedorn überlegte. »Ich würde sagen, wohnen können Sie da drüben. Es gehört dem Pastor, er hat es aus Spendengeldern erbaut, als er noch seine Gemeinde hatte. Bevor der Typhus ausbrach, war es sehr hübsch dort drüben. Wenn ich vorbeifuhr, hörte ich immer die Kinder drinnen lachen und singen, und sonntags gingen wir manchmal zum Gottesdienst hinüber, wenn wir uns den Weg in die Stadt ersparen wollten. Seither ist zwar alles verfallen ... aber die Möbel stehen noch drinnen, und wenn Sie sich zwei, drei Räume sauber machen, haben Sie ein ordentliches Dach über dem Kopf. Was das Geld angeht ... nun, ich will sehen, was der deutsche Klub für Sie tun kann. Für einen Arzt sollte sich ja eigentlich etwas finden und für zwei tüchtige junge Frauen auch.«

»Es gibt einen deutschen Klub hier?«, fragte Paula.

Er nickte und erklärte ihnen die Sachlage. Die europäischen Völker, die sich auf Java angesiedelt hatten, hielten Distanz voneinander. Ursprünglich waren die Portugiesen gekommen, dann die Engländer, dann hatten die Holländer diese beiden entmachtet und ihnen das üppige Land entrissen, was zu viel Ärger geführt hatte. Die Portugiesen hatten jede Bedeutung verloren. Die Holländer sahen sich als die eigentlichen Kolonialherren, während die Engländer und die Deutschen nur die Bröckchen aufpickten, die unter ihren Tisch fielen. Diese beiden wiederum waren traditionell keine Freunde. So hatte es sich eingebürgert, dass man unter sich blieb, wo es nur ging, und das waren vor allem die Klubs. Dort traf man sich nicht nur zur Geselligkeit, sondern half sich auch gegenseitig in den Sattel, wenn es um geschäftlichen Erfolg oder anderweitigen Einfluss ging. Die Hagedorns waren Mitglieder eines solchen Klubs und versprachen, den Neuankömmlingen zu helfen, soweit es in ihrer Macht stand. Fürs Erste würden sie ihnen eine kleine Summe leihen, mit der sie das Notwendigste bestreiten konnten.

Neele fühlte, wie ihre Stimmung zusehends besser wurde. Die Familien, die hier wohnten, waren reiche Pflanzer, die Besitzer von Tee- und Kaffeeplantagen und die Produzenten von Kopra – dem Rückstand ausgepresster Kokosnüsse. Ihre Produkte mochten exotisch sein, aber sie selbst waren ganz die gleichen Deutschen wie zu Hause geblieben. Das Gefühl, von allem abgeschnitten zu sein, was sie kannte, ließ nach; die Häuser, Dinge und Menschen um sie waren beruhigend vertraut.

Frau Hagedorn war sichtlich bewegt gewesen, als Lennert erzählt hatte, wie Neeles Ehemann sie im Stich gelassen hatte und wie sie zu allen anderen Problemen nun auch noch mit der Schwangerschaft zu kämpfen hatte. »Ich kann nur sagen, Sie haben einen Schurken geheiratet«, mischte sie sich bei der ersten Gelegenheit ins Gespräch. »Haben Sie seinen Charakter denn nicht rechtzeitig erkannt?«

Neele zuckte hilflos die Achseln. »Meine Tante drängte sehr darauf, dass ich ihn heirate, und ich ... ich dachte, sie würde schon recht haben, sie hatte es ja immer gut mit mir gemeint.«

»Nun, wie es aussieht, war das ein Irrtum.« Elisabeth Hagedorn schenkte ihr von Neuem die Teetasse voll, stellte ihr ein Stück Obstkuchen hin und fragte zuletzt, ob sie ein paar alte Kleider annehmen wollten, die ihr und Paula passen müssten. »Ich selbst bin schon eine ganze Weile zu breit, um mich noch hineinzuzwängen.«

Die beiden Frauen zeigten sich dankbar.

»Richard kann Sie dann hinüberbegleiten. Pastor Ormus kennt ihn ja und wird sich weniger aufregen, als wenn Sie drei plötzlich vor ihm stehen und verlangen, dass Sie bei ihm wohnen dürfen. Wahrscheinlich hat er ja längst vergessen, dass er selber Sie hergebeten hat.«

»Und man überlässt ihn einfach seinen Wahnvorstellungen?«, fragte Paula.

Hagedorn zuckte die Achseln. Was sollte man denn sonst machen? Man konnte ihn nicht einsperren, nur weil er den Leuten Geschichten erzählte, die er sich zusammengeträumt hatte. Er schadete ja niemand und gefährdete niemand, im Gegenteil, er sei ein lieber alter Herr. Sie sollten ihm nur nichts glauben. Er lebe eben immer noch in der Zeit, als das Haus von fröhlichen Kindern wimmelte – und war das nicht besser, als wenn ihm bewusst wurde, dass die grausame Krankheit sein Lebenswerk zerstört hatte?

Sie kehrten zurück zum Waisenhaus. Zögernd betraten sie den verwilderten Garten. Neele erschrak furchtbar, als ein großer grauer Affe sich kreischend von einem Ast zum anderen schwang und dabei nach ihrem Hut angelte, den er glücklicherweise nicht zu fassen bekam. Das smaragdgrüne Dickicht war voll von Tieren, die darin herumraschelten und knackend Zweige zerbrachen, vor allem gab es viele Eichhörnchen, die über den Weg flitzten und die Baumstämme hinaufrannten. Zwei Vögel, die wie leuchtend bunte Hühner aussahen, hüpften und flatterten unter der Veranda hervor und verschwanden im Laubwerk.

Richard stieg die Verandastufen hinauf und klopfte oben lärmend an die halb offene Tür. »Herr Pastor?«, rief er. »Herr Pastor, sind Sie zu Hause? Sie haben Besuch.« Er verschwand im Inneren des Hauses, während die anderen warteten, kam dann wieder und rief: »Kommen Sie nur herein.«

Zögernd folgten die beiden Frauen der Aufforderung, während Lennert mit einem Satz die Stufen auf die Veranda hinaufsprang. Man sah dem Haus an, dass es nicht älter als zehn Jahre war. Es machte einen gut erhaltenen Eindruck, obwohl sich seit der Katastrophe niemand darum gekümmert hatte. Sie traten in eine kühle, halbdunkle Diele, von der eine Treppe mit kunstvoll geschnitztem Geländer abging. Im Hintergrund stand eine doppelte Flügeltür offen. Der Raum dahinter war anscheinend die Kapelle gewesen, denn er war groß und leer und hatte an jeder Seite ein farbiges Fenster. Rechter Hand öffnete sich eine Tür in einen Raum, der einmal ein Esszimmer gewesen sein mochte, denn in der Zimmermitte stand ein mächtiger achteckiger Tisch, dessen Platte mit bemalten Fliesen eingelegt war, und an den Seiten die dazu passenden Anrichten. Die Fenster hatten keine Vorhänge, die hölzernen Jalousien waren halb heruntergezogen und tauchten den Raum in ein dämmriges Zwielicht. Offenbar wurde von Zeit zu Zeit oberflächlich aufgeräumt, denn der Raum war nicht wirklich verwahrlost, aber sauber war er auch nicht.

Die Tür in den dahinter liegenden Raum stand offen, und dort fanden sie Pastor Ormus. Der Raum diente als

Wohn- und Arbeitszimmer, ein Diwan war als Bett hergerichtet, und an der Wand stand ein kleiner Schreibtisch. An dem saß ein langer, dünner alter Mann in schwarzer Kleidung. Er hatte einen Gelehrtenkopf mit einer Halbglatze, weit vorgewölbter Stirn und buschigen Augenbrauen. Er lauschte, während Richard ihm erklärte, wer die drei Besucher waren und was sie wollten, und ein freudiges Lächeln zog über sein Gesicht.

»Ich bin so froh, dass ihr gekommen seid, lieber Bruder, liebe Schwestern!«, sagte er. »Wir haben so viel Arbeit mit den Kindern, da können wir jedes Paar Hände gebrauchen.« Er zog einen dicken Briefumschlag aus seiner Rocktasche und fächerte Fotos auf dem Tisch auf, zwei Dutzend Bilder von einheimischen Kindern in Schuluniformen. Die Fotos waren abgegriffen und hatten Eselsohren. »Sehen Sie!«, sagte er mit einer dünnen, heiseren Stimme. »Das sind die, die eben erst getauft wurden. Das hier ist Esther und das Anna, und das hier ist Wilhelm ... Alle unsere Jungen wollen Wilhelm heißen, nach unserem guten Kaiser. Es sind alles sehr liebe Kinder, Sie werden gut mit ihnen auskommen. Aber jetzt müssen wir Ihnen erst einmal ein Quartier finden.«

Er stieg ihnen die Treppe voraus hinauf in den ersten Stock, wo sich früher die Quartiere des Personals befunden hatten, und öffnete dort eine Tür nach der anderen. Seit die Lehrer und Erzieherinnen das Haus vor zwei Jahren verlassen hatten, war offenbar nichts an den Zimmern und ihrer Einrichtung verändert worden. Die massiven Möbel, Spiegel und Lampen waren alle noch da, das Geschirr in den Schränken, sogar die Wäsche – obwohl sie großteils als Mäusenester diente – im Wäschekasten. Lange Vorhänge hingen, von der Sonne bis zur

Farblosigkeit gebleicht, an den Fenstern. Dichter Staub lag auf allem.

»Sie werden sich hier wohlfühlen«, wiederholte der alte Mann. »Was unterrichten Sie denn?«

Lennert verlor die Geduld. »Herr Pastor«, stieß er zwischen zusammengebissenen Zähnen heraus. »Sie haben uns hierhergelockt mit der Behauptung, wir würden hier eine erfolgreiche evangelische Schule vorfinden, wo man über jedes tüchtige Paar Hände froh ist, und jetzt stehen wir hier ohne Geld und wissen nicht, was wir machen sollen! Wie konnten Sie uns so in die Irre führen?«

Der alte Herr wich indigniert zurück, als er so angefahren wurde. »Ich bitte Sie!«, protestierte er mit seiner schwächlichen Stimme. »Nur keine Aufregung! Das lässt sich doch alles regeln. Jetzt quartieren Sie sich einmal hier ein, und morgen können Sie gleich mit Ihrer Arbeit anfangen. Was unterrichten Sie denn?« Damit ließ er seine Besucher allein.

Lennert warf die Hände in die Luft. Mit gedämpfter Stimme stieß er hervor: »Das ist auch das Letzte, was ich mir vorgestellt hätte, hier von einem völlig verrückten alten Mann empfangen zu werden! Ist er immer so, oder hat er auch helle Momente?«

»Manchmal ist er ganz vernünftig«, gab Richard Auskunft. »Aber in allem, was das Waisenhaus betrifft, ist er verwirrt. Er will einfach nicht wahrhaben, dass so viele seiner Kinder gestorben sind. Es war das Ende aller seiner Pläne, denn diejenigen, die überlebten, haben sich in alle Richtungen zerstreut, die Lehrer und das übrige Personal ebenso, und er hatte nicht mehr die Kraft und den Verstand, neu anzufangen.«

Paula klopfte an den Matratzen der Betten herum, aus

denen die Mäuse das Material für Dutzende Nester geholt hatten. Jedenfalls, sagte sie, würden sie Decken und Bettwäsche brauchen; wo man das am besten kaufen könne? Sie erfuhren zu ihrem Erstaunen, dass es ein deutsches Kaufhaus gab, nicht weit entfernt. Alle Bewohner der Siedlung kauften dort ein, ja, man hätte es ihnen sehr übel genommen, hätten sie ihren Bedarf woanders zu decken versucht. Richard erbot sich, sie hinzubringen.

Neele, die jetzt weitgehend die Fassung wiedergefunden hatte, nahm den Weg mit klaren Augen wahr. Von der Straße aus sah sie die überschwemmten Vierecke der Reisfelder im Tal, hellgrünen Rasen und Palmgruppen, und sie musste zugeben, dass die Landschaft lieblich aussah. Wenn nur nicht alles so fremdartig gewesen wäre! Die Karren und Leiterwagen, die immer wieder an ihnen vorbeizogen, waren beladen mit Körben voller Früchte, von denen sie viele nicht kannte, und wurden gezogen von den mächtigen schwarzen Wasserbüffeln. In den Reisfeldern ackerten Bauern mit den gleichen Gespannen. Die Bäume waren voll von Affen, die schnatternd vor der Kutsche davonsprangen und sich die Stämme hinaufflüchteten. Insekten hingen surrend an den Blüten der Orchideen, die an ihren dünnen Luftwurzeln über dem Pfad pendelten. Aber wenigstens die Eichhörnchen sahen aus wie Eichhörnchen und benahmen sich wie solche.

Als sie den Fuß des Hügels erreichten, auf dessen halber Höhe die deutsche Villensiedlung lag, stießen sie dort inmitten von Bananenhainen auf ein Halbrund europäischer Gebäude mit einem kleinen Park in der Mitte. Ein Brunnen, den ein dünner Bach speiste, sprudelte auf einer Rasenfläche unter Palmen. Die ein- und zweistöckigen Häuser waren nicht nur im europäischen Stil erbaut, sie waren auch auf Deutsch angeschrieben: »Kaufhaus«, »Arzt und Apotheke« und ein Lokal »Zum Dorfkrug«, das zweifellos ein beliebter Treffpunkt der deutschen Siedler war. Vor allem, als sie das Kaufhaus betrat, konnte sie sich wieder wie zu Hause fühlen, denn in dem ebenerdigen Gebäude sah es ganz so aus wie in einem kleinstädtischen Kaufhaus in Deutschland. Es gab dort alles zu kaufen, was man irgendwann für irgendetwas brauchen konnte. Es war nicht notwendig, an andere Leute, seien sie nun Einheimische oder andere Kolonisten, auch nur ein einziges Wort zu richten.

Frau Selder, die Inhaberin des Kaufhauses, hörte voll Mitleid die Geschichte an, wie sie hierhergeraten waren. »Ach je«, sagte sie, »man müsste besser aufpassen auf den alten Herrn, aber wer hat schon die Zeit dazu? Nun, immerhin haben Sie anständige Zimmer dort, ich weiß das, er hat ja seinerzeit auch alles bei mir hier gekauft. Diese Kissenbezüge beispielsweise, sehen Sie nur, die haben sehr hübsche Klöppelspitze um den Rand und mit Zwirn überzogene Knöpfe ...«

Es war nicht ganz einfach, Frau Selders Kaufhaus zu verlassen, ohne gleich das gesamte Geld auszugeben. Dann begaben sie sich hinüber in den Dorfkrug, um ein Glas zu trinken und sich dort ansehen zu lassen. Mittlerweile hatte nämlich die Geschichte von den drei gestrandeten Landsleuten die Runde in der gesamten Siedlung gemacht, und Richard meinte, sie würden der Neugier der hier Ansässigen nicht entkommen. Sie sollten es lieber gleich hinter sich bringen.

Der »Dorfkrug« machte einen würdevollen, ländlichen Eindruck mit seinen schwarzen Holztischen und der langen, auf Hochglanz polierten Theke. Das Lokal war recht voll für einen frühen Vormittag. Obwohl die Siedlung am Rand einer Großstadt lag, war sie nichts anderes als ein Dorf, das sich nur für seine eigenen Angelegenheiten interessierte, für die aber gründlich. Es war genauso, als wären in Norderbrake plötzlich drei Fremde gestrandet mit der Erklärung, man hätte sie aus Java dorthin berufen.

»Woher wissen sie, dass wir kommen?«, fragte Neele. »Sie können uns doch nicht gesehen haben?«

Richard lachte. »Die einheimischen Diener. Die laufen doch ständig von da nach dort, um etwas zu bringen oder zu holen, und dabei bringen sie gleich auch alle interessanten Nachrichten mit. Die meisten können ganz gut Deutsch, denn wir haben ihnen nicht den Gefallen getan, eine von ihren Kaffernsprachen zu lernen; wenn sie also bei uns arbeiten wollen, müssen sie sich an uns anpassen. So, nehmen Sie hier Platz, und nun lassen Sie sich bestaunen.«

Die drei Reisenden saßen gute zwei Stunden in dem Wirtshaus. Als der Mittag kam, wurden sie zum Essen eingeladen – Schweinebraten mit Reis und Salat, danach eine Bananentorte und Kaffee – und danach weiterbefragt. Neele merkte, dass die Deutschen hier ihren sozialen Status höher einschätzten, als er eigentlich war, denn ein Herrenhaus war der Moorhof nie gewesen. Man hielt sie offensichtlich für eine fromme Dame mit einer Respekt gebietenden Ahnenreihe, die sich im Dienst des Herrn nach Java gewagt hatte.

Lennert flüsterte ihr zu: »Lass sie gleich wissen, dass du schwanger bist, denn wenn sie es später herausfinden, werden sie denken, du wolltest etwas verheimlichen.«

Also musste sie die tragische Geschichte von Frieders Untreue erzählen, was einige Damen mit viel Mitleid aufnahmen, andere mit einem gewissen Misstrauen. Wäre sie allein gekommen, so wäre dieses erste Kennenlernen vielleicht anders ausgegangen. Aber da waren Lennert und Paula, die für sie bürgen konnten, und bald hatte niemand mehr Zweifel daran, dass ihre Geschichte der Wahrheit entsprach.

Als Lennert erklärte, dass das Allerwichtigste für sie jetzt bezahlte Arbeit war, gab es eine längere Diskussion unter den Ortsansässigen. Schließlich sagte Frau Selder, die ihren Laden den Gehilfinnen überlassen hatte und herübergekommen war: »Richard, es ist jetzt eine Menge zu tun mit deinen Hochzeitsvorbereitungen, da könntest du doch die beiden Damen gebrauchen, wenn sie gut nähen und sticken können? Besser, Deutsche machen die Arbeit, als dass die eingeborenen Näherinnen daran verdienen.«

Richard meinte, er hätte nichts dagegen, man solle ihn nur mit dem Weiberkram der Hochzeitsvorbereitungen in Ruhe lassen. Das rief viel Gelächter hervor, und nach einigem weiteren Hin und Her waren Paula und Neele fürs Erste fest angestellt, nach Frau Hagedorns Wünschen Kissenbezüge zu umhäkeln und Handtücher zu besticken. Neele war zutiefst erleichtert über diese Entscheidung, aber sie fühlte zu ihrem eigenen Erstaunen einen leichten Verdruss bei dem Gedanken, dass Richard knapp vor der Hochzeit stand. Sie machte sich allerdings augenblicklich selber Vorwürfe. Hatte sie denn jetzt keine anderen Sorgen, als sich in einen Mann zu vergaffen? Noch dazu einen, den sie gerade einmal einen Tag lang kannte? Nicht auszudenken, wenn man ihr diesen unterdrückten Groll angemerkt hätte. Die Leute hätten sie ja für eine Schlampe übelster Sorte halten müssen, die mit einem Kind im

Bauch, aber ohne Mann daherkam und dann gleich ein Auge auf den nächsten gut aussehenden Kerl warf!

Glücklicherweise hatte sich das allgemeine Interesse inzwischen Lennert zugewandt, der vom Arzt der kleinen Gemeinschaft ins Verhör genommen wurde. Nachdem er sich ausgewiesen hatte, meinte der örtliche Doktor, ein schon etwas älterer Herr, er brauche zwar in der Ausübung seines Berufs keine Hilfe, aber das Reiten werde ihm allmählich sauer, und er hätte gerne jemand, der ihm Botengänge und Einkäufe zu Pferd abnähme. Dafür erscheine ihm ein gesunder junger Kollege bestens geeignet. Lennert war von Herzen froh, als er hörte, dass es für ihn auch etwas zu tun gab und dass er auch Gelegenheit bekam, Geld nach Hause zu bringen.

Es wurde später Nachmittag, bis sich die Versammlung im »Dorfkrug« endlich auflöste und die Leute nach Hause gingen, um dort weiterzuschwatzen. Richard, der kurz nach dem Mittagessen verschwunden und erst später wiederaufgetaucht war, amüsierte sich über die Aufregung seiner Mitbewohner. »Sie werden den ganzen Abend lang nichts anderes zu tun haben, als über euch zu lästern«, spottete er. »So ist das leider hier bei uns. Wir sind ein Dorf. Und sie werden keine Ruhe geben, bis sie nicht alles aus euch herausgeholt haben. Wenn ihr etwas zu verbergen habt, müsst ihr sehr geschickt sein.«

Eine peinliche Stille folgte dieser Bemerkung, bis Paula fragte: »Ich verstehe nicht. Was sollten wir zu verbergen haben?«

»Weiß ich nicht.« Richard lachte. »Ich will euch ja gerne glauben, dass ihr die seid, als die ihr euch ausgebt, und dass alles so abgelaufen ist, wie ihr es erzählt, aber auf dieser Welt weiß man nie. Ihr seid so geheimnisvoll, so spannend. Taucht plötzlich aus dem Nichts auf – ein junger Mann und zwei schöne junge Frauen, von denen eine ein Kind unter dem Herzen trägt.«

Neele sagte nichts. Sie wusste nicht recht, worauf er mit seinen Bemerkungen hinauswollte, und hielt sich lieber aus dem Gespräch heraus. Paula dagegen erwiderte schroff: »Wir sind genau das, was wir gesagt haben, dass wir sind. Es war wahrhaftig schlimm genug, plötzlich vor einem verlassenen Haus zu stehen und keine Ahnung zu haben, was da eigentlich vonstatten gegangen ist. Aber wenn Sie uns misstrauen, beobachten Sie uns doch einfach mit Adleraugen.«

»Das tue ich bereits«, sagte Richard. Es klang beinahe feindselig, aber im nächsten Augenblick lachte er schon wieder und tat alles, damit die gute Stimmung zurückkehrte. Als er sie dann vor dem Waisenhaus absetzte, sagte er ihnen, sie müssten von nun an selber zusehen, wie sie in die Siedlung hinunterkämen, sie könnten zu Fuß gehen, aber auch jeden leeren Karren bitten, sie mitzunehmen. Im Allgemeinen seien die Leute freundlich und zuvorkommend. Sie hätten auch nichts von ihnen zu befürchten.

Als sie zurückkehrten, war von Pastor Ormus nichts zu sehen, und sie machten sich nicht die Mühe, nach ihm zu suchen. Nachdem er schon zwei Jahre mit seinem seltsamen Leben zurechtkam, konnte er es auch noch eine Nacht weiter tun. Stattdessen suchten sie den Brunnen, den sie unter dem überhängenden Dach an der Rückseite des Hauses fanden, und die Besenkammer. Das meiste, was man brauchte, um ein Haus instand zu halten, war da; offenbar hatten Lehrer und Hauspersonal überstürzt die Flucht vor der Seuche ergriffen, ohne mehr mitzunehmen als ihre persönlichsten Besitztümer.

Sie waren mitten im Putzen, als der Pastor wiederauftauchte. Eine Weile sah er ihnen lächelnd bei ihrer Arbeit zu und meinte, bei so vielen Kindern gebe es alle Hände voll zu tun. Dann verschwand er wieder in dem kleinen Arbeits- und Schlafzimmer hinter dem Esszimmer.

Paula sah ihm nach. Mit gedämpfter Stimme sagte sie: »Ich glaube, er betrachtet den Raum hier als sein persönliches Reich, und wir sollten lieber nicht eindringen. Im Haus ist Platz genug, wir können oben essen.«

Neele stimmte ihr eifrig zu. Sie fand den alten Mann jetzt schon entnervend mit seinem ständigen geisterhaften Lächeln und dem Gebrabbel über die Gegenwart längst verstorbener Kinder, und sie sah es kommen, dass sie ihn unfreundlich anfahren würde, wenn sie noch oft seiner Gegenwart ausgesetzt war.

Sie erklärte sich bereit zu kochen, während Paula und Lennert oben eines der Zimmer so weit instand setzten, dass es als Esszimmer dienen konnte. Die Küche, die sich im Untergeschoss befand, war riesig, man sah den großen Herden mit den doppelten Feuerlöchern an, dass hier für eine halbe Hundertschaft Personen gekocht worden war. An metallenen Rosten darüber hingen Schöpfkellen, Spieße und Gabeln, Siebe und Trichter. Jetzt war nur noch ein kleiner Nebenherd in Betrieb. Es sah aus, als würde von Zeit zu Zeit jemand von den Nachbarn kommen, um für den alten Mann zu kochen, denn der Herd war blankgeputzt, gehacktes Holz lag bereit, und in den Schränken fanden sich Reis, getrocknetes Gemüse und Kräuter.

Sie nahm von dem Holz und leerte dann den Sack mit den Lebensmitteln aus, die Lennert gekauft hatte. Anscheinend hatte er bereits vor, sich hier einzubürgern, denn er hatte hauptsächlich Reis und Gemüse gekauft sowie eine Handvoll Tütchen mit Gewürzen. Wenigstens brauchte sie nicht lange zu kochen. Sie warf einfach den Reis und das klein geschnittene Gemüse ins siedende Wasser, würzte mit der Mischung, die ihr am wenigsten exotisch vorkam, und stellte einen Teller voll auf den Tisch im Esszimmer, während sie die Platte mit dem Rest in eines der Zimmer oben hinauftrug.

»Der Schweinebraten zu Mittag war besser«, bemerkte Lennert, während er mit der Gabel in das Reisgemisch fuhr. »Und trotzdem ... Ich meine, diese Leute wohnen in der dritten oder vierten Generation hier, und noch immer leben sie genauso wie ihre Vorfahren in Deutschland. Wozu sind sie dann überhaupt hergekommen?«

»Weil man hier leichter ein großer Mann ist als in Deutschland«, erwiderte Paula. »Sogar ein armer Deutscher kann sich immer noch als etwas Besonderes fühlen, weil er ein Weißer ist und sich damit für besser hält als die Einheimischen. Und außerdem ist das Leben hier billig, wenn man sich nicht gerade in den teuren Vierteln von Batavia ansiedelt. In Deutschland hätten wir für das bisschen Zeug hier« – sie deutete auf den gedeckten Tisch – »das Dreifache ausgegeben, sogar in unserem schäbigen Dorfladen.«

Sie hatten alle Hände voll zu tun, um das verstaubte Haus in Ordnung zu bringen, und machten erst Schluss, als es dämmerte. Neele band ihre Schürze ab, wusch sich Gesicht und Hände und trat vor die Haustür.

Der Sonnenuntergang hing über Batavia, als brenne die ganze Stadt – eine goldene Lohe, die nur allmählich in ein tiefes Orange und dann düsteres Rot überging. Draußen über der Bucht ballten sich blaugraue Wolken zusammen. Dann sank die Sonne hinter den Horizont.

Neele war überrascht, wie schnell es dunkel wurde. Am Vorabend hatte sie das gar nicht bemerkt, da war sie zu müde gewesen, und die dichten Bäume hatten den Weg überschattet. Aber jetzt schien es ihr, als würde das Licht abgedreht. Mit einem Schlag trat der dunkelblaue Nachthimmel mit einer Unzahl von Sternen hervor, die dicht über der Erde zu hängen schienen. Auch das Konzert draußen veränderte sich abrupt. Bisher vernehmbare Stimmen schwiegen, während neue Sänger ihre Stimmen erschallen ließen. Sie konnte jetzt verstehen, was Herr Bessemer über die ständige Unruhe gesagt hatte. Dauernd zwitscherte und trillerte irgendein unsichtbares Geschöpf im Blattwerk, während andere röchelnd und schnarchend ihren Weg durchs Gebüsch suchten und im Boden herumwühlten.

Die tropische Nacht umhüllte sie mit ihrer feuchten Schwüle und einer Unzahl süßer Düfte. Sie stand unsicher da, befremdet von diesem so ganz ungewohnten Land, zugleich aber fasziniert von seiner Schönheit. Zum ersten Mal hatte sie den Eindruck, dass sie hier vielleicht auch Dinge finden mochte, die ihr gefielen, und wenn es nur ein herrlicher Sonnenuntergang war.

Hinter ihr trat Lennert aus der Tür. Er zeigte sich ebenfalls beeindruckt. »Heute geht es uns jedenfalls besser als gestern, nicht wahr?«, sagte er. »Wir haben zu essen, wir haben ein Dach über dem Kopf, und wir haben Leute, die uns weiterhelfen.«

Neele dachte an Richard Hagedorn und daran, dass er in Kürze heiraten würde, und gab keine Antwort. Erst als Lennert drängte, sagte sie: »Auf jeden Fall war der Sonnenuntergang sehr schön. Ich hoffe nur, es kommen in der Nacht nicht irgendwelche Tiere ins Zimmer gekrochen. Ich bin schreiend aus dem Brett gesprungen, als dieser Gecko an mir vorüberhuschte.«

»Ach was. In Norderbrake hast du auch keine Angst gehabt, dass eine Kreuzotter dich beißen könnte, obwohl man dort alle naslang eine gefunden hat. Und ein Gecko ist nichts anderes als eine exotische Eidechse.« Er legte die Hand auf ihre Schulter und drückte sie kameradschaftlich. »Kopf hoch, Mädchen. Du musst das Land hier mit hoffnungsvollen Augen ansehen. Es ist schön, es ist fruchtbar, und mit ein bisschen Glück kann es uns hier gut gehen.«

»Wollen's hoffen. Gute Nacht, Lennert.«

Drinnen stieg Neele die Treppe empor und betrat das Zimmer, das für sie ausgesucht worden war, ein schönes Erkerzimmer über dem Eingang. Die Petroleumlampe in der einen Hand, den Besen in der anderen, durchsuchte sie es sorgfältig nach Geckos, Schlangen und Kakerlaken. Sie löschte die Petroleumlampe, um nicht Tausende von Moskitos in ihr Schlafzimmer zu locken, kleidete sich im Halbdunkel aus und trat dann im Nachthemd an das hohe Fenster. Vorsichtig spähte sie hinaus. Auch in Norderbrake waren die Nächte dunkel gewesen, denn die paar Lampen des Dorfes hatten die Nacht nicht gestört, aber hier war sie eingebettet in Schwärze, die nur von den Lichtsplittern der Sterne unterbrochen wurde. Bei dem ständigen geheimnisvollen Getriebe in den Büschen war es kein Wunder, dass die Javaner sich von bösen Geistern umzingelt fühlten, dachte sie.

Neele war froh, dass das Schlimmste erst einmal abgewendet war. Sie hatten Menschen gefunden, die sie unterstützten. Aber wie sollte jetzt ihre Zukunft aussehen? Sie konnte doch nicht ewig hier in diesem Spukhaus wohnen, schon gar nicht, wenn das Kind erst auf der Welt war! Und sie wollte sich auch nicht nur irgendwie durchbringen, sie wollte einen Ort, an den sie gehörte, an dem sie zu Hause war und ihr Teil tun konnte. Es machte sie nervös, dass sie so vieles um sich herum überhaupt nicht verstand und die hier wohnenden Landsleute offenbar kein Interesse an den Antworten auf ihre Fragen hatten. Sie wollte wissen, was aus dem Personal des Waisenhauses und den Kindern geworden war. Sie konnten doch nicht alle gestorben sein? Warum waren die Überlebenden nicht zurückgekehrt? Wenn sie heimatlose Waisen waren, warum waren dann nicht zumindest einige von ihnen geblieben?

Müde streckte sie sich auf dem Bett aus. Sie war froh über die neue Matratze, bei der sie nicht befürchten musste, Mäusenester darin vorzufinden. Es war schon schlimm genug, dem hektischen Geraschel in den Wänden zu lauschen, wo die Nager jetzt ihr Unwesen trieben. Morgen, nahm sie sich vor, würde sie alles noch einmal putzen und die alten Vorhänge wegwerfen. Besser nackte Fenster als diese Staubfänger. Sie stellte sich vor, wie Tante Käthe und ihre Wirtschafterin sich auf dieses Haus gestürzt hätten. Was wäre das für ein Fest für Feudel, Besen und Wischlappen gewesen! Ein Lächeln umspielte ihre Lippen. Vielleicht wurde ja doch noch alles gut. Vielleicht ergab sich irgendeine Möglichkeit, von den Leuten hier das Geld zu erbitten oder sich zu verdienen, das sie nach Deutschland zurückbrachte. Denn bleiben wollte sie auf keinen Fall, mochte es hier noch so schön sein. Nicht einmal in den europäischen Stadtteilen und schon gar nicht dort, wo die Einheimischen wohnten.

Sie hatte den Nachmittag über hart gearbeitet und war rechtschaffen müde, aber bald wachte sie wieder auf. Sofort merkte sie, dass es in diesem Land äußerst unbequem war, bei geschlossenen Fenstern zu schlafen. Die Schwüle stand im Zimmer wie Gelee. Neele begann zu schwitzen, und je öfter sie sich von einer Seite zur anderen drehte, desto ärger wurde es. Schließlich stand sie auf und klappte die drei Scheiben gerade so weit auf, dass ein Luftzug hindurchziehen konnte. Das machte es besser, und unerwartet rasch fiel sie in einen tiefen, erfrischenden Schlaf.

3

Neele erwachte früh am Morgen. Als sie vorne am Treppenabsatz stehen blieb, stellte sie überrascht fest, dass ein kräftiger Geruch nach Kaffee und Backwerk aus der Küche heraufstieg. Sie folgte dem Geruch und fand dort jemand am Werk vor. Vor dem kleinen Nebenherd, an dem sie selbst am Vorabend gekocht hatte, stand ein verhutzeltes braunes Weiblein im bunten Sarong, ein ebenso farbenprächtiges Batiktuch um den Kopf geknotet. Neele sah, dass sie Kaffee aufbrühte und eben ein Blech voll flacher kleiner Kuchen aus dem Rohr holte. Die Alte warf ihr einen Blick zu, kümmerte sich aber nicht weiter um sie, sondern trug einen Teller mit Kuchen und eine Kaffeekanne nach oben – zweifellos das Frühstück des Pastors. Als Neele ihr neugierig zur Hintertür folgte, sah sie gerade noch, wie die krumme Gestalt durch den Garten davonhuschte.

Jemand hatte auf der Straße draußen auf sie gewartet: ein kurzbeiniger brauner Mann mit einem zu großen Kopf und einem Kugelbauch, der unter seinem schmutzigen senfgelben Umhang hervorguckte. Er trug wie ein Hirte einen langen Stab in der Hand, den er jetzt drohend gegen die alte Frau reckte. Einen Augenblick lang erschrak Neele heftig, weil sie dachte, er würde das Weiblein schlagen. Sie wollte schon hinaus und ihr zu Hilfe eilen, aber wie der Mann den Stab hielt, war es eher eine magische als eine gewalttätige Drohung. Sein runzliges Gesicht mit den vorstehenden Augen verzog sich zu einer bösartigen Grimasse. Er wich jedoch zurück, als die Alte dem Stab so nahe kam, dass er sich beinahe in ihren Bauch bohrte, und statt sie weiter zu bedrohen, begnügte er sich damit, die Faust zu schütteln und seinen Stab, den er jetzt wieder aufrecht hielt, wie ein Zeremonienmeister mehrmals gegen den Boden zu stoßen. Die ganze Szene sah aus, als machte er ihr wütende Vorwürfe, weil sie in dem Haus gewesen war. Vielleicht, dachte Neele, war er ein Ehemann oder Sohn, dem ihre Fürsorge für den Pastor missfiel. Wenn es so war, kümmerte die Alte sich nicht besonders um seinen Zorn, denn sie schritt an ihm vorbei, als sehe sie ihn gar nicht mehr, und ging ihres Weges. Er blieb noch einen Augenblick stehen, spuckte auf den Boden und reckte die Faust gegen das Haus, dann verschwand auch er. Neele kehrte beruhigt in die Küche zurück. Sie war froh, dass der Mensch sich davongemacht hatte. Obwohl er nicht mehr jung und auch nicht sehr kräftig ausgesehen hatte, war etwas Bedrohliches an ihm gewesen, und sie wunderte sich, dass die alte Frau ihn so kühn ignoriert hatte.

Der restliche Kaffee und einige Kuchen blieben auf dem Küchentisch stehen, also rief Neele ihre beiden Gefährten hinunter und erzählte ihnen von dem guten Geist, der für den Pastor sorgte. Während sie aßen, stellten sie allerlei Mutmaßungen an, wer die alte Frau sein könnte. Vielleicht eine ehemalige Angestellte des Hauses? Oder jemand aus der Kirchengemeinde, die sich sonntags hier versammelt hatte? Und wer mochte der Mann sein, den ihre Arbeit hier so erbost hatte?

Schließlich unterbrach Lennert die Diskussion. »Das ist jetzt nicht wichtig, und wir werden es ohnehin bald herausfinden. Bereiten wir uns lieber darauf vor, hier unsere Arbeit zu machen. Der Doktor will mich sprechen, um mir seine Ordination und Apotheke zu zeigen, und ihr werdet ja bald anfangen müssen, Handtücher zu sticken und Laken zu säumen. Sagte Frau Selders nicht, dass sie die erste Fuhre schon heute bringen lässt?«

Er behielt recht. Kurz nachdem er das Haus verlassen hatte, um zu Fuß oder mit dem nächsten vorbeikommenden Karren das deutsche Dorf zu erreichen, erschien eine geschlossene kleine Kutsche, deren Gepäckträger vollgepackt war mit Kisten. Sie alle enthielten säuberlich gefaltetes weißes Leinen und die Vorlagen, wie die Stickerei aussehen sollte. Frau Selders, die mitgekommen war, gab ihre Anweisungen und verschwand dann wieder.

Neele betrachtete die Berge von Laken, Kissenbezügen und Handtüchern und sagte: »Nun, jedenfalls werden wir eine Weile beschäftigt sein. Ich hoffe, sie nehmen es hier mit der Bezahlung so genau wie mit der Arbeit.«

»Vorerst ist es noch so, dass wir abarbeiten müssen, was sie uns geliehen haben, also brauchen wir uns keine Sorgen zu machen. Komm, wollen wir uns hinaussetzen, solange es trocken ist?« Paula wies auf eine Regenwand, die sich wie ein dunkler Vorhang über die Ebene schob. »Eine Weile werden wir ja noch Gelegenheit haben.«

Sie setzten sich auf die Veranda hinaus, wo eine Gruppe von Korbstühlen stand, und machten sich an die Arbeit.

Paula war eine gute Stickerin, was ihre Nadel zustande brachte, war immer so rund verschnörkelt und so gleichmäßig, als wäre es aus Zuckerguss. Neele war weniger geschickt, aber sie war flink im Säumen der Wäschestücke.

Sie hatten etwa eine Stunde bei der Arbeit gesessen, als Pastor Ormus erschien. Er führte sein Pferd in den Stall hinter dem Haus, dann kam er langsamen Schrittes herbei, rieb sich die Hände und lächelte den beiden jungen Frauen zu. »Das ist viel Arbeit, nicht wahr?«, sagte er, schwerfällig mit dem Kopf nickend. »Immer ist etwas zerrissen, das man flicken muss. Aber es sind brave Kinder, sie machen nichts absichtlich kaputt. Habe ich Ihnen schon die Fotos gezeigt?«

Sie mussten es wieder über sich ergehen lassen, dass er ihnen die Fotos – dieselben wie beim letzten Mal – zeigte und seine verworrene Geschichte dazu erzählte, aber wenigstens ließ er sie dann in Ruhe weiterarbeiten.

Eine halbe Stunde verging, und sie wollten eben Pause machen und sich Kaffee aufbrühen, als ein heftiges Gepolter aus dem Haus ertönte.

Den Lärm hatte Pastor Ormus gemacht. Er musste gestolpert sein oder das Bewusstsein verloren haben, denn er saß an die Wand gelehnt da, Arme und Beine ausgestreckt, sein Kopf hing auf die Brust. Neele stieß einen Schreckensschrei aus, als Paula den Kopf des alten Mannes hob und sie in ein blaugraues Gesicht blickte.

»Schnell«, rief Paula. »Hilf mir, ihn hochzuheben und ins Zimmer zu schaffen! Wir müssen auf jeden Fall seine Füße hochlagern, damit das Blut wieder zum Kopf strömt.«

Der alte Mann war hoch gewachsen, aber so dünn, dass es für die beiden Frauen keine große Mühe bedeutete, ihn ins Hinterzimmer zu ziehen und dort auf das Sofa zu bugsieren, auf dem er zu schlafen pflegte. Neele stopfte alle Sofakissen, die sie erreichen konnte, unter seine Knie, während Paula ein Becken kaltes Wasser und Tücher holte. Sie öffnete ihm den Kragen, dann tauchte sie ein Tuch ins Wasser, wrang es aus und legte es dem immer noch halb Bewusstlosen auf die Stirn. Die kalte Kompresse half. Seine Lider begannen zu flattern, wenn auch nur schwach, und er ließ ein leises Seufzen hören.

Paula redete ihm gut zu, obwohl sie nicht wusste, ob er sie hörte. Er solle nur ruhig liegen bleiben, es würde schon alles getan, damit es ihm in Kürze besser ginge. Zu Neele gewandt, sagte sie: »Es muss die Hitze sein, die ihn umgeworfen hat. Erinnerst du dich, was Dr. Bessemer uns über die Zeit zwischen den Jahreszeiten erzählte, die Kenteringstyden? Dass dann so viele Menschen erkranken, weil das Klima so enorm ungesund ist? Und der arme Alte hier ist dünn wie ein Besenstiel, bei dem braucht es nicht viel, ihm die letzte Kraft zu nehmen.«

Neele war derselben Meinung. Sie zog dem alten Mann die Schuhe aus, deckte ihn zu und brachte aus der Küche einen großen Krug Wasser herauf. Es gelang ihr, ihn so weit aufzuwecken, dass er sich das Wasser einflößen ließ, aber sie musste ihm Schluck für Schluck gut zureden.

»Ist Lestari nicht da?«, flüsterte er. »Die alte Frau, die für mich kocht. Habt ihr sie nicht gesehen?«

Neele hatte keine Ahnung, wie oft die Alte kam, aber sie sagte: »Sie wird bald wiederkommen. Bleiben Sie jetzt nur ganz ruhig liegen.«

»Ich wünschte, Lennert wäre da«, sagte Paula. »Ich finde, er sieht gar nicht gut aus. Sieh dir nur seine Lippen an, wie bläulich sie sind! Ob er etwas mit dem Herzen oder der Lunge hat? Was sollen wir machen, wenn es ihm schlechter geht? Am besten, du läufst hinüber zu den Hagedorns und erzählst ihnen, was los ist. Sie haben eine Kutsche, sie können den Arzt holen oder den Pastor zu ihm bringen.«

Neele zögerte. Ihr Herz klopfte heftig bei dem Gedanken, dass sie sich ganz allein auf den Weg machen sollte. Es war zwar helllichter Tag, und es war ja auch nicht weiter als eine Viertelstunde, wenn sie ein flottes Tempo einschlug, aber das verfilzte Grün war ihr unheimlich, und welchen Gefahren mochte sie sich aussetzen, wenn sie die Straße so dahinlief! Andererseits wusste sie nicht, ob der alte Mann nicht ernsthaft krank war; er mochte dringend ärztliche Hilfe brauchen.

»Ich gehe schon.« Sie warf ihr Umschlagtuch um und lief zur Haustür hinaus. Das Grün des Gartens schien von allen Seiten nach ihr zu greifen, so dicht hingen die ungestutzten Hecken über den Pfad. Ein trillernder Lärm drang zwischen den Zweigen heraus. Sie lief auf die Straße und schlug die Richtung zum Haus der Hagedorns ein, verfolgt von der Angst, aus dem smaragdgrünen Dickicht könnte unversehens eine Schlange oder ein anderes erschreckendes Tier auftauchen. Sie sah jedoch nur Vögel, die quer über die Straße hüpften und dann auf niedrige Äste flatterten. Es war auch kein Mensch zu sehen. Jetzt hätte sie einen der Bauernkarren brauchen können, die die Bergstraße benutzten, aber kein knarrendes Rad war zu hören, kein schwerer Schritt der Hufe, kein Peitschenknallen des Kutschers.

Anfangs lief sie, aber die drückend heiße Luft legte sich ihr so schwer auf die Glieder, dass sie zu keuchen begann und sich zurücknehmen musste. Es war heiß und feucht, und eine bleierne Schwere lag in der Luft, die ein Gewitter erwarten ließ. Dunstige Schleier zogen über die Sonne.

Plötzlich erstarrte sie mitten in der Bewegung. Sie war um eine scharfe Kurve gebogen, und da, genau vor ihr, stand der Mann im senfgelben Umhang. Er sprach sie nicht an, ja, er schien sie überhaupt nicht zu sehen, seine vorquellenden Augen blickten durch sie hindurch, und doch erschreckte seine Erscheinung sie so sehr, dass ihr übel wurde. Sie musste sich zwingen, an ihm vorbeizugehen. Es war, als müsste sie sich durch Treibsand kämpfen, so schwer fiel ihr jeder Schritt. Jetzt merkte sie, dass er vor sich hin murmelte, rasch und mit speichelnden Lippen. Was er sagte, war nicht an sie gerichtet, und doch galt es ihr – es hörte sich an wie eine Beschwörung, und Neele in ihrem Schrecken war überzeugt, dass diese Beschwörung wirkte. Als würden die hauchfeinen, klebrigen Fäden eines Spinnennetzes von allen Seiten um sie gewickelt, wurden ihre Bewegungen immer langsamer. Der grüne Tunnel flimmerte ihr vor den Augen, sie meinte, das Geräusch eines Wasserfalls zu hören, der sich unmittelbar neben ihren Ohren ergoss. Immerzu murmelnd, hob der Alte den Stab und stieß ihn, wie er es schon am Morgen getan hatte, wiederholt auf den Boden. Dann trat er einen Schritt vor – und es war diese plötzliche Bewegung, die Neele aus dem Zustand der Benommenheit erweckte. Sie fühlte sich angegriffen, war überzeugt, dass er sie mit dem Stab schlagen wollte, und angesichts dieser körperlichen Bedrohung kehrten ihr Verstand und ihre Kräfte zurück. Sie stieß einen durchdringenden Schrei aus und hob beide Arme, um den Schlag abzuwehren. Der kam jedoch nicht, der Alte begnügte sich damit, drohend in der Luft herumzufuchteln. Vielleicht erschien ihm die große, kräftige junge Frau als eine zu gefährliche Gegnerin. Neele jedenfalls war erwacht, das Flimmern vor ihren Augen erlosch, der Wasserfall in ihren Ohren verebbte, und sie rannte, so schnell sie konnte, die Straße entlang. Über die Schulter blickend sah sie, dass der unheimliche Greis ihr nachstarrte, aber jetzt war sie weit außerhalb seiner Griffweite.

Atemlos erreichte sie das Gartentor der Hagedorns, trat hindurch und lief zum Haus. Sie ließ den Messingklopfer an das Metallschild fallen und hörte, wie drinnen im Haus der Klang widerhallte. Dann öffnete ein Dienstmädchen. Gleich darauf erschien Frau Hagedorn, die viel Mitgefühl zeigte, als sie hörte, dass es dem Pastor schlecht ging.

»Wo ist denn Dr. Anderlies?«, fragte sie. »Es wäre doch das Nächstliegende, dass er sich um ihn kümmert!«

Als sie hörte, dass Lennert sich auf den Weg in die Stadt gemacht hatte, grollte sie vor sich hin, während sie ihr Dienstmädchen rief und die Kutsche vorfahren ließ. »Ich werde mich um den alten Mann kümmern«, sagte sie. »Es wäre ja nicht das erste Mal, dass ich ihn in einem solchen Zustand vorgefunden habe. Steigen Sie mit ein, aber trinken Sie vorher noch ein Glas Wasser! Ihr Gesicht ist ganz rot. Hier in den Tropen muss man alles langsam angehen, auch wenn man sich einbildet, es sei alles sehr eilig.«

»Ich bin vor jemand davongelaufen«, gestand Neele. »Auf der Straße stand ein widerwärtiger alter Mann, der Verwünschungen murmelte und mit seinem Stock nach mir schlug.«

»Ein kleiner Kerl mit einer nackten Wampe und einem schmutzig gelben Umhang?«, fragte Frau Hagedorn. Und als Neele bejahte, fügte sie hinzu: »Das war der Suduk ... der Zauberpriester der Einheimischen. Er hasst alle Weißen. Aber Sie brauchen keine Angst vor ihm zu haben, er würde es nicht wagen, Sie anzugreifen. Die Behörden gehen sehr streng vor, wenn einer der braunen Kerle sich an einem oder einer Weißen vergreift, und das weiß er. Ich werde mit meinem Mann sprechen. Es ist an der Zeit, dass wir wieder einmal eine Beschwerde gegen ihn vorbringen. Vielleicht sperren sie ihn dann endlich für längere Zeit ein. Die letzten drei Monate haben ihm offenbar nicht gereicht.« Dann wechselte sie abrupt das Thema und fragte nach Pastor Ormus.

Neele erklärte: »Wir waren sehr erschrocken, als wir sahen, wie grau sein Gesicht war. Er sah aus, als könnte er jeden Moment sterben.«

»Die Tropen verzehren die Menschen«, bemerkte Frau Hagedorn. »Er hat sich immer überlastet mit seiner Arbeit, viel zu viel für die Kinder getan. Diese Kinder waren keine Europäer, und es war sinnlos, ihnen europäische Standards anzubieten. Es war ja gut und schön, ihnen ein Dach über dem Kopf zu verschaffen, aber es wäre billiger auch gegangen.« Damit schritt sie in den Hof hinaus, in dem die einspännige Kutsche bereits vorgefahren war.

Als sie den Weg entlangrumpelten, sah Neele mit Erleichterung, dass der Suduk verschwunden war. Sie fragte sich jetzt, woher er gewusst hatte, dass sie die Straße entlangkommen würde. Oder war das Zusammentreffen nur ein Zufall gewesen? Der Mann hasste alle Weißen, hatte Frau Hagedorn gesagt. Es ging ihm also gar nicht um sie persönlich. Der Gedanke beruhigte sie, denn trotz der abfälligen Art, in der Frau Hagedorn über den Zauberpriester gesprochen hatte, musste Neele sich eingestehen, dass sie Angst vor ihm hatte – große Angst.

Der Wedono

1

Dr. Lennert Anderlies machte sich auf den Weg. Nachdem ihn ein Karren, der Früchte zum Markt brachte, bis an den Stadtrand mitgenommen hatte, mietete er dort einen anderen und ließ sich zu der Adresse auf Dr. Bessemers Visitenkarte bringen.

Das gemächliche Gefährt führte ihn entlang einer breiten, vornehmen Straße, die von Palmen und Rasenstreifen gesäumt wurde. In den Gärten und um die Häuser war einheimisches Personal am Werk, Gärtner in kurzen bunten Hosen und mit Turban, Dienstmädchen im farbenfrohen Sarong, aber die Kindermädchen waren Weiße, und auch das höhergestellte Personal schien, so weit er das beim flüchtigen Vorbeifahren erkennen konnte, ein Import aus der alten Heimat zu sein. Anscheinend trauten die Engländer, Holländer und Deutschen ihrem Kolonialvolk doch nicht so recht, obwohl Dr. Bessemer durchwegs freundliche Worte für die Javaner gefunden hatte.

Lennert war am frühen Morgen fortgefahren, und jetzt, gegen neun Uhr, wünschte er, der Karren hätte ein Sonnenschutzdach. Es wurde zusehends heißer, und die Sonne stach ihn trotz seines Filzhutes in den Nacken, dass er befürchtete, Sonnenbrand zu bekommen. Vor allem der Wind war glühend heiß und strich mit einem Hauch über die Vegetation, der die Blätter vergilben und die Blattfächer schlaff herabhängen ließ. Es würde nicht mehr lange dauern, bis die Jahreszeiten umschlugen und die Regenzeit begann. Der junge Arzt kam kaum mehr nach damit, sich die Stirn abzutrocknen und mit dem Hut zu fächeln.

Zuletzt erreichte er den großen, viereckigen, von Gebäuden eingeschlossenen Platz, der nach dem darauf stehenden Löwen von Waterloo »Waterlooplein« genannt wurde. Dort ließ er sich zum Regierungsgebäude bringen, in dem die Büros der meisten Zivil- und Militärbehörden untergebracht waren.

Am Eingang saß ein einheimischer Wächter, der ihn auf die Frage nach Dr. Bessemers Büro ins Innere dirigierte. Im Foyer stand ein Schreibtisch mit einem – selbstverständlich weißen – Sekretär dahinter, der Lennert die Visitenkarte abnahm, die paar handschriftlichen Zeilen darauf studierte und ihn dann zu warten bat. Lennert ging im Korridor auf und ab und blieb vor einem Gemälde stehen, das einen höchst imposanten, aber wenig sympathischen Herrn in altmodischer Tracht darstellte. Sein spitzes, eingefallenes Gesicht ragte aus einer spanischen Halskrause, er trug ein enges, reich besticktes schwarzes Wams und hatte die Hand auf den Griff eines Degens gelegt. Am unteren Rand war der Name des Dargestellten angegeben: Jan Pieterszoon Coen. Vierter Generalgouverneur von Ostindien.

Wenig später kam der Diener wieder, und der junge Mann wurde ins Büro geführt. Es war prächtig eingerichtet, mit Perserteppichen, einem gerahmten Ölbild des Kaisers an der Wand hinter dem Schreibtisch und einer barocken Sitzgruppe. Dr. Bessemer war da und neben ihm ein schöner junger Javaner, dessen Stellung Lennert nicht recht ausmachen konnte. Er war zweifellos etwas Höheres als ein Diener oder Sekretär, obwohl er sich auch erhob, um Lennert zu begrüßen. Dr. Bessemer stellte die beiden einander vor. Wie die meisten Javaner hatte der Jüngling anstatt eines Vor- und Familiennamens nur einen Namen, Ameya. Er trug eine weiße Uniform, die seinen Körper – er war knapp mittelgroß, sehr schlank und geschmeidig – mit der Enge eines Korsetts umschloss. In der Schärpe, mit der die Jacke in der Mitte abgebunden war, steckte an der Rückseite des Körpers ein Dolch mit einem kunstvoll gearbeiteten Elfenbeingriff. Unter dem Rand eines adretten schneeweißen Turbans zeigte sich ein Gesicht mit vollen Lippen, kakaobrauner Haut und großen, tief umschatteten Mandelaugen unter halb geschlossenen Lidern. Er bemühte sich nach Kräften, die gleiche väterliche Autorität wie sein Kollege auszustrahlen, obwohl er in Wirklichkeit noch ein sehr junger Mensch war. Er konnte nicht viel älter sein als der Arzt selbst.

»Mein lieber Junge!« Dr. Bessemer deutete auf die Sitzgruppe, klingelte nach dem Diener und orderte Eiswasser für sie alle, wobei er stolz darauf hinwies, dass man in Batavia vor Kurzem eine Eisfabrik erbaut hatte und nun nicht mehr darauf angewiesen war, auf das Eisschiff aus Boston zu warten. »Nun sagen Sie schon, wie geht es Ihnen? Haben Sie sich schon eingelebt in Ihrem neuen Zuhause?«

»Davon kann leider keine Rede sein. Wir sind in einer sehr unangenehmen Situation.« Er schilderte dem aufmerksam lauschenden Amtmann die böse Überraschung, die sie bei ihrer Ankunft erlebt hatten, und wie sie ohne die Hilfe der Hagedorns und des deutschen Klubs völlig verloren gewesen wären. Zwar hatten sie fürs Erste einmal das Schlimmste überstanden, aber sie müssten auch an die Zukunft denken, und da sehe es momentan düster aus.

Bessemer zog nachdenklich an seiner Zigarre. »Das hört sich in der Tat sehr unangenehm an«, gab er zu. »Was meinen Sie, Ameya?« Gleichzeitig wandte er sich erklärend an Lennert. »Ameya ist der Wedono dieses Büros, der einheimische Beamte.« Und als Lennert ihn fragend ansah, erläuterte er: »Alle Amtsgeschäfte auf Java werden doppelt geführt, dem Kontrolleur der Kolonialregierung entspricht der Wedono, dem Gouverneur der einheimische Landverweser. Was immer passiert, wir sind beide zuständig.«

Ameya lehnte sich im Sessel zurück und blies nachdenklich den süßlich duftenden Rauch seiner Zigarette durchs Büro. Als er sprach, klang seine Stimme weich und angenehm. Sein fehlerloses Deutsch hatte einen melodischen Akzent. »Da es sich bei dem Herrn hier und den beiden Damen um persönliche Bekannte von Ihnen handelt, Dr. Bessemer, wäre es vielleicht ratsam, wenn wir uns an Ort und Stelle umsehen.«

Lennert war überglücklich, dass der Wedono diesen Vorschlag gemacht hatte, den er selbst nicht zu machen gewagt hatte. Es wäre ihm doch sehr aufdringlich erschienen, den Amtmann so rundheraus um seine Hilfe zu bitten. Schließlich war der Reisegefährte ihnen zu nichts verpflichtet.

Dr. Bessemer stimmte bereitwillig zu. »Ich hatte schon daran gedacht, Ihnen und den beiden Damen meinerseits einen Kurzbesuch abzustatten«, sagte er. »Aber dann dachte ich, Sie würden in den ersten Tagen alle viel zu beschäftigt sein. Was das für eine seltsame Geschichte ist mit dem Waisenhaus! Ich erinnere mich gut, dass es vor zwei Jahren Typhusendemien gab – die Krankheit flackerte da und dort auf und erlosch rasch wieder. Tragisch, dass so viele Kinder starben.«

Er schlug vor, erst einmal zu Mittag zu essen, was Lennert, der großen Hunger hatte, sehr angenehm war.

Man begab sich in eine Kantine des Regierungsgebäudes, einen hohen, luftigen Raum, in dem es nur so wimmelte von holländischen und einheimischen Beamten. Was das Essen anging, waren die beiden Kulturen hier weitgehend verschmolzen, mit dem einzigen Unterschied, dass die Holländer viel Genever tranken, während die vom Islam geprägten Javaner sich an Wasser und Tee hielten. Serviert wurde eine Art Rijstafel, jenes beliebte holländische Gericht, das aus einer großen Portion Reis und zahlreichen Schüsselchen mit Zuspeisen besteht, sodass jeder sich nach Geschmack bedienen konnte. Lennert war froh, dass man ihm Löffel und Gabel zugestand – auf ein Messer wurde verzichtet, da alles mundgerecht auf den Tisch kam. Er sagte: »Ich habe in dem deutschen Dorf Schweinebraten mit Klößen gegessen, und obwohl er wirklich nicht schlecht war, muss ich sagen, im Vergleich mit dem hier wirkt unser Essen doch sehr grob und vor allem sehr fett.«

Dr. Bessemer nickte. Das sei eine Eigenheit der Insel, sagte er. Man gebe sich in allen Dingen Mühe, zurückhaltend und zierlich zu sein, ob es nun das Essen war, das in vielen kleinen Portionen über den Tag hinweg gleichsam vernascht wurde, oder der Umgang mit anderen Personen. Unmäßiges Essen gelte gleichermaßen als ungehörig wie lautes Reden, Zänkereien oder gar ein Streit.

Man erweise Höhergestellten Ehrfurcht und bemühe sich sehr, niemanden zu beleidigen.

»Achten Sie auf Ihre Füße«, sagte er, wobei er belehrend den Zeigefinger hob. »Eher dürfen Sie hier jemand Ihr Hinterteil zeigen als Ihre Füße.«

Ameya fiel ein: »Das hat nicht nur mit Unreinlichkeit zu tun, es hat auch einen magischen Grund. Der Boden ist nämlich nicht nur schmutzig, er ist auch die Sphäre der Dämonen, deshalb hält man die Füße bedeckt. Sonst würde man sie gewissermaßen aufwischen und im Raum verstreuen.«

Lennert nickte verständnisvoll, obwohl er sich verwirrt fühlte. Der junge Mann ihm gegenüber machte, von seiner kakaobraunen Hautfarbe abgesehen, einen durchaus europäischen Eindruck – jedenfalls schien er nicht weniger zivilisiert zu sein als irgendeiner der Europäer, die Lennert kannte –, und doch schien es für ihn ganz selbstverständlich, über auf dem Boden dahinkriechende Dämonen zu sprechen. Während er seinen Reis mit einer kleinen Portion scharf gewürzten Fruchtgelees mischte, wanderten seine Gedanken zurück zu dem Heidenaltar über Norderbrake. Er kam zu dem Schluss, dass Ameya seine Warnung nur ausgesprochen hatte, weil die Eingeborenen – die richtigen, halb zivilisierten Eingeborenen – in seinem Land sich fürchteten und man ihnen keinen Anlass zum Ärger geben sollte.

Nach dem Essen, das geradezu endlos dauerte, weil es sie alle drei immer wieder verlockte, noch einen kleinen Bissen zu probieren, machten sie sich auf den Weg. Dr. Bessemer befahl einem Diener, ihn zu begleiten. Draußen führte bereits ein anderer Diener zwei Pferde aus dem Stall, die eine zweisitzige Kutsche mit einem imponierenden Amtswappen an der Seite zogen. Lennert atmete auf, als er sah, dass er auf der Rückreise im Schatten sitzen würde. Bequemer als das harte Brett auf dem Büffelkarren war der gepolsterte Ledersitz ebenfalls. Die beiden Pferde zogen an, und die Kutsche rasselte in flottem Tempo über den Waterlooplein und dann weiter die gepflasterte Straße entlang, dem Stadtrand zu. Dr. Bessemer erklärte ihm, er brauche sich in Zukunft nicht mehr die Mühe zu machen, die Straße entlangzutraben, bis er einen gutwilligen Karrenbesitzer fand. In dem Losmen, in dem sie ihre erste Nacht verbracht hatten, standen Gouvernementspferde für die Offiziere und Beamten bereit, aber auch für Privatpersonen, die ein Pferd mieten wollten.

Der Amtmann zeigte und erklärte ihm die zahlreichen Gebäude, die sich um den riesigen Platz gruppierten. Außer dem Regierungsgebäude mit dem Sitz des Rates von Indien und den Büros der meisten Zivil- und Militärbehörden lagen hier das Arsenal, die Artillerieschule, das Hospital für christliche Einwohner – für nichtchristliche waren das »Stads Verband« und das chinesische Krankenhaus bestimmt –, die Kasernen, das Gefängnis für Europäer, ein Theater und die 1837 gebaute Zitadelle »Frederik Hendrik«. Lennert nutzte die Gelegenheit, um sich nach Jan Pieterszoon Coen zu erkundigen, der offenbar eine sehr bedeutende Rolle in der Geschichte Javas gespielt hatte, da man sein Bild an so prominenter Stelle aufgehängt hatte. Er merkte, wie Ameya bei der Erwähnung des Namens die Lippen verzog, als hätte er auf etwas Saures gebissen, aber er machte keine Bemerkung. Dr. Bessemer hingegen freute sich über die Gelegenheit, sein Geschichtswissen auszubreiten.

Er erzählte Lennert, dass dieser bleiche Mann mit dem

bedrohlich spitzen Schnurrbart als der Begründer des holländischen Handelsimperiums gelten konnte. Er war es, der 1618 ein winziges britisches Fort an der Mündung des Ciliwungflusses, ganz in der Nähe eines Dorfes namens Jayakarta, überfiel, eroberte und daraus die Stadt Batavia machte. Sie wurde zur Kommandozentrale eines Imperiums, das weit über Java, ja, weit über den Malaiischen Archipel hinausging. Der Einflussbereich des Gouverneurs erstreckte sich bis Japan, Formosa, Vietnam, Laos, Thailand und Ceylon. 1621 war Batavia bereits eine Stadt, in der Handel und Gewerbe aller Art, aber auch die Wissenschaften und Künste blühten.

»Man kann also durchaus sagen«, beschloss Dr. Bessemer seinen Ausflug in die Vergangenheit, »dass die Kolonialzeit in Java mit Mijnheer Coen beginnt.«

Ameya widersprach. Sie habe schon viel früher begonnen, schon zu der Zeit, als Portugiesen und Spanier die Welt unter sich aufteilten und entschieden, wer welche Länder überfallen und aussaugen durfte. Den Portugiesen war Java zugefallen, dessen Reichtum an Pfeffer, Muskat und Nelken ungeheure Gewinne einbrachte. Vor allem Pfeffer wurde in der ganzen Welt mit Gold aufgewogen, und unablässig zogen die portugiesischen Schiffe, vollbeladen mit den Früchten der Insel, in ihre Heimat. Freilich, die volle Härte einer Kolonialmacht hatte das Land tatsächlich erst zu spüren begonnen, als die Holländer – die selber eben erst das Joch der spanischen Habsburger abgeschüttelt hatten – ihre Schiffe in die Welt schickten. Auf Java war 1596 eine Flotte unter einem Admiral Cornelis de Houtman gelandet, der einen Vertrag mit dem Sultan von Banten schloss. Banten war damals die bedeutendste Stadt Südostasiens und der größte Pfefferhafen von Java. Was van Houtman von der Reise, bei der dieser unfähige Kapitän und brutale Leuteschinder zwei Schiffe und den größten Teil seiner Mannschaft verlor, nach Amsterdam zurückbrachte, waren ein Geschäftsvertrag mit dem Sultan von Banten und fünf Tiegel mit Pfeffer. Sie stellten einen Wert dar, der die Verluste dieser unglückseligen »eersten scheepvaart« mehr als wettmachte. Holland geriet in einen Taumel der Habgier. Zahllose Schiffe brachen zu den Gewürzinseln auf, Kapitäne und Kaufleute waren nur von dem einen Gedanken besessen, so viel wie möglich von diesen Schätzen in die Speicherhäuser in Amsterdam zu schaufeln.

Dr. Bessemer stimmte seinem Kollegen zu. Ja, der tatsächliche Anfang der Kolonialisierung Javas war jener unglückselige Vertrag gewesen, den der Sultan von Banten sich von Cornelis von Houtman – den er später seines rüpelhaften Benehmens wegen aus dem Land warf – hatte abnötigen lassen.

Lennert lauschte angespannt. Er hatte sich vor der Reise informiert, so gut er das mithilfe von *Meyers Konversations-Lexikon* zu tun vermocht hatte, aber als er die Geschichte von zwei hier Ansässigen erzählt bekam, hörte sie sich doch ganz anders an.

Abseits des Platzes kamen sie dann durch die Wohnviertel von Weltevreden. Man wähnte sich in einem riesigen Park, so locker verstreut lagen die Gebäude zwischen Bäumen und Rasenflächen. Grün spross aus jeder Ritze, Bougainvilleen hingen in berauschender Menge über allen Mauern und Balkonen. Die warme Luft schmeckte nach Salz, roch nach Kokosöl und feuchtem Laubwerk. Die alten, himmelhohen Bäume, die in jeder Lücke zwischen den Gebäuden aufragten, die wuchernden Ranken, das

Geschlinge der Luftwurzeln ließ keinen Zweifel daran, dass dieses alles überbordende Grün sich bei erster Gelegenheit auf das so schön gepflegte Weltevreden stürzen und es in eine Wildnis zurückverwandeln würde.

Während sie fuhren, kam Lennert wieder darauf zu sprechen, in welch schwieriger Lage sie sich befanden. Zwar hatte man ihnen eine Überbrückungshilfe geboten, aber ewig konnten die beiden Frauen nicht davon leben, dass sie bei den Hochzeitsvorbereitungen mithalfen, und er selber war auch nicht ins Land gekommen, um als Laufbursche des alten Doktors zu dienen. Und wie sollte Neele für das Kind sorgen, das sie erwartete? Sie mussten entweder festen Boden unter den Füßen finden oder einen Weg, wieder nach Deutschland zurückzukehren, eine dritte Möglichkeit gab es nicht.

Dr. Bessemer meinte, sie müssten erst einmal prüfen, wie es um das Waisenhaus jetzt überhaupt stand. Gehörte das Gebäude, wie die Hagedorns gesagt hatten, dem Pastor? Oder gehörte es einer Kirchengemeinde, die sich in alle Richtungen zerstreut hatte, als die gefährliche Krankheit zuschlug? Hatte noch irgendjemand Ansprüche? Mit allen diesen Fragen waren sie beim deutschen Konsul an der richtigen Stelle, aber da dieser ein vielbeschäftigter Mann war, würden er, Bessemer, und sein junger Kollege ihnen aushelfen. Sie würden ihr Bestes tun, erst einmal Licht in die verworrene Angelegenheit zu bringen. Lennert selbst hätte ohnehin keine Chance, denn um in Java irgendetwas zu erreichen, musste man auf jeden Fall Englisch und Holländisch sprechen und am besten noch einen Dolmetscher für die einheimischen Sprachen an seiner Seite haben.

»Eine große Kirchengemeinde kann es auf keinen Fall

gewesen sein«, bemerkte er. »Die Holländer sind zwar gestandene Calvinisten, aber sie sind auch Pragmatiker und vermeiden es, die religiösen Gefühle der Einheimischen zu verletzen. Außerdem bleiben die Kolonialherren auch in ihren Kirchen gern unter sich. Missioniert darf hier nur in sehr gedämpften Tönen werden.«

Ameya fiel ein: »Deswegen hat er seine Mission wahrscheinlich als Waisenhaus getarnt.«

Lennert konnte sich zwar nicht vorstellen, dass der alte Herr mit seinem hilflosen Lächeln die Absicht gehabt hatte, irgendjemand durch eine getarnte Mission hineinzulegen, aber er wollte nicht streiten. Er hatte sehr deutlich bemerkt, dass die Stimme des jungen Beamten bei den Worten einen bitteren Beiklang angenommen hatte. Vielleicht hatte Ameya in dieser Hinsicht einmal persönlich etwas erlebt, das ihn kränkte, oder es gefiel ihm ganz allgemein nicht, dass die Fremden ihre Religionen mitgebracht hatten. Schließlich war er, wenn auch in Respekt gebietender Stellung, ein Angehöriger des unterworfenen Volkes.

2

Als die Kutsche des Amtmanns zuletzt um die Ecke vor dem Haus bog, sah Lennert mit Staunen und Beunruhigung, dass auch der Einspänner der Hagedorns dort stand. War Richard nur zu einem Besuch vorbeigekommen? Oder war irgendetwas Schlimmes geschehen? Das Gefährt hatte kaum angehalten, als er hinaussprang und durchs Tor lief. Im Garten stieß er auf drei Frauen in Sarongs, die sich mit zwitschernden Stimmen unterhielten. Eine davon war die Alte, die Kaffee gekocht hatte. Lennert rief ihr zu: »Was ist los? Ist den Frauen etwas zugestoßen?« Aber die drei warfen ihm nur kurze Blicke zu und vertieften sich dann wieder in ihr Gespräch.

Lennert eilte hinein und fand den Pastor in seinem Arbeitszimmer. Der alte Mann lag auf seinem Sofa auf dem Rücken, die Beine auf Kissen, ein nasses Handtuch auf der Stirn. Es roch stark nach Essigwasser und Alkohol. Auf einem Stuhl neben dem Bett saß Frau Hagedorn.

»Ist ja wohl auch Zeit, dass Sie sich blicken lassen, Dr. Anderlies!«, fuhr sie ihn an. »Der alte Doktor ist selber krank, konnte also nicht kommen, und wo treiben Sie sich herum?«

Lennert achtete nicht auf ihre Vorwürfe, sondern trat an das Lager und setzte sich neben den Kranken. Er fühlte den Puls, legte die Hand auf seine Stirn und sah mit Erleichterung, dass der Geistliche nur einen Schwächeanfall erlitten hatte, wie es bei seiner gebrechlichen Konstitution und dem bedrückenden Wetter nicht anders zu erwarten war. Es würde ausreichen, wenn er ruhig liegen blieb, reichlich trank und sich in Essigwasser getränkte Tücher auf Stirn und Waden legte.

Inzwischen war Dr. Bessemer mit seinem Begleiter hereingekommen. Als er von dem Unwohlsein des Pastors hörte, wischte er sich mit dem Taschentuch über die Stirn. »Damit müssen Sie jetzt alle Tage rechnen, lieber Herr Doktor. Das Wetter wird mit jedem Tag schlimmer, bis der erste große Regen die Hitze wegwäscht.«

Man stellte sich einander vor, als Lennert Frau Hagedorn für ihre gutnachbarliche Hilfe dankte und sich entschuldigte, er habe sich keineswegs herumgetrieben, sondern einen wichtigen Behördenweg zu erledigen gehabt. Die Frau schien beeindruckt, dass der Amtmann gleich persönlich mit ihm mitgekommen war, und lud ihn ein, auf einen kühlen Drink in ihr Haus hinüberzukommen – wobei sie aber sichtlich nur Dr. Bessemer im Visier hatte und nicht seinen Begleiter. Den ignorierte sie, so weit es ging, und ließ jeglichen Anstand vermissen. Sie grüßte ihn weder, noch sprach sie ihn an; was er sagte, schien sie nicht zu hören, und als sie sich mitsamt ihrem Dienstmädchen verabschiedete, galten ihre Grüße nur dem weißen Mann.

Neele ärgerte sich. Wenn der Javaner denselben Rang wie Dr. Bessemer hatte, dann hatte er zweifellos auch denselben hohen Stand an Bildung; wie konnte Frau Hagedorn ihn da wie einen Diener behandeln, den man einfach übersah?

Auch Lennert war dieses Verhalten so peinlich, dass er nach irgendeiner Möglichkeit suchte, es wiedergutzumachen, aber ihm wollte nichts einfallen. Plötzlich sagte Ameya mit einem zynischen Unterton: »Es ist schon gut, Herr Doktor. Solange Sie mich nur nicht mit ›boy‹ anreden. Ich stamme nämlich aus einer alten Adelsfamilie.«

Paula rettete die Situation, indem sie fragte: »Ich sehe, Sie sind ein höherer Beamter, aber ich kann Sie nicht zuordnen. Sie sind auch ein Amtmann wie Dr. Bessemer?«

»Sein einheimisches Gegenstück, ja.«

Mittlerweile war Neele damit beschäftigt, die Gäste in den Salon zu bitten, den sie einigermaßen benutzbar gemacht hatten. Lennert merkte, dass beide Frauen sich für das bescheidene Domizil schämten, aber Dr. Bessemer kümmerte das nicht. Er ließ sich bequem in einem tiefen Sessel nieder, ließ sich Tee einschenken und zündete sich eine Zigarre an. Es war ganz offenkundig, dass er nicht vorhatte, seinen Kontrollbesuch in Eile hinter sich zu bringen. Ameya dagegen akzeptierte zwar auch, als sie ihm Tee und Kekse anboten, verschwand aber gleich wieder in den Garten, und als Neele einen Blick zum Fenster hinauswarf, sah sie ihn mit den drei alten Frauen ein ernsthaftes Gespräch führen. Sie beobachtete ihn mit großer Neugier. Sie fand, dass er sehr hübsch war mit seinem seidenglatten, pechschwarzen Haar und der feinen, weichen Haut, die kaum ein Bartschatten trübte. Er sah elegant aus in seiner weißen Uniform mit den glänzend geputzten Stiefeln. Er benahm sich wohlerzogen. Und doch wirkte er so fremdartig, dass Neele Frau Hagedorns Reaktion nicht gänzlich unverständlich fand. Der junge Mann gehörte einer anderen Rasse an, einem anderen Volk, einer anderen Religion – oder mussten Kolonialbeamte getauft sein? Neele fühlte sich hin und her gerissen zwischen ihren Ängsten und Vorurteilen und der natürlichen Anziehungskraft des Mannes. Sie fragte sich sogar, wie es sein mochte, einen so ganz und gar fremden Mann zu küssen – auf die Wange nur, mehr wagte sie sich nicht vorzustellen.

Während sie darüber nachgrübelte, unterhielt sich Paula angeregt mit Dr. Bessemer. Neele verzog den Mund. Ihr Reisegefährte dachte doch wohl nicht, dass man ihm seine Gefühle nicht ansah? Er wurde ja rot wie ein Rosenbusch, wenn Paula etwas Nettes sagte, und musste sich zwingen, seine Aufmerksamkeit nicht ihr ganz allein zuzuwenden. Zweifellos war er nur deshalb so schnell bereit gewesen, ihnen in ihren Schwierigkeiten zu Hilfe zu kommen, damit er Paula wiedersehen konnte!

Sie lachte innerlich, denn auf Dr. Bessemer war sie nun ganz gewiss nicht eifersüchtig, und doch stimmte es sie traurig und neidisch, dass ihre Freundin einen Verehrer hatte und sie nicht einmal ihren Ehemann hatte halten können.

Dann erschien der einheimische Beamte wieder und nahm am Tisch Platz. Während er an seinem kalten Tee nippte, sagte er: »Die drei Frauen sind aus einem Dorf in der Nähe, sie waren früher hier im Haus beschäftigt – die eine als Köchin, die beiden anderen als Pflegerinnen der Kinder. Jetzt wagt sich nur noch eine von ihnen hierher, die alte Lestari, und das auch nur alle paar Tage, weil ihr der Pastor so leidtut. Sie sind der Ansicht, die christliche Gemeinschaft hier habe sich mit einem bösartigen Suduk, einem Schamanen, angelegt, der ihnen den Typhus geschickt habe. Sie sind überzeugt, dass das Haus ein Tummelplatz böser Geister ist und alle sterben werden, die darin zu wohnen versuchen. Deswegen ist außer Lestari, die sehr an Pastor Ormus hängt und auch ganz gut Deutsch spricht – wenn sie will –, auch niemand von ihnen mehr zurückgekehrt, nachdem die Krankheit wieder erloschen war. Und sie sagt, sie sei so uralt, dass sie auf jeden Fall bald sterben werde, mit oder ohne Suduk.«

Neele erschrak. »Der Suduk?«, rief sie. »Ich habe ihn gesehen, zwei Mal schon. Erst bedrohte er Lestari, als er sie aus dem Haus kommen sah, und dann lief ich ihm über den Weg, als ich zu den Hagedorns hinunterrannte. Ich muss gestehen, er jagte mir Angst ein.«

Bessemer nahm ihre Angst nicht ernst. »Lassen Sie sich nicht bange machen«, sagte er. »Vorderhand haben Sie kein anderes Quartier, also bleiben Sie hier und richten sich ein, so gut es geht. Ich werde mich inzwischen an den deutschen Konsul wenden und versuchen, eine Lösung auszuarbeiten.«

Nachdem die Sache damit erledigt war, hätte Dr. Bessemer sich eigentlich verabschieden können, aber er hatte keine Eile. Stattdessen erzählte er von allerlei Fällen, in denen er und sein Mitarbeiter tätig geworden waren. Natürlich tat er das, um Paulas Gesellschaft so lange wie möglich zu genießen, aber dann bemerkte Neele plötzlich, dass sie ebenfalls Ziel eines lebhaften Interesses war.

Die dunklen Augen unter den langen Wimpern senkten sofort ihren Blick, als sie darauf aufmerksam wurde, aber nun spürte sie das Leuchten darin. Ihr wurde heiß und kalt. War es möglich, dass sie so plötzlich das Interesse des einheimischen Beamten erregt hatte, obwohl er sie doch kaum kannte? Er sprach sie ja auch nicht an, sondern führte das Gespräch, wenn er sich überhaupt daran beteiligte, auf eine recht merkwürdige Weise: Er sagte etwas zu Dr. Bessemer, und der trug es dann weiter in die Runde. Und doch spürte Neele, in wie vielem von dem, was er sagte, eine Botschaft an sie lag. Sie brauchte nur genau hinzuhören.

Ein schwaches Rufen aus dem Nebenzimmer ließ sie alle aufhorchen. Dort war der alte Mann mithilfe einer Tasse Tee und eines Schlucks Arrak so weit auf die Beine gekommen, dass er sich aufsetzte und wieder klare Augen bekam. Er entschuldigte sich, dass er so viele Umstände mache, aber die Schwüle und der Monsun machten ihm schwer zu schaffen.

Lennert unterbrach ihn. »Schon gut, Herr Pastor, Sie brauchen sich nicht zu entschuldigen. Legen Sie sich nur ruhig hin. Aber wenn es Ihnen möglich ist, hätten wir gerne ein paar Auskünfte von Ihnen.«

Paula und Neele beobachteten ihn aufmerksam, als er sich auf das Polster zurückfallen ließ und halb die Augen schloss. »Auskünfte, ja. Wer sind denn die beiden Herren, die zu Besuch sind? Haben Sie Freunde aus Deutschland mitgebracht?«

Lennert, der inzwischen ungeduldig wurde, unterbrach ihn scharf. »Nein. Das sind keine Freunde aus Deutschland. Dr. Bessemer ist ein hiesiger Kontrolleur, der andere sein einheimischer Kollege. Er wird die Vorgänge hier untersuchen.«

»Vorgänge? Welche Vorgänge?«, fragte der alte Mann. Einen Augenblick lang waren seine Augen klar und scharf, und seine dichten eisgrauen Brauen zogen sich argwöhnisch zusammen. »Es war eine schlimme Tragödie. Typhus. In diesem Land bekommt man so leicht Fieber.«

Lennert schüttelte den Kopf. Der Amtmann, erläuterte er, habe ihm gesagt, dass man zwar in den sumpfigen Niederungen, auf denen die Altstadt erbaut war, leicht von einem gefährlichen Fieber befallen werden konnte, aber nicht hier oben in der frischen, klaren Luft der Hochebene. Allerdings, gab er zu, war Typhus ansteckend. Wenn eine der im Haus wohnenden oder tätigen Personen die Krankheit mitgebracht hatte, konnte sie leicht alle anderen befallen.

»Waren andere Leute hier in der deutschen Siedlung auch krank? Die Hagedorns? Oder sonst jemand?«

Der Pastor wiederholte die Frage, offenbar ratlos, was er damit anfangen sollte. Der Doktor sei immer wieder gekommen, sagte er, aber mehr wüsste er nicht. »Die gelbe Fahne«, wisperte er mit erlöschender Stimme. »Die gelbe Fahne ...«

»Was meint er?«, fragte Paula.

»Die Pestflagge«, erklärte ihr Dr. Bessemer. »Wenn in einem Haus eine Seuche ausbricht, müssen die Bewohner eine gelbe Flagge hissen, um zufällig Vorüberkommende zu warnen. Sicher war das auch hier beim Ausbruch des Typhus der Fall.«

Paula fragte: »Sind die verstorbenen Kinder hier in der Nähe begraben worden?«

Eine zittrige Hand deutete zur Rückseite des Hauses und vermutlich darüber hinaus in den Urwald, der sich bereits an den Mauern dort festklammerte. Dann waren die Kräfte des Greises erschöpft, er murmelte hilflos vor sich hin und zog sich die Decke über die Schultern. Es war anzunehmen, dass sie an diesem Abend keine Auskünfte mehr von ihm bekommen würden.

Dr. Bessemer versprach ihnen noch einmal, sich um die Sache zu kümmern, dann stand er etwas schwerfällig auf und blickte zum Fenster. »Und jetzt werden wir uns lieber auf den Weg machen, ich glaube, wir werden es gerade noch bis zu dem Dorf oben an der Berghöhe schaffen, ehe das Unwetter losbricht.«

Die drei jungen Leute sahen, dass er recht hatte. Als sie unter die Haustür traten, war der Himmel bleiern dunkel geworden. Ein dumpfes Grollen rollte über den Horizont. Die Vögel flogen kreischend in den Bäumen hin und her und suchten Schutz vor dem Regen. Die Pferde der beiden Gäste traten nervös von einem Huf auf den anderen und schlugen mit den Schweifen, während sie schnaubend die Köpfe zurückwarfen. Der Kutscher, der geduldig gewartet hatte, hatte einige Mühe, sie ruhig zu halten. Sobald Dr. Bessemer und sein Begleiter eingestiegen waren, rollte das Gefährt los – genau in dem Moment, als ein heftiger Donnerschlag ertönte. Um ein Haar hätten die Pferde gescheut, sie drohten auszubrechen, und nur das Geschick des Kutschers brachte sie wieder zur Ruhe.

»Kommt«, mahnte Paula, »schnell ins Haus, das sieht

nach einem Platzregen aus, der schon bald niedergehen wird.«

Drinnen machten sie sich beim Licht der Petroleumlampe wieder an ihre Arbeit, und Paula hatte allerlei zu plaudern über den deutschen Amtmann, aber Neele hörte ihr nur mit halbem Ohr zu. Ihre Gedanken weilten bei dessen Begleiter. Sie war in jeder Hinsicht überrascht gewesen, schon einmal von der Tatsache, dass er weitgehend europäisch gekleidet war, wenn man von dem Turban und der Schärpe mit dem Dolch darin absah. Noch mehr aber staunte sie darüber, wie anziehend sie ihn gefunden hatte. Da war sie voll Angst vor diesen fremden Menschen gewesen, und jetzt klopfte ihr Herz schneller, wenn sie an einen davon nur dachte!

Sie merkte gar nicht, dass sie die Hände hatte sinken lassen und ihre Arbeit müßig im Schoß lag. Hätte Paula sie nicht aus ihrer Versunkenheit geweckt, sie wäre noch lange so sitzen geblieben. So schreckte sie auf und sagte: »Dieser andere Mann, der bei Dr. Bessemer war, sein Kollege ... Ich war wirklich überrascht, ihn zu sehen. Er wirkte so ...« Sie suchte nach einem Wort, dann sprang es ihr über die Lippen: »Er wirkte so edel. Ich dachte, diese Menschen hier müssten alle grob und wild sein.«

»Es wird auch hier große Unterschiede geben zwischen einem einfachen Reisbauern und einem Adeligen. Wenn er dieselbe Stellung innehat wie Phöbus – ich meine Dr. Bessemer –, dann ist er sicher aus guter Familie, und das merkt man ihm eben auch an.«

Neele schwieg. Sie musste erst einmal zurechtkommen mit der Vorstellung, dass es unter den Söhnen Hams sehr schöne und vornehme gab. Und was sie noch mehr beschäftigte, war die Tatsache, dass sie diesen geheimnisvollen Mann öfters zu sehen bekommen würde, hatte es Dr. Bessemer doch offenbar darauf angelegt, seine Verehrte bei jeder Gelegenheit zu sehen.

Sie war so in Gedanken versunken, dass Lennert sie anstieß und sagte: »Neeleken, was ist denn mit dir? Du bist ja ganz verträumt. Hat dir der schöne Ameya so gut gefallen?«

Errötend wandte die junge Frau sich ab. »Ach was, schön! Und außerdem ist er ein ... ein ... Tante Käthe würde sagen, ein Sohn Hams! Da hast du's!«

Lennert wies darauf hin, dass Tante Käthes von der Bibel geprägter Horizont eher eng war. Man musste nicht alles ernst nehmen, was sie sagte. Ameya sei zwar fremdartig, aber ein schöner, kluger und wohlerzogener Mann. »Das hast du sehr wohl bemerkt, Neele, und mir scheint auch, dass du jedes Mal Herzklopfen bekommen hast, wenn du ihn angeblickt hast. Also mach ihn jetzt nicht schlecht. Gib es doch zu, was ist denn dabei? Es muss doch erlaubt sein zu sagen, dass man jemand anziehend findet.«

»Nun, dann finde ich ihn eben anziehend!«, gab Neele schnippisch zurück. »Und jetzt mache ich das Abendessen.«

3

Die Kutsche der beiden Beamten hatte den Losmen gerade noch erreicht, ehe die Sintflut herabstürzte. Sie brachten Pferd und Wagen in dem Schutzraum unter dem Pfahlhaus in Sicherheit und sprangen in langen Sätzen die Treppe empor, während bereits die ersten Tropfen fielen. Mit einem Donnerschlag brach der Wasserfall los, der zu beiden Seiten des steilen, spitzgiebeligen Daches herabrauschte.

Sie suchten sich im ersten Stock einen ruhigen Ort in einem Raum, den man in Europa wohl den Salon genannt hätte, mit einem Boden und Wänden aus eng geflochtenem Rattan und einer Sitzgarnitur aus demselben Material. Grüne Kissen lagen in den beiden tiefen, bequemen Sesseln, und der niedrige Tisch war mit einem ebensolchen Tuch bedeckt. Beide legten die Halfter mit den Revolvern ab, aber Ameya behielt den Kris, der in seiner Schärpe steckte. Er legte ihn nie ab, solange er mit irgendetwas Wichtigem befasst war.

Ein Mädchen brachte Palmwein und Reiskuchen, dann blieben die beiden Männer sich selbst und ihren Gesprächen überlassen. Die enge Zusammenarbeit hatte sie auch in persönlicher Hinsicht zu Vertrauten gemacht. Dr. Bessemer hatte seinem Mitarbeiter alles erzählt, was sich während der Reise ereignet hatte, und auch, wie es den drei jungen Leuten vorher ergangen war. Er kannte seinen Wedono als einen verschwiegenen und zuverlässigen Menschen, der für sich behielt, was man ihm anvertraut hatte.

Nachdem er einige lange, tiefe Züge aus seiner Zigarre getan hatte, fragte Dr. Bessemer: »Nun? Was sagen Sie zu ihr?«

Ameya lächelte. »Ich würde es mir niemals herausnehmen, einen anderen Menschen zu beurteilen. Aber ich weiß, dass Sie das falsch verstehen würden, als wäre ich nur zu höflich, um sie rundherum hässlich zu nennen, also spreche ich Deutsch und sage: Sie ist nicht eben schön, aber sie hat rosige Wangen und freundliche Augen und macht einen klugen, bedachtsamen Eindruck. Genügt Ihnen das?«

»Ja, weil ich bei Ihnen wenigstens weiß, dass Sie es ernst meinen. Bei allen anderen Javanern komme ich vor lauter Höflichkeit nie dahinter, was sie mir eigentlich sagen wollen.«

Ameya antwortete: »Höflichkeit ist besser als Aufrichtigkeit, die nur Ärger und Streit bringt.«

»Ich brauche aber Aufrichtigkeit, denn ich möchte sie fragen, ob sie mich heiraten will.«

»Da sie eine Deutsche ist, wird sie Ihnen rundheraus antworten, auch wenn sie Ihnen damit das Herz bricht.« Dann wechselte er abrupt das Thema. »Das ist die eine Dame, aber was ist mit der anderen? Wie konnte ihr Mann eine so schöne und liebenswürdige Frau verstoßen?«

Dr. Bessemer zuckte die Achseln und ließ sich darüber aus, dass viele Ehen an der Armut scheiterten. Wenn der Ehemann nicht mehr genug herbeischaffen konnte, um Frau und Kinder zu ernähren, war es nicht selten so, dass er sie verließ, um wenigstens sich selber zu ernähren. Er wusste, dass Ameya solche Äußerungen stets mit Unverständnis und Entsetzen aufnahm. Niemals wäre auf Java eine Familie auf den Gedanken gekommen, ein Mitglied unversorgt zu lassen. Wie arm man auch sein mochte, die Starken stützten die Schwachen, die Jungen ernährten die Alten. Ob man seine Familienmitglieder mochte oder nicht, für jeden Javaner galt Adat, das jahrhundertealte Gewohnheitsrecht, das alle Beziehungen regelte. Es war älter und stärker als jede Religion, die an den Gestaden der Insel gelandet war: Ob es der Hinduismus war, der Buddhismus, der Islam oder das Christentum, letzten Endes wurde alles zu einer Abwandlung von Adat.

»Sie ist sehr schön und sehr traurig«, sagte Ameya, und der Blick in seinen ausdrucksvollen braunen Augen verriet, wie tief er das empfunden hatte. »Und sie ist ganz allein.«

Bessemer verzichtete darauf, ihm zu erklären, dass sie Freunde hatte. Freunde zählten nicht viel auf Java. Man konnte sie haben oder auch nicht, die Lebensgrundlage war auf jeden Fall die Familie. Die aber stützte und versorgte nicht nur, sie umklammerte den Einzelnen auch mit einem Netz von Pflichten und Vorschriften, aus denen es unmöglich war sich zu befreien. Der Amtmann kannte seinen Mitarbeiter gut genug, um zu wissen, dass dem das Bild der schönen Deutschen jetzt schon ins Herz gebrannt war, aber mehr als träumen würde er niemals dürfen. Liebe spielte hier keine Rolle. Wenn der Sohn im heiratsfähigen Alter war, so kaufte die allmächtige Familie ihm nach eigenem Ermessen eine Frau. Die Armen konnten sich nur eine einzige leisten, die Wohlhabenden auch vier, damit sie für ihn kochten und putzten und Kinder zur Welt brachten. Die Frauen hatten dabei nichts mitzureden, und auch der Bräutigam wurde nicht viel gefragt. Auf keinen Fall würde man eine Ausländerin akzeptieren.

Und außerdem gab es noch einen anderen Grund, warum Ameya nie ein Hochzeitsfest feiern würde: Seine Familie schämte sich für ihn und fürchtete ihn, und auf keinen Fall hätten sie gewollt, dass irgendeine Frau sein Geheimnis erfuhr. Lieber würden sie die Schande ertragen, dass einer der Männer aus ihrem Kreis unverheiratet blieb, als dass womöglich auch noch die Ursache dieser Schande bekannt wurde.

Manchmal, dachte Bessemer, bin ich froh, dass ich ein

alter Junggeselle ohne familiäre Bindungen bin. »Also gefällt sie Ihnen?«, fragte er.

Diesmal kam die Antwort sehr viel rascher als zuvor, als es um Paula gegangen war. »Oh, ja! Sie ist wunderschön. Und sie sieht aus, als wäre sie gütig.«

Er kenne sie noch nicht lange, sagte Bessemer, aber er habe durchaus auch den Eindruck gehabt, dass Neele ein gutes Mädchen sei. Nur war sie schon auf dem Schiff voll Jammer und Angst gewesen, und alle ihre Kräfte hatten sich auf die Hoffnung gerichtet, in dem Institut weitgehend dasselbe Leben wiederzufinden, das sie von zu Hause gekannt hatte. Verständlich, dass sie völlig zerstört war, als die böse Überraschung über sie hereingebrochen war. Sie brauchte jemand, der ihr zuhörte und sie ermunterte und ihr Mut machte, damit sie sich auf die so völlig unerwartete Situation einstellen konnte.

Das Dumme war nur – und das wussten sie beide –, dass Ameya auf keinen Fall kurzerhand zum Waisenhaus reiten und sich dort mit ihr unterhalten konnte. Für die Weißen war jede Art von Beziehung zwischen einem Javaner und einer weißen Frau, und wenn es nur eine harmlose Unterhaltung gewesen wäre, höchst ungehörig. Man hielt sich voneinander fern. Das hatte schon Frau Hagedorn deutlich erkennen lassen. Und nicht auszudenken wäre es gewesen, wenn der Verdacht aufkam, dass ein solches Paar sich in aller Innigkeit nahekam. Ein Mann von niedrigem Stand, wie ein Plantagenarbeiter, wäre vermutlich sogar gelyncht worden, und selbst ein reicher und angesehener hätte bittere Feindschaft auf sich gezogen. Die beteiligte Frau wurde auf alle Fälle in ihrer Gemeinschaft geächtet.

Ameyas Gesicht war ausdruckslos, als er sagte: »Ist es nicht seltsam, Dr. Bessemer, dass wir Leute, denen die

Insel gehört, den Tod fürchten müssen, ob uns unsere Gäste nun willkommen sind oder nicht? Mit Gewalt haben sie alles an sich gerissen, was uns gehört, mit Gewalt wollen sie uns alles wegreißen, wenn wir sie einladen hierzubleiben.«

Der Ältere machte eine achselzuckende Bewegung. »Man muss das Leben nehmen, wie es kommt, und sich möglichst ruhig verhalten. Und zusehen, ob man nicht durch die Hintertür hineinkommt, wo es keine Vordertür gibt. Die Sache ist eine Untersuchung wert, und es kann uns niemand verwehren, dass wir gemeinsam dort auftauchen und die Untersuchung gemeinsam führen, denn dazu sind wir ja da. Halten Sie sich eben ein wenig im Hintergrund, wenn es um die beiden weißen Damen geht, und suchen Sie nicht allzu auffällig den Kontakt – aber das brauche ich Sie ja nicht zu lehren.«

Möglichst unaufdringlich zu sein gehörte auf Java zum guten Ton, bis hin zu der Sitte, anderen Leuten nicht in die Augen zu schauen. Dr. Bessemer hatte es nie geschafft, seinem Kollegen verständlich zu machen, warum in Deutschland gerade der direkte Blick in die Augen des anderen als Zeichen von Aufrichtigkeit galt und die javanische Höflichkeit als ein »falsches Lächeln und Beiseiteschielen« abgetan wurde. Es war nur eines der vielen Missverständnisse, die den unterschiedlichen Kulturen der Insel das Leben sauer machten.

Ameya nickte zustimmend und nippte an seinem Palmwein.

Da der Regen bis in den späten Nachmittag nicht aufhören wollte, beschlossen die beiden Beamten, lieber im Losmen zu übernachten, als die Heimfahrt auf der überschwemmten Bergstraße zu riskieren. Noch war die Regenzeit nicht angebrochen, auf das Gewitter würde am nächsten Tag wieder Sonnenschein folgen, sodass sie ungehindert heimkehren konnten. Beide waren es gewohnt, auf Reisen mit einfachen Quartieren vorliebzunehmen. Sie gingen früh zu Bett, jeder in seinem Zimmer.

Ameya verriegelte die Tür von innen, ehe er sich auskleidete. Das war eine Vorsichtsmaßnahme, die er immer traf, selbst in seinem eigenen Heim. Er konnte nicht riskieren, dass ein zufällig vorbeikommender Diener oder ein neugieriges Zimmermädchen das Geheimnis entdeckte, das er so angstvoll hütete. Manchmal hasste er sein Volk für seinen Aberglauben, der ihn zwang, das Leben eines Ausgestoßenen zu führen – eines Mannes, dem niemand seine Tochter zur Frau geben würde, den keine Familie als Schwiegersohn aufnehmen würde. Aber waren die Europäer denn besser? Sein deutscher Kollege, dem das Geheimnis sich bei den vielen gemeinsamen Reisen notgedrungen enthüllt hatte, zeigte Verständnis für ihn, aber er hätte nicht gewagt, sich einem anderen Weißen zu offenbaren. Sie mochten weniger abergläubisch sein als die Javaner, aber auch sie hatten ihre Vorurteile und fixen Ideen. Nein, er war dazu verurteilt, ein einsames Leben im Schatten eines Geheimnisses zu führen, das niemals bekannt werden durfte.

Er ließ die Kleider fallen und hängte sie dann säuberlich an die Reihe von Haken an der Wand, die als Garderobe dienten. Dann ging er in das Badezimmer, das an die Schlafkammer anschloss, und schöpfte Wasser aus der steinernen Zisterne in einen Eimer. Langsam übergoss er seinen ganzen Körper mit dem lauwarmen Wasser und trocknete sich mit dem rauen Tuch ab. Das Badezimmer verfügte – ein ungewöhnlicher Luxus – über einen Spiegel, und Ameya trat vor den Spiegel hin und betrachtete voll Bitterkeit sein Gesicht und seinen Körper. Womit hatte er den Fluch verdient, der auf ihm lastete? Hatte seine Mutter die Götter erzürnt, oder lastete die Schuld eines vergangenen Lebens auf ihm? Seine Frömmigkeit war schattenhaft und konfus, eine unbestimmte Mischung aus den Glaubensgrundsätzen des Islam, des Christentums und des Hinduismus, der sich bei den Javanern großer Beliebtheit erfreute. Ihrem friedfertigen Wesen kam die Vorstellung entgegen, dass man über religiöse Dinge nicht streiten sollte. Alle Gottheiten hatten ihren Platz in der Verehrung der Gläubigen. Aber der Hinduismus hatte auch eine dunkle Seite: den Glauben an ein unerbittliches Karma. Sünden konnten nicht wie im Christentum gebeichtet und vergeben werden. Sie hafteten wie Austern an einem Felsen an der Seele des Schuldigen und verfolgten ihn über viele Leben hinweg. Da Ameya sich keiner persönlichen Schuld bewusst war, die eine so grausame Strafe verlangte, war er halb überzeugt, er müsste in einem früheren Leben ein böser Mensch gewesen sein, und das bedrückte ihn fast noch mehr als die Last seines Makels.

Mit einem müden Seufzer wandte er sich von seinem anklagenden Spiegelbild ab und schlüpfte unter das Moskitonetz, das vorsorglich das Bett umhüllte. Er löschte die Petroleumlampe und lag, die bunte Decke bis zur Brust hochgezogen, auf dem Rücken, den Blick zur Decke gerichtet. Vor seinem inneren Auge stand das Bild der schönen Deutschen. Nie hatte er eine Frau gesehen, die ihn so auf den ersten Blick faszinierte. Eine Sehnsucht durchdrang ihn, die Körper und Seele verkrampfte. Er wollte sie in die Arme nehmen, sie küssen, in sie eindringen.

Die ganze Glut eines jungen Mannes, der noch nie geliebt hatte, erfüllte ihn. Und sie war allein, verlassen, sie brauchte jemand, der sie liebte und sich um sie kümmerte! Aber wie konnte er sich ihr nähern? Würde sie überhaupt wünschen, dass er ihr nahekam? Und selbst wenn es ihr recht war, stand die Sitte des Landes, der Weißen wie der Einheimischen, gnadenlos zwischen ihnen.

Seine Gedanken drehten sich im Kreis, bis das beständige Plätschern des Regens ihn allmählich einlullte und er in einen tiefen Schlaf voll leidenschaftlicher Träume versank.

4

Neele hatte überlegt, ob sie nach Hause schreiben sollte, und sich letztendlich dafür entschieden. Es würde einen ziemlichen Schock für Tante Käthe und Onkel Merten bedeuten, wenn sie hörten, was Frieder ihr angetan hatte, dass sie schwanger war und in welcher schwierigen Situation sie sich darüber hinaus befand. Und am schlimmsten war es zweifellos für die beiden, dass sie ihr nicht zu Hilfe kommen konnten. Sie wollte gar nicht daran denken, welche unendlichen Weiten zwischen ihr und Norderbrake lagen.

Sie hatte bei ihrem Einkauf nicht an Papier und Tinte gedacht, also stieg sie hinauf zu den Schulzimmern im zweiten Stock in der Hoffnung, dort noch irgendetwas zu finden. Leute, die aus einem verseuchten Haus fliehen, legen sicher keinen großen Wert darauf, ausgerechnet die Tinte mitzunehmen.

Eine breite Treppe mit einem schönen geschnitzten

Handlauf führte hinauf in den zweiten Stock. Neele hatte eine Petroleumlampe mitgenommen, um in dem Gewitterdunkel sehen zu können, und bald wünschte sie, sie wäre bei hellem Tageslicht hinaufgegangen. Das ständige Grollen und Krachen draußen, das Aufleuchten der Blitze, die manchmal den gesamten Himmel mit einem Schlag erhellten, und dazu der schwankende Schein der Petroleumlampe schufen eine unheimliche Atmosphäre, die in den leeren Räumen noch schlimmer wurde. Sie fand oben zwei Schlafsäle zu je fünfzehn Betten, dazu einen Waschraum und ein Schulzimmer. Offenbar war immer ein Teil der Kinder im Freien oder in der Kapelle unten unterrichtet worden, denn das Schulzimmer bot nur knapp fünfzehn Kindern Sitzplätze.

Wie sie erwartet hatte, waren die Tintenflaschen noch voll, es gab auch Schreibfedern und Papier genug. Alles machte den Eindruck, als sei ein großer Teil der Kinder sehr rasch krank geworden und verstorben, denn die Pulte waren noch voll mit Schreibheften, Zeichnungen, Kreiden und Bleistiften. In jedem Pult lag außerdem ein schmales Büchlein mit »Losungen« – Bibelworten für jeden Tag des Jahres. Die Büchlein erweckten Erinnerungen an Norderbrake in Neele. Dort hatte sie selbst in der Sonntagsschule anhand solcher Verse das Lesen geübt. Im Geist hörte sie, wie eine ganze Schulklasse Wort für Wort die frommen Verse herausblökte. Genauso war es zweifellos hier gewesen.

Neele war neugierig, was sich im Lehrerkatheder und in den Schränken noch alles befinden mochte. Sie ging nach vorne – da fuhr draußen ein mächtiger Blitz quer über den Himmel und erhellte das Schulzimmer mit seinem bleichen elektrischen Schein. Gleichzeitig krachte der Donner. Einen Augenblick lang schien es der erschrockenen jungen Frau, als sähe sie in diesem Schein in den Schulbänken Kinder sitzen, alle in weiße Hemden gekleidet, die glänzenden Blicke starr nach vorne gerichtet, wo sie mit ihrer Lampe in der Hand stand. Nur eine Sekunde währte die Erscheinung, aber Neele begannen die Hände zu zittern, und ihre Knie wurden weich. Sie erinnerte sich daran, wie sie kurz vor ihrem Abschied aus Norderbrake ihr eigenes Gesicht so unheimlich verändert im Spiegel gesehen hatte. Und jetzt erschienen ihr die verstorbenen Kinder!

Als sich ihre Augen von der Blendung durch den Blitz erholt hatten, sah sie nichts mehr außer leeren Schulbänken in einem dunklen Raum.

Sie beeilte sich, wieder in den unteren, bewohnten Teil des Hauses zu gelangen. Sie stellte die Petroleumlampe auf den Tisch in ihrem Zimmer und machte sich daran, einen Brief zu verfassen, als Lennert durch die halb offene Tür hereinspähte.

»Du schreibst nach Hause?«, fragte er.

»Ja. Ich denke, je früher Tante Käthe erfährt, was geschehen ist, umso besser. Es wird zwar ein furchtbarer Schock für sie sein, aber ich kann ihn ihr nicht ersparen. Wie sollte ich sie denn die ganze Zeit anlügen?«

Lennert stimmte ihr zu. Die Wahrheit zu sagen, auch wenn es die alte Dame traf wie ein Schlag in den Magen, war unverzichtbar. Früher oder später mussten sie es ja ohnehin tun.

Also setzte Neele sich hin, drehte die Lampe höher und begann zu schreiben. Es fiel ihr schwer. Für gewöhnlich war sie recht gewandt, wenn es darum ging, ihre Gedanken in Worte zu fassen, aber es ging um so peinliche und erschreckende Neuigkeiten! Sie malte sich aus, wie Tante

Käthe, die ja auf jeden Fall sehnsüchtig auf einen Brief warten würde, dem Postboten den Brief förmlich aus der Hand riss, dass Kuvert aufschlitzte und dann fassungslos auf der Kaminbank in sich zusammensank, um den Brief mit einem »Da, lies!« an Onkel Merten weiterzureichen. Wenn sie zurückschrieb, würde sie auf jeden Fall an allem Neele die Schuld geben. Du hättest es wissen müssen! Du hättest daran denken müssen! Du hättest … ach, was auch immer.

Dann lächelte sie vor sich hin, denn sie stellte sich vor, wie Tante Käthe reagieren würde, wenn sie ihr schriebe: Der einheimische Beamte, der Dr. Bessemer begleitet, ist ein sehr hübscher junger Mann. Er ist ein Wilder und ein Heide, aber er könnte mir schon gefallen!

Nicht auszudenken!

Schwarze Magie

1

Zwei Wochen vergingen, und nichts Besonderes geschah. Allmählich gewöhnte Neele sich an die ewig wiederkehrenden Reisgerichte, die dumpfe Hitze und die Geckos, die an den Wänden entlangflitzten und jedem Besen entkamen. Jeden Tag waren die beiden Frauen damit beschäftigt, für die Hochzeit der Hagedorns, die immer näher rückte, zu sticken und zu nähen, bei schönem Wetter unter der Veranda, bei Regen im Haus. Sie merkte, dass sie viel Neugier erregten, auch wenn man diese Neugier höflich zu verbergen suchte. Kutscher, die ihre Karren vorbeilenkten, schielten unter der Krempe ihres spitzen Strohhuts zur Seite und behielten die Fremden, solange es ging, im Auge. Kinder in bunten Kleidern rannten herbei und blieben stehen, wenn sie gerade die Krümmung der Straße erreicht hatten, an der sie sehen konnten, ohne selbst gesehen zu werden. Junge Frauen und Männer, die Lasten trugen, spähten vorsichtig hinüber.

Paula ließ das Handtuch, das sie bestickt hatte, auf den Schoß sinken und lächelte. »Ich weiß genau, was sie einander zuflüstern. *Siehst du das weiße Haus da drüben? Das ist ein Spukhaus! Alle, die darin wohnen, müssen sterben!*«

Neele erwiderte verdrießlich: »Ich weiß nicht, was es

da so zu lachen gibt. Die Waisen sind tatsächlich gestorben.«

»Natürlich ist das traurig. Ich lache auch nur, weil wir für die Leute hier Bewohner eines Spukhauses sind. Ich wette, sie haben alle Angst, nachts hier vorbeizugehen, und die jungen Burschen fordern einander heraus, wer sich traut. So wie wir Angst vor dem Opferstein hatten. Wärst du vielleicht nachts auf den Hügel hinaufgegangen?«

Neele musste zugeben, dass sie das ganz gewiss nicht getan hätte.

Eines Morgens ging Neele hinaus, um in aller Frühe Wasser aus dem Brunnen zu holen, und beißender Rauch stieg ihr in die Nase. Besorgt, ob es vielleicht irgendwo brannte, eilte sie ums Haus herum zur Vordertür. Der Rauch kam nicht aus dem Inneren des Gebäudes, sondern wehte in dünnen Fäden von der Gartenpforte herüber. Sie eilte hin, öffnete das Tor und prallte angewidert zurück. Auf der Schwelle stand ein kupferner Kochkessel, angefüllt mit einem schillernden Absud, gelben Tierknochen und den schmorenden Überresten eines großen schwarz gefiederten Vogels.

Im selben Augenblick, als sie den Kessel entdeckte, erhoben sich vom Haus her die kurzatmigen, heiseren Schreie einer Greisenstimme. Halb angezogen, den schwarzen Mantel über dem Nachthemd, kam der Pastor in den Garten gelaufen, fuchtelte mit den Händen und gab ein Durcheinander von Flüchen und Gebeten von sich. Hinter ihm erschien Lestari, die bereits in der Morgendämmerung ins Haus gekommen sein musste, und bemühte sich, ihn zurückzuziehen, wobei sie gleichzeitig Neele bedeutete: Weg mit dem Zeug, weg damit!

Neele fasste widerwillig die beiden Henkel des Kupferkessels und schleppte ihn quer über die Straße, wo sie ihn über die Böschung hinunterwarf. Wo die üble Suppe darin auf Blätter und Stängel traf, vergilbten sie auf der Stelle.

Obwohl die Henkel sauber gewesen waren, rannte die junge Frau ins Haus zurück und wusch sich die Hände mit der harten, schmierigen Seife, bis sie sicher sein konnte, dass sie jeden noch so winzigen Rest von sich abgeschrubbt hatte. Der Ekel drehte ihr beinahe den Magen um, noch mehr aber bedrückte sie der Gedanke, dass der Suduk – wem anders war eine solche Niedertracht zuzutrauen? – sich nicht mehr mit drohenden Gesten und beschwörerischem Gemurmel begnügte, sondern ihnen seinen bösen Willen drastisch vor Augen führte. Was würde ihm als Nächstes einfallen?

Tief besorgt stieg sie in die Küche hinunter. Lestari war nicht da. Augenscheinlich war sie damit beschäftigt, den Pastor zu beruhigen und wieder auf die Beine zu bringen. Neele brühte Kaffee auf, holte ein Tablett mit den Reiskuchen vom Vortag aus dem Schrank und deckte den Küchentisch. Dann weckte sie Paula und Lennert, die das verzweifelte Geschrei des alten Mannes nicht gehört hatten.

Während sie Kaffee tranken, erzählte sie den Freunden, was sich ereignet hatte. Lennert stand augenblicklich auf, um nach dem Kranken zu sehen, kam aber gleich wieder mit der beruhigenden Nachricht, dass Lestari es mittels Kräutertee und Arrak geschafft hatte, seine Erregung zu dämpfen. Er lag jetzt im Bett und las in seiner Bibel.

Paula zeigte sich beunruhigt. »Wer weiß, was diesem unheimlichen Menschen noch einfällt? Wenn er alle Weißen hasst, ist er da nicht imstande, uns das Haus über dem Kopf anzuzünden?«

»Ich glaube nicht, dass er so weit geht«, widersprach Lennert. »Wie Neele sagte, ist er schon einmal im Gefängnis gesessen, weil er Weiße belästigte, und muss damit rechnen, dass er wieder verhaftet wird. Wenn er das Waisenhaus ernstlich angreifen wollte, hätte er das schon längst getan. Nein, ich bin überzeugt, er wird nicht wagen, mehr zu tun, als uns mit seinen Hexereien zu ärgern – und ich nehme doch an, keine von euch beiden glaubt, dass er uns damit tatsächlich schaden kann?«

»Nein, natürlich nicht«, antworteten beide Frauen im Chor, aber zumindest was Neele anging, war die forsche Antwort gelogen. Sie wusste nicht recht, ob sie sich vor dem magischen Angriff als solchem fürchtete. Tante Käthe hatte ihr beigebracht, wie es auch der Pastor von Norderbrake gepredigt hatte, dass der Teufel in Ketten lag. Aber für jemand, der alle Macht verloren hatte, schien der böse Feind bemerkenswert aktiv zu sein, denn an allen Ecken und Enden hörte man von seinen Umtrieben ... Der Widerspruch war nie ganz aufgelöst worden, und nun war Neele nicht sicher, ob der Schamane es nicht tatsächlich geschafft hatte, den Typhus im Haus seiner Feinde ausbrechen zu lassen.

»Nun, dann wird es wohl genügen, wenn ich Dr. Bessemer erzähle, wie der Alte uns belästigt.« Lennert stand auf. »Der wird schon dafür sorgen, dass er Ruhe gibt.«

2

Am nächsten Tag, einem Sonntag, stellten sie fest, dass sich oben im Kampong auf dem Bergrücken irgendetwas Bedeutsames tat. Von Mittag an schallte Lärm herunter, der auf lebhafte Geschäftigkeit schließen ließ, und bald darauf wehte der Wind den Geruch von gebratenem Fleisch herüber. Dann wurde auf der Straße fremdartige Musik laut, und als Neele neugierig vor das Heckentor trat, sah sie eine Prozession von Büffelkarren die Straße heraufkommen. An deren Anblick war sie inzwischen gewöhnt, aber diesmal waren es nicht die üblichen Karren mit Obst, Broten und Käfigen voll lebender Hühner, die zum Markt fuhren, sondern eine Art reisender Zirkus. Viele der Leute auf den Fahrzeugen waren offenkundig Gaukler und Sänger, während andere verschnörkelte und bunt bemalte Kisten hielten. Auf einem Karren reiste ein Orchester samt einem mächtigen Kesselgong. Kinder rannten schreiend nebenher.

Am Abend schließlich flackerte Feuerschein durch die Palmen und Bananenbäume auf dem Berggipfel. Es war ganz offensichtlich, dass ein Fest gefeiert wurde. Die Deutschen standen am Gartentor und rätselten noch, zu welcher Art von Festlichkeit die Gaukler unterwegs sein mochten, als Hufschläge ertönten und Richard Hagedorn auf seinem Rappen erschien. Offenbar kam er von der Jagd, denn an seinem Sattel hingen zwei Vogelflinten und ein blutfleckiger Sack. Er konnte ihnen die Frage beantworten. Auf der weiten Rasenfläche neben dem Losmen, in dem sie ihre erste Nacht auf Java verbracht hatten, fand ein großes Hochzeitsfest statt mit Puppentheater, Gauklern und einem einheimischen Orchester, das Gamelan-Orchester genannt wurde.

Paula war begeistert. »Oh, kommt! Lasst uns das ansehen! Wer weiß, wann wir wieder Gelegenheit haben!« Sie fragte ihn in aller Unschuld, ob er sich auch das Fest ansehen wollte, und erntete einen Blick eisiger Verachtung.

»Sie wollen sich doch wohl da nicht ›unters Volk mischen‹, wie man so sagt? Das ist ein Fest der Eingeborenen. Europäer haben da nichts verloren.«

»Warum?«, fragte Neele. »Würden sie uns wegjagen oder sich ärgern, weil wir zusehen?«

»Was, wegjagen!« Der junge Mann machte eine unwirsche Geste. »Es gehört sich einfach nicht. Niemand von uns würde da hingehen. Die haben ihre Feste, und wir haben unsere Feste.«

Neele wusste nicht recht, wie sie reagieren sollte. Sie war neugierig, aber sie wollte sich niemandem aufdrängen, und sie wollte auch nicht bei den Mitgliedern des deutschen Klubs ins Fettnäpfchen treten. Zurzeit waren sie viel zu abhängig von deren gutem Willen, als dass sie sich mit ihnen streiten wollte.

Paula jedoch blieb dabei, sie wolle das Fest wenigstens vom Straßenrand aus beobachten. Wozu war sie nach Java gekommen, wenn sie dann nicht einmal sehen durfte, wie es auf Java zuging? Richard meinte, sie sollten tun, was ihnen gefiele. Aber sie sollten die Sache für sich behalten, ermahnte er sie. Man würde es ihnen übelnehmen. Die Europäer auf der Insel legten viel Wert darauf, dass sie eben Europäer waren. Leute, die sich zu viel mit den Einheimischen abgaben, wurden als eine Art Kollaborateure angesehen, denen man ebenso wenig traute wie Mischlingen. Dann machte er sich davon.

»Arrogantes Volk«, bemerkte Lennert. »Als würden sie sich die Hände schmutzig machen, wenn sie bei einem Fest der Einheimischen dabei sind!«

Sie machten sich auf den Weg und kamen binnen einer Viertelstunde oben im Kampong an. Auf der weiten Rasenfläche, die sich hinter dem Haus und seinem Windschirm erstreckte, brannten Feuer in metallenen Körben, und ein lebhaftes Treiben herrschte. Eine Woge köstlicher Gerüche hüllte die Neuankömmlinge ein. Auf einem Gerüst wurden Fleischstücke über Holzkohle gebraten. Es gab offene Herde, auf denen in riesigen Pfannen die Reisgerichte schmorten, es gab das übliche fröhliche Durcheinander bunt aufgeputzter Menschen, das man von einem Fest erwartete. Das Orchester hatte seine Instrumente ausgepackt und blies, pfiff und trommelte, untermalt vom lang aushallenden, dumpfen Klang des Kesselgongs.

Sie hielten sich fürs Erste am Rand des Geschehens, hinter dem Ring der Fackeln, die die Festwiese erhellten. Vielleicht waren ja die Einheimischen auch der Meinung, dass Europäer bei ihrem Fest nichts zu suchen hatten, und zeigten sich verärgert, wenn sie ihnen zu nahe kamen. Es kümmerte sich jedoch niemand um sie. Alle waren viel zu beschäftigt damit, händeklatschend der Musik zu lauschen und sich an den Speisen gütlich zu tun. Also wagten sie sich allmählich weiter vor und stellten fest, dass niemand an ihrer Anwesenheit Anstoß nahm. Man reichte ihnen wie allen anderen Gästen auch in Fladen und Blätter gewickelten Gemüsereis mit Hammelfleischstücken, kalten Tee und Süßigkeiten, und sie lauschten dem Händeklatschen und Singen.

Da rief Paula plötzlich: »Seht euch an, wer da ist!« Sie

deutete mit der ausgestreckten Hand ins Gewühl, und tatsächlich – da war Ameya auf einem gepflegten Braunen. Er trug nicht seine Uniform, sondern Zivil. Ein loser weißer Anzug bauschte sich bei jedem Windhauch um seinen schlanken, biegsamen Körper.

Er bemerkte sie nicht, und Paula wollte schon hingehen und ihn auf sie aufmerksam machen, als Lennert sie warnte, dass das ungehörig sein mochte. Er übernahm es selbst, den Beamten zu begrüßen, und der freute sich offensichtlich, blieb aber den Frauen gegenüber auf Distanz.

Neele grollte, aber Paula flüsterte ihr zu: »Hör auf, dich zu ärgern, du kannst es nicht ändern. Wie war es denn bei uns zu Hause? Da saßen die Frauen in der Kirche auf der einen Seite und die Männer auf der anderen. Und im Wirtshaus hätten wir uns auch nicht so einfach an einen Tisch setzen können.«

Sie musste Paula ja recht geben, aber sie hätte gerne mehr Kontakt zu dem fremdartigen jungen Mann aufgenommen. Es genügte ihr nicht mehr, ihn immerzu nur anzusehen, und auch das meistens nur von der Seite. Sie hätte gerne mit ihm gesprochen, obwohl sie nicht wusste, was sie ihn fragen sollte. Ihr gingen ja nur Fragen durch den Kopf, die sie nicht stellen durfte: Wer bist du? Bist du ein Mensch wie wir oder einer von ganz anderer Art? Hat es etwas zu bedeuten, dass deine Haut dunkel ist? Und: Wie siehst du mich?

Das verdross sie. Bald jedoch wurde sie von ihrer schlechten Laune abgelenkt, denn jetzt begann die Vorstellung des Puppentheaters, das am Rand der Festwiese aufgebaut war und offenbar das Hauptstück der Vergnügungen darstellte. Ein zahlreiches Publikum, durchwegs

Männer, saß in gebanntem Schweigen davor auf dem Boden. Als Bühne war ein großer Papierschirm aufgestellt, vor dem auf Stäbe gesteckte Puppen agierten. Sie waren lebhaft bunt in Rot, Weiß, Gold und Schwarz gemalt, und man sah ihnen mit Leichtigkeit an, ob sie die Guten oder die Bösen darstellten. Die Guten hatten edle Köpfe mit lang geschlitzten Augen und feine Hände, die Bösen Knollennasen und dicke Lippen. Der Puppenspieler, ein gekrümmter alter Mann in einem senffarbenen Mantel, sang und sprach die Texte, und auf seine Zeichen brach das hinter dem Schirm sitzende Orchester in einen Höllenlärm aus.

Ameya bedeutete ihnen, auf die andere Seite zu kommen, wo die Frauen saßen. Neele stieß einen leisen Schrei aus, als sie sah, dass nun die Schatten der Puppen agierten, und zwar viel aufregender als die eigentlichen Puppen. Der Puppenspieler meisterte sie, indem er sie manchmal nah an den Schirm holte, sodass sie groß und bedrohlich erschienen, manchmal wieder entfernte, und manchmal versetzte er auch die kleine Lampe, die alles beleuchtete, in heftige Schwingungen, was einen wilden Tanz der Schatten auslöste.

Die drei jungen Deutschen waren gleichermaßen begeistert. Nie hatten sie etwas Derartiges gesehen, und sie kamen aus dem Staunen nicht heraus.

Ameya zeigte sich geschmeichelt, dass ihnen eine Eigenart seines Heimatlandes so gut gefiel. »Das ist auch etwas, das es außerhalb von Java kaum irgendwo gibt, nicht einmal auf den anderen Inseln«, sagte er. »Man nennt es Wayang-Gulik, Spiel der Schatten, und das dazugehörige Orchester ein Gamelan-Orchester.«

Das Spiel hatte Neele gefallen, aber die musikalische

Begleitung erschien ihr als ein wahres Höllenorchester, ohne jede Harmonie, nicht einmal die einzelnen Instrumente unterschieden sich voneinander. Nur der große Kesselgong ließ seinen weithin hallenden Ton hören.

»Es dient nicht der Unterhaltung«, fuhr der Wedono fort. »Oder sagen wir, es dient nur ganz am Rande der Unterhaltung, wie das bei anderen Zeremonien ja auch der Fall ist. Eigentlich hat es eine magische Bedeutung, deswegen wird es auch nur aufgeführt, wenn ein besonderes Ereignis bevorsteht. In diesem Fall ist es eine sehr bedeutende Hochzeit in dem Dorf hier. Die Puppen vertreten dabei die Götter, und sie sind nicht nur Spielfiguren, sondern vertreten die Götter und Heroen etwa im selben Sinn, wie in einer katholischen Kirche die Statuen die Heiligen vertreten.« Er fuhr fort, ihnen zu erzählen, dass es Theaterstücke gab, die von Göttern und Dämonen handelten, Zaubermärchen und Heldengeschichten. In erster Linie aber würden Ereignisse aus der Geschichte Javas erzählt. Übrigens müsse der Dalang, der Puppenspieler, ein phantastisches Gedächtnis haben. Er würde alle Texte selbst sprechen und singen, und dabei würde das Wayang-Gulik bis morgen früh um sechs Uhr dauern!

Paula meinte, Java müsse eine interessante Geschichte haben, wenn sie so viel Stoff für Puppentheater lieferte.

Ameya nickte, und Bitterkeit überschattete sein schönes Gesicht. »Eine lange, wenn auch tragische Geschichte. Sehen Sie, als die Portugiesen, die Holländer und die Engländer hier auftauchten, da gebärdeten sie sich, als wäre die Insel von nackten Wilden besiedelt. In Wirklichkeit hatte Java damals bereits eine vielhundertjährige Geschichte von Königreichen hinter sich, die von ihren Fürsten regiert wurden – oft ziemlich grausam, wie ich zugeben muss. Als in Europa das finstere Mittelalter herrschte, im 14. Jahrhundert, breiteten sich hier die mächtigen Reiche von Padschadsiran und Madschapahit aus. Eine Zeit lang beherrschte sogar ein Kaiser die gesamte Insel.«

Neele staunte. Dass es hier so etwas gegeben hatte wie Königreiche, ja, einen Kaiser, erschien ihr unglaublich.

Ameya bedeutete ihnen, sich in einem ruhigen Winkel, von dem aus sie das Schattenspiel beobachten konnten, auf einen gefällten Baumstamm zu setzen, und erzählte ihnen aus der Geschichte der Insel. Im Jahre 1405, sagte er, hatten die Mohammedaner Java überfallen und erobert. Sie führten dort den Islam ein und gründeten die Reiche Bantam und Mataram, die Bestand hatten, bis 1594 die Holländer an den Küsten Javas landeten. Sie erbauten Batavia als Festung und Handelsstützpunkt und machten aus dem ganzen Land eine einzige riesige Plantage, auf der die Einheimischen wie Sklaven arbeiten mussten. Die geraubten Schätze schaufelten sie in die Lagerräume der Schiffe ihrer Vereinigten Ostindischen Handelskompanie. Ihnen gelang es, woran die Portugiesen und Engländer gescheitert waren, nämlich ganz Java trotz vielfacher und blutiger Aufstände bis ins frühe 19. Jahrhundert in gnadenloser Unterwerfung zu halten.

»Vielfache und blutige Aufstände klingt nicht gut«, bemerkte Paula.

»Nein«, erwiderte Ameya, und einen Augenblick versteinerte sein Gesicht. »Umso weniger, als sie zumeist tragisch scheiterten. Ein einziges Mal war Java nahe daran, seine Unterdrücker abzuschütteln. Das war 1825, als der Prinz Diponegoro zu einem Feldzug gegen die Europäer aufbrach. Fünf Jahre lang tobte ein Krieg, dann wurde der Prinz verraten, gefangengenommen und ins Exil geschickt, wo er bald darauf starb. Er ist noch heute ein Held des Volkes, und viele träumen davon, in seine Fußstapfen zu treten.«

Neele schüttelte den Kopf. Der Gedanke daran, welcher Zorn in den Einheimischen schwelte, gefiel ihr gar nicht.

»Inzwischen ist es ein wenig besser geworden«, sagte Ameya. »Der Kriegszug gegen den Prinzen kostete zweihunderttausend Javaner das Leben, aber auch die Holländer mussten bluten. Sie verloren zwar nur achttausend Soldaten, aber durch die ungeheuren Kriegskosten war das Land dem Bankrott nahe. Und es gab auch in Holland anständige Menschen, die ihre Stimmen gegen diese unerhörte Ausbeutung erhoben und Milde forderten. Ich muss sagen, vieles davon wurde umgesetzt. Die Vereinigte Holländische Handelskompanie wurde aufgelöst, die Bauern durften wieder für sich selbst anbauen, anstatt als Sklaven zu arbeiten, viele Produkte blieben im Land, und das Verwaltungssystem wurde so geändert, dass die Einheimischen fortan ein Mitspracherecht hatten. Dem Adel, der das Land früher regierte, wurden Beamte der Kolonialbehören zur Seite gestellt, wie Ihr Dr. Bessemer. Er sorgt dafür, dass ich meinen Leuten nicht erlaube, die Holländer zu betrügen, und ich sorge dafür, dass die Europäer nicht mehr verlangen, als ihnen zusteht. Manchmal ist das nicht leicht.«

Neele lauschte schweigend. Ihr Herz klopfte laut, wenn sie ihn anblickte. Dabei sah er so fremdartig aus mit seinem glatten schwarzen Haar, der flachen Nase und dem breiten Mund. Aber was für wunderschöne Augen er hatte!

Sie war so in seinen Anblick versunken, dass sie der Rede ihrer Begleiter gar nicht mehr folgte. Sie schreckte erst auf, als plötzlich Stille eintrat: Das Orchester schwieg, das Puppenspiel stockte, und die vielen fröhlich lärmenden Menschen verstummten mit einem Schlag. Eine Wolke allgemeiner Bedrückung senkte sich auf die eben noch so muntere Festgesellschaft. Und da war die Ursache: Im Fackelschein am Waldrand stand, seinen Stab hoch erhoben, der Suduk, den Blick voll grimmigen Zorns auf die Festgäste gerichtet. Neele hatte keine Ahnung, was ihm an dem Fest missfallen mochte, aber er hatte es vollbracht, allen gründlich die Laune zu verderben. Kinder begannen zu weinen, und die ersten Gäste machten Anstalten, sich davonzuschleichen.

Da stand plötzlich Ameya auf. Mit festen Schritten näherte er sich dem Greis, der ihn bösartig anstarrte, und redete ihn mit lauter Stimme an. Neele verstand seine Worte nicht, da er Sundanesisch sprach, aber dem Klang war zu entnehmen, dass er dem Suduk Vorwürfe machte, weil er das Fest störte, und ihn aufforderte zu gehen. Der Alte zögerte. Natürlich hätte es für ihn einen Gesichtsverlust bedeutet, sich wegschicken zu lassen, aber Ameya hatte sich zweifellos als Beamter zu erkennen gegeben, und auch ein Suduk konnte verhaftet und ins Gefängnis gesperrt werden, wenn er sich der Behörde widersetzte. Mit einem heiseren Fluch stieß er seinen Stab auf den Boden, wandte sich um und verschwand im Wald.

Der Beamte kehrte zu den Festgästen zurück. Mit ausgebreiteten Armen rief er ihnen fröhlich zu, sie sollten weiterfeiern. Tatsächlich begann das Gamelan-Orchester wieder zu spielen, der Puppenspieler fuhr mit seiner Vorführung fort, und als die Leute sahen, dass der Suduk nicht zurückkehrte, fingen sie allmählich wieder an, zu essen und zu tanzen.

Lennert klatschte in die Hände, als der Wedono zu ihnen zurückkehrte. »Der alte Bursche hat ja mächtig Respekt vor Ihnen gehabt!«, rief er.

Ameya zuckte die Achseln, aber es war ihm anzumerken, dass ihm diese Anerkennung gefiel. Er sagte: »Das Volk hat große Angst vor den Suduks. Es schreibt ihnen übersinnliche Kräfte zu – sie könnten Krankheitsdämonen beschwören, sich unsichtbar machen, sich in Tiere verwandeln ... Wir als Behörde müssen darauf achten, dass sie nicht zu viel Einfluss gewinnen. Auch die javanische Geschichte hat ihre dunklen Seiten, wie Sie sehen. Die Suduks sind oft bösartige, menschenfeindliche und machtgierige Männer, denen es nur darum geht, dass man ihnen mit Furcht und Unterwürfigkeit begegnet.«

»Sie haben offenbar keine Angst vor ihm gehabt«, bemerkte Paula lächelnd.

Der Wedono zögerte, dann gab er eine diplomatische Antwort. »Ich habe nicht gerne mit hasserfüllten Menschen zu tun und schon gar nicht mit primitiven hasserfüllten Menschen.«

Neele empfand Stolz auf den jungen Beamten. Er hatte nicht verbergen können, dass er selbst auch Angst vor dem Suduk gehabt hatte, und trotzdem war er ihm so mutig entgegengetreten, um sie zu beschützen!

»Als ich dort im Wald auf ihn stieß«, sagte sie, »wurde mir bei seinem Gemurmel so merkwürdig zumute, mir wurde schwindlig, und um ein Haar wäre ich zu Boden gesunken. Ich hatte wirklich Angst.« Dann fügte sie hastig hinzu: »Auch wenn das kindisch gewesen sein mag.«

Zum ersten Mal an diesem Abend blickten die dunklen Augen direkt in die ihren – kurz nur, dann erinnerte er sich an die Gebote javanischer Höflichkeit und wandte den

Blick wieder ab. »Nein, kindisch war es gewiss nicht«, erwiderte er. »Diese Männer haben eine starke persönliche Ausstrahlung und verstehen sich oft auch auf Hypnose. Damit erreichen sie viel. Aber wirkliche Macht haben sie keine. Wenn er Sie noch einmal belästigt, lassen Sie es mich wissen, dann werde ich ihn mir einmal ernstlich vornehmen.«

Neele schien es, dass diese Worte, die doch sie alle betrafen, ganz allein an sie gerichtet waren. Er versprach ihr, für ihren persönlichen Schutz zu sorgen! Eine heiße Röte stieg ihr in die Wangen, und sie senkte rasch den Kopf, während sie mit leiser Stimme dankte.

Schließlich wurde es Zeit, dem Fest den Rücken zu kehren. Ameya musste in aller Morgenfrühe wieder seinen Dienst antreten, und die drei Deutschen waren müde vom reichlichen Essen und dem durchdringenden Lärm des Orchesters. Gemeinsam verließen sie die Festwiese mit ihren brennenden Fackeln und rauchenden Herden und traten den Weg in den dunklen Wald an. Ameya führte sein Pferd am Zügel.

Als er sich schließlich vor dem Waisenhaus von ihnen verabschiedete, sagte er: »Es war schön, einen Abend mit Ihnen zu verbringen, Dr. Anderlies, und auch mit Ihnen, meine Damen. Vor allem hat mich gefreut, dass Sie Verständnis für das Wesen und die Geschichte meines Landes gezeigt haben. Das findet man selten bei den Europäern. Alle Weißen scheinen zu glauben, dass sie als Einzige auf der Welt existieren. Nicht einmal einander erkennen sie an. Nun, gute Nacht, und ich freue mich auf ein Wiedersehen.«

Mit diesen Worten schwang er sich in den Sattel. Die drei sahen ihm nach, wie er davonritt, ein weißer Schemen in der tropischen Nacht, bis er schließlich um eine Krümmung der Straße verschwand.

»Man merkt ihm an, dass er ein Prinz ist«, sagte Neele versonnen. »Oder jedenfalls ein höherer Adeliger. Das sagte er doch, als er das erste Mal hier war, nicht wahr? Dass er aus einer alten Adelsfamilie stammt.«

»Wird schon stimmen«, kommentierte Lennert. »Jedenfalls hat er recht mit seiner Bemerkung, dass die Weißen niemand gelten lassen als ihre eigene Nation. Erinnert ihr euch, was Richard sagte – dass es ihm nicht einfallen würde, ein solches Fest zu besuchen? Für ihn sind die Leute hier allesamt nur dummes Pack, das lediglich als billige Plantagenarbeiter zu gebrauchen ist. Mich wundert nicht, dass es hier immer wieder Aufstände gab. Kein Mensch, der auch nur eine Spur von Selbstachtung hat, lässt sich auf die Dauer so behandeln. Eines Tages werden sie rebellieren und die Kolonialherren allesamt davonjagen.«

3

Zwei Tage später ging Neele in der Abenddämmerung hinaus, um einen Eimer voll Unrat über den Straßenrand zu schütten, als sie plötzlich ein fernes Geräusch hörte. Wenig später erkannte sie Hufschläge, die in wahnwitziger Eile näher kamen. Irgendetwas an dieser Eile erschreckte sie so sehr, dass sie den Eimer stehen ließ und zurück in den Garten rannte, wo sie das schwere Tor hinter sich zuriegelte. Dann jedoch überkam sie die Neugier, und sie blieb an der Gartentür stehen und lauschte. Kein Zweifel, was sie in der Ferne hörte, waren galoppierende

Hufschläge auf der gepflasterten Straße, und diese Hufschläge wurden übertönt von den schrillen Schreien einer Greisenstimme in heller Panik. Sie stürzte ins Haus zurück und schrie nach Lennert und Paula.

Als sie zu dritt zum Gartentor zurückkehrten, war der Lärm schrecklich geworden. Das Pferd, offenbar am Ende seiner Kräfte, keuchte und röchelte, und der Mann stieß mit letzter Kraft seine Hilfeschreie heraus. Lennert, in der Meinung, die beiden würden von Räubern bedroht, riss das Gartentor weit auf und schrie ihm zu, sie würden gleich in Sicherheit sein, während Paula die Lampe emporhielt und schwenkte, um anzuzeigen, dass Leute da waren.

»Wir sind hier, wir sind bewaffnet!«, schrie Lennert, als Pferd und Reiter in Sicht kamen. Jetzt sahen sie, dass es der alte Pastor war, der sich an sein Pferd klammerte und sich kaum noch im Sattel halten konnte.

Was dann geschah, konnte Neele kaum fassen. Aus dem Gebüsch am Rande der Straße schnellte etwas Riesenhaftes, Zweifarbiges hervor, überquerte, von der enormen Kraft seines Sprunges getragen, beinahe die gesamte Breite der Straße und warf sich mit voller Wucht über Pferd und Reiter. Das Pferd stieß einen gellenden Todesschrei aus und brach zusammen. Der Reiter verschwand vollkommen unter dem Kadaver. Das schwankende Lampenlicht fiel auf das breite, flache Gesicht eines Jaguars. Kalte gelbe Augen funkelten die drei Menschen an. Einen Augenblick nur, dann grollte die gefleckte Raubkatze warnend, packte mit Zähnen und Pranken den Kadaver des Pferdes und zerrte ihn Schritt für Schritt zwischen die hohen Gräser und Farne am Straßenrand.

Neele stand reglos da und beobachtete, wie die Hufe des

toten Pferdes unter den Lianen verschwanden. Wenigstens war der Jaguar jetzt nicht in der Stimmung für weitere Angriffe. Er musste sehr hungrig gewesen sein, dass er auf offener Straße nach Beute gesucht hatte, und jetzt würde er erst einmal fressen, bis er sich nicht mehr rühren konnte. Aber wo war der alte Pastor? Hatte er den Angriff überlebt, oder lag er tot im Straßengraben?

Als das letzte Rascheln und Knacken im Gebüsch verklungen war, wagten die drei jungen Leute sich mit der Lampe auf die Straße hinaus. Das Pflaster war mit Blut verschmiert, wo der Jaguar das Pferd niedergerissen hatte – und hier lag auch der Leichnam des alten Mannes, grausam zerfetzt von den mächtigen Krallen. Neele starrte nieder auf den Kopf mit dem weißen Gesicht, der für sich allein neben den übrigen Gliedern lag, und brach zusammen.

4

Sie kam nur langsam aus einem Dämmerland von Schmerzen und Schrecken zu sich. Sie ließ den Blick nach allen Seiten gleiten und sah, dass sie in ihrem Bett lag. Ein starker Geruch nach Essig herrschte im Zimmer. Paula stand neben ihrem Bett, rührte in einem Glas und sagte: »Da, Neeleken, trink das, dann geht es dir besser.«

»Was ist geschehen?«, fragte Neele, obwohl sie sehr gut wusste, was geschehen war. Mit jedem Augenblick wurde ihre Erinnerung klarer. Sie sah den Jaguar aus dem finsteren Gebüsch springen, hörte das Krachen von Knochen und den jammervollen Todesschrei, als das Pferd unter seinen Prankenhieben zusammenbrach, und dann sah sie im Licht der Petroleumlampe den übel zugerichteten Leichnam des greisen Pastors auf der Straße liegen.

Paula rührte den Inhalt des Glases zu einer milchigen Flüssigkeit und setzte ihn ihr an die Lippen. »Komm, trink. Du brauchst keine Angst mehr zu haben. Sie haben den Jaguar erschossen. Die deutsche Gemeinschaft hat eine Treibjagd veranstaltet und ihn dann in dem Tal hinter dem Festplatz aufgestöbert. Der Wirt des Dorfkrugs hat ihn erlegt, und jetzt ist er auf die Idee gekommen, die Haut gerben zu lassen und in seinem Hinterzimmer als Teppich auszulegen! Ich werde nie imstande sein, dort hineinzugehen und mir dieses Vieh anzusehen. Wenn ich mir denke, dass das Ganze praktisch genau vor unserer Haustür passierte ... Der unglückselige alte Mann!«

»Wie lange ist das jetzt her?«

»Zwei Tage. Du warst in einem ziemlich schlechten Zustand, aber wenigstens hat der Jaguar dich nicht verletzt.« Sie setzte sich an den Bettrand und streichelte Neeles Hand. »Die Jäger sagten, sie können nicht verstehen, warum der Jaguar einen Reiter auf offener Straße verfolgt hat. Das tun diese Tiere sonst nie. Sie lauern im Dschungel auf einem Ast und springen herunter, wenn ein Beutetier – oder auch ein Mensch – unter ihnen vorbeigeht.« Mit einem schiefen Lächeln fügte sie hinzu: »Lestari ist der Meinung, dieser Jaguar sei der Suduk gewesen, der so seine Rache an den verhassten Christen genommen habe. Nun, dann liegt der Suduk demnächst als Teppich im Hinterzimmer des Dorfkrugs.«

Paula lachte, aber Neele konnte in ihr Lachen nicht einstimmen. Die grässliche Erinnerung war noch zu frisch, und sie erinnerte sich auch noch sehr gut an das hasserfüllte Gesicht des Alten in seinem schmutzigen Umhang. Gewiss, es war unmöglich, dass ein Mensch sich in ein Tier verwandelte … Wenigstens heutzutage glaubte das niemand mehr. Aber wie lange war es her, dass man auch in Deutschland noch an Werwölfe geglaubt hatte? Die Dienstboten in Norderbrake hatten eine Menge Geschichten zu erzählen gehabt von bösen Menschen, die nachts als Wölfe durchs Moor strichen und einsamen Wanderern an die Kehle fuhren.

Paula tätschelte ihre Wange. »Komm, schlaf jetzt noch ein bisschen, dann geht's dir wieder gut.«

»Ich glaube nicht, dass ich das je vergessen werde«, flüsterte Neele.

»Vergessen werden wir es alle nicht. Aber es ist nun einmal geschehen, und wir müssen weiterleben. Seien wir froh, dass uns wenigstens der Jaguar nichts mehr antun kann. Ich hätte jeden Tag Angst gehabt, wenn da ein Menschenfresser unterwegs ist, der Leute auf offener Straße angreift.« Sie stand auf und wandte sich zur Tür. »Schlaf, Neeleken.«

Der Trank musste ein Schlafmittel enthalten haben, denn Neele fühlte sich tatsächlich sehr müde. Vor sich hin dösend lag sie im Bett. Ihre Gedanken wandelten sich langsam in zusammenhanglose Träume, in denen Ameya eine bedeutende Rolle spielte. Dann schlief sie ein.

5

Die schwüle Hitze erlaubte kein langes Zuwarten, daher wurde Pastor Ormus früh am Morgen nach seinem Tod beerdigt. Er fand seine letzte Ruhestätte auf der Lichtung im Dschungel hinter dem Haus, wo auch die Opfer des Typhus begraben lagen. Da in der Eile kein calvinistischer Prediger für den Trauergottesdienst aufzutreiben war (und Pastor Ormus sich entschieden geweigert hätte, von einem Lutheraner eingesegnet zu werden), übernahm Vater Hagedorn die Leitung der kurzen Feierlichkeit, an der viele Bewohner des deutschen Dorfes teilnahmen. Sie alle hatten den Geistlichen geschätzt, obwohl seine letzten Jahre ins Dunkel geistiger Umnachtung getaucht gewesen waren. Hagedorn las einen Abschnitt aus der Bibel, ein Lied wurde gesungen, dann kehrte man in den Dorfkrug zurück zum Leichenschmaus, den mangels irgendwelcher Verwandter der Wirt ausrichtete.

Lennert übernahm es, Dr. Bessemer Mitteilung vom Tod des Pastors zu machen, der ja für sie alle den Tod ihres Hausherrn bedeutete. Der junge Arzt war schockiert über den Vorfall. Er hatte noch nie gesehen, wie jemand unter den Pranken eines Raubtiers zu Tode kam, und es war ihm schwergefallen, professionelle Ruhe zu bewahren, als er und der alte deutsche Doktor die sterblichen Überreste eingesammelt und in einen Behelfssarg gebettet hatten. In der Ordination unten im Dorf hatten sie dann eine vorläufige Obduktion vorgenommen und der Polizei Meldung gemacht, dass der Pastor durch den Angriff eines Raubtiers getötet worden war. Dieses eindeutige Obduktionsergebnis und die Zeugenaussagen änderten jedoch nichts daran, dass die Frauen murmelten und tuschelten. Lennert mochte ihnen noch so oft erklären, dass es im Dschungel eben wilde Tiere gab und Pastor Ormus nicht der erste Mensch war, der einem von ihnen zum Opfer gefallen war – sie hielten ihm entgegen: Wenn der Jaguar so hungrig gewesen war, dass er ganz gegen die Gewohnheit dieser Tiere auf offener Straße und in der Nähe von Häusern einen Reiter überfiel, warum hatte er das Pferd dann nicht aufgefressen? Dessen Kadaver war nämlich, zwar von Prankenhieben zerfetzt, aber ohne jede Fraßspuren, im Dickicht aufgefunden worden. Und warum war seit dem Tag, an dem der Wirt des Dorfkrugs den Jaguar erschossen hatte, der Suduk von niemand mehr gesehen worden? Es gab natürlich ganz vernünftige Antworten auf diese Fragen: Den Jaguar hatte das Auftauchen der schreienden und Lampen schwingenden Menschen so erschreckt, dass er trotz seines Hungers von seiner Beute abgelassen hatte und geflüchtet war, und dem Suduk war der Boden unter den Füßen zu heiß geworden, nachdem der Wedono ihn auf der Festwiese so scharf verwarnt hatte. Zweifellos war er weitergezogen und ärgerte jetzt irgendwo anders die Leute mit seinem Hokuspokus.

Aber was nützten alle Erklärungen! Was nützte es, dass die beiden Ärzte und Richard Hagedorn jeden lauthals auslachten, der sich von solchen Ammenmärchen erschrecken ließ! Einige der Deutschen waren nicht weniger abergläubisch als die Javaner. Wenn sie unter sich waren, munkelten sie von Zauberern, die sich in Tiere verwandeln konnten, und die besonders Ängstlichen schlichen heimlich in die Kota, um sich bei den chinesischen Händlern Amulette gegen solche Angriffe zu besorgen.

Tief in Gedanken ritt der Arzt die Bergstraße entlang.

Hin und wieder begegnete ihm der Karren eines Händlers, den er mit freundlichem Kopfnicken grüßte. Oft wurde ihm dann bei einem kurzen Halt eine Banane oder Kokosnussmilch als Erfrischung angeboten. Die Leute waren liebenswürdig – oder hatten sie nur Angst vor ihm und suchten sich bei ihm einzuschmeicheln? Plötzlich ging ihm der Gedanke durch den Kopf, dass nicht nur die Europäer Angst und Misstrauen gegenüber dem fremden Volk empfanden. Umgekehrt war es genauso. Wahrscheinlich fürchteten die Javaner, einmal abgesehen von der Last der Unterdrückung, auch allerlei magische Plagen von den Fremden mit ihrer unbekannten Religion. Vielleicht hatten sie Angst, ihre Kinder könnten erkranken, wenn ein weißer Mensch vorüberging und sie ansah, oder ihr Vieh könnte dahinsiechen, wenn es von ihm berührt wurde.

Lennert wusste von Lestari, dass die Einheimischen den Kopf schüttelten über die Weißen, die es gewagt hatten, in das Spukhaus zu ziehen, jetzt noch mehr, nachdem der Pastor ein so schreckliches Ende gefunden hatte. Bei dem Gedanken stieg Trotz in ihm auf. Sie würden diesen abergläubischen Halbwilden schon zeigen, dass ein Deutscher sich vor nichts fürchtet, jedenfalls nicht vor einem Zauberer!

Am späten Vormittag erreichte er den Waterlooplein und begab sich sofort zu Dr. Bessemers Büro. Dieser und der Wedono empfingen ihn mit großer Herzlichkeit. Er wurde eingeladen, ein paar Erfrischungen und süßen kalten Tee zu sich zu nehmen, die Karaffe mit dem Arrak wurde auf den Tisch gestellt. Erst dann forderte man ihn auf, zu erzählen, was ihn hierherführte.

Dr. Bessemer hatte anscheinend überall Informanten sitzen, denn er wusste bereits, was geschehen war, ließ es sich aber gerne noch einmal erzählen. Lennert fiel auf, dass Ameya seinen Bericht mit sichtlichem Widerwillen aufnahm. Er wunderte sich darüber. Der junge Mann war nicht so zimperlich, dass es ihn erschreckt hätte, von einem blutigen Todesfall zu erfahren. Es schien fast, als sei es ihm aus irgendeinem persönlichen Grund peinlich, vom Angriff des Jaguars zu hören und erst recht vom Gemunkel der Leute. Lennert hatte davon eigentlich nur erzählen wollen, um zu unterstreichen, dass er selbst, seine Schwester und Neele selbstverständlich nicht daran glaubten, aber der Wedono unterbrach ihn unerwartet scharf: Er möge doch solchen Unsinn für sich behalten, das Geschwätz sei es nicht wert, dass man es wiederhole! Lennert hatte ihn noch nie so aufgebracht gesehen. Unter der Bräune seiner Haut machte sich eine tiefe Röte bemerkbar, und seine Brust hob und senkte sich in krampfhaften Atemzügen.

Dr. Bessemer kam seinem Mitarbeiter zu Hilfe, indem er rasch das Thema wechselte und sich erkundigte, wie die beiden Damen den Schrecken überstanden hätten. Er war zufrieden, als er hörte, dass Paula sehr rasch darüber hinweggekommen war, und runzelte besorgt die Stirn, als Lennert ihm erzählte, dass die schwangere Neele zusammengebrochen und zwei Tage krank gewesen war.

»Es geht ihr inzwischen aber schon wieder gut, und auch ihr Kind scheint nicht gelitten zu haben, jedenfalls war ihrem Zustand nichts Besonderes anzumerken«, sagte Lennert. »Sie ist eine kräftige und gesunde junge Frau, und sobald ihre Nerven sich wieder beruhigt haben, wird alles in Ordnung sein.«

Ameya stellte die unvermittelte Frage: »Glaubt sie an diesen Unsinn von dem verwandelten Suduk?«

Der Arzt zuckte die Achseln. »Ich habe nichts dergleichen von ihr gehört. Allerdings muss ich gestehen, dass man in Norderbrake auch recht abergläubisch ist und an alle möglichen Moorgeister, Gespenster und Werwölfe glaubt. Leider ist die Aufklärung noch nicht in alle hintersten Ecken des Kaiserreiches gedrungen. Bei meiner Schwester und mir ist das anders, wir haben in Berlin gelebt. Dort weht ein frischer Wind, der einem die Flausen aus dem Kopf bläst. Aber Neele ... nun, der Suduk hat einen ziemlich verstörenden Eindruck auf sie gemacht, und ich weiß nicht, welche Zauberkräfte sie ihm zutraut.«

Zu seiner großen Überraschung knöpfte Ameya daraufhin den steifen Kragen seiner Uniform auf und zog ein aus bunten Fäden geflochtenes Band hervor, an dem ein paar kleine gelochte Jadestückchen von unregelmäßiger Form hingen.

»Geben Sie ihr das«, sagte der Wedono, »und raten Sie ihr, es Tag und Nacht zu tragen, dann kann kein Suduk ihr nahetreten.«

Verblüfft nahm der Arzt das Amulett entgegen. Ameya hatte es um den Hals getragen – glaubte er selbst denn auch, magische Hilfe gegen die Schamanen zu benötigen? Für so primitiv hätte er ihn nicht gehalten.

Ameya hatte seine Gedanken gelesen. Er lächelte spöttisch. »Das Amulett«, sagte er, »dient meinem Schutz nur insofern, als ich es den Leuten zeige und sie wissen lasse, dass mir kein Suduk etwas anhaben kann. Das spricht sich herum, und sie versuchen gar nicht erst, mir mit Zaubereien zu kommen.«

»Dann glauben Sie selbst nicht daran?« Dr. Anderlies war erleichtert.

Die dunklen Augen musterten ihn mit einem unergründlichen Blick. »Ob es wirkt oder nicht, wer weiß? Ich habe es von meinen Urahnen geerbt. Die Kunst, solche Amulette herzustellen, ist sehr alt. Sie sind etwas ganz anderes als das billige Blech, das die Chinesen an die leicht zu Beeindruckenden verkaufen. Sehen Sie sich die Jadestückchen an, die an den Fäden hängen. Wissen Sie, wovon sie ihre Form erhielten? Sie sind abgeschliffen von den vielen Fingern, die sie in der Not umklammert haben. Generationen von Menschen haben ihr Vertrauen darauf gesetzt, wenn sie allein in unheimlichen Gegenden unterwegs waren oder die Rache eines Suduk fürchten mussten.«

Lennert war wider Willen beeindruckt. »Dann machen Sie Neele ein sehr wertvolles Geschenk.«

»Sie ist jedes Geschenk wert«, erwiderte Ameya einfach und gab zu verstehen, dass das Thema für ihn beendet war, indem er sich in den Sessel zurücklehnte und Dr. Bessemer wieder das Wort überließ.

Eine Weile besprachen sie die schwierige Lage, in die der überraschende Tod des Hausherrn die jungen Mitbewohner gebracht hatte, und Dr. Bessemer versprach, sich umzuhören und eine Lösung zu finden. »Machen Sie sich keine Sorgen!«, ermunterte er Dr. Anderlies. »Man wird Sie ganz gewiss nicht auf die Straße setzen. Rechnen Sie damit, in den nächsten Tagen von uns zu hören, bis dahin werden wir sicher einen Weg gefunden haben.«

6

Neele hatte das Bett bereits wieder verlassen, aber sie fühlte sich noch immer sehr schwach, und die schreckliche Erinnerung lastete schwer auf ihr. Jedes laute Geräusch, das aus dem Dschungel drang, erschreckte sie, und sie wusste nicht, was sie mehr fürchtete – den Gedanken an Raubtiere oder an einen Zauberer, der sich in ein Raubtier verwandeln konnte. Am liebsten wäre sie überhaupt nicht aus dem Haus gegangen, aber dafür hätte die energische Paula kein Verständnis gehabt, und Neele wollte nicht schon wieder als Jammerlappen dastehen. Also nahm sie ihren Mut zusammen, setzte sich neben der Freundin auf die Bank vor dem Haus und machte mit ihren Näharbeiten weiter. Jetzt, da Richards Hochzeit knapp bevorstand, mussten sie doppelt arbeiten, um den Ausfall durch Neeles Krankheit wettzumachen. Die Nadeln flogen in den flinken Fingern, während die beiden Frauen deutsche Lieder sangen, die in Norderbrake bei allen geselligen Zusammentreffen beliebt gewesen waren. Die Zeit verging rasch, und beide wunderten sich, als sie Dr. Anderlies heimkehren hörten. Er winkte ihnen fröhlich vom Gartentor zu.

»Nun?«, rief Neele, die sich große Sorgen gemacht hatte, ob man ihnen nach dem Tod des Pastors nicht ihr einziges Dach über dem Kopf wegnehmen würde. »Was hat Dr. Bessemer gesagt?«

Lennert berichtete ihnen, dass der Amtmann versprochen hatte, sich um die Angelegenheit zu kümmern, und sie sich keine Sorgen machen sollten, es werde eine Lösung gefunden werden.

Paula seufzte so zufrieden, als sei das ihr persönlicher Verdienst. »Ich wusste, auf Phöbus – ich meine, Amtmann Bessemer – ist Verlass«, sagte sie. »Wir hätten keinen besseren Freund als ihn finden können.«

»Vergiss Ameya nicht«, warf ihr Bruder ein. »Er hat mindestens ebenso viel zu sagen wie dein Phöbus.«

Paula errötete zart. »Er ist nicht mein Phöbus«, widersprach sie verlegen. »Er ist unser aller Freund, wollte ich sagen.«

Lennert, der sich nicht aufs Eis führen ließ, lachte. »Ach, komm schon! Wir wissen längst, dass du ihn gerne magst und er dich. Also nenn ihn ruhig deinen Phöbus. Aber jetzt zu dir, Neele! Ich habe etwas für dich.« Er zog ein in Papier eingeschlagenes Päckchen aus der Brusttasche seines Jacketts, reichte es ihr aber noch nicht. »Wir sprachen darüber, welche Angst dir der Suduk eingejagt hat, und da gab mir Ameya etwas für dich.« Er berichtete, wie der Wedono seine eigene Halskette abgenommen und ihr zum Geschenk gemacht hatte, damit in Zukunft niemand mehr versuchen sollte, sie mit Zaubereien zu erschrecken. »Es ist ein wertvolles Geschenk«, sagte Lennert, der das Päckchen immer noch festhielt. »Es ist ein Erbstück seiner Familie, die es über viele Generationen hinweg besessen hat.«

Endlich gab er es ihr, und sie entfaltete das Papier und nahm das bunte Band mit den Jadesteinen heraus. Ihre Hand bebte, als sie daran dachte, dass er das Amulett Tag für Tag um den Hals getragen hatte. Es atmete eine Intimität aus, die sie verlegen und glücklich zugleich machte. »Wie konnte er mir etwas so Wertvolles schenken?«, fragte sie.

»Er sagte, du seiest jedes Geschenk wert.«

Sie schlug den Blick nieder, um zu verbergen, dass ihr Herz heftig pochte und ihr ein dunkles Rot in die Wangen stieg. Wenn das kein Liebesbeweis war, was dann? »Ich weiß nicht, wie ich ihm danken soll«, flüsterte sie.

»Indem du sein Geschenk trägst und in Ehren hältst«, antwortete Lennert prompt. »Er wäre sehr gekränkt, wenn du keinen Gebrauch davon machtest.«

Mit zitternden Fingern legte sie das Band um den Hals und ließ den Verschluss einschnappen. Es schmiegte sich weich an ihre Haut. Die Jadesteine fühlten sich einen Augenblick lang kalt an, aber sie würden sich durch den Kontakt mit ihrem Körper rasch erwärmen. Neele verbarg das Amulett unter der Bluse. Sie wollte nicht, dass es irgendjemand sah. Es war ein zu persönliches Geschenk, um es fremden Blicken auszusetzen. Sie war noch völlig verwirrt von dieser jähen Offenbarung der tiefen Gefühle, die Ameya für sie hegte. Dass sie ihm gefiel, hatte sie bemerkt, jede Frau hätte solche Blicke eines Mannes zu deuten gewusst, aber dass seine Empfindungen eine solche Tiefe und Intensität erreichten, hatte sie nicht erwartet. Sie kannten einander ja erst ganz kurz. Und doch musste er einen festen Entschluss gefasst haben, sonst hätte er ihr niemals ein so kostbares und so persönliches Geschenk gemacht.

»Ich glaube, er liebt dich«, sagte Lennert, der wie die meisten Männer nicht besonders einfühlsam war. Und als er ihre tiefe Verlegenheit bemerkte, suchte er seinen Fehler gutzumachen und fügte tollpatschig hinzu: »Was ist denn Schlimmes daran? Deinen Mann siehst du ohnehin nicht wieder, also bist du so gut wie ledig.«

»Lennert!«, mahnte Paula. »Was bist du für ein Grobian! Siehst du nicht, dass das alles für Neele nicht einfach ist? Komm, Neeleken, wir lassen den Tölpel allein und machen einen kleinen Spaziergang. Du musst ohnehin noch Abschied von Pastor Ormus nehmen, nachdem du nicht auf seinem Begräbnis warst. Es gehört sich so.«

»In den Dschungel? Nein! Nicht nach allem, was ich erlebt habe!«

»Komm, sei nicht albern.« Paula legte energisch den Arm um ihre Schultern. »Wir sind zu zweit, wir entfernen uns nicht weit vom Haus, und es ist heller Tag, da wird uns kaum etwas passieren. Du musst deine Angst überwinden, sonst traust du dich eines Tages nicht einmal mehr in den Garten.«

Neele gab seufzend nach. Sie wusste ja, dass sie es auf Dauer nicht würde vermeiden können, wieder die Straße durch den Dschungel zu nehmen und sich im Garten aufzuhalten. Paula hatte recht, je eher sie sich überwand, desto besser.

Sie umrundeten das Haus und schlugen am Ende des Hintergartens einen schmalen, erst kürzlich frisch ausgetretenen Pfad ein, der mitten in die Wildnis führte. Himmelhoch über ihnen schwankten die Kronen der Riesenbäume, in denen die Affen turnten und die Vögel ihre schrillen Schreie ausstießen. Am Boden des Regenwaldes herrschte ein so trübes Zwielicht, dass dort kaum etwas wuchs; der ganze Reichtum der Vegetation entfaltete sich hoch über ihren Köpfen in einem dicht verflochtenen Gewirr aus Ästen, Blattfächern, Lianen und den Ranken der Orchideen. Eine dumpfe Schwüle, erfüllt vom Geruch modernder Blätter, herrschte unter dem Laubdach.

Sie folgten dem Pfad und gelangten nach kaum einer Viertelmeile zu einer Stelle, an der ein frisches Holzkreuz aus dem Boden ragte. Im Umkreis hatten einst gut drei

Dutzend weitere Kreuze gestanden, die alle zur selben Zeit gesetzt worden waren, aber von ihnen war kaum mehr etwas übrig als Trümmer verrotteten Holzes. Feuchtigkeit und Holzkäfer hatten die Andenken an die Opfer des Typhus fast völlig zerstört. Neele fühlte, wie ein Frösteln sie überlief. Wie schnell die Erinnerung an einen Menschen hier schwand! Auf dem Friedhof in Norderbrake hatte es hundert Jahre alte Gräber gegeben, bemoost, aber immer noch kenntlich, und die Familien hatten die Gräber ihrer frühesten Vorfahren gepflegt. Hier fraß die Wildnis jede Erinnerung.

»Ganz anders als in Norderbrake, nicht wahr?«, sagte sie. Dabei kam ihr der Gedanke, ob sie vielleicht so lange hierbleiben würde, dass man ihr eines Tages auch ein solches Kreuz im Urwald zum Gedenken setzte, und eine tiefe Melancholie überkam sie.

Paula, die ihre niedergeschlagene Stimmung bemerkte, schlug vor: »Komm, wir wollen ein Vaterunser beten, und dann gehen wir wieder.«

Das taten sie, und Neeles Stimmung besserte sich ein wenig, als sie dem Friedhof den Rücken kehrten. Ihre Gedanken wandten sich erneut Ameyas Geschenk zu. Er liebte sie, aber was empfand sie für ihn? Waren ihr Herzklopfen, ihre Unsicherheit, ihr Erröten Zeichen keimender Liebe, oder verrieten sie einfach nur ihre Unsicherheit angesichts des fremden Landes und seiner Bewohner? Kein Zweifel, sie fand ihn sehr attraktiv, und ihr gefiel seine zurückhaltende, scheue und höfliche Art. Aber konnte sie sich wirklich in einen derart fremdartigen Menschen verlieben? Stand nicht allzu viel zwischen ihnen?

Diese Gedanken beschäftigten sie so sehr, dass sie beim Abendessen in die Suppe starrte, anstatt zu essen, und als sie dann endlich auf ihr Zimmer ging, war ihr Schlaf durchwoben von wilden, leidenschaftlichen Träumen. Im Traum jedenfalls kannte sie keinen Zweifel daran, dass sie Ameya liebte und ihn mit einer Glut begehrte, die ihr bislang fremd gewesen war.

Die Klosterfrauen

1

Richard Hagedorns Hochzeit fand in der holländischen Beutenkirk statt, mit großem Prunk, wie die drei Deutschen hörten, aber zu diesem engeren Kreis waren sie natürlich nicht eingeladen. Die alte Frau Hagedorn ließ sie nur wissen, dass sie beim Umtrunk auf dem Dorfplatz vor dem Dorfkrug eingeladen seien, wo es Bier und Würste, Kuchen und Reisschnaps für jeden gab, der aus Deutschland hierhergezogen war.

Eigentlich hatte Neele keine große Lust, sich einer so lärmenden Festlichkeit auszusetzen, aber Paula warnte sie gutmütig: Wenn herauskäme, dass sie an dem Opferfest der Einheimischen, wenn auch nur als Zaungäste, teilgenommen hatten, das große Treffen im Dorfgasthaus aber links liegen ließen, würde man ihnen das sehr übelnehmen. Und warum sollten sie nicht hingehen? Wie es aussah, war das Angebot öffentlicher Vergnügungen hier eher spärlich. Man musste nehmen, was man bekam.

Neele sah ein, dass Paula recht hatte. Sie zog ihr bestes Kleid an – eines, das einmal der Mutter Hagedorn gehört hatte – und frisierte ihr Haar zu einer goldenen Krone, die sie mit vielen Spangen feststeckte. Paula beneidete sie immer ein wenig um diese Frisur. Ihr eigenes Haar war reich und voll, aber fade im Farbton und ohne Glanz.

Am späten Vormittag mieteten sie im Losmen oben eine Kutsche und machten sich auf den Weg ins Dorf hinunter. Ausnahmsweise meinte es das Wetter gut mit ihnen, jedenfalls war weit und breit keine Regenwolke zu sehen.

Der Dorfanger rund um den Brunnen hatte sich in einen Tanzboden verwandelt, und vor dem Dorfkrug stand im Schatten der Bäume eine riesige Speisetafel, voll beladen mit Braten, Würsten, Bier, Brezeln, Kuchen und Kaffee, was immer ein deutscher Magen begehrt, um glücklich zu sein. Neele ließ es sich schmecken, als sie herzlich aufgefordert wurde zuzugreifen. Sie fühlte sich zu Hause. Irgendjemand hatte auf die weite Reise sein Schifferklavier mitgenommen, und die vertraute Sprache, die vertrauten Speisen, die Menschen in ihrer vertrauten Tracht, das alles tat ihr gut und ließ sie vergessen, dass hohe Palmen auf ihr Fest herabblickten und neugierige Affen aus den Baumkronen herabspähten.

Während die Älteren noch beim Essen und Schwatzen saßen, drängte es die Jungen schon zu tanzen. Ein Paar nach dem anderen trat hinaus auf den freien Platz, die Burschen und Mädchen hängten sich an den Armen ein, und mit der Musik begannen sie sich stampfend zu drehen. Neele wurde ebenfalls aufgefordert, aber sie lehnte ab: sie sei schwanger, und ihr würde leicht übel. Während Paula vergnügt von einem Tanzpartner zum anderen eilte, saß sie still da und beobachtete, wie der Nachmittag langsam verging. Natürlich musste nach einer Weile Pause gemacht werden, damit Kuchen und Kaffee zu ihrem Recht kamen, dann ging es weiter mit Tanz und Musik.

Neele fiel auf, dass die junge Frau Hagedorn nicht so glücklich aussah, wie es hätte sein müssen, und sie erriet auch, warum: Die Schöne war müde, sie hatte keine Lust, noch Stunden um Stunden auf dem Ehrenplatz zu sitzen und zu warten, bis auch der Letzte vom Tanzboden verschwunden war. Richard nahm jedoch wenig Rücksicht auf dieses Bedürfnis. Er ignorierte sie, und als ihr Drängen heftiger wurde, fuhr er sie harsch an.

Neele fühlte sich plötzlich todtraurig, so sehr wurde sie an ihre eigene Hochzeit erinnert. Bei ihr hatte es allerdings bis nach den Festlichkeiten gedauert, ehe dieses Gefühl des Unglücklichseins sie überkam – oben im Zimmer mit dem Alkovenbett, das traditionell der jungen Generation vorbehalten war. Sie war noch unberührt gewesen und hatte keine großen Erwartungen gehegt, aber so grob und kalt, wie Frieder gewesen war, muss ein Mann nicht sein, das spürte sogar sie.

Sie beobachtete, wie die junge Ehefrau schließlich energisch aufstand und, von ihrer Mutter und Schwiegermutter begleitet, in die Kutsche stieg, während Richard sich einen weiteren Krug hausgebrautes Bier kommen ließ. In dieser Nacht würde er wohl kaum mehr in der Lage sein, seinen ehelichen Pflichten nachzukommen. Vielleicht wusste er das schon und entzog sich einer gefährlichen Konfrontation.

Neele schreckte aus ihren Gedanken, als Paula ihre Schulter berührte. »Komm«, sagte sie. Ihr Mund lächelte, aber in ihrem Gesicht stand Unbehagen. »Es reicht, lass uns zusehen, dass wir wieder nach Hause kommen. Ich habe keine Lust, in der Dämmerung von Tausenden Mücken gestochen zu werden.«

Lennert, der gleich darauf zu den beiden Frauen trat, war weniger diplomatisch. »Lasst uns abhauen«, flüsterte er. »Hier werden gleich die Fäuste fliegen. Richard ist in einer unguten Stimmung. Ich glaube, dein Doktor hat recht gehabt, Paula – in den Tropen macht der Alkohol reizbar, und die Leute verfallen leicht dem Säuferwahnsinn. Jedenfalls möchte ich da nicht mit hineingezogen werden.«

Sie zogen sich unauffällig in den Schatten der Palmen zurück und traten zu ihrem Mietgefährt, das dort auf sie gewartet hatte. Als die Kutsche in die Straße hinausholperte, beugte Neele sich in der Kurve hinaus und sah, dass Lennert recht hatte: An der Hochzeitstafel war ein Streit ausgebrochen, und Richard teilte gleichermaßen brutal aus, wie er einstecken musste. Wenn sie in schlechter Laune waren, lief man den Bewohnern dieses idyllischen Ortes besser nicht über den Weg.

2

Dr. Bessemer hatte offenbar Wort gehalten, denn schon bald erhielten sie per Boten die Aufforderung, sich im Sitz des deutschen Konsuls zu melden, man hätte Wichtiges mit ihnen zu besprechen. Also mieteten sie eine Kutsche und fuhren zu dritt in die Stadt, alle drei voll Neugier, aber auch mit einer gewissen Sorge, was der Konsul wohl mit ihnen besprechen wollte. Seit dem Tod des Pastors hingen ihre Angelegenheiten mehr denn je in der Luft. Bis dahin waren sie immerhin Gäste in seinem Haus gewesen, aber hatten sie jetzt überhaupt noch das Recht, dort zu wohnen? Gab es Erben, die sie auf die Straße setzen würden?

Das Konsulat auf dem Waterlooplein, ganz in der Nähe von Dr. Bessemers Amtssitz, war ein breitbrüstiges, feierliches Haus mit einer Vorderfront aus griechischen Pfeilern. Neele merkte plötzlich, wie sehr sie sich schon an das Leben im Dschungel gewöhnt hatte, dass die Stadt und dieses Haus – von dessen Art man in Bremerhaven jede Menge gesehen hätte – sie so beeindruckte. Eifrig strich sie Rock und Schürze glatt, rückte ihr Umschlagtuch zurecht und machte sich bereit für die Audienz bei dem hohen Herrn.

Sie sprachen zuerst bei Dr. Bessemer vor, der sie hinüber ins Konsulat geleitete – zusammen mit Ameya, was Neele sehr gelegen kam. Sofort traten zwei uniformierte Diener heraus, sie wurden ins kühle Innere des Gebäudes geleitet und gebeten, kurz in einem Vorzimmer zu warten.

Vorzimmer! Was für ein bescheidenes Wort für einen prunkvollen Raum! Die Sitzbank aus gelbem Plüsch, auf der sie Platz nahmen, stand in einer Nische eines geradezu endlosen Ganges mit Marmorboden und tief herabhängenden Lüstern, die im einfallenden Sonnenschein glitzerten. Durch die innenseitigen Fenster blickte man in einen dicht mit Palmen und Zykadeen bewachsenen Hof, der eine wundervoll schattige Oase in der Mittagshitze bildete. In der Mitte lagen knapp übereinander zu Stufen aufgereiht drei flache Steinschalen, an deren Rändern bunte Vögel, klein wie Finken, herumhüpften. Seerosen schwammen in dem graugrünen Wasser.

»Wenn Sie mir jetzt folgen wollen, wird der Herr Konsul Sie empfangen.« Der Diener machte eine knappe Verbeugung und eilte ihnen voraus. Neele spürte, wie sehr der Lakai sie verachtete. Was für ein armseliges Volk mussten sie erst in den Augen eines Mannes sein, der täglich die reichsten und mächtigsten Männer der Insel in seinem Büro empfing!

Sie gelangten zu einer bis zur Decke reichenden weißen Tür, die vor ihnen geöffnet wurde, und traten in einen schattigen Raum. Hier, an der Außenseite des Gebäudes, waren die Jalousien bereits halb geschlossen, um die glühende Hitze draußen zu halten. Neele sah sich um und staunte nur so. Sie befand sich in einem Büro, das genauso gut in Bremerhaven hätte stehen können! Da war ein Schreibtisch aus poliertem Holz, so groß wie ein Billardtisch, mit einem lederbezogenen Stuhl dahinter. An der Wand hing ein goldgerahmtes Bildnis des Kaisers, der streng und stolz auf seinen Untertan herabblickte. Auf der anderen Seite des mit eleganten Streifenmustern tapezierten Büros stand eine Sitzgarnitur, wie man sie auch in vornehmen Häusern in Deutschland fand, und daneben einige kleine Tische aus Rattan – das einzig Fremdländische an diesem durch und durch wilhelminisch-preußischen Arbeitsplatz.

Der Konsul – ein würdevoller weißhaariger Herr mit kurzem Bart – war mit seinem Sekretär anwesend. Nachdem er ihnen bedeutet hatte, sie möchten Platz nehmen, ließ er sich noch einmal das Blatt reichen, auf dem ihr Anliegen verzeichnet war, studierte es genau und nickte dann. »Ja«, sagte er. »Ja ... das ist eine sehr seltsame Sache. Wie es aussieht, hat das Haus jetzt keinen Besitzer, oder haben Sie Anspruch darauf?«

Als die drei den Kopf schüttelten, fuhr er fort: »Ich habe hier schon seit Längerem ein Ansuchen der St.-Josephs-Schwestern liegen, die für ihre Betreuung kranker Kinder ein Gebäude mieten wollen. Das ehemalige Waisenhaus scheint genau das Richtige dafür zu sein, ich möchte es ihnen daher überlassen, bis sich ein Eigentümer oder Erbe meldet. Aber wie man mir sagte, haben Sie kein anderes

Quartier und auch nicht Geld genug, sich eines zu beschaffen, also wollen wir Sie nicht auf die Straße setzen. Einen Arzt kann man natürlich immer brauchen, und für Sie« – dabei deutete er mit dem Kinn erst auf Neele, dann auf Paula – »ergibt sich sicher auch etwas zu tun, wenn der Orden Sie in seine Dienste nimmt. Sie wären dann weltliche Angestellte der geistlichen Oberen. Könnten Sie damit gut zurechtkommen?«

Sie nickten im Chor. Der Vorschlag, den er ihnen da machte, war besser als alles andere, was sie sich sonst hätten vorstellen können. Das Haus würde wieder bewohnt sein, sie würden Geld für ihre Arbeit bekommen.

Lennert sprach für alle, als er sagte: »Das ist eine weitaus bessere Lösung, als wir sie bislang zu erhoffen gewagt hatten.«

»Dann wollen wir das Ganze in eine rechtlich einwandfreie Form bringen, und Sie können schon morgen damit rechnen, dass die Schwestern mit ihren Schützlingen erscheinen.«

Neele atmete auf, als sie alle ihre Unterschriften auf den Mietvertrag – vorläufig galt die deutsche Vertretung im Ausland als Besitzer – gesetzt hatten und sich wieder verabschiedeten. Zwar war sie in jener Art von Protestantismus erzogen worden, die Katholiken und gar Klosterfrauen als äußerst verdächtige Personen betrachtete, aber lieber hätte sie den Papst mit allen seinen Kardinälen im Haus gehabt, als weiter in der unheimlichen Einsamkeit zu leben.

Da sie nun schon in der Stadt waren, schlug Dr. Bessemer vor, eine Kutschenfahrt durch die Altstadt, die Kota, zu machen, die auf jeden Fall sehenswert sei. Er ließ seine Kutsche kommen, und die fünf, Ameya eingeschlossen, nahmen Platz. Gleich darauf rollte das Gefährt die gewundene Straße hinunter in die Tiefebene.

Neele erkannte die Strecke wieder, die sie an ihrem ersten Tag in Batavia gefahren waren. Wie sehr hatte sich ihr Leben inzwischen verändert! Keine ihrer Hoffnungen hatte sich erfüllt, und doch war alles sehr viel besser, als sie eigentlich erwartet hatte.

Die Ursache dafür war in erster Linie Ameya. Er saß ihr gegenüber, einen Arm nachlässig auf dem Fensterrahmen der Kutsche, den Blick zu Boden gerichtet, als nehme er nichts um sich herum war, aber sie spürte seine Gegenwart so deutlich, als hätte er sie in den Armen gehalten. Sie wusste nicht, wohin sie schauen sollte vor lauter Verlegenheit. Sie fürchtete sich davor, aufzublicken, weil es dann sein konnte, dass ihre Blicke sich trafen und sie beide rasch wieder beiseiteblickten. Andererseits musste sie sich für sein Geschenk bedanken, was bedeutete, dass sie heftig erröten würde, und wahrscheinlich würde sie nicht einmal die richtigen Worte finden. Ihr graute vor der Vorstellung, wie sie stotterte und hüstelte und dabei puterrot wurde. Hätte sie ihm nur einen Brief geschrieben, wie sie es zuerst vorgehabt hatte! Aber dann war sie von dem Gedanken wieder abgekommen, weil sie einen solchen Brief nicht unter den neugierigen Augen der Frau Selders, die zugleich die Posthalterin war, aufgeben konnte.

Sie war froh, als sie die Kota erreichten und es so viel zu sehen gab, dass sie den Blick tatsächlich abwandte.

Am ersten Tag hatte sie nur einen sehr oberflächlichen Eindruck von diesem geschäftigen Neu-Amsterdam erhalten, so völlig war sie darauf konzentriert gewesen, das Waisenhaus zu erreichen. Jetzt stellte sie fest, dass es mit seinem altmodischen Reiz eine hübsche Stadt war, obwohl der Verfall von allen Seiten daran nagte. Es war allerdings heiß und stickig, und aus den Kanälen stieg ein übel riechender Dunst auf.

Dr. Bessemer erzählte ihnen, dass Kapitän James Cook 1771 gezwungen gewesen war, wegen Reparaturen am Schiff Monate im Hafen von Batavia zu liegen. Nachdem er einen beträchtlichen Teil seiner Mannschaft durch Cholera und Ruhr verloren hatte, kam er zu der Erkenntnis, »dass in Batavia wohl mehr Menschen durch die schlechte Luft sterben als irgendwo anders«. Seither galt die Stadt als ein Pestloch, in dem man nicht genug Vorsichtsmaßnahmen treffen konnte. Die Holländer, erzählte der Amtmann, die dort ihre Büros hatten, pflegten sich schon am Morgen mit einem großen Glas Genever zu stärken, dann saßen sie den ganzen Tag hinter geschlossenen Jalousien, um die Hitze auszusperren, und tranken ein Glas nach dem anderen, und kaum war der Abend hereingebrochen, und die unerträgliche Hitze wich einem milden Lüftchen, musste man schon wieder alles verrammeln, weil die Nachtluft Fieber brachte.

»Cook schrieb, kein Europäer sollte sich zu einem Aufenthalt in Batavia drängen.« Ameya wies auf die eng nebeneinanderstehenden Warendepots, Speicher und Wohnhäuser und bemerkte: »Das hätte er sich ersparen können, hätte er sich umgesehen, wie man bei uns Häuser baut. Stattdessen folgten sie den Plänen, die sie von Holland her gewohnt waren, und legten damit hier Brutbeete für Fieber an, die in den Kanälen und der stickigen Luft in den Gebäuden gediehen.«

»Manchmal«, sagte Lennert, »muss es für Sie doch sehr befriedigend sein, zu sehen, wie die Pläne der Kolonialisten scheiterten.«

»Gewiss«, gestand Ameya ein. »Noch lieber wäre es mir, es gäbe hier gar keine Kolonialisten, mit denen wir uns herumschlagen müssen. Aber ich bin ein realistischer Mensch. Die Lage ist nun einmal so, und seit 1860 kann man auch sagen, es ist nicht mehr wirklich unerträglich. Jedenfalls erscheint es mir besser, die Situation so zu belassen, wie sie ist, anstatt mit Kühnheit und Eifer einen Aufstand zu inszenieren und zu scheitern.« Er zog die Zigarettenschachtel aus der Jackentasche und zündete eine der duftenden Nelkenzigaretten an, und Neele fragte sich, ob er das tat, um heimlich aufkeimenden Zorn zu beruhigen.

»Sehen Sie«, sagte er, »es gibt hier genug Leute, die den Prinzen Diponegoro wie einen Halbgott verehren und davon träumen, es ihm gleichzutun. Es gibt auch genug, die mehr tun als nur zu träumen. Aber letztendlich hat sein Aufstand das Land in Blut getaucht, und er selbst wurde wochenlang in den nassen Kasematten des berüchtigten Stadthuis, des Rathauses, gefangen gehalten, ehe man ihn auf eine entlegene Insel verbannte, wo er bald darauf starb. Sie mögen mich für einen Schwächling halten, aber mir scheint, dass Friede und Wohlstand jedem Heldentum vorzuziehen sind.«

Lennert und die beiden jungen Frauen stimmten ihm zu.

Sie querten eine der zierlichen eisernen Zugbrücken und folgten einer von Bäumen gesäumten Straße, die zwischen den hohen Häusern im Schatten lag. Dr. Bessemer wollte ihnen das Glodok zeigen, das Chinesenviertel, das einst außerhalb der Mauern von Alt-Batavia gelegen hatte und sich nun als gewaltiger Fremdkörper in die Stadt schob. Neele musste daran denken, wie der Kapitän der

Meisje Mariaan ihnen verboten hatte, in den arabischen und afrikanischen Häfen von Bord zu gehen, damit sie nicht von Sklavenhändlern verschleppt wurden, und sie fragte, ob es in der Chinesenstadt ebenso gefährlich sei.

Dr. Bessemer schüttelte den Kopf. »Nein, nicht aus diesem Grunde. Sie würden keine weißen Frauen entführen, weil diese ihnen hässlich erscheinen. Langnasen nennen sie uns, und wenn in einem ihrer Theaterspiele eine ordentlich hässliche Figur vorkommen soll, dann hat die ein weißes Gesicht und eine Nase wie ein Hanswurst. Aber sie sind ein verstohlenes und verschlagenes Volk, immerzu mit Geheimnissen beschäftigt und jederzeit bereit, einen verschwinden zu lassen, der aus Zufall oder Absicht Wind von ihren Plänen bekommt. Ihre Geheimbünde sind gefährlich und grausam. Man begegnet ihnen mit großem Misstrauen.« Deshalb, so fuhr er fort, hatten holländische Extremisten 1740 ein Pogrom gegen Chinesen veranstaltet und an die tausend von ihnen niedergemetzelt, und im Grunde könnte es jederzeit wieder geschehen.

»Es ist merkwürdig«, sagte er, »aber stimmt es nicht, Ameya? Die Chinesen sind hier verhasster als die Holländer oder Portugiesen oder ein anderes Kolonialvolk.«

Ameya zuckte die Achseln. Die Chinesen seien fleißig und klug, sagte er, aber geldgierig und nur an ihrem eigenen Profit interessiert. Sie würden sich niemals assimilieren, also wäre es wohl besser, wenn sie gleich und freiwillig gingen. Aber jetzt sei nicht der Augenblick, über Politik zu diskutieren, wollten sie sich nicht die interessante Umgebung ansehen?

Tatsächlich waren sie von einem Augenblick auf den anderen in eine fremde Welt geraten. Am Wasser entlang standen dicht gedrängt kleine und oft grellbunt bemalte

Häuser. An den Hausmauern hingen lange, mit fremdartigen Zeichen beschriebene Fahnen herab, die den Kunden den Weg zu den verschiedenen Läden wiesen. Überall drängten sich Karren, die eigentlich kleine fliegende Küchen darstellten, und ein atemberaubender Duft stieg aus den Töpfen darauf in die Höhe. An allen Ecken und Enden waren Chinesen mit ihren langen, lackschwarzen Zöpfen, blauen Kaftanen und seidenen Mützen lärmend mit Arbeiten oder Handel beschäftigt. Die Wohnhäuser waren so eng aneinandergedrängt, dass eines in das andere überzugehen schien, und Neele verstand, was Ameya gemeint hatte, dass man hier sehr schnell verschwinden konnte. Man brauchte jemand nur am Arm zu fassen und in einen der Läden hineinzuziehen, und schon wäre er oder sie unauffindbar. Kein Wunder, sagte Dr. Bessemer, dass die Polizei sich vom Glodok fernhielt. Ihre Hilfe beschränkte sich darauf, alle Nichtchinesen vor dem Betreten zu warnen.

»In einer Amtskutsche haben wir nichts zu befürchten«, beruhigte er die Passagiere. »Aber alleine würde ich hier nicht gerne herumlaufen. Aber wartet, einen Augenblick noch, und wir sehen etwas, das ihr nicht so bald wieder vergessen werdet.«

Die Kutsche rollte durch enge, geschäftige Straßen, vorbei an Läden, in denen Devotionalien verkauft wurden: goldlackierte Hausaltäre, Götterfiguren und Räucherstäbchen. Dann bog sie plötzlich in eine schmale Gasse ab, und hier erhob sich vor ihnen ein Bauwerk, wie Neele noch nie eines gesehen hatte. Sie wiesen den Kutscher an zu warten und traten dann in das große, überquellend geschmückte Gebäude. Neele fand sich in einem zauberhaften rosaroten Licht, das vom Widerschein der zahllosen

Kerzen auf den kunstvoll eingelegten und geschmückten Altären stammte. Das Auge verlor sich in all den Nischen, die vorne leuchteten und sich im Hintergrund geheimnisvoll schimmernd verbargen.

Der »Tempel der goldenen Tugend«, wie die Chinesen ihn nannten, war mit einer Unzahl prächtiger Statuen gefüllt, vor denen im Halbdunkel Räucherstäbchen brannten. Die Gestalten, die ihr aus dem Halbdunkel entgegenblickten, waren sehr unterschiedlich. Manche sahen edel und weise aus, aber es gab auch Dämonen mit scheußlichen Fratzen, die im Halbdunkel und beim flackernden Schein der Kerzen Grimassen zu schneiden schienen. Menschen standen davor, die Räucherstäbchen zwischen den gefalteten Händen hielten und sich dabei verbeugten.

»Um Himmels willen!«, flüsterte Neele Ameya zu. »Sind das alles ihre Götzen?«

Er nickte und beugte sich zu ihr, um nicht unnötig laut sprechen zu müssen, und dabei spürte sie seine Berührung, zart wie der Flügelschlag eines Schmetterlings. »Es gibt mehrere Religionen in China, aber sie haben alle chinesischen Götter, die Buddhastatuen wie die primitiven taoistischen Götzen, in einen Tempel zusammengestellt, damit jeder von ihnen am selben Ort beten kann, ganz gleich, was er glaubt. Aber wir wollen hier nicht zu lange bleiben, man kann unliebsames Aufsehen erregen.« Damit fasste er Neeles Hand und führte sie aus dem Tempel hinaus, zurück zu der Kutsche. Ihnen folgten Lennert und Paula mit dem Amtmann, der nicht von ihrer Seite wich.

Neele war völlig überwältigt von allem, was sie gesehen hatte, vor allem von dem chinesischen Tempel. Nachdem sie sich mit Mühe und Not ein wenig eingewöhnt hatte, überfiel sie nun wieder diese ganze Fremdartigkeit. Sie war froh, dass sie mit dem Tempel nichts zu schaffen haben würde. Er hatte ihr Angst gemacht. Genauso, dachte sie, mussten die schrecklichen Tempel der Kanaaniter ausgesehen haben, deren Götzendienst die Kinder Israels immer wieder in die Falle gegangen waren.

Sie wandte sich energisch von dem inneren Bild der goldenen Götzen ab und konzentrierte sich auf ihren Begleiter. Immer wieder glitt ihr Blick über seinen Körper hin, und jedes Mal erschien er ihr anziehender. Als Dr. Bessemer warnte, dass der Nachmittag stetig weiter fortschreite und es allmählich gefährlich werde, sich der krank machenden Luft in der Stadt auszusetzen, wurde sie traurig bei dem Gedanken, dass sie ihn nicht so bald wiedersehen würde. Dr. Bessemer würde natürlich im Waisenhaus erscheinen, um seine Aufwartung zu machen, aber ob Ameya dann mitkam?

Inzwischen hatten sie die Kota hinter sich gelassen, und die Kutsche rollte an einem breiten Kanal entlang, der von zwei braunen Ziegelmauern eingefasst wurde. Grellbunt bemalte kleine Häuschen standen hier eines am anderen im Schatten hoch gewachsener Palmen und blühender Tamarinden. Neele erschrak heftig, denn plötzlich fuhr etwas, das sie für einen treibenden Ast gehalten hatte, aus dem Wasser, und ein Krokodil sperrte seinen spitzzahnigen Rachen auf. »Um Himmels willen, ein Krokodil!«, rief sie aus. »Haben die Leute denn keine Angst, an diesen Kanälen entlangzulaufen? Es könnte ja jederzeit an Land kommen und sie packen!«

Dann querten sie den Kanal und fuhren zurück zu dem Serpentinenweg, der zum Waisenhaus hinaufführte. Dr. Bessemer bot ihnen an, sie nach Hause zu bringen, damit sie keinen Mietwagen nehmen müssten. In Zukunft würden sie keine Hilfe mehr brauchen, denn wenn die Klosterfrauen einzogen, hatten sie gewiss Pferd und Wagen. Der Amtmann kündigte an, dass er den Nonnen bald einen Besuch abstatten würde. Es interessierte ihn, wie sie mit ihrer schweren Aufgabe zurechtkamen. Dabei würde er natürlich auch »einen Blick zu seinen Landsleuten hineinwerfen«, wie er es ausdrückte, und vielleicht konnte man sich ja gemeinsam ein wenig von der Arbeit erholen und plaudern. Es gebe Orte, an denen man sogar ein Picknick im englischen Stil machen könnte.

Neele protestierte entsetzt. Sie dächte nicht daran, sagte sie, sich irgendwo auf eine Wiese zu setzen, wo ein Jaguar sie aus dem Pflanzengeschlinge am Waldrand heraus beobachten konnte, um sie dann anzuspringen und ihr den Kopf abzureißen. Sie hätte schon Angst, allein und ungeschützt auf die Straße zu gehen. Nie im Leben würde sie die schreckliche Szene vergessen, wie das Raubtier den unglückseligen alten Mann zerfleischt hatte. Zwei Tage sei sie krank gewesen, so tief hätte der Schock gesessen.

Ameya schüttelte sanft verweisend den Kopf. »Sie hatten großes Unglück, so etwas zu erleben, denn es ist wirklich eine Seltenheit, dass dergleichen geschieht«, sagte er. »Dieser Jaguar muss krank gewesen sein, dass er einen Mann auf der Straße anfiel, oder er war verrückt. Auch Tiere können verrückt werden, wie tollwütige Hunde. Aber für gewöhnlich ziehen sich die Raubtiere tief in den Dschungel zurück und warten, ob ihnen ein Holzfäller oder Orchideensammler über den Weg läuft. Und Sie werden ja wohl in der Nacht niemals in den Wald gehen, nicht wahr?«

»Gott behüte!«, rief Neele. Dann sah sie den Augenblick gekommen, sich bei ihm zu bedanken. »Da Sie eben ›Wald‹ sagten … Es war nett von Ihnen, mich nicht auszulachen, weil ich mich bei der Begegnung im Wald so sehr vor dem Suduk fürchtete, sondern mir sogar noch Ihr eigenes Amulett zu schenken. Ich habe ein solches Geschenk nicht verdient, aber ich bin Ihnen zutiefst dankbar dafür. Es macht mir Mut.«

»So soll es auch sein«, entgegnete er in einem Ton, der keinerlei Emotionen erkennen ließ. Erst wunderte sich Neele darüber, dass er auf ihren Dank gleichgültig reagierte, dann fiel ihr ein, dass ein gesitteter Mensch in Java weder Zorn noch Kummer noch Leidenschaft erkennen ließ.

Sie faltete die Hände und verneigte sich, wie sie es bei den Einheimischen gesehen hatte, wenn sie sich bedankten, und diesmal wagte es Ameya, ihr ein Lächeln zu schenken – ein so wundervoll warmes, liebenswürdiges Lächeln, dass ihr Herz heftig pochte.

Bald hatte die Kutsche das Waisenhaus erreicht, und die beiden Beamten verabschiedeten sich. Neele blickte den verschwindenden Wagenlaternen lange nach.

In dieser Nacht lag sie schier endlos wach. Sie hatte es noch nie erlebt, dass ihr Herz bei dem bloßen Gedanken an einen Mann wie wild klopfte. Das Einzige, was diesem Gefühl irgendwie nahekam, war ihre kindische Schwärmerei für den Doktor, die sie vor vier Jahren empfunden hatte. Und jetzt? Sie konnte nicht aufhören, an Ameya zu denken, sooft sie ihre Gedanken auch von ihm abwenden wollte, und in der Nacht träumte sie von ihm. Aber da sie zuerst über Raubtiere und dann über Ameya gesprochen hatten, vermischten sich die Erinnerungen in ihrem Traum auf eine merkwürdige und beunruhigende

Weise. Sie träumte, dass sie den Dorfkrug betrat, innerlich voll Freude, weil jemand ihr gesagt hatte, dass Ameya im Hinterzimmer auf sie warte. Aber als sie dann die Tür öffnen wollte, wagte sie es nicht, weil ihr einfiel, dass sich in diesem Hinterzimmer der Jaguar befand, und als etwas an der anderen Seite der Tür kratzte, fuhr sie keuchend aus dem Schlaf hoch.

3

Am nächsten Morgen erschien in zwei Kutschen und einem Lastkarren die Karawane. Vor Sonnenaufgang hatte es so heftig geregnet, dass die Deutschen gedacht hatten, das Dach stürze über ihnen ein, aber dann hatte der Platzregen so schnell aufgehört, wie er angefangen hatte, und nun lag das frisch gewaschene Land in hell glänzendem Sonnenschein vor ihnen.

Neele, die keine Klosterfrauen kannte, hatte blasse, ätherische Wesen mit schwärmerischem Blick erwartet, aber aus den Kutschen stiegen kräftige, bäuerliche Frauen, die Gesichter und Hände gebräunt und gedörrt von der tropischen Sonne. Eine drahtige ältere Frau mit scharfen, durchdringenden blauen Augen stellte sich als Schwester Florinda vor, die Leiterin der Gruppe, die jetzt die Außenstelle beaufsichtigen würde. Die Äbtissin war mit den anderen Schwestern und den Kindern, die sie betreuten, im Mutterhaus des Ordens am Koningsplein geblieben.

Jetzt stiegen auch zwölf Kinder aus, Weiße, Einheimische und Chinesen. Die Männer, die die Kutschen gelenkt hatten, sollten als Träger, Arbeiter und Pfleger für die Kinder dableiben. Sie machten sich sofort ans Werk, Bettgestelle aus dem Schlafsaal im oberen Stockwerk zu holen und in der ehemaligen Kapelle aufzustellen, damit die Kinder, die sich wegen ihrer Kinderlähmungserkrankung alle mühsam auf Krücken dahinschleppten, nicht über die Treppen hinaufsteigen mussten. Die Klosterschwestern zogen hinauf in den Schlafsaal und benutzten das ehemalige Schulzimmer als ihr Bet- und Arbeitszimmer.

Den ganzen Tag waren sie unterwegs, fuhren zum Einkaufen in die Stadt und kehrten zurück, und als die Sonne in einem grandiosen Bogen aus purpurnen und goldenen Federn sank, hatten sie das Haus nach ihrem Gefallen und ihren Bedürfnissen eingerichtet.

Der Sonnenuntergang war so schön, dass Neele, ehe sie das Gartentor schloss, trotz ihrer Ängstlichkeit stehen blieb und über die unter den Nebeln liegende Stadt hinwegblickte. Die Sonne hatte eine zarte Fliederfarbe angenommen, als sie hinter den Horizont sank, aber um diese Blüte breiteten sich silberfarbene und stahlgraue Wolken. Ein feiner, süßer Geruch hing in der warmen Luft.

Als sie beim Abendessen an dem großen achteckigen Tisch saßen, fragte Schwester Florinda, wie es eigentlich gekommen sei, dass man ihnen so plötzlich ein Haus zuweisen konnte, nachdem es lange Zeit keinen passenden Ort gegeben hatte. Wieso es überhaupt leer stünde? Es sei ein schönes, offensichtlich erst kürzlich erbautes Haus mit einem eigenen Brunnen und in guter Lage an der Straße, das sei ein Schatz, den man nicht oft finde. Die drei jungen Deutschen erzählten ihnen von der Typhusepidemie, dem Fluch des Suduk und dem Tod des Pastors, und dass die Einheimischen das Haus für ein Spukhaus hielten.

»Ein Suduk, so so!«, kommentierte Schwester Florinda. »Ich glaube zwar nicht, dass der Bursche die Macht hatte, eine Typhusepidemie auszulösen, aber den Willen dazu hatte er ganz gewiss. Es gibt böse Kerle unter diesen einheimischen Schamanen. Sie und die islamischen Mullahs sind die Einzigen, vor denen man sich als Christ hier in Acht nehmen muss. Die übrigen Javaner sind recht tolerant – eine Folge des hinduistischen Einflusses. Wenn Hindus auf einen neuen Gott stoßen, eröffnen sie einfach einen weiteren Schrein in ihrem Pantheon, und schon ist alles in Ordnung.«

»Das finden Sie aber sicher nicht richtig, oder?«, fragte Lennert. »Ich meine, Sie als Klosterfrau und Missionarin.«

Schwester Florinda zuckte die Achseln. »Wir laufen hier nicht mit einem großen Schild durch die Straßen, auf dem steht: Bekehrt euch alle zum Christentum! Wir haben unsere Kinder zu versorgen und sind froh, wenn wir denen vermitteln können, dass wir eine Religion der Liebe vertreten. Es gibt zu viele Christen hier, die das nicht vermitteln können und auch gar nicht die Absicht haben. Solange die Vereinigte Ostindische Kompanie im Land herrschte, haben die Holländer keinen Gulden für die Erziehung, die Bildung oder Bekehrung der Einheimischen ausgegeben, sondern immer nur genommen. Seit die Kompanie nicht mehr das Sagen hat, ist es viel besser geworden, aber ich fürchte, die Reue kommt zu spät. Zu viele Javaner sind verbittert und hören bereitwillig auf die Mullahs und islamischen Propheten, die sie aufstacheln, sich mit Gewalt vom Joch der Unterdrücker zu befreien.«

Der einheimische Islam, erzählte sie den interessiert Lauschenden, sei mit dem streng orthodoxen Islam nicht zu vergleichen. Mohammed, sagte sie mit einem Lächeln, würde den von ihm gestifteten Glauben wohl nicht wiederkennen, wäre er jemals nach Java gekommen. Alle möglichen Einflüsse, hinduistische und animistische, hätten die ursprünglich strenge Religion überwuchert, sodass die heimischen Muslime sich anderen Religionen gegenüber friedfertig zeigten. Immer öfter kamen jedoch ausländische Mullahs ins Land, die mit diesem synkretistischen Islam höchst unzufrieden waren und ihre Religion in alter Strenge und Klarheit wiederhergestellt sehen wollten. Sie fanden Zulauf von den Einheimischen, die nach einer neuen Identität suchten, nach einem Banner, unter dem sie sich zum Kampf gegen die Ungläubigen versammeln konnten.

Neele lauschte mit Interesse. Schwester Florinda war offenbar eine kluge Frau, und das gab ihr ein Gefühl von Sicherheit und Geborgenheit.

Am nächsten Tag begann für Neele und Paula das Alltagsleben unter Schwester Florindas Aufsicht. Da die Klosterfrauen sich völlig der medizinischen Versorgung und dem Unterricht der Kinder widmen wollten, blieben ihnen die einfachen häuslichen Aufgaben wie das Waschen, Kochen und Putzen.

Wenn die Kinder keinen Unterricht hatten, wurden sie in ihren kleinen Rollwagen vors Gartentor hinausgefahren und konnten von dort aus die Straße beobachten, was ihnen viel Vergnügen machte, da immer irgendetwas los war. Viele der vorüberkommenden Einheimischen glaubten, dass die Kinder dort saßen, um zu betteln, und reichten ihnen mit freundlichem Lächeln Früchte oder einen gebackenen Keks. Die Javaner gaben gerne, erklärte Schwester Florinda den beiden jungen Frauen. Teils aus angeborener Freundlichkeit, teils aber auch, weil man nie wusste, ob sich in einem so harmlos aussehenden Kind nicht doch irgendein unheimliches Wesen verbarg, dessen Ärger man besser nicht auf sich zog.

Neele dachte bei sich, dass selbst Tante Käthes ständig übellauniger calvinistischer Gott nicht halb so schlimm war wie diese andauernde Angst vor Geistern, die sich in allem und jedem verbargen. Sie lauerten selbst in leblosen Gegenständen, denn wie Schwester Florinda ihr erklärte, waren die Javaner, obwohl sie sich nach außen hin zum Islam bekannten, im Grunde Animisten – Gläubige, die jeden Baum, jeden Stein, jeden Fluss und jede Feuerflamme als beseeltes, ja göttliches Wesen ansahen, am meisten aber die Tiere.

»Sie leugnen es, wenn man sie fragt«, sagte sie, »und manche sind wohl selber davon überzeugt, schließlich wurden sie schon vor Jahrhunderten zwangsweise zu Mohammedanern gemacht. Aber kaum geraten sie irgendwo in die Klemme, fallen der Islam und das Christentum gleichermaßen von ihnen ab, und sie wenden sich an ihre alten Götter, die in den Vulkanen und im Urwald hausen. Deshalb wenden sie sich auch schnell gegen einen Menschen, der ihnen bedenklich erscheint. Sie haben Angst, ein solcher Mensch könnte eine Art bösen Zauber auf sie ziehen, und es sei deshalb besser, nicht mit ihm oder ihr gesehen zu werden.«

Neele dachte, das sei ein törichter Aberglaube. Noch wusste sie nicht, wie bald dieser Aberglaube ihr eigenes Leben verdunkeln sollte.

4

Als Neeles Herz erst einmal Feuer gefangen hatte, brannte die Glut still und stetig. Die Umstände kamen ihr entgegen: Die Nonnen zu besuchen, sooft er wollte, stand Ameya frei; es musste ja niemand befürchten, dass er sich aus dem Kreis der Gott geweihten Frauen eine Gattin wählte oder engere Beziehungen aufnahm. Gleichzeitig nutzte Dr. Bessemer jede Gelegenheit, im Waisenhaus vorzusprechen und sich durch allerlei kleine Gefälligkeiten bei den Nonnen beliebt zu machen. So sah Neele den Mann, den sie liebte, recht häufig, und ihre Liebe wuchs, auch wenn keiner der beiden seine Gefühle in Worte fasste. Ameya war scheu; die allgemeine Art der Javaner, sich niemandem aufzudrängen, kam zu der natürlichen Schüchternheit eines jungen Mannes, der womöglich seine erste Liebe erlebte. Und Neele hatte zu viel Schlimmes erlebt, um einer neuen Liebe gegenüber unbefangen zu sein.

Aber je näher sie einander kamen, desto deutlicher wurde ihnen beiden bewusst, dass ihre Liebe keine Zukunft hatte. Neele merkte, dass die deutsche Gemeinschaft die vielen Besuche des Wedono mit scheelen Blicken beobachtete, und gelegentlich bekam sie spitze Bemerkungen zu hören, ob es denn nicht genug weiße Männer gebe, dass sie zu einem Fremden so freundlich sein müsste. Sie erwiderte dann achselzuckend, sie sei gerne zu jedermann höflich und freundlich, und im Übrigen habe sie keinen Einfluss darauf, wen die Schwestern einluden, aber die Lästerzungen ließen sich nicht täuschen.

Richard Hagedorn wurde einmal, als er zu viel getrunken hatte, ausfällig. Als sie aus dem Kaufhaus kam und zu ihrem Einspänner gehen wollte, trieb er sein Pferd an, sodass es quer über die Straße zu stehen kam und ihr den Weg blockierte, und rief mit heiserer Stimme: »Sieh an, die schöne Frau Selmaker, die einen Gatten verloren hat und jetzt so einsam ist, dass sie einen Pfefferfresser nimmt!«

Neele suchte ihm auszuweichen, aber er rückte ihr zusehends auf den Leib, dass ihr angst wurde. Ihr Pferd drohte auszubrechen und den Hang hinunterzustürzen, als er ein ums andere Mal mit der Peitsche danach schlug und seinen Apfelschimmel antrieb, sodass dieser dem an Streitereien nicht gewöhnten Kutschenpferd auf die Hufe stieg. Sie hielt die Zügel fest und versuchte gleichzeitig, dem nervösen Pferd und dem bösartig erregten Mann gut zuzureden, sie möchten sich wieder friedlich benehmen. Aber ob sie es geschafft hätten, war fraglich, wäre nicht Frau Selders aus ihrem Laden gekommen und hätte Richard energisch zugerufen, er solle die junge Frau in Ruhe lassen. Er grollte, lenkte aber dann seinen Hengst auf die Straße zurück und verschwand.

Neele dankte mit pochendem Herzen.

Frau Selders warf ihr einen schrägen Blick zu. »Er ist unausstehlich, wenn er betrunken ist, aber ich muss schon sagen, Frau Selmaker, man muss ihn nicht auch noch reizen.«

»Womit habe ich ihn gereizt?«

»Das wissen Sie sehr gut«, sagte die Ladeninhaberin, »und ich brauche Ihnen nicht mehr dazu zu sagen. Hier gibt es Manieren, an die man sich halten muss, und wer das nicht will, findet keine Freunde.«

Neele war nahe daran aufzufahren, aber dann beherrschte sie sich. Das Dümmste, was sie jetzt tun konnte, war, einen öffentlichen Streit anzufangen, und das unmittelbar neben dem Dorfkrug, dessen Besucher auch noch auf den Wortwechsel aufmerksam werden mochten. Also sagte sie nur »Vielen Dank für Ihre Hilfe« und lenkte den Wagen mit seiner Last aus Lebensmitteln bergaufwärts.

Es dauerte nicht lange, bis auch Dr. Bessemer sie beiseitenahm, um ihr einen guten Rat zu erteilen. Er schien nicht recht zu wissen, ob er ihr gütig und väterlich oder mit der Strenge des Beamten gegenübertreten sollte. Schließlich sagte er: »Ich will nicht lange um den heißen Brei herumreden. Da Sie Deutsche sind, bin ich wohl für Ihre Angelegenheiten zuständig, auch wenn Sie mich nicht darum bitten.« Er hielt ein paar Sekunden den Atem an, dann fuhr er fort: »Ihre Liebesgeschichte macht hier böses Blut.«

Neele richtete sich steif auf. »Aber warum? Was habe ich ... was haben wir falsch gemacht? Und wenn wir schon so reden: Abgesehen davon, dass wir viel füreinander empfinden, ist es noch gar keine Liebesgeschichte. Sie können sich vorstellen, wie schwierig es für mich ist, einem Mann zu trauen, nachdem mein Mann mich auf eine so heimtückische Weise verlassen hat.«

Der Amtmann machte eine Bewegung, die alles wegwischte. Das alles, sagte er, wäre kein Problem, wenn sie sich in einen Weißen verliebt hätte. Aber in Java war es ein Problem. Auch wenn die einheimischen Familien reich und bedeutend waren und hohe Funktionen einnahmen, so verkehrte man nicht gesellschaftlich miteinander. Ein weißer Händler mochte mit seinem einheimischen Freund

Tag für Tag Geschäfte machen, aber keiner von beiden wäre auf den Gedanken gekommen, diesen Freund zu einem gesellschaftlichen Ereignis einzuladen. Ein Mann konnte eine farbige Mätresse haben, das störte niemand, aber er nahm sie nicht zu einem Tanz oder ins Theater mit.

»Ich weiß, dass Ameya Ihnen gut gefällt«, sagte er, »und es ist dasselbe auf der anderen Seite, aber ihr werdet euch damit abfinden müssen, dass daraus nichts werden kann. Die Moralgesetze hier sind eigenartig.« Für ihn, den Deutschen, gebe es kaum ein Problem, sich mit einer deutschen Frau zu unterhalten, solange sie dabei nicht den Eindruck erweckten, »sich in dunklen Ecken herumzudrücken«. Mit einer Holländerin oder Engländerin hätte man ihn schon schief angesehen. Wenn es ihm nur um eine Mätresse ginge, hätte er sich eine europäische oder auch eine einheimische Gefährtin zulegen können, solange er hinreichend Diskretion walten ließ. Aber ein einheimischer Mann, der Gefallen an einer Europäerin fand, war ein Pechvogel. Niemals würde man ihm diese Liebe gestatten.

»Und warum nicht?«, fragte Neele.

Dr. Bessemer zuckte die Achseln. Es war eben so, und zwar auf beiden Seiten. Die Europäer empfanden es als eine Beleidigung, dass einer aus dem Kolonialvolk sich in ihre Reihen drängen wollte, und für die Javaner galt Adat, das Gewohnheitsrecht, das die Heirat mit einer fremden Frau verbot, sei sie nun Europäerin oder Chinesin.

»Seien Sie vernünftig«, sagte er, wobei er wohlwollend ihre Hände ergriff, »und machen Sie sich und ihn nicht unglücklich. Es kommt nur Streit und Ärger heraus dabei, wenn nicht noch Schlimmeres. Sie wissen nicht, wozu die

Weißen in ihrem Hochmut fähig sind und wie hasserfüllt die Einheimischen sein können. Es ist eben so«, schloss er ein wenig unbeholfen, »dass gewisse Dinge unmöglich sind, was immer wir darüber denken mögen. Und zwar sind sie für beide Seiten unmöglich. Die Familie unseres Freundes wird ihm ebenfalls heftige Vorwürfe machen, dass er auch nur daran denken kann, sich mit Ihnen einzulassen.«

Neele dachte daran, wie Richard sie erschreckt hatte, und seufzte. Dr. Bessemer hatte ja recht. Aber jetzt war sie schon eigensinnig, jetzt wollte sie nicht mehr aufgeben, was ihr so viel bedeutete. Als sie das zu ihm sagte, zuckte er die Achseln. »Tun Sie, was Sie nicht lassen können, aber ich sage Ihnen gleich, Sie werden nichts ausrichten. Was in Jahrhunderten gewachsen ist, lässt sich nicht einfach umwerfen.«

Als sie einmal Gelegenheit hatte, Ameya unter vier Augen zu sprechen, fasste sie sich ein Herz und sprach ihn rundheraus an. »Sie werden das, was ich Ihnen sage, vielleicht ungehörig finden«, sagte sie, »aber ich kann es nun einmal nicht noch länger hinunterschlucken, und außerdem glaube ich, dass Sie es ohnehin schon längst wissen. Seit ich Sie das erste Mal gesehen habe, liebe ich Sie, und jetzt ist es so, dass ich sage, ich will Sie und keinen anderen Mann.«

Nach javanischen Höflichkeitsregeln war das sicherlich eine sehr ungehobelte Rede, denn Ameya war sichtlich betroffen, aber er spürte die Leidenschaft in den Worten, und so ergriff er ihre Hand und hielt sie fest. »Ich weiß, dass Sie so empfinden, und meine Gefühle kommen den Ihren entgegen, aber was sollen wir tun? Meine Familie würde Sie nicht akzeptieren. Starrsinnig und feindselig sind nicht nur die Europäer. Auch hier wärst du eine Ausgestoßene. Meine Familie würde sich für dich schämen. Wie sähe das aus! Alles Leute, die so aussehen, wie es sich gehört, und mittendrin eine von den verhassten Weißen!«

Neele verstand. Man würde ihn und seine Familie als Leute betrachten, die sich bewusst bei den Kolonialherren einzuschmeicheln versuchten.

Plötzlich sagte er: »Wir könnten nur an einen Ort gehen, an dem du und ich gleichermaßen Fremde wären. Nach Amerika oder Australien. Dort kümmert man sich nicht darum, wie jemand aussieht oder woher er kommt.«

Sie war völlig verdutzt. Auf den Gedanken, dass er seine Heimat verlassen könnte, wäre sie im Traum nicht gekommen. Sie hatte immer den Eindruck gehabt, dass er hier tief verwurzelt war und nichts ihn bewegen konnte, Java je zu verlassen. Aber jetzt hörte es sich an, als sei er geradezu begierig, einen solchen Schritt zu tun.

Eifrig fuhr er fort: »Einmal im Monat geht ein Schiff von hier nach Brisbane. Denk darüber nach, aber ich bitte dich, schweig, bis wir einen Entschluss gefasst haben! Niemand darf davon erfahren, auch deine Freunde nicht. Ein solches Unternehmen ist gefährlicher, als du ahnst.«

Neele fiel nichts anderes ein, als schweigend zu nicken. Er drückte ihre Hand und verließ sie, um nicht mit ihr ertappt zu werden.

Sie blieb sitzen und starrte regungslos vor sich hin. Irgendetwas, dachte sie, war seltsam an der Bereitwilligkeit, mit der er einem Verlassen der Heimat zugestimmt hatte. Und dann auch noch nach Australien, von dem sie bislang nur gehört hatte, dass es heiß, trocken und öde war und dass man dort ungeheure Mengen von Gold fand. Während Java wenigstens landschaftlich faszinierend schön war, schien Australien selbst dieser Vorzug zu fehlen. Aber davon verstand sie nichts, und so konnte sie nichts anderes tun als überlegen, ob ihre Liebe und ihr Vertrauen stark genug waren, diesem fremden Mann in ein noch fremderes Land zu folgen. Einmal war sie betrogen worden, würde es auch ein zweites Mal der Fall sein? Nein, sagte sie sich. Ameya würde nicht lügen. Wenn er sagte, dass er sie liebte, dann meinte er das auch so.

Besuch aus Deutschland

1

Zwei Monate vergingen, in denen Neele sich allmählich in ihrer neuen Umgebung zurechtfand. Das Land erschien ihr nicht mehr gar so fremd. Sie wusste, dass in der Regenzeit regelmäßig jeden Nachmittag ein Wasserfall herabstürzte, der den ganzen Vorgarten unter Wasser setzte; wenn sie dann hinausspähte, schwammen Schlangen, Ratten und Geckos um ihr Leben zu den Verandastufen, wo sie einträchtig triefnass beisammenhockten. Nach jedem Regen erschienen neue Scharen von Käfern, Würmern und Schnecken, die sich an dem überbordenden Grün delektierten.

Sie gewöhnte sich an die feuchte Hitze. Statt der eng geknöpften Tracht, in der sie an Bord gegangen war, trug sie jetzt nur noch einen langen Rock und über dem Mieder eine der lockeren bunten Blusen, die die Einheimischen in so vielen reizvollen Mustern herstellten, und dazu ein über die Haare gewickeltes Tuch. Besser, man lästerte im deutschen Dorf über sie, als dass sie vor Enge und Hitze tot umfiel!

Sie fühlte sich geborgen in dem Haus, in dem außer ihr nun auch noch so viele andere Menschen wohnten. Im Großen und Ganzen kam sie auch mit der deutschen Gemeinschaft gut aus. Allerdings hatte sie festgestellt, dass man Richard aus dem Weg gehen musste, wenn er getrunken hatte. Er fing dann mit allen und jedem Streit an, sogar mit seinen Eltern, und bedrohte sie wüst. Seiner Frau gelang es nicht immer, ihm auszuweichen, und sie musste ein paar Tage im Haus bleiben, um die Spuren der Prügel zu verbergen. War er allerdings nüchtern, so war er ein freundlicher und hilfsbereiter Mensch.

Eines Morgens stand sie früh auf, kochte unten Kaffee und wärmte die Blechkuchen vom Vortag auf, als jemand an die Tür pochte. Sie rannte hinauf, als sie eine Stimme auf Deutsch sprechen hörte, die ihr vage bekannt vorkam, öffnete die Tür – und stand Angesicht zu Angesicht mit Jürgen Simms.

Er lachte laut auf und schrie mit einer Wortgewalt, die Lennert und Paula an die Tür rief: »Überraschung, was?«

Ihre Verblüffung war so überwältigend, dass sie kein Wort hervorbrachte, sondern es Paula und Lennert überließ, den so völlig unerwarteten Gast zu begrüßen. Sie nahmen ihn in die Arme, Paula küsste ihn, während Lennert ihn abklopfte, nur Neele brachte keine Bewegung zustande, obwohl er sie zwei Mal anredete. Schließlich folgte sie den Freunden ins Innere des Hauses, wo sie sich an den Küchentisch setzten.

»Jürgen!«, rief Lennert. »Wie ist das möglich? Welcher Wind hat dich hergeweht? Hat Tante Käthe dir Neeles Brief gezeigt?«

»Ich wusste schon vorher Bescheid.« Jürgen presste die Lippen zu einem schmalen Strich zusammen. »Ich hab gesehen, wie Frieder sein Billett verkaufte. Ich wollte ihn festhalten und ihn zwingen, mir zu sagen, was er vorhat, aber er knallte mir die Faust aufs Kinn, dass ich zu Boden ging, und als ich endlich wieder die Augen aufschlagen konnte, war er fort. Da dachte ich, jetzt kann ich nichts anderes tun als hierherfahren, Neeleken, und dich suchen.« Er griff nach ihrer Rechten und umfasste sie mit seinen beiden Händen. »Ich dachte, wenn du allein hier bist, brauchst du Hilfe.«

»Allein!«, protestierte Paula. »Du hast doch gewusst, dass wir auch bei ihr sind. Dachtest du vielleicht, wir würden sie im Stich lassen?«

Jürgen blickte verlegen zu Boden. Nein, natürlich nicht. Das hatte er nicht gedacht. Aber es war eben ein Unterschied …

Neele hob mit einer abrupten Bewegung den Kopf. »Du hast gewusst, dass mein Mann mich verlassen hat, und bist hergekommen, weil du dachtest, jetzt gehöre ich dir.«

Er gab widerstrebend zu, dass er das wohl irgendwie auf diese Weise gedacht hatte. Sie hatten einander doch schon als Kinder gekannt, und wenn jetzt Frieder sie so schmählich im Stich ließ, musste eben ein anderer einspringen … Himmel, er schien wirklich zu denken, dass sie mit jedem zufrieden sein würde, der Frieders Platz einzunehmen bereit war! Gewiss, in einer Weise hatte sie sich gefreut, ihn wiederzusehen, weil er ein Stück Norderbrake war, ein lebendiges Stück ihrer alten Heimat. Aber sie dachte nicht daran, ihm jetzt in die Arme zu fallen, nur weil er einen so kühnen Entschluss gefasst hatte. Es war ja seine Sache gewesen, wenn er ihr folgte, um sie am anderen Ende der Welt einzufangen. Es verpflichtete sie zu nichts.

Lennert, der die Spannung deutlich spürte, schlug vor, die Ankunft des Freundes im Dorfkrug unten zu feiern.

Jürgen folgte ihm begeistert, aber die beiden Frauen

hielten sich zurück. Neele wollte nicht den Eindruck erwecken, dass sie gewissermaßen Hand in Hand mit dem jungen Mann aus ihrer Heimat im Dorfkrug erschien. Das hätte zu viele Zweifel an ihrer ursprünglichen Geschichte geweckt und natürlich bei allen den Eindruck hinterlassen, dass Jürgen ihr weitaus näher stand, als sie zugab. In Wirklichkeit war sie wütend auf ihn. Kaum hatte sie angefangen, hier einigermaßen Fuß zu fassen, hatte sie schon mit einem neuen Problem zu kämpfen. Auf keinen Fall durfte Jürgen sich hier ins Haus drängen. Egal, wo er unterkam, sie hatten ihn nicht eingeladen, und er musste aus eigenen Stücken zusehen, wo er ein Dach über dem Kopf fand.

»Paula«, drängte Neele, »Lennert darf auf keinen Fall zulassen, dass er sich hier bei uns einnistet, das bringt uns alle in die größten Schwierigkeiten – mit den Klosterfrauen, mit der deutschen Gemeinschaft, mit dem Konsulat. Ich habe ihn nicht gebeten zu kommen. Er hat keinen Anspruch auf Hilfe. Er ist nicht in der gleichen Situation wie wir damals, er wusste von vornherein, dass er vor dem Nichts stehen würde.«

Paula stimmte ihr zu. »Am besten«, schlug sie vor, »besprechen wir das Problem mit Schwester Florinda – wenn die ihn an die Luft setzt, wird er es kaum wagen zurückzukommen.«

Das taten sie dann auch. Die alte Nonne, die das Erscheinen eines unbekannten jungen Mannes am Gartentor mit dem größten Misstrauen beobachtet hatte, war sofort einer Meinung mit ihnen, dass er sich anderswo ein Quartier suchen musste und generell nicht zu freundlich aufgenommen werden sollte. Das schwächste Glied in der Kette war in diesem Fall Lennert. Er war gerne in

Gesellschaft anderer Männer, er mochte Jürgen, und ihm schmeckte das hausgebraute Bier im Dorfkrug. Er würde sich auf die Seite des Eindringlings schlagen.

So war es auch. Die beiden kamen erst am späten Nachmittag heim. Beide hatten mehr getrunken, als ihnen guttat, und waren in heimatseliger Stimmung. Wäre Florinda nicht gewesen, die beiden jungen Frauen hätten es nicht geschafft, sich Jürgen vom Leib zu halten. Zuletzt brachte Lennert ihn zu dem Losmen beim Festplatz und besorgte ihm dort eine Unterkunft. Am nächsten Tag wollten sie weitersehen.

Paula war wütend auf ihren Bruder. »Du besäufst dich, du grölst mit diesen anderen Bierseligen im Dorfkrug deutsche Lieder – was für einen Eindruck sollen eigentlich die Eingeborenen von uns bekommen? Die müssen ja denken, alle Europäer wären das letzte Gesindel! Und was ist, wenn man dich gerufen hätte? Du bist der einzige brauchbare Arzt weit und breit, der alte Knacker im Dorf unten kann sich ja kaum noch auf den Beinen halten, und halb blind und taub ist er auch!«

Lennert zeigte sich zerknirscht. Ja, er hätte einen Fehler gemacht. Es sei einfach so schön gewesen, wieder jemand aus der alten Heimat zu treffen.

Neele schlief schlecht in dieser Nacht. Sie hatte merkwürdige Träume, in denen Jürgen sie hart an der Hand fasste und über die Bambusbrücke zog, während Ameya ihr traurig nachsah, und dann war es wieder Ameya, der ihr den Steigbügel seines Pferdes hielt und ihr zuflüsterte, sie müsse mit ihm nach Australien fliehen, und jedes Mal ging ihr ein Stich durchs Herz. Wenn sie aufwachte, erinnerte sie sich daran, was Jürgen am letzten Tag ihres Zusammenseins in Norderbrake zu ihr gesagt hatte, wie fest entschlossen er gewesen war, sich ihrer zu bemächtigen. Er musste es wirklich ernst meinen, wenn er eine so lange und beschwerliche Reise auf sich genommen hatte, nur um sie wiederzusehen. Er hatte sich völlig verbissen in den Gedanken, dass er jetzt, wo Frieder nicht mehr im Spiel war, das Recht und die Pflicht hatte, sie als seine Gefährtin zu betrachten, ob sie das wollte oder nicht.

Wer würde denn überhaupt fragen, was sie wollte? In einer solchen Situation fragte man die Behörden, die Kirche, die Eltern, aber zuallerletzt fragte man die Frau, um deren Leben es doch eigentlich ging. Frieder hatte kurzerhand über sie bestimmt, dass sie nach Java zu fahren hätte. Jetzt wollte Jürgen bestimmen, dass sie hier unter seinem Schutz stand. Und Ameya? Sah der sie nicht auch im Zerrspiegel der Sitten und Gebräuche seines Landes?

Sie wachte früher als gewöhnlich auf. Übellaunig stieg sie hinunter zum Brunnen, holte ein paar Eimer Wasser für das große gemauerte Wasserbecken herauf und trug das Kaffeewasser in die Küche. Es geschah genau, wie sie erwartet hatte: Sie war noch nicht einmal mit dem Kaffee fertig, als heftig an der Tür gepocht wurde. Jürgen stand draußen.

»Guten Morgen!«, rief er gut gelaunt. »Ich dachte, ich komme mir meinen Kaffee hier abholen. Im Moorhof gab's immer guten Kaffee, während ich da oben in der Strohhütte nicht weiß, ob nicht ein paar Käfer drin schwimmen. Sieht mir alles ein bisschen primitiv aus.«

Neele zögerte. Es erschien ihr sehr hart, ihm zu sagen, dass er nicht einmal eine Tasse Kaffee bei ihnen trinken dürfte, obwohl es ihr lieber gewesen wäre, sie hätte ihn überhaupt wegschicken können. Widerwillig ließ sie ihn ein.

Er trat über die Schwelle und sah sich um. »Hübsch!«, sagte er. »Alles ganz neu. Was anderes als eure alte Mäuseburg auf der Wurt.«

Sie wandte ihm den Rücken zu und fing an, das Frühstück auf dem achteckigen Tisch im Empfangszimmer anzurichten. »Das hier ist nicht unser Haus«, sagte sie über die Schulter hinweg. »Da niemand weiß, wer der eigentliche Besitzer ist, verwaltet es fürs Erste der deutsche Konsul, und die Schwestern vom Orden des heiligen Joseph wohnen darin. Wir haben kein Recht, dich hier aufzunehmen, und ehrlich gesagt habe ich auch keine Lust. Ich mag die Art nicht, wie du dich in mein Leben drängst. Ich mochte sie nie. Schon als wir noch Kinder waren, hast du dich immer angestellt, als müsste ich tun, was du willst, warum auch immer. Aber jetzt sage ich dir: Die Schwestern wollen nicht, dass du dich hier aufhältst. Und ich will es auch nicht.«

»Schön, wie du willst«, sagte Jürgen mit gespielter Gelassenheit. »Dann trinke ich meinen Kaffee eben beim alten Kröger unten im Dorfkrug. Aber egal, ob du mich in deinem Haus haben willst oder nicht, ich habe dir etwas mitgebracht, das du dir ansehen musst.«

»Was ist das?«, fragte sie misstrauisch.

Statt einer Antwort entnahm er seinem Ranzen einen dicken Packen braunes Papier, der mit Zwirn zugeschnürt war. Als er die Verschnürung durchschnitt, fielen eng beschriebene Blätter auseinander. Jürgen nahm eines davon, das heller aussah und besser erhalten war als die anderen, und reichte es ihr.

»Das war es, was ich dir an dem Abend sagen wollte, bevor du abgereist bist. Ich hab Bescheid gewusst, genau wie der Pfarrer und der Schulmeister und deine Verwandten. Deine Mutter lebt bis heute mit dieser Kugel im Kopf. Der Arzt schreibt, die Kugel bewegt sich und verändert ihr Gehirn, manchmal ist sie bei Sinnen, manchmal nicht. Aber sie schreibt immer wieder Briefe. Früher haben die Ärzte diese Briefe weggeworfen, aber seit einiger Zeit ist ein neuer Arzt dort, der sich einbildet, es könnte für die Familie vielleicht wichtig sein, was sie schreibt … nun ja, lies es selbst.«

Neele nahm das Blatt aus seiner Hand. Es trug den Stempel einer Heilanstalt am rechten oberen Rand und war in der energischen, zackigen Handschrift eines jungen Mannes beschrieben. Er teilte mit, die Niederschriften der Patientin, die seine früheren Kollegen ungelesen weggeworfen hätten, machten seit einiger Zeit einen durchaus zusammenhängenden Eindruck auf ihn, es sei vielleicht für ihre Anverwandten interessant zu lesen, was sie schreibe.

»Gut«, sagte sie. »Ich danke dir, dass du mir die Briefe mitgebracht hast. Und jetzt geh wieder.«

Er zögerte, aber inzwischen waren die Schwestern hereingekommen, die in der ersten Schicht frühstückten – ein Teil von ihnen war immer bei den Kindern –, und Jürgen musste erfahren, dass er im Ernst hinausgewiesen wurde. Er versuchte es mit Charme, er protestierte – nichts half. Schwester Florinda sagte ihm rundheraus, sie hätten hier viel Arbeit, weder Neele noch Paula hätten Zeit, mit ihm zu tändeln, und keine von beiden hätte ihn gebeten zu kommen. Schließlich verließ er murrend das Haus. Er nannte kein Ziel, aber wie Neele ihn und seine Stimmungen kannte, würde er sich auf der Stelle in den Dorfkrug aufmachen und dort seinen Zorn mit Bier und Beerenschnaps löschen.

Abends, als sie allein war, setzte sie sich an den Tisch und breitete die Briefe vor sich aus. Sie waren in einer eckigen, schwer leserlichen Schrift auf billigem Papier mit brauner Tinte geschrieben und hatten manchmal die Form richtiger Briefe, manchmal die Form von Tagebucheintragungen, bei denen aber nicht klar wurde, aus welchem Zeitraum sie stammten. Zuweilen wies irgendein Nebensatz darauf hin, wann der betreffende Eintrag geschrieben worden war: »Mein Kindlein kann schon laufen, wenn auch nur auf allen vieren«, oder: »Heiner will so bald wie möglich zurück zu seinen Leuten.« Einmal hatte sie geschrieben: »Sie sind wieder am Werk, mein Gott! Als hätten diese armen Leute nicht schon genug Schreckliches durchgemacht!«

Es war Neele bald klar, dass ihre Mutter hier keine zusammenhängenden Erinnerungen niedergeschrieben hatte, sondern Bilder aus ihrem Inneren auftauchten, die sie dann nachträglich und ungeordnet auf dem Papier fixierte. Sie ärgerte sich, dass die Ärzte über so lange Zeit hinweg die Notizen für völlig uninteressant gehalten und einfach weggeworfen hatten. Wie wichtig wäre es für sie gewesen, alles zu erfahren, was ihrer Mutter durch den Kopf ging! Manchmal wusste diese, dass Neele inzwischen eine erwachsene Frau sein musste, manchmal wieder sah sie sie als kleines Mädchen vor sich. Auch dass ihr Mann nicht mehr lebte, war ihr einmal bewusst, dann wieder nicht. Sie schrieb ganze Briefe an ihn, in denen sie ihm ihre Liebe versicherte. Diese Briefe enthielten jedoch auch seltsame kleine Hinweise darauf, dass die beiden ein Geheimnis geteilt hatten: »Als wir noch in dem kleinen Haus in den Dünen wohnten, war es leichter, ein Geheimnis zu bewahren, als hier in dem großen Moorhof mit seinen vielen neugierigen Augen.« Und an einer anderen Stelle hieß es: »Ich fürchte deine Tante, sie sieht und hört alles, und was sie nicht sieht und hört, das spürt sie mit einem sechsten Sinn, vor dem man nichts verbergen kann. Manchmal denke ich, wir können es nicht bewahren. Ich bin nur froh, dass das Kind so klein ist, sie versteht nichts und kann sich nicht erinnern.«

Neele saß lange über den geheimnisvollen Briefen. Sie war zornig auf Tante Käthe und Onkel Merten, die ihr nie gesagt hatten, dass ihre Mutter noch am Leben war. Hätte sie gewusst, dass Elsie lebte, so wäre sie in die Anstalt gefahren und hätte sie dort besucht … oder vielleicht doch nicht? Sie musste zugeben, dass sie nicht genau wusste, wie sie reagiert hätte. Es war nicht einfach, eine geistesgestörte Mutter zu haben, und ein Besuch in einem Irrenhaus war eine zutiefst bedrückende Angelegenheit. Vielleicht wäre sie gar nicht hingefahren. Was nützte es jetzt noch, darüber nachzugrübeln! Sie konnte nichts mehr daran ändern. Es brannte ihr auf der Seele zu erfahren, welches Geheimnis Elsie und Heiner so ängstlich gehütet hatten – und doch vor Tante Käthe nicht hatten verbergen können. Hing es mit den spitzen Bemerkungen zusammen, die Käthe dann und wann über die Tugend ihrer Schwiegertochter gemacht hatte? Ihrer Angst, Neele könnte der Mutter nachgeraten und eine liederliche Person werden? Die Briefe gaben keinen Hinweis darauf. Sie ließen nur erkennen, dass Elsie ihren Ehemann über alles geliebt hatte und diese Liebe offensichtlich erwidert worden war.

Mit einem tiefen Seufzer schob Neele die Briefe zusammen, steckte den Packen zurück ins Kuvert und verbarg es in der Truhe mit ihren persönlichen Besitztümern.

Elsies Schicksal war furchtbar, und doch konnte sie auf eine glückliche Ehe zurückblicken, während die Ehe ihrer Tochter mit Lieblosigkeit begonnen und mit Verrat geendet hatte. Was ihre Mutter wohl dazu gesagt hätte, wenn sie ihr von Ameya erzählte? Ob sie Verständnis dafür gehabt hätte, dass die ganze Liebe ihrer Tochter einem so fremdartigen Mann galt? Sollte sie ihr schreiben und ihr davon erzählen? Aber nein, noch war es zu früh. Sie wollte erst eine Antwort auf ihren Brief an Tante Käthe abwarten.

Den Kopf voll erregter Gedanken, ging sie zu Bett.

2

Sie hatte sich nicht geirrt, was Jürgens Neugierde anging. Am nächsten Morgen erschien er in aller Frühe und wollte wissen, ob sie die Briefe gelesen hätte. Sie wurde so zornig, dass sie ihn anschnauzte: »Hör zu, wenn ich sie gelesen habe, dann wärst du der Letzte, dem ich es anvertrauen würde. Du hast mit deiner Neugier und deiner Geheimnistuerei immer nur Unheil angerichtet, und was gehen meine Angelegenheiten dich überhaupt an? Siehst du nicht, dass du mich hier in eine völlig unmögliche Situation bringst? Es war peinlich genug, vor fremden Leuten erklären zu müssen, dass mein Mann mich geschwängert und dann verlassen hat …«

Jürgen machte eine großartige Bewegung. »Ach was, Unsinn! Die haben vollstes Verständnis für dich. Wir haben gestern lange mit dem jungen Hagedorn über dich gesprochen, und, nun ja, vielleicht hätte seine frisch angetraute Ehefrau nicht gerne gehört, was er über dich zu sagen hatte, aber er schätzt dich jedenfalls sehr …«

Neele blieb die Luft weg vor Wut. Was für ein Idiot! Da saß er in der Kneipe und hechelte ihre Vorzüge durch, und die Männer stellten sich allesamt dumm genug an, dass die junge Frau Hagedorn davon erfahren würde. Sie konnte der nicht einmal einen Vorwurf machen, auch wenn sie vor Wut kochte. Was hätte sie selbst denn in einer solchen Situation getan?

Paula war ganz ihrer Meinung, aber Jürgen war stur wie ein Ochse. Er beharrte darauf, es sei doch alles gut verlaufen. Die Männer im deutschen Dorf hätten klargemacht, dass jeder von ihnen bereit wäre, der schönen Neele Selmaker seine Schuhe unters Bett zu stellen. Warum musste sie dann ein so saures Gesicht machen? War das nicht eine Schmeichelei, über die sich jede Frau freuen musste?

Paula fixierte ihn. »Du hättest Neele nichts Schlimmeres antun können, geht das nicht in deinen Holzkopf hinein? Oder machst du es sogar absichtlich? Du hetzt die Frauen gegen sie auf und bringst die Männer auf den Gedanken, es bei ihr zu versuchen, und egal, was sie tut oder nicht tut, es wird ihr nachgesagt werden, dass sie leicht zu haben ist.«

»Wenn sie die meine wäre, käme niemand auf den Gedanken, dass sie leicht zu haben ist.« Jürgen kniff die Lippen zusammen und ballte beide Fäuste vor der Brust.

»Ach, so läuft das?«, schrie Neele. »Unter deinem Schutz könnte ich mich sicher fühlen, aber ohne dich nicht?« Sie begann allmählich zu befürchten, dass Jürgen weitaus schlauer war, als sie ihn eingeschätzt hatte, und vorhatte, sie in die Enge zu treiben. Wenn er sie in Verruf bringen sollte, würde sie tatsächlich auf einen edlen

Ritter angewiesen sein, der sie vor den Übergriffen anderer Männer beschützte. Wütend zischte sie ihn an: »Glaub nur nicht, dass du es auf die Weise bei mir versuchen kannst! Ich kenne den Amtmann, ich kenne den Konsul, beide werden nicht zulassen, dass du mich einschüchterst!«

Jürgen verzog auf eine ganz eigenartige Weise das Gesicht. »Gewiss nicht, und auch der Wedono wird sich für dich einsetzen! Was für eine Schande, dass er ein Einheimischer ist und nicht kann, wie er möchte!«

»Woher weißt du von Ameya?«

»Richard erzählte mir von ihm. Das ganze deutsche Dorf weiß, dass er bei jeder Gelegenheit hier auftaucht. Oh, offiziell nur als Begleiter des Kontrolleurs, aber wer Augen im Kopf hat, weiß ganz genau, dass er deinetwegen kommt.«

Er wurde von Schwester Florinda unterbrochen, die eines der hinkenden Mädchen auf die Veranda hinausführte. »Haben Sie hier irgendetwas zu tun?«, fragte die alte Nonne ihn barsch. »Oder stehen Sie nur herum, schwatzen und halten andere Leute vom Arbeiten ab?« Ihr runzliges Gesicht, ihre heisere Stimme warnten Jürgen, er murmelte irgendetwas von »nur auf einen Sprung hereinschauen« und zog sich zurück. Vom Gartentor her rief er zurück: »Hab die Leute hier richtig sympathisch gefunden, vor allem die Hagedorns! Morgen gehe ich mit Richard Sumpfhühner jagen, vielleicht fällt für euch auch was ab!«

»Hol der Teufel eure Sumpfhühner«, murmelte Neele.

Sie musste bald feststellen, dass Jürgen es wirklich darauf anlegte, sie in die Enge zu treiben. Er verbrachte Stunden mit dem jungen Hagedorn, in denen sie Genever tranken, rauchten und schwatzten, und in diesen Stunden skizzierte er ihre frühere Beziehung immer mehr als die eines Liebespaars. Frieder schien bald überhaupt keine Rolle mehr zu spielen. Das wurde auch gutgläubig akzeptiert, schließlich hatte Neele selber nicht den Eindruck erweckt, dass sie ihren Mann heiß geliebt hätte, aber noch weniger hatte sie Jürgen geliebt – und nun behauptete er frech das Gegenteil. Zuweilen, wenn Lennert im Dorfkrug oder auf der Veranda der Hagedorns mit im Kreis der jungen Männer saß, widersprach dieser: Er könne sich nicht erinnern, dass Neele dem Sohn des Küsters jemals besonders zugetan gewesen sei, er sei es gewesen, der sich von Jugend auf an sie hängte und es nicht verwinden konnte, dass die Mertens seine lange Abwesenheit auf See genutzt hatten, um die Nichte mit Frieder Selmaker zu verheiraten. Und das hatten sie deswegen getan, weil Jürgen ihnen als ein Wirrkopf erschien, der es im Leben zu nichts bringen würde.

Richard Hagedorn hatte seinem neuen Freund eine Stellung als Verwalter auf einer deutschen Plantage verschafft, aber Jürgen machte auch bei den deutschen Pflanzern nicht den Eindruck, als ob er viel leistete. Wenn er nicht gerade auf der Jagd war oder im Dorfkrug saß, schlenderte er durch die Plantage, ließ sich alles zeigen und erklären und schnauzte die Arbeiter an, die ihm zu langsam waren. Dass er sich vom Waisenhaus fernhielt, hatte Neele nur Schwester Florinda zu verdanken, deren barsche Art ihn einschüchterte. Nachdem sie ihn einmal hinausgeworfen hatte, kam er kein zweites Mal wieder.

Dafür fing er an, sich auf Ameyas Spuren zu setzen. Von der Veranda der Familie Hagedorn konnte er gut beobachten, wenn die Kutsche mit dem Amtswappen vorbeirollte, und dann lieh er sich rasch eines von Richards Pferden und folgte ihnen in einigem Abstand. Oben auf dem Hangrücken hielt er sein Pferd im Schutz der herabhängenden Lianen an und beobachtete das Haus durch ein Fernglas. Da man dort wie überall auf der offenen Veranda saß, wenn es nicht gerade regnete, bekam er eine Menge von den Besuchern zu sehen, aber nichts, was irgendwie interessant gewesen wäre. Er hatte im Dorfkrug nur zu berichten (und von dort machte die Nachricht bei allen deutschen Pflanzern die Runde und landete zuletzt wieder im Waisenhaus), dass der Amtmann offenbar großes Interesse an Fräulein Anderlies hatte, ihr immer wieder Bücher und andere Geschenke mitbrachte und kleine Spaziergänge mit ihr unternahm, während der Wedono sein diskretes Interesse der schönen Frau Selmaker zuwandte.

3

Die Regenzeit dauerte an. Die verkrüppelten Kinder hatten nicht viel von ihrer hübschen neuen Unterkunft, weil der Rasenboden hinter dem Garten zu weich war, um ihn mit den Rädern eines Rollstuhls zu befahren. Entweder grollte der Donner schon am Morgen vor Sonnenaufgang, oder es plätscherte den ganzen Tag durch, um dann nachts wie ein Wasserfall auf das Dach hinabzustürzen. Aus den dünnen, glitzernden Wasserfäden im hellen Grün der Gräser waren beunruhigend heftige Bäche geworden, die die Straße wegzureißen drohten. Immer wieder mussten Rinnen gegraben und mit Holzbrettern ausgelegt werden, um die Flut die Böschung hinabzuleiten und zu verhindern, dass sie große Erdbrocken ablöste.

Von den steilen Palmdächern rann das Wasser so schnell ab, dass sie kaum richtig nass wurden; daher konnten sie auch nicht faulen. Irgendwann jedoch war die Erde voll wie ein Schwamm. Eines Nachmittags ging ein besonders schlimmes Unwetter nieder, sodass die beiden jungen Frauen zum ersten Mal an der Festigkeit des Hauses, in dem sie wohnten, zweifelten. Der Sturm tobte wüst, am schlimmsten in den weit ausladenden Kronen der alten Bäume, die hoch oben auf dem Bergrücken standen. Immer wieder erklang ein Grollen, und gleich darauf spürten sie, wie der Boden unter ihnen bebte. Noch nie hatten sie ein Erdbeben erlebt, und sie erschraken beide furchtbar.

»Sollten wir nicht versuchen, uns in Sicherheit zu bringen?«, fragte Paula ängstlich.

Schwester Florinda schüttelte den Kopf. »Hier gibt es keine Sicherheit. Ob oben oder unten, jede Handvoll Erde ist von den ständigen Regengüssen durchtränkt wie ein Schwamm. Sie kann nichts mehr aufnehmen und …«

Sie stieß einen Schrei aus und bekreuzigte sich. Von draußen drang ein tief aus dem Erdinneren heraufsteigender Donner herauf und dann ein Geräusch, als würden die Wurzeln der Riesenbäume von einer gigantischen Hand aus der Erde gezogen und wie ein Bündel Rübchen zusammengedreht. Zutiefst erschrocken stürzte Neele ans Fenster und sah, dass sich oberhalb des Hauses, auf der Seite, wo man über die Bambusbrücke zum Losmen hinritt, eine meterbreite tiefe Schlucht geöffnet hatte, in der ein plötzlich auf das Fünffache angeschwollener Wildbach bergabwärts strömte. Mit jedem Atemzug wurde die

Schlucht breiter, als der Bach Erdbrocken von seinen zerbröckelten Ufern abriss. Noch war das Unheil gute zwanzig Meter von ihnen entfernt, aber wie lange würde es dauern, bis sich ein weiterer Spalt in dem unterspülten Hang öffnete?

Neele sprang auf. »Ich reite zu den Hagedorns. Sie müssen uns helfen …«

Schwester Florinda schüttelte den Kopf. »Die Leute, die hier am Hang wohnen, haben jetzt keine Zeit und Kraft, anderen zu helfen.«

»Aber hier sind Kinder!«

»Tiefer im Tal unten auch. Und wie ich Ihnen sagte, es gibt hier keinen sicheren Ort.«

Zögernd ließ Neele sich wieder auf die Bank sinken, auf der sie, mit einer Näharbeit beschäftigt, gesessen hatte. Sie warf Paula einen Blick zu. Die Freundin war ebenfalls sehr blass. Ihre Lippen zitterten, als sie sagte: »Wir sind hier am besten aufgehoben, glaub mir. Das Haus steht auf ebenem Grund und ist gut gebaut, so schnell rutscht das nicht weg.«

Während die beiden jungen Frauen oben im Waisenhaus den Hangrutsch miterlebten, waren Lennert und Ameya zu Pferd auf der Bergstraße unterwegs. Ameya wollte zurück in die Stadt, Lennert in das deutsche Dorf, um den alten Doktor zu sprechen. Beide hatten ihre Kautschukmäntel bis zum Hals zugeknöpft und die Kapuzen über den Kopf gezogen. Der Regen peitschte ihnen ins Gesicht und blendete ihnen die Augen.

Sie hatten die halbe Strecke zum Dorf zurückgelegt, als sie dasselbe Grollen hörten, das die Frauen so heftig erschreckt hatte. Die Wiese unterhalb der Straße geriet plötzlich in Bewegung. Eine Schlammflut ergoss sich über das Gras, große Brocken begannen zu rutschen. Gleich darauf hörten die beiden Reiter klagende Stimmen, die in ihrer Verzweiflung sogar den tobenden Sturm übertönten.

Auf halber Höhe der Wiese hatte eine zerbrechliche Hütte aus Bambus und Palmblättern gestanden, die jetzt von Wind und Wasser zerstört war. Ein knorriger Strauch neben dem Eingang war umgerissen worden und hatte offensichtlich jemand von den Bewohnern davor geschützt, von der nachfolgenden Schlammlawine begraben zu werden, denn der Rest der Bewohner suchte schreiend und wehklagend mit bloßen Händen in dem Dornengestrüpp herum. Ein etwa zweijähriges Kind, das spuckte und brüllte, wurde hervorgezogen. Die Leute hatten sichtlich Hoffnung, noch ein weiteres zu finden.

Die beiden Männer hielten die Pferde an, banden sie fest und rannten über die knöcheltief überflutete Wiese der Ruine zu. Erst bemerkte man sie gar nicht, dann wurden sie mit viel Lärm angefleht, das Ihre zu tun. Sie warfen die hinderlichen Kautschukmäntel ab. Lennert fuhr mit beiden bloßen Händen in die Dornenranken, fühlte etwas – einen Arm, ein Bein! Im selben Augenblick schrie auch Ameya auf.

»Ein Kind, und es lebt noch!«

Mit viel Mühe gelang es ihnen, das tief ins Dickicht verstrickte kleine Geschöpf loszumachen, das verzweifelt nach Atem rang, während die Mutter ihnen wehklagend an den Armen hing und mehr Schaden als Nutzen schaffte. Als Ameya ihr das Kind reichte, machte sie ein Gesicht, als wollte sie mitsamt der ganzen Familie ihm zu Füßen fallen.

Aber dann geschah plötzlich etwas, das Lennert vollkommen unbegreiflich war.

Als Ameya das Kind aus dem Dornengestrüpp hob, war er an einem der knorrigen Äste hängen geblieben, sodass sein klitschnasses Hemd hochgezogen und ein Stück Fleisch zwischen Hüfte und Schulter entblößt wurde. Im selben Augenblick wandelten sich die Dankesbezeugungen der Familie in Schreckensschreie. Ihre Kleinkinder auf den Armen, die anderen an den Händen, flohen sie schreiend und den Himmel um Hilfe anflehend vor dem Mann, der eben ihrem Kind das Leben gerettet hatte. Eines der größeren Mädchen fiel hin, und statt wieder aufzustehen, rollte sie sich zusammen und verbarg den Kopf in den Händen, als fürchtete sie, von einem Raubtier angefallen zu werden.

Ameya schrie etwas, das sie zutiefst erschreckte. Sie sprang auf und floh hinter ihrer Familie her.

Und jetzt rannte auch er selber, wenngleich in die andere Richtung, rutschend im glitschigen Schlamm, das Haar triefend nass, die Kleider aufgelöst. Lennert stürzte hinter ihm her, ohne recht zu wissen, warum, und bekam ihn an der Hand zu fassen. Sie rutschten beide und fielen in die strudelnde Schlammflut. Nur mit Mühe gelang es ihnen, sich an einer langen Wurzel zu fangen und auf die Beine zu kommen. An den Baum gelehnt, standen sie aneinander festgeklammert, um nicht wieder weggerissen zu werden.

Lennert war vollkommen ratlos. »Was ist hier soeben geschehen?«, fragte er. »Die Leute sollten Ihnen Hände und Füße küssen, dass Sie ihnen ihr Baby gerettet haben, stattdessen fliehen sie wie die Verrückten vor Ihnen!«

Ameyas Gesicht war bleich und bitter. »Sehen Sie mich gut an«, sagte er. »Denn normalerweise bekommen auch Weiße diesen Teil meiner selbst nicht zu sehen.«

Dabei wandte er sich um und zog seine Kleidung so weit hoch, dass Lennert einen Strang weißer, der Zeichnung eines Jaguars ähnlicher Flecken auf der kakaobraunen Haut sah. »Das ist der Grund, warum ich niemals heiraten werde, aus Angst, dass der Fluch sich noch weiter vererbt.«

»Was heißt hier Fluch!«, rief der Arzt, nachdem er einen scharfen Blick auf die Flecken geworfen hatte. »Das ist eine Hautkrankheit. Erblich, ja, aber nicht ansteckend. Und vollkommen harmlos! Warum machen Sie sich so viele Gedanken darum?«

Jetzt enthüllte Ameya ihm sein Geheimnis. »Für die Einheimischen bedeutet es, dass ich ein Jaguar bin. Tagsüber, wie jetzt, bin ich hilfsbereit und freundlich, aber in der Nacht werde ich meine andere Gestalt annehmen, an die Betten der Kinder schleichen und ihnen mit meinen Zähnen die Kehle aufreißen. Sie fürchten sich umso mehr vor mir, als ich sie gesehen habe und sie jetzt wiedererkennen werde.«

»Aber das ist absurder Aberglaube!« Lennert war ehrlich aufgebracht. »Nehmen Sie es mir nicht übel, aber man scheint hier doch sehr hinter der Zeit zurück zu sein, jedenfalls unter den Einheimischen!«

Der Regen ließ nach, und Ameya wagte sich zurück zu seinem zitternden Pferd, das an den Baum gebunden stand. Er tat, als sei er völlig damit beschäftigt, das Tier über die glitschige Straße zu lenken, aber er sagte: »Ich muss sehr viel Geschick aufwenden, damit es niemand außerhalb meiner engsten Familie erfährt. Sie sehen, wie schnell so etwas geschehen kann. Unter den Weißen fühle ich mich daher sicherer, obwohl ich mich auch vor ihren Blicken sorgfältig in Acht nehme. Ihnen ist es weniger wichtig, weil Jaguare für sie keine Bedeutung haben. Sie fürchten sich nicht vor ihnen, jedenfalls nicht in einem magischen Sinn. Aber die Leute hier wären imstande, mich zu töten, wenn die Furcht ihnen nicht die Hand lähmen würde. Deswegen bitte ich Sie, sagen Sie niemandem weiter, was Sie heute gesehen haben! Ich hoffe, die Bauern da werden den Mund halten; vielleicht haben sie mich ja auch gar nicht wiedererkannt.« Dann fügte er niedergeschlagen hinzu: »Ich habe vieles versucht; ich habe Ärzte konsultiert und auch Opfer gebracht – ja, nennen Sie mich nur abergläubisch! Wenn man den Mut verliert, greift man nach jedem Strohhalm. Aber weder die Ärzte noch die Suduks konnten mir helfen. Haben Sie da andere Erkenntnisse?«

Es klang hoffnungsvoll, aber Lennert musste ihm mitteilen, dass ihm die Krankheit, die Vitiligo genannt wurde, nur vage bekannt war; irgendwann hatte er während seines Studiums davon gehört, und da eigentlich auch nur, als vor der Verwechslung mit Lepra gewarnt wurde, jener Krankheit, die in Indien häufig vorkam. Heilung gab es seines Wissens keine.

Ameya seufzte.

4

Dass merkwürdige Dinge um sie herum vorgingen, bemerkte Neele, als sie an einem der nächsten Tage in den Garten ging, um die am weitesten überhängenden Zweige abzuhacken. Als sie sich wieder dem Haus zuwandte, sah sie es: Auf die Holzwand neben der Eingangstür hatte jemand etwas gezeichnet, aus dem sie nicht klug wurde. Es sollte wohl der Umriss eines Menschen sein und war auch etwa so groß, aber es war über und über fleckig. Stellte es eine Krankheit dar – Scharlach vielleicht oder die Pocken? Oder war es überhaupt kein Mensch, sondern die an die Wand gespannte Haut eines Jaguars? Dazu hätten die Flecken gepasst.

Neele beeilte sich, wieder ins Innere des Hauses zu kommen, und rief nach Paula. Gemeinsam betrachteten sie die sorgfältig ausgeführte Zeichnung des Jaguarmannes – denn dafür hielt es Paula – und überlegten, ob es eine Drohung sein sollte. Oder war es eine wohlgemeinte Warnung, dass ein solches Geschöpf sie in Gefahr bringen könnte?

Paula schlug vor, zu den Hagedorns zu gehen und sie zu fragen, aber Neele lehnte dies ab. Sie war zu der Überzeugung gekommen, dass in der gesamten deutschen Siedlung kaum jemand wirklich Bescheid wusste, was die Einheimischen anging. Also holten sie zwei Eimer mit heißem Wasser und Seife und schrubbten das Wandstück neben der Tür ab, bis kein Fingerbreit mehr von der Zeichnung übriggeblieben war. Die Sonne begann eben, die nasse Mauer zu trocknen, als Lestari durch den Garten kam. Paula eilte zu ihr hin und erzählte ihr auf der Stelle von der Zeichnung, aber da verstand die alte Frau plötzlich kein Deutsch mehr; sie murmelte nur vor sich hin und verschwand unter Kopfschütteln und abwehrenden Handbewegungen in der Diele.

Wenig später erhielt Neele ein Geschenk, das sie überraschte. Als die beiden Herren sich nach einem ihrer sonntäglichen Besuche verabschiedeten, griff Ameya in seine Tasche und zog ein in rotes Papier gebundenes Buch heraus, das er Neele reichte. »Da Sie Interesse an unserem

Schicksal gezeigt haben«, sagte er, »dachte ich, Sie würden gerne einen Bericht aus erster Hand lesen.«

Neele griff danach. Es war ein Roman mit dem Titel *Max Havelaar* und war geschrieben von einem »Multatuli«. Sie fragte, ob das ein javanischer Name sei. Ameya schüttelte den Kopf. Nein, sagte er. Es sei ein Pseudonym: Lateinisch für »ich habe viel durchgemacht«. Der Autor sei in Wirklichkeit ein junger Kolonialbeamter namens Eduard Douwes Dekker gewesen, der 1855 nach Java geschickt worden war, um Missstände aufzudecken. Er fand so viele, und sie waren so skandalös, dass er sein Amt niederlegte, nach Holland zurückkehrte und den Roman schrieb, der 1860 in Amsterdam erschien.

»Das meinte ich«, sagte Ameya, »als ich einmal zu Ihnen sagte, es hätte auch in Holland Stimmen der Empörung über die gnadenlose Ausbeutung unseres Landes gegeben. Das Buch hatte eine ungeheure Wirkung, es erschütterte das Gewissen der Holländer nachhaltig. Sogar im Parlament wurde es diskutiert. Freilich, Dekker machte sich auch so viele Feinde damit, dass er nach Deutschland ins Exil gehen musste, wo er bald darauf starb. Lesen Sie es, ich bin gespannt auf Ihre Meinung dazu.«

Neele, die noch niemals über ihre Meinung zu einem Roman befragt worden war, nahm den Band dankend entgegen und versprach, ihn bei erster Gelegenheit zu lesen.

Am Sonntagnachmittag, als die Arbeit ruhte, setzte sie sich auf die Veranda und nahm das Buch in die Hände. Erst blätterte sie nur zögernd darin, schmökerte da und dort, aber bald zog es sie in seinen Bann. Sie stellte mit Entsetzen fest, dass der Begriff »skandalös« für die darin geschilderten Zustände noch viel zu milde war. Dekker berichtete von Korruption, Erpressung, Ausbeutung und

Mord. Am heftigsten griff er eine Maßnahme der Holländer an, die eine der Hauptsäulen ihres Reichtums darstellte, nämlich das sogenannte Kulturstelses, die zwangsweise Abgabe eines Fünftels der Ernten in jedem Dorf. Jeder einzelne Dorfbewohner war zu einem Beitrag verpflichtet, und damit sich keiner dieser aufgezwungenen Pflicht entzog, war es bei Strafe verboten, sein Heimatdorf zu verlassen.

Dekker nahm kein Blatt vor den Mund. Aus eigener Anschauung beschrieb er, wie aller Reichtum der Insel allein den Holländern zugutekam. Kein Gulden wurde in das Wohl der Einheimischen investiert. Für die Vereinigte Ostindische Kompanie waren sie nichts als Objekte der Ausbeutung, deren Status sich von dem von Sklaven nur insofern unterschied, als sie kein persönlicher Besitz irgendeines Pflanzers waren – und selbst das war ihnen nicht garantiert. Wer sich gegen die Kolonialmacht verschwor oder auch nur in den Verdacht geriet, ein Verschwörer zu sein, konnte mit dem Verkauf in die Sklaverei bestraft werden.

Neele las das Buch in einem Zug durch. Es war seltsam, aber die paradiesische Schönheit des Landes hatte ihr Herz längst nicht so tief berührt wie dieser Bericht über seine Leiden. Lag es daran, dass sie ihr eigenes Schicksal wiedererkannte? Jung, schön und lebensfroh war sie einem Herrn unterworfen worden, dessen kaltes Herz weder ihre Bedürfnisse erkannte noch ihre Liebe zu gewinnen suchte. Frieder war sie so gleichgültig gewesen wie den holländischen Kolonialherren das eroberte Land.

Sie saß noch auf der Veranda, als schon die Dämmerung hereinbrach und ihr die Buchstaben vor den Augen verschwammen. Erst als Lennert herauskam und sie zum

Abendessen rief, blickte sie auf. Ihre Augen schwammen in Tränen.

»Es ist entsetzlich, was da geschrieben steht!«, rief sie, auf das Buch klopfend. »Entsetzlich. Ich kann verstehen, dass die Leute in Holland schockiert waren, als sie lasen, welcher Unmenschlichkeit sie ihren Reichtum verdanken.«

Lennert nickte. Ameya hatte ihm schon früher von dem Roman erzählt, der eine solche Erschütterung ausgelöst hatte, dass sie das Ende der – damals allerdings schon stark angeschlagenen – Alleinherrschaft der Vereinigten Ostindischen Kompanie herbeiführte. »Ich fürchte nur«, sagte er, »es ist schon zu spät, um noch guten Willen zu zeigen. Zwar haben sie in den letzten Jahren eine Anzahl Monopole aufgegeben, sodass die Einheimischen auch wieder von den Früchten ihrer Arbeit leben können, aber die Verbitterung sitzt sehr tief.«

Neele erinnerte sich, dass Schwester Florinda ihr etwas sehr Ähnliches gesagt hatte. Nach dreihundert Jahren gnadenloser Ausbeutung waren die Javaner freundlichen Gesten gegenüber misstrauisch geworden. Sie glaubten nicht mehr daran, dass die Holländer es ernst meinten. Und selbst wenn sie es ernst meinten, war es ihnen inzwischen zu wenig, dass ihnen nur eine Handvoll von all dem Reichtum zugestanden wurde, den die Fremden in die Frachträume ihrer Schiffe schaufelten. Sie sagten sich mit Recht, dass sie das, wofür sie arbeiteten, auch selbst genießen wollten, anstatt die bleichen, hochmütigen Fremden damit zu mästen.

»Ich fürchte«, sagte Lennert, »die Kolonialherren haben die Zeit verpasst, in der es noch möglich gewesen wäre einzulenken. Die Javaner sind ein sanftmütiges Volk, aber sie haben einfach zu viel ertragen müssen, und die Mullahs, die aus dem Ausland kommen, hetzen sie auf. Ameya sagt, es brodelt unter den Leuten viel stärker, als die Holländer oder auch ein Mann wie Dr. Bessemer begreifen. Er ist nicht glücklich darüber, und ich kann seine Skepsis gegenüber allen Freiheitskriegen verstehen, wenn man bedenkt, dass der letzte zweihunderttausend Javaner das Leben gekostet hat.«

Neele schwieg. Sie steckte das Buch ein und folgte ihm ins Haus, wo das Abendessen serviert war – ein kaltes Abendessen, um die Sonntagsruhe nicht durch die übliche große Kocherei zu stören. Während sie Hühnerfleisch mit Salzgemüse aß und in kleinen Schlucken das hausgebraute Bier trank, von dem die Schwestern Herrn Kröger ein Fass abgekauft hatten, waren ihre Gedanken bei den Gräueln, die Eduard Dekker beschrieben hatte. Wie hatten die unglücklichen Einwohner der Insel diese Unmenschlichkeit so lange ertragen können? Sie waren nicht nur ausgeplündert, sondern auch misshandelt, ja, viele waren ermordet worden. Kein Wunder, dass der Hass gegen die Weißen immer größer wurde.

Der Gedanke daran machte ihr Angst. Sie hatte niemand etwas zuleide getan, und doch war sie eine der verhassten Fremden. Wie konnte Ameya sie überhaupt lieben? Der Gedanke bedrückte sie derart, dass ihr das Essen kaum schmecken wollte.

Der Jaguar

1

Als im April die nicht enden wollenden Regengüsse allmählich aufhörten und die Sonne wieder hervorkam, fand in dem Dorf auf dem Bergrücken erneut ein Fest statt. Es war nicht so großartig wie das Hochzeitsfest, bei dem die jungen Deutschen zum ersten Mal ein Wayang-Gulik gesehen und ein Gamelan-Orchester gehört hatten, aber immerhin wurde ein junger Büffel gebraten, auf steinernen Herden wurden Reisgerichte aller Art gekocht, und an die Gäste wurde kostenloser Reiswein ausgeschenkt. Dr. Bessemer und Ameya luden ihre Bekannten ein, sie zu dem Fest zu begleiten, eine Einladung, die gerne angenommen wurde.

Sie wählten einen Platz an einem Holztisch, an dem zwei gefällte Baumstämme als Sitzbänke dienten, und ließen sich das Essen schmecken. Zum Nachtisch holten sie sich Bananen und halbierte Kokosnüsse von einem Karren, der im Schatten der Banyanbäume stand.

Ameya hob eine Kokosnuss an den Mund und wollte eben die Milch trinken, als er plötzlich den Atem anhielt und sich nach vorne krümmte. Neele dachte, er sei gestolpert, und wollte ihm die Hand reichen, da drehte er sich langsam zur Seite und fiel zu Boden. Seine Augen waren groß und erstaunt. Blutstropfen drangen auf seine Lippen, und als er niederfiel, sahen sie, dass in seiner Schulter ein Pfeil steckte. Hätte er nicht den Arm gehoben, um die Kokosnuss an den Mund zu führen, so hätte der Pfeil zweifellos sein Herz getroffen!

Die beiden Frauen und die Umstehenden schrien auf, aber Lennert wies sie an, zur Seite zu treten und umgehend einen Karren herbeizuschaffen, während er neben dem Verletzten niederkniete. Ameya war bei Bewusstsein, er lag reglos da, kein Laut der Klage kam über seine Lippen, aber sein Gesicht war bläulich blass und schweißbedeckt. Der bunte Pfeil musste tief in seinen Körper eingedrungen sein.

Eine der alten Frauen kam mit einem Becher Reisschnaps herbei, mit dem sie ihm die Handgelenke und die Stirn rieb, um das Leben in ihm anzufachen. Währenddessen hatten andere einen Büffelkarren herbeigeschafft, und mit großer Vorsicht hoben sie den Verletzten auf den Karren und führten den Büffel behutsam, damit es nicht zu stark holperte, zurück zum Waisenhaus. Paula lief voran, um die Schwestern zu informieren, während Neele dicht neben dem Karren ging und dem Geliebten an Trost zuflüsterte, was ihr nur einfallen mochte. Sie war zutiefst betroffen. Der Erste, an den sie bei der Frage nach dem Täter dachte, war natürlich Jürgen, aber konnte er wirklich so niederträchtig sein? War es ihm zuzutrauen, dass er aus bloßer Eifersucht heraus einen Mann aus dem Hinterhalt zu töten suchte?

Im Waisenhaus standen die Schwestern bereit. Sie scheuchten alle, die nicht gebraucht wurden, aus dem Haus, dann trugen sie den Verwundeten hinein, legten ihn auf einen Tisch und brachten warmes Wasser. Lennert schickte Paula um alle notwendigen medizinischen Requisiten, während er selbst die Uniformjacke und das Hemd des Verletzten aufschnitt und die Wunde bloßlegte. Sie öffnete sich zwischen Schlüsselbein und Achsel, drang aber nicht bis zum Rücken durch.

»Haben diese Pfeile Widerhaken?«, fragte er.

Ameya stöhnte. »Ich glaube nicht, aber sicher kann ich mir nicht sein. Wenn es ein richtiger Eingeborenenpfeil ist, kann er auch vergiftet sein.«

Der Arzt wies die Schwestern an, den Patienten festzuhalten. »Das wird jetzt schlimm«, warnte er, »beißen Sie die Zähne zusammen.« Noch während er sprach, zog er an dem bunten Schaft an und löste ihn aus der Wunde, der auf der Stelle ein Blutstrom entquoll. Ameya war nahe daran, in Ohnmacht zu sinken, aber er hielt sich tapfer. Er brachte es sogar fertig, mit verständlicher Stimme zu fragen, ob er den Pfeil sehen könne. Als dieser weder Widerhaken noch die für Gift charakteristische schwarze Spitze hatte, atmete er tief durch. Mit einem schwachen Lächeln sagte er: »Jetzt kann es wehtun, so viel es will.«

Lennert machte sich ans Werk. Er reinigte die Wunde mit Alkohol und stopfte sie dann mit Mull, um die Blutung zu stillen. Dann verabreichte er dem Verletzten ein Messglas Opium und wies ihn an, möglichst ruhig liegen zu blieben, um keine weitere Blutung auszulösen. »Sie müssen hierbleiben«, sagte er. »Wir können nicht riskieren, Sie in diesem Zustand in einer Kutsche oder auf einem Karren den ganzen weiten Weg bis zum Stads-Verband-Krankenhaus zu transportieren. Wir werden aber Ihrer Familie einen Boten schicken.«

Inzwischen hatten die Nonnen einen Boten in die Stadt geschickt, der Dr. Bessemer informierte, und dieser gab die Nachricht von dem hinterhältigen Anschlag an Ameyas

Familie weiter. Sofort eilten sie herbei: seine Eltern, zwei Brüder und eine Reihe weiterer Verwandter. Sie kamen zu Pferd und in Kutschen und brachten eine Sänfte mit, in der sie den Schwerverletzten in sein Vaterhaus bringen wollten, denn Ameya hatte es ganz entschieden abgelehnt, in ein öffentliches Krankenhaus gebracht zu werden.

Lennert tat sein Bestes, es ihnen auszureden. Jeder Stoß könnte die mühsam gestillte Blutung wieder auslösen, es sei notwendig, dass der Patient sich so wenig wie möglich bewegte. Sie hörten ihm gar nicht zu. Erst als Dr. Bessemer sich einmischte, zeigten sie sich immerhin gesprächsbereit.

Mittlerweile hatten die Nonnen eines der ehemaligen Lehrerzimmer als Krankenzimmer eingerichtet. Neele saß an Ameyas Bett und flüsterte ihm immer wieder Trostworte zu. Aus diesem Bemühen um ihn wurde sie jedoch roh herausgerissen, als zwei Frauen in kostbarer einheimischer Tracht förmlich durch die Tür stürzten und ihr bedeuteten, sie sollte auf der Stelle verschwinden. Sie sprang auf und stellte sich vor das Bett, und während sie ihren Platz verteidigte, schrie sie nach Dr. Bessemer. Was gesagt wurde, verstand sie nicht, aber es war deutlich, dass eine heftige Auseinandersetzung stattfand – und dass es dabei auch um sie ging. Die Aufforderung »Schafft die Person da raus!« wurde mit Blicken und Gesten verständlich gemacht, dazu brauchte es keine Worte. Sie reagierte damit, dass sie sich auf den Stuhl am Kopfende des Bettes setzte und den Metallrahmen festhielt. So, dachte sie. Ich kann euch auch ohne Worte klarmachen, dass ich mich hier nicht wegekeln lasse. Seine Familie meinte es ja zweifellos gut, dass sie ihn nach Hause bringen wollten, aber der Arzt und auch Schwester Florinda waren dagegen, also würde sie es nicht zulassen.

Ihr Herz klopfte heftig, als die Jüngere der beiden Frauen an sie herantrat und sich so nahe zu ihr beugte, dass sich beinahe ihre Nasenspitzen berührten. In dieser Stellung ließ sie eine gehässige Rede auf sie los, obwohl sie vermutlich wusste, dass Neele kein Sundanesisch verstand – vielleicht machte sie es sogar absichtlich, um ihr zu zeigen, dass sie es nicht wert war, in ihrer eigenen Sprache angeredet zu werden. Was sie meinte, war ohnehin klar. *Wie du aussiehst! Deine Haarfarbe! Deine Augenfarbe! Nichts da, nicht für uns! Verschwinde, aber schnell, und lass uns in Frieden!*

Neele schwieg. Sie war zu müde und hatte viel zu viele Sorgen, um sich mit erboster Verwandtschaft herumzustreiten. Ihr ging es nur darum, dass Lennert sich durchsetzen konnte und Ameya die Nacht in Sicherheit verbrachte.

Dr. Bessemer, der solche Mittlerdienste wohl schon oft geleistet hatte, tat sein Bestes, und tatsächlich gelang es ihm schließlich, dass die Familie einigermaßen beruhigt abzog. Augenscheinlich hatte man sich geeinigt, dass der Verletzte erst in die Stadt gebracht werden sollte, sobald sein Zustand das ohne Gefahr zuließ. Die beiden erwachsenen Brüder allerdings blieben im Haus, und beide waren mit Gewehren bewaffnet. Es war offenkundig, dass sie eine Wiederholung des Angriffs fürchteten.

Erst spätabends kehrte halbwegs Ruhe ein. Ameya lag still auf dem Rücken, eine Hand auf der straff verbundenen Brust, die andere in Neeles Hand. Er lächelte sie mit blassen Lippen an, aber als er etwas sagen wollte, bedeutete sie ihm zu schweigen.

»Still. Streng dich nicht an. Jedes Wort, das du sprichst, kann deine Wunde wieder aufreißen lassen. Wir wollen über das alles sprechen, sobald es dir wieder gut geht.«

Sie erbot sich, bei dem Kranken Wache zu halten. Ihr Angebot wurde angenommen, aber sie musste die drei Stunden, die sie an seinem Bett saß, in ungemütlicher Gesellschaft verbringen. Der Ältere seiner beiden Brüder bestand darauf, ebenfalls Wache zu halten. Sein Gewehr auf den Knien, saß er reglos auf einem Stuhl, und sooft ihre Blicke sich trafen, schrak Neele vor der Feindseligkeit zurück, mit der er sie betrachtete. Ihr einziger Trost war, dass es Ameya einigermaßen gut ging. Er schlief ruhig und hatte kein Fieber.

Um drei Uhr morgens löste eine der Klosterfrauen sie ab, und Neele begab sich todmüde zu Bett. Sie hatte das Gefühl, dass die unverhohlene Abneigung der Familie sie mehr erschöpft hatte als der Schrecken über den heimtückischen Angriff und die lange Nachtwache. Was hatte sie den Leuten getan, dass sie ihr so bösartig begegneten? Sie konnte doch nichts dafür, dass sie eine Deutsche war. Sie hatte ihnen nichts weggenommen und lebte nicht auf ihre Kosten. Freilich, wenn sie an Dekkers Schlüsselroman dachte, waren die über Jahrhunderte ausgebeuteten und gedemütigten Menschen wohl nicht mehr in der Lage, feine Unterschiede zwischen den Europäern zu machen, die in ihr Land eingedrungen waren.

Obwohl sie spät schlafen gegangen war, erwachte sie im Morgengrauen. Lennert war ebenfalls früh aufgestanden, denn als sie in die Diele hinunterging, stieß sie dort auf ihn. Er konnte berichten, dass er seinem Patienten eben einen ersten Besuch abgestattet und ihn in einem leicht gebesserten Zustand vorgefunden hatte. Es dürfe nur keine Infektion dazukommen, und die Wunde müsse verheilen, dann konnte er wieder auf die Beine kommen, obwohl es freilich eine Weile dauern würde.

Neele lächelte. »Dann gehe ich jetzt hinein und wasche ihn.«

»Lass das die Nonnen machen, sonst bekommen wir nur wieder Ärger mit seiner Familie. Und die Klosterfrauen haben Übung darin, mit Kranken und Verwundeten umzugehen.«

»Gut, dann werde ich ihn später besuchen.«

Lennert nickte ihr zu und ging in die Küche hinunter, um sich seinen Frühstückskaffee zu holen. Neele überlegte, ob sie ihm folgen sollte, aber dann drängte es sie zu sehr, Ameya zu sehen und sich zu vergewissern, dass es ihm besser ging. Sie konnte nicht länger warten, sondern öffnete die Tür des Krankenzimmers und trat ein.

Ein Aufstöhnen des Entsetzens empfing sie und ein Anblick, so verwirrend, dass sie nur dastand und starrte. Schwester Florinda hatte das Laken beiseitegezogen und den nackten Körper auf die Seite gedreht, um ihn zu waschen – einen Körper, der Neele in diesem Augenblick halb der eines Mannes, halb der einer seltsam gefleckten Kreatur zu sein schien. Vom linken Knöchel über die Wade bis hinauf zur Hüfte und auf der rechten Seite vom halben Rücken bis zur Schulter war die dunkle Haut netzartig unterbrochen von unregelmäßigen rosig-weißen Flecken, die da und dort wie verspritzte Milch auf den Armen ausliefen.

Sie stieß einen Schrei der Verblüffung aus, so wunderlich war der Anblick. Ameya warf das Laken über sich, aber Schwester Florinda hielt ihn fest und sagte mit ihrer tiefen, strengen Stimme: »Nun, was soll das? Was führt ihr beide euch auf wie die Kinder? Was ist mit dir, Neele? Willst du vielleicht davonlaufen, weil du denkst, der arme junge Mann hier sei ein wildes Tier?«

»Nein, natürlich nicht«, stammelte Neele. »Aber ... was ist das? Kommt es von dem Pfeilschuss? War der Pfeil doch vergiftet?«

Die alte Nonne legte den Verletzten sanft zurück auf den Rücken, deckte ihn zu und stellte die Blechschüssel mit dem Waschwasser beiseite. »Nein«, antwortete sie. »Es hat gar nichts damit zu tun. Es ist nur eine harmlose Hautkrankheit, die nicht schmerzt und nicht ansteckend ist. Alle Menschen können sie bekommen, aber natürlich sieht man sie bei Menschen mit dunkler Haut sehr viel deutlicher, und die Dummköpfe denken dann, so ein Mensch sei ein Leopard oder Jaguar. Wir hatten einmal einen Jungen, den kleinen Jacob, der dieselbe Krankheit hatte. Ach, das arme Kind! Da schleppte er sich schon mit seiner Kinderlähmung dahin, und dann brachte man ihn noch in den Verruf, er sei ein böses Tier!« Sie sammelte die Tücher auf und trug das Waschbecken zur Tür, die Neele ihr zuvorkommend öffnete. »Zeig ihm, dass du vernünftig bist!«, befahl sie, ehe sie hinausging.

Neele, die sich von ihrem Staunen noch nicht ganz erholt hatte, zog sich den hölzernen Stuhl herbei und setzte sich an den Bettrand. Es war ihr jetzt peinlich, dass sie ihr Entsetzen so deutlich gezeigt hatte, und so bemühte sie sich um eine Erklärung. »Du hast gesagt, der Pfeil könnte vergiftet sein, und ich ... ich dachte, irgendein schreckliches Gift hätte seine Wirkung gezeigt. Deswegen habe ich so aufgeschrien. Nur deshalb.«

Er legte mit einer schwachen Geste den Finger seiner freien Hand auf die Lippen und bemühte sich um ein

Lächeln. Sie merkte, dass er reden wollte, aber kaum die Kraft dazu hatte, also half sie ihm mit Fragen weiter. »Hast du es von Geburt an?«

Er nickte matt.

»Es tut doch nicht weh, oder?«

Er schüttelte den Kopf, legte aber die Hand aufs Herz. *Hier tut es mir weh*, bedeutete er ihr. Dann begann er zu flüstern. »Alle Menschen hier fürchten mich, auch meine eigene Familie. Ich kann nicht heiraten, ich darf keine Kinder haben. Die Weißen haben keine Angst, dass ich ein Tier sein könnte, aber wenn sie es erfahren, denken sie, es sei die Syphilis, und das ist fast genauso schlimm.«

»Dr. Bessemer doch gewiss nicht.«

»Nein, aber wenige sind so klug und gut. Ich musste immer sehr vorsichtig sein. Niemand außerhalb meiner engsten Familie durfte mich jemals nackt sehen. Aber es kam doch immer irgendwie heraus, und die Leute wisperten. Die jungen Männer meines Standes schlossen mich aus ihrem Kreis aus, und kein Edelmann hätte mir seine Tochter gegeben.«

Neele blickte in seine dunklen Augen, die voll Tränen waren. Sie dachte an die Zeichnung auf der Hausmauer. Auf einmal wurde ihr in vollem Ausmaß klar, was für ein schreckliches Leben das sein musste, wenn einem alle Menschen misstrauten, wenn die eigene Familie sich argwöhnisch fernhielt und keine Frau es jemals wagen würde, einen Jaguar zum Mann zu nehmen. Was nützte es ihm, dass die Europäer diesem Aberglauben nicht anhingen, wenn sie ihn dafür verdächtigten, an einer scheußlichen und schändlichen Krankheit zu leiden? Er war auf jeden Fall ein Ausgestoßener.

»Dr. Anderlies erfuhr es durch einen Zufall«, fuhr er mit

leiser Stimme fort. »Er sagte mir, was mir auch schon andere europäische Ärzte gesagt hatte: Es sei eine harmlose und schmerzfreie Krankheit, freilich eine, die erblich sei. Und wie könnte ich wünschen, Kinder zu haben, die dasselbe Leid ertragen müssen wie ich? Sie würden mich jeden Tag ihres Lebens verfluchen.« Er geriet in solche Erregung, dass Neele ihm rasch bedeutete, nicht weiterzusprechen, denn sein Atem ging schwer, und seine Brust hob und senkte sich, dass sie fürchtete, die Wunde könnte wieder aufbrechen. Mühsam bezwang er sich und sank in das Kissen zurück.

Sie fasste nach seiner Hand und streichelte zart die feingliedrigen und doch so kräftigen Finger. »Wenn Lennert das gesagt hat und andere Ärzte es auch gesagt haben, dann ist es zweifellos wahr, und unsere einzige Sorge muss sein, dass andere Menschen so unverständig sind. Hab keine Angst. Außerdem, wenn wir Kinder haben, so werden sie eine viel hellere Haut haben, und man würde es kaum sehen, meinst du nicht?«

Er schloss halb die Augen. »Findest du mich hässlich?«

»Nein. Warum auch? Es sind nur Flecken.« Sie blickte ihn an, und plötzlich begriff sie, warum er so seltsam bereitwillig gewesen war, sein Heimatland zu verlassen. Seine Familie mochte ihre Wurzeln hier haben, aber er war von Geburt an ein Ausgestoßener. Er gehörte nicht zu seinem Volk. Sie hatten ihn ausgeschlossen. Was für ein elender Aberglaube, der einen guten und klugen Menschen in den Verruf brachte, ein Ungeheuer zu sein! Zorn überkam sie. Wie konnten die Menschen hier so einfältig sein? Glaubten sie wirklich, ein Mann könne sich nachts in einen Jaguar verwandeln, durch ihr Fenster springen und ihre Kinder zerreißen? Aber dann fiel ihr ein, dass in

Norderbrake auch das Gerücht umgegangen war, eine alte Frau, die ein wunderliches Wesen an den Tag legte, sei eine Hexe. Man hatte den Kindern eingeschärft, sie nicht zu ärgern, sonst würde sie ihnen einen Buckel anhexen, und auch die Erwachsenen hatten sich vor ihr gefürchtet. So waren also die Deutschen nicht viel klüger als die abergläubischen Insulaner auf der anderen Seite der Erdkugel.

Neele drückte fest Ameyas Hand. »Ich verstehe jetzt«, sagte sie, »warum du daran denkst, dein Heimatland zu verlassen und nach Australien zu gehen.«

Er nickte. »Ich habe oft das Gefühl, es hier nicht länger auszuhalten. Ich ertrage es nicht, wie meine eigene Familie vor mir zurückweicht. Sie bemühen sich alle, ihre Pflichten mir gegenüber zu erfüllen, aber ich fühle, dass sie Angst haben. Sie vermeiden es, des Nachts mit mir allein zu sein. Mein Zimmer im Hause liegt weitab von den ihren, und sie verschließen nachts die Türen, was hier sonst nicht der Brauch ist. Als die Diener von dem Jaguar erzählten, der Pastor Ormus zerrissen hat, merkte ich, wie sie mich von der Seite ansahen und hinter mir flüsterten. Vielleicht war ich ja dieser Jaguar gewesen, wer weiß? Sie beruhigten sich erst, als sie hörten, dass der deutsche Wirt das Tier erschossen und sein Fell im Hinterzimmer aufgehängt hatte.« Seine Stimme war beim Sprechen immer leiser geworden. Neele, die ihm seine Erschöpfung deutlich ansah, gebot ihm, nicht mehr weiterzusprechen. Er sollte sich ausruhen, um bald wieder zu Kräften zu kommen.

Niemand war da, der sie sehen konnte, also beugte sie sich über ihn und drückte einen Kuss auf seine Wange, ehe sie das Zimmer verließ.

2

Der mörderische Anschlag gegen einen Wedono war keine geringfügige Sache, und so erschien am Vormittag eine eindrucksvolle Prozession von holländischen Beamten im Waisenhaus: ein Untersuchungsrichter, ein hoher Polizeibeamter, mehrere Sekretäre und Polizisten sowie vier Soldaten. Sie luden die drei Deutschen einen nach dem anderen zum Verhör in das ehemalige Schulzimmer.

Neele fand sich Angesicht zu Angesicht mit einer Gruppe finster und argwöhnisch blickender Männer, die sie betrachteten, als stünde die Schuldige an dem Attentat direkt vor ihnen – obwohl sie doch längst wissen mussten, dass Lennert, Paula und Neele sich in unmittelbarer Nähe des Opfers befunden hatten, als der Pfeil aus dem Waldesdickicht geflogen kam. Der Untersuchungsrichter hatte auf dem Katheder Platz genommen. Von dieser einschüchternden Höhe herab stellte er ihr eine Menge Fragen nach ihrer Herkunft und ihrem Aufenthalt in Java, einschließlich der Frage, von wem sie schwanger sei.

Zorn rötete ihre Wangen bei dieser unnötigen und unhöflichen Frage. »Ich wüsste nicht, was das mit dem Anschlag auf Herrn Ameya zu tun hätte«, antwortete sie scharf. »Aber da Sie mich fragen, will ich Ihnen die Antwort nicht schuldig bleiben: Das Kind ist das meines Gatten, Frieder Selmaker, der mich heimtückisch verlassen hat, als wir in Bremerhaven an Bord gingen.«

Der Richter tat, als hätte er ihren grimmigen Ton nicht bemerkt. Gleichmütig fuhr er fort: »Sie haben zurzeit einen deutschen Geliebten, sagte man mir. Einen

Mann namens Jürgen Simms, der aus Ihrem Heimatort stammt.«

»Ich habe weder einen deutschen noch einen anderen Geliebten. Ich lebe hier unter Klosterfrauen, die das jederzeit bestätigen können. Herr Simms hätte es wohl gern, dass ich seine Geliebte würde, aber da kann er lange warten.«

»Dennoch mag er darin einen Grund gesehen haben, gegen einen Nebenbuhler vorzugehen.«

Sie schluckte. Der Richter musste im deutschen Dorf eine Menge Fragen gestellt haben, ehe er hierhergekommen war. Zweifellos hatte man ihm alle Gerüchte brühwarm serviert, von der angeblichen Liebesbeziehung zwischen Neele und Jürgen bis zu Ameyas Interesse an ihr. Eine erboste Antwort lag ihr auf der Zunge, aber sie beherrschte sich und antwortete nur: »Das müssen Sie Jürgen Simms selber fragen.«

»Genau das werde ich tun, Frau Selmaker. Und nun ... haben Sie irgendeine Vorstellung davon, wer einen Anlass haben könnte, Herrn Ameya den Tod zu wünschen?«

Diesmal fiel ihr die Antwort leichter. Sie erzählte dem Richter, wie der Suduk sie bedroht und belästigt hatte und wie Ameya ihm mit scharfen Worten entgegengetreten war. Sie wäre sehr froh gewesen, mit Sicherheit sagen zu können, dass der Schamane hinter dem feigen Anschlag steckte, denn er war ein Fremder und ein unsympathischer Fremder für sie. Jürgen dagegen war bei allem Ärger, den sie ihm gegenüber empfand, ein Gefährte aus Jugendtagen. Er hatte als Knabe neben ihr in der Schule gesessen, hatte ihr den heidnischen Opferstein und die Gruft unter der Kirche gezeigt, war auf dem alten Gaul der Simms mit ihr durch das sommerliche Moor geritten. Sie schauderte bei dem Gedanken, er könnte in seiner Gier, sie zu besitzen, einen Mordversuch auf sein Gewissen geladen haben.

»Ich kann mir vorstellen, dass der Suduk der Täter war«, sagte sie, »aber mit Bestimmtheit weiß ich es natürlich nicht.«

Der Richter nickte und wartete, bis sein Sekretär diesen Teil ihrer Aussage niedergeschrieben hatte, dann stellte er in rascher Folge Fragen. War Jürgen ein jähzorniger und nachtragender Mensch? Stimmte es, dass er Ameyas Besuche über längere Zeit hinweg aufmerksam beobachtet und sich zu diesem Zweck sogar ein Fernrohr geliehen hatte? Hegte er eine Abneigung gegen die Einheimischen? Würde der Gedanke, dass die Frau seiner Träume mit einem Javaner liiert war, heftigen Ärger in ihm wachrufen? Konnte er Pfeil und Bogen gebrauchen? Neigte er zu unbedachten Handlungen, wenn sein Zorn geweckt wurde?

Neele musste jede dieser Fragen bejahen, obwohl sie sich bemühte, ihre Antworten mit dem Zusatz abzumildern, dass sie sich Jürgen nicht als Mörder vorstellen konnte. Er mochte ein Hitzkopf sein, der sich von seinem Temperament mitreißen ließ, aber jemand kaltblütig töten – nein, das würde er nicht. Sie hätte ihm jederzeit zugetraut, dass er im Verlauf eines Wortwechsels außer sich geriet und einen Gegner mit Fäusten attackierte, aber er würde sich nicht im Wald verstecken und auf sein Opfer lauern. Und woher sollte er überhaupt Pfeil und Bogen eines Eingeborenen haben? Im deutschen Dorf gab es dergleichen nicht zu kaufen.

Der Richter blickte kurz von seinen Papieren hoch. »Diese Frage haben Sie sich also gestellt, Frau Selmaker? Das ist klug von Ihnen. Ich habe mich nämlich dasselbe gefragt und eine Antwort gefunden. Richard Hagedorn, der ein begeisterter Jäger ist, besitzt eine Sammlung landesüblicher Waffen, darunter auch mehrere Bogen und die dazugehörigen Pfeile. Was mich zu der weiteren Frage führt, ob Herr Hagedorn ein Interesse daran haben könnte, den Wedono zu töten?«

Neele suchte vergeblich nach einer Antwort. Richard hatte sich mehrfach auf eine hässliche und hämische Art über Ameya geäußert, seine Verachtung für die Einheimischen war offenkundig, aber deswegen brachte man doch niemand um. Sie schüttelte stumm den Kopf.

»Könnte er ebenfalls in Sie verliebt sein?«, bohrte der Untersuchungsrichter weiter.

»Warum sollte er? Er ist verheiratet.«

»Sie sind sehr schön, Frau Selmaker«, stellte der Beamte in einem völlig emotionslosen Ton fest, als redete er von der Schönheit eines Gemäldes oder einer Statue. »Mehr als ein Mann im deutschen Dorf ist in Sie verliebt. Es ist meine Meinung, dass wir es bei dem Anschlag auf Herrn Ameya nicht mit einem politischen Attentat zu tun haben, auch nicht mit dem Racheakt eines erbitterten Suduk, sondern mit einem Angriff aus persönlicher Eifersucht. Wer den Pfeil abschoss, wollte ihn entweder einschüchtern, damit er die Hände von Ihnen lässt, oder ihn aus dem Weg räumen.«

Seine Worte trafen Neele wie Schläge. Bis dahin hatte sie sich noch gar nicht mit der Frage auseinandergesetzt, welches Motiv zu der Tat geführt haben mochte. Vage Gedanken waren ihr durch den Kopf gegangen, nicht nur an den Schamanen, sondern an die gesamte unruhige und rebellische Stimmung im Land. Sie protestierte heftig. War es nicht viel wahrscheinlicher, dass javanische

Rebellen den Wedono angegriffen hatten, weil sie ihn als Kollaborateur mit der Kolonialmacht betrachteten?

Der Richter zuckte die Achseln. »Mag sein«, sagte er in einem Ton, der verriet, dass er nicht viel auf diese Hypothese gab. »Sie können jetzt gehen, Frau Selmaker. Wenn wir noch Fragen haben, melden wir uns wieder.«

Neele verließ den Schulraum und stieg mit gesenktem Kopf die Treppe hinunter. Es war ein bedrückender Gedanke, dass sie selbst die Ursache für das Attentat sein mochte. War es so, dass ihre Liebe Ameya um ein Haar den Tod gebracht hätte? Aber es gab noch eine weitere Möglichkeit, von der der Richter nichts wusste: Vielleicht hatte der heimtückische Bogenschütze es nicht auf einen Mann abgesehen gehabt, sondern auf einen Jaguar. Die warnende Zeichnung an der Hauswand fiel ihr ein. Hatte jemand, der von Ameyas körperlicher Besonderheit wusste, ihn aus abergläubischer Angst zu vernichten versucht?

Sie hielt im Schritt inne, wollte schon zurückkehren und dem Richter mitteilen, was ihr eingefallen war. Aber dann zögerte sie. Ameya würde nicht wollen, dass sein Unglück noch weiter bekannt wurde. Auf jeden Fall würde sie erst ihn selbst nach seinem Einverständnis fragen müssen, ehe sie noch einmal zu den holländischen Beamten ging.

Sie trat leise in das provisorische Krankenzimmer. Die Klosterschwester, die darin Wache hielt, erhob sich bei Neeles Eintreten, nickte ihr zu und verließ den Raum. Ameya lächelte ihr entgegen, sichtlich bemüht, sich heiter und zuversichtlich zu zeigen. Seine Haut hatte jedoch einen grauen Farbton, und seine Augen wirkten trübe und schläfrig.

Als sie ihn nach seinem Befinden fragte, antwortete er

leise: »Ich bin sehr müde, das ist alles. Die Befragung durch den Untersuchungsrichter war anstrengend, und ich konnte ihnen gar nichts sagen. Ich weiß nicht, wer auf mich geschossen hat. Es mag der Suduk gewesen sein oder irgendein Javaner, der mich aus politischen Gründen hasst ... oder einer, der mich als ein wildes Tier betrachtet.« Seine eingeschrumpften Lippen pressten sich voll Bitterkeit zusammen.

»Hast du dem Richter gesagt, dass so jemand als Täter infrage kommt?«

Er schüttelte den Kopf. »Nein. Ich will nicht, dass er von meinem Problem erfährt. Es würde nur in der ganzen Stadt herumgeschwatzt werden. Haben sie dich befragt?«

»Ja, aber ich habe ihnen nur von der Drohung des Suduk erzählt.«

»Und von Jürgen Simms?«

»Sie haben mich nach ihm gefragt, also habe ich ihre Fragen beantwortet. Er ist verdächtig, aber ich kann nicht glauben, dass er es war.«

»Weil er ein Deutscher ist?«

O nein, dachte Neele, jetzt sei du nicht auch noch eifersüchtig! Sie antwortete ruhig und mit gleichmäßiger Stimme: »Nein, nicht deshalb, sondern weil ich ihn schon mein ganzes Leben lang kenne, mit allen seinen Vorzügen und seinen Fehlern. Er ist heftig, eigensinnig, grob und gewalttätig, ein Raufer, aber kein hinterlistiger Heckenschütze. Nun, wie auch immer, es ist Aufgabe des Richters, den Täter zu finden. Wir brauchen uns darüber keine Gedanken zu machen. Du musst in erster Linie gesund werden, alles andere kümmert mich jetzt nicht. Hast du Schmerzen?«

Ameya wies auf das Messglas auf dem Nachttisch, mit dem Dr. Anderlies die Opiumtinktur portionierte. »Ich habe meine Dosis bekommen. Wenn ich still liege, habe ich überhaupt keine Schmerzen.«

»Dann solltest du jetzt schlafen. Soll ich deinen Bruder rufen, damit er bei dir bleibt?«

Ameya nickte. »Ja. In meiner Lage ist es mir ganz recht, einen Mann mit einem Gewehr neben meinem Bett zu haben. Wenn der Heckenschütze mich nicht nur einschüchtern, sondern töten wollte, wird er vielleicht zurückkehren, um sein Werk zu vollenden.«

Neele fröstelte bei dem Gedanken, dass er recht haben mochte und der Mörder das Haus umschlich, auf eine Gelegenheit wartend, dort einzudringen.

Am Nachmittag kam Dr. Bessemer zu Besuch, und Neele nutzte die Gelegenheit, einen Spaziergang die Straße hinauf bis zum Kampong mit ihm zu machen und ihn auszufragen.

»So haben Sie es also herausgefunden«, sagte er, während sie langsam durch den dämmrigen Tunnel gingen. »Nun, das war zu erwarten. Und ja, er hat Ihnen die Wahrheit gesagt: Die Europäer lächeln natürlich über den Aberglauben der Einheimischen, aber das nützt Ameya nicht viel, denn auch die Syphilis hinterlässt helle Flecken, und so ist er in doppeltem Verruf. Wäre er nicht von so altem Adel, dass er automatisch zum Wedono eingesetzt wurde, hätte er die ärgsten Schwierigkeiten im Leben. So trifft es ihn nur in seinem privaten Leben. Ich weiß nicht, wie der Junge jemals glücklich werden soll.«

Es klang so bekümmert, dass Neele die Hand unter seinem Arm durchschob und ihn drückte. »Sie haben ihn sehr gerne, nicht wahr?«, fragte sie.

»Ja, sehr. Ich finde, er ist etwas, das man heute nur noch selten findet – er ist ein wahrhaft edler Mensch. Er hat sich weder durch all den finsteren Spuk, der in den Gehirnen der Einheimischen herumgeistert, korrumpieren lassen noch durch die Verderbtheit der Europäer, die in ihrem Aufenthalt hier nur eine gute Gelegenheit sehen, mit dem Schweiß der Einheimischen Reichtümer an sich zu raffen.«

Sie seufzte tief. »Das wird uns nicht viel nützen, solange die Leute hier ihn für ein Ungeheuer halten. Anderswo«, fuhr sie dann fort, »und unter anderen Umständen hätten wir sagen können, wir sind beide jung und gesund, wir haben die Zukunft vor uns … aber so sehe ich nichts als Schwierigkeiten.« Während sie langsam dahinschritten, erzählte sie ihrem Freund, wie schwer der Gedanke an das ungewollte Kind auf ihr lastete, wie sie auch Ameya, der doch Leiden genug hatte, nicht damit bedrücken wollte, und wie unmöglich es ihr schien, aus diesen Verstrickungen wieder herauszukommen. »Wir denken daran, nach Australien zu gehen. Dort gibt es seit dem Goldrausch so viele Einwanderer, dass wir nicht mehr sonderlich auffallen werden. Aber wir wissen nicht, wie wir uns dort durchbringen sollen.« Mit einem schwachen Lächeln fügte sie hinzu: »Ich glaube, für den Beruf des Goldgräbers sind wir beide nicht geeignet.«

»Wohl kaum«, stimmte Dr. Bessemer zu. »Dennoch muss ich sagen, dass Australien wohl die beste Chance für Sie ist. Hier können Sie auf keinen Fall bleiben. Sie würden beide immerzu Ausgestoßene sein.« Nach einer langen, nachdenklichen Pause fügte er hinzu: »Sie sind sehr tapfer, Frau Selmaker, dass Sie sich auf ein solches Abenteuer einlassen.«

»Ich vertraue Ameya.«

»Das können Sie auch, da bin ich ganz sicher. Aber leicht werden Sie beide es dennoch nicht haben, schon gar nicht mit einem Kind. Wann wird es denn so weit sein?«

»Im Mai.« Bei dem Gedanken daran überfiel sie eine düstere Bedrückung. Mit gepresster Stimme gestand sie dem Amtmann ihre heimlichsten Sorgen: Sie fürchtete sich vor der Geburt, und sie fürchtete sich davor, sich um ein Kind kümmern zu müssen, das sie nicht gewollt hatte und jetzt schon als feindlichen Eindringling in ihrem Leib empfand. Wie sollte das in all den Jahren werden, in denen ein Kind seine Mutter braucht? Konnte sie ihm überhaupt eine liebende Mutter sein? Sie traute sich selber nicht. Sie fürchtete, ihr würde bei jedem kleinsten Ärger über das Kind einfallen, wie dessen Vater sie behandelt hatte, und sie würde es das Kleine bitter entgelten lassen.

Dr. Bessemer ergriff ihre Hand und drückte sie zwischen seinen warmen, kraftvollen Fingern. »Warten Sie erst einmal ab, bis es da ist. Vielleicht sehen die Dinge dann ganz anders aus.«

Es war ein schwacher Trost, aber es gab keinen besseren.

Als Neele und ihr Begleiter zum Waisenhaus zurückkehrten, erfuhren sie Neuigkeiten. Der Untersuchungsrichter war geradewegs zum deutschen Dorf hinuntergeritten, um Jürgen Simms festzunehmen und in das Gefängnis für Europäer auf dem Waterlooplein bringen zu lassen.

Lennert Anderlies, der die Gruppe begleitet hatte, brachte Neele schlechte Nachrichten. »Sie sind alle voll Zorn auf dich. Sie sagen, du hättest ihn dem Richter gegenüber als Mörder bezeichnet und auch Richard Hagedorn in Verdacht gebracht.«

»Das habe ich nicht!«, protestierte Neele. »Der Richter war längst überzeugt, dass er mit Jürgen den Täter im Auge hatte. Er stellte mir eine Menge Fragen, die Jürgen in ein ungünstiges Licht stellten, aber was hätte ich anderes tun sollen, als sie ehrlich zu beantworten? Ich bin nicht der einzige Mensch hier, der Jürgen kennt. Auch andere hätten dem Richter gesagt, dass er eifersüchtig und jähzornig ist – und dass er sich von seinem Freund Richard leicht einen Pfeil und Bogen ausborgen könnte. Trotzdem glaube ich nicht, dass er schuldig ist, und das habe ich auch den Beamten gesagt, aber meine Meinung hat sie nicht interessiert. Wie kann man da mir die Schuld geben?«

»Sie betrachten dich als Verräterin, die sich mit einem Einheimischen eingelassen hat. Und sie sind der Meinung, falls es Jürgen war, der Ameya angeschossen hat, dann könnte ihm niemand daraus einen Vorwurf machen.«

Erbittert und gekränkt musste Neele mit anhören, dass man im deutschen Dorf Jürgen allgemein für ihren rechtmäßigen Partner hielt. Man glaubte ihm seine Geschichten über ihre langjährige Beziehung, die nur durch die Heirat mit Frieder kurz unterbrochen worden war. Jetzt war Frieder aus dem Spiel, und der Geliebte aus Jugendtagen forderte die Frau, die ihm so gut wie versprochen war. Wer konnte ihm da verübeln, dass er voll Zorn auf den Javaner war, der sich an Neeles Seite gedrängt hatte? Wäre dieser nicht ein hoher Beamter gewesen, sondern ein Bauer oder Plantagenarbeiter, so hätte man ihn in aller Stille gelyncht und im Dschungel begraben, und die Sache wäre erledigt gewesen.

»Du gehst besser eine Weile nicht ins Dorf«, warnte Lennert. »Ich will nicht, dass dir irgendetwas Unerfreuliches widerfährt.«

»Ich habe ohnehin keine Lust, mich noch länger mit diesem Pack abzugeben.« Neeles Stimme klang trotzig, aber sie war müde, todmüde. Jetzt, wo Ameya so schwer verwundet war, würden sie noch lange warten müssen, ehe sie reisen konnten, ganz abgesehen davon, dass sie nicht hochschwanger an Bord eines Schiffes gehen wollte. Sie mussten hierbleiben und den Hass ertragen, der ihnen von allen Seiten entgegenschlug. Sie brauchte nur an das wütende Geschrei von Ameyas Schwester und die feindseligen Blicke seines Bruders zu denken. Nie würde diese Familie sie als eine der Ihren akzeptieren, und niemals würde die europäische Gemeinschaft Ameya das Recht zugestehen, ihr Gatte zu sein.

Wieder war es Phöbus Bessemer, der sich bemühte, Frieden zu stiften. Er wollte noch am Abend in das deutsche Dorf hinunterreiten und den Leuten erklären, dass Jürgen keineswegs auf Neeles Anklage hin verhaftet worden war. Vor allem aber wollte er ihnen deutlich machen, dass es für die deutsche Gemeinschaft schwerwiegende Folgen haben würde, wenn sie auf den Gedanken kämen, Neele zu attackieren; denn das würde sie alle, jeden Einzelnen von ihnen, in den Verdacht bringen, an dem Mordanschlag beteiligt gewesen zu sein. Die Holländer waren keine Freunde der Deutschen. Sie würden bei einer Untersuchung scharf vorgehen und nicht zögern, jeden, der ihnen irgendwie verdächtig erschien, auf unbestimmte Zeit einzusperren.

»Das sollte reichen, um sie einzuschüchtern«, sagte er. »Aber ich gebe Dr. Anderlies recht: Sie, Frau Selmaker, sollten den Leuten eine Weile aus dem Wege gehen. Sie werden in den nächsten Tagen ja ohnehin hierbleiben wollen, um sich um Ameya zu kümmern, bis er transportfähig ist und seine Familie ihn mitnehmen kann.«

Neele seufzte bei dem Gedanken, dass ihre gemeinsame Zeit nur kurz bemessen sein würde. Sie machte sich keine Illusionen darüber, dass seine Familie ihn streng von ihr abschotten würde, sobald er einmal in sein Vaterhaus zurückgekehrt war. Vermutlich würden sie die Zeit seiner Schwäche nutzen, ihm die unpassende Verbindung auszureden. Sie hatte keine Angst, dass er solchen Überredungsversuchen nachgeben würde. Sie vertraute ihm völlig. Aber es würde nicht leicht für ihn sein, sich zwischen seiner Familie und seiner zukünftigen Frau entscheiden zu müssen.

Mit einer matten Bewegung stand sie auf. »Ich werde mich an eure Ratschläge halten«, sagte sie. »Und jetzt möchte ich allein sein.«

3

Sie hatte unruhig geschlafen, und mitten in der Nacht wurde sie endgültig geweckt – durch Unruhe im Haus, Lärm und ein rötlich flackerndes Licht draußen. Alarmiert sprang sie aus dem Bett, warf ihren Morgenmantel über und schlich zum Fenster. Ohne sich blicken zu lassen, spähte sie seitlich durch den Vorhang hinaus. Ihr stockte der Atem. Da draußen vor dem verschlossenen Gartentor drängten sich, angeführt von einem sichtlich volltrunkenen Richard Hagedorn, ein Dutzend Burschen und

Männer aus dem Dorf, alle zu Pferd, mit Fackeln und Gewehren ausgerüstet. Neele hörte den jungen Hagedorn schreien: »Neeleken, schöne Neeleken, lass den Pfefferfresser sausen und komm heraus! Hier sind genug ehrbare weiße Männer, die alles haben, um dich zufriedenzustellen!« Ein Chor von Obszönitäten aus den Mündern der anderen folgte.

Neele spürte, wie sie zu zittern begann und eine heftige Übelkeit sie überkam. Was für Unmenschen, die eine hochschwangere Frau auf diese Weise terrorisierten! Und sie hatte Richard Hagedorn einmal für einen netten, hilfsbereiten Menschen gehalten! Aber da war er auch nicht betrunken gewesen. Jetzt war sein hübsches Gesicht rot und aufgedunsen, seine Stimme heiser, und er hielt sich nur mit Mühe im Sattel. Jede Geste, jede Bewegung verriet die mörderische Wut, die in ihm kochte. Hatte Jürgen ihm so viel bedeutet, dass er über dessen Verhaftung so außer sich geriet? Oder hatte der Untersuchungsrichter recht gehabt, und er war ebenfalls heimlich in sie, Neele, verliebt?

Einer der Kerle hob das Gewehr und feuerte einen Schuss in den Nachthimmel ab. Aus dem Inneren des Hauses antwortete das Angstgeschrei heller Stimmen. Die Kinder! Natürlich hatten das Gebrüll und das Fackellicht draußen sie geweckt, und jetzt drängten sie sich wahrscheinlich wie verschreckte Mäuse aneinander. Was für Helden waren das, die gegen verkrüppelte Kinder, eine Schwangere und einen Schwerverwundeten antraten!

Sie hatten aber ihre Meisterin gefunden. Neele hörte, wie unten die Haustür aufgerissen wurde, und dann erschien Schwester Florinda im Garten. Sie war eine kleine Frau, aber wie sie sich den Betrunkenen stellte, aufrecht und mit in die Hüften gestützten Händen, erschien sie Neele bemerkenswert groß. »Gesindel!«, rief sie mit weithin hallender Stimme. »Schämt ihr euch nicht? Ihr nennt euch ehrbare weiße Männer und kommt mitten in der Nacht wie eine Horde Räuber hierher, um kranke Kinder und eine schwangere Frau zu erschrecken? Das nenne ich Heldenmut!«

»Weg hier!«, grölte Richard. »Das alles geht Sie nichts an, wir reden mit Neele Selmaker.«

»Ihr redet mit mir, denn ich bin hier die Hausherrin. Und ich sage euch, dass ihr jetzt auf der Stelle verschwindet und daheim euren Rausch ausschlaft, denn dieses Haus steht unter dem Schutz des deutschen Konsuls, und wenn ihr auch nur eine Blume im Garten zertrampelt, könnt ihr damit rechnen, dass ihr euch vor ihm verantworten müsst. Und jetzt macht, dass ihr wegkommt!«

Die scharfe Rede hatte einige der Männer ernüchtert. Sie waren noch so weit klar im Kopf gewesen, dass sie verstanden hatten, was es für sie bedeuten würde, sich mit dem Konsul anzulegen. »Kommt, lasst uns abhauen!«, rieten sie ihren Kumpanen. »Wir haben unseren Spaß gehabt, aber jetzt ist es genug!«

Richard jedoch wollte nichts davon hören. Er schimpfte und grölte weiter und trieb sein Pferd an, mit einem Sprung über das Gartentor zu setzen. Der Hengst spürte jedoch die Unsicherheit seines Reiters, und außerdem war der Anlauf quer über die Straße viel zu kurz. Er setzte zum Sprung an, stolperte – und schleuderte seinen Reiter über das hüfthohe Tor hinweg in den Garten, wo dieser mit einem dumpfen Krach aufprallte und liegen blieb.

Erschrocken hielten die anderen inne. Einer oder zwei stiegen ab, stolperten zum Tor und blickten in den Garten, wo Schwester Florinda sich über den Bewusstlosen beugte.

Sie schritt zum Tor, öffnete es und winkte den Männern hereinzukommen. »Los, nehmt euren Helden mit!«, befahl sie. »Verschwindet mit ihm, dann verzichte ich darauf, eine Anzeige zu machen. Andernfalls bleibt er hier und wird morgen früh der holländischen Polizei übergeben.«

Der Unfall hatte den Männern jede Lust genommen, weiterhin die Rabauken zu spielen. Sie hoben Richard auf. Einer von ihnen setzte ihn vor sich auf sein Pferd, wo er wie eine Lumpenpuppe im Sattel hing, dann zogen sie im Schritttempo schweigend davon. Richards reiterloses Pferd trottete hinterdrein.

Neele ließ sich auf einen Stuhl sinken und würgte ihre Übelkeit hinunter. Sie musste ein paar Minuten warten, ehe sie wieder ruhig atmen konnte. Dann stand sie auf, zündete ihre Petroleumlampe an und eilte zu Ameyas Zimmer hinunter, um zu sehen, wie er die Attacke überstanden hatte.

Ein scharfes: »Wer ist da?« empfing sie, als sie die Tür öffnete. Im Licht der Lampe sah sie Ameyas Bruder neben dem geöffneten Fenster stehen, das Gewehr im Anschlag.

»Ich bin es, Neele. Die Männer sind fort, und ich glaube, sie kommen nicht wieder.« Sie sah erleichtert, wie er das Gewehr sinken ließ und auf seinen Platz zurückkehrte. Nicht auszudenken, was passiert wäre, wenn er auf die Rowdys geschossen hätte! Wäre einer der Ihren verwundet oder gar getötet worden, so hätten sie in ihrer trunkenen Wut zweifellos das Haus gestürmt.

Sie beugte sich über Ameya und sah, dass er wohlversorgt mit einer Dosis Opium den nächtlichen Schrecken ruhig verschlafen hatte. Gott sei's gedankt! In seinem Zustand bedeutete jede Aufregung eine ernste Gefahr.

Da wurde die Tür ein weiteres Mal geöffnet, eine zweite Lampe leuchtete auf, und Lennert trat ein, halb angezogen in Hosen, Hemd und Hosenträgern. »Da bist du, Neele!«, rief er erleichtert aus. »Ich habe dich in deinem Zimmer nicht gefunden und habe mir schon die größten Sorgen gemacht, was dir zugestoßen sein könnte ... Diese widerlichen Idioten! Geht es dir gut?«

Sie ließ sich auf den nächsten Stuhl sinken. Mit einem schwachen Lächeln sagte sie: »Meine Knie zittern, und mir ist übel, aber weiter ist mir nichts passiert. Und Ameya hat überhaupt nicht mitbekommen, was passiert ist, er schläft wie ein Siebenschläfer.«

»Umso besser für ihn.« Lennert trat näher, und jetzt erst sah Neele im gelben Licht der Petroleumlampe, wie verkrampft sein Gesicht war. Der nächtliche Zwischenfall musste ihn zutiefst verstört haben. Mit gepresster Stimme sagte er: »Anfangs habe ich gedacht, Richard sei ein netter Kerl, aber wie ich sehe, habe ich mich schwer getäuscht. Was für eine Niedertracht! Ich würde mich nicht mehr wundern, wenn sich herausstellte, dass er der Heckenschütze war. Wer auf Schwangere und Kranke losgeht, ist auch zu einem heimtückischen Mordanschlag fähig. Ich jedenfalls will mit ihm nichts mehr zu tun haben, und wenn Jürgen sich weiterhin an ihn hängt, dann ist er ebenfalls für mich gestorben.«

Er trat an Neele heran und legte ihr den Arm um die Schultern. »Komm, ich begleite dich zurück in dein Zimmer, und dann bleibe ich noch eine Weile bei Ameya, schlafen kann ich jetzt ohnehin nicht mehr.«

4

In den nächsten Tagen fühlte Neele sich elend. Jede Bewegung wurde ihr zur Mühsal. Sie versuchte zwar, gegenüber den Klosterfrauen zu scherzen, sie fühle sich wie der Wolf mit den Wackersteinen im Bauch, aber im Grunde war ihr alles andere als lustig zumute. Das Kreuz tat ihr weh, ihre Füße und Beine waren geschwollen, und es machte sie nervös, dass sie in ihren Bewegungen so beschränkt war. Bücken konnte sie sich kaum mehr, und wenn sie etwas trug, musste sie die Arme vor sich ausstrecken. Dazu kam das üble Wetter der Kenteringstyden, das Kopfschmerzen und Kreislaufbeschwerden mit sich brachte. Doch hatte sie immerhin den Trost, dass Ameyas Befinden sich stetig besserte. Fieber und Entzündung blieben aus, die Wunde heilte langsam, aber ohne Komplikationen. Er war nur noch sehr schwach von dem starken Blutverlust. Schwester Florinda versorgte ihn, und Neele leistete ihm Gesellschaft. Wenigstens konnte sie jetzt allein mit ihm sein, denn seine beiden Brüder bestanden nicht mehr darauf, sie zu überwachen – als wäre sie es gewesen, von der er etwas zu befürchten hatte!

Er lag still in dem Bett des provisorischen Krankenzimmers, das Laken bis zum Hals hochgezogen, um nicht von einem unvermutet Eintretenden überrascht zu werden. Neele setzte sich an den Bettrand und beugte sich zu ihm, was ihr inzwischen nicht mehr leichtfiel, so hoch war ihr Leib schon. Sie ergriff seine Hand. »Wie geht es dir?«

»Gut und schlecht«, antwortete er. »Gut, weil ich nicht mehr befürchten muss, an der Wunde zu sterben, und schlecht, weil meine Eltern jetzt darauf bestehen werden, mich mit nach Haus zu nehmen. Sie wollen morgen schon kommen.«

Neele empfand einen Stich im Herzen. Sie wusste, dass es nicht den geringsten Sinn hatte, ihn zu bedrängen, er möge hierbleiben. Er hatte seiner Familie versprochen, nach Hause zu kommen, sobald er es ohne Gefahr tun konnte, und er würde dieses Versprechen halten.

Mit leiser Stimme sagte sie: »Sie werden nicht erlauben, dass ich dich besuche.«

»Nein. In seinem Haus ist mein Vater der Herr, und er wird dir den Zutritt verweigern. Aber sei nicht traurig. Sobald ich wieder gesund bin, führen wir unser Leben so, wie wir es uns vorstellen.«

»Was werden sie tun, wenn du nach Australien gehst?«

Er seufzte. »Ich denke, sie werden im Grunde recht froh sein, dass ich aus dem Haus bin. Sie haben mir schon mehrmals versteckte Angebote gemacht, mir eine reichliche Apanage auszusetzen, wenn ich Java verlasse, aber ich habe nie angenommen. Allein zu gehen hätte bedeutet, mit einem Schlag völlig vereinsamt zu sein. Aber jetzt, wo ich dich habe ...«

Neele legte ihre beiden Hände um seine Rechte, zog seine Finger an den Mund und küsste sie.

Tatsächlich kam Ameyas Familie am nächsten Tag zum Waisenhaus. Niemand hinderte sie daran, den Patienten mitzunehmen. Neele stand in einiger Entfernung und beobachtete, wie sie ihn hinaustrugen und fürsorglich auf die Kissen einer Sänfte betteten, die von vier Dienern getragen wurde. Sie musste zugeben, dass seine Verwandten aufs Beste für ihn sorgen würden. Zweifellos empfanden sie zärtliche Zuneigung zu ihm. Aber was nützte ihm das, wenn sie ihn gleichzeitig fürchteten?

Am liebsten wäre sie hingelaufen und hätte gerufen: Seid nicht so albern! Wie könnt ihr glauben, euer Sohn, euer Bruder sei ein wildes Tier? Wie könnt ihr ihn fürchten, der unter eurem Dach herangewachsen ist? Er ist ein Mensch wie wir alle und ein guter und kluger Mensch dazu, habt doch keine Angst vor ihm!

Aber sie wusste, es würde nichts nützen. Ein über Jahrhunderte hinweg eingewurzelter Aberglaube ließ sich so wenig ausreißen wie ein Banyanbaum.

Um keinen Ärger zu verursachen, winkte sie ihm nur von der Ferne zu, als die Diener ihn hinaustrugen und die Karawane seiner Familie sich die Bergstraße hinab in Bewegung setzte. Dann drehte sie sich um und kehrte mit nassen Augen ins Haus zurück.

Der Nachmittag dieses Tages brachte eine geringfügige Aufheiterung ihrer schwarz bewölkten Stimmung. Lennert, der einen Besuch im Gefängnis für Europäer gemacht hatte, kehrte mit der Nachricht zurück, dass der Untersuchungsrichter Jürgen aus der Haft entlassen hatte, da es keine stichhaltigen Beweise gegen ihn gab. Die weniger erfreuliche Seite dieser Nachricht war, dass auch Jürgen überzeugt war, Neele habe ihn ins Gefängnis gebracht, und in dumpfer Wut vor sich hin brütete. Von der Liebe, die er so oft beschworen hatte, war keine Rede mehr. Obwohl Lennert sich bemühte, Neele eine bereinigte Version ihres Gesprächs zu überbringen, war ihr doch klar, dass er sie aufs Übelste beschimpft hatte und sich als das Opfer einer Frau betrachtete, die ihn erst mit einem anderen betrogen und dann den Behörden in die Hände gespielt hatte – für eine Tat, an der er völlig unschuldig war! Nur um ihn loszuwerden, damit sie ihre schmutzige Affäre mit dem Pfefferfresser genießen konnte!

»Ich habe versucht, ihn zur Vernunft zu bringen, aber es ist mir nicht gelungen«, gestand Lennert. »Du weißt ja, wenn Jürgen sich etwas in den Kopf setzt, dann weicht er davon nicht mehr ab. Er sieht die Wirklichkeit so, wie er sie gerne sehen möchte.«

Neele nickte bedrückt. »So war er immer schon.« Sie wusste nicht recht, ob sie Ärger oder Erleichterung angesichts dieser Wendung der Dinge empfand. Sie war froh gewesen, dass Jürgen im Gefängnis saß und ihr nicht mehr über den Weg laufen konnte. Aber zugleich hatte sie sich Sorgen um ihn gemacht. Sie hatte nicht daran denken wollen, dass die Holländer ihn verurteilen und hängen könnten, womöglich für eine Tat, die er nicht begangen hatte.

»Was wird er jetzt tun?«, fragte sie.

Lennert zuckte die Achseln. »Er wollte zurück zu den Hagedorns, aber ich weiß nicht, ob die erfreut sein werden, ihn wiederzusehen. Richard wahrscheinlich schon, aber die Eltern Hagedorn scheinen mir eher Leute zu sein, die sich mit den Behörden gutstellen wollen. Sie wollen sicher keinen mutmaßlichen Beamtenmörder in ihrem Haus haben, und Jürgen ist nicht freigesprochen worden, sie haben nur keine Beweise gegen ihn.«

Fräulein Anderlies und das Glück

1

Paula Anderlies war überrascht, als ihr Bruder sie bat, ihn bei seinem nächsten Besuch in Dr. Bessemers Büro zu begleiten. Ihre Wangen wurden heiß bei dem Gedanken, was diese offizielle Einladung des Amtmanns wohl zu bedeuten hatte. Sie wusste längst, dass er sie liebte, und die Zeit, in der er ihr den Hof machte, hatte lange genug gedauert, sodass er ihr jetzt einen ernsthaften Antrag machen durfte. Würde er das in der Tat tun? Und wenn er es tat, würde sie Ja sagen? Ihre Zuneigung zu ihm war mit der Zeit immer mehr gewachsen. Zwar liebte sie ihn nicht im Sinne einer leidenschaftlichen jungen Liebe, aber sie empfand eine beständige, tief begründete Sympathie für ihn. Für zwei Menschen, die über die erste Blüte hinaus waren, musste das reichen. Besser eine zuverlässige Freundschaft als das Strohfeuer einer glühenden Liebe, das im nächsten Augenblick wieder erlosch!

Dr. Bessemer empfing sie und Lennert freundlich wie immer. Er ließ ihren Bruder bei Ameya im Büro zurück, dann schob er den Arm unter ihren und lächelte sie an. »Kommen Sie, wir wollen uns ein paar Minuten in den inneren Garten setzen, das ist genau der richtige Ort – man ist im Freien und doch nahe genug an einer Tür, um beim ersten Wasserguss unter ein Dach zu flüchten.«

Paula folgte ihm. Er hatte recht, was den Garten anging. In dem weiten Innenhof des Regierungsgebäudes war ein Seerosenteich angelegt worden, der aus drei Becken bestand, und rund um diesen Teich erhoben sich Palmen und Tamarinden.

Dr. Bessemer führte seine Begleiterin zu einer der Marmorbänke, die an den Mauern aufgestellt waren, und setzte sich nieder. »Ich muss Sie etwas fragen, Fräulein Anderlies«, sagte er, während er ihre Rechte in seine beiden Hände nahm und sie inniglich drückte. »Sie sind mir sehr lieb geworden, eigentlich schon, als wir uns an Bord der *Meisje Mariaan* kennengelernt haben, und seither habe ich lange über alles nachgedacht. Ich kann nicht behaupten, dass ich jung und schön wäre, aber ich habe eine gute Position und ein reichhaltiges Einkommen und bin vielleicht auch sonst nicht abscheulich …«

Sie lachte, dass die Finken auf den Wasserschalen zwitschernd aufflogen. »Abscheulich! Was Sie für Ausdrücke gebrauchen, mein Lieber! Nein, das sind Sie ganz gewiss nicht. Und nun, was wollten Sie mich fragen?«

»Aber das wissen Sie doch schon, liebe Paula.« Er führte ihre Hand an die Lippen und küsste sie. »Ich möchte Sie bitten, meine Frau zu werden.« Als hätte ihn plötzlich der Mut verlassen, fügte er hinzu: »Natürlich bin ich um einiges älter als Sie …«

»Das macht nichts aus. Ich nehme Ihren Antrag an.«

Er ließ sie los und entnahm seiner Jackentasche eine seidenbezogene kleine Schachtel. Als er sie aufklappte, glitzerte ein Ring mit einem rosafarbenen Stein darin. »Das ist der Verlobungsring meiner Großmutter«, sagte er. »Es ist mir eine Freude, ihn an dich weitergeben zu dürfen.« Er nahm ihre Hand und steckte ihr den Ring an.

Paula drehte die Hand hin und her und beobachtete das Aufblitzen des Rhodolit in seiner goldenen Fassung. Ein plötzliches Gefühl des Triumphs überkam sie, als sie an die vielen Mädchen dachte, die sie mit mehr oder minder offener Herablassung betrachtet hatten – die arme Paula, die alte Jungfer Paula, das späte Mädchen Paula, das keinen Kerl mehr abkriegen würde. Jetzt hatte sie einen gefunden, und nicht irgendeinen, sondern einen Mann von Stand und Bedeutung. Sie würde ihm zur Seite stehen, ihm zuhören, wenn er berufliche Sorgen hatte, mit ihm zusammen Lösungen für die vielen Probleme finden, vor die sein Amt ihn stellte. Aber sie würde natürlich auch in einer Kutsche durch Batavia fahren, mit der Frau Konsulin Tee trinken und an den gesellschaftlichen Ereignissen teilnehmen.

»Ach, Phöbus«, sagte sie lächelnd. »Ich dachte nicht, dass ich noch einmal so von Herzen glücklich sein würde.«

»Ich auch nicht«, gestand er. »Ich hätte hin und wieder heiraten können, denn ein Mann in guter Position und mit gutem Gehalt ist bei den alleinstehenden Damen auch dann gefragt, wenn er nicht schön wie ein junger Gott ist. Aber alle diese Frauen waren dumm und desinteressiert. Für sie zählte nur, was im Gesellschaftsteil der Zeitungen stand und ob Mevrouw Sowieso ein neues Kleid und Mijnheer Sowieso eine neue Liebschaft hatte. Du warst die Erste, mit der ich auch über andere Dinge sprechen konnte.« Er stand auf und zog sie an der Hand mit sich hoch. »Ich glaube, die Sitte verlangt, dass ich es deinem Bruder mitteile, findest du nicht?«

»Er wird sich auf jeden Fall freuen, wer immer es ihm mitteilen wird.«

Sie erhoben sich und stiegen die Marmortreppe hinauf. Oben öffnete ihnen ein Diener die Tür, und sie traten ein. Lennert und Ameya saßen in der barocken Sitzgarnitur. Beide blickten auf, als das Paar eintrat, und beide erkannten sofort, was geschehen war. Lennerts Gesicht verzog sich zu einem breiten Lächeln. »Sag es mir nicht!«, rief er. »Ich will es selbst erraten.«

»Das ist nun aber wirklich nicht schwer zu erraten.« Dr. Bessemer lächelte. »Ja, ich möchte gerne aus Fräulein Anderlies Frau Bessemer machen, und sie ist damit einverstanden, also können wir uns an die Hochzeitsvorbereitungen machen.«

2

Neele, die gleich nach der Rückkehr der Geschwister informiert wurde, nahm die Nachricht von der Verlobung ihrer Freundin mit gemischten Gefühlen auf. Sie brauchte keine langen Erklärungen, was das bedeutete. Mit ihrer Heirat würde Paula in ganz andere gesellschaftliche Kreise eintreten. Sie mochten dann immer noch Freundinnen sein, aber es bestand doch eine Kluft zwischen ihnen – und waren sie wirklich Freundinnen fürs Leben gewesen oder nur zwei junge Frauen, die sich in einer schwierigen Situation einander verbunden fühlten? In Norderbrake hatten sie sich gut miteinander verstanden, weil die Auswahl an interessanten Menschen in dem Dorf sehr gering war, und auf der Reise hatten sie wohl oder übel zusammenhalten müssen. Aber Neele ahnte, dass sich ihre Beziehung lockern würde, wenn Paula erst einmal Frau Amtmann Bessemer war und in einer ganz anderen sozialen Schicht lebte. Und was würde dann aus ihr werden? Gab es dann noch irgendeinen Menschen, dem sie wirklich vertrauen konnte? Konnte sie wirklich das Risiko eingehen, ihr ganzes Vertrauen in Ameya zu setzen?

Am Morgen, nachdem Dr. Bessemer Paula seinen Heiratsantrag gemacht hatte, saßen die drei im Garten, als Lennert plötzlich aufstand und, die Hände hinter dem Rücken verschränkt, auf die beiden Frauen hinunterblickte. »Es gibt etwas, das ich euch sagen möchte«, erklärte er. »Ich habe lange hin und her überlegt, ob es eine gute Entscheidung ist, aber in die Zukunft sehen kann ich sowieso nicht, und mein Gefühl sagt mir, dass es richtig ist, da du, Paula, jetzt in eine gesicherte Zukunft blickst. Ich möchte hier nicht bleiben.«

Paula blickte erstaunt auf. »Und wohin möchtest du gehen?«

»Nach Australien. Zu den Goldgräbern. Nein, ich selber will nicht nach Gold graben, aber ich denke, man wird dort einen Arzt brauchen können.«

»Das zweifellos«, stimmte Paula sarkastisch zu. »Bei all den Schlägereien!«

Lennert ging nicht darauf ein, sondern sagte: »Ich will nur noch deine Hochzeit abwarten, Paula, und die Geburt deines Kindes, Neele, dann nehme ich den nächsten Dampfer nach Brisbane.«

»Was treibt dich jetzt von hier weg?«, fragte Neele.

Er zuckte die Achseln. »Ich weiß nicht genau. Das Land ist sehr schön, aber ich vertrage das Klima nicht, die ständige Schwüle macht mich krank, und ich finde keinen Zugang zu den Leuten hier, weder den Einheimischen noch den Europäern. Man gehört hier weder zu den einen noch zu den anderen und wird von beiden Seiten scheel angeschaut.«

Das könnte Ameya auch sagen, dachte Neele, aber sie wollte Lennert nicht vom Thema ablenken. Schweigend hörte sie zu, wie er ihnen seine Zweifel und Sorgen darlegte. Vor allem ärgerten ihn die Europäer, die sich im Land angesiedelt hatten und von denen er eine geringe Meinung hatte. Es mochte ja einige solche wie Dr. Bessemer oder auch den deutschen Konsul geben, aber im Großen und Ganzen fand er sie arrogant, beschränkt und habgierig, ohne jedes Gefühl für die Kultur, in die sie eingebrochen waren und die für sie nichts weiter als eine Schatzkiste war, die sie mit beiden Händen leerräumten. Die Goldgräber, sagte er mit einem schrägen Lächeln, mochten zwar auch habgierige Dummköpfe sein, aber wenigstens seien sie nicht arrogant.

Neeles Tochter

1

Der Mai kam, und Neeles Schwangerschaft näherte sich dem Ende. Eines Morgens war sie eben dabei, den Reiskuchen aufzuschneiden, da spürte sie plötzlich, wie ein schwerer Krampf ihren Körper durchschauerte. Ihr war zumute, als hätte sie ein jäher, schmerzhafter Durchfall überkommen, sodass sie sich an den Türpfosten klammerte. Ihre Knie brachen ein, und der Kreis des Lampenlichts verschwamm ihr vor Augen. Immer heftiger wurden die Leibschmerzen, bis sie aufschrie und Schwester Florinda an ihre Seite eilte.

»Das Kind«, ächzte sie. »Das Kind …«

Die Nonne half ihr aufs Zimmer und holte eine Schüssel warmes Wasser und saubere Tücher. Neele hatte sich vor der Geburt gefürchtet, aber so heftig der Schmerz war, so erstaunlich rasch ging er vorbei. Nach kaum einem Dutzend Wehen spürte sie, wie das Kind ans Licht drängte, sie presste mit aller Kraft, und dann stieß die Nonne auch schon einen Freudenschrei aus. »Es ist da, Frau Selmaker, es ist da!« Gleichzeitig ließ das Neugeborene einen dünnen, krächzenden Schrei hören, der sich eher nach einer jungen Eule anhörte als nach einem Menschenkind – aber Hauptsache, es atmete!

Die Mutter sank in sich zusammen und schloss erschöpft die Augen, während die Nonne die Nabelschnur durchtrennte, das Kind abwusch und in saubere Tücher hüllte. Sie brauchte eine Weile, bis sie wieder ruhig atmen konnte und der Schmerz so weit nachließ, dass sie die Frage stellte: »Was ist es, ein Junge oder ein Mädchen?«

»Sehen Sie selbst«, antwortete Schwester Florinda mit einer seltsam ausdruckslosen Stimme. Sie wandte sich um und reichte Neele ein Kind, dessen Haut das unverkennbare Kakaobraun der Einheimischen hatte.

»Was soll das heißen?«, fragte die Nonne mit finsterem Blick. »Sie wollen mir doch wohl nicht erzählen, dass dieses Kind von Ihrem Mann in Deutschland abstammt? Sagten Sie nicht die ganze Zeit, wie blond und blauäugig er gewesen sei? Mir scheint, Sie haben uns alle an der Nase herumgeführt, und das wird man Ihnen hier sehr übelnehmen!«

Neele war fassungslos. Erst konnte sie nicht glauben, was sie sah. »Das ist nicht mein Kind«, stammelte sie. »Dieses Kind ist verhext.«

Schwester Florinda schwieg und starrte sie vorwurfsvoll an.

Neele ließ sich in das Kissen zurücksinken. Was sollte sie sagen? Tante Käthes Worte klangen ihr in den Ohren: Deine Mutter war eine Schlampe, die der Wind ins Dorf geblasen hat.

Sie nahm das Kind nur mit Widerwillen entgegen, so fremdartig erschien es ihr. Nie im Leben war dieses Geschöpf in ihrem Schoß herangewachsen. Sie schob die Tücher auseinander, stellte fest, dass es ein Mädchen war, und hielt es unbeholfen im Arm. Mit zitternder Stimme wiederholte sie, dass sie nichts sagen könne und wolle. Sie wisse nicht, was geschehen war. Waren die beiden

Freunde nicht die ganze Zeit bei ihr gewesen? Hatten sie nicht gewusst, dass sie schwanger gewesen war, als sie Deutschland verließ, das Kind also von ihrem Mann stammen musste?

Schwester Florinda war sichtlich schockiert, aber geistesgegenwärtig; sie schloss rasch die Zimmertür, um zu verhindern, dass Neugierige ins Zimmer eindrangen. »Hören Sie, Neele«, sagte sie. »Ich weiß nicht, wie dieses Kind auf die Welt gekommen ist, aber eines kann ich Ihnen sagen: Es wird keine Freude an seiner Existenz haben. Die deutsche Gemeinschaft hier wird Sie ächten und das Kind so schlecht behandeln, dass es kaum die Nase aus dem Haus zu stecken wagt, und die Javaner werden das Gleiche tun. Fremde Kinder werden hier geduldet, solange es die Kinder eines reichen Arabers oder eines holländischen Beamten sind, aber sicher nicht die halb deutschen Kinder einer armen alleinstehenden Frau.«

Neele fühlte sich erdrückt von diesen Vorwürfen, umso mehr, als sie sich keiner Schuld bewusst war. Verzweifelt fragte sie: »Und? Was soll ich tun? Es den Raubtieren vorwerfen?«

Die Nonne machte eine unwirsche Geste. »Wenn Sie ein bisschen Vernunft haben, gibt es noch einen Ausweg. Ich weiß, dass keine Mutter ihr Kind gerne aufgibt, auch wenn sie arm ist und das Kind ihr mehr Sorgen als Freude macht, aber es scheint mir der beste Ausweg für Sie beide zu sein. Ich könnte es auf der Stelle mitnehmen und ins Mutterhaus unseres Ordens bringen. Dort geben wir es einfach als ein einheimisches Kind aus, dessen Eltern unbekannt sind. Wir haben mehrere von der Art. Wir haben gute Ammen in unserem Dienst, die sie stillen und versorgen, und später werden wir es erziehen und unterrichten.«

Neele fragte mit einem Seufzer, was sie denn allen anderen sagen solle. Alle Welt wisse, dass sie schwanger gewesen sei, irgendwie musste sie das Verschwinden des Kindes ja erklären. Aber auch darauf hatte Schwester Florinda eine Antwort. »Sie könnten einfach sagen, dass Sie keine Milch haben und es zu einer Amme gegeben haben. Später wird uns dann schon irgendetwas einfallen, falls es überhaupt noch notwendig sein wird, irgendjemand irgendetwas zu erklären. Jetzt bekommt niemand eine Auskunft von uns. Wären Sie damit einverstanden? Wenn nicht, dann müssen Sie sich selbst etwas einfallen lassen, ein zweites Mal frage ich nämlich nicht.«

Ihre Stimme klang so schroff, dass Neele auch unter anderen Umständen nicht gewagt hätte, ihren Vorschlag abzulehnen, und es war ja auch tatsächlich das Einzige, was sie tun konnte. Sie mochte gar nicht daran denken, mit welchem Spott und Hohn die deutsche Gemeinschaft sie überschütten würde, wäre sie in ihrer Mitte mit einem kakaobraunen Kind aufgetaucht. Noch schlimmer, sie hätte Lennert und Paula hineingezogen, die ja die ganze Zeit bestätigt hatten, dass das Kind von ihrem treulosen Gatten abstammte. Mussten sie nicht als Komplizen einer frechen Lüge erscheinen?

Sie stimmte also zu, und keine Viertelstunde später war Schwester Florinda mit dem Neugeborenen unterwegs.

Draußen hielt ein Gefährt, Lennerts Einspänner, nach dem leichten Rollen der Räder zu schließen, und gleich darauf kam der junge Arzt laut pfeifend die Treppe herauf. Neele rief mit schwacher Stimme nach ihm.

Er sah sofort, dass sie geboren hatte. Vergnügt rief er:

»Na, da hast du es ja schon allein geschafft und brauchst mich gar nicht mehr! Aber wo ist der kleine Balg? Ich höre gar nichts.«

Neele brach in Tränen aus. Völlig verstört berichtete sie ihm, was passiert war und wie sie sich nicht erklären konnte, wie dieses Kind in ihren Leib gekommen war. »Ich weiß nicht, wie das geschehen konnte«, wiederholte sie ein ums andere Mal.

Lennert setzte sich an den Bettrand und ergriff ihre Hände. »Neele, nimm es mir nicht übel, wenn ich dir die Wahrheit ins Gesicht sage. In Norderbrake hatten von Anfang an alle ihre Zweifel, ob du Heiners Kind warst, obwohl er dich geliebt hat wie ein Vater, das muss man durchaus sagen. Wenn dein leiblicher Vater dunkelhäutig war, so kann es auch dein Kind sein, obwohl du selber nur mit einem blonden Mann zusammen warst. Vielleicht hatte deine Mutter in Bremerhaven jemand kennengelernt…«

Neele krampfte die Hände zusammen. »Willst du sagen, sie war eine Hure, die sich mit den fremden Seeleuten eingelassen hat?«

»Ich sage nichts über niemand. Ich habe sie nicht gekannt und bin kein Zeuge für oder gegen sie. Ich bin nur ein Arzt, und als solcher kann ich dir erklären, wie dein Kind zu seiner dunklen Farbe gekommen ist. Das ist eine wissenschaftliche Tatsache. Aber ich fürchte, die deutsche Gemeinschaft hier wird es anders ansehen, vor allem diejenigen, die dir ohnehin schon gerne etwas am Zeug flicken wollen.«

Als Neele ihm erzählte, welchen Ausweg Schwester Florinda angeboten hatte, nickte er zustimmend. »Eine ausgezeichnete Idee. Das Kind ist in guten Händen, du hast vorderhand keinen Ärger, und das Gerede wird bald aufhören.«

Neele seufzte. Eine plötzliche Welle der Bitterkeit brach über sie herein. Warum musste sie das alles durchmachen? Hätte sie nicht wenigstens ein blondes deutsches Kind zur Welt bringen können, das man hier mit offenen Armen aufgenommen hätte? Und das hätte sie auch behalten können, anstatt sich mit einer solchen Menge Lügen herauszureden. Und wenn die Wahrheit dennoch ans Licht kam? Sie war vollkommen unschuldig, sie konnte ihr Schicksal kaum begreifen, und trotzdem würden alle über sie herfallen!

2

Paula zeigte Verständnis für die Situation der jungen Mutter. Die Nonnen hielten sich mit Fragen zurück, wenn auch ganz offensichtlich nur, weil Schwester Florinda ihnen das geboten hatte. Aber Dr. Bessemer sah bei seinem nächsten Besuch, dass sie geboren hatte, und wollte alles wissen, was man unter solchen Umständen fragt: ob es gesund sei, ob es ein Junge oder ein Mädchen sei, und natürlich wollte er es sehen.

Ihr blieb kein anderer Ausweg, als dass sie ihm unter vier Augen erzählte, was geschehen war. Er runzelte die Stirn. »Das ist ein Unglück für Sie und Ihr Kind, Neele, erlauben Sie mir, das so offen zu sagen! Sie können von Glück reden, dass Schwester Florinda so rasch und klug reagiert hat. Ich glaube auch, dass ihre Idee das Beste war, was man für dieses arme kleine Ding tun konnte. Es wird unter Javanern aufwachsen und sich als Javanerin fühlen.«

»Und wenn es eines Tages selbst Kinder bekommt, die dann blond und blauäugig sind?«

»Das muss nicht der Fall sein. Und selbst wenn es so wäre, Neele, wir können nicht in alle Zukunft hinaus Entscheidungen treffen. Ihre Tochter wird eines Tages selbst eine Lösung finden müssen. Bis dahin müssen Sie tun, was im Augenblick das Richtige ist.«

»Was wird Ameya sagen? Ich kann ihn nicht anlügen.«

Phöbus Bessemer zuckte die Achseln. »Ich weiß es nicht. Sie müssen ihn selbst fragen.«

Nach diesem Besuch war Neele lange Zeit tief in Gedanken. Immer wieder stand ihr vor Augen, wie ihr Kind heranwuchs, heiratete und Kinder bekam und eine ebenso bestürzende Überraschung erlebte wie sie selbst. Würde man sie nicht von allen Seiten beschuldigen, die Ehe gebrochen zu haben? Welche Schicksalsschläge mochten sie treffen, wenn sie den Verdacht nicht entkräften konnte?

Schließlich fand sie eine Lösung. Sie setzte sich hin und schrieb einen Brief an ihre Tochter, in der sie ihr die Sachlage erklärte. Diesen Brief, so beschloss sie, würde sie bei der Taufe Dr. Bessemer überreichen mit der Bitte, davon Gebrauch zu machen, wenn es sich als notwendig erweisen sollte. Den Brief zu schreiben linderte ihr schlechtes Gewissen ein wenig, und sie schlief ruhiger als in den Nächten zuvor. Neele war nicht sonderlich fromm – Tante Käthes religiöse Erziehung hatte etwas geradezu Abschreckendes an sich gehabt –, aber sie bestand dennoch darauf, dass ihr Kind getauft wurde, und natürlich waren die Klosterschwestern derselben Meinung. Eine Woche nach der Geburt machte sie sich auf den Weg zu der Zeremonie. Schwester Florinda hatte alles arrangiert. Im Mutterhaus des Ordens würde ein Priester anwesend sein, der die

Taufe vornahm, und Neele hatte Dr. Bessemer gebeten, Pate zu sein. Obwohl er sich selbst als Skeptiker bezeichnet hatte, war er hocherfreut über ihre Bitte gewesen, und sie war sicher, dass niemand ihr Kind so gut beschützen würde wie dieser ehrbare und zuverlässige Mann.

Sie fuhr allein mit dem Einspänner, um kein Aufsehen zu erregen. Der Morgen war kühl und frisch nach einer verregneten Nacht. Ein leichter Wind blies vom Meer herein. Das leichte Gefährt ratterte los. Sie klatschte mit den Zügeln auf den Rücken des Pferdes, um möglichst bald aus dem Urwaldtunnel hinaus und in die offene, freundliche Landschaft der deutschen Siedlungen zu kommen. Es war kein weiter Weg bis zum Mutterhaus des Ordens, zwei Stunden, und sie hatte es erreicht.

Die Häuser hier waren weiß, mit roten Ziegeldächern, und alle von Gärten umgeben. Dann und wann unterbrachen ein paar europäische Läden die Reihe heller Fronten, oder der Obstkarren eines Einheimischen stand voll beladen mit Bananen, Betelfrüchten und Kokosnüssen im Schatten unter den Bäumen. Sie bog in eine Allee von schirmförmigen Palmen ein und sah am Ende das Ordenshaus liegen, weiß, mit einem weit ausschwingenden roten Dach und einem Glockentürmchen. Eine große Schar von Kindern war auf dem Rasen vor dem Haus unterwegs. Die Kleineren lärmten und spielten, während die Größeren an hölzernen Tischen saßen und lernten. Als Neele ihr Gespann vor dem Eingangstor anhielt, kam eine dunkelhäutige Frau angelaufen, die wohl eine Laienschwester war, und fragte nach ihrem Begehr. Sie bat darum, die Äbtissin sprechen zu dürfen.

Man führte sie in einen gewölbten Raum mit hübschen Rattanmöbeln und bat sie zu warten. Wenig später erschien eine große, hagere Frau in der Tracht des Ordens. Ihr folgte eine Laienschwester, die Kaffee und Reiskuchen servierte.

Neele war verlegen. Sie empfand heftige Schuldgefühle bei dem Gedanken, dass sie ihr Kind in fremde Hände gegeben hatte, und suchte unbeholfen nach Entschuldigungen.

Die alte Nonne hatte jedoch durchaus Verständnis für sie. Genau wie Lennert versicherte sie Neele, dass sie selbst, die Mutter, keine Schuld an der fremdartigen Erscheinung ihres Säuglings trage. Sie verschränkte nachdenklich die Finger ineinander. »Schwester Florinda sagte mir, dass Ihre ganze Familie blond ist und Sie sich nicht erklären können, wieso das Kind so dunkelhäutig ist, und man sagte Ihnen, dass die Hautfarbe manchmal eine Generation überspringt. Das würde bedeuten, dass Ihr Vater oder auch ein Großvater ein dunkelhäutiger Mann war. Sie stammen aus der Nähe einer Hafenstadt, da kann es leicht sein, dass Ihre Mutter die Bekanntschaft eines solchen Mannes gemacht hat, nicht wahr?«

Die Bekanntschaft gemacht! Wie das klang! Neele presste die Lippen zusammen. Aber konnte sie ihre Mutter denn wirklich verteidigen? Was wusste sie schon über sie? Vielleicht hatte Käthe ja recht gehabt mit ihrem bitteren Misstrauen gegen die schöne Elsie.

»Ich weiß es nicht«, antwortete sie mit leiser Stimme. »Ich kann mich an meine Eltern kaum noch erinnern, und meine Tante und mein Onkel sprachen nur sehr selten über sie.« Dass Elsie noch lebte, sagte sie nicht. Die Situation war schlimm genug, da musste man nicht auch noch erfahren, dass ihre Mutter in einer Irrenanstalt eingesperrt lebte.

Sie bat, man möge ihr das Kind bringen. Gleich darauf kam die Laienschwester mit einem spitzenbedeckten weißen Stoffbündel herein, aus dem ein runzliges, kakaobraunes Gesichtchen mit kahlem Scheitel hervorblickte. Neele nahm es in den Arm und betrachtete es lange, aber sie empfand keine Wärme, keine Zuneigung. Sie schämte sich, dass sie ihren eigenen Groll, ihre eigene Verzweiflung an diesem hilflosen Kind ausließ, aber sie war innerlich wie erstarrt.

»Lassen Sie es doch trinken«, drängte die Nonne.

Neele schüttelte den Kopf. Obwohl ihre Brust schmerzte, brachte sie es nicht fertig, das Kind zu säugen.

»Es ist ein hübsches Kind«, sagte die Mutter Oberin. »Im Augenblick sieht es nicht nach viel aus, aber glauben Sie mir, ich habe viele Kinder gesehen und weiß, welche davon schöne Erwachsene werden. Und sein armes Öhrchen kann es ja unter den Haaren verstecken.« Mit dieser Bemerkung schob sie das Spitzenhäubchen ein Stück beiseite und zeigte Neele, dass das winzige linke Ohr am oberen Rand ein wenig eingedrückt und zweimal eingekerbt war, als hätte etwas mit spitzen Zähnen hineingebissen. Glücklicherweise sah man dies wirklich nur, wenn man genau darauf achtete.

Die Laienschwester kam herein und meldete, dass Dr. Bessemer eben angekommen sei.

Er begrüßte Neele liebevoll und nahm dann das Kind in den Arm. »Ei, du wirst einmal eine richtige Prinzessin werden«, sagte er. »Und wie soll es nun mit Vornamen heißen?«

Neele schluckte ein wenig, als sie sagte: »Bethari Elisabeth. Dann kann man sie auf jeden Fall Beth rufen, und beide Seiten werden zufrieden sein.«

Sie fühlte sich erleichtert, als die kleine Zeremonie vorbei war und sie Bethari wieder in die Arme nahm. Wenigstens hatte sie jetzt ein Christenkind, was immer sonst mit dem kleinen Wesen nicht stimmen mochte.

»Darf ich es noch hierlassen?«, bat sie. »Ich kann es jetzt nicht mitnehmen, und hier weiß ich, dass es in guten Händen ist.«

Die Äbtissin stimmte zu. »Lassen Sie sich Zeit«, mahnte sie, als sie sah, wie Neele von Schuldgefühlen gequält wurde. »Es ist eine sehr schwierige Situation für Sie, und ich habe auch schon andere Mütter erlebt, die eine ganze Weile brauchten, um sich an ihre Mutterschaft und an das Kleine zu gewöhnen. Seien Sie versichert, dass es Bethari hier an nichts fehlen wird.«

Neele lächelte schwach. Sie dachte an die Kinder, die sie draußen auf dem Rasen spielen gesehen hatte und die allesamt einen glücklichen und zufriedenen Eindruck machten, obwohl viele von ihnen sichtlich an geistigen oder körperlichen Behinderungen litten.

»Kommen Sie wieder, wenn Sie eine Entscheidung getroffen haben.« Die Äbtissin öffnete ihr die Tür. »Aber lassen Sie sich nicht von Ihrem schlechten Gewissen zur Übernahme einer Verantwortung drängen, für die Sie innerlich noch nicht reif sind.«

3

Dr. Bessemer hatte es eilig, seine junge Braut heimzuführen. Schon eine Woche nach dem Ende des offiziellen Aufgebots war der Hochzeitstermin festgesetzt. Es würde eine große Hochzeit werden, mit vielen illustren Gästen, wie es dem Rang und der allgemeinen Beliebtheit des Bräutigams entsprach. Nicht eingeladen war jedoch Ameya – und Neele.

Paula litt offensichtlich darunter, ihr das mitteilen zu müssen. Sie sah deprimiert aus, als sie die Freundin zu einem Gespräch unter vier Augen bat. »Ich dachte«, begann sie, »es ist besser, wenn ich es dir sage, als wenn Phöbus es tut. Du kannst mir glauben, es ist ihm sehr unangenehm, aber auf der anderen Seite wollen wir einen Skandal vermeiden.«

»Mich einzuladen wäre Anlass für einen Skandal?«, fragte Neele. »Warum?«

»Neele, versteh doch ... Dein dunkelhäutiges Kind! Nach dem Gesetz dieses Landes bist du eine Farbige.«

Neele war so verblüfft, dass es ihr die Sprache verschlug. Natürlich wusste sie, dass Paula recht hatte, aber sie hatte nie daran gedacht, dass sie selbst einmal zum Opfer der scharfen Trennung zwischen Europäern und Einheimischen werden könnte – sie, die aussah wie der Traum eines deutschen Mädchens! Und das auch noch bei der Hochzeit ihrer besten Freundin und des Mannes, den sie als einen Freund betrachtet hatte! Es war ihr schon schlimm genug erschienen, dass Ameya nicht eingeladen war, obwohl er doch Dr. Bessemers engster Mitarbeiter war. Aber sie? Plötzlich wurde ihr der Zugang zu ihren

Freunden verschlossen, weil ihr Kind eine dunkle Hautfarbe hatte?

Die unglückliche Paula versuchte, ihr den bitteren Bissen so gut wie möglich zu versüßen. »Wir werden eine kleine private Feier machen, zu der du natürlich herzlich eingeladen bist, genauso wie Ameya. Aber bei einem offiziellen Fest würde deine Gegenwart nur Anlass zu Ärger geben, und das wäre doch auch für dich schrecklich, nicht wahr? Möchtest du wirklich riskieren, dass alle dich anstarren und über dich tuscheln?« Als Neele verbittert schwieg, setzte Paula fast unter Tränen hinzu: »Nun mach mir doch keinen Vorwurf daraus. Ich werde in diesem Land leben und muss mich an seine Gesetze und Bräuche anpassen.«

»Ich verstehe schon.« Neele brachte kaum die Worte heraus. Nicht, dass sie unbedingt an der Hochzeit teilnehmen wollte! Sie fand kein großes Vergnügen an solchen aufwendigen Zeremonien mit ihren Hunderten Teilnehmern und Zaungästen. Aber ausgeschlossen zu werden, als hätte sie etwas verbrochen, tat doch weh. Mit kalter Stimme sagte sie: »Ich werde euch sicher nicht die Schande antun, auf eurer Hochzeit aufzukreuzen. Und du brauchst meinetwegen auch keine kleine private Feier zu veranstalten. Ich wäre bei einer solchen Feier doch dieselbe Mischlingsbrut wie bei eurer offiziellen Hochzeit, nicht wahr?«

Paula schwieg. Beide Frauen fühlten, wie die Kluft zwischen ihnen mit jedem Augenblick tiefer wurde. Und dabei wusste Neele, dass sie weder Paula noch Phöbus die Schuld geben konnte. Beide mochten den besten Willen haben, sie einzuladen, aber wenn sie es taten, würde ihre Hochzeit von einem Skandal überschattet werden. Es war weder die Zeit noch der Ort, den Gebräuchen des Landes zu trotzen.

»Lass gut sein«, sagte sie müde. »Ich mache euch keinen Vorwurf. Aber ich sehe auch, dass uns beide nichts mehr verbindet. Geh deinen Weg, und ich gehe meinen.« Damit erhob sie sich und verließ den Garten, um sich im Haus wieder an ihre Arbeit zu machen.

Zurück blieb Lennert, der wie die meisten Junggesellen kein besonderes Interesse an Hochzeitsvorbereitungen hatte und sich freute, seine Schwester in guten Händen zu wissen, um sich in aller Ruhe wieder seinen eigenen Plänen widmen zu können. Zwar musste er an der Zeremonie teilnehmen, um seine Schwester als Brautführer zum Altar zu geleiten, aber sobald die Trauung vorbei war, wollte er sich mit dem ersten verfügbaren Schiff auf den Weg nach Australien machen.

Neele war überrascht. Sie hatte gewusst, dass er vorhatte, bald nach der Hochzeit seiner Schwester abzureisen, aber dass es ihm derart eilig sein könnte, hatte sie nicht erwartet.

Lennert bemühte sich, Neele zu trösten, so gut er konnte. »Ich weiß, es ist hart für dich, aber du darfst nicht Paula und Phöbus die Schuld an deinem Kummer geben. Die Bräuche sind hier nun einmal so. Phöbus schätzt Ameya sehr, und er schätzt auch dich, das weißt du sicher.«

»Obwohl wir von minderer Rasse sind?«, fragte sie spitz.

Lennert schüttelte vorwurfsvoll den Kopf. »So denkt er ganz gewiss nicht. Er steckt in derselben Klemme wie viele andere Menschen hier, die gute Freunde unter den Einheimischen haben, aber nicht riskieren wollen, dass man sie brüskiert und diese Freunde beleidigt, wenn sie sie einladen. Vergiss die Hochzeit! So wichtig ist die Sache nun auch wieder nicht.«

Die Hochzeit fand eine Woche später in der Kirche auf dem Waterlooplein statt. Es war ein bedeutendes Ereignis, über das die holländischen Zeitungen lang und breit berichteten. Neele konnte zwar kein Holländisch lesen, aber sie verstand doch, worum es sich in dem Artikel drehte. In allen Einzelheiten wurde die kirchliche Zeremonie beschrieben, ebenso wie die Festlichkeit nachher mit einer köstlichen Tafel, Musik und Tanz. Als sie las, wie viele Gäste gekommen waren und wie lange die Lustbarkeiten gedauert hatten, war sie froh, daheimgeblieben zu sein. Sie wurde ein wenig traurig bei dem Gedanken, dass Paula jetzt aus ihrem Leben geschieden war. Trotz aller Beteuerungen der Braut, sie würden gute Freundinnen bleiben, war Neele klar, dass dem nicht so sein würde. Ihre Wege hatten sich unwiderruflich getrennt.

4

Dass die ehemals freundlichen Beziehungen zwischen dem Waisenhaus und dem deutschen Dorf stark abgekühlt waren, kam Neele zugute. Niemand kam und fragte nach ihrem Kind, obwohl es sich herumsprach, dass sie geboren hatte. Die Einkäufe erledigte jetzt eine der Klosterschwestern, eine schweigsame alte Frau, die ihre Gespräche in Frau Selders Laden auf das absolut Notwendigste beschränkte. Da auch niemand aus der deutschen Gemeinschaft zu Besuch kam, blieb es der jungen Mutter erspart, irgendwelche Erklärungen abgeben zu müssen.

Ameyas Wunde heilte langsam, und solange er krank war, war er praktisch ein Gefangener im Haus seiner Eltern. Es gelang ihm gerade nur, Neele über eine ergebene Dienerin das eine oder andere Briefchen zukommen zu lassen, in dem er ihr seine Liebe versicherte. Neele antwortete auf dieselbe Weise. Sie teilte ihm nur kurz mit, dass sie geboren hatte, aber nichts Näheres. Es würde schwierig genug sein, ihm die Sachlage von Angesicht zu Angesicht zu erklären. Die Javaner liebten Kinder und hatten kein Verständnis dafür, dass jemand ein Kind aus der Hand geben wollte – selbst wenn eine Mutter so unter ihrem Kind litt wie Ameyas Mutter, die befürchtete, ein Ungeheuer geboren zu haben. Neele schämte sich, wenn sie an diese Frau dachte. Andererseits waren Ameyas Eltern Angehörige des Adelsstandes, sie hatten es viel leichter, mit einem solchen Schicksalsschlag fertigzuwerden als Neele.

Der Juni ging seinem Ende zu, als Neele eine Nachricht von Ameya erhielt, er sei inzwischen wieder gesund genug, um kurze Wege zurückzulegen, und würde Dr. Bessemer, wenn der zu seinem nächsten Besuch ins Waisenhaus kam, in dessen Kutsche begleiten. Neele errötete vor Freude, als sie diesen Brief las. Er war beinahe wieder gesund! Es würde nicht mehr lange dauern, bis sie das Land verlassen und sich eine gemeinsame Zukunft aufbauen konnten.

Als freute sich das Schicksal mit ihr, war der Tag, für den die beiden Beamten ihren Besuch angesagt hatten, heiter und ausnahmsweise nicht drückend heiß. Ein leichter Wind wehte, der den Duft der Gewürzpflanzen und

Orchideen mit sich trug. Im Waisenhaus nutzten alle den angenehmen Tag. Die Kinder saßen, manche in ihren hölzernen Rollstühlen, im Garten oder am Straßenrand, schwatzten, spielten Ball und knabberten an den Garnelen, die die Schwester Köchin auf einem offenen Grillrost briet.

Als die Kutsche vor dem Tor hielt, sprangen alle Zöglinge, die gehen konnten, auf und stolperten hinaus auf die Straße, um den Herrn Amtmann und den Herrn Wedono mit aller gebührenden Höflichkeit zu begrüßen. Dr. Bessemer lachte, tätschelte ihnen die Köpfe und verteilte kandierte Beeren, während Ameya sie nur mit einem blassen Lächeln bedachte und dann, auf einen Gehstock gestützt, zum Haus schritt.

Neele lief ihm entgegen. Er sah kränklich aus, und seine Bewegungen waren mühselig, da er den rechten Arm nicht richtig gebrauchen konnte, aber zweifellos hatte er das Schlimmste hinter sich. Bei ihrem Anblick breitete sich ein Lächeln über sein Gesicht, aber er trat unwillkürlich einen Schritt zurück, um jeden körperlichen Kontakt zu vermeiden. Neele blieb drei Schritte vor ihm stehen und erwiderte sein Lächeln.

»Wie geht es dir?«, fragte sie scheu.

»Es wird noch ein Weilchen dauern, bis ich völlig wiederhergestellt bin. Mit dem Arm kann ich noch nicht viel anfangen, sogar den Gehstock muss ich in der Linken halten. Ein wenig musst du noch warten. Kannst du das ertragen?«

»Gewiss. Du musst vollkommen gesund sein, bevor du dir eine Reise zumuten kannst. Komm ins Haus! Schwester Florinda möchte euch begrüßen, und ich habe kalten Tee mit Keksen bereitgestellt.«

Die Heimleiterin erwartete sie im Esszimmer mit dem achteckigen Tisch. Wie es die Sitte verlangte, wurden kleine Bissen wie gefüllte Teigtaschen und gebackene Bananenschnitze angeboten, und eine Weile saß man bei müßigem Geplauder beisammen. Neele war jedoch klar, dass Ameya sie unter vier Augen sprechen wollte, er war sichtlich unruhig. Auch die Nonne und Dr. Bessemer merkten es, denn nach einer Weile standen beide auf und verließen unter dem Vorwand, die frisch gepflanzten Rosenstöcke im Hintergarten besichtigen zu wollen, den Raum.

Ameya griff nach der Karaffe mit dem Arrak und schenkte sein Glas voll. Was er zu fragen hatte, wollte ihm ohne Stärkung nicht über die Lippen kommen. »Was ist mit deinem Kind, Neele? Warum hast du es den Nonnen gegeben? Dr. Bessemer hat es mir erzählt, also stimmt es wohl?«

»Ja, es stimmt. Es ist immer noch dort. Sie sorgen gut für die Kleine.«

Der Wedono blickte sie traurig und argwöhnisch an. »Eine Mutter gibt ihr Kind nicht leichtfertig her. Selbst die meine hat mich behalten, obwohl es ihr Schrecken und Kummer genug bedeutete, als sie mich sah. Willst du mir sagen, dass dein Kind verkrüppelt war oder ein anderes Zeichen am Körper trug?«

Sie schüttelte den Kopf. Es war nicht einfach, ihm zu erklären, was geschehen war. Er hatte nichts davon gehört, dass die Hautfarbe eines Elternteils eine Generation oder sogar mehrere überspringen und dann erst durchschlagen kann. Umso besser verstand er, mit welchem Unverständnis man diesem kleinen Geschöpf begegnet wäre. Er wage gar nicht daran zu denken, sagte er, wenn in seiner

Familie eine junge Frau plötzlich ein weißes Kind mit blondem Haar und blauen Augen bekommen hätte!

Plötzlich wurde ihm bewusst, was dieser Umstand bedeutete. »Dann bist du ein Mischling, Neele.«

»Ja, gewiss.«

Er merkte, dass sie nicht begriff, und legte den Zeigefinger an die Lippen. »Schweig darüber! Deine Stellung hier ist schwierig genug. Wenn man von deiner Abstammung erfährt, werden viele Menschen dich anders behandeln. Vielleicht wird es ihnen selber gar nicht bewusst sein, aber sie werden es tun.«

»Aber für deine Familie müsste es doch …«

Er schüttelte den Kopf. »Meine Familie ist adelsstolz, Neele. Eine Mestizin würden sie genauso wenig akzeptieren wie eine Weiße. Und selbst wenn du ein javanisches Mädchen wärst, würden sie verlangen, dass deine Eltern adelig sind und deine Familie mindestens so alt und angesehen wie die meine ist. Ist das nicht in Deutschland genauso? Würde ein Fürst von Hohenzollern ein armes Mädchen mit dunkler Haut heiraten dürfen, das von weit übers Meer gekommen ist, auch wenn sie einen weißen Vater hatte? Gewiss nicht.«

Sie musste ihm zustimmen, sagte jedoch: »Und wenn dieser Fürst das arme Mädchen so liebte wie du mich?«

Ameya drückte ihre Hand. »Dann würde er seine Familie verlassen und mit ihr in ein fernes Land ziehen, wo Weiß oder Braun keine Bedeutung hat. Ich liebe dich sehr, Neele, und es ist mit mir, wie es in eurer Bibel geschrieben steht: ›So wird ein Mann Vater und Mutter verlassen und seinem Weibe anhangen, und sie werden ein Fleisch sein.‹ Aber hier wird man uns das niemals gestatten.« Ameya sprach mit leiser Stimme. »Wir sollten nicht länger warten. Wenn du ebenso entschlossen bist wie ich, so sollten wir es gleich tun, und das Kind sollten wir mitnehmen.«

Neele schwieg. Sie konnte ihm nicht sagen, wie verhasst ihr dieses Kind war, das ihre Mutter zur Hure stempelte. Tante Käthe hatte recht gehabt, sie hatte sich in Bremerhaven herumgetrieben, wo Schiffe aus aller Herren Ländern anlegten mit ihren schwarzen, braunen und gelben Matrosen, und die Hinterlassenschaft eines solchen Mannes war jetzt in ihrem Schoß wiedergeboren worden. Freilich, das Kind konnte ja nichts dafür, aber wie sollte sie mit ihm umgehen? Würde sie nicht bösartig und ungerecht zu ihm sein, da sie es schon von allem Anfang an nicht wollte?

»Es fällt mir schwer«, sagte sie.

Ameya nickte seufzend. »Mir fällt das ebenfalls alles schwer. Ich will auch nicht das Kind eines fremden Mannes in meiner Familie haben, aber dieses Kind ist nun einmal in unsere Hände gelegt, und wir dürfen es nicht weglegen. Neele.« Er umfasste ihre Hände und blickte ihr tief in die Augen. »Wir können das nur durchstehen, wenn wir uns vollkommen aufeinander verlassen können. Wenn du nur den geringsten Zweifel hast, dann sag es mir jetzt, und ich werde dich nie wieder in Unruhe versetzen.«

»Ich habe keine Zweifel.« Neele stand auf und holte aus dem Nebenzimmer die dicke Bibel herbei, aus der Pastor Ormus täglich gelesen hatte, und legte sie auf den Tisch. »Glaubst du mir, wenn ich auf die Bibel schwöre? Das ist unser heiligster Schwur.«

Er nickte, lehnte es jedoch ab, seinerseits auf die Bibel zu schwören. Was ihn angehe, habe das nichts zu bedeuten, meinte er; er wisse ja nicht einmal, ob er nun ein getaufter Moslem oder ein islamischer Christ sei oder überhaupt nichts von allem. Er habe jedoch etwas, auf das er einen unverbrüchlichen Eid schwören könne. Mit diesen Worten zog er seinen Dolch aus der Scheide und legte die geflammte Klinge auf die Bibel.

»Ein Kris ist mehr als eine Waffe«, sagte er. »Wenn er geschmiedet wird, so verleiht der Empu, der Waffenschmied, ihm durch arkane Riten eine Seele, und die ist für immer mit der des Mannes, der ihn trägt, verbunden. Jeder javanische Mann, sei er reich oder arm, muss einen Kris besitzen, und kein Mann zwischen zwölf und achtzig Jahren darf außer Haus gehen, ohne seinen Dolch bei sich zu tragen. Der Kris ist sein Schutzgeist, sein Stellvertreter und sein Begleiter. Der Knabe trägt ihn beim Beschneidungsritual, der Mann bei der Hochzeitsfeier; man kann ihn als Wächter zu Hause lassen, wenn man auf Reisen geht, und viele Männer bringen ihm Gebete und Opfer dar. Ein Schwur, den ich bei meinem Kris tue, ist unverbrüchlich.«

»Dann lass uns schwören«, flüsterte Neele mit bebender Stimme.

Sie standen einander gegenüber, die verschlungenen Hände auf der Bibel und dem Dolch, und sprachen ihr Hochzeitsgelübde, dessen Worte sie sich selbst ausgedacht hatten. »Ich will dich immer ehren und dir treu sein, ich will dir niemals schaden, ich will dein Gefährte, deine Gefährtin sein, ob wir gute oder schlechte Tage erleben.«

Mit dem »Amen« nahmen sie einander in die Arme und küssten einander auf die Wange, scheu und zärtlich, aber mit einer Leidenschaft, die tiefer ging als bloße Verliebtheit. Ameya umklammerte Neeles Hände. »Lass uns bald gehen«, bat er sie. »Wenn ich mich entschlossen habe, etwas zu tun, dann will ich nicht lange warten, schon gar nicht, wenn es mich so schmerzt wie mein Heimatland zu verlassen und«, fügte er hinzu, »wenn es so gefährlich ist. Ich bin kein Feigling, aber ich liebe das Leben, und ich will es nicht an jemand verlieren, der aus dem Hinterhalt tötet.«

Eine entscheidende Botschaft

1

In einer Zelle der »Barmherzigen Irren- und Idiotenanstalt« in Flensburg nahe der dänischen Grenze kauerte Elsie Laudrun auf dem Boden ihrer Zelle und schrieb. Das tat sie den ganzen Tag, bis das Papier zerriss, die Bleistifte stumpf wurden und ihre Finger bluteten. Nahm man ihr das Papier weg, so schrieb sie auf dem Boden, den Wänden und den Fensterläden weiter. Ihr ganzes Herz lag in diesen Niederschriften. Wollte man sie daran hindern, so musste man sie in eine Zwangsjacke stecken, und dann weinte und klagte sie. Aber wenn man sie fragte, was sie denn so Wichtiges zu schreiben habe, so schüttelte sie nur den Kopf.

Aus der schönen Elsie Laudrun war in den vergangenen fünfzehn Jahren eine greisenhafte Frau geworden, die im Sonnenlicht blinzelte und sich weigerte, in den ummauerten Garten zu gehen. Ihr Mann war einem Jagdunfall zum Opfer gefallen, und den Ärzten schien es, dass sie Angst hatte, ebenfalls erschossen zu werden, wenn sie die schützenden Mauern der Zelle verließ.

Als man sie eingeliefert hatte, hatte niemand mit irgendeiner Form von Heilung oder auch nur Besserung gerechnet. Tatsächlich erwartete man, dass sie bald sterben würde. Aber zum allgemeinen Erstaunen erholte sie sich, soweit man unter den gegebenen Umständen davon sprechen konnte. Ihre Sehkraft kehrte zurück, sie konnte sich selbstständig bewegen und schlucken. Den Ärzten war bald klar, dass die Kugel im Gehirn wanderte. Offenbar hatte sie unmittelbar am Anfang eine wichtige Stelle getroffen, sodass aus der jungen Frau beinahe ein lebender Leichnam wurde, war aber später ohne Druck durch das weiche Gehirngewebe hindurchgeglitten, sodass sie einmal da, einmal dort größeres oder geringeres Unheil anrichtete. Herausholen konnte man sie nicht, und eines Tages würde sie zweifellos eine Blutung hervorrufen oder empfindliche Nerven abklemmen, aber bis dahin lebte die Patientin ihr Leben, so gut sie eben konnte.

Lange Zeit hatten die zuständigen Ärzte kein Interesse an dem wilden Schreiben gezeigt. Sie kannten diese Art von Grafomanie von anderen Patienten her, die meist Obszönitäten oder wirre Beschimpfungen niederschrieben. Dann jedoch hatte ein junger Arzt mehr aus Neugier als aus Absicht eines der Blätter aufgehoben, die von Rand zu Rand mit kleinen eckigen Buchstaben bedeckt waren. Es schien eine Lebensgeschichte zu sein, die freilich in einer sehr ungeordneten Weise niedergeschrieben war, ohne Absätze und Zwischentitel, und zuweilen lief eine Zeile über die andere hinweg, wenn die Patientin schneller geschrieben hatte, als sie eine neue Zeile anfangen konnte. Dennoch waren geordnete Sätze und ein Zusammenhang zu erkennen, und der neue Arzt begann, sich dafür zu interessieren.

Zuweilen versuchte er, nachdem er eine Weile still auf dem Bett gesessen hatte, eine Frage zu stellen. »Schreibst du über deine Freunde, Elsie? Schreibst du über deinen Mann? Schreibst du über dein kleines Mädchen?«

Bei dieser letzten Frage hielt sie inne, blickte kurz auf und schien dann beim Weiterschreiben das Thema zu wechseln. Er spähte ihr über die Schulter, aber das war ihr offenbar unangenehm, sie rutschte weg und legte den Arm über die Niederschrift. Von da an gewöhnte der Arzt sich an, jeden Abend die beschriebenen Papiere mitzunehmen und einen neuen Packen Kanzleipapier an die Stelle zu legen, und wenn er Zeit hatte, suchte er in den verschachtelten Niederschriften, wie ein Forscher einen Pfad in einem Dschungel sucht. Er stellte bald fest, dass es ein Dschungel voll Gruben, Fallen und bösartiger Raubtiere war.

2

In der Irrenanstalt bei Flensburg stand der Arzt in der Tür und betrachtete die Kranke, die an die Wand gelehnt in ihrem Bett saß. In den letzten Wochen war Elsie immer häufiger bei klarem Bewusstsein gewesen, und er hatte versucht, ihr Fragen zu stellen, aber sie weigerte sich. Er wollte nicht, dass sie starb, bevor er mehr erfahren hatte.

Sie hatte die spitzen Knie hochgezogen und die Arme darum geschlungen. Ihr Gesicht war eingefallen, ihr Haar grau und flaumig wie Löwenzahnsamen, aber in ihren Augen war nach vielen Jahren zum ersten Mal ein bewusster Blick. Mit leiser, heiserer Stimme sagte sie: »Ich weiß, wo ich bin und wer Sie sind. Ich weiß auch, dass ich bald sterben werde. Deswegen möchte ich meiner Tochter eine Nachricht senden, die für sie wichtig sein könnte. Auf jeden Fall möchte ich, dass sie es erfährt.«

»Sie haben sehr viel geschrieben, und einen Teil davon haben wir an Ihre Tochter in Norderbrake gesandt.«

»Ich muss ihr diesen Brief noch unbedingt senden, es könnte ein großes Unglück für sie bedeuten, wenn ich ihr nicht alles genau erkläre. Ich erinnere mich, dass die Tante meines Mannes ständig um sie besorgt war. Was immer ich und mein Kind taten, sie betrachtete es mit Misstrauen. Sie hatte den Verdacht, dass es nicht das Kind ihres Neffen war, und sie hatte recht. Neeles richtiger Vater war schon tot, als ich Heiner Laudrun kennenlernte.« Sie seufzte tief. »Das ist wohl der Grund, warum ich so lange leiden musste, aber jetzt ist es beinahe vorbei. Sie brauchen mir kein Schreibpapier mehr zu beschaffen, Herr Doktor.«

Der Arzt, der schon so viele tragische und absonderliche Lebensgeschichten gehört hatte, nickte nur. »Wenn Sie einen Brief schreiben, werden wir dafür sorgen, dass er ihr ausgehändigt wird. Jetzt grübeln Sie nicht länger nach. Sie können die Vergangenheit nicht ändern.« Er lächelte sie an. »Ruhen Sie sich aus.« Er kannte das. Dieses Loslassen, dieses plötzliche Desinteresse an Manien, die bis dahin den gesamten Horizont ausgefüllt hatten. Früher hatte man sie am Bett festbinden müssen, damit sie sich nicht die Finger blutig schrieb, und jetzt lagen Papier und Bleistifte vergessen in einem Winkel. Die Zeichen waren nur allzu deutlich, dass sie nicht mehr lange unter den Sterblichen weilen würde.

Er nahm sich ernstlich vor, ihren Wunsch zu erfüllen und den Brief, der ihr so wichtig war, weiterzuleiten – an die einzige Adresse, die er kannte: die der Familie Laudrun in Norderbrake.

3

In Norderbrake kam der Postbote nur einmal in der Woche und wurde deshalb von allen Leuten, die Aussicht auf Post hatten, mit besonderer Aufmerksamkeit erwartet. Als Tante Käthe, die im Garten gearbeitet hatte, das Ponygespann auf der Landstraße sah, lief sie eilig ins Haus, band die Schürze ab und wusch sich die Hände, um eventuelle Briefe mit sauberen Händen entgegennehmen zu können. Der Postbote winkte ihr bereits von Ferne zu, ein Zeichen, dass er etwas für sie hatte. Im Hof hielt er sein Pferd an, stieg ab und entnahm den Postsäcken auf der Ladefläche einen dicken braunen Brief.

Käthe sah enttäuscht, dass der Brief von der Heilanstalt kam. Sie hatte auf einen weiteren Brief von Neele gehofft, deren Niederkunft jetzt kurz bevorstehen musste. Was ging sie das Gekritzel dieser merkwürdigen verrückten Frau an, die einmal ihre Schwiegertochter gewesen war? Dennoch nahm sie den Brief, sobald der Postbote sich verabschiedet hatte, mit ins Haus und schlitzte das Kuvert auf.

Dem Brief lag ein weiterer in einer männlichen Handschrift bei, der den Stempel der Anstalt trug. Er besagte: »Leider ist das das letzte Schreiben, das Sie jemals von Frau Laudrun erhalten werden. Gestern trat ein, was wir alle schon lange erwarteten. Die Kugel wanderte in eine gefährliche Region des Gehirns und zerstörte dort weiche Teile, sodass es zu einem jähen Hirnschlag kam. Sie hat, so glauben wir, nicht gelitten, es ging alles sehr schnell. Wie es in unserer Anstalt üblich ist, werden wir sie hier einsegnen und begraben, es sei denn, Sie wünschen, andere Vorkehrungen zu treffen.«

Nein, um Himmels willen, dachte Käthe. Nur das nicht! Sie schämte sich ein wenig, dass die Nachricht von Elsies Tod sie mit einer solchen Erleichterung erfüllte, aber es war wirklich nicht zu ertragen gewesen, vor allem nicht in der Zeit, als sie angefangen hatte, diese Briefe zu schreiben. Es wäre so viel besser gewesen, niemand hätte jemals mehr etwas von Elsie gehört. Nun, jetzt war es fast vorbei. An ein Begräbnis in Norderbrake war natürlich nicht zu denken, das hätte nur alles wieder aufgerührt, das ganze schreckliche Geschwätz ... Nach all den Jahren, die sie in der Irrenanstalt verbracht hatte, konnte man sie gut dort begraben. Eigentlich hatte sie nie nach Norderbrake gehört.

Käthe erwog einen Augenblick lang, den Brief ungelesen ins Feuer zu werfen und so zu tun, als hätte sie ihn niemals erhalten. Aber neugierig war sie doch. Sie holte also ihren Kneifer und setzte sich auf die Veranda, um das schwer lesbare Schriftstück zu entziffern.

Plötzlich hob sie mit einem Ruck den Kopf, nahm die Brille ab und schlug mit der flachen Hand auf den Brief, als wäre er ein hässliches Insekt, das sie zerquetschen wollte. Es war also doch so gewesen, wie sie immer gedacht hatte! Sie hatte es gespürt! Da hatten sie beide lügen können, so viel sie wollten, Käthe hatte es gewittert, hatte das fremde Blut in ihrer Familie gespürt. Heiner hatte natürlich seine Frau in Schutz genommen, der Dummkopf, und das Kuckucksei als sein eigenes ausgegeben.

Ein wenig brummig musste Käthe zugeben, dass es ihm sicher nicht schwergefallen war, ein so niedliches Kind wie Neele anzunehmen. Das musste man ihr lassen, wenn etwas Schlechtes in ihr steckte, dann hatte Käthe das niemals zu sehen bekommen – und übrigens auch von niemand anderem gehört. Das Schlimmste, was sie je getan hatte, waren ein paar Kinderstreiche wie das heimliche Eindringen in die Kirchengruft, bei dem Jürgen, dieser Lump, ihr geholfen hatte.

Aber was sollte sie jetzt mit dem Brief tun? Ihn verbrennen und ein für allemal das Schweigen des Todes über die ganze peinliche Geschichte breiten? Andererseits wusste Neele schon, dass ihre Mutter noch lebte, hatte vielleicht sogar versucht, mit ihr Kontakt aufzunehmen, und wusste ohnehin bereits, was Käthe so unsäglich erschien. Nein, die Wahrheit konnte ihr jetzt nicht mehr schaden, auch wenn sie beschämend und schmerzlich war.

Sie schloss das Kuvert wieder, klebte die Klappe mit Leim zu und ergänzte die Adresse auf: »Frau Neele Selmaker, Evangelisches Waisenhaus, Weltevrede, Batavia, Java.«

Als sie damit fertig war, überkam sie ein Gefühl von Müdigkeit und Zufriedenheit. Sie würde Merten bitten, dass er den Brief nach Bremerhaven brachte, damit er möglichst bald in den Postraum eines der großen Ozeandampfer gelangte. Und jetzt hatte sie noch etwas zu tun.

Den Schlüsselbund des Hauses in der Hand, schritt sie langsam den niedrig gewölbten Gang entlang, der in den Ostflügel führte. Das Sonnenlicht fiel durch den offenen Hintereingang, und dennoch war es hier dumpf und unfreundlich, als strömte die Finsternis aus dem grünen Zimmer in den Gang hinaus. Käthe schob den Schlüssel ins Schloss und drehte ihn. Es knirschte rostig, nachdem die Tür mehr als fünfzehn Jahre lang nicht geöffnet worden war, und Staub flockte unter den Angeln hervor. Die kleine alte Frau musste mit der Schulter gegen das Türblatt drücken, damit das von Staub und Rost verklebte Schloss endlich nachgab und die Tür sich widerwillig öffnete.

Der Geruch von Mäusenestern stieg ihr in die Nase, Übelkeit erregend stark in der schalen, stickigen Luft. Hinter den geschlossenen Fensterläden lag das Zimmer in einem so tiefen Zwielicht, dass sie gerade nur die Umrisse der Möbel erkennen konnte: das mächtige Bett, dessen Vorhänge bis an die Wand zurückgeschoben waren, ein Tisch und ein paar Truhen. Aber was sie deutlich sah, war der schwarze Fleck auf dem Teppich vor dem Bett, wo sie Elsie gefunden hatten.

Käthe ging zu den Fenstern hinüber und öffnete mit großer Mühe erst die staubigen Scheiben, dann die verkrusteten Läden. Sonnenlicht und frische Luft stürzten wie ein Wasserfall in den Raum und verwandelten ihn von einem Augenblick zum anderen.

Die Wirtschafterin hatte das ungewohnte Herumräumen gehört, denn sie erschien oben an der Treppe und starrte mit kugelrunden Augen die geöffnete Tür an. »Aber Frau Laudrun!«, rief sie aus. »Wieso machen Sie denn das Geisterzimmer auf?«

»Ach was, Geisterzimmer!«, schnauzte Käthe sie an. »Sehen Sie hier vielleicht einen Geist? Helfen Sie mir lieber, die Vorhänge und den Teppich in den Hinterhof zu schaffen, Merten kann sie dann verbrennen. Und wir rücken den Mäusen zu Leibe.«

Die Wirtschafterin, die zwar nicht aus dem Dorf stammte, aber die Geschichte vom verfluchten grünen Zimmer bei erster Gelegenheit gehört hatte, wusste natürlich, dass irgendetwas Entscheidendes passiert sein musste. Sie wusste aber auch, dass Käthe sie nur scharf anreden würde, wenn sie versuchte, ihr das Geheimnis zu entlocken.

Merten dagegen begriff sofort, was die plötzliche Öffnung des Zimmers zu bedeuten hatte. Er kam aus dem Dorf und sah schon von Weitem, dass die Fensterläden offen standen. Als er ins Haus kam, fand er seine Frau damit beschäftigt, heißes Seifenwasser über den Boden zu gießen und den nassen Staub zusammenzufegen. Er blickte Käthe an, und nachdem er sich vergewissert hatte, dass niemand ihnen zuhörte, fragte er: »Dann ist sie tot?«

»Ja. Ein Brief von der Anstalt kam. Und, Merten, wir hatten recht mit allem, was wir gedacht hatten. Neele ist nicht das Kind unseres Heiner. Wir werden ihr den Brief schicken, wie er war, und nun muss sie selber damit zurechtkommen.«

Wie die meisten Männer zeigte Merten an solchen Dingen wenig Interesse. Er trollte sich hinaus in den Hinterhof, wo er sich daran machte, die von Mäusen zerfressenen und abscheulich stinkenden Lumpen zu verbrennen, und war froh, dass er sich über Elsie keine Gedanken mehr machen musste – und über Neele auch nicht. Er fand, dass er mehr als seine Pflicht getan hatte, und das stimmte ja vielleicht auch. Als Großonkel ein Kind aufzuziehen war nicht einfach. Jetzt war sie erwachsen und weit weg am anderen Ende der Welt, und wenn es ihr jemals einfallen sollte zurückzukommen, konnten sie ihr sagen: Du bist ja gar nicht verwandt mit uns.

4

Neele war überrascht, als die Schwester, die die Post entgegennahm, ihr ein Schreiben in dem charakteristischen braunen Umschlag reichte. Es war adressiert an den Moorhof in Norderbrake, aber sie erkannte Tante Käthes Schrift, die die Adresse korrigiert hatte: Frau Neele Selmaker, Evangelisches Waisenhaus, Weltevrede, Batavia, Java.

Sie setzte sich auf eine der hölzernen Bänke, zog das Kuvert hervor und begann die Briefe zu lesen.

Elsie schrieb: »Kindchen, hätte ich gewusst, wo das alles enden würde! Sie waren schlecht in unserem Dorf an der Küste, teuflisch schlecht und böse. Es war ein schlimmer Ort, an dem viele Schiffe strandeten, und dann stürmten die Dörfler hinaus und plünderten das Wrack. Gnade Gott den Unglücklichen, die dem Elend des Schiffbruchs entkamen und dann feststellen mussten, dass noch viel Schlimmeres sie erwartete!«

Wie schon die anderen Briefe, war auch dieser nur schwer zu lesen mit seiner krakeligen, von Rand zu Rand reichenden Schrift, die sogar rundum lief, wenn kein Platz mehr war. So musste Neele den Brief zum zweiten Mal durchlesen, bis sie auf einen Absatz stieß, der ihr den Atem verschlug.

»Hätte ich damals nicht geschwiegen und ihn versteckt, so wäre auch dein Vater mit Knüppeln erschlagen und zurück ins Meer geworfen worden … Er kam mit einem fremden Schiff, das mit viel edlem Holz, Fässern mit Arrak, Kakao, Tee und Gewürzen beladen war. Er war so dunkel im Gesicht, dass ich ihn erst nicht erkannte, als er mit seinem schwarzen Haar und seiner braunen Haut halb bedeckt von nassem Sand dalag. Er streckte mir die Hand entgegen, und ich bedeutete ihm zitternd, er müsse schweigen und mir folgen. Ich lebte abseits des Dorfes allein mit meiner alten Mutter, die kaum noch etwas hörte und sah, so blieb er unentdeckt. Du weißt, wie es weiterging, nicht wahr? Wie hätte ich ihm widerstehen können? Ich überlegte, mit ihm gemeinsam wegzugehen, wir machten viele Pläne, aber wir machten sie alle umsonst. Er starb nach einem halben Jahr. Ich weiß nicht, ob das schreckliche Erlebnis des Schiffsuntergangs seine Kräfte zerstörte oder ob er die kalte, raue Luft nicht ertragen konnte. Ich musste ihn allein begraben – wen hätte ich um Hilfe bitten können?«

Neele saß wie erstarrt. Wie hatte sie ihrer Mutter Unrecht getan, als sie ihr vorgeworfen hatte, sich in Bremerhaven mit den Seeleuten herumzutreiben! Ein Schiffbrüchiger war ihr Vater gewesen, und Elsie hatte ihm das Leben gerettet, als sie ihn vor den Strandräubern verbarg.

»Was dich anging, so wusste ich nicht, was ich tun sollte. Wenn du nun ein kakaobraunes Kind geworden wärst? Aber die Frage stellte sich gar nicht. Du warst so hell, als hätte dein Vater nie Anteil an dir gehabt. Als dann meine Mutter starb, lebte ich allein mit dir, bis eines Tages ein fremder Seemann vorbeikam, der nach dem Weg fragte. Er verliebte sich auf der Stelle in mich und ich mich in ihn, und es machte ihm nichts, dass du nicht seine Tochter warst. So wurdest du Neele Laudrun. Erinnerst du dich noch an irgendetwas von all diesen Dingen? Nein, wohl kaum, du warst so klein.«

Zuweilen war der Brief verworren formuliert, oder die Schrift war so kritzelig, dass sie kaum zu lesen war, aber an einem bestand kein Zweifel: Ihr, Neeles, Vater war ein Javaner gewesen – ein Kaufmann namens Gajaraja, der an Bord eines holländischen Schiffes nach Kopenhagen unterwegs gewesen war und an der deutschen Küste Schiffbruch erlitten hatte.

Neele saß lange Zeit reglos da und zerknitterte das eng beschriebene braune Papier zwischen ihren Fingern.

Ihr Vater – ein Javaner!

Wie betäubt starrte sie ihre Hände an, die von der starken Sonne gebräunt waren und doch nur die Farbe von Milchkaffee hatten. Keine Spur von der kakaobraunen Haut, dem pechschwarzen Haar ihres Vaters war auf sie übergegangen. Aber hatte sie etwas von seinem Wesen geerbt? Wenn ihre Mutter ihn so innig geliebt hatte, dann musste er ein guter Mensch gewesen sein. War sie ihm ähnlich? Wie gerne hätte sie jetzt Gelegenheit gehabt, ihrer Mutter Fragen zu stellen, aber sie würde nie mehr erfahren, als dass die beiden einander in der kurzen Zeit ihrer Gemeinsamkeit sehr geliebt hatten. Heiner war tot, nun auch Elsie, und beide hatten ihr Geheimnis niemand anvertraut. Es sah Tante Käthe ähnlich, dass sie es dennoch gewittert hatte.

Käthe! Was hatte Neele jetzt mit den Laudruns noch zu tun? Sie war in keiner Weise mit ihnen verwandt. Freilich, sie hatte ihnen dafür zu danken, dass sie ihr nach besten Kräften die Eltern ersetzt hatten, und sie nahm sich vor, ihnen einen langen Brief zu schreiben, in dem sie sich für alles bedankte, der aber gleichzeitig ein Abschiedsbrief sein sollte. Wahrscheinlich würden die beiden alten Leute im Grunde recht erleichtert sein, dass sie sich nun nicht mehr um fremde Sorgen kümmern mussten.

Wie seltsam, dass das Schicksal sie ausgerechnet in ihr

Vaterland geführt hatte! Es hatte ja keineswegs von Anfang an festgestanden, dass sie nach Java reisen würden, sie hatten auch Australien und Amerika in Erwägung gezogen. Nur die Tatsache, dass Pastor Ormus nach Java gegangen war, hatte sie schließlich bewogen, ihm zu folgen. Und nun war sie hier, an dem Ort, von dem ihre Familie väterlicherseits stammte. Sie war ein Teil dieses Landes, von dem sie bis zu ihrem neunzehnten Geburtstag nicht einmal gewusst hatte, dass es existierte. Hätte sie ihren Vater gekannt, wie anders wäre die Reise auf der *Meisje Mariaan* verlaufen!

Sie dachte an ihren Vater und versuchte ihn sich vorzustellen, aber immer sah sie Ameyas Gestalt und seine Züge vor sich. Wie würde ihr Geliebter es aufnehmen, wenn sie ihm den Brief zeigte? Das hieß ja nun, dass zumindest zum Teil dasselbe Blut in ihren Adern floss wie in den seinen. Neele hob den Kopf und sah sich um. Alles, was sie sah, erschien ihr mit einem Mal anders. Die Bäume, die lärmenden Affen und Vögel, die riesigen, stark duftenden Blumen, all das war nicht mehr fremd, es war ebenso ein Teil ihres Erbes wie das Moor in Norderbrake mit seinen schillernden Tümpeln und den streng riechenden Torfgruben. Alles, was sie von sich selber gedacht und gefühlt hatte, veränderte sich. Sie erschien sich selber als lebende Täuschung, da sie nach außen hin so vollkommen weiß war, so Zoll für Zoll eine Deutsche, dass niemand jemals auf den Gedanken gekommen wäre, sie könnte einen dunkelhäutigen Vater haben. Es wäre ihr jetzt lieber gewesen, man hätte ihr das gemischte Blut ein wenig angesehen. Es hatte in Norderbrake Mädchen gegeben, die dunkelbraunes oder schwarzes Haar hatten und in der Sonne braun wurden. Wäre sie eine von diesen gewesen, so hätte sie es leichter gefunden, sich in die Gesellschaft ihres Vaterlandes einzugliedern.

Sie war so versunken in den Brief gewesen, dass sie nicht bemerkt hatte, wie eine Kutsche vor dem Gartentor anhielt und Ameya in Begleitung Dr. Bessemers den Weg heraufkam. Sie schreckte auf, als er sich über sie beugte, eine Hand auf ihrer Schulter. »Neele? Was ist mit dir? Du siehst aus, als hättest du ein Gespenst gesehen.«

»Da.« Sie reichte ihm mit zitternder Hand die Papiere. »Lies das.«

Er setzte sich an ihre Seite und las mit gekrauster Stirn. Ungläubiges Staunen breitete sich über sein Gesicht. Er ließ die Briefe sinken, blickte Neele an und flüsterte: »Du ... Ich kann es nicht glauben. Bist du sicher, dass deine Mutter wusste, was sie da schrieb?«

»Zweifellos. Der Brief ist eigentlich nur die letzte Bestätigung dessen, was meine Tante und das Gerede der Dorfbewohner immer schon behaupteten: dass ich nicht die leibliche Tochter des Mannes bin, der stets als mein Vater galt.«

»Aber ein Javaner! Wie seltsam und wunderbar! Von allen Schiffen, die in diesen Gewässern fuhren, zerschellte eines an der Küste, an dessen Bord ein Kaufmann aus Java war!« Plötzlich blickte er sie mit funkelnden Augen an. »Neele, ist dir klar, was das bedeutet? Du könntest noch lebende Verwandte hier im Land haben! Lass uns im Hafenbüro nachfragen! Sie haben die Passagierlisten aller Schiffe, wir können nachforschen, wo dein Vater gelebt hat und ob es noch eine Familie gibt!«

Daran hatte sie noch gar nicht gedacht. Überwältigt von plötzlicher Aufregung, sprang sie auf und lief ins Haus, um den Schwestern mitzuteilen, dass sie in einer dringlichen Angelegenheit fortmüsste. Kaum nahm sie sich die Zeit, ihren Hut aufzusetzen, sondern lief eilends hinaus zu der wartenden Kutsche, und gleich darauf waren sie unterwegs in die Altstadt, zum Hafenbüro.

Wie Ameya gesagt hatte, bewahrte man dort in einem speziellen Raum die Unterlagen über vermisste und verlorene Schiffe auf. Man wusste ja nie, ob man nicht doch noch Nachricht über das Schicksal eines solchen Schiffes erhielt, und genaue Unterlagen waren auch wichtig, wenn jemand einen Bergeantrag für ein Wrack stellte.

Der Angestellte suchte aus einem mit dicken Kladden beladenen Gestell eine heraus, die ziemlich weit unten lag, und begann den Namen des Schiffes zu suchen. Es dauerte nicht lange, bis er aufblickte. »Das stimmt. Das Segelschiff *Hulda* war mit einer Ladung Tropenholz und anderen Produkten unterwegs nach Kopenhagen und ist dort nie angekommen. Wollen Sie die Passagierliste?«

Neele setzte sich ans Pult und fuhr mit dem Finger die Passagierliste hinunter. Einen Augenblick später stieß sie einen Schrei aus. »Ameya, das muss er sein! Gajaraja, Kaufmann aus Batavia … und hier steht eine Adresse dabei! Meinst du, wir können dort vorsprechen?«

»Warte! Erstens kann man nicht so hineinplatzen, und zweitens kennen wir doch die Umstände dort überhaupt nicht. Überlass es Dr. Bessemer, zunächst für uns nachzuforschen. Wenn alles in Ordnung ist, kannst du einen Boten mit einem Brief hinschicken und fragen, ob dir ein Besuch gestattet wird.«

Neele musste zugeben, dass er recht hatte. In ihrer Aufregung hatte sie gar nicht daran gedacht, dass sie ja eine späte Todesnachricht überbrachte – und es für die Familie ihres Vaters auch einen Schock bedeuten würde, wenn plötzlich ein weißes Mädchen auftauchte und ihnen diesen wilden, seltsamen Brief einer verrückten Frau vorlegte.

Sie kamen überein, Dr. Bessemer zu bitten, er möge in dieser Sache für sie intervenieren. Sobald sie ins Waisenhaus zurückgekehrt waren, baten sie ihn um eine vertrauliche Unterredung. Neele legte ihm den letzten Brief ihrer Mutter vor. »Ich zweifle nicht daran, dass das die Wahrheit ist, so seltsam es auch klingt.«

Er las und war nicht weniger verblüfft als sie selbst und Ameya. »Meine liebe Neele, wenn nicht Ihr dunkelhäutiges Kindchen wäre, hätte ich die größten Zweifel daran, ob dieser Brief nicht nur das irre Geschwätz einer kranken Frau ist. Aber wie die Dinge liegen, glaube ich, dass Ihre arme Mutter die Wahrheit schreibt. Was für ein erstaunlicher Zufall! Ihr verstorbener Pastor hätte sicher gesagt, dass Gott Sie an der Hand in das Land geführt hat, aus dem Sie herstammen, noch bevor Sie es wussten.« Er schrieb sich die Adresse auf und las sie zwei Mal stirnrunzelnd durch. »Ich glaube, ich weiß, wo das ist – eine Art Kräuterapotheke, die von zwei alten Damen betrieben wird, vielleicht Schwestern Ihres Vaters, Neele. Ich werde mich gleich morgen dort umsehen und ein wenig das Gespräch suchen. Wenn jemand spurlos verschwindet, hört man nie auf, sich zu fragen, was geschehen ist, also werden sie wohl zugänglich sein. Aber selbst wenn wir wissen, dass wir an der richtigen Adresse sind, werden wir behutsam vorgehen müssen. Es ist ja doch ein sehr großer Schreck. Wenn Sie nur ein bisschen weniger weiß wären!«

Neele lachte, aber ihr war durchaus klar, dass Bessemer es ernst meinte.

Er lächelte sie an, aber in seinem Gesicht lagen auch Zweifel und ein gewisses Bedauern. »Wie fühlen Sie sich? Es macht Ihre Situation nicht gerade einfacher, möchte ich sagen.«

»Schon möglich, aber es freut mich sehr, dass ich Ameya auch von meiner Abstammung her viel näher bin, als ich dachte. Mein Vater muss ein Mann von seiner Art gewesen sein, dass meine Mutter ihn so leidenschaftlich liebte.«

Ameya blickte zu Boden, um seine aufwallenden Gefühle zu verbergen, aber beide bemerkten sein Erröten und seine tiefen Atemzüge. Was Neele gesagt hatte, löste ein stürmisches Glücksgefühl in ihm aus.

Bessemer nickte nachdenklich. »Es ist gut, dass Sie innerlich mit sich im Reinen sind, denn äußerlich werden Sie Schwierigkeiten bekommen. Sagen Sie vorerst noch niemand etwas. Nicht, bevor ich mit den Schwestern Ihres Vaters gesprochen habe. Aber wenn alles klar ist, müssen Sie zu Ihrer Abstammung stehen. Sie bekommen andere Ausweispapiere, auf denen Sie als Mestizin eingetragen sind, und damit ist Ihnen der Zugang zur weißen Gesellschaft verschlossen.«

Neele zuckte die Achseln. Sie kannte von der weißen Gesellschaft Javas nur das deutsche Dorf, in dem man sie ohnehin nicht mehr mochte, und hatte keinerlei Ehrgeiz, an Bällen oder anderen Veranstaltungen teilzunehmen.

Familienbande

1

Ein paar Tage später hatte der Amtmann Neuigkeiten für sie. Die beiden alten Damen waren verständlicherweise zutiefst aufgewühlt gewesen, als er ihnen die Nachricht brachte. Einerseits hatten sie sehr darunter gelitten, dass ihr Bruder keine Familie hinterlassen hatte; sie hatten sogar ein junges Mädchen, das in der Apotheke arbeitete, gleichsam an Kindes statt angenommen. Andererseits hatten sie mit sprachlosem Entsetzen darauf reagiert, dass ihre einzige lebende Verwandte eine Deutsche war. Dr. Bessemer hatte seinen ganzen Charme und sein diplomatisches Geschick anwenden müssen, damit sie einen Besuch gestatteten, aber zuletzt hatten sie es getan.

»Sie müssen Bethari mitnehmen, unbedingt!«, sagte er. »Erstens gehört sie genauso zur Verwandtschaft wie Sie, und zweitens … nun, alte Damen können sehr hartherzig sein, aber einem Baby können sie nur selten widerstehen.«

Sowohl Dr. Bessemer wie auch Ameya begleiteten sie, als sie sich, Bethari im Arm, auf den Weg zu ihrem ersten Besuch bei den neuen Verwandten machte. Die Kutsche rollte eine gepflegte Vorstadtstraße entlang, an der sich eine kleine Villa an die andere reihte, die meisten in einem Stil, der halb javanisch, halb europäisch war. Viele waren überladen mit vergoldeten Holzschnitzereien – der typische Stil reicher Javaner. Dann hielt sie vor einem gusseisernen Tor an. Ein weiß gekleideter Diener, der offenbar die Straße im Auge behalten hatte, kam heraus, öffnete das Tor und führte die Besucher einen beidseitig von violett blühenden Büschen gesäumten Gartenweg entlang. Es war ein sehr hübscher Garten, dessen auffälligstes Merkmal eine große überdachte Voliere war, voll mit bunten, schrill singenden Vögeln. Das Haus war blassgrün und fliederfarben getüncht und hatte zwei lange überdachte Veranden, deren Eckgiebel wie groteske Schnäbel über die Balustrade ragten.

Im Erdgeschoss befand sich die Apotheke, kenntlich an den goldbeschrifteten Glasscheiben. Man erreichte sie – da auch dieses Haus auf hüfthohen Pfeilern stand – über eine breite Treppe. Die Wohnräume lagen einen Stock höher.

Neele klopfte das Herz im Hals, als sie Dr. Bessemer und Ameya in eine Diele und dann über eine Treppe aus poliertem schwarzem Holz in den Salon folgte. Der war ausgesprochen elegant, dabei aber recht gemütlich eingerichtet mit einer üppigen Sitzgarnitur und einer Anzahl kleiner Tische und Truhen, die im Raum verstreut standen. Die Wände waren honigfarben tapeziert. Ein starker würzig-süßer Geruch hing in der stillen Luft, der vielleicht aus der Apotheke unten heraufstieg – oder war es der Duft der vielen fremdartigen Blumen im Garten?

Auf dem Sofa saßen dicht nebeneinander zwei alte Damen, die einander sehr ähnlich sahen, obwohl die eine ein Stück älter als die andere war. Trotz der grauen Strähnen im schwarzen Haar und der Runzeln um die Augen machten sie einen lebendigen, ja, attraktiven Eindruck, was durch ihre gewählte Kleidung noch unterstrichen wurde. Ihre Sarongs und die langen Jacken waren aus schwarzer Seide, mit schwarzem Jett bestickt. Ihre Haarknoten waren mit feinen Schleiern drapiert, die das Gesicht frei ließen, hinten aber weit auf die Schultern fielen.

Noch eine dritte Person war im Raum – ein junges und sehr schönes Mädchen, das mürrisch dreinsah; vermutlich die Adoptivtochter. Dieses Mädchen machte bei Neeles Eintreten eine sichtlich gehässige Bemerkung, für die sie von einer der Hausherrinnen scharf zurechtgewiesen wurde.

»Was hat sie gesagt?«, fragte Neele.

Ameya blickte verlegen beiseite. »Das ist nicht wichtig. Sie war unhöflich und hat eine Zurechtweisung dafür empfangen.« Neele beharrte jedoch darauf, sie wolle es wissen, und so sagte er mit einem unbehaglichen Achselzucken: »Sie behauptete, du hättest große Füße und eine Haut wie ein toter Fisch.«

Natürlich merkte das Mädchen, dass die Besucherin eine Übersetzung ihrer Bemerkung erhalten hatte, und sie freute sich sichtlich über den Ärger, der sich in deren Gesicht spiegelte. Neele versuchte, ein wenig Verständnis für sie aufzubringen. Es war sicher nicht angenehm, wenn man plötzlich auf den zweiten Platz rückt.

Die beiden Schwestern Gajarajas betrachteten Neele mit halb argwöhnischen, halb hoffnungsvollen Blicken. Sie konnte die beiden verstehen. Da wehte ihnen nach neunzehn Jahren der Wind eine Nichte ins Haus, die obendrein noch erschreckend fremdartig aussah und als Legitimation nichts weiter mitbrachte als einen seltsamen Brief. Sie saß still auf ihrem gepolsterten Stuhl, das Kind im Schoß, während Dr. Bessemer und Ameya auf Sundanesisch den Frauen darlegten, was sie über Neele wussten. Beide stellten eifrig Fragen, wobei sie immer wieder auf den Brief deuteten, den die Ältere in der Hand hielt. Zweifellos wollten sie Erklärungen für den verworrenen Stil, in dem das Dokument abgefasst war.

Neele lauschte noch dem Gespräch, von dem sie nichts verstand, als eine der beiden Frauen plötzlich einen gicksenden Laut ausstieß, aufsprang und die Hand nach Bethari ausstreckte. Die junge Mutter wollte sie instinktiv zurückweisen, aber die Alte bedeutete ihr, sie habe nichts zu befürchten. Sie zog behutsam das Häubchen des Kindes, das beim Wiegen verrutscht war, ganz zur Seite. Dann schlug sie die Hände zusammen, rief ihre Schwester herbei und geriet offenkundig in gewaltige Aufregung.

»Was ist?«, rief Neele, die nicht wusste, wie diese Erregung zu deuten war; ob sie Gutes oder Schlechtes bedeutete. »Was sagen sie?«

»Dass ihr Bruder genau solche kleinen Kerben im Ohr hatte und dass man ihnen, als sie noch Kinder waren, erzählte, ein Leyak habe ihn eines Nachts gebissen – ein unheimliches Wesen, das auf Friedhöfen haust.«

Bethari war bei diesem Lärm aus ihrem Schlummer erwacht und begann zu brüllen. Neele suchte sie unbeholfen zu beruhigen, aber man ließ ihr nicht lange Zeit dazu. Die Ältere der beiden Damen nahm ihr das Kind ab, wiegte es und gestattete ihrer Schwester nur widerwillig, es ebenfalls zu halten und ans Herz zu drücken. Dr. Bessemer hatte recht gehabt: Nur wenige alte Damen konnten einem Neugeborenen in der Familie widerstehen.

Zuletzt verkündete der Amtmann das Ergebnis der langen Beratung. Gajarajas Schwestern hegten keinen Zweifel mehr, dass ihre Geschichte stimmte, und den Säugling wollten sie auf der Stelle haben – es gab Ammen, es gab Kindermädchen ... Was Neele anging, so redeten sie höflich um den heißen Brei herum, aber es wurde klar, dass ihnen vor allem eines Sorgen machte: Sie wollten keine so fremdartige Erscheinung im Haus haben. Sie waren sichtlich erleichtert, als Neele ihnen mitteilen ließ, dass sie vorhatte, nach Australien zu gehen. In dem Fall, erklärten sie, würden sie dafür sorgen, dass ihre Nichte sich dort eine Existenz aufbauen konnte. Neele war natürlich klar, dass ihnen daran gelegen war, sie in möglichst weiter Ferne unterzubringen, aber da sie ihren Entschluss längst gefasst hatte, machte ihr das nichts aus. Sie dankte lächelnd.

Auf der Stelle wurde die Ziehtochter weggeschickt, eine Amme zu holen. Bei dem allgemeinen Kinderreichtum war es nicht schwer, in nächster Nachbarschaft eine Frau zu finden, die ein eigenes Kind stillte, und während den Erwachsenen Kaffee und Arrak serviert wurden, nahm Bethari ihre Mahlzeit aus einem üppigen kakaobraunen Busen zu sich. Neele empfand einen Hauch schlechten Gewissens, dass sie es einer Fremden überließ, ihr Kind zu säugen, aber ihr Verstand sagte ihr, dass sie das Richtige getan hatte. Einmal abgesehen davon, dass die beiden Schwestern ihres Vaters ihr das Kind wohl auch gar nicht mehr zurückgegeben hätten, selbst wenn sie es verlangt hätte, denn in Java gehörte das Kind einer Frau der Familie als Ganzes, und über sein Schicksal zu entscheiden hatten jene, die einen hohen Rang in der Familie einnahmen.

Als sie sich nach vielen Höflichkeiten verabschiedet hatten und den Weg durch den duftenden, von Singvogelstimmen erfüllten Garten einschlugen, sagte sie zu Ameya: »Ich habe meine Verwandten gefunden, aber sie wollen mich nicht bei sich haben. Das Schicksal will, dass wir nach Australien gehen, Ameya. Wollen wir morgen beim deutschen Konsul vorsprechen und ihn bitten, meine Scheidung und die Heirat mit dir zu arrangieren?«

Der junge Mann nickte.

2

Als die beiden jungen Leute am nächsten Morgen in dem prunkvollen Büro vorsprachen, unterhielt sich der deutsche Konsul erst mit ihnen beiden, dann bat er Neele zu einem Gespräch unter vier Augen.

Aufrichtiges Mitgefühl schwang in seiner Stimme mit, als er sagte: »Frau Selmaker, sind Sie auch wirklich sicher, dass Sie das Richtige tun? Natürlich kann ich Ihnen die Scheidungspapiere ausstellen, da es Zeugen dafür gibt, dass Ihr Mann Sie so rücksichtslos verlassen hat, und ich kann kraft meines Amtes auch eine Ziviltrauung mit Herrn Ameya vornehmen. Aber wollen Sie das wirklich? Sie lassen sich auf ein großes Risiko ein.«

Neele blickte ihm in die Augen. »Das weiß ich. Aber ich vertraue darauf, in Ameya einen zuverlässigen und liebevollen Gatten zu finden.«

»Das bezweifle ich nicht!«, versicherte er ihr hastig. »Ich kenne ihn und weiß, was für ein Mensch er ist. Ich denke eher an die Gesellschaft, in der Sie beide leben. Weder die deutsche Gemeinschaft noch seine Familie wird Ihre Ehe jemals akzeptieren.«

»Das wissen wir beide. Deshalb haben wir auch beschlossen, Java zu verlassen und nach Australien zu gehen. Dort sind die gesellschaftlichen Verhältnisse ganz anders, und wir sind beide Fremde in einem von Einwanderern aus aller Welt bewohnten Land.«

Er zog die buschigen Augenbrauen hoch. »Australien? Dorthin wollte doch auch Dr. Anderlies, nicht wahr? Ich hoffe, Sie beide wollen nicht ebenfalls Ihr Glück als Goldgräber versuchen? Aber nein«, korrigierte er sich dann selber, »dazu sind Sie gewiss zu vernünftig. Aber wovon, wenn ich fragen darf, wollen Sie leben? Sie selbst sind vermutlich mit der Arbeit in Haus und Hof vertraut, aber Herr Ameya ist der Sohn einer reichen Familie und daran gewöhnt, eine hohe Stellung innezuhaben.«

Neele antwortete, dass ihre Familie zugesagt habe, sie zu unterstützen, bis sie Boden unter den Füßen gefunden hatte, und dass Ameyas Familie ebenfalls zusehen würde, dass der Sohn auch in einem fernen Land standesgemäß leben konnte. Sie wunderte sich über sich selber, dass es ihr plötzlich so leicht fiel, in eine unbekannte Zukunft zu reisen. Geld genug, um versorgt zu sein, würden sie haben, aber sie kannte weder Australien, noch hatte sie irgendeine Vorstellung, wie ihre Zukunft dort aussehen würde. Wie hatte sie gejammert und sich geängstigt, als sie nach Java aufgebrochen war, und dabei hatte sie damals gemeint, sie würde dort ein Leben vorfinden, das sich kaum von dem in Norderbrake gewohnten unterschied! Und sie wusste, es lag nicht nur daran, dass Ameya an ihrer Seite sein würde. Auch sie selbst hatte sich verändert. Sie war standhafter und selbstsicherer geworden.

Der Konsul musterte sie nachdenklich. Dann sagte er plötzlich: »Wie sonderbar, dass Sie so gar nichts von Ihrem Vater haben – kein Fleckchen Braun auf Ihrer weißen Haut, kein schwarzes Haar in Ihrem goldenen!«

Neele wusste nicht recht, ob das als eine simple Feststellung oder als Beleidigung ihres Vaters gemeint war. Vermutlich wollte der Konsul sagen, sie könne froh sein, dass sie ihm nicht ähnlich sehe. Nun, in Norderbrake war das zweifellos der Fall gewesen! Aber hier wünschte sie manchmal, sie könnte zumindest, wie Paula, eine rasch bräunende Haut und dunkelbraunes Haar haben, um nicht gar so hervorzustechen. Aber das waren kindische Wünsche, und so antwortete sie auf die Bemerkung des Konsuls nur mit einem Achselzucken und der Frage, bis wann die Papiere fertig sein könnten.

»Eine Woche müssen Sie sich noch gedulden. Und ich würde Ihnen raten, dass Sie nach der Hochzeit möglichst bald abreisen, denn einen Skandal wird es auf jeden Fall geben, sowohl unter den Deutschen wie unter den Holländern, und es wird besser sein, wenn Sie Java dann bereits den Rücken gekehrt haben.«

Neele nickte. Sie brauchte nur daran zu denken, wie gehässig Richard Hagedorn sich ihr gegenüber verhalten hatte. An Jürgen wollte sie gar nicht denken. Sie musste ihm unbedingt aus dem Weg gehen, bis sie und Ameya in Sicherheit waren.

3

Zwei Tage nach ihrem Besuch beim Konsul war Neele eben beim Wäschewaschen, als ein Reiter vor dem Tor des Waisenhauses anhielt und ihr einen von Ameya unterzeichneten Brief brachte. Sein Inhalt war kurz. »Bitte komm auf der Stelle zu den Schwestern Gajarajas, zögere nicht. Es ist etwas Schlimmes geschehen.«

Erschrocken fragte sie den Boten, aber der Mann sprach nur Sundanesisch und konnte ihr keine Auskunft erteilen. Also riss sie hastig die Schürze ab, zog ihre Stiefel an, setzte den Hut auf und stieg hinter dem Mann in den Sattel, ohne sich auch nur zu verabschieden und zu erklären, wohin sie ritt. Das Herz hämmerte ihr in der Brust. Was mochte geschehen sein, dass Ameya sie in solcher Eile zu ihren Tanten beorderte? War irgendetwas geschehen, das ihre Stellung ins Zwielicht setzte? Wollten sie sie sehen, um ihr zu sagen, dass sie nichts mehr mit ihr zu tun haben wollten? Oder waren sie erkrankt? War Bethari ein Unglück zugestoßen? Die Gedanken wirbelten in ihrem Kopf im Kreis, bis sie vor Anspannung Kopfschmerzen bekam.

Der Weg erschien ihr ungewöhnlich lang, bis sie endlich das Haus der Schwestern erreichte. Sie sah, dass sie bereits erwartet wurde. Am Gartentor stand die Ältere. Sie war gekleidet und zurechtgemacht wie sonst auch, aber etwas musste geschehen sein, das sie in eine gebeugte alte Frau verwandelt hatte. Ihre Hände zitterten, und als Neele vom Pferd stieg, sah sie die rot geweinten Augen der Frau.

»Was ist geschehen?«, rief sie in hellem Schrecken. Die Frau, die ja kein Deutsch verstand, ergriff ihre Hand mit eiskalten, knotigen Fingern und zog sie hinter sich her zum Haus, wobei sie immer wieder in ein heftiges Schluchzen ausbrach. Drinnen angelangt, führte sie ihre Nichte statt wie sonst in den Salon in die Apotheke.

Und jetzt sah Neele, was geschehen war. Auf der marmornen Theke, die sonst als Ladentisch diente, lag Betharis winziger Körper, schrecklich stumm und unbeweglich, auf einer Batikdecke. Rundum standen neben den Schwestern und der Ziehtochter Nuri Dr. Bessemer, Ameya und ein fremder Mann mit einem Arztkoffer.

Mit einem durchdringenden Schrei riss Neele das Kind an sich, presste den bereits ausgekühlten Körper ans Herz. Schwer fiel der kleine Kopf mit den geschlossenen Augen an ihre Schulter. »Was ist ihr zugestoßen?«, schrie sie. »Wie konnte das geschehen?«

Die beiden alten Schwestern brachen in einen Wortschwall aus, den Ameya zusammenfassend übersetzte. »Die Amme sagt, sie habe das Kind gefüttert und in sein Bettchen gelegt, und als sie es wieder holen wollte, sei es tot gewesen. Der Arzt meint, ein solcher plötzlicher Tod sei bei kleinen Kindern nicht selten.«

Neele starrte ihn mit brennenden Augen an. Sie wusste, dass Säuglinge häufig ohne bekannte Ursache in ihrem Bettchen starben. Aber es erschien ihr unglaublich, dass das ihrem Kind widerfahren war. Als der Arzt einen Schritt auf sie zu machte, um ihr den kleinen Leichnam aus den Armen zu nehmen, wich sie vor ihm zurück und presste ihr Kind um so fester an sich – und dabei fühlten ihre Fingerspitzen etwas Seltsames. Mitten in der winzigen Nackengrube ertastete sie etwas, das sich wie ein Pickel anfühlte. Sie drehte den schlaffen Körper um und sah, dass es kein Pickel war, sondern ein Loch, nicht größer als eines, das eine Hutnadel hinterlassen würde. Niemand hätte es gesehen oder gespürt, wäre der Rand des Loches nicht durch die Hitze aufgeschwollen, und selbst so war es ein Zufall, dass sie es überhaupt entdeckt hatte. Sie spürte, wie ein eisiger Schauer sie überlief. Sie hob den Blick und sah Nuris Augen mit einem Ausdruck von kaltem Triumph auf die ihren gerichtet.

»Du!«, stieß sie hervor. »Du hast es getan!«

Ameya fragte, wovon sie redete, und sie trat zurück an die Marmortheke und legte den kleinen Leichnam bäuchlings auf das Tuch. »Sieh her!«, sagte sie mit einer Stimme, die leer und hohl klang. »Und Sie, Herr Doktor, sehen Sie auch her! Mein Kind ist keinen plötzlichen Kindstod gestorben. Es wurde ermordet – von dieser Frau dort!« Sie wies mit ausgestreckter Hand auf Nuri.

Diese hatte nicht verstanden, was gesagt wurde, aber sie sah die anklagend ausgestreckte Hand und sah, wie der Arzt sich über das Kind beugte, eine Lupe aus seiner Tasche zog und den Nacken genau in Augenschein nahm. Ihre dunklen Augen zogen sich zu schmalen, bösartigen Schlitzen zusammen. Sie rief etwas auf Sundanesisch und deutete ihrerseits auf die Amme, die empört aufsprang und sich gegen den Vorwurf – denn ein solcher war es zweifellos gewesen – verwahrte.

Mittlerweile hatte der Arzt seine eilige Untersuchung beendet. Er blickte betroffen auf. »Sie haben recht«, sagte er zu Neele. »Dieses Kind ist ermordet worden. Jemand hat eine lange Nadel durch den Nacken in sein Gehirn gestochen. Das ist eine Methode, die javanische Meuchelmörderinnen oft anwenden.«

»Jemand?«, schrie Neele. »Sie war es, diese Schlange! Sehen Sie sie doch an!«

Nuri aber hatte sich von dem Schrecken, den die plötzliche Anklage ihr eingejagt hatte, wieder erholt. Ihr schönes Gesicht war glatt und ausdruckslos. Sie machte eine verächtlich abwehrende Geste und wandte sich halb ab. Ihr Verhalten erbitterte Neele so, dass sie hinter der Theke hervorstürzte und die junge Frau packen wollte, aber Dr. Bessemer hielt sie am Arm fest.

»Halten Sie ein, Frau Selmaker!«, sagte er mit fester,

autoritärer Stimme. »Das ist keine Privatangelegenheit mehr. Wir müssen die Polizei verständigen, die eine Untersuchung vornehmen wird. Bleiben Sie bitte bis zu ihrem Eintreffen hier. Ameya, wollen Sie Frau Selmaker in den Garten begleiten? Es ist besser, sie wartet dort draußen.«

Ameya ergriff sanft ihre Hand. Sie ließ sich von ihm hinausführen in den blühenden, von hellen Vogelstimmen erfüllten Garten, ohne den Gesang und die leuchtenden Blumen wahrzunehmen. Was sie anging, hätte es finstere Nacht sein können. Sie machte sich die bittersten Vorwürfe, dass sie Bethari den beiden Schwestern übergeben hatte. Wäre das Kind bei den Klosterfrauen geblieben, es würde noch leben! Alles, so schien es ihr, war ihre Schuld. Ihr Kind war gestorben, weil sie es nicht hatte behalten wollen – weil sie froh gewesen war, dass es ihr jemand abnahm! Und so hatte sie Bethari ihrer Mörderin ausgeliefert.

Sie sank auf der steinernen Bank unter einer Palme zusammen, zu der Ameya sie führte, und brach in bittere Tränen aus. Er wartete geduldig, bis sie sich ein wenig erholt hatte, hielt nur ihre Hand fest und streichelte zart ihre Finger. Erst als ihr Schluchzen allmählich verebbte, sagte er mit leiser Stimme: »Mach dir keine Vorwürfe.«

»Aber gerade das tue ich! Es war meine Schuld. Ich hätte sie ihnen nicht überlassen dürfen! Bei den Klosterfrauen wäre sie noch am Leben.«

»Du hast das Richtige getan«, widersprach er sanft, aber bestimmt. »Du hast das Kind zu seinen Verwandten gegeben, die bereit waren, es standesgemäß aufzuziehen. Niemand konnte im Voraus wissen, dass es von Mörderhand sterben würde.«

»Ich ahnte schon, dass Nuri die Kleine hasste. Allein,

wie sie sie angesehen hat! Und ich hätte daran denken müssen, dass das Kind sie von ihrem Platz als Alleinerbin der beiden alten Damen verdrängte. Allein dieser Umstand hätte mich schon davon abhalten müssen, es hierzulassen!«

Ameya schüttelte den Kopf. Mit gleichmäßig sanfter, beruhigender Stimme wies er sie darauf hin, dass niemand mit einem Mord hatte rechnen können. Viele Menschen waren eifersüchtig, viele fühlten sich innerhalb der Familie zurückgesetzt, wenn ein neues Kind geboren wurde, aber die wenigsten griffen zu einem Mordinstrument. Im Übrigen entging niemand seinem Schicksal. Wie es geschah, so hatte es geschehen sollen. Wenn es Bethari bestimmt gewesen war, so jung zu sterben, hätte nichts, was Neele tat oder unterließ, sie vor diesem Schicksal bewahren können.

Neele seufzte. Sie dachte, dass er genauso redete wie Tante Käthe, in deren Augen alles Gottes Wille war, was ihr an Gutem oder Schlechtem widerfuhr. Sie selber konnte sich nicht so leicht freisprechen. Gewiss hatte sie nicht ahnen können, dass Nuri zu einem Mord fähig war. Ihre Selbstvorwürfe entsprangen der Tatsache, dass sie erleichtert gewesen war, das Kind loszusein – ein Gefühl, das eine gute Mutter niemals empfunden hätte. Sie war eine schlechte Mutter gewesen, sie hatte das Kleine von allem Anfang an nicht gewollt, und jetzt war es tot. Ihr schien, dass es sie mit seinen glasigen Augen anblickte und sagte: War es das, was du gewollt hast? Bist du nun zufrieden? Musste ich mein Leben verlieren, damit deines in Ruhe verlaufen kann?

Obwohl sie schwieg, merkte Ameya, welche Verzweiflung sie überwältigte, und er sprach ihr weiterhin Trost zu. So sanft, so geduldig, dass die Finsternis sich allmählich ein wenig lichtete und Trauer an die Stelle von Selbstvorwürfen trat.

Es dauerte nicht lange, bis vier holländische Polizeibeamte erschienen. Ihr Anführer unterzog Neele noch im Garten einem ausführlichen Verhör. Als er hörte, dass ihr Vater der Bruder der beiden alten Damen gewesen war, blickte er sie überrascht an, zweifellos durch ihr Aussehen verwirrt. Dann trat eine merkliche Veränderung in seinem ganzen Verhalten ein. Nicht, dass er direkt unhöflich geworden wäre, aber sie spürte, dass sie in seiner Achtung gesunken war. Sie war nicht mehr seinesgleichen, war keine Europäerin mehr, der die Einheimischen Unrecht getan hatten, sondern ein Mischling, und damit wurde der Mord an Bethari zu einer Angelegenheit der Eingeborenen. Mit einem flüchtigen Gruß verabschiedete er sich von ihr – Ameya, der die ganze Zeit neben ihr gesessen hatte, hatte er nachdrücklich ignoriert – und trat ins Innere des Hauses, um sich den Leichnam zeigen zu lassen und die Übrigen zu verhören.

Neele spürte, wie unter ihrer Trauer eine dumpfe Wut aufwallte. »Als er hörte, dass ich die Tochter eines Javaners bin, war er gleich nur noch halb so eifrig«, sagte sie. »Ich bin gespannt, ob es ihm mein braunes Kind überhaupt wert sein wird, dass er eine Untersuchung durchführt.«

Ameya beschwichtigte sie. Der Mann würde seine Pflicht tun, wenn auch nicht mit demselben Eifer, den er für eine weiße Mutter und ein weißes Kind aufgebracht hätte. Die Holländer ließen nicht zu, dass Mord und Totschlag ungestraft blieben, das waren sie sich selbst schuldig.

»Werden sie Nuri verhaften?«

Die Frage beantwortete sich von selbst, als die vier Polizisten aus dem Haus auftauchten. Sie führten Nuri mit sich, die abwechselnd weinte und fluchte und laut schreiend ihre Unschuld beteuerte. Jetzt machte sie ganz den Eindruck eines zu Unrecht beschuldigten Menschen, aber Neele brauchte nur an den Blick zu denken, mit dem sie ihr totes Kind betrachtet hatte, diesen Blick voll eisiger Selbstzufriedenheit. Zweifellos war Nuri die Täterin. Sie allein hatte etwas durch den Tod des Säuglings zu gewinnen gehabt – sehr viel zu gewinnen gehabt, denn bis dahin war sie praktisch die Tochter des Hauses gewesen. Sie hatte absehen können, wie lange es dauern würde, bis die alten Damen sich nur noch für das Baby interessierten und sie selbst in Vergessenheit geriet.

Als die Polizisten mit ihrer Gefangenen vorbeigingen, erhob sich Ameya von der Bank, auf der er gesessen hatte. Mit einer geschmeidigen Geste zog er den Kris, den er wie gewöhnlich in der Schärpe am Rücken trug, aus der Scheide und streckte die Hand mit der Waffe gegen Nuri aus. Er machte keine Anstalten, auf sie zuzueilen, sondern stand nur ruhig da, einige Meter von ihr entfernt, und hielt die im Sonnenlicht gleißende Spitze auf sie gerichtet.

Die junge Frau stieß einen grässlichen Schrei aus. Mit den Händen fuchtelnd, versuchte sie sich vor der imaginären Bedrohung zu schützen. Ihre Augen waren starr auf die Waffe gerichtet, die blank und waagrecht die Sonne widerspiegelte und tatsächlich wie eine Flamme leuchtete. Die Polizisten mussten sie stützen, denn ihre Knie knickten ein.

Ameya zog die Hand zurück, steckte den Kris in die Scheide und beides wieder an seinen gewohnten Platz in der Schärpe. »Nuri wird sterben«, sagte er mit leiser, emotionsloser Stimme. »Wenn man die Spitze eines Kris auf einen Feind richtet, so stirbt derjenige. Du glaubst es vielleicht nicht, aber du wirst es sehen.«

Neele fühlte sich plötzlich todmüde. Sie ergriff Ameyas Hand. »Ich danke dir von ganzem Herzen für deinen Beistand«, sagte sie leise. »Meinst du, wir müssen bis zur Gerichtsverhandlung bleiben? Ich möchte jetzt nur noch weg von hier. Mein Kind ist tot, Paula verheiratet, Lennert zieht nach Australien, mich hält hier nichts mehr.«

Er nickte. »Ich weiß, wie du dich fühlst. Ich glaube nicht, dass wir bleiben müssen; es wird genügen, was der Arzt und deine Tanten aussagen.« Er stand auf und streckte sich mit einer müden, schwerfälligen Bewegung, die gar nicht zu seiner Jugend passte. Es war nicht zu übersehen, dass ihr Leid auch ihn niederdrückte. »Ja«, sagte er, »lass uns gehen, sobald wir können.«

4

Nach Ablauf der Woche trafen die beiden Ehekandidaten einander wieder im Büro des Konsuls, diesmal in Anwesenheit von Dr. Bessemer, der ihr einziger Hochzeitsgast sein würde. Ihren Tanten wollte Neele durchaus auch mitteilen, dass sie geheiratet hatte – und zwar einen Einheimischen, was ihnen sicher gefallen würde –, aber sie zögerte noch, das Haus mit der Apotheke aufzusuchen. Zu schmerzhaft war die Erinnerung an ihren letzten Besuch. Es würde ihr schwerfallen, mit den beiden Frauen zu sprechen, die so viel verloren hatten und denen noch das traurige Ereignis eines Prozesses gegen ihre Ziehtochter bevorstand.

Der Konsul erwartete sie bereits. Sie wurden gebeten, vor seinem Schreibtisch Platz zu nehmen, die Papiere noch einmal zu prüfen, und dann rief er zwei seiner Angestellten als Zeugen herein und forderte das junge Paar auf, das Eheversprechen in aller Form abzulegen. Sie lasen von dem amtlichen Papier, das er ihnen vorlegte, das Versprechen ab, als Mann und Frau zu leben, einander in guten und schlechten Tagen zu ehren und einander beizustehen, bis der Tod sie scheide. Ameya hielt die ganze Zeit, während er das Heiratsversprechen aufsagte, beide Hände auf seinem auf dem Schreibtisch liegenden Kris. Dann tauschten beide die Ringe.

Der Blick des hohen Beamten hing an der glitzernden Waffe. Plötzlich sagte er: »Ich hörte vom Polizeikommandanten, Sie hätten die Frau, die als Mörderin der kleinen Bethari gilt, mit Ihrer Waffe verflucht?«

Ameya nickte. »Sie war schuldig, und sie hat die Strafe verdient. Ist sie schon tot?«

Eine leichte Röte stieg in das weißbärtige Gesicht des Konsuls. »Sie starb drei Tage nach ihrer Verhaftung an einem Herzschlag. Wollen Sie tatsächlich sagen, Sie hätten das bewirkt?«

»Ich selber nicht«, erwiderte der Wedono. »Mein Kris hat es getan. Er kann auf magische so gut wie auf physische Weise töten.« Mit einer ehrfurchtsvollen Bewegung hob er die Waffe auf und steckte sie in die Scheide zurück. »Er brauchte mich gar nicht dazu. Er kann aus eigenem Willen ein Opfer auswählen und vernichten, wenn es den Tod verdient hat.«

Ein beklommenes Schweigen breitete sich über den

Raum. Neele spürte, wie ihr ein Frösteln über den Rücken lief, obwohl sie nicht an eine magische Kraft der unheimlichen Waffe glaubte. Es erschien ihr viel wahrscheinlicher, dass Nuri unter der Last einer Mordanklage zusammengebrochen und aus Furcht vor der drohenden Strafe einem Herzschlag erlegen war.

Der Konsul unterbrach die peinliche Stille schließlich mit der forschen Bemerkung: »Nun, jetzt sind Sie verheiratet. Und Sie erinnern sich an meinen Rat, das Land bald zu verlassen?«

»Unser Schiff nach Brisbane geht in drei Tagen«, erwiderte Ameya. »Diese drei Tage werden wir auch noch überstehen.«

Dr. Bessemer lächelte ihn verschmitzt an und verfiel unversehens in ein vertrautes Duzen: »Ich glaube, ihr werdet sie sehr gut überstehen, denn ich habe ein kleines Hochzeitsgeschenk für euch beide. Da ihr schon kein großes Hochzeitsfest haben könnt, sollt ihr eure Ehe wenigstens mit drei schönen Tagen beginnen. Ich habe mit einem Freund gesprochen, der einige Meilen von hier ein Jagdhaus besitzt. Er stellt es euch bis zu eurer Abreise zur Verfügung.«

Neele, die sich insgeheim davor gefürchtet hatte, mit der Last ihres Geheimnisses in die deutsche Siedlung zurückkehren zu müssen, schlug vor Freude die Hände zusammen, und auch Ameya dankte von ganzem Herzen.

»Dann kommt!«, sagte Dr. Bessemer. »Wir müssen uns beeilen, damit wir das Haus erreichen, ehe die Mittagshitze uns das Reiten sauer macht.«

Sie verabschiedeten sich mit herzlichem Dank von dem Konsul, der ihnen alles Gute wünschte, wobei er einen leisen Unterton des Zweifels nicht unterdrücken konnte.

Dann folgten sie Dr. Bessemer zu dem Mietstall, wo sein Diener bereits drei Pferde bereithielt.

Sie ritten gemächlich bis an den Rand des Waterlooplein und folgten von dort einem schmalen Fahrweg nach Nordosten, in die entgegengesetzte Richtung, in der das deutsche Dorf lag. Bald rückten Büsche und Bäume von beiden Seiten immer näher an den Weg heran, bis die kräftigen Hinterteile der Pferde bei jedem Schritt das Grün beiseitestreiften. Die mächtigen Schirme der Palmwedel hielten die Morgensonne von ihnen ab, sodass sie in einem sanften grünlichen Dämmerlicht dahinritten. Sie entfernten sich von der Stadt und drangen immer tiefer in den Dschungel ein, der sie heiß und dampfend umgab. Einmal hielt Dr. Bessemer sein Pferd an, weil ein Tier, das einem großen braunen Schwein mit ungewöhnlich langer Schnauze ähnelte, gemächlich den Weg kreuzte – ein Tapir. Die Luft um sie herum summte von Insekten, und immer wieder flatterte Neele ein Schmetterling ins Gesicht. Sie dachte daran, wie sie sich vor dem Gecko gefürchtet hatte, der an ihrem ersten Morgen in Java die Wand neben ihrem Bett hinaufgeflitzt war. Inzwischen wäre es ihr gleichgültig gewesen, wenn ein Gecko den ganzen Weg über auf ihrer Schulter gesessen hätte.

Zwei Stunden waren sie so unterwegs. Dann erreichten sie eine Lichtung, in deren Mitte zwei hohe, schmale Häuser auf Stelzen nebeneinander standen, ein größeres und ein kleineres, beide mit den charakteristischen steilen Dächern und überhängenden Giebeln. Die Sonne glitzerte auf den dürren Palmblättern, mit denen sie gedeckt waren. Rauch drang aus dem Schornstein des kleineren Hauses und trug den Geruch gebratenen Fleisches und kräftiger Gewürze mit sich.

Man hatte ihre Ankunft bemerkt, denn eine stämmige junge Frau in bäuerlicher Tracht kam heraus, verbeugte sich mit gefalteten Händen und ging ihnen voraus zum Haupthaus. Dort stellten sie ihre Pferde im Schatten unter. Heu und Wasser waren vorsorglich bereitgestellt worden.

Die Bäuerin führte sie in das kleine Haus, das die Küche und die Wirtschaftsräume enthielt, und zeigte ihnen den Waschraum, in dem sie den Staub und Schweiß des zweistündigen Ritts abwaschen konnten. Erfrischt folgten sie ihr hinüber ins Haupthaus, wo im Esszimmer bereits der große Teakholztisch gedeckt war. Auf einen Befehl von Dr. Bessemer hin eilte die Frau davon und kam gleich darauf mit einem Eimer wieder, in dem in eiskaltem Brunnenwasser eine Flasche Champagner stand.

»So, ihr Lieben«, sagte Dr. Bessemer, während er mit lautem Knall den Pfropfen löste, »lasst euch gratulieren, und trinken wir auf eine glückliche Ehe!« Mit diesen Worten füllte er die drei schlanken Gläser, die auf dem Tisch bereitstanden, und hob das seine. Sie taten es ihm nach.

Die beiden Männer tranken ihre Gläser in einem Zug aus, aber Neele, die vor lauter Aufregung kein Frühstück gegessen hatte, nippte nur vorsichtig an dem Schaumwein und beschloss, den Rest des Glases erst auszutrinken, wenn sie etwas im Magen hatte. Da kam die Bäuerin auch schon mit einem Servierwagen, auf dem ein buntes Allerlei von Speisen aufgebaut war: Nudelsuppe, gebratenes Büffelfleisch, Huhn und Fisch, Reis mit Gemüse und Reis mit Rosinen, eingelegter saurer Salat sowie Obst, Kuchen und gebackene Bananen.

Neele, die ihren Hunger jetzt sehr spürte, griff wacker zu. Offenbar hatte auch Ameya an diesem Morgen vor Aufregung nicht viel hinuntergebracht, denn er war kaum sattzukriegen, und Dr. Bessemer legte wie immer einen kräftigen Appetit an den Tag. Von dem reichlichen Mittagessen war nicht mehr allzu viel übrig, als sie sich schließlich gesättigt zurücklehnten und Kaffee und Arrak auf den Tisch gebracht wurden. Eine Weile saßen sie beisammen und plauderten träge über dies und jenes, bis der Kontrolleur aufstand und ihnen zuzwinkerte. »Ihr habt noch etwas zu erledigen, bis ihr von Rechts wegen verheiratet seid, das wisst ihr ja? Papiere allein gelten nicht. Also, darf ich euch in euer Hochzeitsgemach geleiten?«

Sie erhoben sich errötend und folgten ihm eine Treppe hinauf in den Oberstock des Hauses, wo unmittelbar unter den Dachsparren ein hübsches Schlafzimmer eingerichtet war. Bunte Teppiche bedeckten den Boden, lebhaft gemusterte Batikdecken das Doppelbett, über dem ein Moskitonetz hing. Eine schmale Tür mit einem Vorhang aus Holzperlen führte in ein Badezimmer. Ein Holzgitter verschloss das Fenster, durch das der Widerschein der Mittagssonne hereinfiel.

»Lasst euch Zeit«, sagte der Kontrolleur. »Ich werde ein ausgiebiges Schläfchen machen und dann ein wenig lesen – mein Freund hat eine hübsche kleine Bibliothek. Es genügt also, wenn ihr zum Abendessen wieder herunterkommt.« Mit einem Lächeln und einem Kopfnicken ließ er sie beide allein.

Die beiden jungen Leute sahen einander mit scheuen Blicken an. Beide brannten darauf, ihre Verbindung zu vollenden, aber sie waren unsicher, und so zögerten sie, bis Neele sich ermannte, den bunten Vorhang vor das einzige Fenster zog und sagte: »Dann werde ich mich einmal waschen … Oder möchtest du als Erster?«

»Nein, geh nur.« Ameya zündete sich eine Zigarette an und setzte sich auf den Bettrand.

Neele ging hinüber ins Badezimmer, kleidete sich aus und übergoss sich mit ein paar Schöpflöffeln von dem lauwarmen Wasser in dem Eimer. Sie hatte kein Nachtgewand bei sich, also wickelte sie sich in eines der Badetücher und kehrte so zu ihrem Gatten zurück. Während Ameya im Badezimmer verschwand, schlüpfte sie ins Bett und warf das Badetuch ab. Ihr ganzer Körper brannte vor Erwartung. Nie hatte sie sich vorgestellt, dass eine solche Leidenschaft sie erfüllen könnte. Die wenigen Minuten, die der Bräutigam brauchte, um sich ebenfalls auszukleiden und zu waschen, wurden ihr lang. Als er schließlich zurückkam, schloss sie lächelnd die Augen und streckte die Hand aus.

Sie fühlte, wie seine Hand die ihre ergriff, wie er neben ihr unter das farbige Laken schlüpfte, und als er sich an sie schmiegte, spürte sie die Erregung in seinem Körper. Keiner von beiden sprach ein Wort, sie seufzte nur entzückt, als er sanft und zugleich kraftvoll in sie eindrang. Was für ein Unterschied zu ihrer ersten Hochzeitsnacht! Kein Schmerz, kein Widerwillen, nur ein ekstatisches Genießen, das noch anhielt, als er sich erschöpft zurückzog. Sie schlang die Arme um seine Schultern und drückte ihn eng an sich, presste die weichen Lippen auf seinen Hals.

»Ich liebe dich«, flüsterte sie. Er antwortete ihr mit einem innigen Kuss.

Eine Weile lagen beide schweigend nebeneinander, ließen die eben genossene Leidenschaft in sich nachklingen, während sie den fernen Geräuschen des Dschungels lauschten – dem Geschrei eines Vogels, dem Keckern der Affen in den schwankenden Baumkronen. Ein sanfter

Wind blies von draußen herein und bewegte den Vorhang, dessen Muster den Raum mit einem buntfleckigen Zwielicht erfüllte. Dann wandte Ameya sich seiner Frau zu, und sie küssten einander von Neuem, bis ihre Leidenschaft wieder erwachte.

Die Zeit wurde ihnen kurz bis zum Abendessen. Nur der Gedanke daran, wie viele gemeinsame Nächte noch vor ihnen lagen, bewog sie schließlich, aufzustehen, sich zu waschen und anzukleiden. Draußen war die kurze Dämmerung hereingebrochen. Lärmend suchten die Bewohner des Dschungels ihre Nachtquartiere in den hohen Ästen, im Gebüsch und unter der Erde auf, während die ersten Nachtinsekten durch das Zwielicht taumelten. Hand in Hand stieg das junge Ehepaar die Treppe hinunter zum Esszimmer, wo Dr. Bessemer sie erwartete.

Er lächelte sie an, sagte aber kein Wort, sondern ging ins Nebenhaus hinüber, um zu melden, dass das Abendessen serviert werden konnte. Wenig später erschien die Haushälterin mit ihrem Servierwagen, auf dem eine kaum weniger üppige Mahlzeit als am Mittag angerichtet war. Neele hatte gedacht, sie würde nach all der sinnlichen Erregung des Nachmittags keinen Gefallen an den weniger sensationellen Freuden des Leibes finden, aber der Geruch der frisch gebackenen Garnelen, der heißen Reiskuchen und der vielerlei Würzbissen überzeugte sie doch, und sie griff kräftig zu. Während sie aßen, teilte ihnen Dr. Bessemer mit, dass er bereits veranlasst hatte, Neeles wenige Besitztümer aus dem Waisenhaus holen zu lassen.

»Und Sie, Ameya?«, fragte er. »Wollen Sie sich noch formell von Ihrer Familie verabschieden, oder wollen Sie einen meiner Diener um Ihre Sachen schicken?«

Ameya hielt im Essen inne und presste die Mundwinkel zusammen. »Ich habe mich bereits von meiner Familie verabschiedet«, sagte er, »und habe kein Bedürfnis danach, sie noch einmal wiederzusehen. Sie haben mich zu deutlich wissen lassen, wie froh sie sind, mich loszuwerden. Nicht, dass ich es nicht erwartet hätte! Sie haben mir nicht zum ersten Mal gesagt, dass sie mich am liebsten weit weg sehen würden. Die Apanage, die sie mir zugesagt haben, ist der Kaufpreis dafür, dass ich nicht wiederkomme. Mein Geld liegt in Batavia auf der Bank, ich werde es mir vor der Abreise holen und mich mit allem eindecken, was ich brauche. Unser Schiff geht am Mittag, ich habe also den ganzen Morgen Zeit.«

Dr. Bessemer nickte nur kommentarlos. Wie Ameyas Familie auf die Ankündigung seiner Heirat und Abreise reagieren würde, war vorauszusehen gewesen. Auch Neele hatte nichts anderes erwartet. Sie atmete tief durch, erleichtert, dass ihr Ehemann das unerfreuliche letzte Gespräch mit seinen Verwandten hinter sich hatte. Vielleicht war es sogar am besten so. Er konnte gehen, ohne dass ihn das Heimweh und die Sehnsucht nach seiner Familie an das Land ketteten, das er verlassen wollte.

Dritter Teil

Freunde und Feinde

Vögel, die am Morgen singen

1

Als die beiden frisch gebackenen Eheleute nach einer langen Nacht voll unstillbarer Sehnsucht nach Zärtlichkeit zum Frühstück hinunterkamen, fanden sie Dr. Bessemer bereits reisefertig vor. Er teilte ihnen mit, dass er sie den Tag über und vielleicht auch die darauffolgende Nacht allein lassen würde, da er sich nicht nur um Neeles geringen Besitz kümmern, sondern auch noch allerlei anderes erledigen wollte. »Aber«, fügte er schmunzelnd hinzu, »ihr werdet euch schon zu beschäftigen wissen, auch ohne mich! Die Haushälterin meines Freundes wird euch das Essen zubereiten, ihr braucht also weiter nichts zu tun, als es euch richtig gut gehen zu lassen.« Damit nickte er ihnen zu, hob die Hand zum Gruß und ging hinaus zu seinem Schimmel, der bereits ungeduldig wiehernd wartete.

Das junge Paar sah ihm eine Weile nach, dann kehrten sie zurück ins Haus und machten sich über das Frühstück her, das bereits dampfend auf dem Tisch stand. Draußen stieg die Sonne allmählich über die Baumwipfel und verwandelte die kühle, graugrüne Stille des frühen Morgens in eine golddurchwirkte, von musikalischem Lärm erfüllte Landschaft. Neele erinnerte sich, wie Dr. Bessemer ihnen während der Reise auf dem Meer erzählt hatte, ihm sei mitunter schier der Schädel geplatzt vom ständigen Gesang der Vögel, und sie fand auch, dass die zahllosen gefiederten Bewohner des Dschungels manchmal des Guten zu viel taten, aber wie melodisch war doch ihr Gesang! Sie lauschte, während sie unter den würzig duftenden Bissen wählte, die die Köchin ihnen aufgetischt hatte und die alle auf Bananenblättern in flachen hölzernen Schüsseln angerichtet waren. Hin und wieder hob sie den Kopf und lächelte Ameya selig an, und er erwiderte ihr Lächeln voll stiller Hingabe. Nie in ihrem Leben war sie so glücklich gewesen. Spott zuckte in ihren Mundwinkeln, als sie daran dachte, wie die stets pessimistische Tante Käthe sie für dieses Glücklichsein gemaßregelt hätte. Die alte Dame hätte gewiss gesagt: »Vögel, die am Morgen singen, holt am Abend die Katze« oder etwas ähnlich Erbauliches. Eingeschüchtert von ihrem griesgrämigen Gott, war sie überzeugt gewesen, schon ein frohes Lachen könnte seinen Unmut hervorrufen. Nun, Tante Käthe hatte in ihrem Leben nichts mehr zu reden. In Zukunft würde sie in aller Morgenfrühe singen, so laut es ihr beliebte, und keine Katze mehr fürchten.

Nach dem langen, behaglichen Frühstück machten sie einen Spaziergang rund um die Lichtung, auf der das Jagdhaus stand, und folgten dann einem Pfad in den Wald. Es war dumpf und warm unter den die Sonne verdunkelnden Bäumen. Ein reges, wenn auch nur halb sichtbares Leben herrschte überall. Käfer und große, gefährlich bissige Ameisen huschten über das abgefallene Laub, Geckos und Eichhörnchen flitzten die schrundigen Stämme empor und verschwanden in den alles beschirmenden Kronen. Zuweilen machte sich ein größeres Tier bemerkbar, ein Grunzen ertönte, oder ein Schatten huschte in der Ferne zwischen den Stämmen vorbei, aber die Tiere hier fernab der Stadt waren scheu und gingen dem Menschen weit aus dem Wege. Neele empfand eine leise Bangigkeit bei dem Gedanken, dass es in diesen dampfenden Wäldern außer harmlosen Bewohnern wie Tapiren und Gürteltieren auch Tiger gab. Sie wünschte, Ameya hätte seinen Revolver mitgenommen. Dann jedoch schalt sie sich für ihre Ängstlichkeit. Wenn er sich nicht fürchtete, warum sollte sie es dann tun? Er wusste gewiss viel besser als sie, wann Gefahr zu fürchten war und wann nicht.

Als hätte er ihre Gedanken gelesen, sagte er mit einem Lächeln: »Weißt du, was die Holzsammler und Orchideenpflücker tun, wenn ihnen ein Tiger begegnet? Sie stellen sich Rücken an Rücken, wenn sie zu zweit sind, oder mit dem Rücken an einen dicken Baum, wenn sie alleine sind, und wenden ihm das Gesicht zu. Ein Tiger greift einen Menschen nämlich nie von Angesicht zu Angesicht an. So groß und gefährlich er ist, so feige ist er. Er springt immer von hinten auf seine Beute los.«

Neele blickte sich unwillkürlich um, und er lachte. »Nein, hab keine Angst. Die großen Raubkatzen schlafen bei Tag und jagen erst in der Dämmerung. Das Einzige, was jetzt jagt, sind die kleinen – au!« Er klatschte mit der flachen Hand auf seine Wange. »Stechmücken und Bremsen, wollte ich eben sagen, da haben sie mich auch schon erwischt. Hier, nimm das.« Dabei bückte er sich, riss eine Handvoll von einem rötlich blühenden Kraut aus und zerrieb sie zwischen den Handflächen. Ein angenehmer, aber ziemlich stechender Geruch wie von einem starken Alkohol stieg davon auf. »Das hält die Moskitos und das andere blutsaugende Gesindel fern.«

Sie schlenderten, jetzt tatsächlich nicht mehr von Moskitos belästigt, eine halbe Stunde lang durch den Wald, immer dem Pfad folgend, der zu irgendeinem Kampong führen mochte, und gelangten schließlich zu einem Teich, von dessen Oberfläche dichter Dampf aufstieg. Ameya eilte hin, streckte vorsichtig die Hand ins Wasser, um seine Temperatur zu prüfen, und blickte Neele dann mit einem schelmischen Ausdruck in den dunklen Augen an. »Es ist gerade richtig warm. Wollen wir baden?« Und schon fing er an, sein buntes Hemd und den Sarong, den er an diesem Morgen trug – das luftige Kleidungsstück war bei Männern und Frauen gleichermaßen beliebt –, auszuziehen.

»Hier?!« Selbst im Dorfteich von Norderbrake hatte Neele nur als Kind baden dürfen, und auch da hatte »baden« bedeutet, dass man Knöpfstiefel und Strümpfe auszog und bis zu den Knien in dem mit Blutegeln verseuchten Wasser herumwatete. Der Gedanke, mitten in der Wildnis in einen Teich zu steigen, erschien ihr geradezu lasterhaft. Aber bevor sie noch darüber diskutieren konnte, war ihr Gatte bereits splitternackt ins Wasser gesprungen und breitete genießerisch Arme und Beine in der warmen Flut aus. Also tat sie es ihm gleich, schlüpfte aus ihren Kleidern und tauchte rasch so weit wie möglich unter. Wenigstens verbarg das sumpfig schillernde Wasser alles, was sich unter der Oberfläche befand, nur ihre weißen Schultern – ein scharfer Kontrast zu ihrem sonnengebräunten Gesicht – leuchteten hervor. Die Schatten der Banyanbäume am Ufer verdunkelten den Teich, und ihre abgefallenen Blätter schwammen zu Hunderten auf der Oberfläche.

Ameya drehte sich auf den Rücken und lockte sie mit einem koboldhaften Lächeln an sich heran. Sie schwamm zu ihm hin, ließ sich von ihm in die Arme nehmen. Ineinander verschlungen trieben sie in dem stillen Gewässer, während ihre Lippen sich in einem langen Kuss trafen.

2

Schließlich stiegen sie wieder an Land, kleideten sich an und kehrten gemächlichen Schrittes zu der Lichtung zurück. Es wurde langsam heiß, und sie freuten sich auf das kühle, bunte Zwielicht ihres Schlafzimmers und eine Stunde der Ruhe vor dem Mittagessen. Als sie aus dem Schatten der Bäume auf die Lichtung hinaustraten, wurde ihnen erst bewusst, wie hoch die Sonne inzwischen gestiegen war. Die scharfe Hitze schlug ihnen förmlich ins Gesicht. Der grelle Sonnenschein blendete ihre Augen. Ameya blinzelte und beschirmte die Augen mit der Hand. Auch Neele kniff die Augen zusammen. Sie hatte sich noch immer nicht daran gewöhnen können, welcher Unterschied zwischen der blassen norddeutschen Sonne und dem glühenden Gestirn bestand, das hier die Luft zum Glänzen und Gleißen brachte.

Sie wandte sich Ameya zu, um etwas zu sagen. Im selben Augenblick vernahm sie ein leises Zischen, ein schmaler Schatten huschte vor ihren Augen vorbei, und Ameya stieß einen lauten, schmerzlichen Schrei aus, der sofort in ein krampfhaftes Husten überging. Noch von der Sonne geblendet, sah sie nur undeutlich, dass er stolperte, sich rücklings gegen einen Baumstamm lehnte und dann in sich zusammensackte.

»Was ist dir?«, rief sie erschrocken, in der Meinung, ihm sei von der Hitze übel geworden. Dann klärte sich ihr Blick, und in fassungslosem Entsetzen sah sie, was das zischende Geräusch und den vorüberfliegenden Schatten hervorgerufen hatte: Ein bunter Pfeil war es. Diesmal hatte keine zufällige Geste seinen Flug abgelenkt, und er hatte sein Ziel gefunden: Ameyas Herz. Der Verwundete lag auf der Seite, das Gesicht nach oben gewandt, und als Neele sich über ihn beugte, starrte er sie aus großen, erstaunten Augen an, ohne sie zu erkennen. Schon breitete der nahende Tod seinen grauen Schleier über das Gesicht, dessen Züge erschlafften.

Neele konnte nicht schreien, sich nicht bewegen, keinen klaren Gedanken fassen. Schweiß rann ihr von der Stirn in die Augen, ohne dass sie ihn wegwischte. Ihre Hände hatten sich zu Fäusten verkrampft.

Dann drang ein grausamer Laut an ihr Ohr: Gelächter. Zwei Männerstimmen waren es, die lachten, und jetzt kamen die Mörder über die Lichtung gerannt, beide vermummt in graue, lose flatternde Mäntel und Tuchmasken, die ihre Gesichter verbargen. Die Masken schützten sie nur davor, von Fremden erkannt zu werden, denn Neele wusste genau, wer der Mann war, der mit langen Schritten herbeistürmte und sie, die immer noch regungslos vor Entsetzen dastand, in seine Arme riss. Mit wilder Gewalt zerrte er ihr das Amulett, das Ameya ihr geschenkt hatte, vom Hals und schleuderte es fort. »So, Neeleken«, zischte seine Stimme an ihrem Ohr, »jetzt brauchst du dich nicht mehr zu entscheiden zwischen dem Pfefferfresser und mir! Hier liegt sein Kadaver, küss ihn, wenn du willst, aber zuvor wirst du mich küssen.«

Damit riss er sie zu Boden und warf sich über sie. Das Tuch der Maske kratzte über ihr Gesicht, seine Lippen tauchten daraus auf und pressten sich schmerzhaft auf die ihren. Auf dem Boden liegend, unter seinem Gewicht ächzend, war sie hilflos. Ihre Hände griffen zuckend ins Gras. Neele wusste kaum, was sie tat. Was war es, das ihre Rechte führte? Plötzlich stieß sie an den Rücken des hingesunkenen Ameya, berührte die Schärpe, und wie aus eigenem Willen, wie ein lebendiges Ding, glitt der Kris in ihre Hand. Warum der gurgelnde Schrei? Woher kam plötzlich all das Blut, das hinter der Maske hervor über ihr Gesicht spritzte? Sie begriff gar nicht, dass es ihre eigene Hand, ihr eigener Arm waren, die sich hoben und mit einer einzigen wilden Bewegung die scharfe Waffe treffsicher in den Hals des Angreifers stießen. Der schwere Körper wälzte sich zuckend von ihr weg, fiel ins Gras, krümmte sich, während ein nicht enden wollender Blutstrom aus seinem aufgeschlitzten Hals pulste. Neele, die nicht einmal gewusst hätte, wie man einen Kris richtig hielt, hatte mit der Gewandtheit eines erfahrenen Kriegers mit einem einzigen Stoß die Halsschlagader getroffen.

Sie sprang auf, halb blind von dem Blut, das über ihr Gesicht geströmt war, und vollkommen verwirrt. Die Welt zerfiel vor ihren Augen in ein bunt flimmerndes Kaleidoskop, dessen Splitter keinen Sinn ergaben. Sie hörte den zweiten Mann aufschreien. War es Entsetzen über den Tod seines Gefährten, das aus seiner Stimme sprach, oder Entsetzen über den Anblick der wahnsinnigen Frau, deren Augen ihn aus einer blutigen Fratze heraus anstarrten? Einen Augenblick nur hing ihr Blick an ihm fest, dann rannte sie. Immer noch den Kris umklammernd, floh sie in den Dschungel. Folgte nicht dem Pfad, sondern stürmte blindlings durch das Zwielicht, hin und her zwischen den mächtigen Stämmen, sich in ihrem Schatten verbergend wie die Tiere, die sie bei ihrem Spaziergang aus den Augenwinkeln gesehen hatten. Der Mann folgte ihr mit schweren gestiefelten Schritten, heiser brüllend vor Wut, aber sie lief so leicht, als würde sie von einer unsichtbaren Kraft getragen, verbarg sich so geschickt, dass sein Lärmen immer weiter zurückblieb und schließlich nicht mehr zu hören war.

Dennoch rannte sie weiter. In einem Tümpel am Wegrand wusch sie sich das Blut, das ihre Augen verklebte, vom Gesicht, und schon war sie wieder auf der Flucht, leichtfüßig wie ein Reh. Sie konnte nicht denken, konnte nicht fühlen, konnte nicht weinen. Alle ihre körperlichen und geistigen Kräfte waren darauf gerichtet, so weit fort wie möglich durch das trügerische Zwielicht des Dschungels zu fliehen – weit weg von der Lichtung, auf der ihr Glücksstern so jäh und für immer erloschen war.

3

Phöbus Bessemer kehrte am späten Vormittag in Begleitung von Dr. Anderlies, der sich von Neele verabschieden wollte, aus der Stadt zurück. Die beiden waren bester Laune, sie lachten und scherzten miteinander, bis sie die Höhe des Hügelrückens erreichten und sahen, dass aus dem Blätterdach des Urwalds vor ihnen Rauch aufstieg.

Dr. Bessemer zügelte sein Pferd. »Das ist kein Herdrauch«, stieß er mit gepresster Stimme hervor. »Das ist der Rauch eines Brandes. Was ist da geschehen?«

Lennert erschrak, als er die Worte seines Begleiters hörte. Beide zugleich trieben sie ihre Pferde an und beeilten sich, den hangabwärts führenden Weg zu der Lichtung zurückzulegen. Je näher sie kamen, desto beißender wurde der Geruch von verkohlendem Gebälk und verbrannten Palmblättern. Als sie unter dem dunklen Torbogen der letzten Bäume in den grellen Sonnenschein der Lichtung hinausritten, stockte ihnen beiden das Herz im Leibe.

Das Jagdhaus war bis auf die Grundmauern niedergebrannt. Seine Trümmer lagen im rauchenden Gras und mitten zwischen ihnen die angekohlte Leiche eines Mannes.

Lennert sprang vom Pferd und rannte hin. Er fand den Toten in ein seltsames Kleidungsstück gehüllt: einen bodenlangen, leichten grauen Mantel mit Kapuze. Und noch seltsamer war, dass ein Stofffetzen wie eine Maske sein Gesicht bedeckte. Der Arzt zog den angebrannten Fetzen beiseite und blickte in ein kaum zerstörtes Gesicht, das er nur zu gut kannte.

»Das ist Jürgen Simms!«, rief er dem Amtmann zu, der keuchend herbeieilte. »Und er ist nicht bei dem Brand gestorben, er wurde erstochen – mit einem Kris. Sehen Sie, hier! Nur ein javanischer Dolch würde eine solche schmale und dabei unregelmäßige Wunde erzeugen. Und nur ein javanischer Krieger kann ihn so führen, dass er mit einem einzigen Stoß die Halsschlagader durchschneidet. Soweit ich sehen kann, hat der Mann keine weiteren Verletzungen.«

Bessemer und Anderlies sahen einander an, und beiden ging derselbe Gedanke durch den Kopf. Ameya musste das getan haben. Aber wo war er? Und wo waren Neele und die einheimische Haushälterin?

Lennert drehte den Toten auf den Rücken, und als er ihn besah, stieß er einen Pfiff aus. »Sehen Sie sich das an, Dr. Bessemer! Seine Hose ist bis auf die Schenkel heruntergerutscht. Das könnte passiert sein, als er zum Haus geschleift wurde. Aber warum sind seine Hosenknöpfe alle offen? Der Bursche hatte mehr vor, als sich zu erleichtern, glauben Sie mir! Ich weiß, wie verrückt er nach Neele war! Wenn er sie hier allein angetroffen hat…« Er ließ den Satz unvollendet.

Sie suchten die Lichtung im hellen Licht der Mittagssonne ab und fanden bald die Stelle am Waldrand, wo der unglückliche Deutsche den Tod gefunden hatte. Der Boden dort war mit Blut durchtränkt, Jürgen musste all sein Blut an dieser Stelle verloren haben. Es war aber auch noch ein zweiter Blutfleck da, ein paar Schritte entfernt an den Wurzeln eines Banyanbaumes.

»Hier ist noch jemand getötet worden«, flüsterte Lennert. »Und ich fürchte, es war Ameya. Sein Schuh liegt da.« Er hob eine Sandale auf, die im Gras gelegen hatte. »Mein Gott! Haben die beiden einander umgebracht? Oder war es ein Dritter? Und wo ist Ameyas Leiche? So riesig, wie dieser Blutfleck aussieht, kann er sich nicht mehr von der Stelle bewegt haben, nachdem er getroffen wurde.« Plötzlich bückte er sich ein zweites Mal und hob ein zerrissenes Band auf, an dem verschiedene Jadestückchen hingen. »Das Amulett, das Ameya Neele geschenkt hat! Man hat es ihr mit Gewalt weggenommen! War hier eine Räuberbande am Werk? Das würde erklären, warum die beiden verschwunden sind. Die Räuber haben sie mitgenommen.«

Der Amtmann kehrte zu der Ruine des Jagdhauses zurück. Seine scharfen, geschulten Augen suchten den Boden ab, dann schüttelte er den Kopf. »Nein. Eine Räuberbande hätte das Haus geplündert, und ich sehe hier zwischen den Trümmern ein paar Gegenstände, die sie sicher nicht zurückgelassen hätten. Da! Der silberne Suppenschöpflöffel, und hier liegen sogar haufenweise lose Münzen herum, wahrscheinlich aus dem Sparstrumpf der Haushälterin. Und was hatte Jürgen Simms eigentlich hier zu suchen? Er kam sicher nicht mit guten Absichten, nachdem er überzeugt war, dass Ameya ihm seine rechtmäßige Braut gestohlen und Neele ihn an die Behörden verraten hatte. Nein, ich glaube, er und Ameya haben gekämpft, und beide wurden dabei getötet. Aber es muss noch mehr vorgefallen sein, denn jemand hat Jürgens und offenbar auch Ameyas Leiche ins Haus geschleppt und dieses dann angezündet, um die Spuren des Verbrechens zu verwischen. Die beiden Frauen müssen geflohen sein, wenn sie nicht an anderer Stelle ermordet wurden.«

Lennert umschritt die Brandruine. »Dann müssten wir Ameyas Leiche auch finden, denn ein Feuer aus Holz und Palmblättern ist nicht heiß genug, um einen menschlichen Körper völlig zu zerstören.«

Sie suchten eine gute Stunde lang in den Trümmern, fanden aber nur den angesengten Revolvergurt des Wedono. »Kann es nicht doch sein«, fragte Bessemer den Arzt, »dass er nur verwundet war und sich in Sicherheit gebracht hat?«

Lennert musste seine schwache Hoffnung enttäuschen. »Hätte er dann seinen Schuh zurückgelassen? Außerdem, glauben Sie mir, wer so viel Blut verliert, läuft nicht mehr auf eigenen Beinen davon. Meiner Meinung nach wollte der Dritte am Tatort die Spuren verwischen, hat Ameyas Leiche irgendwo versteckt und die von Jürgen Simms ins Haus gezerrt, ehe er es anzündete.«

Dr. Bessemer war äußerst bedrückt. »Ich hatte Ameya gerne«, gestand er. »Er war mir mehr als ein Mitarbeiter. Er war mein Vertrauter, mein Freund.«

»Dennoch«, erwiderte Lennert mit kaum verhohlenem Zorn, »haben Sie ihn nicht zu Ihrer Hochzeit eingeladen und Neele auch nicht.«

Der Amtmann zuckte die Achseln. »Erinnern Sie sich, was ich Ihnen auf dem Schiff sagte? Ihr jungen Leute kommt hierher voll guter Ideen, was man alles besser machen könnte. Erst wenn ihr oft genug mit dem Kopf gegen die Wand gerannt seid, seht ihr ein, dass das nicht so einfach ist. Ich hätte Ameya einladen können, ja – und ihn damit den ganzen Abend frostigen Gesichtern und spitzen Bemerkungen ausgesetzt. Die Leute hätten ihm einfach die kalte Schulter gezeigt. Ich verzichte lieber auf die Anwesenheit eines Freundes bei meiner Hochzeit, als ihn öffentlichen Demütigungen auszusetzen, und das gilt auch für Neele. Aber das alles ist jetzt irrelevant. Wir müssen zurück in die Stadt und die Polizei verständigen. Nach Ameyas Leiche muss gesucht werden. Sie kann nicht weit von hier versteckt sein, der Täter hat sich sicher nicht die Mühe gemacht, sie meilenweit durch den Dschungel zu schleppen. Wir müssen sie bald finden. Es sei denn …« Er brach ab und biss sich auf die Lippen.

»Es sei denn – was?«, drängte Lennert.

Die Antwort kostete Dr. Bessemer offenbar einige Überwindung. »Der Blutgeruch. Nach dem Fleck auf dem Boden zu schließen, muss sein Körper mit Blut getränkt gewesen sein, und der Geruch macht Raubtiere närrisch, sodass sie auch am hellen Tag nach der Beute suchen. Es ist gut möglich, dass ihn ein Tiger weggeschleppt hat.«

Lennert schauderte bei der Vorstellung, wie das Raubtier mit blutbeflecktem Maul an der Leiche des Mannes zerrte, der ihm ein Freund gewesen war. Blass und bedrückt kehrte er zu seinem Pferd zurück, das am Waldrand auf ihn wartete, und saß auf. Dr. Bessemer folgte ihm. Zwei zutiefst niedergeschlagene Männer machten sich auf den Weg zurück in die Stadt.

Das Pesthaus

1

Neeles fast schlafwandlerische Flucht endete erst, als es dunkel wurde und sie ständig Gefahr lief, gegen Baumstämme zu prallen. Da hielt sie inne, setzte sich unter einen Baum und lehnte den Rücken an seine Rinde. Vergessen war alle Furcht vor wilden Tieren. Sie nahm ihre Umgebung kaum wahr. Den Kris ihres ermordeten Gatten im Schoß, saß sie da und hielt flüsternde Zwiesprache mit der Waffe, deren geflammte Klinge sich unter ihren Fingern zu bewegen schien. Hatte Ameya ihr nicht erzählt, dass der zauberkundige Waffenschmied dem Dolch eine Seele verlieh, die in innigster Verbindung mit der Seele des Mannes stand, der ihn trug? War der Kris nicht sein Schutzgeist, ja, sein spiritueller Doppelgänger, der die Sache seines Trägers zu seiner eigenen machte? Nicht sie hatte den Mann getötet, der sie zu vergewaltigen versucht hatte, Ameyas Geist hatte seinen Mörder heimgesucht, indem er den Kris in ihre Hand legte und sie führte.

Stunden vergingen, ehe die Erschöpfung des langen Laufs den Sieg über ihre Erregung davontrug und sie am Fuß des Baumes in sich zusammensank. Den Kris hatte sie in ihr Halstuch gewickelt und in den Schaft ihres Knöpfstiefels geschoben, wo sie ihn dicht an ihrem Körper spüren konnte. Dann schlief sie ein. Es war ein bleierner Schlaf ohne Träume. Sie erwachte kein einziges Mal in der Nacht, obwohl die Luft um sie herum erfüllt war von den sonderbaren und unheimlichen Lauten wilder Tiere. Erst als der Morgen dämmerte, kam sie allmählich zu sich.

Sie spürte keinen Hunger, war aber sehr durstig, sodass sie den Tau aus den Schalen der abgefallenen Blätter schlürfte. Dann machte sie sich wieder auf den Weg. Ohne ein bestimmtes Ziel wanderte sie in einem fort durch den Dschungel. Allmählich machten sich die Strahlen der höher steigenden Sonne bemerkbar, die durch den grünen Schirm der Baumkronen drangen. Es wurde wärmer, und die Gerüche verstärkten sich. Auch die Luft war anders als zuvor, schmeckte nach Salz und war schwer von Feuchtigkeit. Sie musste sich allmählich dem Meer an der nördlichen Küste Javas nähern.

Dann veränderte sich der Wald um sie. Die Urwaldbäume machten Palmen und Bananenbäumen Platz. Sie wanderte durch einen verwilderten Bananenhain, der sich einen Hügel hinaufzog. Von der Kuppe des Hügels aus konnte sie sehen, dass sie sich mitten im tiefsten Urwald befand: Wohin sie auch blickte, sah sie ein Dach graugrüner Blätter. Nirgends stieg der Rauch von den Herden eines Kampong auf, kein anderer Laut als das Lärmen des Dschungelvolks war zu vernehmen. Sie stapfte weiter. Zu Mittag stellte sie fest, dass sie eine verlassene Plantage erreicht hatte. Da stand das Haus der Pflanzer, groß und ehemals prächtig, aber von Wind und Wetter zernagt, umgeben von den Überresten eines Gartens, der schon beinahe wieder zum Dschungel geworden war. Beim Anblick einer menschlichen Behausung spürte Neele plötzlich ihre Müdigkeit. Sie wollte nur noch unter ein Dach und in Ruhe ein paar Stunden schlafen, nur so lange, bis die Mittagshitze vorüber war, ehe sie ihren einsamen Marsch wieder-aufnahm. Schwerfällig trottete sie durch das wüste Unkraut, das stellenweise ihren Kopf überragte, und näherte sich der Vordertür des Hauses. Dann blieb sie stehen. Die Tür wurde von einem zierlich geschnitzten, ehemals reich vergoldeten Vordach vor dem Regen geschützt, und von diesem Vordach hingen die zerschlissenen Überreste einer gelben Fahne. Sie stand vor einem alten Pesthaus.

Einen Augenblick zögerte sie, dann drückte sie die spaltbreit offen stehende Tür auf. Es musste lange her sein, seit die Seuche hier geherrscht hatte, und sie empfand so wenig Angst, wie sie sich im Dschungel vor den Raubtieren gefürchtet hatte. Mit Ameyas Tod war die Welt für sie unwirklich geworden, ein Kaleidoskop von Schatten, durch das sie hindurchschritt, ohne daran Anteil zu nehmen.

Die Tür öffnete sich in eine lange, sehr schmale Diele, von der in der Art holländischer Häuser unmittelbar nach der Haustür eine steile Treppe nach oben abging. Neele kümmerte sich nicht darum, was sich in den Räumen zu ebener Erde befinden mochte. Von einem merkwürdigen inneren Drang beseelt, stieg sie ohne Zögern die Treppe hinauf. Ein trübes Zwielicht herrschte im Haus, dessen hölzerne Läden zum größten Teil geschlossen waren. Nur durch eine rautenförmige Luke am Ende des Flurs, der das obere Stockwerk durchquerte, drang der Mittagssonnenschein. Neele öffnete die erste Tür und stand vor einem Kinderzimmer, in dem alles so geblieben war wie an dem Tag, an dem die Bewohner des Hauses geflohen oder gestorben waren. Da stand das Bett mit den staubschweren Seidengardinen, im Winkel ein Schaukelpferd, dessen Glasaugen sie stumpf anglotzten, bunte Bilder an der Wand, die Szenen holländischen Lebens zeigten. Sie schloss die Tür wieder und öffnete die nächste. In diesem Zimmer hatte das Kindermädchen geschlafen, denn eine Verbindungstür ging hinüber zum Kinderzimmer. Ein Bett war da, ein Sofa mit blassgelb gestreiftem Bezug, ein Schrank. Ein scharfer, ranziger Geruch nach Mäusen herrschte in dem engen Raum. Wahrscheinlich hatten sie in dem durchlöcherten Sofa ihre zahlreichen Nester gebaut.

Neele kehrte zurück auf den Flur und näherte sich der Treppe, die, noch steiler und schmaler als ihr Gegenstück im Erdgeschoss, zu den Dachkammern führte. Sie war jetzt so müde, dass sie kaum die Füße nachschleppen konnte, aber etwas trieb sie, weiter hinaufzusteigen, als lauerte unten eine Gefahr auf sie, der sie nur auf dem Dachboden entgehen konnte. Dieser war durch eine schmale Pforte zugänglich und vollgestopft mit altem Gerümpel, das in der Hitze einen beißenden Geruch ausströmte. Einige Dachziegel fehlten, und durch die Lücken brannte die tropische Mittagssonne mit aller Kraft. Unten in den schattigen Zimmern wäre besser schlafen gewesen, aber Neele fühlte sich sicherer, wenn sie hier oben blieb. Sie fand einen Platz hinter einer Seekiste, wo ein Stapel zerlumpter Pferdedecken lag. Aus denen machte sie sich ein primitives Bett. Sie hatte sich kaum niedergelegt, als sie auch schon einschlief.

2

Sie hatte lange geschlafen, denn als sie erwachte, breitete sich bereits die Abenddämmerung über das Land. Noch immer empfand sie kaum Hunger, aber quälenden Durst, sodass sie sich auf die Suche nach dem Hausbrunnen machte. Nur flüchtig ging ihr durch den Kopf, dass er vergiftet sein mochte. Ihre seltsame Furchtlosigkeit gewann die Oberhand über die Erinnerung an Dr. Anderlies' warnende Worte über typhusverseuchte Brunnen. Sie stieg die beiden steilen Treppen hinunter, durchquerte den unteren Flur und fand den Brunnen unmittelbar hinter der Gartentür. Und sie fand noch mehr: Auf der unkrautüberwucherten Schwelle der Gartentür lagen, säuberlich in Bananenblätter verpackt, mehrere frisch gebackene Brote, ein halbes Dutzend geräucherte Fische, ein Glas mit Fruchtgelee zum Würzen und ein Korb voll ebenfalls ofenfrischer Reiskuchen.

Der Duft dieser Leckerbissen war so überwältigend, dass ihr unterdrückter Hunger mit einem Schlag zurückkehrte. Hastig entwendete sie eines der Brote, einen Fisch und zwei Reiskuchen. Dann pumpte sie Wasser aus dem Brunnen, trank reichlich und flüchtete mit ihrer Beute zurück auf den Dachboden, wo sie Brot und Fisch gierig in sich hineinschlang. Erst beim Essen wurde ihr klar, dass etwas Merkwürdiges in dem stillen Haus vorgehen musste. Die Lebensmittel waren nicht für sie bestimmt gewesen, das verriet schon allein die Menge – und wer sollte außerdem von ihrer Anwesenheit wissen? Aber wem war die Versorgung dann zugedacht gewesen? Wer suchte ein so abseits gelegenes und übel beleumundetes Haus auf?

Sie begriff jetzt, dass der innere Drang, der sie geleitet hatte, richtig gewesen war. Es war bereits zu spät für sie, um noch ihren Weg durch die aufkommende Dunkelheit fortzusetzen, aber es würde in dieser Nacht einen Grund geben, sich verborgen zu halten.

Auf den Pferdedecken ausgestreckt, lag sie da, hielt Ameyas Kris mit beiden Händen fest auf die Brust gepresst, Waffe und schützendes Amulett zugleich, und starrte durch die Lücken zwischen den Dachziegeln hinauf in den rasch dunkelnden Himmel. Aus dem Grau wurde Schwarz. Die großen, feurig glänzenden tropischen Sterne erschienen. Im Haus und seiner Umgebung herrschte tiefe Stille, nur unterbrochen vom Rascheln der verwilderten Büsche, wenn ein Windstoß hindurchfuhr.

Wer immer sich der Vordertür genähert hatte, musste sich leise wie ein Raubtier bewegt haben, denn erst das Knarren der Angeln verriet, dass jemand das Haus betreten hatte. Neele hörte den scharfen, mechanischen Laut ganz deutlich aus all den anderen nächtlichen Geräuschen heraus. Dann kehrte wieder Stille ein, denn die Person – oder waren es mehrere? –, die das Haus betreten hatte, bewegte sich jetzt im Inneren, und die beiden dazwischenliegenden Zimmerdecken erstickten alle Geräusche. Es dauert jedoch nicht lange, bis Stimmen laut wurden. Anscheinend hatten die heimlichen Besucher das Gebäude einer raschen und lautlosen Überprüfung unterzogen und alles so vorgefunden, wie sie es erwarteten, denn jetzt sprachen sie in normaler Lautstärke miteinander. Die Sprache schien Sundanesisch zu sein, aber Neele hätte sie auch nicht verstanden, hätten sie Deutsch gesprochen. Die Sätze drangen nur als ein unbestimmtes Summen bis zum Dachboden hinauf.

Einmal hörte sie durch die Lücken im Dach ganz deutlich, wie im Hintergarten der Brunnenschwengel betätigt und ein Gefäß gefüllt wurde, dann klappte die Tür, und wieder war nur ein Summen zu vernehmen. Sie überlegte, wie viele Personen es sein mochten. Wahrscheinlich sechs, denn so viele Fische und etwa die doppelte Menge an Broten und Reiskuchen waren auf die Hintertreppe gelegt worden. Schritte waren keine zu hören, also gingen sie vermutlich barfuß. Einheimische. Waren es Räuber, die sich da heimlich in tiefer Nacht trafen? Oder ein Trupp jener Rebellen, die den Kolonialherren den Kampf angesagt hatten?

Nach einer Weile durchzog der unverkennbare Geruch der auf dem Herdfeuer bratenden Fische das Haus, und Neele war froh, dass sie Gelegenheit gehabt hatte zu essen, sonst wäre sie bei diesem Duft krank vor Hunger geworden. Und da sie nun schon über Essen nachdachte: Wer waren die unbekannten Freunde, die die hier Versammelten mit Esswaren unterstützten? Brot und Reiskuchen waren so frisch gewesen, dass man noch die Wärme des Backofens fühlte. Es musste also ganz in der Nähe ein Dorf oder wenigstens ein Haus geben, dessen Bewohner Freunde der Räuber oder Rebellen waren.

Obwohl sie sich durch die Gegenwart der Unbekannten in unmittelbarer Gefahr befand, beschäftigten sich ihre Gedanken in einer ganz müßigen Weise mit deren Angelegenheiten, als läge sie in ihrem Bett und träumte ohne besonderes Interesse einer Geschichte nach, die sie eben gelesen hatte. Was Ameyas Tod in ihr zurückgelassen hatte, war kein schneidender Schmerz, sondern ein Gefühl der Leere und Gleichgültigkeit. Sie hatte keine Angst vor Entdeckung. Wie einer beiläufigen Unterhaltung lauschte sie den von unten heraufdringenden Geräuschen, die immer lebhafter wurden, als die Nacht fortschritt. Man nahm sich jetzt nicht mehr so sehr in Acht, offenbar waren die Leute überzeugt, dass es niemand wagen würde, sich der vom Typhus gebrandmarkten Plantage zu nähern. Das Gespräch wurde lauter geführt, gelegentlich war vergnügtes Gelächter zu hören. Einmal kamen Schritte die Treppe zum ersten Stock hinauf, und eine Tür – wahrscheinlich die des Kinderzimmers oder die daneben liegende zum Zimmer der Amme – wurde geöffnet und etwas später wieder geschlossen. Neele hörte ganz deutlich ein Klirren, als würde ein Sack voll Münzen geschüttelt, dann ein Rasseln, und die Schritte kehrten über die knarrende Treppe nach unten zurück. Waren Räuber hier zusammengetroffen, um ihre Beute zu zählen und dann zu verstecken? Oder enthielt das Haus die heimliche Kriegskasse von Aufständischen?

Es war noch tiefe Nacht, als die Fremden ihre Mahlzeit und Zusammenkunft beendeten und das Knarren der Vordertür verriet, dass sie leise wieder davonhuschten. Neele rührte sich nicht. Sie empfand keinerlei Bedürfnis nachzusehen, ob irgendwelche Spuren darauf schließen ließen, wer hier die halbe Nacht verbracht hatte.

Nachdem sie lange dem nächtlichen Lärm gelauscht hatte, der jetzt nur noch aus den Kehlen und Schnäbeln der Dschungelbewohner drang, wickelte sie den Kris wieder in ihr Halstuch und verbarg ihn im Stiefel, dann rollte sie sich zum Schlafen ein.

Es war eine sehr schwüle Nacht gewesen, und Neele erwachte mit Kopfschmerzen. Sie horchte angespannt, hörte aber kein Geräusch von unten, also schlich sie vorsichtig die erste und dann die zweite Treppe hinunter und eilte durch den Flur zum Brunnen. Das kalte Wasser linderte die Schmerzen, sodass ihre Augen wieder klar wurden. Jetzt empfand sie doch eine gewisse Neugier, was es mit dem nächtlichen Besuch auf sich gehabt haben mochte, und da dieser sich im Erdgeschoss aufgehalten hatte, öffnete sie vorsichtig eine Tür nach der anderen. Zwei führten in verlassene und verwüstete Zimmer, die dritte in eine geräumige Küche mit einem Kamin wie ein Bergwerkstor und einem mächtigen holländischen Tisch, dessen Platte mit blauen Delfter Kacheln belegt war. Das Feuer im Kamin war mit Wasser gelöscht worden, der Tisch war leer, es stand kein schmutziges Geschirr herum. Nichts verriet, dass eine größere Gruppe von Menschen hier gegessen und getrunken hatte. Die heimlichen Besucher waren sehr bedacht darauf, selbst an einem so sicheren Ort keine Spuren ihrer Anwesenheit zu hinterlassen. Das bedeutete, dass sie ausnehmend gute Gründe haben mussten, nicht entdeckt werden zu wollen.

Neele verließ die Küche und stieg die Treppe wieder hinauf. Sie öffnete die Tür des Kinderzimmers, aus dem sie in der Nacht das Klingeln und Rasseln von Geld gehört hatte. War hier tatsächlich Geld versteckt worden? Sie durchsuchte das Zimmer, fand aber nichts, bis sie das Sofa aus dem Weg schob, um ans Fenster zu gelangen. Da wurde ein Scharren hörbar, als würden zwei flache metallene Gegenstände aneinandergerieben. Sie beugte sich darüber und inspizierte die Löcher, die die Mäuse in den Bezug gefressen hatten. In der Tiefe einer solchen Grube glitzerte etwas. Sie streckte vorsichtig die Hand hinein und fühlte Münzen. Als sie die Faust zurückzog und öffnete, glänzten Geldstücke darin, holländische Gulden und javanesische Rupien. Was einmal ein Mäusenest gewesen war, war jetzt eine Schatzkammer.

Durch den Nebel, der ihre Gedanken umhüllte, drang eine klare Vorstellung. Sie würde Geld brauchen, um zu überleben, und hier war Geld, sie brauchte es nur einzustecken. Sie nahm jedoch außer einer Handvoll Gulden und Rupien für kleine Einkäufe nur die Banknoten, die eine ganz beträchtliche Summe ausmachten, denn das Papiergeld war leicht und unauffällig zu transportieren. Sie zog die schmutzige Hülle eines Zierkissens ab, das auf dem Bett der Amme gelegen hatte, füllte ihren Schatz hinein und knotete es zu. Dabei fiel ihr Blick auf die Kleidertruhe neben dem Bett. Und tatsächlich, ihr Inhalt war so unberührt geblieben wie die Ausstattung des Zimmers. Bunt schillernde Sarongs und Blusen lagen darin. Neele zog sich in aller Eile um. Nur ihre Strümpfe und Knöpfstiefel ließ sie an, denn in der Wildnis barfuß zu gehen, wagte sie nicht: Überall auf dem Waldboden rannten rote Feuerameisen und bissige Käfer herum, und auf der heißen, trockenen Erde der Pfade lauerten Schlangen und Skorpione. Die Kleider strömten einen unangenehmen Schimmelgeruch aus, nachdem weit mehr als eine Regenzeit über sie hinweggegangen war, aber das würde sich wohl an der frischen Luft verlieren. Und kümmerte sie das wirklich? Ihre eigenen Kleider rollte sie zu einem Bündel zusammen, um sie bei der ersten Gelegenheit im Wald wegzuwerfen. Niemand, der Neele Selmaker suchte, sollte sie finden. Sie wollte mit niemandem, den sie früher gekannt hatte, noch irgendetwas zu tun haben, wollte nur noch allein sein.

Mit raschen Schritten verließ sie das geheimnisvolle Haus und schlug den Weg ein, der durch die verwilderte

Plantage in Richtung Bucht führte. Eigentlich wollte sie nicht zum Meer, sie schlug diese Richtung nur deswegen ein, weil sie sich auf diese Weise immer weiter von Batavia und von der deutschen Ansiedlung entfernte. Wenn sie das Meer erreicht hatte, was würde sie dann tun? Hineingehen, bis seine Wellen ihr über dem Kopf zusammenschlugen und sie ertränkten? Sie wusste es nicht. Ihr Dasein war ihr so gleichgültig geworden, dass ihr jede Gelegenheit zum Sterben willkommen schien. Und doch konnte sie sich nicht entschließen, sich das Leben zu nehmen. Sie fühlte sich wie jemand, der erschöpft im Bett liegt und weiß, dass er den Schlaf nicht herbeizwingen kann, dass er aber von selbst kommt, wenn man sich nur ruhig seiner Müdigkeit überlässt.

3

Richard Hagedorns feister Schimmel trabte gemächlich den schmalen Pfad entlang, der von den Ruinen des Jagdhauses nordwärts führte. Seine Ohren zuckten, und immer wieder wischte er mit dem Schweif die lästigen Bremsen weg. Der Reiter wurde ebenfalls in einem fort gestochen, aber er registrierte es kaum. Seine Gedanken und Gefühle waren mit anderen Dingen beschäftigt.

Richard hatte zwei schlimme Tage hinter sich. Der Gedanke lastete schwer auf ihm, dass er sich in seiner Erregung über die unerwartete Wende des Geschehens eines Verbrechens schuldig gemacht hatte, das ihm die holländische Polizei auf den Hals hetzen würde. Verfluchter Genever! Wäre er nicht so betrunken gewesen, hätte er Jürgens Idee, den frisch Angetrauten zu folgen und es Ameya heimzuzahlen, längst nicht so gut gefunden. Bis dahin hatte ihm noch der Schrecken über die Folgen des misslungenen ersten Anschlags in den Knochen gesessen. Aber dann hatte er sich betrunken, und als er auf dem Waterlooplein Jürgen getroffen hatte, der Neele seit Tagen hinterherschnüffelte, hatte der ihm erzählt, was er von einem Diener des Konsuls erfahren hatte: Die beiden würden ihre Hochzeit in einem Landhaus weiter oben im Norden feiern. Jürgen war halb verrückt gewesen vor Zorn, er hatte geweint und geflucht, und allmählich hatte seine Stimmung Richard angesteckt …

Jetzt saß er in der Falle. Ein Beamter ermordet, ein Haus abgebrannt, und wie sollte er beweisen, dass nicht er derjenige gewesen war, der Jürgen getötet hatte? Nur Neele hätte das bestätigen können, und Neele war ihm entkommen.

Nachdem er sie zwischen den zottigen Bäumen aus den Augen verloren hatte, war er zurückgekehrt und hatte sein Bestes getan, die Spuren des Verbrechens zu verwischen. Aber sobald die Flammen aus dem Palmdach schlugen, hatte er sein Pferd bestiegen und sich von Neuem auf die Suche gemacht. Er musste sie finden, musste sie zu dem schriftlichen Geständnis zwingen, dass es Jürgen gewesen war, dessen Hand den tödlichen Pfeil abgeschossen hatte, und dass sie selbst es gewesen war, die Jürgen erdolcht hatte. Nur so konnte er hoffen, die Verfolgung von sich abzuwenden. Und wenn das getan war, würde sie endlich ihm ganz allein gehören.

Gewiss war sie zutiefst schockiert gewesen, als ihr Mann zu ihren Füßen starb. Aber Richard war zuversichtlich. Wenn er erst Gelegenheit hatte, eine Weile mit ihr allein zu sein, würde ihr rasch klar werden, dass sie an dem Pfefferfresser nichts verloren hatte. Es gab bessere Männer als ihn – und einer der besten war zweifellos Richard Hagedorn.

Wie hatte es ihn gepeinigt, dem deutschen Bauerntölpel zuzuhören, wenn der von seiner Liebe zu der schönen Neele schwadronierte! Als hätte sie sich jemals für Jürgen interessiert! Jeder Dummkopf konnte erkennen, dass sie in ihm nichts weiter sah als einen Dorfjungen, mit dem sie ein paar Kindheitserlebnisse verbanden. Nicht im Traum würde sie daran denken, ihn zu heiraten. Aber Jürgens habgierige Liebe und seine Eifersucht waren Richard sehr zugutegekommen, als es darum ging, den Wedono aus dem Weg zu schaffen. Wenn einer für die Tat hängen musste, dann sollte es doch besser Jürgen sein als Richard, dem man die Anstiftung niemals nachweisen konnte.

Seit zwei Tagen suchte er die Landschaft nordwärts des Jagdhauses nach Neeles Spuren ab. Dabei achtete er immer sehr sorgfältig darauf, keinem der Polizisten über den Weg zu laufen, die in den Dörfern und Plantagen rundum Erkundigungen einzogen. Er wusste nur, dass Neele geradewegs nach Norden gelaufen war, hatte aber keine Ahnung, ob sie irgendwann vom Weg abgebogen oder sogar zurückgekehrt war. Auf dem dicken elastischen Teppich aus abgefallenem Laub blieben keine Spuren zurück. Er hoffte, sie hätte irgendwo Feuer gemacht, um sich die wilden Tiere vom Leib zu halten, und er könnte ihre Feuerstelle finden, aber entweder suchte er in der falschen Gegend, oder sie war einfach irgendwo eingeschlafen, ohne Vorkehrungen zu ihrer Sicherheit zu treffen. Er hatte schon an den verschiedensten Kampongs und einzeln stehenden Häusern nachgefragt, wobei er das einzige

Bild vorzeigte, das er von Neele hatte: eine sehr treffende Zeichnung des Illustrators einer Zeitung. Der Mord an einem Beamten und die Brandstiftung im Jagdhaus hatten Schlagzeilen gemacht, jede Zeitung in Nord- und Westjava berichtete darüber. Das Fragen fiel Richard allerdings schwer, denn da er sich nie die Mühe gemacht hatte, Sundanesisch zu lernen, verstanden ihn die Bauern nicht. Zudem hatte er das Gefühl, dass auch diejenigen, die ihn verstanden, nicht gewillt waren, ihm Auskunft zu geben. Hinter ihren Verbeugungen und ihrem höflichen Lächeln versteckte sich der Trotz der Bevölkerung gegen den hochfahrenden weißen Mann, der sie anschrie und mit der Reitgerte drohte, wenn sie seine Fragen nicht beantworten konnten.

So in Gedanken versunken, ließ er sein Pferd traben, bis eine Veränderung im Aussehen des Waldes ihn aufschreckte. Es wurde lichter, die Sonne drang durch die Kronen schirmblättriger Palmen und malte tanzende Flecken auf den Laubboden. Ein Bananenhain tauchte vor ihm auf, der beinahe in seinen Urzustand zurückgekehrt war. Wer immer der Herr über dieses Gebiet war, kümmerte sich nicht mehr darum.

Er ritt weiter, und kaum eine Stunde später tauchte ein verwahrlostes, ehemals weiß getünchtes Pflanzerhaus mit geschlossenen hölzernen Jalousien vor ihm auf. Der Gedanke kam ihm, dass Neele sich hier vor ihm versteckt haben mochte, aber er schob ihn beiseite. Das stille Gebäude flößte ihm ein merkwürdiges Grauen ein, dessen Ursache ihm nicht klar wurde. Es widerstrebte ihm, auch nur den überwucherten Garten zu betreten. Und Neele konnte ohnehin nicht hier sein: Wie hätte sie überleben können ohne Geld, ohne Proviant, ganz allein in dieser widerwärtigen Ruine? Und sie war ängstlich, sie fürchtete sich vor dem Urwald und den Raubtieren darin. Sie würde so rasch wie möglich versuchen, bewohnte Gegenden zu erreichen.

Er wandte den Kopf seines Pferdes wieder dem Pfad zu, der sich ein gutes Stück vom Haus entfernt dahinschlängelte. Wo ein Pfad war, gab es Häuser, in denen Menschen wohnten. Dort würde er seine Beute suchen.

Er war noch nicht weit gekommen, als er plötzlich sein Pferd zügelte. An dieser Stelle führte der Pfad an einem tiefen überwucherten Graben vorbei, der einst die Grenze der verlassenen Plantage gewesen sein mochte. Unten, zwischen Farnen und Schilfrohr, lag ein Bündel, dessen Farbe und Muster ihm sehr vertraut vorkamen. Mit einem Satz sprang er von seinem Pferd, band es an eine Palme und machte sich daran, in den Graben zu klettern. Er rutschte und stolperte, denn die Wände waren steil, und heimtückische Dornensträucher erwarteten ihn. Aber es gelang ihm, das Bündel zu erreichen und auseinanderzurollen. Sein Gesicht verzog sich zu einer Grimasse wilden Triumphs. Es war genau das, was er erwartet hatte: das Kleid, das Neele am Tag des Mordes getragen hatte, und ihre Unterwäsche, alles steif und fleckig von getrocknetem Blut.

In aller Eile kletterte er wieder hinauf, verstaute das Bündel in seiner Satteltasche und setzte seinen Weg fort. Er wusste jetzt, wo sie noch vor Kurzem gewesen war, denn auf das Kleid war noch kein Tau gefallen. Es lag erst seit dem frühen Vormittag hier. Sie musste ganz in der Nähe sein.

Die deutsche Kirche

1

Neele wanderte beharrlich weiter nach Norden, aber ihr Schritt war schwer geworden. Sie fühlte sich matt und hatte Bauchschmerzen. War es nur der Hunger, da sie seit dem vergangenen Tag nicht mehr gegessen hatte als ein paar Betelnüsse? Oder wurde sie krank? Der Schweiß lief ihr in die Augen, obwohl sie der gefährlichen Mittagshitze sorgfältig ausgewichen war und bis gegen vier Uhr nachmittags im Schatten des Urwalds geschlafen hatte. Sie hielt sich von den ausgetretenen Pfaden fern und schlich am Waldrand entlang, immer bereit, ins Zwielicht unter den mächtigen Kronen zu tauchen, sobald sie einen Menschen erblickte.

Gegen Abend wurde ihr bewusst, dass es nicht bloßer Hunger war, der sie plagte. Sie wurde ernsthaft krank. Sie hatte Fieber und so heftige Kopfschmerzen, dass sie kaum noch aus den Augen sehen konnte. Die Welt flimmerte ihr vor den Augen. Jetzt dachte sie zurück an das Pesthaus. Ihr Zustand wies eindeutig darauf hin, dass sie sich mit Typhus angesteckt hatte, und die Quelle war höchstwahrscheinlich das Pesthaus gewesen. Neele kannte den Verlauf der Krankheit gut genug, um zu wissen, dass sie ohne ärztliche Hilfe kaum überleben würde. Aber wo sollte sie hier in der Wildnis einen Arzt finden?

Vielleicht war es das immer höher steigende Fieber, das ihr den absurden Gedanken eingab, Ameyas Dolch um Hilfe zu bitte. Sie zog ihn aus dem Stiefel, küsste ihn und bat ihn mit geflüsterten Worten, ihr den rechten Weg zu zeigen – einen Weg zum Überleben. Dann warf sie ihn hoch in die Luft.

Obwohl der Tag trübe und wolkig war, gleißte die flammenförmige Waffe, als sie sich in der Luft überschlug. Dann fiel sie nieder. Die Spitze zeigte querfeldein nach Nordwesten.

Neele hob den Kris auf, dankte ihm, verstaute ihn wieder in ihrem Stiefel und eilte in die Richtung, die sie als von einem Gottesurteil gewiesen ansah. Sie schleppte sich in der sinkenden Dämmerung durch borstiges Gras und verwilderte Teesträucher. Als sie schon meinte, nicht mehr weiterzukönnen, entdeckte sie ein Licht, und dann tauchte ein lang gestrecktes weißes Ziegelhaus mit einem Glockentürmchen an einem Ende auf. Näherkommend sah Neele, dass an der Querwand Buchstaben aufgemalt waren: »Deutsche Kirche in Java«.

Sie raffte ihre schwindenden Kräfte zusammen und stolperte weiter, so rasch sie konnte. Halb blind vor Schmerzen und taumelnd vom Fieber erreichte sie die Haustür und hämmerte mit der Faust dagegen. Dann brach sie zusammen.

2

Was in den nächsten zwei Wochen geschah, zog in flackernden Schattenbildern an Neele vorbei. Sie nahm nur sehr undeutlich wahr, dass sie in einem kahlen, mit weißen Brettern verschalten Raum auf einem Bett lag und von Zeit zu Zeit eine dunkelhäutige Frau in blauen Kleidern kam, die ihre besudelten Bettlaken wechselte und ihr den Schweiß vom Gesicht wischte. Manchmal kam auch eine weiße Frau in blauen Kleidern, die sie mit Nudelsuppe und Reisbrei zu füttern versuchte. Neele konnte nichts essen, sie musste sich zwingen, dem sanften Drängen ihrer Pflegerin folgend, ein paar Löffel hinunterzuwürgen. Aber sie hatte andauernd Durst. Am liebsten hätte sie von morgens bis abends getrunken. Ihr Körper schien in Flammen zu stehen und wurde gleich darauf wieder so kalt, dass ihr trotz der Hitze der Trockenzeit die drei Decken nicht genügten, die man ihr hingelegt hatte.

Die Tage und Nächte verschwammen ineinander und wurden nur langsam wieder zu getrennten Einheiten. Als das Fieber sank und die heftigen Kopf- und Bauchschmerzen allmählich verebbten, kam Neele wieder zu vollem Bewusstsein, aber sie war so schwach, dass sie sich nicht einmal aus eigener Kraft aufsetzen konnte. Sie lutschte wie ein kleines Kind an den Bananenscheiben, mit denen man sie jetzt fütterte. Nur langsam nahm sie ihre Umgebung wieder mit klaren Augen wahr.

Als die blau gekleidete Javanerin das nächste Mal kam, um sie zu waschen und zu füttern, flüsterte sie heiser: »Ich habe Typhus gehabt, nicht wahr?«

Die Frau nickte. »Typhus, ja, ja«, bestätigte sie. »Sehr

krank, fast tot. Aber jetzt wieder lebendig.« Sie lächelte, wobei sie spitz gefeilte, vom Betelkauen gerötete Zähne zeigte, und Neele erwiderte das Lächeln mit einer zittrigen Grimasse.

»Wo bin ich hier?«, fragte sie.

»Deutsche Kirche, Pastor Froebe. Guter Mensch. Frau Pastor auch guter Mensch, füttert kranke Frau, sitzt bei Bett.«

Neele dankte mit einem Kopfnicken für die Auskunft und wollte noch etwas sagen, aber sie war derart schwach, dass ihr Kopf abrupt aufs Kissen sank und sie wieder einschlief. Zwei oder drei Tage wechselte sie so zwischen Schlafen und Wachen. Dann fühlte sie sich kräftig genug, sich immerhin auf den Bettrand zu setzen und die Beine hinabhängen zu lassen. Zum Aufstehen reichten ihre Kräfte allerdings noch nicht. Als sie es versuchte, wurde ihr schwindlig, und sie fiel hintenüber aufs Bett. Langsam, langsam, mahnte sie sich selber. Eins nach dem anderen.

Sie sah, dass ihr Bündel auf einem Rohrstuhl neben dem Bett lag, und griff hastig danach. Ihr Geld, war es noch da? Schon beim ersten Griff fühlte sie das Knistern von Banknoten unter den Händen, und als sie das verknotete Zierpolster öffnete, fand sie den ganzen dicken Packen Papiergeld so vor, wie sie ihn hineingesteckt hatte. Und hinter dem Bündel lag, in ihr Halstuch gewickelt, Ameyas Dolch. Die Leute von der deutschen Kirche waren entweder zu höflich gewesen, um in den Sachen ihres Gastes zu kramen, oder sie hatten schlichtweg kein Interesse daran. Neele atmete auf. Wenn die Pastorleute wirklich so gute Menschen waren, wie die Dienerin behauptete, dann konnte sie wieder Hoffnung schöpfen.

In den Tagen der Krankheit musste sie, ohne bewusst

daran zu denken, einen Entschluss gefasst haben. Es stand ihr plötzlich ganz klar vor Augen, dass sie das von den Räubern entwendetes Geld dazu nutzen würde, um nach Deutschland zurückzukehren. Es gab jetzt nichts mehr, was sie in Java hielt, und Australien lockte sie auch nicht länger. Sie würde das nächste Schiff zurück nach Bremerhaven nehmen und in Norderbrake ein Leben führen, das ganz dem Andenken an ihren ermordeten Mann gewidmet sein würde.

Als es Zeit zum Mittagessen war, erschien statt der Javanerin die weiße Frau – eine sonnenverbrannte Person mit einem blassbraunen Haardutt im Nacken, den ein Netz zusammenhielt. Sie lächelte Neele an. »Nun«, fragte sie, »wollen Sie heute schon versuchen, allein zu essen?«

Neele versuchte, die Schüssel Reissuppe allein auszulöffeln, und hatte Erfolg damit.

»Sehr gut!«, lobte die Pastorin sie. »Ich sehe, Sie sind fast wiederhergestellt, Frau Selmaker.«

Neele hob den Kopf. »Sie kennen meinen Namen?«

»Ihre Geschichte stand lang und breit in der Zeitung, und die bekommen wir sogar hierher in unsere Einsamkeit, wenn auch nur einmal in der Woche. Es tut mir so leid, was Ihnen zugestoßen ist. Ihrem Mann, meine ich.«

»Ja.« Neele fühlte wieder diese Übelkeit erregende Leere im Innern. Sie würde sich nie daran gewöhnen, dass Ameya nicht mehr da war. Sie wollte auch nicht darüber sprechen, also lenkte sie rasch ab: »Und Sie sind …?«

»Dorothea Froebe. Mein Mann, Gustav Froebe, ist hier der Pastor. Er wird so bald wie möglich mit Ihnen sprechen wollen.«

Das wollte Neele auch, und so wurde sie schon am nächsten Vormittag in das Arbeitszimmer des Pastors geleitet. Mit seinen düsteren Tapeten, der hohen Standuhr und den weit ausladenden Möbeln war es ganz von deutschem Geschmack geprägt. Der Geistliche erwies sich als ein kräftig gebauter glatzköpfiger Mann mit einem blonden Apostelbart. In Hemd und Hosenträgern saß er an seinem Schreibtisch und fächelte sich, während er mit der Rechten an einem Dokument schrieb, mit der Linken mit einem Palmblatt Kühlung zu. Die Trockenzeit war auf ihrem Höhepunkt, eine alles ausdörrende Hitze herrschte, und der in schweren Wellen über das Land rollende Monsun tat das Seine dazu. Als Neele, die noch sehr schwach auf den Beinen war, sich ohne lange Höflichkeiten in einen der u-förmigen Ledersessel sinken ließ, nickte er ihr zu. »Einen Augenblick noch, gleich bin ich bei Ihnen.«

Nachdem er sein Dokument mit Streusand abgelöscht hatte, setzte er sich ihr gegenüber, ließ vom Dienstmädchen kaltes Wasser und Arrak bringen und eröffnete das Gespräch mit der Frage: »Sie sind also tatsächlich die Frau Selmaker, von der die Zeitung berichtete?« Dabei reichte er ihr das zusammengefaltete Blatt.

Sie schlug es an der angegebenen Doppelseite auf. Unter einer zweizeiligen Schlagzeile berichtete ein dramatisch aufgemachter Artikel von den rätselhaften Geschehnissen im Jagdhaus. Neele stiegen die Tränen in die Augen, als sie las, dass man Ameyas Leichnam nicht gefunden hatte, und vermutete, er sei von einem Raubtier weggeschleppt worden. Die schreckliche Erinnerung an die Nacht, in der der Jaguar Pastor Ormus getötet hatte, kehrte zurück. Nicht einmal ein anständiges Grab würde ihr Gatte bekommen. Seine Knochen würden niemals in einem Sarg ruhen, sondern verstreut unter den Überresten von Tieren vor der Höhle des Tigers liegen!

Sie las, dass man über den tatsächlichen Hergang des Verbrechens noch rätselte, auf jeden Fall aber einen dritten Mann suchte, da man keiner der beiden verschwundenen Frauen zutraute, dass sie Jürgens Leiche ins Feuer geschleppt und die des Wedono verborgen hatte.

»Richard Hagedorn«, murmelte sie halblaut vor sich hin.

»Was sagten Sie?« Der Pastor merkte auf.

»Jürgen Simms hatte einen engen Freund, Richard Hagedorn. Er war der dritte Mann. Er war mit Jürgen gemeinsam gekommen, und einer von beiden hat meinen Mann mit einem Pfeil getötet. Richard verfolgte mich ein Stück weit in den Wald hinein, aber ich konnte ihm entkommen.«

»Und wer hat Herrn Simms getötet? Ihr Gatte? Er wurde mit einem Kris getötet, steht in der Zeitung.«

»Ja, aber es war nicht mein Gatte, der das getan hat. Ich war es. Ich zog den Dolch aus seiner Schärpe und stieß ihn Jürgen in den Hals, als der sich auf mich warf und mich zu vergewaltigen versuchte.«

Sie merkte, dass der Pastor ihr nicht glaubte. Er runzelte die Augenbrauen und schüttelte den Kopf. Dass es einer Frau gelang, jemand mit dieser schwierig zu handhabenden Waffe zu töten, erschien ihm unwahrscheinlich. Er ließ die Frage aber für den Augenblick offen und bat sie, ihm zu erzählen, was geschehen war und wie es kam, dass sie einige Tage nach der Bluttat halb tot auf seiner Schwelle zu Boden gefallen war.

Sie berichtete wahrheitsgetreu, ließ aber ihre Übernachtung auf der verlassenen Plantage aus. Es war nicht wichtig, und sie wollte keine Verbindung zwischen sich und dem Diebstahl des Geldes herstellen – man wusste nie, ob nicht doch etwas davon auf irgendwelchen Umwegen an die Ohren der Räuber oder Aufständischen drang. »Irgendwo unterwegs«, sagte sie, »muss ich mir den Typhus geholt haben.«

Zu ihrer Überraschung schüttelte der Pastor den Kopf. »Das ist nicht gut möglich, Frau Selmaker. Typhus hat eine Inkubationszeit von ein bis drei Wochen, Sie müssen also schon eine ganze Weile vor Ihrer Flucht durch die Wildnis infiziert gewesen sein, damit die Krankheit jetzt ausbrechen konnte. Aber lassen wir das, es gibt Wichtigeres zu besprechen. Wie soll es jetzt mit Ihnen weitergehen? Wie können wir Ihnen helfen?«

Darüber hatte sie bereits nachgedacht. Sie erzählte ihm von Dr. Bessemer und bat ihn, sie zu diesem zu bringen, da sie ihre Papiere im Jagdhaus gelassen hatte und ohne Pass nicht an Bord eines Dampfers gekommen wäre.

»Haben Sie denn Geld genug für die Reise?«, fragte der Pastor.

Neele nickte, gab ihm aber keine Auskunft darüber, wieso sie zwar keine Papiere, aber so viel Geld in Händen hatte. Sie sagte, sie wolle nichts weiter als so rasch wie möglich nach Deutschland zurückkehren, da sie keinerlei Bindungen mehr an Java habe. Gustav Froebe war anzumerken, dass er sie gerne noch das eine oder andere gefragt hätte, aber als geübter Beichtvater hielt er sich zurück. Er versprach ihr, sie gleich am nächsten Tag in die Stadt zu bringen. Dann sagte er: »Im Übrigen sollten Sie wissen, dass der Herr seine Hand schützend über Sie gehalten hat.«

»Wie meinen Sie das?«, fragte sie ratlos.

Da erzählte er ihr, dass Einheimische aus der Umgebung – die ihn schätzten und ihm vertrauten – zu ihm gekommen waren, um ihm mitzuteilen, dass ein Reiter allerorten nach einer verschwundenen Frau suche und ihnen deren Bild gezeigt hatte. Und eines Tages war dieser Reiter dann vor seiner Tür gestanden und hatte ihn in barschem Ton gefragt, ob er etwas von einer Frau wisse, die alleine und geistesgestört durch die Wildnis irre. Der Pastor, der nicht lügen wollte, hatte ruhig geantwortet, darüber wolle er nicht mit jedem Dahergelaufenen reden, umso weniger, als der Reiter sich weigerte, seinen Namen zu nennen. Daraufhin hatte dieser gedroht, ins Haus einzudringen und es zu durchsuchen.

»Ich sagte ihm, das könne er gerne tun, wenn es ihm nichts ausmache, dass Typhuskranke im Haus seien, und dabei machte ich ihn auf den gelben Wimpel aufmerksam, den wir vorschriftsmäßig ans Vordach gehängt hatten. Er fluchte scheußlich, riss sein Pferd herum und ritt fort. Sie sehen also«, fuhr er fort, »was man als etwas Böses ansehen könnte, ist Ihnen zum Guten geworden, denn ohne die Seuche wäre er zweifellos ins Haus eingedrungen, und ich weiß nicht, ob wir ihn hätten hindern können. Also, seien Sie dankbar.«

Neele dankte aufrichtigen Herzens für seine Güte und verließ den Pastor.

3

Richard Hagedorn setzte seine erbitterte Suche fort. Er war tatsächlich nahe daran gewesen, seine Kräfte mit denen des Pastors zu messen und sich gewaltsam Zugang zu dessen Haus zu verschaffen, aber dann hatte er es doch aufgegeben. Erstens wusste er nicht, ob es Dienerschaft gab, und zweitens hatte er Angst vor der Seuche. Er fragte sich, wie es der Pastor überhaupt aushielt, mit Kranken im Haus weiterzuleben, ja, sie auch noch zu pflegen. Seiner Meinung nach wurden die Starken von selber gesund, und bei den Schwachen war es kein Schaden, wenn sie starben. Und so überzeugt er auch davon war, zu den Starken zu gehören – sich leichtsinnig einer Typhusinfektion aussetzen, das wollte er auch nicht. Also lenkte er sein Pferd weg von der deutschen Kirche und suchte von Neuem die Kampongs und vereinzelt stehenden Häuser ab.

Dabei kam er ein zweites Mal an der verlassenen Plantage vorbei. Es ging auf den Abend zu, und obwohl ihm das leere Haus nach wie vor unheimlich erschien, bot es doch ein Obdach für die Nacht; das war besser, als an einem Lagerfeuer im Dschungel zu sitzen. Er ritt also die von Unkraut überwucherte Auffahrt entlang und verschaffte sich dann – weil die Haupttür versperrt und mit einer Kette gesichert war – Zugang durch eine Verandatür an der Seite des Hauses. Sein Pferd band er im Schatten eines Vordaches an.

Er durchstöberte das Erdgeschoss, fand aber nirgends Spuren, die darauf hingedeutet hätten, dass Menschen dagewesen wären. Hätte er aufmerksamer geschaut, so wäre ihm aufgefallen, dass die Küche und der zur Hintertür führende Gang bemerkenswert frei von dem Staub waren, der ansonsten im ganzen Haus lag, aber Richard Hagedorn war kein guter Beobachter. Er war müde von dem langen Ritt und interessierte sich nur dafür, dass es in dem Haus einen funktionierenden Brunnen gab und mehrere bequeme Sofas. Nachdem er sein Pferd getränkt hatte, machte er es sich in einem der Zimmer im Erdgeschoss bequem, das einmal ein Salon gewesen war, aß aus seinem Proviantbeutel und widmete sich dann der Flasche Whisky, die er bei einem Chinesen gekauft hatte. Vermutlich war die Aufschrift auf dem Etikett das Einzige, was daran Whisky war; der Inhalt schmeckte stark nach Selbstgebranntem, aber das kümmerte Richard nicht. Er lag lang ausgestreckt auf dem Sofa, rauchte seine indischen Zigaretten und trank. Obwohl es im Haus stickig schwül war und die Ratten hinter der Täfelung einen gewaltigen Lärm machten, wiegten der starke Alkohol und der mit Opium und Bilsenkraut gemischte Tabak ihn schon bald in den Schlaf.

Mitten in der Nacht wachte Hagedorn davon auf, dass ihm das Licht einer Laterne in die Augen schien und etwas Kaltes sich an seine Schläfe presste. Mit dem Gefühl, aus Meerestiefen an die Oberfläche zu schwimmen, kam er langsam zu Bewusstsein und blinzelte träge. Undeutlich in dem gelben Licht sah er eine Gruppe von einem halben Dutzend Javanern vor sich, alle in bunte Bauernlumpen gekleidet und bis an die Zähne bewaffnet. Das Kalte, das er an der Schläfe spürte, war die Mündung eines Revolvers.

Richard war so verwirrt vom plötzlichen Auftauchen der Männer, dass er kein Wort hervorbrachte. Halb betrunken, wie er war, starrte er sie nur verständnislos an. Auch als ein alter Mann ihn auf Holländisch anredete, gab er keine Antwort. Da sie sahen, dass er sie nicht verstand, versuchte einer es in gebrochenem Deutsch.

»Wo Geld?«, fragte ein älterer Mann.

Ausrauben wollte das Gesindel ihn also. Nun, gegen sechs oder sieben Bewaffnete konnte er nichts ausrichten, also zerdrückte er einen Fluch zwischen den Zähnen und wies auf seine Satteltaschen, die er am Fußende des Sofas abgestellt hatte. Zu seiner Überraschung interessierten die Kerle sich jedoch gar nicht dafür. Der ihn angeredet hatte, wiederholte mit vor Zorn bebender Stimme: »Wo *unser* Geld, Dieb?«

Hagedorn hatte keine Ahnung, was sie von ihm wollten, wusste aber nicht, wie er ihnen das beibringen sollte. Allmählich klärte sich der Alkoholnebel in seinem Gehirn. Als er den Kopf hob, sah er, dass sie seine Satteltaschen bereits durchwühlt hatten. Gewiss war sein Geld bereits in ihren Händen, aber was sie mit »unser Geld« meinten und warum sie ihn einen Dieb nannten, blieb ihm schleierhaft. Er verstand nur, dass der Diebstahl, wer immer ihn begangen hatte, sie in eine nahezu viehische Wut versetzte. Sie fletschten die Zähne, und ihre dunklen Augen glitzerten im Laternenlicht wie die von Raubtieren.

Der Alte wiederholte die Frage, und als der Deutsche schwieg, gab er seinen Gefährten ein Zeichen. Zwei von ihnen packten zu, warfen Richard zu Boden und hielten ihn fest, und plötzlich fuhr ein sengender Schmerz über sein Gesäß. Das Zischen, das dem Schmerz unmittelbar voranging, verriet ihm, dass jemand mit einem Rohrstock zugeschlagen hatte. Er schrie wütend auf und versuchte, sich zu befreien, aber die braunen Hände hielten ihn wie Eisenklammern, und nun schnürte ihm auch noch einer mit Reepschnur die Handgelenke zusammen, und ein anderer zerrte ihm die Hose bis zu den Knöcheln herunter.

Richard brüllte vor Wut über diese Demütigung und bot alle Kraft auf, sie mit seinen gestiefelten Füßen von sich wegzutreten, aber da zischte ein weiterer Schlag über seine Oberschenkel, und sein Gebrüll verwandelte sich in ein Schmerzgeheul. Angst mischte sich in seinen Zorn. Er verstand zwar nicht, was geschehen war, aber eines war ihm klar: Diese Räuber waren entschlossen, aus ihm herauszuprügeln, wo er ihr Geld versteckt hatte, und sie würden ihm nicht glauben, dass er nichts davon wusste.

Keuchend vor Wut und Schmerz versuchte er, ihnen auf Deutsch und in gebrochenem Holländisch zu sagen, dass sie den falschen Mann hatten. Das trug ihm jedoch nur weitere Schläge ein. Richard geriet in Panik. Er war kein Feigling, aber er sah keine Chance, sich gegen eine Überzahl von bewaffneten Männern zu wehren, die ihn im Schlaf überrascht und jetzt auch noch gefesselt hatten. Heulend wie ein Tier krümmte er sich auf dem Boden, als Schlag auf Schlag des Bambusstocks seinen Hintern und seine Oberschenkel traf. Wieder wurde er gefragt, wieder konnte er nur brüllen, er wisse nichts von der Sache.

Der alte Mann, der der Anführer der Gruppe zu sein schien, griff mit einem bösartigen Grinsen nach der Whiskyflasche und goss die scharfe alkoholische Flüssigkeit über das wund geschlagene Fleisch. Richard drohte in Ohnmacht zu fallen, es war, als hätte ihn der Alte mit Säure übergossen, so grausam war der Schmerz. Er fühlte, wie etwas Warmes an seinen Schenkeln entlanglief, wusste aber nicht, ob es Urin oder Blut war.

Erneut gab der Alte ein Zeichen. Richard wurde auf den Rücken geworfen. Zwei der Männer zogen ihm die Stiefel von den Füßen und die Hose aus, dann stellten sie ihn auf die Beine und stießen ihn vor sich her in eine enge, fensterlose Kammer. Immer noch gefesselt, wurde er zu Boden gestoßen. Der Aufprall auf dem splittrigen Dielenboden entlockte ihm neuerliche Schmerzensschreie. Einer der Männer stellte die Laterne in einen Winkel. Ein anderer trat vor und hob einen kleinen Ledersack ins Licht.

»Da, Dieb!«, sagte er mit einem breiten Grinsen, das seine spitzen scharlachroten Zähne entblößte und ihn wie einen leibhaftigen Teufel aussehen ließ. »Freunde für dich!«

Die Übrigen hatten sich zur Tür zurückgezogen. Nun folgte ihnen der Mann mit dem Ledersack, und als er bereits halb durch die Tür war, warf er ihn mit Schwung in die Kammer. Es klatschte dumpf, und gleichzeitig wurde die Tür von außen geschlossen und verriegelt.

Richard starrte den Sack an. Er ahnte bereits, was geschehen würde, noch ehe sich der erste daumengroße, platte Kopf hervorschob und erregt züngelte. Ein Dutzend Schlangen kroch heraus, alle außer sich vor Zorn, nachdem man sie zunächst gefangen, dann in einem Sack zusammengezwängt und dann auch noch heftig zu Boden geschleudert hatte. Ihre starren Augen glitzerten im Laternenlicht. Eine richtete sich auf und zeigte ihre Giftzähne.

Richard lag reglos. Er wusste, dass völlige Bewegungslosigkeit seine einzige Chance war, sein Leben noch ein Weilchen zu verlängern, weil Schlangen nur auf Erschütterung reagieren. Aber wie lange konnte er stillhalten? Schon jetzt schmerzten seine gefesselten Hände, auf denen er lag, und er spürte Krämpfe in den Waden und Zehen. Wie lange noch, bis er seine Stellung verändern musste und damit die Brut auf sich aufmerksam machte?

Er wusste, dass er noch in dieser Nacht sterben würde. Und inmitten seiner Schmerzen und seiner Todesangst war er sich der grausamen Ironie bewusst, dass er mit all seinen Untaten davongekommen war und nun für etwas bestraft wurde, woran er gänzlich unschuldig war.

4

Früh am nächsten Morgen wartete Neele darauf, dass der Pastor seinen Wagen anspannte. Sie hatte gebadet und ihr Haar geflochten und trug eines der frisch gestärkten und gebügelten Kleider der Frau Pastor, blaues Leinen mit weißer Schürze – die Frau schien keine anderen Kleider zu besitzen als diese Diakonissenuniform. Noch hing der Nebel in den Palmen rund um das bescheidene Gebäude der deutschen Kirche, und die Sonne sandte erst einen schwach rosa Widerschein über den Horizont. Die beiden Pferde, die den Landauer des Geistlichen zogen, schnaubten und stampften ungeduldig und voller Vorfreude auf die Gelegenheit zu flotter Bewegung. Die Pastorin kam mit einem Proviantpaket und zwei großen Wasserflaschen. Sie umarmte Neele zum Abschied und wünschte ihr alles Gute.

Dann stiegen sie auf, der Pastor schnalzte mit den Zügeln, und der Landauer rollte den holprigen Fahrweg zwischen weit überhängenden Bäumen entlang. Die Girlanden der Orchideen streiften ihnen beinahe über den Kopf. Sie hatten Glück, dass es Sommer war und der Weg daher trocken und fest, denn in der Regenzeit verwandelte er sich, wie Froebe erzählte, in eine einzige Schlammkuhle, die unmöglich zu befahren war. In der Regenzeit war die deutsche Kirche überhaupt nur mit einem Boot erreichbar, das an der nahe gelegenen Küste anlegte, und von dort musste man die Vorräte durch knöcheltiefen Schlamm zum Haus schleppen. Er und seine Frau lebten schon fünfzehn Jahre so und waren es zufrieden.

Neele hörte ihm zu, nickte und warf dann und wann ein

Wort ein, aber ihre Gedanken waren weit weg. Sie fragte sich, ob Richard Hagedorn seine Suche aufgegeben hatte oder noch immer durch das spärlich besiedelte Gebiet hier im Norden streifte, in der Hoffnung, irgendwann doch noch auf sie zu stoßen. Was er von ihr wollte, daran hatte sie keine Zweifel. Sie war eine höchst gefährliche Zeugin. Ohne ihre Aussage blieb die Frage unbeantwortet, ob nicht Ameya Jürgen getötet hatte und dann geflohen war. Zwar hatte der Zeitungsartikel berichtet, dass Dr. Anderlies aufgrund der Größe des Blutflecks erklärt hatte, der zweite Mann – Ameya – könne nicht mehr am Leben sein, aber würden die Richter das glauben? Neele schauderte bei dem Gedanken, man könnte ihren Mann in den Verruf bringen, ein flüchtiger Mörder zu sein. Sie musste Dr. Bessemer unbedingt alles erklären, ehe sie das Land verließ.

Es wurde eine gemächliche Fahrt, denn der Geistliche schonte seine Pferde, sobald die Sonne über den Horizont stieg und ihre Strahlen wie Pfeile die dürre Erde trafen. Zu Mittag kehrten sie in einem Losmen ein, aßen eine kleine Mahlzeit und ruhten dann bis zum späten Nachmittag, als die Temperaturen wieder erträglich waren. Neele sah, dass sie mindestens zwei Tage brauchen würden, um die Stadt zu erreichen. Sie war ungeduldig. Jetzt, wo sie sich entschlossen hatte, nach Deutschland zurückzukehren, konnte sie es nicht erwarten, an Bord eines Ozeandampfers zu gehen und die Küsten Javas im Nebel verschwinden zu sehen. Aber sie kannte das Land mit seinen Eigenheiten inzwischen gut genug, um zu wissen, dass man in der Mittagsglut nicht reisen konnte, ohne sich einen Sonnenstich zu holen und die Pferde zu ruinieren; also machte sie keine Bemerkung über den unerwünschten Aufenthalt.

Sie fuhren, bis die Dämmerung herabsank und am Horizont die ersten gelben Sterne aufstiegen. Pastor Froebe, der den Weg zur Stadt schon oft gefahren war, hatte ihre Etappen so eingeteilt, dass sie zum Abendessen wieder eine Herberge erreichten. Dort verbrachten sie die Nacht. Am nächsten Morgen ging es weiter, und kurz bevor die Mittagshitze unerträglich wurde, trafen sie auf dem Waterlooplein ein.

Der Diener geleitete sie in Dr. Bessemers Büro. Neele schnitt die Erinnerung tief ins Herz, als sie daran dachte, wie viele Tage Ameya hier verbracht hatte. Als sie an einem der hohen Spiegel auf dem Flur vorbeigingen, erschrak sie über ihren eigenen Anblick: Ihr Gesicht war abgezehrt, mit wilden, tief umschatteten Augen. Unwillkürlich fragte sie sich, ob Elsie Laudrun so ausgesehen hatte, als man sie in die Anstalt gebracht hatte, denn sie, Neele, bot den Anblick einer geistig Verwirrten. Der Typhus hatte ihr Gesicht verwüstet, und die Schwäche, die der Krankheit folgte, hatte das Ihre getan. Ihre Mundwinkel zuckten unkontrolliert, und die Augen glänzten wie im Fieber. Sie erinnerte sich plötzlich daran, wie sie kurz vor der Abreise ihr Gesicht im Schein eines Blitzes im Spiegel gesehen hatte. Genauso hatte es damals ausgesehen, zum Erschrecken wild und wirr. Sie konnte nur hoffen, dass Dr. Bessemer das Werk des Typhus erkennen und sie nicht für verrückt halten würde.

Die Meldung des Dieners hatte den Amtmann zutiefst betroffen. Er wartete gar nicht, bis sie sein Büro betraten, sondern lief ihnen auf den Flur hinaus entgegen und ergriff Neeles Hände. »Frau Selmaker, dass wir Sie wiedersehen! Wir fürchteten schon, Sie seien tot. Wo waren Sie? Warum haben Sie sich bei niemand gemeldet?« Dann wandte er seine Aufmerksamkeit dem Pastor zu. »Und Sie, mein Herr, sind ...?«

»Pastor Froebe von der deutschen Kirche. Frau Selmaker war schwer erkrankt, deshalb ... aber wir werden Ihnen gleich alles berichten.«

Dr. Bessemer, hochrot im Gesicht vor Erregung über das unerwartete Wiedersehen, eilte ihnen voraus in sein Büro und stellte Eiswasser und Arrak auf den Tisch. »Bitte, stärken Sie sich, man sieht Ihnen an, dass Sie eine lange Fahrt hinter sich haben. Und dann erzählen Sie bitte.«

Neele atmete auf, als die ersten Schlucke Eiswasser durch ihre von der Hitze ausgedörrte Kehle liefen. Mit noch etwas unsicherer Stimme begann sie zu erzählen, was sich alles ereignet hatte, seit sie den Amtmann vor der Tür des Jagdhauses verabschiedet hatten. Er lauschte mit intensiver Aufmerksamkeit.

Zuletzt fragte er: »Hagedorn war der zweite Angreifer, sagen Sie?«

»Ja. Ich weiß nicht, wer von beiden den Pfeil abschoss, der Ameya tötete, denn sie standen im Wald verborgen und kamen erst heraus, als sie ihn tot auf dem Boden liegen sahen.« Sie griff nach dem Gläschen Arrak, das der Amtmann ihr zuschob, und stürzte es in einem Zug hinunter. Anders hätte sie nicht weitersprechen können. »Aber ich weiß, dass Richard Hagedorn dabei war, obwohl er eine Maske trug, denn er rannte mir in den Wald nach und schrie mir etwas zu, und ich erkannte seine Stimme.«

»Und Sie waren es, die Jürgen Simms getötet hat? Mit dem Kris Ihres Gatten?«

»Ja.«

»Wo haben Sie gelernt, mit einem Kris umzugehen?

Kein javanischer Mann würde gestatten, dass eine Frau einen solchen heiligen Dolch auch nur berührt, geschweige denn damit kämpfen lernt.«

»Ich habe es nie gelernt. Ich habe bei dem verzweifelten Versuch, mich zu verteidigen, blindlings zugestoßen, und der Stich war tödlich.«

Dr. Bessemer überlegte, dann sagte er: »Damit gestehen Sie eine Bluttat, Neele.«

»Er wollte mich vergewaltigen, und er war schuldig oder mitschuldig am Tod meines Gatten.«

»Das sagen Sie, und ich glaube es Ihnen ja auch. Dennoch muss eine solche Tat vor Gericht verhandelt werden.«

Sie sprang auf. »Vor Gericht wollen Sie mich stellen? Weil ich meine Ehre gegen einen betrunkenen Lumpen verteidigt habe?« Und dann, mit einem Schlag, wurde ihr die Sachlage klar. Hätte sie als weiße Frau einen Javaner getötet, der sie attackierte, wäre ihre Aussage genug gewesen, um die Tat als gerechtfertigte Notwehr zu den Akten zu legen. Aber sie war eine Mestizin, die einen Weißen getötet hatte. Was für eine Groteske! Ein schrilles Lachen stieg ihr in der Kehle auf. »So ist das also?«, rief sie. »Das Opfer ist ein Weißer, und ich ... Nur zu, wollen Sie mich vielleicht dafür hängen, dass ich Widerstand geleistet habe? Meinen Sie, eine Mischlingsschlampe wie ich müsste weißen Männern allenthalben zu Diensten sein?«

»Neele, ich flehe Sie an.« Dr. Bessemer war ebenfalls aufgesprungen und reichte ihr ein Glas Eiswasser. »Bitte, trinken Sie, und beruhigen Sie sich. Es ist keineswegs so! Es ist ... nun, ich jedenfalls sehe es nicht so! Aber Sie müssen zugeben, es handelt sich um eine geheimnisvolle und undurchsichtige Tat. Noch haben wir Ameyas Leiche nicht gefunden, und auch die Haushälterin ist weder tot noch lebendig wiederaufgetaucht. Richard Hagedorn ist seit der Tat verschwunden, was uns natürlich auch zu denken gegeben hat. Wir können diese Angelegenheit nicht einfach vom Tisch wischen.« Er klingelte nach dem Diener und trug ihm auf, einen Beamten, den er bei einem holländischen Namen nannte, zu rufen. »Sie müssen verstehen«, wandte er sich dann an seine Besucher, »ich bin kein Richter über ein Blutverbrechen, das müssen höhere Stellen entscheiden.«

»Und bis dahin?«, fragte Neele finster. »Stecken Sie mich ins Gefängnis?«

»Das muss mein Kollege entscheiden.«

Der Holländer erschien prompt – ein stattlicher Mijnheer mit grauem Spitzbart, der trotz der schwelenden Hitze einen Anzug mit steifem Kragen trug. Er setzte sich, bediente sich an Eiswasser und Arrak und ließ sich die Geschichte noch einmal erzählen. Dann schüttelte er den Kopf. »Da sind viele Fragen offen, Mädchen.«

»Ich bin kein Mädchen«, widersprach Neele zornig. »Ich bin Witwe.«

Er wischte den Zwischenruf mit einer Gebärde seiner plumpen Hände weg. »Das habe ich gehört. Angeblich hat dein erster Ehemann dich verlassen. Vielleicht, weil du von einem Farbigen schwanger warst? Das hat sich ja nachher herausgestellt, oder? Dann führst du hier deine Liebesaffäre mit dem Deutschen Simms fort und heiratest gleichzeitig einen Javaner, und das Ganze endet in einer Bluttat. Ich habe Schwierigkeiten, dir zu glauben, Mädchen.«

Sie ignorierte sowohl das Du als auch die wiederholte Anrede »Mädchen«. Es hatte ja doch keinen Sinn. Sie sagte nur: »Ich habe meine Aussage gemacht, glauben Sie mir, oder nicht?«

»Gut so. Ich glaube dir *nicht*. Wir werden die Angelegenheit vor Gericht klären. Und damit du nicht wieder in der Wildnis verschwindest, bleibst du bis zur Verhandlung in Haft.«

Neele blickte Hilfe suchend um sich, aber es war eindeutig, dass die beiden anderen Männer ihr nicht helfen konnten. Sie stand auf, drückte Dr. Bessemer ihr Bündel in die Hände und sagte mit leiser Stimme: »Passen Sie auf meine wenigen Besitztümer auf.« Dabei sandte sie ihm einen flehenden Blick zu. Wenn der Holländer verlangte, dass sie das Bündel öffnete und der Kris sowie das dicke Päckchen Banknoten zum Vorschein kamen, würde sich ihre Lage nur noch weiter verschlechtern. Zu ihrer Erleichterung verstand der Amtmann. Er schob das Bündel mit einer gleichmütigen Geste hinter sich und ermahnte sie dann: »Sie müssen sich den Anordnungen der Behörde fügen, Frau Selmaker, vor Gericht wird sich alles entscheiden.«

»Ich werde mich fügen«, versprach sie. Eine tiefe Müdigkeit überkam sie. Misslang denn alles, was sie unternahm?

Freunde in der Not

1

Neele hatte erwartet, dass die beiden Polizisten, die sie abholten, sie in eine Zelle bringen würden, vielleicht sogar in eine der berüchtigten unterirdischen Zellen des Stadthuis. Man führte sie jedoch durch ein Tor in einer Ziegelmauer in einen von gemauerten Arkaden umgebenen Hof, in dem eine gute Hundertschaft Frauen saß, auf offenen Feuern kochte, schwatzte, Streitgespräche führte oder in schattigen Ecken schlief. Als man sie unter den Arkaden durchführte, sah sie durch vergitterte Fensterlöcher in Säle, auf deren Fußböden Reisstrohmatten ausgelegt waren.

Die Polizisten ließen sie stehen, ohne sich weiter um sie zu kümmern, und verließen den Gefängnishof wieder. Neele lehnte den Rücken an eine Mauer, ließ den Kopf hängen und benahm sich so unauffällig wie möglich. Sie merkte dennoch, dass die anderen Frauen, die Sarongs und Blusen trugen, ihre europäische Kleidung anstarrten und sich offensichtlich fragten, was die Trägerin dieser Kleidung hier zu suchen hatte. Weiße wurden in der Regel getrennt von den Einheimischen eingesperrt; es gab ein eigenes Gefängnis für Europäer. Kein Wunder, dass ihr Erscheinen zu Gerede Anlass gab. Lebhaftes Getuschel auf Sundanesisch ertönte von allen Seiten. Viele der Gefangenen hier waren der untersten Gesellschaftsschicht zuzurechnen, halb verhungerte Bettlerinnen und Dirnen mit verwüsteten Gesichtern und Körpern. Andere sahen besser aus, und Neele fragte sich, wer sie wohl waren. Diebische Hausangestellte? Oder waren sogar welche unter ihnen, die aus politischen Gründen hier in Haft saßen? Und wie vielen hatte man, wie ihr, einen Mord vorgeworfen?

Es dauerte nicht lange, da kamen drei Frauen auf sie zu und redeten sie an. Als Neele ihnen mit Gesten zu verstehen gab, dass sie kein Sundanesisch sprach, fingen sie an, ihre Kleidung zu durchsuchen. Wahrscheinlich waren sie der Meinung, eine Weiße müsste Geld oder andere Wertsachen bei sich haben. Eine drängte Neele gegen die Wand, während die andere in den Schürzentaschen stöberte und versuchte, ihr die Schuhe und Strümpfe auszuziehen, um zu sehen, ob sie etwas darin versteckt hatte. Erst ein scharfer Zuruf einer der Wärterinnen, die mit Rohrstöcken bewaffnet den Hof patrouillierten, scheuchte die Quälgeister fort.

Als der Abend sank, wurde Essen ausgeteilt, Reissuppe mit Gemüse und für jede ein Stück Brot. Neele, die das Brot nicht hinunterbrachte, reichte es ihrer Nachbarin. Nach dem Essen wurden die Frauen in die Schlafsäle getrieben, und die Wärterin wies Neele eine der Reisstrohmatten zu. Sie war so müde und verzweifelt, dass das harte Lager sie nicht störte. Erschöpft streckte sie sich aus. Es gab kein Licht in dem Schlafsaal, nur draußen im Hof brannten zwei Laternen, deren Widerschein mit rötlichem Glanz durch die Fensterlöcher fiel und den trostlosen Raum mit einem matten Zwielicht erfüllte. Neele schlief auf der Stelle ein.

Mitten in der Nacht erwachte sie von einer Berührung

am Rücken. Aus tiefem Schlaf aufgeschreckt, wusste sie erst nicht, wo sie überhaupt war. Nur langsam erkannte sie, dass eine der Frauen sich im Dunkel an ihre Lagerstatt herangeschlichen hatte und jetzt den Bauch an ihren Rücken presste. Eine Hand schlüpfte über ihre Hüfte hinweg und tastete nach ihrer Brust. Der Berührung folgte ein raues, lüsternes Stöhnen. Neele atmete die heißen Ausdünstungen eines unsauberen Körpers ein.

Die junge Deutsche, in deren Erziehung von dergleichen Dingen nie die Rede gewesen war, empfand erst nur Verblüffung. Dann begriff sie, und heißer Zorn stieg in ihr auf. Niemand sollte den Körper berühren, den Ameya liebkost hatte, weder Frau noch Mann! Sie fuhr herum, und ehe die andere zurückweichen konnte, hatte sie ihr ins Gesicht gespuckt. Mit heiserer Stimme keuchte sie: »Typhus!«

Die Frau fuhr mit einem erstickten Aufschrei zurück, schlug Neele ins Gesicht und wälzte sich weg. Offenbar hatte sie den Namen der Krankheit verstanden und den richtigen Schluss gezogen, als sie sich an Neeles jammervolles Aussehen erinnerte. Jetzt hatte sie Angst, durch ihren Speichel selbst krank zu werden. Unterdrückt fluchend, um von der Wärterin draußen im Hof nicht gehört zu werden, kroch sie auf allen vieren davon.

Neele war zutiefst erleichtert, obwohl ihr Gesicht von dem harten Schlag brannte. Es würde sich rasch herumsprechen, dass sie an Typhus erkrankt gewesen war, und niemand würde sich so schnell wieder in ihre Nähe wagen. Jetzt war sie froh, dass die Krankheit eine solche Verwüstung in ihrem Gesicht und Körper hinterlassen hatte, jeder konnte ihr ansehen, dass sie nicht nur bluffte.

Zufrieden schlief sie ein.

2

Neele hatte gefürchtet, es würde Wochen dauern bis zur Gerichtsverhandlung, die über ihr Schicksal entschied, aber schon am nächsten Vormittag wurde sie aufgerufen und zu einem geschlossenen Wagen gebracht, den sie in Begleitung zweier Polizisten bestieg. Sehen konnte sie nichts durch die beiden eng vergitterten Fensterchen, aber sie erkannte erst den üblen Geruch der Kota wieder und dann die frischere Luft, als der Wagen bergauf fuhr zum Waterlooplein.

Wohin man sie eigentlich brachte, wusste sie nicht, denn der Wagen hielt erst in einem Innenhof. Neele wurde von ihren Begleitern eine breite Marmortreppe hinaufgeführt und dann in einen Gerichtssaal, vor dem eine Menge Beamter und Advokaten herumstanden. Ihr Fall erregte offenbar kein großes Interesse – oder hatte man die Verhandlung mit Absicht so kurzfristig und so früh am Morgen angesetzt, um zu verhindern, dass irgendjemand Neugierde zeigte? In den halbrunden Holzbänken, die ein Amphitheater formten, saßen nur einige wenige Europäer, offensichtlich Beamte. Dann erschienen der Richter, seine beiden Beisitzer sowie der öffentliche Ankläger und ein Mann, dem offenbar die Rolle von Neeles Verteidiger zugefallen war, der sich aber nicht im Geringsten um sie kümmerte und im Übrigen nur Holländisch sprach.

Die gesamte Verhandlung wurde auf Holländisch geführt, sodass Neele nicht einmal zu sagen vermocht hätte, wovon jeweils die Rede war. Alles ging sehr eilig und flüchtig vor sich. Sie wurde gar nicht befragt, sondern nur ihre Aussage vom Vortag zitiert – die ersten deutschen

Worte, die sie in diesem Prozess hörte, in dem es doch um ihr Schicksal, vielleicht sogar um ihr Leben ging!

Erst die Urteilsverkündung verlas der Richter wieder auf Deutsch. Seine Stimme hallte durch den Raum, als käme sie von weit her. Neele hörte ihn sagen: »Dem Gericht war es nicht möglich, die Ereignisse am Tag der Tat zuverlässig zu rekonstruieren. Es muss daher offen bleiben, auf welche Weise der Wedono Ameya zu Tode kam und was mit seiner Leiche geschah. Es muss offen bleiben, ob Mijnheer Jürgen Simms oder eine weitere Person Schuld an seinem Tod trug. Mit Gewissheit erkennt das Gericht nur, dass die Angeklagte, wie sie es ja auch selbst eingestanden hat, den Tod des Mijnheer Simms herbeigeführt hat. Ob sie das in Verteidigung ihrer weiblichen Ehre oder aus einem anderen Motiv heraus tat, können wir nicht zweifelsfrei klären, halten uns jedoch an die juristisch übliche Vorgehensweise ›Im Zweifel für den Angeklagten‹. Das Gericht sieht daher von der für Mord vorgesehenen Höchststrafe ab und verurteilt die Angeklagte nur zu einer Strafe von acht Jahren Gefängnis.«

Neele wurde schwarz vor den Augen. Acht Jahre Gefängnis dafür, dass sie Jürgen daran gehindert hatte, sie zu vergewaltigen? Sie wollte aufschreien, aber der Schrei blieb in ihrer ausgedörrten Kehle stecken. Es hätte ihr auch niemand mehr zugehört, denn der Richter schlug mit seinem Hammer auf den Tisch und signalisierte damit das Ende der Verhandlung. Eine der Matronen, die die weiblichen Gefangenen bewachten, tauchte auf und ergriff Neele am Ellbogen. Die junge Frau erhob sich wankend und stolperte neben ihr her. Nur undeutlich nahm sie wahr, dass es eine Treppe hinab und durch denselben Ziegelgang zurück ging, durch den sie am Morgen den

Gerichtssaal erreicht hatten. Man setzte sie in den geschlossenen Wagen und brachte sie zurück an den Ort, an dem sie nach dem Spruch des Gerichts die nächsten acht Jahre verbringen sollte.

Der Wagen hielt und entließ seine Passagiere. Schweigend führte die Wärterin Neele zurück in den Gefängnishof und ließ sie dort inmitten der neugierigen Blicke stehen, die sich von allen Seiten auf die abgeurteilte Gefangene richteten. Wäre sie eine der Ihren gewesen, die Frauen wären von allen Seiten herbeigestürzt, um das Urteil zu erfahren, hätten sie bemitleidet oder versucht, ihr mit rüden Scherzen über den Schrecken hinwegzuhelfen. So standen sie da und scharrten verlegen mit den nackten Zehen im Staub, ehe sie sich wieder ihren Beschäftigungen zuwandten.

Neele verkroch sich in einem Winkel und legte den Kopf auf die Knie. Ihr war übel vor Entsetzen. Acht Jahre in diesem Loch mit seinen schmutzigen, vulgären Bewohnerinnen! Oder war dies nur ein Gefängnis für Untersuchungsgefangene, und man würde sie bald in einen noch viel schlimmeren Kerker bringen? Wie hatte der Richter so parteiisch sein können? Warum hatte er keine Anstrengungen unternommen, Richard Hagedorn zu finden und zu einer Aussage zu zwingen? Aber das alles war jetzt gleichgültig. Ihr Schicksal war besiegelt.

3

Die Nacht kam heran, und die Gefangenen wurden wieder in den Schlafsaal getrieben. Neele hatte einige Stunden in einem dumpfen, von üblen Träumen zerquälten Schlaf gelegen, als eine Berührung sie weckte. Im Dämmerlicht des langen Raumes, der nur von den Laternen draußen im Hof erhellt wurde, sah sie eine massige Gestalt neben ihrem Lager stehen. Es musste eine der Wärterinnen sein, denn der ersten leichten Berührung folgte jetzt ein energischer Stoß mit sandalenbekleideten Zehen, und eine Geste bedeutete ihr: Aufstehen und mitkommen!

Neele gehorchte, das Herz verkrampft vor Furcht. Was hatte diese nächtliche Störung zu bedeuten? Sie musste an die Frau denken, die sich in der vergangenen Nacht zu ihr auf die Matte gelegt und ihren Körper gestreichelt hatte. Stand ihr jetzt das Gleiche mit der Wärterin bevor?

Sie kam nicht lange zum Nachdenken, denn sie wurde mit einem energischen Griff aus dem Saal geführt, jedoch nicht in den Hof, in dem die Häftlinge sich tagsüber aufhielten, sondern durch die Tür an der Stirnwand in die Waschräume und durch eine weitere Tür in einen ummauerten Garten. Neele sah nur undeutlich die gezackten Blätter hoher Palmen, die im Nachtwind winkten. Dann klirrte ein Schlüssel in einem Schloss, eine Pforte in der Ziegelmauer wurde geöffnet, und Neele bekam einen kräftigen Stoß in den Rücken. Gleich darauf schloss sich die Tür hinter ihr, und die Wärterin verschwand.

Neele, die kaum begriff, was um sie herum vorging, schrie leise auf, als aus dem Dunkel heraus eine Hand nach der ihren griff und sie rasch über die Straße zog. Jetzt hatten ihre Augen sich so weit an die Dunkelheit gewöhnt, dass sie einen einspännigen geschlossenen Wagen ohne Laternen unter den Palmen stehen sah. Der Schlag wurde geöffnet, man schob sie hinein, und gleich darauf setzte sich das Gefährt in Bewegung.

Beinahe überzeugt, dass sie träumte, versuchte Neele, sich zu orientieren. Aber sie war die einzige Person im Wagen, und obwohl ein Glasfenster den Blick auf den Kutscher freigab, konnte sie nur eine schattenhafte Gestalt erkennen, die sich auf dem Kutschbock duckte. Der schreckliche Gedanke kam ihr, dass es Richard Hagedorn sein mochte, der sie aus dem Gefängnis entführt hatte, um sich ihrer ganz zu bemächtigen. Einen Augenblick lang erwog sie, den Schlag aufzureißen und aus dem Wagen zu springen, aber das Gefährt bewegte sich mit beträchtlicher Geschwindigkeit, und sie hätte sich gewiss Arme und Beine gebrochen, hätte sie versucht hinauszuspringen. Also blieb sie sitzen und erwartete ihr Schicksal.

Sie musste nicht lange warten. Der Wagen hielt, der Kutscher sprang vom Bock und öffnete den Schlag. Von draußen drang eine Welle übler Gerüche herein, die ihr verriet, dass sie sich in der Kota befand, wahrscheinlich in der Nähe des Hafens.

»Neeleken!«, hörte sie eine vertraute Stimme sagen. Lennert Anderlies war es, der jetzt ihre Hand ergriff und ihr heraushalf. »Du musst schnell machen«, fuhr er flüsternd fort. »Zieh dich um – hier sind Kleider und Stiefel. Setz den Hut auf.« Während sie in aller Eile gehorchte, erklärte er: »Dr. Bessemer hat uns Papiere besorgt. Wir reisen als Ehepaar Henderlein. Ich fahre mit dir auf dem Postboot bis Anjer, dort warten wir auf die *Meisje Mariaan*, die Ende der Woche zurück nach Bremerhaven fährt. Ich gehe mit dir an Bord, denn eine allein reisende Frau fällt auf. In Padang steige ich wieder aus, und du reist nach Deutschland. Hast du alles verstanden?«

»Ja.« Sie war noch immer benommen. Geschah das alles wirklich, oder suchte ein freundlicher Traum sie zu trösten?

»In der Tasche hier ist alles, was in deinem Bündel war«, flüsterte er. »Bist du fertig? Dann steig jetzt wieder ein. Wir sind knapp dran.«

Neele gehorchte. Das Gespann ratterte los. Durch das offene Fenster drangen immer deutlicher die Gerüche des Hafens, eine Mischung von Feuerrauch, Maschinenöl, Salzwasser und den scharf gewürzten Speisen, die die Matrosen über offenem Feuer auf dem Kai kochten. Ölige Lichtinseln schwammen in der Dunkelheit. Plötzlich hielt der Wagen, Lennert sprang ab und öffnete ihr die Tür. »Benimm dich wie eine gute deutsche Ehefrau«, mahnte er mit gedämpfter Stimme, während er zwei Koffer vom Dach des Wagens holte. »Halt den Kopf unten und sprich kein Wort, bis wir in unserer Kabine sind.«

Sie tat, wie er ihr geheißen hatte. Das Postboot, das täglich die Strecke von Batavia nach Anjer am südlichen Ende der Sundastraße und wieder zurück befuhr, lag am Kai, eine schmuddelige Dampfbarkasse, die mit großem Getöse Rauch ausstieß. Eine lärmende Menschenmenge, die viel zu groß für das Schiff schien, drängte sich an der Landebrücke – viele Einheimische, aber auch europäische Geschäftsleute, die in den Hafenstädten zu tun hatten. Niemand kümmerte sich um das deutsche Paar, das an Bord ging und sofort seine Kabine aufsuchte.

Neele ließ sich in dem kleinen Raum mit dem schmutzigen Vorhang vor dem Bullauge aufs Bett sinken und starrte Lennert im Schein der Sturmlaterne an der Decke an. »Habe ich das dir und Dr. Bessemer zu verdanken?«

»Ja, und Paula, die zwei Koffer voll Kleider gespendet hat. Wenn sie dich suchen, werden sie eine einsam umherirrende Neele Selmaker suchen, nicht eine offenbar gut situierte Frau Henderlein, die mit ihrem Gatten nach Padang reist.« Er unterbrach sich, als ein gellender Pfiff aus der Dampfpfeife des Schiffes ertönte und eine jähe Bewegung alles im Raum schwanken ließ. »Wir fahren!«, stieß er aufatmend hervor.

Langsam suchte das behäbige Schiff sich seinen Weg zwischen den zahllosen Dampf- und Segelbooten im Hafen und schwenkte dann in die Sundastraße ein. Neele kauerte erschöpft im Winkel des Kojenbettes und knabberte an den Reiskuchen, die Lennert mitgebracht hatte. Sie konnte noch kaum glauben, dass ihre Freunde ein so großes Risiko für sie eingegangen waren. Schließlich war es auch für einen Amtmann keine Kleinigkeit, einer verurteilten Mörderin durch Bestechung zur Flucht zu verhelfen und ihr falsche Papiere auszustellen; auf jeden Fall hätte die Aufdeckung ihrer Rettung Bessemer seinen Posten gekostet. Sie hörte zu, wie Lennert ihr von der Verschwörung erzählte.

»Wir waren überzeugt, dass du die Wahrheit gesagt hast und der holländische Richter dich ungerecht behandelt hat. Wir hätten niemals zusehen können, wie du unter unseren Augen acht Jahre in diesem schmutzigen Loch verbringst, unter Dirnen und Diebinnen.«

»Wird man sich nicht fragen, wie ich entkommen konnte?«

»Gewiss, aber die Antwort auf eine solche Frage ist in Batavia allgemein bekannt: Bestechung. Wenn einmal eine reiche Frau oder eine Frau mit reichen Freunden verhaftet wird, kann man darauf zählen, dass sie bald wieder verschwunden ist. Die Polizisten und Wärterinnen sind selbst arme Leute; das eigene Hemd ist ihnen allemal näher als der holländische Rock.« Er wechselte das Thema. »Wie bist du an so viel Geld gekommen, Neele? Ich dachte, ich träume, als ich deine Sachen in die Tasche packte und dieses Bündel Banknoten fand.«

Sie erzählte ihm von der Nacht auf der verlassenen Plantage. Er schüttelte den Kopf. »Das nenne ich Glück! Nun, Räuber zu bestehlen ist kein Verbrechen, würde ich sagen. Übrigens hat Dr. Bessemer die Fahrkarte nach Bremerhaven von seinem eigenen Geld gekauft. Dir bleibt also noch eine ganze Menge, um in Deutschland wieder sesshaft zu werden. Wirst du nach Norderbrake gehen?«

»Fürs Erste ja, aber ich werde nicht im Moorhof wohnen, solange Onkel Merten und Tante Käthe dort sind. Das würde irgendwann Ärger bedeuten.« Sie seufzte tief auf und schloss die Augen. »Ich kann es nicht glauben. Ich bin frei und auf dem Weg nach Hause!« Dann ergriff sie seine Hand und drückte sie heftig. »Lennert, sag Dr. Bessemer: Wenn man Ameyas Leiche findet, soll er mir schreiben. Ich möchte so gerne wenigstens daran denken können, dass er in einem ordentlichen Grab liegt.«

Der junge Arzt erwiderte ihren Händedruck und nickte. »Das werde ich auf jeden Fall tun. Und jetzt schlaf, du hast viel mitgemacht. Ich möchte nicht, dass du auf der Reise vor Erschöpfung krank wirst.«

Neele gehorchte dankbar, streckte sich auf dem Kojenbett aus und fiel augenblicklich in einen tiefen Schlaf.

Vierter Teil

Traum und Wirklichkeit

Reise in die Vergangenheit

1

Von der Fahrt durch die Sundastraße und dem Aufenthalt in einem Hotel in Anjer blieb Neele nicht viel in Erinnerung. Noch ausgezehrt von der schweren Krankheit und erschöpft von den Schrecknissen ihrer Verurteilung, hatte sie kaum Kraft genug, um für die Mahlzeiten aufzustehen. Lennert kümmerte sich fürsorglich um sie. Ihm vor allem hatte sie es zu verdanken, dass sie sich wieder halbwegs bei Kräften fühlte, als an einem heißen Vormittag die *Meisje Mariaan* von Batavia kommend in Anjer einlief. Wie Lennert ihr sagte, hatten sie diesen Umweg gewählt, weil man in Batavia viel eher auf die Frauen achten würde, die an Bord eines nach Deutschland bestimmten Schiffes gehen wollten, als in Anjer. Und tatsächlich kümmerte sich niemand um sie. Ohne Schwierigkeiten gelangte das »Ehepaar Henderlein« an Bord. Dr. Bessemer hatte eine Kabine zweiter Klasse für seinen Schützling gebucht, ein Entgegenkommen, für das Neele ihm überaus dankbar war. In ihrem geschwächten Zustand hätte sie eine Reise dritter Klasse als Tortur empfunden.

Die zweite Klasse war einfach ausgestattet, aber es gab gutes Essen in einem sauberen Speisesaal, und vor allem – was Neele das Wichtigste war – würde sie allein sein können, sobald Lennert in Padang von Bord gegangen war. So dankbar sie ihm war, empfand sie seine Gegenwart doch zunehmend als Störung. Sie wollte allein sein mit ihren Erinnerungen, mit dem Schatten des Mannes, den sie als Einzigen leidenschaftlich geliebt hatte. Jede Stunde, die sie nicht in Träumereien versunken verbringen konnte, erschien ihr vergeudet. Lennert bemerkte ihre Stimmung wohl, und er verstand sie. Auf der kurzen Fahrt von Anjer nach Padang war er sehr bemüht, sich ihr nicht aufzudrängen.

Sobald die avocadogrüne Küstenlinie von Sumatra aus dem Dunst auftauchte, setzte der junge Arzt sich zu einem letzten Gespräch mit Neele zusammen. »Ich habe dem Kapitän erzählt, dass ich in dringenden Geschäften zurückkehren muss und du alleine vorausreisen wirst. Es hat ihn nicht interessiert – was sehr beruhigend für uns ist. Neeleken«, sagte er und ergriff ihre beiden Hände, »wir werden uns wahrscheinlich nie mehr wiedersehen. Ich war schon auf dem Sprung nach Australien, als das schreckliche Ereignis mich auf Java festgehalten hat. Jetzt werde ich meine Pläne verwirklichen und zu den Goldgräbern reisen. Ich hätte dir von Herzen gewünscht, dass du auf Java dein Glück findest ...«

Sie blickte ihn mit feuchten Augen an. »Ich habe mein Glück dort gefunden, aber es ist nur für eine sehr kurze Zeit bei mir geblieben.«

Er nickte stumm. Was hätte er auch sagen sollen? Hand in Hand saßen sie da, versunken in der Erinnerung an den geliebten Ehemann und den hochgeschätzten Freund, bis die Dampfpfeife verkündete, dass das Schiff in den Hafen von Padang einfuhr. Lennert erhob sich. »Machen wir den Abschied kurz, Neeleken. Ich wünsche dir, dass du eines

Tages wieder so lieben kannst und so geliebt wirst, wie es mit Ameya war. Und nun leb wohl.«

Er umarmte sie brüderlich, ergriff seine Reisetasche und verließ die Kabine. Neele ging nicht hinaus, um ihm nachzusehen. Sie verschloss die Tür von innen und kauerte sich auf dem Bett zusammen. Endlich konnte sie trauern. Endlich konnte sie, so lange sie wollte, auf dem Bett sitzen, Ameyas Kris im Schoß, und über diesem geheimnisvollen Artefakt träumen, dessen Seele so eng mit der ihres Gatten verbunden gewesen war. Sie zweifelte längst nicht mehr daran, dass der Kris mehr war als eine kostbare Waffe. Sie erinnerte sich daran, wie er in ihre Hand geglitten war, als Jürgen sie bedrängte, und wie er ihr den Weg zu der deutschen Kirche gewiesen hatte, als sie ihn als Orakel gebraucht hatte. Ohne diesen Hinweis wäre sie in der Wildnis am Typhus gestorben. Und wenn sie dasaß und die Waffe in ihren kalten, zitternden Händen hielt, fühlte sie sich getröstet, wie einen die Liebkosung eines lebendigen Wesens im Schmerz tröstet. Sie brauchte ihn nur zu berühren – mit aller Vorsicht, denn die geflammte Schneide war rasiermesserscharf –, und schon stiegen die Erinnerungen an Ameya in ihr auf mit einer bildhaften Klarheit, dass sie jedes Detail dieser Szenen vor sich sah. Sie sah aber nicht nur, sie fühlte auch, was sie damals empfunden hatte, von der ersten zögernden Zuneigung bis zu dem Augenblick, als es sie wie ein Blitz durchfuhr und sie wusste, dass sie zum ersten Mal in ihrem Leben liebte und begehrte.

Die Tage reihten sich mit der Monotonie glanzloser Perlen aneinander. Neele stand morgens auf, ging in den Speisesaal frühstücken und machte dann einen Spaziergang an Deck, bis der Steward ihre Kabine zurechtgemacht hatte. Ihren kostbarsten Besitz – ihr Geld und den Dolch – trug sie dabei in einer Tasche bei sich. Dann saß sie in Gedanken versunken da, bis es Zeit zum Mittagessen war, und beschloss die Mahlzeit wiederum mit einem kurzen Spaziergang. Nach dem Abendessen kehrte sie sofort in ihre Kabine zurück und ging schlafen, wobei sie den Kris unter ihr Kopfkissen schob. Anfangs hatte sie das nur getan, um ihn in ihrer Nähe zu wissen, aber dann merkte sie, dass sich ihre Träume veränderten. Was ihr tagsüber an Erinnerungen durch den Kopf ging, nahm in der Nacht eine farbige Gestalt an, als trete sie in ein anderes Leben ein. Vom Einschlafen bis zum Erwachen durchlebte sie die gemeinsamen Stunden mit ihrem Gatten. Am liebsten hätte sie immerzu geschlafen, so wundervoll und tröstlich waren diese Träume.

Sie musste sich zwingen, ein normales Leben zu führen, an den Mahlzeiten teilzunehmen, sich auf Deck blicken zu lassen und ein paar höfliche Worte mit ihren Mitreisenden zu wechseln. Mehr als eine knappe Bemerkung über das Wetter oder ein ähnliches Thema war von ihr freilich nicht zu erlangen. Sie entmutigte jeden, der sich ihr zu nähern versuchte, und sei es auch nur in aller Unschuld aus der Langeweile der langen Reise heraus. Sie sei eben erst von einer schweren Krankheit genesen und brauche Ruhe, entschuldigte sie sich, und man nahm die Entschuldigung an. Der Typhus hatte ihr einen Gefallen getan, als er ihre Haut grau und schuppig machte, ihre Lippen schrumpfen ließ und ihre tief in die Höhlen gesunkenen Augen mit schwarzen Schatten umrahmte. Die schöne Neele Selmaker hätte sehr viel mehr unerwünschtes Interesse auf sich gezogen als die kränkelnde, unattraktive Frau Henderlein.

Ein einziges Ereignis schreckte sie aus ihrer Gleichgültigkeit auf. Sie lagen gerade vor Bombay, als Neele merkte, dass ihre Blutung ausgeblieben war. Eine plötzliche, zitternde Hoffnung erfüllte sie. War es möglich, dass ihre kurze, aber so leidenschaftliche eheliche Gemeinschaft mit Ameya Frucht getragen hatte? Oder war die Ursache in ihrer schweren Erkrankung und den darauf folgenden Schrecken zu suchen?

Die Reisezeit verging so rasch, dass sie es selbst kaum glauben konnte. An einem Julimorgen fuhr die *Meisje Mariaan* in Bremerhaven ein und entließ ihre Passagiere über die lange Landebrücke. Neele stand mit ihren zwei Koffern an derselben Kaje, von der sie im vergangenen September abgereist war. Sie war froh, dass es jetzt auch in Deutschland heiß war. Sie hatte sich doch sehr an das Tropenklima gewöhnt und hätte darunter gelitten, in der kalten Jahreszeit heimzukehren.

Bevor sie sich auf den weiteren Weg machte, ging sie zur Deutschen Bank und wechselte dort ihr Geld. Den größten Teil ließ sie auf ein Konto legen, das auf den Namen Agathe Henderlein lief, nur eine geringe Menge nahm sie mit sich.

Der Gepäckträger brachte ihre Koffer zur Station des Bummelzuges, der in der Nähe von Norderbrake hielt. Bald saß Neele in einem der vertrauten Abteile mit den hölzernen Sitzbänken und rußverschmierten Fenstern. Sie blickte wieder auf das geliebte Moor hinaus und spürte bei seinem Anblick, dass sie das Richtige getan hatte, als sie nach Deutschland zurückgekehrt war. Das Moor breitete sich in der Mittagssonne vor ihren Blicken aus, rot, braun und golden schimmernd, und als sie das Zugfenster hinunterschob und sich hinauslehnte, stieg ihr der vertraute säuerliche Sumpfgeruch in die Nase. Es gab Leute, die sich nie an diesen Geruch gewöhnten, aber Neele liebte ihn. Der ständige Gewürzduft, der in Java in der Luft schwebte, war ihr nicht so köstlich erschienen. Hier war ihre Heimat. Was immer sie an Leid im Herzen trug, hier war sie aufgewachsen, und der größte Teil ihrer Erinnerungen bezog sich auf dieses Stückchen Land.

Als sie auf dem Bahnhof ausstieg, fragte sie nach einem Ponywagen und bekam einen zur Miete. Sie lud ihre Koffer auf, stieg auf den Kutschbock und schnalzte mit den Zügeln. Das Pony zog an, und das Gespann holperte über den tief gefurchten Weg, über den Eschen und Erlengebüsche ihren Schatten warfen. Ihre Blätter funkelten silbern im schwachen Wind. Nach einer halben Stunde Fahrt erreichte Neele das Dorf Norderbrake und fuhr, ohne sich aufzuhalten, zum Moorhof weiter. Sie kümmerte sich nicht um die neugierigen Blicke, die der vornehm gekleideten Dame auf dem Kutschbock eines Ponywagens folgten.

Der Weg umrundete den dunklen Hügel mit dem Opferaltar und führte weiter auf den Moorhof zu. Es musste in letzter Zeit einige sehr heftige Unwetter gegeben haben, denn der immer schon baufällige Ostflügel war ganz in sich zusammengesunken und lag als Trümmerhaufen auf der steilen Böschung der Wurt. Als Neele näher kam, stellte sie mit Befremden fest, dass das Haus verlassen wirkte. Die Fensterläden waren geschlossen, kein Rauch stieg aus dem Schornstein in den Himmel auf, obwohl es Mittagszeit war.

Sie hielt das Gefährt vor dem altertümlichen steinernen Torbogen an und schlang die Zügel um eine der Säulen. Vorsichtig trat sie in den Hof. Kein Mensch war zu sehen, aber immerhin gackerten Tante Käthes Hühner in ihrem Gehege – es wohnte also noch jemand hier. Neele ging zur Haustür, probierte die Klinke und fand, dass die Tür offen stand. Mit einem Seufzer der Erleichterung trat sie in die Diele und von dort ins Wohnzimmer. Es war halbdunkel darin wegen der geschlossenen Läden. Auf dem Tisch standen die Reste einer einfachen Mahlzeit. Niemals hätte Tante Käthe gestattet, dass im Wohnzimmer anstatt, wie es sich gehörte, im Esszimmer gegessen wurde. Wo war sie also? Und Onkel Merten?

Sie wollte gerade weitergehen in den Salon, als Schritte die Treppe vom oberen Stockwerk herunterkamen. Schwere Männerschritte. Die Tür wurde aufgeschoben, und im Türrahmen stand, das Gesicht unnatürlich gerötet, in verwahrloster Kleidung, Frieder Selmaker.

2

Frieder und Neele starrten einander an, einer so verblüfft wie der andere. Neele, die nicht damit gerechnet hatte, Frieder in diesem Leben wiederzusehen, war wie erstarrt; sie stand da, als sähe sie ein Gespenst – und so empfand sie seine Erscheinung auch: ein Gespenst der Vergangenheit, das kein Recht hatte, in ihrem jetzigen Leben umherzuspuken.

»Du?«, fragte sie schließlich. »Wie bist du hierhergekommen?«

Es war typisch für Frieder, dass er nur die Achseln zuckte und ins Wohnzimmer schlurfte, um sich dort in dem tiefen Sessel am Kamin niederzulassen. »Könnte auch fragen, was du hier machst«, erwiderte er mit schwerer Zunge. Jetzt erst erkannte sie die Ursache für sein gerötetes Gesicht und seine schwerfälligen Schritte. Er hatte getrunken, und nicht zu knapp. Früher hatte er das nie getan. Was war mit ihm geschehen in dem Dreivierteljahr, seit sie ihn am Bahnhof von Bremerhaven das letzte Mal gesehen hatte?

»Wo sind Tante Käthe und Onkel Merten?«, fragte sie.

»Bremerhaven«, antwortete er knapp. Er beugte sich vor und musterte sie von oben bis unten, die Augen zusammengekniffen, um sie im Halblicht besser sehen zu können. »Bist schön angezogen«, bemerkte er. »Bist in Java eine feine Dame geworden? Das Kleid ziehst du besser gleich wieder aus, wenn du hierbleiben willst, in dem Seidenfetzen kannst du nicht arbeiten.«

»Ich werde nicht hierbleiben, und ich werde nicht für dich arbeiten.« Ihre Stimme klang kalt und entschlossen. »Du hast mich verlassen, als ich dich am nötigsten gebraucht hätte, und jetzt meinst du, ich könnte wieder dort anfangen, wo wir vorigen September aufgehört haben? Fällt mir nicht ein.« Sie wandte sich zum Gehen.

»He! Was soll das heißen?« Erstaunlich gelenkig für jemand, der so betrunken war, sprang er auf und wollte sie am Arm packen, aber sie entwand sich ihm, lief hinaus und sprang auf den Ponywagen. Als er im Hof erschien, hatte sie das Gefährt bereits gewendet und war auf dem Weg zum Dorf.

Jetzt erst wurde ihr klar, welche Konsequenzen Frieders Rückkehr für ihr Leben hatte. Sie war vom deutschen Konsul rechtsgültig von ihm geschieden und mit einem anderen Mann verheiratet worden, aber sowohl die Scheidungsurkunde wie auch den Ehekontrakt hatte sie verloren, als das Jagdhaus niederbrannte. Für jeden hier in Norderbrake war sie immer noch Frieder Selmakers Frau. Man mochte sie bedauern, dass er sie so schmählich im Stich gelassen hatte, aber die Leute hier waren konservativ. Ehe blieb Ehe, ob die Frau verlassen, verprügelt oder betrogen wurde.

Sie lenkte den Wagen in Richtung Dorf. Diese Nacht zumindest musste sie hierbleiben, es war zu spät, um nach Bremerhaven zurückzukehren und sich dort ein Quartier zu suchen. Im Dorfkrug gab es zwei Fremdenzimmer, die für durchreisende Amtspersonen bereitstanden, denn sonst verirrte sich kaum jemand in das abgelegene Dorf. Sie würde eines davon mieten, aber zuerst wollte sie mit dem Pfarrer sprechen.

Ihre Ankunft war, wie sie feststellte, bereits Dorfgespräch geworden, denn als sie das Ponygespann vor dem Pfarrhaus neben der Kirche anhielt, lungerten auffällig viele Leute auf der Straße herum, und aus den Fenstern des Wirtshauses guckten noch mehr. Unter den Blicken vieler neugieriger Augen ließ sie den Klopfer an die Tür fallen, die so prompt geöffnet wurde, als hätte man sie erwartet. Der Geistliche selbst empfing sie, das Gesicht gerötet vor Aufregung.

»Neele Selmaker? Bist du es wirklich? Komm herein! Jan wird sich um das Pferd kümmern.«

»Kann er meine Koffer in den Dorfkrug bringen? Ich miete mir dort ein Zimmer.«

Der Pfarrer sah sie überrascht an. »Ja, wohnst du denn nicht im Moorhof bei deinem Mann?«

»Nein. Darf ich eintreten?«

»Aber natürlich.« Betroffen trat er einen Schritt zurück. »Komm herein … Grete!«, rief er nach seiner Frau. »Neele

Selmaker ist zurück! Machst du uns schnell eine Kanne Tee, und ist noch Kuchen da?«

Neele wurde in den Salon des Pfarrhauses geführt, einen bescheidenen, aber mit gutem Geschmack eingerichteten Raum, durch dessen offene Fenster der Duft des blumenreichen Gartens hereinströmte. Sie ließ sich auf der gestreiften Sitzgarnitur nieder. Jetzt erst merkte sie, wie erschöpft sie von den Anstrengungen und Aufregungen des Tages war. Beinahe wollten ihr die Augen zufallen. Aber da kam die Pfarrersfrau mit dem Tee und einem Teller voller Plätzchen, und Neele fühlte sich bald so weit erfrischt, dass sie ihre Geschichte erzählen konnte.

Es war nicht die ganze Geschichte ihrer Erlebnisse in Java, die sie den Pfarrersleuten wiedergab. Sie erzählte ihnen, wie sie das Waisenhaus verlassen vorgefunden und wie sie dann für die Klosterfrauen gearbeitet hatte, bis sie Typhus bekam und in die Heimat zurückkehrte, weil sie das Tropenklima nicht mehr vertrug. Sie erzählte ihnen auch, dass Paula Anderlies reich geheiratet hatte und der Doktor zu den Goldgräbern nach Australien gegangen war, aber sie sagte kein Wort über Jürgen Simms. Sie behauptete kurzerhand, nichts davon zu wissen, dass er ihr nach Java nachgereist war, und ihn dort nie gesehen zu haben. Sie sagte auch kein Wort über ihre Scheidung und ihre neue Ehe und den Mord an ihrem Gatten und schon gar nicht über ihre Verurteilung und die knappe Flucht von der Insel. Niemand in ihrer Heimat sollte jemals davon erfahren.

Dann stellte sie ihrerseits Fragen: Was war mit Onkel Merten und Tante Käthe, und warum war Frieder zurückgekehrt?

Sie erfuhr, dass Frieder im April wieder in Norderbrake

aufgetaucht war. Was er zwischen September und April getan hatte, war von dem wortkargen Mann nicht zu erfahren gewesen. Er hatte sich im Moorhof niedergelassen, obwohl das den beiden alten Leuten überhaupt nicht recht war, denn er hatte sich in diesen Monaten verändert. Früher war er fleißig und hilfsbereit gewesen, jetzt begann er schon am Morgen zu trinken und fuhr den ganzen Tag damit fort, bis er halb bewusstlos irgendwo einschlief. Als Merten einen Schlaganfall erlitten hatte, war Käthe klar gewesen, dass sie nicht auf die Hilfe des Schwiegersohns zählen konnte, und sie hatte den Kranken in ein Invalidenheim in Bremerhaven gebracht. Sie selbst hatte dort eine kleine Wohnung gemietet, um in seiner Nähe sein zu können.

Der Pfarrer beugte sich vor. Mit verschwörerisch gedämpfter Stimme vertraute er seinem Gast an: »Wir alle denken, dass Frieder nicht gut getan hat in dieser Zeit, denn umsonst verändert sich ein Mensch nicht so. Früher war er zwar ein mürrischer Kerl, aber doch arbeitsam und anständig, und jetzt lässt er alles schleifen, verkriecht sich im Moorhof und will mit keinem Menschen reden. Aber vielleicht«, setzte er hoffnungsvoll hinzu, »wird es besser mit ihm, jetzt, wo du wieder da bist. Vielleicht wird er wieder der alte Frieder.«

Sie schüttelte ernst den Kopf. »Nein, Herr Pfarrer. Was er sich selber eingebrockt hat, soll er auch selber auslöffeln. Frieder hat mich allein gelassen, als ich ihn am nötigsten gebraucht hätte. Er hat mich ganz bewusst hineingelegt, hat mich allein und schwanger nach Java reisen lassen und …«

»Du warst schwanger?«, rief die Pfarrersfrau. »Du mein Gott! Und was ist aus dem Kind geworden?«

»Es hat nicht lange gelebt. Für kleine Kinder sind die Tropen mörderisch.« Von Nuris Untat zu erzählen brachte Neele nicht übers Herz. Sie wollte ohnehin so wenig wie möglich von den Ereignissen in Java nach Norderbrake tragen.

»Das arme Kind! Aber es war doch wenigstens getauft?«

»Ja, auf den Namen Elisabeth.«

Das beruhigte die beiden, und sie ließen das Thema fallen. Dafür kam der Pfarrer wieder darauf zu sprechen, dass es Neeles Pflicht sei, zu ihrem Gatten zu stehen. »Ich weiß, es war sehr unrecht von ihm, dich so zu betrügen, aber wenn du eine Christin bist, verzeihst du ihm. Und dann kann es auch mit ihm besser werden. Eine gute Frau kann einen Mann verändern.«

Neele entgegnete nichts darauf. Allein der Gedanke, dass Frieder seine ehelichen Rechte einfordern mochte, erregte Übelkeit in ihr. Nicht einmal anfassen sollte er sie! Ihren Körper hatte sie Ameya gegeben, in Liebe und Vertrauen hatte er das Geschenk angenommen, und kein anderer Mann sollte sie jemals wieder berühren. Schon gar nicht dieser Verräter, der sie erst beiseitegeworfen hatte wie ein durchgelaufenes Paar Stiefel, sie aber jetzt, wo ihre Arbeitskraft ihm nützlich sein konnte, wiederhaben wollte. Neele war aber nur allzu klar, dass der Pfarrer dafür kein Verständnis haben würde. Also redete sie sich darauf hinaus, dass es ein heftiger Schrecken für sie gewesen sei, Frieder so unerwartet wiederzusehen, und dass sie ein paar Tage der Ruhe und Sammlung brauche, um sich wieder auf das gewohnte Leben einzustellen.

Das wenigstens sahen die Pfarrersleute ein.

Neele verabschiedete sich und ging hinüber zum Dorfkrug, wo der Knecht bereits ihre Koffer deponiert hatte.

Sie wehrte all die neugierigen Fragen damit ab, dass sie nach der langen Reise kaum noch die Augen offenhalten könne und erst einmal ordentlich ausschlafen müsse, ehe sie alles erzählte. Das gestand man ihr zu. Unbelästigt von weiteren Aufdringlichkeiten konnte sie ihr Zimmer beziehen, und dort kleidete sie sich aus, wusch sich und fiel ins Bett, obwohl die Sonne noch kaum den Horizont erreicht hatte. Der Kris lag, wie üblich, unter ihrem Kopfkissen.

Es war kein Wunder, dass sie in der Nacht von einem wilden Traum heimgesucht wurde. Sie befand sich wieder auf der Wiese vor dem Jagdhaus, Ameya an ihrer Seite, und wieder schoss jemand auf ihn. Aber diesmal traf der Pfeil nicht, sondern ging durch ihn hindurch, und sie sagte sich: Wie könnte es anders sein, er ist ja tot und es ist nur sein Geist! Es war auch nicht Jürgen oder Richard, der schreiend auf sie zustürzte, sondern Frieder. Er fiel Ameya an, der aber wehrte geschickt seine Schläge ab und entzog sich mit blitzschnellen Bewegungen seinen Würgegriffen. Sie kämpften um Neele, beide mit gefletschten Zähnen und funkelnden Augen, beide entschlossen, den Gegner zu töten. Und dann war Ameya nicht mehr der elegant gekleidete Wedono, sondern ein schwarz-weiß gefleckter Jaguar, der Frieder mit einem gewaltigen Satz ansprang und ihm den Kopf vom Leib riss …

3

Neele erwachte sehr früh am Morgen, als eben die ersten Moorbauern an die Arbeit gingen. Noch aufgewühlt von dem wüsten, blutigen Traum, drängte es sie, einen langen Spaziergang durch die vertraute Landschaft zu machen. Der Morgen erschien ihr nach dem Dreivierteljahr in den Tropen sehr kühl, sodass sie einen von Paulas Mänteln umlegte. Die Tasche über der Schulter, in der sie den Kris und ihr Geld aufbewahrte, stieg sie die Hühnertreppe in die niedrige, dunkle Gaststube hinab, ließ sich eine Tasse Kaffee und ein Brötchen geben und machte sich auf den Weg.

Das Moor lag schimmernd unter den Schleiern der Dämmerung, aus denen die Sonne sich erst mühsam emporkämpfte. Neele bog von der Hauptstraße ab und schlug den nächstbesten Pfad ein. Es war ihr gleichgültig, wohin sie ging. Sie wollte nur mit sich und ihren Gedanken und mit dem Moor allein sein. Ihre innere Erregung ließ nach, als sie eintauchte in diese Welt der silbern blitzenden Erlen, der Sumpfwiesen und ölig schillernden Tümpel, über denen eine dichte, trügerische Decke aus Wasserlinsen lag. Im Schilf wisperte es wie verhaltene Stimmen. Sie atmete tief den strengen, säuerlichen Geruch ein, während sie über von der Sonne gebleichte entwurzelte Baumruinen stieg und an halb verfallenen Torfstecherkaten vorüberging.

Allmählich wurde ihr Weg trockener und stieg an. Die Moorgewächse machten Kiefern und Blaubeerengesträuch Platz. Ganz in Gedanken verloren, hatte sie nicht bemerkt, dass sie sich dem verrufenen runden Hügel genähert hatte und drauf und dran war, zu seiner Kuppe emporzusteigen. Erst zögerte sie, aber dann schien es ihr plötzlich sehr wichtig, dass sie dort hinaufstieg und nach langer Zeit wieder den Heidenaltar vor sich sah, der sie als Kind so geängstigt hatte. Während sie den rauen Pfad erklomm, pflückte sie links und rechts von den Blumen und Gräsern, die dort wuchsen, bis sie einen dichten Strauß beisammen hatte.

Dann, viel schneller, als sie erwartet hatte, als hätte etwas sie auf Flügeln hinaufgetragen, stand sie vor dem gewaltigen Stein, der die grobe Form eines Tisches hatte und an mehreren Stellen so tief ausgehöhlt war, dass sich das Regenwasser darin sammelte. Die alten Leute nannten diese steinernen Näpfe »Blutschüsseln«, obwohl der Schulmeister behauptete, sie seien nur von Wind und Regen ausgewaschen. Ganz sicher von menschlicher Hand gefertigt war der eiserne Keil, der in eine Spalte des Felsens getrieben war. Von ihm behaupteten die Alten, es sei das riesige Beil, mit dem der heidnische Priester die Opfer zerstückelt hatte, sodass ihr Blut in die Blutschüsseln rann. Der letzte Heidenpriester habe es dann auf der Flucht vor dem Christentum so tief in den Stein gehauen, dass es niemand mehr herausziehen konnte. Der Schulmeister widersprach auch dieser Ansicht, obwohl er nicht genau sagen konnte, welchen Zweck der Keil dann wohl gehabt haben mochte.

Neele setzte sich auf den Stein, den die aufgehende Sonne angenehm erwärmt hatte. Ohne recht zu wissen, was sie tat, streute sie die gesammelten Blumen und grünen Zweige über den Heidenaltar und legte zuletzt den Kris darauf, wobei sie ihn so ausrichtete, dass die scharfe Spitze auf den tief unter ihr liegenden Moorhof wies. Wie in Trance flüsterte sie, den Blick gebannt auf die gleißende Waffe gerichtet: »Du hast mir zwei Mal das Leben gerettet, rette es mir ein drittes Mal! Bei deinem Herrn, der dich schmieden ließ und dich getragen hat, dessen Seele mit der deinen verbunden ist: Hilf mir, dass sein Andenken rein erhalten bleibt! Befreie mich von Frieder Selmaker.« Sie beugte sich vor und küsste die Waffe mit zitternden Lippen. Dann stand sie auf, steckte den Kris wieder ein, wischte die Blumen von der steinernen Platte und machte sich auf den Rückweg. Eine tiefe Ruhe erfüllte ihr Innerstes.

Mord in Bremerhaven

1

Neele hätte Geld genug gehabt, um nach Bremerhaven zu reisen und sich dort in einem Hotel einzumieten, aber sie blieb im Dorfkrug. Sie musste nicht länger vor Frieder flüchten. Sie vertraute fest darauf, dass der Dolch ihres Gatten sie von ihm befreien würde. Sie geriet jedoch, wie zu erwarten gewesen war, zunehmend unter Druck. Der Pfarrer, der Schulmeister und der Dorfschulze zitierten sie zu einem Gespräch und redeten ihr ins Gewissen, sie möge doch keinen Skandal entfachen, sondern zu ihrem angetrauten Gatten zurückkehren. Wo käme man denn hin, wenn eine Frau sich wegen jeder Kleinigkeit von ihrem Mann trennen wollte?

»Es war allerdings keine Kleinigkeit, dass er mich allein und schwanger in ein fremdes Land schickte und ohne ein Wort zurückblieb«, protestierte sie, verbittert über das Unverständnis der Männer.

Die gaben zu, dass es eine Gemeinheit gewesen war. Aber man konnte doch vergeben und vergessen. Frieder hatte eben einen Fehler gemacht. Jetzt wollte er sie wieder zurückhaben, also war doch alles in schönster Ordnung – oder etwa nicht?

»Er braucht mich, um den Hof in Schuss zu halten, während er betrunken in einer Ecke liegt«, hielt sie ihnen vor.

»Ein Arbeitstier braucht er, dafür bin ich ihm gut genug. Hat er denn keine Pflichten mir gegenüber?«

Der Pfarrer beharrte auf der Meinung, Frieder hätte das Seine getan, um die Ehe wiederaufzunehmen, jetzt müsste auch Neele guten Willen zeigen. Und der Dorfschulze fügte hinzu, sie sollte vernünftig sein, sonst müsse man dem Skandal auf anderem Wege ein Ende machen und ihr das Zimmer im Dorfkrug verweigern, dann bleibe ihr nichts anderes übrig, als wieder in den Moorhof zu ziehen.

Neele lag es bereits auf der Zunge, ihnen alles über ihre Scheidung und Wiederverheiratung zu erzählen, aber etwas hinderte sie daran, als flüsterte ihr eine Stimme zu, sie möge schweigen. Sie warf den Kopf zurück und sagte mit kalter Stimme, wenn man unbedingt ihr Unglück wolle, so würde sie sich fügen, aber in Norderbrake sollte sie von nun an kein Mensch mehr sehen. Hoch erhobenen Hauptes verließ sie das Zimmer und bat den Wirt, ihre beiden Koffer auf den Moorhof schaffen zu lassen. Ihre Tasche über der Schulter, ging sie hinaus, grußlos, ohne einen Blick zurückzuwerfen.

Schweigend saß sie auf dem Wagen, den der alte Knecht lenkte, und ebenso schweigend stieg sie, beim Moorhof angekommen, ab, ergriff ihre Koffer und trug sie zum Haus. Als das Rollen der Räder wieder verklungen war, stand Neele allein im Hof und lauschte in die Stille, die nur das schläfrige Gackern der in der Hitze dösenden Hühner unterbrach. Von Frieder war nichts zu sehen. Sie nahm ihre Koffer auf und trug sie in das Zimmer, in dem man ihren Vater aufgebahrt und ihre Mutter sich eine Kugel in den Kopf geschossen hatte. Es überraschte sie, das Spukzimmer gereinigt und mit geöffneten Fenstern vorzufinden. Sie schob den Riegel vor die Tür, schloss die Fensterläden und ließ sich im Halbdunkel auf der nackten Bettmatratze nieder. Eine solche Wut und Verzweiflung tobte in ihr, dass sie beschloss, sich in diesem Zimmer zu verbarrikadieren, bis der Fluch wirkte. Die Arme hinter dem Kopf verschränkt, lag sie in Paulas elegantem Seidenkleid auf dem Bett und brütete darüber, auf welche Weise es geschehen könnte. Vielleicht stürzte Frieder im Suff die Treppe hinunter, oder ihm entglitt beim Holzhacken die Axt und fuhr ihm ins Bein, sodass er verblutete. Vielleicht biss ihn eine der zahlreichen Kreuzottern, die in der Sommerhitze herumkrochen, oder im zusammengesunkenen Ostflügel fiel ihm ein Balken auf den Kopf.

Eine ganze Weile lag sie so da, dann kehrte sie weit genug in die Wirklichkeit zurück, um sich zu erinnern, dass sie essen und trinken musste. Sie holte zwei Milchkannen Wasser vom Brunnen und trug sie in ihr Zimmer, dann ging sie hinaus, um nachzusehen, ob die Tiere gefüttert waren. Frieder hatte es offensichtlich vergessen, denn die Stute blickte trübselig in eine schmutzverkrustete Tränke und eine leere Raufe. Neele brachte dem Tier Wasser und Futter aus der halb leeren Haferkammer, dann kümmerte sie sich um die ebenfalls unversorgten Hühner und sammelte die Eier ein. Im Vorratsschrank in der Küche fanden sich gerade nur ein Ranken Brot, eine verdorbene Speckseite und ein Glas mit eingelegten Gurken, dafür eine ganze Anzahl leerer Schnapsflaschen. Neele aß das Brot und die Gurken und kehrte in ihr Zimmer zurück.

Zehn Minuten später musste sie es wieder verlassen, denn eine gewaltige Übelkeit stülpte ihr den Magen um. Sie konnte kaum aufhören, sich zu erbrechen. Waren die Gurken etwa auch schon verdorben gewesen? Oder hatte diese Übelkeit einen Grund, auf den sie noch kaum zu hoffen wagte?

Sie faltete die Hände über ihrem flachen Leib. Lieber Gott, betete sie, lass es geschehen, dass ich ein Kind bekomme, dass Ameya nicht ganz von mir gegangen ist. So bitter ihre Gefühle bei ihrer ersten Schwangerschaft gewesen waren, so selig waren sie jetzt, wo sie noch nicht einmal Gewissheit hatte. Umso sorgfältiger musste sie sich schützen. Auf keinen Fall durfte Frieder ihr jetzt wehtun, nicht einmal berühren durfte er sie. Sie fand unter den Kleidern, die Paula ihr geschenkt hatte, einen langen Schal, den band sie wie eine Schärpe um die Mitte und versteckte den Kris in seinen Falten. Jetzt sollte er nur versuchen, ihr nahezukommen!

2

Wenn Frieder auf ein gutes Leben gehofft hatte, jetzt, wo seine Frau wieder da war, so hatte er sich getäuscht. Neele verließ ihr Zimmer nur, wenn es unbedingt sein musste, und wenn Frieder ihr beim Füttern der Tiere oder einer anderen Beschäftigung über den Weg lief, warnten ihn ihre vor Zorn glühenden Augen und schmal zusammengepressten Lippen, ihr zu nahe zu kommen. Er musste sich damit begnügen, dass sie wenigstens für ihn einkaufte, wenn sie schon nicht kochte. Sogar Schnaps kaufte sie für ihn, was ihn verwunderte – wusste er doch nicht, dass Neele hoffte, er würde betrunken die Treppe hinunterfallen oder in ein Sumpfloch torkeln. Sie kaufte nicht mehr in Norderbrake ein, sondern fuhr mit dem Gespann hinunter zum Bahnhof, wo sich ebenfalls ein Krämerladen befand. Überhaupt ließ sie sich, wie sie geschworen hatte, im Dorf nicht mehr sehen, und die Leute dort ärgerten sich, weil sie nur zu gerne gewusst hätten, wie es auf dem Moorhof weiterging. Frieder aber war noch schweigsamer und mürrischer als früher, und Neele versteckte sich.

Ein einziges Mal versuchte er, seine ehelichen Rechte einzufordern, und das hätte ihn beinahe das Leben gekostet. Als er, vom Schnaps erhitzt, ungeschickt nach ihr grapschte, fuhr sie herum, in der Hand einen flammenförmigen Dolch, den sie – wie es ihm schien – aus der leeren Luft herbeigezaubert hatte, und einen Ausdruck auf dem fahlen Gesicht, der ihn augenblicklich ernüchterte. Eingeschüchtert von ihrer rasenden Wut und der blitzenden Waffe, brummte er ein paar Flüche und tappte davon, um seinen Ärger mit einer neuen Flasche Schnaps abzukühlen. Von da an vermied er es sorgfältig, seiner Frau auf Griffweite nahe zu kommen. Wie so viele Säufer neigte er zu Ängsten und Wahnvorstellungen, und es schien ihm jetzt oft, dass nicht seine unterwürfige Neele zurückgekehrt war, sondern eine Teufelin, die ihm bei erster Gelegenheit ihren Stachel in den Bauch stechen würde. Er war erleichtert, wenn er hörte, wie sie das grüne Zimmer betrat und der Riegel knirschend in seine Halterung glitt. Sie hatte Angst, er könnte hineinkommen, aber für ihn bedeutete es die beruhigende Gewissheit, dass sie nicht so bald wieder herauskommen würde. Er wünschte jetzt, er hätte sie weggeschickt, als sie so unvermutet wiederaufgetaucht war.

3

An einem sonnigen Morgen war Neele mit der Arbeit beschäftigt, das Kleinvieh zu füttern, als ein Geräusch aus dem Tal sie aufhorchen ließ. Das Klappern von Pferdehufen war in der morgendlichen Stille deutlich zu hören. Neele wischte sich die Hände ab und eilte vors Tor, um zu sehen, was für unerwartete Gäste da kommen mochten. Noch waren sie hinter der Kurve verborgen, aber das Geräusch war deutlich das von mehreren Pferden, und es waren keine träge dahintrottenden Bauernpferde – ihr Trab hatte einen nahezu militärischen Klang. Was suchten Soldaten um diese Zeit in Norderbrake?

Da kamen sie in Sicht, und jetzt sah Neele, dass es keine Soldaten waren, sondern drei berittene Polizisten, denen ein vierter mit einem Einspänner folgte. Einen Augenblick lang spürte sie ein Würgen im Hals. Es war doch nicht möglich, dass man sie in Deutschland verhaftete, um sie nach Java zurückzubringen? Hatten die holländischen Behörden dort ihre Spur gefunden und ihre Auslieferung beantragt? Am liebsten wäre sie geflüchtet, aber die Männer hatten sie bereits gesehen, und ein Fluchtversuch wäre sinnlos gewesen. So blieb sie stehen, mit zitternden Knien und einem Kloß im Hals, bis der erste der Reiter das Tor des Moorhofs erreichte und sie anredete. Eine gewaltige Erleichterung überkam sie, als er in barschem Ton fragte: »Wohnt Frieder Selmaker in diesem Haus?«

Sie nickte stumm, zu erregt, um eine verständliche Antwort zu geben. Die Polizisten waren nicht ihretwegen gekommen. Sie interessierten sich gar nicht für sie. Neele holte tief Luft und rang sich die Antwort ab: »Er schläft in seinem Zimmer im ersten Stock, links von der Diele.«

Der Anführer der Truppe deutete mit der Reitgerte in die Richtung, die sie ihm angegeben hatte. Er und seine beiden Begleiter saßen ab und eilten auf das Haus zu, während der Beamte auf dem Kutschbock des Einspänners vor dem Tor wartete. Neele hörte sie drinnen die Treppe hinaufpoltern – und dann ein durchdringendes Gebrüll, als sie Frieder offenbar grob aus dem Schlaf weckten. Gleich darauf erschienen sie in der Haustür. Sie hatten Frieder an Armen und Beinen gepackt und trugen ihn, der erbittert strampelte, in den Hof hinaus, wo sie ihn zu Boden warfen und ihm Handschellen anlegten. »Was stehst du da und glotzt, blöde Kuh?«, schrie er Neele an. »Hilf mir!«

Aber sie hätte ihm nicht geholfen, auch wenn sie es gekonnt hätte. Mit ruhiger Stimme fragte sie den Beamten: »Warum verhaften Sie meinen Mann?«

»Sie sind seine Frau? Na, dann nehmen Sie schon einmal Abschied von ihm, denn Sie sehen ihn nicht wieder!«, antwortete der Anführer, ein großer, rotgesichtiger Mann mit einem martialischen Schnurrbart.

»Und warum? Ich weiß von gar nichts.«

»Dann wird es Ihnen nicht gefallen, was Sie zu hören bekommen«, sagte er. Während seine Untergebenen den tobenden Frieder mühsam zu dem Einspänner schafften und ihm, nachdem sie ihn auf die Sitzbank gezwungen hatten, auch die Beine fesselten, erklärte er: »Im Februar wurde in Bremerhaven eine reiche alte Frau ermordet und ihr Geld geraubt. Wir wussten gleich, wer der Täter war, denn der Kerl da wohnte als Untermieter bei ihr und verschwand nach dem Mord, aber wir rannten zunächst einer falschen Spur nach ... Er hatte sich als Seemann ausgegeben, und so suchten wir im Hafen und auf den Schiffen. Aber jetzt haben wir ihn.« Mit einer merkwürdigen Mischung aus Zynismus und echtem Mitgefühl fügte er hinzu: »Machen Sie sich drauf gefasst, bald eine Witwe zu sein, denn es war ein brutaler und niederträchtiger Mord, und der Richter wird keine Gnade kennen. In solchen Fällen macht die Justiz kurzen Prozess.«

»Ich verstehe«, murmelte Neele.

Der Polizist zögerte noch einen Augenblick. »Tut mir leid für Sie, junge Frau, aber manchmal ist das Leben hart.« Damit wandte er sich ab, stieg auf sein Pferd und bedeutete den anderen, ihm zu folgen. Auch der Einspänner, auf dessen Sitzbank jetzt zwei Polizisten bemüht waren, den trotz der Fesseln nur schwer zu bändigenden Frieder festzuhalten, wendete und rasselte den holprigen Torweg hinunter. Das verzweifelte Geschrei des Gefangenen und das Klappern der Hufe verhallten allmählich in der Ferne.

Neele ließ sich auf den Prellstein sinken und starrte mit leerem Blick über das Moor, das im ersten Sonnenschein unter ihr lag. Ihr einziger Gedanke war: Endlich bin ich allein.

Frieder beschäftigte sie kaum noch. Sie dachte weder mit Abscheu noch mit Mitleid an ihn. Sie wollte auch nichts Näheres über das Verbrechen wissen, dessentwegen man ihn verhaftet hatte. Nur weg sollte er aus ihrem Leben, für immer weg! Jetzt erst kam ihr der Gedanke, dass ihr flehentlicher Wunsch sich erfüllt hatte, wenn auch auf eine ganz unerwartete Weise. Und das war gut so, denn da Frieder durch seine eigene Schuld aus ihrem Leben verschwunden war, brauchte sie keine Gewissensbisse zu haben. Wäre er an einem Schlangenbiss oder einem Treppensturz gestorben, wer weiß, ob sie sich nicht früher oder später ein unerträgliches Gewissen daraus gemacht hätte, dass sie ihm durch ihren Fluch das Leben verkürzt hatte?

Sie saß träumend da, bis ein erneutes Hufgeklapper sie aufschreckte. Diesmal waren es jedoch keine Polizisten. Es war Grete, die Frau des Pfarrers, die in ihrem Ponygespann zum Moorhof heraufkam. Zweifellos hatte man im Dorf unten die Polizisten mit ihrem Gefangenen gesehen.

Grete stieg ab, führte ihr Pferdchen in den Schatten und band es fest, dann kam sie zu Neele. Verlegen und voll Mitgefühl sagte sie: »Wir haben erfahren, was geschehen ist. Ach, Neele, du tust mir so leid!«

Neele verbarg ein Lächeln bei dem Gedanken, dass die gute Frau meinte, sie trösten zu müssen, aber sie antwortete: »Ich habe gar nicht mitbekommen, was sie eigentlich wollten.« Sie stand auf und deutete aufs Haus. »Komm, wir gehen hinein. Es ist heiß, und du siehst durstig aus.«

Die Pfarrersfrau – eine rundliche Person, die in der Tat nur allzu leicht ins Schwitzen geriet – dankte atemlos und folgte der Hausfrau in die Kühle des Wohnzimmers. Neele holte Heidelbeersirup und Wasser aus der Küche und setzte sich an den Tisch.

Grete trank keuchend ein paar Schlucke, dann platzte sie heraus: »Wir haben es kommen gesehen, dass irgendetwas in der Art ans Licht kommt! Der Herr Pfarrer ...« – sie bezeichnete ihren eigenen Ehemann immer als den »Herrn Pfarrer« – »... sagte schon, als Frieder zurückkam: Grete, wenn der nur nicht eine Todsünde auf dem

Gewissen hat! Du weißt ja, Neele, wie er früher war, kein freundlicher Mensch, aber doch ein anständiger. Und nun schlich er herum wie das leibhaftige schlechte Gewissen und betrank sich jeden Tag. Er wollte uns nichts drüber sagen, wo er gewesen war und was er in der Zeit getrieben hatte, er wollte überhaupt mit keinem Menschen reden, sondern schloss sich hier im Haus ein und brütete vor sich hin. Und einmal, da fuhr er nach Bremerhaven und kam mit einem dicken Packen Zeitungen zurück, allen Zeitungen, die man in der Stadt nur kaufen kann. Es fand aber niemand heraus, was ihn so interessierte, dass er es in allen Zeitungen nachlesen musste. Hätten wir es gewusst, hätten wir gleich gesehen, dass es mit dem Mord an der alten Dame zu tun hatte.« Sie erfrischte sich mit ein paar weiteren Schlucken und fragte dann halb mitfühlend, halb neugierig: »Und was wirst du nun machen, Neele?«

Die junge Frau zuckte die Achseln. »Der Polizeikommandant sagte mir, ich würde bald Witwe sein.«

Grete schreckte zusammen, als sie die furchtbaren Worte so ruhig ausgesprochen hörte. Tränen sprangen ihr in die Augen. »Ach, Neele!«, rief sie aus. »Wenn du ihn nicht allein gelassen hättest, dann wäre das nicht geschehen!«

Neele starrte sie an. »Ich hätte ihn allein gelassen? Er hat mich an Bord der *Meisje Mariaan* gehen lassen und ist abgehauen, sobald ich ihm den Rücken zugewandt hatte!«

»Ja, aber du musst ihm doch einen Grund gegeben haben, dass er dich nicht mehr wollte! Ein Mann entschließt sich doch nicht so einfach, seine Frau zu verlassen, wenn er keinen Grund dafür hat. War irgendetwas zwischen euch, das ihn dazu gebracht hat ...«

Neele erhob sich. »Wenn du jetzt mir die Schuld geben willst, dann geh lieber. Ich habe zu viel mitgemacht, als dass ich mir jetzt auch noch anhören muss, ich sei schuld daran, dass mein Mann zum Raubmörder geworden ist. Ich sehe ihn jetzt mit anderen Augen, Grete. Er war einer, der alles auf die leichte Tour wollte. Als ich ihm lästig war, hat er mich verlassen. Als er kein Geld mehr hatte, musste eine alte Frau sterben.« Sie schritt zur Tür und öffnete sie. »Geh jetzt, Grete, und komm nicht wieder.«

Die Einsiedlerin

1

Neele machte unübersehbar deutlich, dass sie keine Besuche mehr wollte, indem sie zwei scharfe Metzgerhunde kaufte, die Tag und Nacht frei in Haus und Hof herumliefen. Selbst der Postbote musste die Post in eine hölzerne Kiste stecken, die hundert Schritt vor dem Hoftor am Wegrand aufgestellt war. Alles, was Frieder gehört hatte, warf sie in den Hof und verbrannte es. Sie räumte Onkel Mertens Waffenkammer aus und legte seine Jagdgewehre, gereinigt und geladen, im Wohnzimmer griffbereit, um unerwünschten Besuchern den rechten Empfang zu bereiten.

Seit Neele durch ein zweites Ausbleiben ihrer Blutungen und ihre ständige morgendliche Übelkeit die Überzeugung gewonnen hatte, dass sie tatsächlich schwanger war, lebte sie ganz für sich und das ungeborene Kind. Sie stattete das Spukzimmer mit Bettwäsche und Teppichen aus Tante Käthes reichen Vorratsschränken aus und holte vom Dachboden die Wiege, in der sie selbst einst geschaukelt worden war. Es war ein schönes altes Stück mit einem geschnitzten und vergoldeten Haupt, ein Erbstück, das Elsie auf den Moorhof gebracht hatte. Jetzt sollte Ameyas Kind in derselben Wiege liegen, in der Gajarajas Kind einst gelegen hatte.

Es wurde August, dann September, schließlich Oktober. Diesmal ertrug Neele die Schwangerschaft mit wunderbarer Leichtigkeit, selbst die Übelkeit am Morgen nahm sie mit einem Lächeln hin, ebenso wie die Kreuzschmerzen, die sich bemerkbar machten, als das Ungeborene wuchs und schwerer wurde. Sie lebte wie in einem Traum. Wenn sie mit der geringen Arbeit, die Tiere zu füttern und das Zimmer zu fegen, fertig war, setzte sie sich an den Wohnzimmertisch und war dann stundenlang damit beschäftigt, ihre Erlebnisse niederzuschreiben. Sie wunderte sich selbst, dass es ihr gelang, Erlebtes in Worte zu fassen. Früher war es ihr schon schwergefallen, einen Brief zu schreiben, und jetzt flossen ihr die Worte nur so aus der Feder, fast schneller, als sie sie niederschreiben konnte. Sie hatte im Kramladen beim Bahnhof einen Stoß Kanzleipapier gekauft, und das beschrieb sie nun Seite für Seite in ihrer kleinen, eckigen Schrift, die immer mehr der Schrift ihrer Mutter ähnelte. Die Niederschrift war für ihr Kind gedacht. Wenn es einmal lesen konnte, sollte es erfahren, wie seine Mutter und sein Vater einander begegnet waren, wie sie einander wieder verloren hatten und wie es in einer Stunde voller Seligkeit gezeugt worden war.

Im September erhielt Neele zwei bedeutsame Nachrichten. Die eine stand in einer Zeitung, die ihr jemand aus Norderbrake in den Postkasten gesteckt haben musste, da sie selbst keine Zeitung abonniert hatte. »Raubmörder zum Tode verurteilt.« Die andere stand in einem Brief mit vielen fremdartigen Briefmarken und stammte von ihren Tanten. Der Brief war in einem wunderlichen Stil abgefasst – offensichtlich hatten die beiden Damen, die kein Deutsch sprachen, den Inhalt auf Sundanesisch diktiert und dann ins Deutsche übersetzen lassen. Er besagte, dass sie beschlossen hätten, ihre Nichte an den Einkünften ihrer Apotheke zu beteiligen und das Geld für das erste Vierteljahr an die Deutsche Bank in Bremerhaven geschickt hatten, wo sie es in bar abheben oder auf ein Konto legen konnte. Es handelte sich, wie Neele auf Nachfrage in Bremerhaven erfuhr, um eine recht beträchtliche Summe. Sie hob das ganze Geld ab, ebenso die immer noch auf dem Konto von »Frau Henderlein« liegende Summe, und versteckte alles hinter einem losen Stein in der Kellerwand. Sie traute jetzt niemandem mehr.

Obwohl sie sich so abschottete, wusste ganz Norderbrake, dass sie ein Kind erwartete, und zweifellos wurde über diesen Umstand viel geklatscht und getratscht. Aber nachdem der erste Neugierige, der sich an den Moorhof herangeschlichen hatte, vor den Zähnen der Metzgerhunde Reißaus nehmen musste, wagte sich niemand mehr in die Nähe. Man war ganz allgemein der Ansicht, Neele sei auf dem besten Weg, so verrückt zu werden wie ihre Mutter.

Im Oktober steckte wieder eine Zeitung in ihrem Postkasten, diesmal mit der Nachricht: »Hinrichtung des Raubmörders Selmaker«. Bald darauf kam ein Schreiben der Behörde, das Neele bestätigte, dass sie nun dem Witwenstand angehörte. Sie hatte Mühe, sich zu erinnern, dass Frieder Selmaker einst ihr Gatte gewesen war. Nur die Erkenntnis, dass sie nun auch nach kirchlichem Recht seiner ledig war, interessierte sie und erfüllte sie mit einem Gefühl tiefer Befriedigung. Nie wieder würde er sie berühren können; nie wieder würde sie gezwungen sein, sich mit Waffengewalt gegen ihn zu verteidigen. Ihr Körper gehörte jetzt ganz ihr allein und Ameyas Kind, das sich immer deutlicher bemerkbar machte.

Im Haus kümmerte die junge Frau sich nur noch um die Küche und um das Zimmer, das sie mit ihrem Kind bewohnen wollte, den Rest ließ sie verwahrlosen. Ihr langes blondes Haar trug sie nicht mehr in einer sorgfältig geflochtenen Zopfkrone, sondern ließ es ungekämmt über die Schultern hängen. Paulas elegante Kleider waren längst voll Flecken von der täglichen Arbeit, aber der Trägerin war es gleichgültig. Als der November kam und die Nordstürme eiskalten Regen vom Meer hereintrugen, verkroch sie sich völlig im Haus, saß am Kamin und schrieb bei Kerzenlicht, oder sie unterhielt sich, wie es ihre Gewohnheit geworden war, halblaut mit Ameya und Bethari, als wären beide noch um sie. Wenn die frühe Dunkelheit hereinbrach und das Haus mit Schatten erfüllte, hatte Neele oft den Eindruck, dass ihr geliebter Mann in ihrer Nähe war. Dann konnte sie sich einbilden, dass er nur eben ins Nebenzimmer gegangen war oder im Stall Nachschau hielt. Immer häufiger schreckte sie nachts aus dem Schlaf in der Überzeugung, dass er einen Augenblick zuvor noch ganz bei ihr gewesen war, dass sie nur die Hand auszustrecken brauchte, um seinen warmen Körper zu fühlen, nur seinen Namen zu flüstern brauchte, um seine Stimme antworten zu hören. Wenn die Hunde, Gryff und Fang, die abends zu ihren Füßen am Kamin lagen, die Köpfe hoben und die Ohren spitzten, weil irgendwo hinter der Täfelung eine Ratte herumwuselte, war sie überzeugt, dass im nächsten Augenblick die Tür klappen und sein Schritt auf den Dielen knarren würde. Und eines Nachts sah sie ihn leibhaftig vor sich stehen.

Es war eine mondlose, stürmische Nacht, in der das Moor sich von seiner hässlichsten Seite zeigte. Der Sturm heulte in den Kaminen, und Neele dachte daran, wie Tante

Käthe ihr erzählt hatte, das seien die armen Seelen, die vom Friedhof hereingeflogen kämen, um sich in kalten Nächten zu wärmen. Sie hatte alle Fensterläden geschlossen und die Haustür verbarrikadiert, denn ein einsames Haus in dunkler Nacht lockte alles mögliche Gesindel an. Es war gegen neun Uhr abends, als Gryff und Fang plötzlich gleichzeitig ihre klobigen Schädel hoben und ein argwöhnisches Grollen hören ließen, das zweifelsfrei bedeutete: Es ist jemand ums Haus. Leise stand sie auf, nahm ein geladenes Gewehr und bedeutete den beiden Hunden mit einer Handbewegung, ihr zu folgen. Im Zwielicht des niedrigen Kaminfeuers schlich sie durch die Diele zur Haustür und spähte durch das rautenförmige Guckloch darin.

Auf den Stufen vor der Tür stand ein Mensch, so vermummt in das Ölzeug eines Matrosen, dass sie weder sein Geschlecht noch seine Gesichtszüge erkennen konnte. Sie sah an seiner Bewegung, dass er gegen die Tür pochte, aber der Sturm tobte so wütend, dass kein Geräusch von draußen hereindrang. Sie hörte jedoch eines von drinnen: Als sie sich vorbeugte, rutschte der Kris, der bis dahin immer sicher verwahrt in der Schärpe gesteckt hatte, wie von einer unsichtbaren Hand gezogen aus den Falten heraus, fiel klirrend zu Boden und drehte sich auf den Dielenbrettern mehrmals im Kreis. Neele hielt den Atem an. Dann fiel ihr auf, dass die Hunde nicht mehr grollten, sondern dicht neben ihr standen, den Leib gekrümmt und den Schwanz eingezogen. Ihre Augen fixierten die Tür, als wollten sie sagen: Mach bloß nicht auf, lass nicht herein, was da draußen steht!

Aber sie legte das Gewehr beiseite und machte auf. Ein Schwall eisiger nasser Luft peitschte herein, und mit einem torkelnden Schritt betrat das in Ölzeug gehüllte Wesen ihr Haus. Wasser troff in Strömen von seiner glänzenden Hülle. Sie hatte gerade noch Zeit, sich gegen den Sturm zu stemmen und die Tür wieder sicher zu verschließen, bevor eine Hand sich auf ihren Arm legte und eine weiche Stimme sie ansprach: »Neele, ich bin's, dein Mann.«

Ein solches Gefühl von Glückseligkeit überschwemmte sie, dass es ihr im Augenblick gleichgültig war, ob sie Wahnvorstellungen hatte. Mochte sie verrückt sein, wenn sie nur so glücklich sein konnte!

»Ameya? Geliebter?«, flüsterte sie.

Er knöpfte den schweren Mantel auf und streifte ihn ab, nahm den gelben Südwester vom Kopf und wandte ihr sein dunkles, trotz der schützenden Hülle von tropfnassen Haarsträhnen umrahmtes Gesicht zu. »Ja, Ameya. Es war nicht leicht, dich zu finden.«

»Aber du hast mich gefunden.« Sie griff mit zitternden Händen nach der Gestalt, voll Furcht, sie könnte sich in Nebelschwaden auflösen, sobald sie sie berührte. Aber ihre Finger berührten einen festen Körper, ihre Arme umschlangen einen Menschen. Sie zog ihn an sich und küsste ihn – rasch, damit der Traum nicht endete, bevor sie Gelegenheit dazu gehabt hatte. »Du bist kalt«, flüsterte sie und dachte daran, dass die Toten in kalten Nächten die Nähe der Lebenden suchen, um sich an ihnen zu wärmen. »Komm, komm weiter, zieh deine feuchten Kleider aus!«

Er folgte ihr ins Wohnzimmer und schälte sich aus den Kleidern, stand im rötlichen Dämmerlicht in nackter Schönheit vor ihr. Sein Anblick überwältigte sie derart, dass sie stammelte: »Komm in mein Bett, dort wirst du wieder warm werden.« Sie nahm seine Hand und zog ihn mit sich in ihr dunkles Zimmer. Ohne eine Kerze anzuzünden, wies sie ihn an, ins Bett zu kriechen, während sie sich in aller Eile auszog. Dann schlüpfte sie zu ihm unter die Decke, umfasste seinen Körper, drückte ihn eng an sich.

Sie vernahm einen leisen Aufschrei. »Du bist schwanger!«

»Ja, dein Kind ist mir geblieben. Aber komm zu mir, komm näher, komm näher, damit du warm wirst.« So eng umschlungen, wie ihre Schwangerschaft es zuließ, lagen sie im Dunkeln unter der warmen Decke. Neele spürte, wie sich sein eisiger Körper erwärmte. Sie strich zärtlich über seine Schulter, seine nackte Brust – und fühlte am Herzen ein nussgroßes Loch, das sich wie ein Trichter ins Leibesinnere senkte, genau an der Stelle, wo der tödliche Pfeil ihn getroffen hatte. Fast hätte sie aufgeschrien, aber sie fürchtete, dass jedes laute Wort den süßen Wahn verscheuchen könnte, deshalb sagte sie nichts und zog ihre Hand zurück. Sein Kopf lag an ihrer Schulter, und sie atmete den Duft der Gewürznelken ein, den er bei jedem Atemzug verströmte.

So dunkel war die Nacht und so seltsam seine Nähe, dass es ihr wie ein Traum erschien, als sie einander liebten.

2

Sie musste lange und außergewöhnlich tief geschlafen haben, denn als sie erwachte, schimmerten graue Streifen durch die geschlossenen Fensterläden, und sie hörte das hungrige Pferd im Stall wiehern. Sie blieb jedoch noch einen Augenblick mit geschlossenen Augen liegen, damit die Seligkeit des Traums der vergangenen Nacht nicht zu schnell verflog. Ameya war wieder dagewesen, so real wie im wirklichen Leben. Sie hatte ihn geküsst, hatte ihn umarmt, hatte ihn in ihr Bett gezogen. Mit einem tiefen Seufzer streckte sie, wie schon so oft, die Hand nach der Stelle aus, wo er im Traum gelegen hatte – und berührte nackte Haut.

Sie fuhr im Bett hoch, dass ihr von der plötzlichen Bewegung schwindelte. War sie nun so vollkommen verrückt geworden, dass ihre Halluzinationen noch am hellichten Tage weiterbestanden? Da lag ihr Mann, den sie sterben gesehen hatte, und schlief, in das dicke Federbett gewickelt. Plötzlich überkam sie Angst. Sie liebte ihn, aber sie wusste ja, dass er tot war, und doch war er hier. Sie erinnerte sich an die Geschichten, die man sich in Java von den Leyaks erzählte, den untoten Wesen, die auf Friedhöfen hausten und nachts die Lebenden heimsuchten, um sie mit spitzen Zähnen in die Kehle zu beißen. Unwillkürlich tastete sie ihre Kehle ab. Nein, da war nichts. Und sie war wach! Oder hatte sie, wie früher schon, einen Albtraum, in dem sie aufzuwachen meinte und doch weiterträumte?

Leise stieg sie aus dem Bett und öffnete die Fensterläden. Das graue Licht eines regnerischen Tages drang herein, fiel in einer breiten Bahn über die Gestalt im Bett. Neele beugte sich über ihn. Es war ein Mann, ein lebender Mann. Ihr Mann.

Als ihr vollends bewusst wurde, dass sie weder träumte noch einer Wahnvorstellung erlegen war, dass sie wirklich Ameya vor sich sah, überwältigte sie das Gefühl so, dass sie ohnmächtig zu Boden sank.

Sie kam wieder zu sich, als jemand ihre Hände rieb und ihre Wangen tätschelte. Noch benommen schlug sie die Augen auf und blickte in Ameyas Gesicht. »Du bist am Leben?«, flüsterte sie.

Er lächelte. »Jetzt wunderst du dich? Gestern erschien es dir ganz selbstverständlich.«

»Weil ich dachte, du wärst eine Erscheinung – ein Traum. Ich war in letzter Zeit oft verwirrt ... meinte, dich im Nebenzimmer zu hören, oder träumte, dass du die Nacht bei mir warst. Es war alles so unwirklich.«

»Ich war so erschöpft und durchfroren, dass ich kaum etwas zu sagen vermochte. Es war ein langer Ritt bei dem Unwetter, aber ich wollte nicht im Dorf bleiben, ich konnte es nicht erwarten, dich zu sehen. Und außerdem ist es ein sehr unfreundliches Dorf. Ich bezweifle, ob sie mir gestattet hätten, dort zu übernachten, hätte ich danach gefragt.«

»Ja, das kann ich mir denken.« Neele hatte immer noch das Gefühl, dass ihre Welt auf dem Kopf stand. Bemüht, wenigstens etwas alltägliche Ordnung in die surreale Situation zu bringen, stand sie auf und langte nach ihrer Unterwäsche. »Komm, zieh dich an! Ich mache Kaffee für uns, und dann musst du mir alles erzählen.«

Sie ging ihm voraus ins Wohnzimmer, wo seine Kleider, inzwischen getrocknet in der Wärme des Kaminfeuers, über einem Stuhl hingen, und heizte den Herd in der Küche an. Dann eilte sie hinaus, um die Tiere zu füttern. In der alten Scheune, deren Tür offen stand und im Wind schlug, hörte sie ein Pferd wiehern und fand einen fremden, noch aufgezäumten Schimmel, der sie voller Hoffnung auf Wasser und Hafer anblickte. Sie nahm ihm Sattel und Zaumzeug ab, fütterte und tränkte ihn, versorgte dann ihre eigenen Tiere und kehrte zurück ins Haus.

Ameya, der den nassen Herbsttag sichtlich als unerträglich kalt empfand, kauerte nahe am prasselnden Feuerloch des Küchenherds. Sie bemerkte erst jetzt, dass er europäische Reisekleidung trug. Er hatte jedoch eine gefaltete Schärpe zwischen Hemd und Jackett um den Leib geschlungen, und obwohl sie ihn nicht sehen konnte, wusste sie doch, dass er den Kris im Vorraum gefunden und an seinen angestammten Platz gesteckt hatte.

Während sie die Kurbel der Kaffeemühle drehte und Brot auf der heißen Herdplatte röstete, sah sie, dass Gryff und Fang den Gast in Augenschein zu nehmen begannen. Da man in Java, wie in allen mohammedanischen Ländern, keine Hunde als Haustiere hielt, beobachtete auch Ameya die beiden großen, ungeschlachten Hunde mit Misstrauen. Er hielt krampfhaft still, als sie sich näherten und ihn beschnüffelten, und war sichtlich erleichtert, als sie sich wieder zurückzogen.

Neele lächelte ihm zu. »Sie werden dir nichts antun. Sie sehen, dass ich dich willkommen heiße, und werden dasselbe tun. Aber wir haben so einsam gelebt und inmitten von so viel Feindseligkeit, dass ich die beiden brauchte, um mir unerwünschte Besucher vom Leib zu halten.« Sie brühte den Kaffee auf, bestrich die heißen Brotscheiben mit Butter und stellte zwei Gläschen von dem starken Beerenschnaps auf den Tisch. »Trink!«, befahl sie. »Das hilft, falls du dich gestern erkältet hast.«

Er gehorchte und hustete, als der scharfe, hochprozentige Schnaps durch seine Kehle rann. »Oh!«, stieß er hervor. »Und ich dachte immer, Genever wäre teuflisch stark!«

Erst während des Frühstücks, als sie ihn bei dieser alltäglichen Beschäftigung beobachtete, gelangte Neele zu der Gewissheit, dass ihr Mann tatsächlich auf unerklärliche Weise zu ihr zurückgekehrt war. Sie wartete jedoch, bis er satt und erfrischt war, ehe sie ihn fragte: »Wie ist das möglich? Ich war vollkommen überzeugt, dass du tot warst. Alle waren davon überzeugt, obwohl wir deine Leiche nicht fanden. Wir dachten, ein Tiger hätte sie davongeschleppt.«

»Ich war auch so gut wie tot«, antwortete er. »Als ich den Pfeil im Herzen spürte, schloss ich mit meinem Leben ab. Mir wurde schwarz vor Augen, ich fühlte, wie mir das Blut stockte, und dann weiß ich nichts mehr. Aufgewacht bin ich eine Woche später in der Behausung eines Suduk. Die Bäuerin, die uns im Jagdhaus bediente, hatte mich zu ihm gebracht. Sie trug mich weg, während du in den Wald geflüchtet bist und Hagedorn dir nachrannte. Das erzählte sie mir später, ich selber habe keine Erinnerung daran. Stattdessen erinnere ich mich an seltsame Dinge, die mit mir geschahen von dem Augenblick an, da ich zu sterben meinte, bis zu der Stunde meines Erwachens. Ich habe sie alle im Kopf, aber ich kann sie nicht in Worte fassen. Es waren Dinge der jenseitigen Welt. Wie es der Suduk zustande gebracht hat, mich von der Schwelle des Todes zurückzuholen, weiß ich auch nicht. Er war ein guter

Schamane, ganz anders als der Schurke, der dich belästigt hat.«

Ameya machte eine Pause, und Neele merkte, wie erschöpft er war. Die lange Reise und das völlig veränderte Klima forderten ihren Tribut. Nur langsam sprach er weiter. »Es dauerte bis in den späten August hinein, ehe ich so weit war, dass ich seine Behausung im Urwald verlassen konnte. Ich bat die Frau, die mir das Leben gerettet hatte, Dr. Bessemer zu verständigen, denn ich wagte noch nicht, die Strapazen des Weges auf mich zu nehmen, und hatte auch Angst, den Meuchelmördern erneut in die Arme zu laufen.«

»Hast du sie gesehen?«, unterbrach sie ihn. »Konntest du Richard Hagedorn bei Gericht anzeigen?«

Er schüttelte den Kopf. »Ich habe nichts und niemand gesehen. Ich war vollkommen überrascht, als mich der Pfeil traf. Bis zu dem Augenblick war ich mir keiner Gefahr bewusst gewesen.« Mit einem schwachen Lächeln fügte er hinzu: »Du siehst, ich bin durch das Beamtenleben verweichlicht! Ein an den Dschungel gewöhnter Javaner hätte die beiden Männer gehört und gesehen, ehe sie auch nur Zeit gehabt hätten, von ihren Pferden zu steigen. Ich konnte Dr. Bessemer nur wiedergeben, was die Haushälterin mir über die Ereignisse erzählt hatte, und so durfte er Hagedorn nicht vor Gericht bringen, weil nur eine einfache javanische Bäuerin als Zeugin gegen ihn, einen reichen, weißen Mann, aufgetreten wäre. Seinem Schicksal entgangen ist der Lump freilich nicht… aber wir wollen jetzt nicht über ihn reden.«

»Mich haben sie verurteilt, ohne dass es irgendwelche Zeugen gegen mich gab«, grollte Neele.

»Das ist die Art der Kolonialherren.« Ameya zuckte

die Achseln, offenbar hatte er sich damit abgefunden. »Phöbus Bessemer erzählte mir von deinem Schicksal. Du kannst dir vorstellen, welchen Kummer das für mich bedeutet hat! Aber ich konnte immerhin darauf vertrauen, dass du noch am Leben bist. Und so habe ich mich erst gar nicht damit aufgehalten, dir einen Brief zu schreiben, der ja im Postraum derselben *Meisje Mariaan*, mit der ich selbst reisen wollte, nach Deutschland gekommen wäre, sondern mich sofort auf den Weg gemacht.«

Sie ergriff seine Hand. »Vielleicht ist das gut so, sonst hätte ich keine ruhige Minute gehabt vor ungeduldiger Erwartung. Aber du siehst müde aus, willst du dich nicht wieder niederlegen? Und ich komme zu dir, denn mein bisschen Arbeit ist getan. Dann können wir im warmen Bett liegen und uns gegenseitig erzählen, wie es uns ergangen ist.«

Mit einem Lächeln gab er zu verstehen, dass er genau wusste: Sie dachte nicht nur ans Geschichtenerzählen. Bereitwillig folgte er ihr ins grüne Zimmer und verkroch sich mit ihr unter den wärmenden Decken. »Da bei euch schon der November so kalt ist«, klagte er, »wie wird es erst im Winter werden?«

Sie beruhigte ihn. Sie habe Geld genug, dass sie den Winter in Italien verbringen könnten, und keinen Anlass mehr, noch länger in dem verfallenden Moorhof zu bleiben. Warum sollten sie nicht nach Venedig gehen? Dort lebten Menschen aus aller Herren Länder, man war weltoffen und aufgeschlossen. Während sie sich in dem Himmelbett aneinanderkuschelten, erzählte sie ihm ihre Erlebnisse, soweit er die nicht von Dr. Bessemer erfahren hatte. Ameya war voll Mitleid, als er von ihrer Flucht durch den Urwald hörte und von ihrem Abenteuer auf der verlassenen Plantage, und er war erzürnt über die leichtfertige Art, wie man sie zu einer hohen Gefängnisstrafe verurteilt hatte. Er kannte javanische Gefängnisse und wusste, was eine solche Haft bedeutet hätte. Umso mehr Dankbarkeit empfand er gegenüber seinem Freund und ehemaligen Kollegen. »Er ist sehr glücklich verheiratet mit deiner Freundin«, erzählte er. »Man könnte meinen, er sei über Nacht zehn Jahre jünger geworden, seit die Einsamkeit ihn nicht mehr quält. Schade, dass wir nicht zurückkehren können, um ihm persönlich zu danken.«

Nein, zurück nach Java konnten sie nicht. Neele war dort noch immer zur Verhaftung ausgeschrieben, und auch ohne diese Gefahr wäre der Umstand geblieben, dass sie in dem Land keine Zukunft hatten. Aber die Welt war groß, und sie waren zwei junge Leute, die erst einmal Geld genug hatten, um sich in Ruhe eine neue Lebensmöglichkeit zu suchen und einen Ort, an dem ihr Kind aufwachsen konnte.

Neele lehnte den Kopf an die Schulter ihres Mannes. Sie erzählte ihm, dass sie jetzt Witwe war und dass sie daher auch kirchlich heiraten könnten, was bei einem Leben in Europa für sie einen großen Vorteil bedeuten würde. »Du bist doch immerhin dem Namen nach ein Christ, also nimm die Zeremonie auf dich«, bat sie ihn. »Ein Paar, das nur zivil getraut ist, macht sich hier immer noch viele Feinde, und wir haben nachgerade Schwierigkeiten genug, um sie nicht noch zu vermehren.«

»Wenn du es für richtig hältst, warum nicht.« Er legte unter der Decke die Hand auf ihren Bauch. »Was meinst du, was es wird, ein Junge oder ein Mädchen?«

»Was auch immer, es wird mir willkommen sein, da es dein Kind ist.«

Plötzlich sah sie, dass in seinen schönen dunklen Augen Tränen glitzerten. »Ich hätte nie zu hoffen gewagt«, flüsterte er, »dass mir das einmal eine Frau sagen wird: Es ist mir willkommen, da es dein Kind ist! Dass sie nicht befürchtet, es könnte ...«

Neele verschloss ihm den Mund mit einem Kuss.

3

Neele und Ameya heirateten wenig später in Bremerhaven, wobei sie, da Ameya keinen Familiennamen hatte, den Namen Laudrun als ehelichen Namen wählten. Sie verkauften das Pferd, die Hunde und die Hühner, um die Tiere versorgt zu wissen, und überwiesen das Geld Tante Käthe. Den Moorhof ließen sie stehen, wie er war, nicht einmal die Wiege nahmen sie mit. Sie wäre ohnehin zu beschwerlich auf der Reise gewesen, und nun, da Ameya zurückgekehrt war, blickte Neele mehr in die Zukunft als in die Vergangenheit.

Die Sorge, das kalte Klima könnte ihrem Mann ernsthaften Schaden zufügen, trieb Neele bei den Vorbereitungen für die Reise nach Italien zur Eile an, und Ameya war froh über jeden Tag, den er nicht in dem unwirtlichen Land verbringen musste. Sie schafften es gerade noch, das Moorland zu verlassen, als bereits die ersten Schneeflocken auf die Tümpel und Sümpfe, die Erlenbüschel und das Röhricht fielen. Nebel hüllte den winzigen Bahnhof ein, auf dem sie mit ihrem leichten Gepäck standen. Die wenigen Passagiere, die gleich ihnen auf den Bummelzug nach Bremerhaven warteten, warfen neugierige Blicke auf den dunkelhäutigen Mann, der Arm in Arm mit einer sehr hellhäutigen Frau im Schatten des Schutzdaches stand.

Dann ertönte die Dampfpfeife, und die Funken sprühende schwarze Masse der Lokomotive verdunkelte den Bahnsteig. Die Wagentüren wurden geöffnet, und Ameya griff nach den Koffern, um sie hineinzuheben. Neele raffte ihren Rock und stieg hinter ihrem Mann die hohen eisernen Stufen hinauf. Aus der offenen Tür warf sie einen letzten Blick zurück auf das Moor. Wie hatte sie sich verändert, seit sie im September 1880 davon Abschied genommen hatte! Sie liebte es immer noch, aber sie blickte jetzt mit klaren Augen und einem aufmerksamen Geist in die weite Welt, in die das Leben mit Ameya sie führen würde.

Zu diesem Buch

Gemeinsam mit ihrem Mann, dem Gutsherrn Frieder Selmaker, möchte die hübsche Neele aus dem Bremer Moorland Ende des 19. Jahrhunderts nach Holländisch-Ostindien auswandern. Doch das Unternehmen steht von Anfang an unter einem schlechten Stern: Kurz vor Abfahrt des Auswandererschiffes verschwindet Neeles Mann spurlos, und dann stellt Neele fest, dass sie schwanger ist. In Batavia angekommen, entpuppt sich das angebliche Internat, für das helfende Hände gesucht wurden, als heruntergekommenes Waisenhaus, dessen Leiter sich mit einer Gruppe von Kindern abgesetzt hat. Einziger Lichtblick ist die deutsche Familie Hagedorn, deren Sohn sich lebhaft für Neele interessiert. Doch dann lernt diese den malayischen Beamten Ameya kennen. Nicht nur die strengen Gesetze Javas verbieten den Kontakt zwischen den beiden, darüber hinaus trägt der junge Einheimische ein düsteres Geheimnis …

Anne de Witt, geboren 1969 in Heidelberg, ist als Anglistin in der Erwachsenenbildung tätig und lebt mit ihrer Familie in Schleswig-Holstein. Als Ehefrau eines Niederländers interessiert sie sich besonders für die holländische Kolonialgeschichte. Mit »Im Land der Mond-Orchidee« veröffentlicht sie ihren ersten Roman.

Anne de Witt
Im Land der Mond-Orchidee

PIPER